# O garoto sapphire

tradução de
Maria José Silveira e Graça Peixoto

1ª edição

EDITORA RECORD
RIO DE JANEIRO • SÃO PAULO
2015

CIP-BRASIL. CATALOGAÇÃO NA PUBLICAÇÃO
SINDICATO NACIONAL DOS EDITORES DE LIVROS, RJ

S243g
Sapphire, 1950-
O garoto / Sapphire; tradução de Maria José Silveira, Graça Peixoto. – 1ª ed. – Rio de Janeiro: Record, 2015.
462 p.

Tradução de: The Kid
Sequência de: Preciosa
ISBN 978-85-01-09870-2

1. Ficção americana. 2. Vítimas de abuso sexual – Ficção americana. I. Silveira, Maria José. II. Peixoto, Graça. III. Título.

15-26737

CDD: 813
CDU: 821.111(73)-3

Título original:
The Kid

Copyright © 2011 by Sapphire/ Ramona Lofton

Texto revisado segundo o novo Acordo Ortográfico da Língua Portuguesa.

Todos os direitos reservados. Proibida a reprodução, no todo ou em parte, através de quaisquer meios. Os direitos morais da autora foram assegurados.

Direitos exclusivos de publicação em língua portuguesa somente para o Brasil adquiridos pela
EDITORA RECORD LTDA.
Rua Argentina, 171 – Rio de Janeiro, RJ – 20921-380 – Tel.: 2585-2000, que se reserva a propriedade literária desta tradução.

Impresso no Brasil

ISBN 978-85-01-09870-2

Seja um leitor preferencial Record.
Cadastre-se no site record.com.br e receba informações sobre nossos lançamentos e nossas promoções.

EDITORA AFILIADA

Atendimento e venda direta ao leitor:
mdireto@record.com.br ou (21) 2585-2002.

Para Angélica

E para os 16 milhões, e ainda contando,
órfãos do HIV-AIDS

"Agora, pois, permanecem a fé, a esperança e o amor, estes três, mas, o maior destes é o amor."

1 Coríntios, 13,13.

# LIVRO 1

## ESTOU COM NOVE

De onde você veio não existe mais, aonde você pensou que estava indo nunca esteve lá, e onde você está não é bom a menos que você possa sair daí.

Flannery O'Connor,
*Wise Blood*.

# 1

"Acorda, homenzinho." A voz de Rita entra debaixo das cobertas atrás de mim. Está quente debaixo das cobertas, tem o cheiro bom da Rita e é limpo como lençóis. Eu me enrolo mais, aperto mais meus olhos fechados, e volto a dormir. No sonho, é aniversário da mamãe e ela está me levantando nos braços e me beijando e dançando comigo. Nossa casa cheira a lasanha, vinho e gente, principalmente garotas suando e perfumadas. Uma garota está fumando maconha. Todo mundo está rindo. Mamãe me põe no chão e vai abrir seus presentes. Ela está sentada na poltrona azul debaixo da lâmpada. Todas as pessoas têm presentes nas mãos e estão dando para ela. Uma senhora, que parece legal mas que quando sorri todos os seus dentes são pretos, está segurando um presente bonito amarrado com uma fita dourada. Não! Não! NÃÃÃO! Eu quero dizer, mas nenhuma palavra sai da minha boa, e mamãe pega a caixa. E eu quero ficar dormindo, mesmo sabendo que é uma bomba e já não estou mais sonhando, e se eu estivesse sonhando a bomba estaria explodindo agora. E agora que já é tarde demais minha voz sairia alta. "Abdul." Alguém está sacudindo meu ombro. Rita. Eu aperto meus olhos fechados porque quando abrir eles, quando esticar minha cabeça pra fora das cobertas, minha mãe estará morta e hoje é seu enterro. "Abdul." A Rita sacode meu ombro outra vez. Eu tento voltar para as músicas, as pessoas dançando, e nossa casa cheirando a lasanha outra vez, mas não consigo. "Nã--não", digo pra Rita. "Mais cinco minutos", ela diz. A música agora acabou. Tem tubos claros de plástico enfiados no nariz da minha mãe, eles saem do nariz dela e estão presos com fita no lado do rosto, e vão subindo até uma bolsa clara de plástico pendurada acima da cabeça dela. Outro tubo está enfiado na garganta, com fita adesiva em volta. As mãos dela também estão com tubos enfiados e estão todas inchadas. A máquina está fazendo *uuuush-rãaa uush-rãaaa uush-rãaa uush*. O doutor veio da África. Às vezes, ele fala comigo em francês e olha meu dever de casa. Ele conta piadas. Mas hoje não está contando. "Ela está se esforçando o melhor que pode para ficar aqui, homenzinho." Ele me levanta nos braços. "Mas Deus pode ter outros planos." Ele me passa pra Rita, mas a Rita é magrela, não consegue me segurar, me põe no chão. Ele sai, volta com um banquinho alto. "Pronto, sobe aqui." No corredor, a enfermeira diz: "Sinto muito mas a condição dela é crítica, absolutamente nenhuma visita exceto..." "Deixa entrar!", o doutor diz. Uma senhora branca e outra com trancinhas compridas entram e ficam paradas atrás da Rita ao pé da cama. Tenho medo de pegar na mão da mamãe com os tubos todos enfiados. Olho pro doutor, os olhos de sapo dele vermelhos, mas ele não vai chorar. Eu também num vou. Ele veio e pôs minha mão no ombro da mamãe. "Acorda, mamãe." Mas os olhos dela não abrem, ela não se mexe. Depois é como quando você abaixa o som da TV e pode ver as figuras se movendo mas não escuta o som. Fica tudo quieto. Mamãe tosse então assim ahh-ahh. A cabeça dela se ergue um pouco, mas nada de abrir os olhos, e então a cabeça dela tomba. "Ah meu deus!", a Rita diz. Então o quarto fica todo barulhento outra vez, enfermeira falando no corredor, máquina fazendo *uuuush-rãaa uush-rãaaa uush,* alguém deixando cair alguma coisa. O doutor me pega como se eu fosse um bebê e me carrega pra fora do quarto. Eu olho para trás pra porta fechando, a enfermeira está puxando os tubos das mãos da mamãe.

SINTO A RITA se sentando do lado da cama. Ela tá tentando puxar as cobertas. Eu puxo elas acima da minha cabeça. "Vamos, homenzinho, é hora de levantar! Vamos comer ovos e bacon, e eu deixo você tomar um pouco de café." Eu não quero levantar. "Vamos, liguei o aquecedor pra você e tudo. Vamos, levanta, vá fazer xixi, e depois volte, lave o rosto e escove os dentes. Vamos, Abdul!" Eu deixo ela puxar as cobertas, ela tem sorte por eu deixar porque sou muito forte. Pulo da cama, corro, a Rita abre a porta. "Rápido antes que alguém entre aí. Põe os chinelos! O chão deve estar nojento." Ponho meus chinelos e corro pelo corredor até o banheiro. Psssss, é bom fazer xixi. "Fecha a porta se for fazer o número dois." "Não vou." "Tem certeza?" "Não", eu digo, e fecho a porta, empurrando o pequeno ferrolho pelo anel pra trancar a porta. Faço cocô, dou descarga, abro a porta, e corro de volta pelo corredor. A Rita me passa uma toalha e aponta pra pia.

Isso é tudo que tem no quarto, realmente, uma cama e uma pia no canto. A Rita não tem geladeira, TV nem nada, mas eu prefiro ficar com ela do que com Rhonda ou qualquer outra das amigas da minha mãe. Gosto da Rita, ela é legal com crianças pequenas. Na verdade eu não sou mais uma criança pequena, estou com nove. Passo a toalha no rosto. A Rita vem, pega e molha ela, torce, passa de novo pra mim. "Passa nos olhos, toda essa ramela do sono, depois atrás das orelhas! Tira o pijama e lava o bumbum e debaixo do braço. Ouviu?" Balanço a cabeça, ela vai pelo corredor pro banheiro. O homem do quarto ao lado liga sua música. Tupac. A mulher da frente tá xingando em espanhol. Ela não tem filhos. A senhora do outro lado tem três. Eu só estou aqui faz uma semana. Desde que minha mãe morreu.

Atrás de mim na cama, Rita estendeu minha cueca e a meia. Eu gosto de Tupac, mas não tanto assim. O homem do quarto ao lado toca ele toda manhã. Rita diz que talvez ele só tenha esse, mas eu olhei pela porta dele uma vez, ele tem CDs enfileirados pelas paredes quase até o teto. Minha camisa branca com o terno preto que minha mãe comprou pra mim está pendurado no prego atrás da porta. Eu sei que todo mundo no meu quarteirão sente minha falta, meus amigos devem estar se perguntando onde eu estou. Eu me pergunto onde eu estou. Eu sei que minha mãe não está morta como eles estão falando porque converso com ela o tempo todo do mesmo jeito que sempre fiz. Mas sei que não vamos pra Cali, pra Disneylândia, como ela disse que a gente ia. Dois anos mais — *Quando eu sair da escola, a gente vai pra Califórnia, pra Disneylândia!* Onde é a Califórnia? *Deixa de ser bobo, olha no mapa!* Mas onde ela fica de verdade? *Que que cê quer dizer, benzinho?* No mapa ela é comprida e laranja, perto da água. *Certo, ela fica na costa, como Nova York, mas na costa oeste. A gente tem que pegar um avião e voar por essa terra toda,* ela balançou a mão, *e então hã hã, Cali! Olha, põe aí: www.google.com, depois Disneylândia, Califórnia.* Eu ponho, tem 1.560.000 resultados.

— Abdul!

— O quê?

— *O quê?* Com quem cê tá falando? E não fale "o quê" pra mim! Põe essa roupa.

— Sim, tia Rita.

Do outro lado da janela tem um trem passando.

— Que trem é esse?

— Garoto, você faz mil perguntas por minuto, hein?

— Eu só quero saber, minha mãe diz que se você quer saber alguma coisa, pergunta.

## O GAROTO

— Claro, a tia Rita pede desculpa. — Tudo que tenho que fazer é mencionar minha mãe pra conseguir qualquer coisa que eu quero. — Esse é o Metrô Norte indo lá pro interior até Scarsdale, White Plains e Bedford Hills. Vamos pegar o horário e ver todos os lugares por onde ele passa e vamos num passeio um dia se você quiser. OK?

— OK — eu digo.

— Agora, veste seu terno e põe um pouco de loção no rosto e nas mãos. Queremos ficar bonitos. — A Rita está pegando seu perfume e suas coisas, colocando na cabeça, debaixo dos braços, depois direto da garrafa atrás dos joelhos e na nuca. — Vem cá, vamos cheirar gostoso. — Eu vou até o lado da cama onde ela tá sentada. Todas as coisas dela tão no parapeito e na cadeira perto da janela. — Levanta os braços. — Ri e borrifa debaixo dos meus braços. — Sua mãe faz isso? — Eu sacudo a cabeça que não. — Bom, só por hoje — ela diz, então põe uma coisa de uma das garrafas atrás das minhas orelhas. Eu não me importo, cheira legal. Visto minhas roupas enquanto a Rita tá passando preto nos olhos. Olho pra ela por cima dos ombros quando ela levanta da cama e tira o roupão. Não é como as moças nas revistas. A Rita só parece uma moça de roupas de baixo, tipo qualquer uma. Mas quando coloca o vestido preto, que é todo brilhante e tem um franzido em volta do bumbum, fica linda. Agora tá fazendo a boca ficar vermelha. Eu gosto disso, minha mãe faz isso também às vezes.

— Pronto? — ela pergunta puxando o zíper do vestido.

Eu pego minha jaqueta de couro.

— Que bacana, sua mamãe comprou pra você? — a Rita pergunta sobre minha jaqueta.

— Hã hã.

— Então vamos tomar café e dizer tchau.

A Rita pôs sua Bíblia na bolsa, tá segurando umas contas pretas bonitas. Olha pra mim, acena com a cabeça pras contas.

— Tudo isso é bom: rosário, Bíblia. A Precious levava você na igreja?

— Não.

Você nunca vai me deixar, mamãe? *Bom, eu não posso dizer isso, na verdade, benzinho. O que eu posso dizer é: eu nunca vou querer deixar você.*

A Rita fecha a porta, tranca. O cara do quarto ao lado põe a cabeça pra fora.

— Cês todos vão sair?

— Sim, a gente tem que conseguir tomar café e depois se mandar.

— Tente no Bennie's. Você sabe que meu cunhado trabalha na entrega.

— Hum, não, eu não sabia.

— Sim; diz que entrega mais pro Bennie's do que pra qualquer outro lugar, então isso quer dizer que a porcaria de lá é mais fresca, certo?

— É, acho que sim.

— E você, homenzinho, seja forte! — Ele me dá um aperto de mão tipo negro adulto.

A senhora do outro lado do corredor abre a porta.

— *Ay, Dios!* Pobrezinho!

— Eles vão tomar café, depois para el funeral.

— Você devia ter falado, tô com café aqui — ela diz.

— Tá OK — a Rita responde, e a gente diz tchau pra eles e descemos as escadas.

Está quente lá fora mesmo sendo novembro. Olho pro cartaz sobre o hotel, PARK AVENUE HOTEL. Caminhamos pela rua 125 passando pelo Bennie's para o Mofongo's. Peço bacon pro café da manhã, minha mãe em geral não me deixa comer bacon. Mas a garçonete pergunta o que eu quero. A Rita já pediu salsicha e ovos mexidos por favor. Eu digo bacon e ovos moles por cima por favor, depois digo não, mexidos. Restaurantes não são como minha mãe, eu não quero nenhum ovo escorrendo. A garçonete pergunta: Você disse bacon, certo? Certo, eu digo, e nada acontece tipo minha mãe dizendo, Bacon não é bom pra você. Eu ponho geleia de morango na minha torrada. Fica gostoso. Minha mãe tá morta. Rita diz um espresso e um café con leche. Aqui põem um pouco de açúcar. Por que leite? *Porque meninos precisam de leite, faz o osso crescer. Por quê? Por que o quê, Abdul? Eu não sei por que leite faz o osso crescer. Só sei que faz! Então cê pode por favor fechar a matraca e beber o maldito leite? Você ainda vai me matar!* O café tem gosto bom, doce, como um tipo de chocolate ou coisa assim.

— Acabou, homenzinho?

— Hum hum.

— O que hum hum quer dizer?

— Quer dizer sim, o que você acha que quer dizer?

Ela ri, eu dou um sorriso.

— Ah, temos um espertinho aqui — ela diz, passando a mão pela minha cabeça.

— Sim. — Eu sei que sou esperto.

— É só alguns quarteirões; podemos caminhar ou pegar o ônibus e depois andar até Lenox, OK?

Mamãe, quem é esse homem? *Um amigo da mamãe. Por quê? Você não gosta dele?* Não. *Por que não? Ele é um cara legal. Mamãe gosta dos seus amigos a não ser quando eles botam você em encrenca como cê sabe quem. Você não quer ver mamãe contente?* Sim, comigo!

— Você tá pensando na sua mãe?

Para onde o trem tava indo? Mais além do metrô. Já andei em quase todo metrô. Metrô Norte, eu já fui pro interior? Olho pra Park Avenue, os trilhos no alto até onde não dá mais pra ver. Debaixo dos trilhos tem muita coisa, as pessoas pegando suas drogas, mulheres passando e fazendo a coisa ruim, e ainda não é nem de noite. Na rua do outro lado do ponto de ônibus tem um lote vazio cercado por uma grade alta de ferro com cachorros em volta. As pessoas no ponto de ônibus com a gente devem estar agradecendo a Deus, como Rhonda ia dizer.

*Segunda-feira é meu dia predileto, Abdul. Acho que sou a única mana que eu conheço que gosta de segunda-feira.* Por quê, mamãe? *Sei lá, pode ser porque o final de semana é tão solitário.* Eu não sou solitário, mamãe. *Bom, isso é legal, benzinho.*

— Você tá pensando na sua mãe? — a Rita pergunta.

Não digo nada. O ônibus que atravessa a cidade tá chegando, então entramos nele em vez de caminhar e depois descemos na avenida Lenox. Os irmãos Black Israelite tão parados na esquina, um deles berrando no microfone. Todos eles tão com faixas em volta da cabeça. Eles montaram grandes figuras da Bíblia na calçada. *Eles podem ficar parados lá gritando o dia todo, mas os comerciantes africanos tiveram que ir embora.* Ir embora pra onde, mamãe? *Não sei pra onde eles foram. Só sei que foram.* Por quê? *Acho que tavam tirando os lucros dos comerciantes brancos e coreanos. Eles foram se queixar pro Giuliani, então ele fritou os africanos, Abdul.* Ele pode fazer isso? Ele pode tirar os africanos do Harlem ou deixar eles ficarem? *Eles votam, queridinho. Nós moramos aqui, mas a propriedade é deles.* Um dia vai mudar? *Sim, benzinho, isso é trabalho pra você e seus amigos. Fazer alguma coisa além de jogar balão de água...* Eu não joguei! *Eu sei, a Sra. Jackson tava mentindo.* Rita aperta minha mão.

— Eu gostava muito da sua mamãe, Abdul! Ela era uma mulher boa. Vamos mais rápido, são quase dez horas. Upa! Aqui, vamos pegar esse 101 pra cidade. Podemos voltar pra casa caminhando, se você quiser caminhar.

Descemos do ônibus em frente ao Lenox Terrace. *Eu fui criada aqui nesse quarteirão. Bem aqui, tá vendo aquele prédio? Era lá que eu morava.* Ela tá apontando pra rua do outro lado do Lenox Terrace, prum prédio de tijolos caindo aos pedaços com uma porta preta.

Eu alguma vez estive lá quando era bebê? *Não, graças a Deus.* Folhas caem das árvores na frente do Lenox Terrace, não tem árvores no lado da rua onde minha mãe diz que foi criada.

Onde ela *está*? Rhonda diz que ela foi para a glória, para o céu, sentada aos pés de um rei. A coroa dela foi comprada e paga! Tudo que ela tem que fazer é colocar na cabeça! Mamãe, uma coroa? Eu perguntei uma vez pra ela por que a gente não tinha uma princesa como Diana? *A gente aqui é supostamente uma democracia, Abdul!* O que é isso? *O que é isso! Você não estudou democracia e por que a gente vota e tudo isso na escola?* Nã-não, eu balancei a cabeça.

— Nã-não o quê? — a Rita pergunta.

— Nã-não nada — eu digo.

Cruzamos a avenida Lenox com a rua 134.

— Aquele é Hamid, da Somália, dono da lavanderia. Ele conheceu sua mamãe.

— Lamento saber que ela se foi. — Ele acena para um grupo de pessoas paradas algumas portas mais adiante na Lenox, entre a rua 133 e a 132.

Rita aperta minha mão.

— Este é o filho dela, Abdul.

— Não diga! Quantos anos ele tem?

— Abdul? — a Rita diz, apertando minha mão. Eu não digo nada. — Ele tem nove — ela diz. O cara da Somália põe a mão no bolso e me dá cinco dólares.

— O que você diz, Abdul?

— Obrigado.

*Africanos são de onde nós viemos, Abdul, lembra disso.* E por que então eles não gostam de nós? *Que que cê quer dizer?* Aqueles do restaurante e das lojas e dessas coisas. *Bom, eu não disse que eles gostam da gente. Eu disse que são de onde nós viemos.* A funerária tem uma cobertura sobre a porta na calçada, como a que o McDonald's tem do outro lado da rua. "Que que é aquilo?" "Hã? Ah, o toldo. É disso que cê está falando?" "Sim, o toldo." A amiga da minha mãe, a Rhonda, agora tá parada perto de nós. "Querida", ela diz, "essa é uma coisa que a mãe dele ensinou mesmo pra ele, fazer perguntas!" Eu não gosto lá muito da Rhonda mesmo ela sendo amiga da minha mãe. Deus, Deus, Deus, é só disso que ela fala. A Bíblia isso, a Bíblia aquilo! A Rhonda pega uma coisa na bolsa e me passa um troço quente embrulhado em papel-alumínio. "Coma isso antes de entrar." Hummm, meio macio! "Que que cê diz?!" "Obrigado." A Rhonda não é tão ruim. Quando eu vou jogar o papel-alumínio na lata de lixo, ele cai na calçada porque a lata tá cheia. Ah bom, eu tentei. *Cê tem que fazer mais do que só tentar! Tem que fazer direito!* Eu pego o papel-alumínio e coloco ele no topo da pilha de lixo na lata.

— Tenho que ir — cochicho pra Rita.
— Banheiro?
— É.

Vamos até a porta da funerária. A Rita fala pro cara na frente da porta: "Ele tem que usar o banheiro." O cara abre a porta pra mim e diz: "Vá direto pelo corredor central, no púlpito vire à direita até você ver as portas verdes, lá estão os banheiros." Corro pelo tapete vermelho, então paro. Mamãe! Ali está ela! Na caixa preta. Os adultos mentem. Por quê? Mamãe não está no céu. Mamãe está bem aqui na caixa como as pessoas na TV. Ela tá diferente. Nunca vi esse vestido antes, branco reluzente, prata. *Eu vejo a lua e a lua me vê.* Preciso muito fazer xixi! Bom, pelo amor de Deus vá fazer xixi! Mas esse sou eu. Diga pra mim, mamãe, fala na minha cabeça. Fala! Corro para o banheiro. Mijo e mijo, é bom, sacudo. Ponho o pênis de volta na cueca. *Suas partes íntimas têm nomes. Bom, pau é um deles, pênis é outro. Bolas são testículos.* Eu rio, essa é a coisa mais engraçada que já escutei, exceto nádegas. Ra, ra! *Não se preocupe em lembrar todas essas palavras, só lembre que suas partes íntimas são suas e ninguém pode tocar nelas a menos que você diga que sim, ouviu? Ouviu?* Eu olho pra cima pra luz do teto, aperto meus olhos fechados. A luz que entra por minhas pálpebras fechadas é vermelho-laranja. Respiro tentando cheirar alguma coisa talvez parecida com o cheiro depois que mamãe sai do banheiro às vezes e como as calcinhas delas cheiram. Também aquela coisa que a tia Rita tem. Que que é aquilo, mãe? Ah, colônia, você gosta?

— Abdul! Venha pra cá! Que que cê tá fazendo? — É a Rita lá fora. Eu sorrio. Ra, ra! Não se mexa. — Abdul, você acabou? Não me faça ter que entrar aí. — Eu rio. — Para de brincar, coelhinho bobo! — Eu saio correndo e rindo. A Rita tá parada lá sorrindo, seu vestido preto e seus lábios vermelhos bem bonitos. *Marcas? Ah, isso é acne, provavelmente de quando a Rita era adolescente. Na verdade é como cicatriz, ela não tem mais, mas deve ter tido muito antes. Mas a tia Rita ainda é linda, não é, benzinho?* A Rita estende a mão. Eu seguro, olho pra ela. "Você é linda", falo. Ela se curva pra me beijar. "E você é um menininho fofo fofo fofo!" Lágrimas dos olhos dela se espalham na minha bochecha. Eu cheiro a colônia dela, tem um cheiro diferente da da mamãe.

— Que que cê disse?
— Nada.
— Você disse alguma coisa sobre sua mamãe.
— Eu não posso mais sentir o cheiro dela.
A Rita olhou pra minha mãe na caixa.
— Você tentou?
— Não.
— Bom, não tente. Você tá certo, Papi, não dá mais pra sentir o cheiro dela porque ele acabou. E se você tocar nela vai ser diferente também. A Precious está morta, Abdul, você entende o que isso significa?
— Sim.

Rita pega minha mão e nós voltamos dos banheiros até onde mamãe está. As pessoas estão entrando na igreja, se sentando.

— Vamos sentar perto do palco?

— Querido, isso é mais um púlpito ou altar.

— E onde a caixa de mamãe está...

— Não diga "caixa". Chama caixão, e algumas pessoas dizem ataúde.

— Eu não entendo o que é uma funerária. Para mim, isso parece mais uma igreja.

— Não é uma igreja, é uma capela que faz parte da funerária. E nós vamos sentar bem aqui. — Uma grande senhora branca e velha num vestido verde se afasta, então sentamos na segunda fileira. A primeira está vazia. Quem vai sentar lá? Ninguém. A Rhonda está sentada atrás de nós. Fico contente se ninguém sentar na nossa frente, posso ver melhor a mamãe. A caixa preta é comprida e brilhante, com arabescos, por dentro tem um acolchoado branco brilhante. Tem uma pequena lâmpada por cima da cabeça dela. Todo mundo pensa que ela tá morta. Quero dizer morta *morta*. Eles não sabem que ela tá falando comigo o tempo todo mesmo estando no caixão sem se mexer. Atrás da mamãe tem uma pintura de Jesus. Preto com cabelo crespo. O que é lã de cordeiro? Ela pega o pente no banheiro, tenta enfiar no meu cabelo. *Isso é lã de cordeiro, bobo*! ela diz, empurrando o pente pelo pixaim. Jesus tinha cabelo igual ao nosso? *Eu não sei, eu tô te mostrando o que a Bíblia diz.* A Bíblia é verdadeira? *Não sei.* Está meio frio na funerária mesmo não estando frio lá fora. Flores estão em volta da mamãe, rosas, lírios, flores que não sei o nome, talvez mil. Fico imaginando que brincos ela pôs. Eu sempre gosto dos brincos dela. Eu quero brincos. *Quando você tiver doze.* Eu posso pôr brincos? Um brinco. Hã? Um. Eu quero dois! *Para de gritar como um maluco! Eu digo que cê pode ter um quando tiver doze, então se ainda quiser dois quando tiver dezesseis cê pode ter dois. Que tal?* OK, acho. *Rá! Você acha!*

## O GAROTO

*Veja só!* Mamãe, vai ficar assim? *Assim como?* Como dentro da caixa? *Abdul, cê sabe o que quer dizer a mamãe estar aqui?* Não, eu não sei. NÃO!

— Psssiu — a Rita balança meu ombro.

Olho pra trás da mamãe pra Jesus pendurado na cruz. Espinhos estão enfiados na cabeça dele, gotas de sangue estão escorrendo do rosto. Ele era de que cor? *Que cor?* Preto como eles colocaram ele ali? *Eu não sei, Abdul!* Atrás da mamãe tem um tipo de palco, pódio, como na escola, onde o pregador fica parado, eu acho, então de um lado do pódio tem um piano e um banco. Eu quero escutar música mas não música de igreja. Minha mãe também não gosta de música de igreja! Uma senhora com um longo manto preto de pregador sobe no palco.

— Quem é essa?

— É a Reverenda Bellwether, que vai fazer o serviço. — Um homem segue atrás da Reverenda Bellwether e senta ao piano. O caixão da mamãe tá na frente do palco, e parece que tem rodinhas nele.

— Bom dia, amigos e familiares de Precious Jones. Estamos reunidos aqui hoje em tristeza por alguém que já não está mais na tristeza, alguém cuja dor terminou, alguém que passou para o outro lado. — O cara começa a tocar o piano e a cantar: A tempestade está passando *completamente*, a tempestade está, a tempestade está, a tempestade está passando completamente.

Não conheço essa música, não gosto dela. É triste e estúpida; não tem tempestade nenhuma.

— Queiram, por favor, a família e os amigos, começando da última fileira, uma fileira de cada vez, por favor levantem-se e venham até a frente para ver a falecida. — A Reverenda Bellwether acenou a mão pras pessoas se levantarem, depois franziu a testa. Eu me virei para ver pra onde ela tava olhando.

— Senta! — a Rita cochichou, mas ela também tava olhando.

— Aquela é a mãe? — a Rhonda pergunta.

— Não, você saberia se fosse a mãe. Eu vi ela uma vez, ocuparia a igreja toda. Uma velha senhora com um vestido laranja sujo vem vindo pelo corredor lamentando: "Ah, Deeeus, ah, Deeeus!" Ela tem um chapéu engraçado e as roupas parecem dos tempos antigos. Veio até onde eu e a Rita estamos e estende a mão sobre a Rita e me agarra. "Ah, Deeus, Deeeus, meu menino." Eca! Ela cheira horrível.

— Por favor! — a Rita diz.

— Que bagunça é essa! — a Rhonda diz, e tira os braços da senhora de mim. Um cara aparece atrás da velha, pega seu cotovelo, diz pra ela: "Vamos sentar, senhora." Ela começa a chorar mais maluca e tenta ir até o caixão. Eu olho pra Reverenda e parece que os olhos dela vão sair pra fora da cabeça. A Rita olha pra trás.

— Falar no diabo!

— É ela? — a Rhonda pergunta.

— Hum hum. — a Rita confirma.

Uma senhora muito muito enorme tá vindo pelo corredor agitando as mãos e gritando: "Minha BEEEBÊ, Minha BEEBÊÊÊÊÊÊ!", ela é tão grande que quase ocupa todo o corredor principal. Ela está com um enorme casaco de chuva preto. Seu cabelo tá espetado em pé como nos quadrinhos quando eles põem os dedos na tomada. Por que ela tá gritando assim? Eu começo a chorar. Chorar e chorar. Soluços começam a sair, meus dentes batendo. Ela me faz lembrar do Canal Treze, elefantes na África. Um elefante é morto, todos os amigos deles saem e sacodem a terra com seus gritos.

— Minha BEEEBÊÊÊÊÊ!

— Você sabe quem é essa senhora? — a Rita me pergunta.

— Não.

— Você devia contar pra ele, Rita.

— Já chega! — a Rita diz pra Rhonda.

A senhora para de gritar. Está torcendo as mãos como se estivesse lavando. Então ela gira em torno gemendo. Seu cabelo tá achatado na nuca, e tem um pedaço calvo. Nas costas, dá pra ver um grande rasgão na capa de chuva dela, parece que não tem nada por baixo, eca! Seus chinelos de quarto fazem xup-xup pelo corredor.

Olho pros meus sapatos, meus sapatos "bons". Ocasiões especiais. Quando eu tava na peça da escola, minha mãe comprou pra mim. Calcei eles quando ela me levou para ver Aretha Franklin no Lincoln Center. *Guarde o que tá vendo, Abdul. Ela é a maior.* Calcei eles quando fomos ver as pinturas do povo do Haiti no Schomburg. No Schomburg no primeiro andar tem um círculo feito de ouro representando o mundo com linhas azuis por todo ele pros rios. Eu li o poema escrito no chão, "Eu Conheci Rios". *Debaixo estão as cinzas de Langston Hughes.* Olho pra mamãe, pros meus sapatos. Estou com eles hoje porque ela tá morta. Não porque vou pra algum lugar. Quem vai comprar sapatos pra mim agora? Eu me encosto na Rita, estou cansado, quero ir dormir.

— Senta direito! — a Rhonda cochicha.

— Ele tá cansado, é só um menininho.

POING!, faz a Rhonda em cima da minha cabeça com seu indicador e dedão como uma atiradeira.

— Esse é o funeral da sua mãe. Senta direito!

— Deixa ele em paz! — A Rita tá zangada.

— Não, Rita, cê tá errada. Ele não precisa dormir agora.

— Senta, querido.

Mais pessoas estão vindo pelo corredor agora. Mulheres choram. Uma senhora tá chorando tanto que mal pode andar, dois caras ajudam ela. "Não, não", ela soluça, "eu não acredito." Paro de chorar para olhar pra ela. Ha, ha.

— Muitas dessas pessoas são do trabalho da sua mãe e da escola dela. Algumas não sabiam que ela tava doente.

Eu sabia que ela tava doente, mas não doente o suficiente pra morrer. O que você faz na faculdade, mamãe? Ela ri. *Trabalho, trabalho duro mesmo*. Eu vou pra lá quando crescer? *Claro*. A velha senhora de vestido laranja sujo que tinha me abraçado está se arrastando pelo corredor agora. Bizarro. Todo mundo senta de novo.

A Reverenda Bellwether olha para nós.

— A família pode se aproximar para ver a falecida.

— Falecida? — eu sussurro.

— Morta — a Rita diz.

A Reverenda Bellwether ainda tá olhando pra nós. "Vamos, benzinho, foi para isso que viemos aqui, pra dizer tchau pra Precious. Eles vão fechar o caixão depois disso." Nós caminhamos pelo corredor até mamãe. Eu gosto do vestido dela, branco, brilhante. Seu rosto tá engraçado, o jeito como os lábios dela tão fechados faz com que ela pareça outra pessoa. A Rhonda se inclina e beija a mamãe. Então ela fica atrás de mim. "Você quer dar um beijo de despedida na sua mamãe?" Antes que eu diga qualquer coisa, ela me ergue e me inclina sobre o caixão. Eu sinto como se meus lábios tivessem encostado no bebedouro da escola, duro, frio. Começo a chorar. Alto. A Rita me puxa da Rhonda.

— Você não devia ter feito isso!

A Rhonda vai se sentar de volta sem dizer nada.

A Reverenda Bellwether diz: "Bom dia." Limpo o nariz na minha manga. A Rita me dá um lenço de papel. Limpo minha manga com o lenço de papel. Ela sacode a cabeça.

— Estamos reunidos aqui esta manhã para dizer adeus a alguém que terminou para este mundo — a Reverenda Bellwether diz.

— Sim, estamos aqui! — alguém grita.

— Hum hum! — alguém diz.

— "Pois agora vemos através de um vidro escuro!", diz a Bíblia.

— Hum hum, sim, é verdade! Sim, é verdade!

— Nesta vida nós não conhecemos Deus! Deus nos é revelado mas ainda não o conhecemos. Pensamos que conhecemos Deus, rotulamos Deus, uhn hum!, damos um nome praquela ficha e a guardamos na pasta do domingo! Do domingo de manhã, das dez horas até uma da tarde, para ser exata. Ou, ou — a Reverenda Bellwether gira e aponta pra Jesus pendurado na cruz — Deus é uma estátua gotejando sangue. Ou um livro que alguém nos disse que era sagrado. A mesma pessoa que nos pôs em correntes e nos trouxe aqui.

— Ah, oh! Diga a verdade!

— Aonde ela quer chegar com isso? Não vamos pagar por essas besteiras — a Rhonda resmungou. — Isso devia ser um funeral.

— Deixa que eu lhes diga, vocês não conhecem Deus e vocês não viram Deus! O vidro é escuro do nosso lado. A única vez que vocês veem Deus, a única vez que a luz reluz brilhante o bastante para ver é quando vocês estão fazendo o trabalho de Deus! Nós podemos não conhecer Deus, mas sabemos o que Deus quer que façamos. Ele foi claro sobre isso. Não mate. Não roube. Ame seu próximo como a si mesmo. *Como a si mesmo. Amar a si mesmo*? Sim, como você vai amar alguém como você ama a si mesmo se você não ama a si mesmo? Jesus era um filho amoroso de Deus. "Perdoai-lhes, Pai", Ele disse, "pois eles não sabem o que fazem." Foi isso que Ele disse, não olho por olho ou dente por dente. Mas amor! E ela, hã, por quem estamos reunidos aqui para lhe desejar o bem em sua jornada final, ela tentou fazer isso, não tentou?

— Sim!

Jornada? Céu? Como ela vai estar no céu se ela tá aqui? Como ela pode ir pralgum lugar se tá morta?

— Vocês sabem que ela tentou! Vocês não estariam aqui se ela não tivesse tentado, não teríamos pessoas de pé aqui no corredor para uma pequena e velha mãe solteira como eles dizem hoje em dia, não tem nada de espetacular nisso. Não, vocês não estariam de pé nas laterais se ela não tivesse sido cheia de amor. Eu sei que vocês a amaram e eu sei que ela amou vocês. É amor, então. *Então* nós vemos, conhecemos, e somos conhecidos. A morte leva tudo, e com ela vocês não podem levar nada a não ser a parte de vocês que é como Deus: espírito! A parte que fica face a face com nosso Criador, que não se importa com Gucci, Halston ou Hilfiger! Cabelos ou diplomas, cor ou pedigree, ele conhece vocês pela obra, não obra de vocês, mas a obra *dele* que você fizeram. Ele conhece vocês pelo amor em seus corações. Então ela está descansando aqui, agora. Finalmente. E nós também podemos descansar, mesmo em nossa tristeza, sabendo que Deus conhecerá Precious Jones e ela o conhecerá.

— Sim!

— Sim, ele vai!

— Estamos dizendo adeus a alguém que amou e a quem nós amamos. Fé! Esperança! Caridade! Caridade significando amor. Jesus disse: Eu dou a vocês estas três coisas: fé, esperança e amor. E desses três o amor é o maior!" Sem ele tudo o mais é tinido de lata, tigres de papel, e jogo de cartas viciadas. Não significam nada se vocês não tiverem amor. Ocos, vazios, guardem seus brinquedos, prêmios, se agarrem neles, porque sem amor isso é tudo que vocês têm! Ninguém nunca me disse quando estou lá no Hospital do Harlem: "Reverenda Bellwether, a senhora poderia contatar meu BMW, poderia pedir a meu Jaguar que venha me ver antes que eu parta, poderia dizer a meu IBM ThinkPad que eu o amo!" Vocês são capazes de rir até mesmo agora, nessa hora triste, com o absurdo disso. Vocês sabem o que eles me dizem? "Eu acabei com o casamento do meu irmão em 86, diga a ele que sinto muito." "Não vejo minha mãe há três anos, diga a ela que está tudo bem e que o que passou, passou. Ela vai saber o que quero dizer." "Meu pai me expulsou quando descobriu que eu tinha HIV, peça pra fulana passar por lá e lhe dizer que eu o amo e pergunte se ele pode vir me ver." "Eu tive um filho que dei pra adoção quando tinha dezesseis anos, poderia por favor escrever em algum lugar que se ele alguma vez vier me procurar eu o amei e pensei nele todos os dias. Eu não podia fazer nada por ele na heroína. Foi a melhor coisa." Agora, isso é o que eles dizem pra mim, Reverenda Bellwether. Eu não sei o que eles dizem a vocês. Mas eu ainda não escutei ninguém mencionar seu Jaguar Apple laptop BlackBerry BluBerry.

"Vinte e sete anos não é muito tempo. Mas foi todo o tempo que Deus deu a nossa irmã, não sei por quê, assim como vocês não sabem. Foi todo o tempo que ela teve, e ela o usou bem." A Reverenda Bellwether parou de falar por um minuto e suspirou. "Os amigos, professores, clientes e o filho dela podem testemunhar que ela aproveitou bem seu tempo. Algumas das pessoas aqui vão dizer algumas palavras sobre nossa irmã que já não está entre nós."

Isso é estúpido, mamãe tá bem ali. Fico pensando às vezes que tudo isso é só um jogo que estamos jogando, rá, rá! Ou uma história com um final-surpresa como na escola, eles dão pra você uma história sem final e você tem que escrever o fim, ou isso é uma brincadeira, não que mamãe fizesse muita brincadeira, mas seria capaz! Seria capaz de pular rindo e sair do caixão gritando: *Enganei vocês! Enganei vocês!* Depois me puxar pela mão e dizer: *Acabou a brincadeira. Eu não tenho tempo pra essas besteiras! O que vocês acham que vou ficar fazendo o dia todo, sentada na minha bunda? Se aquele banheiro não estiver limpo quando a gente chegar em casa — eu não quero saber de nenhuma desculpa! O banheiro e levar o lixo pra fora são tarefas sua. Você tá me escutando, não tem nenhuma maldita brincadeira aqui. Você acha que é brincadeira? Hein? HEIN?* Não, eu não acho que é uma brincadeira, eu digo. Iremos pra casa e vou correndo ligar a TV e ela vai desligar a TV e dizer: *Vá fazer seu dever de casa.* Vou bater o pé e jogar a mochila cheia de livros no chão quando ela sair do quarto, e ela vai voltar pro quarto e dizer: *Se você souber o que é melhor pra você e tiver um pingo de juízo, vai pegar esses livros e fazer seu dever.* Ela irá pra cozinha resmungando que eu não sei como sou sortudo, e eu vou ficar na sala resmungando que eu queria ir viver com meu pai ou sozinho! Mas farei o dever de casa, então ela vai voltar e me ver estudando, sorrir, e dizer que a Asian Student Union vai passar "Return of the Dragon" de graça na escola dela na sexta à noite, a gente pode ir e passar no McDonald's depois se ela não me ouvir dizer nenhuma besteira até sexta. Eu vou sorrir. E ela vai dizer: *Então dá pra gente ter dever de casa sem drama até sexta?*

— Abdul. — A Rita está sacudindo meu ombro. — Deixa a senhora passar. — Eu levanto e uma grande senhora branca que estava sentada na mesma fileira que a gente se espreme pra passar.

— Olá — ela diz quando chega na frente. — Meu nome é Sondra Lichenstein. Eu conheci a Precious há quase onze anos quando eu estava trabalhando no Departamento de Educação. Nem vou tentar descrever as circunstâncias em que nos conhecemos, isso daria um livro ou algo assim, realmente. Mas vou lhe dizer que continuei em contato com ela, às vezes mesmo ela não querendo. — Ela ri. — No final, ficamos amigas. Antes dela morrer, além de ser um aluna no SEEK Program do City College, ela trabalhava como conselheira do grupo na Positive Images do Harlem, e era mãe em tempo integral de um lindo menino, Abdul, que é um estudante maravilhoso; e foi Adbdul quem fez o desenho gráfico computadorizado que está perto dos poemas de Langston Hughes no meio do programa. Agora vou me sentar e deixar a Blue Rain, uma das professoras da Precious, falar. — Ela vem sentar outra vez. Bom, estou contente; fico com raiva quando ouço as pessoas falando da minha mãe como se ela estivesse morta.

Ah, eu conheço ela, a senhora com trancinhas. Vi ela antes, é uma das amigas da minha mãe.

— Oi, eu sou Blue Rain, fui professora da Precious e depois me tornei sua amiga. — Blue Rain olha pra baixo num pequeno cartão

## O GAROTO

e diz: — Eu não queria esquecer nada do que tinha para dizer ou ficar falando muito tempo, então escrevi o que eu tinha pra falar. Eu me lembro uma vez da Precious me dizendo: "Que diferença faz se o copo está meio cheio ou meio vazio? Você apenas bebe o tanto que pode enquanto pode." O abuso complicou a vida dela e a deixou com AIDS — AIDS! O que que ela tá falando? —, que finalmente a levou. Mas ela me mostrou, a todos nós, o bom jogo que você ainda pode jogar quando as cartas do baralho estão contra você.

— *Ashé Ashé!* — alguém grita.

— Diga a verdade! — outra pessoa grita.

— Ela aprendeu a ler e escrever com dezesseis anos. — De quem ela tá falando? — Com vinte ela se formou na escola e começou a lenta caminhada em direção a um diploma universitário. Suas realizações foram notáveis por causa do que ela foi capaz de superar e talvez ainda mais notáveis pelo que ela não foi capaz de superar. Nós que a conhecemos, vimos uma criança se tornar mulher, um copo meio cheio transbordar, uma coisa quebrada tornar-se inteira. E o ato de testemunhar isso nos tornou a nós mesmos mais inteiros.

Se eu tivesse me comportado e feito o que ela dizia, ela não teria ficado cada vez mais doente. *Você tem que fazer tanto barulho!* Meu trabalho é limpar o banheiro. Quando abro o remédio do armarinho sobre a pia — *Pode deixar, eu faço isso* —, conto treze frascos de remédio. De manhã de tarde de noite. Por quê, se não tem nada errado com você? Sei que você não tem o que eles tão dizendo porque você tá boa nós tamos bem eu tô bem nós não temos isso, nós somos, eu sou um garoto que tá *indo pra algum lugar, ser alguma coisa*. Eu não queria ficar fazendo barulho sinto falta do meu pai queria que ele viesse e me pegasse e fizesse tudo ficar bem eu quero andar de cavalo se eu tivesse um pai podia andar de cavalo o tempo todo. Mas não tenho e quero que minha mãe se levante daquela caixa e grite (apesar de ser novembro) PRIMEIRO DE ABRIL! PRIMEIRO DE

ABRIL! ENGANEI VOCÊS! ENGANEI VOCÊS! e a gente podia ir pra casa de novo como antes eu tô tão cansado e não gosto de ficar ouvindo todas essas pessoas estúpidas falando. Essa é a quarta, não, a quinta. Uma mulher alta e magra de jeans azul e paletó e gravata.

— Estamos todos aqui hoje... ah, meu nome é Jermaine Hicks... como estávamos dizendo, estamos todos tristes por ver nossa amiga e irmã perder sua valente... quero dizer isso em todo o sentido da palavra — va-len-te luta pela vida. Ela era uma estrela, um diamante entre imitações, uma guerreira. Isso não é retórico, isso é real. Acho que há coisas ruins que vocês podiam dizer sobre ela, há coisas ruins que se pode dizer sobre qualquer um. Mas para mim esse momento é para celebrar a vida que ela teve, assim como desabafar nosso pesar pela vida que ela não teve e que agora nunca vai ter. Sua merda não foi fácil... ah, não devo falar assim aqui? — Ela olhou para a Rhonda. Quando olhei para a Rhonda, ela tava encarando a garota com os olhos tão duros que pareciam faróis. — Não devo mencionar que Medicaid não quis pagar por seus medicamentos ou que o seguro tava ameaçando ela de novo pra deixar a escola ou perder seus benefícios, que tem um cadeado na sua porta e que ela morreu falida e deprimida, profundamente deprimida.

A Rhonda resmungou atrás de nós:

— Já me enchi desse cérebro de borracha de viciada em crack.

A Rhonda se levanta. A garota ainda está falando.

— E agora nós olhamos pra ela deitada de vestido branco falando dela como se ela fosse um anjo. Sim, bem, talvez isso seja ironia ou algo assim, porque a porra da vida dela com certeza foi um inferno!

— A vida da minha mãe não era não um inferno!

— Licença — a Rhonda diz. Jermaine não presta atenção na Rhonda. — Ela morreu falida, deprimida, mas com um coração grande demais pra ficar amargurado. — Ela olha pra Rhonda, que agora tá parada perto dela. A Rhonda lhe diz alguma coisa.

— Sim, vou me sentar quando tiver terminado, mas ainda não terminei.

— Ei, vamos! — a Rhonda fica encarando até ela ir sentar.

— Acho que a Rita tem algumas palavras que ela quer dizer antes que a gente termine essa parte do serviço — a Rhonda diz.

A Rita se inclina pra me beijar, então se levanta em frente do caixão da mamãe. A Rhonda veio sentar perto de mim.

— Essa garota era minha amiga, minha irmã, e algumas vezes minha filha. Eu a amava. — Abre um pedaço de papel. — Esse poema se chama "Mãe para Filho", de Langston Hughes. A primeira vez que ouvi foi quando a Precious decorou e recitou pra classe, naqueles bons dias! — Ela ri. — Vou ler agora. — Ela me olha. — É para você, Papi.

MÃE PARA FILHO

*Bem, filho, vou te dizer:*
*A vida pra mim não tem sido nenhuma escada de cristal.*
*Tem tachinhas nela,*
*E lascas,*
*E tábuas quebradas,*
*E lugares sem tapete no piso —*
*Nua.*
*Mas o tempo todo*
*Estou subindo*
*E alcançando plataformas*
*E virando as quinas,*
*E algumas vezes indo no escuro*
*Onde não tem nenhuma luz.*
*Então, menino, não fique sentado no degrau*
*Porque tá achando difícil.*

*Não caia agora...*
*Pois eu ainda estou subindo, meu bem,*
*Ainda estou subindo,*
*E a vida pra mim não tem sido nenhuma escada de cristal.*

Ela se vira pra mamãe. "Te amo, Precious." Então vem e senta de novo. Eu gosto do poema dela, me sinto bem.

— O que vai ter agora? — pergunto. POING!, a Rhonda bate na minha cabeça de novo. Odeio ela!

— Isso num é um show, garoto! "O que vai ter agora?" Nunca ouvi algo assim!

— Você pode parar! — a Rita diz pra Rhonda, a Rhonda revira os olhos pra Rita. A Rita se inclina e sussurra: — Agora eles vão fechar o caixão.

— Hã?

— Os carregadores de caixão, são eles que vão carregar o caixão do salão do velório pro carro, e depois, quando chegar no cemitério, eles tiram o caixão do carro e levam pro lugar do túmulo.

— Então... — Eu não entendo mas paro de falar, um dos caras desligou a pequena lâmpada sobre a cabeça da minha mãe. Outro cara tá mexendo numa dobradiça de um lado do caixão, outro cara do outro lado está fazendo a mesma coisa. Eles baixam a tampa sobre o rosto da mamãe. — Ela não vai poder respirar! — digo para a Rita.

— Ela não tá respirando, Abdul. Ela tá morta. Eles estão fechando o caixão pra gente poder levar pro cemitério e colocar o corpo dela na terra.

— Não! — Jogo meus braços ao redor da Rita, aperto a cara no seu vestido, chorando. O material do vestido fica todo duro quando tá molhado.

— Tá tudo bem, tá tudo bem — a Rita repete e repete. Uma pessoa me pega do banco, não sei quem, continuo chorando. Escondo o rosto na roupa dela, aperto os olhos fechados. Abro os olhos de novo quando um cara grande me coloca na calçada na avenida Lenox ao lado da Rita. Tá mais frio fora do que antes, mas o sol continua brilhando.

— Venha, benzinho — a Rita diz —, entra no carro. — Corro pra perto dela. Gosto de andar de carro. Afastamos dos outros carros e ficamos atrás do Lincoln preto com a mamãe dentro. Não sei aonde estamos indo. Fico só lendo as placas da estrada. O mundo passa zunindo como quando você tá jogando um jogo de computador no carro. Tô um pouco sonolento. Gosto de carros. Mamãe, por que não temos um carro? Mamãe, tô falando com você, por que não temos um carro? *Bem*, é o que ela falaria, *porque não podemos comprar um agora, Abdul.* Mas agora ela não fala nada. Saímos da estrada, as casas aqui têm grama e parquinhos. Vou morar aqui quando crescer.

Caixões? Cemitério? Lugares mal-assombrados dos filmes de bruxas na televisão. Drácula saindo do caixão com teias de aranha e outras coisas. Coisas escuras, assustadoras. Mas quando o carro para é como um parque bonito, grama verde, céu azul com nuvens brancas fofas. Eu me inclino pra trás no assento fecho meus olhos, ouço as portas dos carros abrindo pessoas falando, ouço a porta desse carro abrir, abro meus olhos, saio. Eu e a Rita andamos atrás dos carregadores de caixão e da reverenda Bellwether pelo caminho de cascalho branco cintilando ao sol. Depois saímos do caminho pra grama. Gosto de andar na grama. Aqui é como uma cidade! Grama verde, as lápides são pequenas casas; uma pessoa está debaixo de cada uma? Primeiro uma pessoa, depois elas viram ossos? Subimos uma colina, tem umas cadeiras, uma grande pilha de terra; chego perto pra ver o grande buraco. Vejo um avião desaparecer no céu.

De um lado do grande buraco tem uma pilha de terra. O caixão está do outro lado. A Reverenda Bellwether tá segurando a bíblia

mas não abre. Ela olha pra todo mundo pra cima pro céu e pra todo mundo de novo.
— Pai Celestial — ela diz.
— Amém — a Rhonda grita. Por quê? Tudo o que ela disse foi Pai Celestial.
— Pai Celestial — ela fala de novo —, Grande Espírito, o que sabemos você nos ensinou, onde estamos você nos trouxe. E viemos do corpo de nossa mãe e para o corpo da Grande Mãe devemos retornar.

Um cara com um macacão sujo acena com a mão e os carregadores movem o caixão sobre o buraco com algumas cordas e faixas de lona. Então ele vai pro canto do túmulo e gira um cabo. Quando ele gira o cabo, o caixão desce.
— Das cinzas para as cinzas! — Desce, desce, o cabo gira e gira.
— Do pó para o pó! — Gira prum lado, bate. Olho pra cima pro céu. Azul. O sol brilhando. Procuro outro avião. Nenhum. O homem com macacão pega uma pá, enfia ela com força na terra.
— Vamos. — A Rita puxa minhas mãos. — Acabou.

A RITA PEDE pro homem que tá dirigindo pra deixar a gente na rua 125, no prédio do Harlem State Office em vez de na funerária.
— O que é aqui?
— Alguns amigos da sua mãe fizeram uma comida. As pessoas vão comer alguma coisa, conversar e depois ir pra casa.
— Pra casa?
— Vamos!
— Não tô com fome!
— Tá sim, para de agir como um bobo!
— Quero ir pro McDonald's!
Ela ri.
— Pensei que você não tivesse com fome! — Aponta pro outro lado da rua. — Tá vendo aquilo?

— O quê?

— O Hotel Theresa, foi onde conheci sua mãe. Aprendemos a ler e escrever juntas.

— Quequicêquedizê?

— Quequicêquédizê quer dizer o que eu quero dizer?

— Sobre você e minha mãe aprendendo a escrever, ou o que for, no Hotel Theresa.

— Ela nunca te contou sobre isso? Não? Bom, me lembre disso um dia. Não temos tempo agora.

Eu tenho tempo agora. Além disso, não quero ir pra lá, seja lá o que tiver nesse prédio do Harlem State Office. A Rita estende a mão, eu balanço a cabeça.

— Vem, deixa de ser bobo e vem logo pra cá. As pessoas estão esperando por nós.

Subimos no elevador até uma sala com pessoas andando sorrindo e sentando nas cadeiras encostadas nas paredes comendo comida e bebendo café. A Rita me leva até uma mulher com um vestido de listras pretas e brancas.

— Abdul, quero que você conheça a Sra. McKnight. Ela era a chefe do Cada Um Ensina Um antes de fechar.

E daí? O que era isso? A senhora se inclina pra me beijar. Estou cansado de pessoas me beijando, não quero que ela me beije, mas ela beija.

— Você comeu quiche? — a Rita pergunta.

— Gosto do de cogumelo.

— Bom, experimente esse, é de espinafre e queijo. — Vamos pra mesa de comida. Pego um pouco de presunto e salada de batata, paro na frente de um monte de bolos, muitos deles. — Vá em frente, pegue o que quiser. — Pego bolo de cenoura com cobertura e bolo de chocolate.

— Vamos sentar por aqui. — Ela aponta pra umas cadeiras na parede. Nunca vi essas pessoas antes. O que isso tem a ver com minha mãe? Minha mãe disse que eu era a pessoa mais importante da vida dela. O quiche tá gostoso, o presunto também. Não gosto dessa salada de batata; gosto do jeito que a minha mãe faz.

— Depois que você terminar seu bolo, vamos falar com a Sra. Rain.

A RITA FECHA a porta do pequeno escritório. Escuto as pessoas lá fora falando e rindo com suas comidas. A Sra. Rain tá sentada atrás de uma mesa.

— Sente-se, Abdul — diz a Sra. Rain.

Não quero sentar. Acho que sei o que elas vão falar. Quero correr pra fora da sala, ir pra casa. Mas casa é com minha mãe, sem minha mãe não é casa. Como estou me sentindo? O que ela acha? Não respondo malcriado. Minha mãe não permite isso. Olho pra Rita. Meu estômago tá esquisito. Desejo que elas continuem falando.

— Bem, sua mãe se foi. E seu pai também, evidentemente tá morto há um bom tempo. Acho que você já sabia disso?

Não sabia. Olho pela janela. Não costumo ficar a essa altura, o quê? Estamos no vigésimo andar ou algo assim? Olho pra fora vejo uma tela de computador em vez do céu por um segundo. Avião dando cambalhotas devagar e então outra e outra vez então vuuum a tela explode em chamas! Então eu vejo a mim mesmo caindo pelo céu. Manchete GAROTO DE NOVE ANOS PULA PARA A MORTE. Eles vão se arrepender de ter mentido sobre meu pai e dizer coisas sobre a AIDS.

— Abdul. Sei que você está imaginando o que vem agora, onde você vai ficar e sobre a escola.

— Eu pego ônibus pra escola — eu disse pra ela. A Rita olhou pra Sra. Rain, depois pra mim.

— Nunca te disse, só isso, tô um pouco enjoado. — Estou com calor, a sala, a Rita parece um sonho, lábios vermelhos pó no rosto.

Corro pra lata de lixo, quase vomito antes, eca! Quiche, bolo de chocolate, refrigerante de uva eca! AHHH!

— Tá tudo bem — Rita diz. A Sra. Rain me passa um lenço.

— Você está bem? — ela pergunta.

— Sim — eu respondo e sento de novo. Sabia o que estava por vir. Os meninos da escola que não têm pais vivem em casas de adoção e lar coletivo e coisas assim. Olho pela janela e me vejo dando cambalhotas outra e outra vez como o avião. PAM!!

— Onde estão todas as minhas coisas?— pergunto.

— Hã? — a Sra. Rain parece surpresa.

— Meu computador, meus brinquedos, meus livros, meus pôsteres, minha bicicleta.

— Sua mãe mandou alguém no apartamento antes de morrer pra pegar o computador dela, papéis, documentos legais e coisas assim. Não acho que ela pensava que fosse... falecer. Acho que ela pensava que ia melhorar mais uma vez. A Rita e eu fomos lá antes de ontem, e havia um cadeado na porta e uma ordem de despejo. Não sei se ela estava com aluguel atrasado ou se o locador está só sendo rápido. Ele estava querendo o apartamento de volta faz tempo. Mas só temos as coisas da sua mãe que a amiga dela pegou — papéis, livros, computador, algumas joias. A Rita tem a caderneta de suas vacinas e fichas de relatório antigas, certificado de nascimento, coisas que você vai precisar na sua nova escola. — Ela se virou para Rita. — Alguma vez ela tirou pra ele um cartão de Seguridade Social?

— Ela deve ter tirado por causa do serviço social.

— Claro. Vou tentar juntar tudo que for possível antes de ir embora hoje e te dou pra levar pro hotel. Vou pra Londres no final da semana. Abdul, você vai passar essa noite com Rita. Ela está adiando ir para o hospital...

— Não diga isso, La Lluvia.

Começo a chorar.

— Íamos ter um cachorro.
— O que ele disse?
— Não sei. O *quê*, benzinho?
— A gente ia ter um cachorro! — grito.
— Sei que é difícil, Abdul. Se eu pudesse mudar isso, mudaria. Acho que essa é a parte mais difícil. Depois que você ficar acomodado, vai ficar melhor. A Rita pode ir visitar você — a Sra. Rain falou. Ela tá olhando pra Rita, Rita tá olhando pela janela.
— Eu vou pra casa de adoção.
— Sim.
— Quando?
— De manhã.

# 2

A Rita me dá um quadrado de plástico brilhante que quando desdobra é um saco de lixo. "Tá limpo, novo, coloca suas coisas nele por enquanto." Ela tá de pé ao lado da cama segurando meus sapatos bons. Meu terno tá na cama dobrado e embrulhado em um plástico de lavanderia, minha camisa também. Minha camisa, meu terno preto, meus sapatos bons e minha jaqueta de couro, e o que tô vestindo — jeans, minha camiseta do Batman e tênis — é tudo o que tenho. Todo o resto está em casa. Meu tocador de CD é da minha mãe mas sou eu que uso mais, minha TV é da minha mãe mas ela não gosta de TV, meu computador é da minha mãe mas na minha escola não tem computador pra quarta série, meu jeans um pouco mais justo, minha mãe não permite que eu use essas calças muito largas, minha jaqueta acolchoada, botas Timberland, minhas favoritas, que vou vestir quando ficar frio. Minha sunga para quando eu for nadar, pés de pato, o cara do corredor me deu, mesmo eu ainda não sabendo nadar. Meus CDs, meus e da minha mãe, alguns são meus, alguns são dela. *Tudo* é dela, ela disse depois que troquei um que *pensei* que era meu, MC Lyte, pelo Biggie Smalls. Minha mãe é das antigas. Meus bonecos do Comandos em Ação, índios, líder

Cavalo Louco, Nuvem Vermelha, Custard e os soldados, mapa da Batalha de Little Bighorn, bolinhas de gude (que nunca joguei), cordão, faca (faca do exército suíço, que não posso nunca, NUNCA tirar de casa), o peixe dourado, eles provavelmente não estão mais vivos se ninguém foi lá e alimentou eles. Meus livros. Tenho um monte de livros sobre pessoas negras e indígenas. Gosto dos americanos nativos mais do que dos negros. Não tem indígenas estúpidos como Danny. Minhas roupas de jogo, meus lápis de cera, tintas, minhas tintas mas minha mãe usa elas mais que eu. Na minha cômoda tem uma foto da minha mãe, onde é que ela tá? Quem pegou minhas coisas? Quero elas.

— Abdul, você nem se mexeu! — A Rita sacode a sacola. — Vamos agora.

Ela coloca meus sapatos, meu terno e minha camiseta na sacola. Tudo o mais na cama ela comprou pra mim, pijama de elefante e tigre — flanela macia —, chinelos, outro par de jeans, duas camisetas, cueca, quatro pares de meia. Ela apanha debaixo do travesseiro, me passa uma sacola.

— Uma surpresa pra quando cê chegar na sua casa nova. Não olhe agora.

Ela pega de mim e coloca na sacola. Sento na cama. Ela coloca a sacola perto da porta, então senta na cama perto da janela e começa a se maquiar. Ela tá passando batom quando alguém bate forte na porta.

— Quem é!

— Sra. Render da Agência do Bem-Estar Infantil para Sra. Romero e Sr. Jones.

A Rita abre a porta para uma mulher alta e branca de terno cinza como um homem, só que ela usa uma saia em vez de calças. Ela tá sorrindo.

— Estamos prontos para ir? — A Sra. Render sorri ainda mais.

## O GAROTO

A Rita olha pra ela como se fosse louca.

— Ele está pronto — ela diz.

— Você tem os papéis? — a Sra. Render pergunta. A Rita entrega a ela o envelope pardo.

— Há quanto tempo ele está aqui?

— Desde que a mãe faleceu. Eu o trouxe pra casa do hospital. Ele tem ficado em casa sozinho.

A Sra. Render olha para a cama.

— Ele tem dormido aqui?

— Onde mais ele dormiria? — a Rita pergunta.

— Pronto para ir, Sr. Jones?

Quase ri. "Sr. Jones?" Quem é esse!

— Artigos pessoais? — A Sra. Render sorri.

A Rita inclina a cabeça para o saco de lixo. A Sra. Render estende a mão pra sacola, vou rápido pra porta e pego, ela abre a porta, olho pro corredor escuro, a porta do banheiro no final, fechada, alguém deve estar nele; no meio do corredor, antes de chegar no banheiro, as escadas.

— Você quer que eu carregue isso para você, Jamal?

— Não, eu posso carregar. — Descendo um dois três quatro cinco seis sete oito nove dez onze, o tapete não tem mais cor, só chiclete velho, queimadura de cigarro, doze, treze, arrastando a sacola...

— Certeza que você não quer que eu carregue isso?

— Tenho. — Pegando a sacola, catorze, quinze, dezesseis terceiro andar. Na batalha do Little Bighorn lutei lado a lado com o chefe Touro Sentado e com Cavalo Louco. Eu era o único índio negro lá com minha pintura de guerra, pena de águia. Eu e o Cavalo Louco somos amigos, os únicos caras que não fumam cachimbo antes de lutar, não acreditamos nessas coisas. Meu cavalo é um poderoso corcel branco, garanhão? Qual a diferença entre um garanhão e um corcel? Onde estão todas as pessoas que geralmente ficam no corredor, por que ninguém tá com a porta aberta pra me dar um bolo ou croissant? Por que a Rita não me levou até a porta? O homem atrás da cabine de plástico apertou o botão e eu e a Sra. Render saímos. Tá frio na rua, sinto que tá atravessando minha jaqueta de couro. Minha mãe diz que couro não é nada além de estilo, não deixa você realmente aquecido.

— Ali. — Ela aponta, seu carro é novo, Saturn azul. Entro no banco de trás, tem uma luva de beisebol e algumas revistas em quadrinhos no chão. Ela deve ter filhos. Em casa eu tenho revistas em quadrinhos, as *mesmas*. Na parede tenho pôsteres do Biggie, Cavalo Louco, Touro Sentado, Michael Jordan e Tupac. Coloquei o do Tupac porque minha mãe não gosta dele. Rá, Rá. *É um monte de besteira, toda essa merda de gângster.* Mas é minha parede, posso colocar o que eu quiser nas paredes do MEU quarto. *Não você não pode.* Por quê? *Eu pago o aluguel aqui, você é um garotinho e pode fazer algumas coisas e outras não. Não pode fazer tudo o que quer.* Te odeio! *Você sabe que tá na hora de você calar a boca antes que eu deixe minha mão falar!* Não!, Eu disse. *Cê tá maluco? Tira essa merda de pôster!* Por que você tem que falar palavrão? *Eu vou te bater, seu idiota.* Me deixa sozinho (corro pelo quarto e deslizo pra debaixo da cama.) *Para de gritar, idiota!* Não sou idiota! *Você age como um!* Você ia me bater! *Não ia! Ia! Para com toda essa maldita gritaria e sai daí de baixo.* Não! *Não dá pra aceitar cê me dizer não quando tô te dizendo pra fazer uma coisa!* E dá pra aceitar você morrer e não me dar um cachorro?

— Há quanto tempo você mora no Harlem? — a Sra. Render pergunta, virando na avenida Lenox.

— Num sei.

— Você não sabe? Onde você estava na escola?

— Escola Fundamental 1...

— Todos os garotos da Srta. Lillie vão para a Escola Fundamental 5. Bem, aqui estamos. — Não consigo ver a cara dela, mas provavelmente ela tá sorrindo.

## O GAROTO

Achei que a gente tava indo prum prédio de escritórios ou coisa assim. Esse prédio tá sozinho no meio de dois terrenos vazios. Tijolo sujo e lixo. Do pó às cinzas? Ainda não sei o que isso significa. Vimos um vídeo de um bebê nascendo, não havia cinzas não.

— Bem. — Ela se inclina e abre a porta pra mim. Sigo ela, tentando não arrastar minha sacola na calçada. Um pequeno frasco quebrado com tampa laranja me lembra o Tyrese: TV, tela, garoto asiático perto da mulher de cabelo amarelo. "Estamos felizes em trazer para vocês as notícias da noite." (Não tô prestando nenhuma atenção.) Então ela fala: "Não há novidades no caso do jovem Tyrese Washington, sequestrado segunda-feira passada na Escola Fundamental 1 do jardim de infância..." (Minha escola!) "Os sequestradores, supostamente rivais do irmão mais velho do jovem Tyrese, suposto traficante drogas de Harlem, estão pedindo cem mil dólares pelo resgate da criança de sete anos." Na tela atrás da grande cabeça dele tem uma nota feita de pedaços de jornais: "DEIXE DINHEIRO NO LOCAL DA ENTREGA CÊ SABE ONDE DENUNCIE E O GAROTO MORRE." Até então, quando ouvia as pessoas falando do Tyrese sequestrado e tudo isso, eu não acreditava, era como alguma coisa na TV. Mas ver na TV fez isso ficar real pra mim. Minha mãe diz: *Danny não consegue contar até cem mil, muito menos fazer isso.* A moça diz: "A polícia está procurando digitais na sacola de papel encontrada na semana passada debaixo de uma mesa do McDonald's na esquina da Broadway com a rua 125 depois que os sequestradores ordenaram ao irmão do Tyrese, o Daniel Washington, que buscasse uma sacola de fast-food." Eles mostraram uma foto do Tyrese na tela atrás da moça, e então a gravação da voz dele gritando: "Danny por favor eu te amo, você é o melhor me desculpe por favooor dê o dinheiro pra eles. Te devolvo quando eu crescer POR FAVOR. Eles vão cortar todos os meus dedos Danny POR FAVOOOR."

— Bem — a Sra. Render sorri pra mim. — Você tem certeza que não quer que eu carregue isso?

— Não.

— Não?

— Não, eu *gosto* de carregar.

*Nada disso vai acontecer alguma vez com você. Você e o Tyrese são duas pessoas diferentes. Além disso, você não tem um irmão bobo como o Tyrese tem. Eu não tenho ninguém. Não se preocupe com isso, apenas seja um bom garoto e entre lá e faça sua lição de casa, por favor.*

Sigo a Sra. Render pela calçada até a porta da frente do prédio sujo. Ela empurra.

— Essa porta geralmente está trancada. Venho muito aqui. A Srta. Lillie tem alguns garotos que estão indo muito bem. Onde você disse que ia na escola?

— Escola Fundamental 1.

— Todos os garotos da Srta. Lillie vão para a Escola Fundamental 5. Você já me disse isso!

— O apartamento da Srta. Lillie é no último andar. Já morou no último andar antes? Você não fala muito, fala? Agora, querido, me dê essa sacola.

Ela pega minha sacola e começa a subir as escadas. Um dois três quatro cinco seis sete oito nove dez onze doze treze catorze. Ela tem grandes veias como pregas azuis coladas pra fora atrás das suas pernas. Eca, pergunto a mim mesmo qual a sensação dezessete dezoito dezenove vinte vinte e um vinte e dois vinte e três vinte e quatro vinte e cinco vinte e seis vinte e sete vinte e oito vinte e nove...

— Aqui estamos, Mohammed. Quero dizer, Jamal.

Mohammed? Ela sai do vão da escada e vai pro corredor, tô olhando a fenda atrás da saia cinza dela, atrás das pernas brancas e gigantes, as veias azuis. Ela é uma gigante, muito mais alta que minha mãe, e minha mãe é alta. O corredor cheira a Pinho-Sol, minha mãe usa isso pra limpar a cozinha. Pinho-Sol tem cheiro de árvore de Natal e óleo de motor juntos. O corredor é escuro, só uma luz funciona e quando cê tá subindo as escadas. Alguém pichou BB grandão na parede em letras pretas. Ela para na porta no final do corredor. Escuto sons como corrida de um cachorro no outro lado da porta. As unhas do pé dele riscando o chão, posso escutar ele arfando, posso quase ver o rabo dele abanando. Outro, dois cachorros? O número da porta é 6-F. Quero pegar minha sacola da Sra. Render e ir pra casa. Ela toca a campainha.

— Pra trás, todos! — Uma mulher grita de trás da porta e abre. Cheira a cachorro, não consigo ver nada exceto bolinhas rosas. Quando me afasto do rosa, vejo essa mulher grande de pele clara e um roupão de bolinhas e dois grandes cachorros collies.

— Bem, não fiquem apenas aí parados, entrem!
— Como vai, Srta. Lillie?
— Bem, bem, posso dizer. E você como vai? Entra?
— Não, não, tenho que pegar mais dois essa manhã, não posso parar. — Ela olha meu envelope, depois entrega pra moça. — Srta. Lillie, esse é o Sr. Jones, Jamal Abdula.
— E aí, querido?
— Diga olá — ela me diz.
— Olá — eu digo.
— A Srta. Lillie vai ser sua mãe adotiva.

Um dos cachorros se esparrama nos pés da Srta. Lillie, o outro dança ao redor se sacudindo, a língua pendurada pra fora. O que está deitado está me olhando com olhos doentes com remela.

— Bem, entra, querido. Você não tá com medo dos cachorros, tá?
Balanço a cabeça.
— Bem, vem então.

A Sra. Render deixa minha sacola do lado de dentro da porta e dou um passo entrando no apartamento pra perto dela. Então, ela vira as costas e sai apressada, parece que são suas pernas gigantes e veias azuis que estão dizendo "Tchau, por agora, voltarei para te ver, tá bom?", enquanto ela se afasta rapidamente.

— Entra, pode me chamar de Srta. Lillie, ou mamãe, tanto faz. Cê gosta de cachorros?

— Ele parece velho — eu digo. Não digo que seus olhos parecem ter um tipo de doença.

— Ele é, querido, tem catorze anos se fizesse aniversário. Você sabe quanto é isso em anos de cachorro? É quase cem! Quantos anos cê tem?

— Nove.

— Você será um tipo grande, é sim. Bem, não fique aí em pé, pega sua sacola e deixa aqui. Ninguém aqui morde.

Não gosto dela.

— Fox — ela encosta no cachorro deitado com seu pé. — Ele é meio collie. Este aqui — o que tá dançando ao redor — é todo collie.

Não gosto desses cachorros.

Ela fecha a porta.

— Venha aqui. Tá, vamos ver o que diz esses papéis. Que cê tem na sacola?

— Roupas.

— Percebi isso, espertinho, mas o que exatamente? Preciso saber para ter certeza que cê tem tudo que precisa.

— Meu terno e outras coisas.

— Tá e outras coisas, vamos dar uma olhada nesse envelope e ver o que temos aqui. Ahã, ahã, Jamal A. Jones, nove anos, tudo bem.

— Meu nome é Abdul Jamal Louis Jones.

— Bem, docinho, aqui diz Jamal A. Jones, e no seu cartão da Medcaid diz Jamal Jones. Então acho que vamos com Jamal Jones, o que você acha J.J.! Ei, gosto disso, que tal te chamar de J.J. aqui pra ter menos confusão?

O cachorro dançante tá cheirando meus pés abanando o rabo.

— Sai da passagem da porta. Esse cachorro velho num vai te machucar. Cê num vai se dar por aqui sendo tão medroso.
— Num tô com medo.
— Bem, isso é bom. Você já tomou café da manhã? — Sacudi não com a cabeça.
— Bem, vem, tenho arroz frito chinês da noite passada. Eles servem café da manhã e almoço na escola, então a maioria das vezes os garotos comem lá durante o dia. Vem, vamos levar suas coisas e pegar algo pra você comer. O Morcego tá doente e ficou em casa hoje, então voltou pra cama, cê vai conhecer ele. Os outros vão chegar assim que a aula terminar. Vem.

Segui pelo corredor e ela empurrou uma porta vaivém.
— Essa é a cozinha, cês não precisam entrar aqui a não ser pra janta. Olha ali atrás. — Ela aponta a porta na parte de trás da cozinha. — Essa porta é do meu quarto. Só entre lá se eu te chamar. Tá, esse é o banheiro, deixo uma luzinha acesa a noite toda, sem desculpa pra não levantar e usar o banheiro. — Indo pelo corredor, ela abre outra porta. — Essa aqui é a sala de estar. — Bonita. O sofá branco e dourado é coberto com plástico brilhante, mesa de café de mármore branco, cortinas douradas. — Cês meninos num precisam entrar aí pra nada, realmente.

Ela puxa a porta forte para fechar.
— Atenção!

Olho pra baixo a tempo de levantar minha sacola e pisar do lado de um jornal com cocô de cachorro. Eu me pergunto se alguém salvou meu peixe-dourado. Na escola a gente tava fazendo relatórios, e eu tinha que entregar o meu mas foi quando minha mãe morreu. Pisei perto de outro pedaço de jornal amarelo e molhado, sem cocô de cachorro. A Srta. Lillie para de repente, quase entrei nas suas bolinhas rosa. Pulei pra trás. *Mama*, minha mãe nunca vestiria nada como isso.
— Esse é o quarto de vocês, garotos.

Ela abre a porta e um menino deitado no fundo de um beliche pula em seguida e bate sua cabeça PÁ! na parte de cima. Ele leva um susto com a gente. Rá rá! Eu ri. Ele me encara tão duro e olho pra baixo pro chão, que é como um grande tabuleiro, quadrados pretos e brancos. Quando olho pra cima, o garoto continua me encarando.

— Esse é o Morcego. Todo mundo nessa casa tem um apelido. Você vai se adaptar bem, J.J. Espere cê conhecer o Bola de Neve, esse é meu bebê. — Ela vira pro menino ainda me encarando. — E você, Sr. Morcego, como tá tão doente, sugiro que deite seu traseiro de novo ou levante e vai pra escola. E para de olhar o J.J. como se não tivesse juízo. — Segui a Srta. Lillie até uma grande cômoda encostada na parede. — Você pode colocar suas coisas na gaveta inferior, tá vazia desde que saiu o qual o nome dele, hein, Morcego?

O Morcego não diz nada e não deita como a Srta. Lillie disse nem para de me encarar como se me odiasse ou algo assim. Comecei tirando minhas coisas da sacola.

— Que é isso? — ela pergunta.

— Meus sapatos.

— Bem, não coloque eles na gaveta.

Eu não ia. O Morcego está me encarando enquanto coloco minhas meias e cuecas. Por quê? Nenhuma delas pode caber nele. Eu devia pendurar minha camisa e o terno mas não quero falar nada pra Srta. Lillie, então sigo em frente e coloco eles na gaveta. A Srta. Lillie olha pra sacola.

— Você tem um casaco além do que cê tá vestindo? — a Srta. Lillie pergunta.

— Tenho uma jaqueta acolchoada, um casaco bico de âncora, e outro casaco tipo casaco de chuva em casa.

— Ahã. — Ela olha pra mim. — Eu sei que você tem Mary J. Blige em casa pra cozinhar seu jantar também. Mas agora estou falando *aqui*.

Olho para ela. Por que ela tá falando assim comigo?

— J.J., cê é como todo o resto que vem pra cá, cê tem que se adaptar. Qualquer coisa que cê tinha em casa acabou e provavelmente nunca foi! Sei como vocês garotos inventam merda. — Ela abre meu envelope, olha na pasta, e começa a ler. — Pai desconhecido, mãe faleceu em 1 de novembro de 1997, doença relacionada com HIV, ahã como pensei, então tá, J.J., relaxa, cê é como todo mundo aqui. — Olha pra gaveta. — Isso é um terno?

— É.

— Por que cê não pendura no armário. Pode pendurar seu casaco também. O síndico mantém isso aqui aquecido. Cê num precisa ficar andando com casaco aqui.

Ela olha ao redor do quarto. Não tem brinquedo nem móveis só a cômoda e outro grupo de beliches no canto, cruzando na diagonal com beliche do Morcego que tá de pé olhando como uma... uma pessoa esquisita.

— Bem, deixa eu esquentar um pouco desse frango gostoso Lo Mein, arroz com carne de porco e sopa de ovo chinesa.

A porta fecha e é como mágica ou algo assim, de repente o Morcego se move. Ele tá vindo na direção... eu... ele... ele vai me bater? Pelo que, isso é estú... PÁ! Dou um passo pra trás, olho nos olhos dele, coisas de sono, ele cheira a mijo, ódio. Lute, digo a mim mesmo enquanto ele bate com seu punho no meu olho, me derrubando. Ele pula no meu peito, prende meus braços pra baixo com os joelhos.

— De quem cê tava rindo! — ele grita

Ai, cara, esse idiota é louco.

— Para! Para!

— Cala a boca, bebê fodido! Eu disse cala a boca, idiota! — Ele me acerta de novo, vejo bolinhas laranjas, depois nada.

— ACORDA, SEU IDIOTA! — uma sombra cinza cheirando a mijei na cama tá em cima de mim gritando "Impostor! Impostor!" Ele me agarra pelos ombros e me levanta e bate minha cabeça no chão. Sem ar. Não posso chorar. A Rita vai ficar furiosa comigo. Vou morrer. Alguém bate em você, você bate de volta. Tento me levantar. Minha cabeça queima, *queima*. Tento dizer alguma coisa, cuspo sangue no chão de tabuleiro. Minha mãe morta. Rita. Por favor, por favor.

— Cê pode ficar com isso — consigo dizer. Deve ser isso, minha jaqueta, ele quer minha jaqueta. — Cê pode ficar com minha jaqueta. — Meu terno? Minha Camisa? Que que ele quer?

— Bobo, já peguei essa jaqueta! É minha, bunda mole!

Sangue do meu nariz na minha boca. Minha cabeça queimando.

— Tenho treze anos! — Ele me levanta e me derruba no chão de novo. — Melhor cê fazer o que eu digo. — Não tenho que fazer o que ele diz. Tenho que voltar pra casa pra minha mãe.

— Não tenho que fazer o que cê fala! Só tenho que fazer o que minha mãe fala e minha professora.

— Nego, cala a boca! Cê num tem nenhuma mãe filha da puta! Ela é uma viciada de crack que morreu de AIDS!

— MORCEGO! — A voz da Srta. Lillie rebenta pela porta. — Morcego! Cê é louco, seu preto! Sai de cima desse garoto! Sai daí, J.J. Você é *louco*! Cê perdeu sua cabeça filha da puta. Ele tem que ir pra escola! Eu disse *sai* de cima dele! Bem, maldição! Ele não vai poder ir pra escola desse jeito. Vem, J.J. querido, senta. Morcego só estava brincando com você. Ele não quis te machucar! Sei como vocês garotos são duros. Grosseiros, querido! Sim, realmente. Deixa eu pegar alguma coisa pra limpar essa bagunça. E você, IDIOTA! É melhor não encostar a mão nele quando eu não estiver aqui.

Ela voltou usando luvas de látex iguais às do hospital.

— Vem, deixa eu te lavar pra você poder comer. Cê não tomou nenhum café da manhã. Nem o Morcego, por isso ele deve tá tão irritado. — Ela limpa meu rosto com uma toalha morna. — Cê tá bem, tá com o nariz sangrando um pouco e um olho roxo. Se o

Morcego encostar a mão em você de novo, eles não vão precisar levar ele embora, eu mesma mato ele! Não se preocupe, essa é a razão dele estar aqui, porque sou uma das poucas que consegue lidar com ele.

Ela puxa minha mão pra ir pra cozinha. Tudo parece vermelho ou talvez tudo seja vermelho, pelo menos a toalha de mesa e as cadeiras e os armários da cozinha. Posso sentir meu olho inchado e se fechando. Minha cabeça tá... parece que tá quebrada ou coisa assim.

— O que que cê tá olhando? Cê já viu barata antes. Pelo menos elas tão apenas na cozinha. Tem casas onde elas ficam por todo lado. Tenho que mandar o homem pulverizar outra vez.

"Senta, senta."

Ela coloca um prato na minha frente, tem cheiro bom. Não sabia que tava com tanta fome. O corte no meu lábio arde! Empurro meu prato pra longe e deito minha cabeça na mesa e começo a chorar.

— Quero ir pra casa! Quero ir pra casa! Quero ir pra casa! — As lágrimas tão queimando meu olho e o corte do meu lábio.

— Calma, J.J., acabou.

— Eu que... — mal posso falar — Eu... ir pra casa.

— Calma, J.J., cê tá em casa.

Abaixo a cabeça de volta chorando. Não sei pra onde ir. Se fosse nos velhos tempos, eu poderia fugir pra ficar com o Cavalo louco, ser um grande guerreiro. Andar com sapatos mocassim. Sinto frio, fico com minha cabeça abaixada. Não vejo nem escuto ele, mas sinto o Morcego na sala.

— Olha só pra ele! Ele não vai poder ir pra escola assim! Maldição, Morcego! Encosta sua mão nele de novo e seu traseiro sem graça vai pruma casa de adoção ou Spofford, tá me escutando! TÁ ME ESCUTANDO!

Alto como ela tava gritando, ele deve ter sido capaz de escutar. Tá me escutaaando! ME ESCUTANDO! Ergui o olhar pro Morcego, como os cachorros, será que ela consegue controlar ele. Fico surpreso, ele parece uma pessoa diferente de minutos atrás, vivo e alegre, sorrindo, não esquisito.

— Sopa — ele diz.

— Quê! — diz a Srta. Lillie.

— Quê! Pra tomar! Um pouco de sopa, é isso!

— Boa ideia, Morcego! Cê é esperto como um chicote quando cê quer. Coloque pra ele um pouco de sopa em uma tigela.

Olho pra ele, então parece que ele desaparece, como se tudo desaparecesse. Os armários estão virando do vermelho para um arco-íris.

— Toma, beba sua sopa, J.J., não vai te queimar. — A voz do Morcego vem através das cores, parece boa quase como uma mãe.

A Srta. Lillie tá colocando um pouco de gelo num saco plástico no meu olho.

— Cê não pode ir pra escola desse jeito. Eu sei disso. Senhor, tenha misericórdia! Que cê disse pro Morcego pra deixar ele tão furioso? Aqui, segura esse gelo no olho e termina a sopa. Depois quando cê terminar pode vir ver TV comigo.

Olho pra cima no corredor, o relógio é todo brilhante com estrelas, mas não consigo dizer que horas são.

— O que cê está olhando? Juro que cê é a criança mais esquisita que vi nos últimos tempos.

— Estou olhando pro relógio. Que horas são?

— Num tem relógio aí. — Ela olha no seu relógio. — São doze horas.

— Quero me deitar. — Minha cabeça tá realmente doendo.

— Tá, cê pode terminar a sopa depois.

Tenho que sair daqui, ir pra casa. Voltar pra casa. Tô com fome. Minha camiseta e minha jaqueta, tá tudo sujo...

— Vem.

Minha mãe tá lá de volta em casa. Sigo a Srta. Lillie pro quarto dela.

— Cê não quer tirar a jaqueta antes de deitar?

— Não.

FICO CONFUSO QUANDO acordo. Penso que sou a mamãe. Mas se eu fosse ela não estaria pensando que sou ela, apenas seria ela. Depois penso como se estivesse na TV, aquele desenho, o gênio mágico, ou aquele show na TV onde cê tem outra chance, tem um desejo, faz melhor, faz diferente. Mamãe não tá morta mas na cama e como no filme vai mudar e ela vai levantar e vamos pra casa ou comer pizza e nossa vida vai ser boa. Ganhamos como os indígenas ganharam uma vez, ganhamos como eles, estou tão feliz por estar no hospital com minha mãe. Hã? Hã? Não acho que esse cara entende, ele fica me perguntando coisas estúpidas. Não aconteceu nada! Eu e minha mãe estamos ficando prontos pra sair daqui. Cê não pode nos manter aqui se não queremos ficar aqui. Estamos bem. Minha mãe tá bem, ganhei o show, tenho que voltar, meu desejo? Hoje não é hoje, é ontem.

— Vem, acho que você sabe. Você pode dizer quem fez isso com você?

Eu e minha mãe vamos comer pizza e ir pro Apollo. Ninguém na minha classe vai a tantos lugares como eu.

— Fez o quê?! O que você está falando? Me deixa sozinho! *Não aconteceu nada.*

— J.J.? J.J.? J.J.?

Meu nome não é esse estúpido J.J. não sou um garotinho...

Parece que toda a brancura da luz está jorrando nos meus olhos e honestamente não me lembro. Sou um garotinho um garotinho um garotinho sou um garotinho! Não não sou, não tenho que ser, não quero lembrar não lembro. Te disse uma vez! Ele bateu minha cabeça no chão. O chão tinha quadrados pretos e branco no linóleo. Não me lembro não me lembro. Não aconteceu.

— O que não aconteceu?

— O que você está pensando que não aconteceu. O que você está pensando...

— Alguém te machucou, J.J.

Esqueci tudo o que não sei. Eu me afundo mais na cama ainda que meu travesseiro já esteja achatado.

Casa, casa. Como me sinto? Eu me sinto como querendo ir pra casa. Apague as luzes, doutor.

pra eu poder dormir

a noite no hospital é clara.

então você sabe o que aconteceu com você

então você sabe o que aconteceu com você?

O Morcego pulou da sua cama e pulou em mim

por causa da minha jaqueta.

eu não sabia que o Morcego queria minha jaqueta então ele me surrou.

suco de laranja por favor

você gosta de suco de laranja

sim eu

sim eu

cinco dólares

tenho cinco dólares do cara da lavanderia

caleidoscópio mágico de estrelas da Rita

ele me bateu

— Onde?

Eu

O Morcego me bateu?

— Algo mais? Ele fez mais alguma coisa?

## O GAROTO

Não aconteceu nada, de verdade, caí e bati a cabeça na escola e minha cabeça tá doendo muito e será que cê dá conta de consertar? Nos meus sonhos não sou negro, e se sou, sou apenas metade negro e indígena. Sou um guerreiro cavalgando pelas planícies, nos meus sonhos expulsamos os europeus de volta pro oceano, nos meus sonhos algumas vezes sou negro, mais negro do que sou agora, o negro mais negro, o Aníbal montando um elefante pelos Alpes, um soberano de um reino de uma terra onde a foto do meu pai é como a do George Washington na nota de dólar, nos meus sonhos não apanhei. Nem fui deixado sozinho. Meus sonhos são meus, sonho eles com meus olhos abertos. Quando fecho os olhos meus sonhos pertencem ao bicho-papão, o diabo. Eles são *mentiras* do diabo. Mas meus sonhos não eram mentiras antes da minha mãe morrer, ou talvez um pouco antes da mamãe morrer eram sonhos ruins. Antes disso meus sonhos eram muito bons, como se eu tivesse clareza do que ia ser quando crescer, eu era como o Michael Jordan. Como meu pai deve ter sido.

Minha mãe diz que todo mundo mesmo as pessoas que vão pra mesma igreja tem ideias diferentes do que é Deus. *É diferente pra cada pessoa, Abdul. Não sei como descrever exatamente ele pra você, mamãe aprendeu sozinha. Algumas vezes acho que você sabe mais do que eu. Mas como eu vejo ele... num sei. Tudo bem, veja essa maçã, me fale sobre ela.*

É verde.
*Sim.*
É brilhante.
*É?*
Não, mas maçãs podem ser brilhantes.
*Qual o tamanho dela?*
Pequena.
*Menor que uma joaninha?*
Não.

*Menor que uma bola de golfe?*
Nunca vi uma bola de golfe
*Você tá doido: Tiger Woods!*
Mas isso é na TV.
*É menor que uma bola de basquete mas maior que uma bola de golfe?*
Sim!
*OK, vê, é como eles falam pra gente na escola, você e eu concordamos sobre a realidade. Você e eu olhamos pra maçã e vemos umas coisas e dizemos OK, mas ninguém nunca viu Deus. A bíblia diz que ele tem pele como cobre, cabelo como lã. Eu li isso! Um professor mostrou pra gente umas pinturas da Venus de Willendorf de antigamente, senhoras grandes, disse que elas eram deusas. Não engulo o Deus dos brancos, mas depois quando penso na minha vida também não engulo ela, pelo menos não quero engolir.*
Cê num tem que engolir, mamãe.
*Que que cê dizer?*
O que a gente pensa pode ser Deus. Podemos pensar qualquer coisa.
*Cê tá tão programado, bebê, apesar de você mesmo, cê tá tão programado.*

QUANDO FECHO OS olhos caio sem me mover, como se tivesse dando cambalhotas pelo espaço igual astronauta, mas não sou leve e continuo caindo em cambalhotas num lugar escuro e minha respiração parece medo na minha garganta. No hospital tenho sonhado uma coisa. Uma coisa que não aconteceu. O Morcego fez uma coisa errada. O Morcego me machucou. Eles me fazem perguntas toda hora. Queria os tubos fora do meu nariz e das minhas mãos. Não tenho AIDS. Não tenho pneumonia. Perguntas estúpidas. Quando vou ter meu computador de volta, ir pra algum lugar que não é aqui? Pro Michael Jordan, pro campo de treinamento. Pros índios. Não quero falar.

— Nas três semanas que você esteve lá...

Cara idiota! "Não fiquei lá três semanas!" Que que ele tá falando? Só estive lá por um dia. Dói quando viro a cabeça.

Um dia uma senhora superidiota veio com bonecos. Ela segurou uma das bonecas. Odeio ela. Ela tem flocos de caspa.

— O que aconteceu com esse garotinho?

Ela se inclina na direção da cama. Eu me sinto nadando nas paredes brancas, no ar, como se eu pudesse ir pra qualquer lugar. Só flutuando. Sou qualquer um. Podia ser Deus se isso fosse o acordo sobre a realidade. No sonho tenho uma dor de cabeça horrível por duas semanas e acabamos de jantar e quero fazer meu dever de casa. No sonho o Morcego tá sentado do outro lado da mesa. O Bola de Neve tá de um lado, ele é um garoto pequeno albino. Não gosta de ser chamado de Bola de Neve mas é assim que é. De qualquer maneira, esqueço o nome dele. Minha cabeça dói o tempo todo. O Bobby e o Richie Jackson tão sentados perto do Morcego, do outro lado. Estou com fome. Todo mundo tá comendo, eu não. Estou com fome mas algumas vezes minha cabeça dói tanto que não posso fazer nada nem mesmo comer. A Srta. Lillie diz que vai passar. Eu só preciso comer e beber bastante água. Eu bebo. A Srta. Lillie diz pra calar o choro ou vou te dar um motivo pra chorar. Mas ela não dá. Ela é boa, algumas vezes deixa a gente ver TV no quarto dela. A Srta. Lillie nunca bate na gente, em nenhum de nós, nem mesmo no Bola de Neve quando ele faz cocô na cama. O Morcego bate na gente. Até minha cabeça ecoar como um sino. Na escola não consigo lembrar de nada. Eu fico sentado lá. Eles falam sobre dinossauros. Vou na biblioteca e confiro os livros que tenho em casa: *Enterrem meu coração na curva do rio*, *Chefes indígenas*, *Touro Sentado e outros legendários chefes americanos nativos*, *Michael Jordan: o atleta e o homem*. Na vida real se a vida real fosse real eu não estaria aqui. Meu pai veio e me pegou no instante que descobriu que minha mãe morreu e que me colocaram pra adoção. O meu filho não! Minha cabeça dói tanto. O tempo todo eu vomito. Dentro me sinto como o Chefe Joseph do Nez Perce. (Minha mãe colocou piercing no nariz.) "Meu coração tá doente e triste. De onde o sol agora está, não lutarei mais." Minha mãe diz que provavelmente ele não falou isso, eles provavelmente escreveram isso dessa maneira pra ele parecer um tolo. Mamãe, você odeia eles? *Brancos?* Sim. *Não, por quê, isso soa como se eu odiasse?* Sim, algumas vezes. *Eu... eu, mas não, eu realmente não, mas eles odeiam a gente, e eles odiavam os indígenas e os japoneses, mas agora parece que somos nós que eles odeiam mais.* Por quê? *Por muitas razões, nenhuma delas boa.* PAM! PAM! Minha cabeça. Tenho medo que ele vá me bater de novo. Olho pro cachorro-quente e pro porco e pro feijão no meu prato.

A Srta. Lillie pediu comida chinesa pra ela. Tomamos café da manhã e almoçamos na escola. É diferente todos os dias. Aqui, jantamos a mesma coisa todos os dias, cachorro-quente e porco e feijão ou o que sobrou da comida chinesa, todos os dias. A Srta. Lillie sempre falando, não *com a gente*, apenas falando.

— Eu costumava cozinhar. Não me importo de cozinhar, mas por que deveria? Esses garotos malditos não gostam de nada! Ahã, costumava cozinhar, brócolis, purê de batatas, bolo de carne, essa coisa toda, cê sabe o que digo. E esses pretos estúpidos ficam dando o bolo de carne pros cachorros! Enrolando os legumes no guardanapo, enfiando soldados de brinquedo no purê de batatas. É, bebê, a batalha do Bull Run na mesa de jantar, esse aqui colocou toda a maldita infantaria no purê de batatas, aquele lá pôs sua broa de milho em cima do tanque de brinquedo dando ela pro ferido e tal. Meu bem, esses negros são loucos! Então finalmente eu disse: "O que cês negros querem comer? Por que cês ficam desperdiçando meu tempo e meu dinheiro. Essa pouca grana que me dão por vocês todos não é uma porcaria. Mas, maldição, com certeza que num dá pra ficar jogando fora. Bom, me digam algo!", eu disse. Então eles falaram:

## O GAROTO

"Cachorro-quente!" E o outro disse: "Isso! Com porco e feijão." Então, meu bem, tem sido cachorro-quente desde então.

Tem umas grandes rosas vermelhas no nosso prato. Tem setenta e cinco deles no armário. O Bola de Neve contou uma vez. A Srta. Lillie ganhou no sabão em pó antes da gente nascer, antigamente, os dias eram assim.

— Eu tenho esses pratos há trinta anos como se fosse um dia! Me deram no Tide, ouviu. Eles costumavam dar alguma coisa pelo seu dinheiro quando a gente ia na loja, meu bem, mas tudo isso mudou. Não há mais nada assim! Os negócios tão com problema hoje em dia, toda a economia tá com problema! Muita gente na previdência social e esse palerma misturando a merda toda. Esse esquisitão calmo do Clinton, que temos pra presidente, cara, isso foi um maldito erro.

Exceto que ela não fala com a gente, mas com a TV, ou a parede ou outra coisa. Outra coisa que não responde, ou como se ela tivesse um namorado ou uma irmã da mesma idade, uma amiga. Não somos amigos dela. Ela não gosta da gente ou odeia a gente, menos o Bola de Neve. Ela gosta do Bola de Neve. Quando a gente chega em casa ela pega dois pacotes de salsicha e dois pacotes de pão de cachorro-quente do congelador e coloca no escorredor de louças vermelho. Então ela pega duas grandes latas de porco com feijão do armário e coloca na mesa da cozinha e volta pro seu quarto pra ver TV. Então o Morcego é como se fosse nossa mãe, põe as salsichas na panela de água pra ferver e esquenta o feijão. Ele pega a mostarda e o ketchup do armário e põe na mesa e sempre lembra que o Richie gosta de maionese e tira da geladeira. Ele liga o forno e coloca os pães de cachorro-quente. Então, põe o feijão nos nossos pratos, quatro salsichas e dois pães que sempre tão quentes por fora e frios no meio. Então ele senta, dobra as mãos, e curva sua cabeça e murmura:

Abençoa, ó Senhor, e
Esse é vosso dom.

Se minha cabeça não tá doendo demais eu como meu cachorro-quente, que quero crescer grande e forte e sair daqui e ir procurar meu pai. Essa noite o Morcego se inclina sobre a mesa na minha direção, coloca sua mão diretamente no meu prato e agarra uma das minhas salsichas com a mão como pra dar um soco.

— Você e eu. — Ele ri, sacudindo a salsicha, um tipo de molho laranja do porco com feijão escorre pelo seu braço. — Não, você. Rá rá rá, você!

Não consigo perceber se o Morcego ri como um adulto ou um maníaco. Algumas vezes olho pra ele e vejo o primeiro dia, o chão do quarto preto e branco como um tabuleiro de damas ou xadrez, sangue por todo lado, então sinto gosto de sangue na minha boca. Você e eu? Sobre o que ele tá falando, um livro, um jogo? Tenho tanto dever de casa. Eu digo pra Srta. Garnet na escola que minha cabeça dói. "Seu traseiro é que devia estar doendo! Não me venha com um monte de desculpas, temos garotos aqui que têm passado por coisas que você nem pode imaginar e você sabe disso, *eles* fazem o dever de casa." O Morcego conta pra todo mundo na escola que minha mãe morreu de AIDS. Digo que é mentira. E é, uma *grande* mentira. Primeiro, minha mãe num tá morta. Segundo, minha mãe num morreu de AIDS.

no sonho ele amarra minhas mãos
no sonho o Morcego é mau e
minha cabeça dói mais
ELE É UM GAROTO MAU
os olhos do Richie e do Bobby
tão flutuando ao redor sem as cabeças nem os corpos deles
em nuvens densas
nunca fiz isso. Nunca beijei uma garota
exceto minha mãe
mas minha mãe não põe a língua

dentro da minha boca

no sonho eu acordo e o Bola de Neve e o Bobby tão enrolando arame ao redor do meu pulso. tento mexer minha outra mão mas ela tá amarrada no pé da cama. tento sentar mas tô deitado de barriga. é difícil respirar abro minha boca pra respirar volto a dormir.

— J.J. — ELA SEGURA um dos bonecos. — Me diga o que aconteceu com ele.

Olho nos olhos dela. Vá embora, vá embora.

— Nunca vi esse boneco antes. Como vou saber o que aconteceu com *isso*? — Ela larga o boneco fantoche e pergunta ao cara que tá limpando o chão se ele pode trazer a bandeja do jantar. Não tô com fome. Ela pega alguns soldados e índios de brinquedo e alinha eles na bandeja.

— Claro que você não conhece o boneco, mas estamos fingindo. Então vamos brincar com esses carinhas aqui que sabemos que não são reais. O que podemos fazer, o que todo mundo faz brincando, é dar alguns de nossos sentimentos e pensamentos para os soldadinhos. Tá? Tá, J.J.?

Os nativos americanos são de plástico amarelo e parece que os soldados estão com o uniforme da Guerra Civil ou algo parecido, eles têm sabre prateado, eles são azuis.

Ela segura um homem amarelo num cavalo com um gorro de guerra. Esse gorro tem pena de águia como Um Que Não Tem Medo de Cavalos.

— Quem a gente quer que seja esse? — ela pergunta.

— O Curly.

— Você pode me falar um pouco sobre o Curly?

Ei! Enquanto ela fala, o médico africano de quando minha mãe tava aqui põe a cabeça pela porta, mas quando entra na sala, vai até o bebê no berço em frente de onde estou. Eu me sento. Ele me lembra meu pai. Ele me amava. Ele é negro.

— Oi, doutor — eu digo.

Ele não me ouve.

— E aí, garotinho? — ele fala pro bebê.

A estúpida acha que eu tava falando com a estúpida dela mesma.

— Você pode me chamar apenas de Kate, J.J.

Ergo meus braços na direção do médico, mas ele não me vê e sai do quarto.

— Você está bem? Você conhece o dr. Ngugi? Não? Bem, tá, J.J., me conte um pouco sobre o Curly. O que ele está fazendo?

— Ele tá no alto de uma pedra dançando e cantando pra Deus.

— Como ele se sente?

— Ele tá triste.

— Por quê, J.J.?

— Porque sim.

— O que ele está cantando na pedra?

— Ele tá sonhando, não cantando, tá sonhando sobre o dia que vai matar todos os brancos, atirar flechas nos olhos deles e mandar eles de volta pro mar. Ele vai liderar um exército de guerreiros e matar os brancos com armas de fogo, facas e flechas.

— Há quanto tempo ele está sonhando com isso?

Largo ele.

— O que está acontecendo agora?

— Ele tá cansado. Odeia pessoas estúpidas. Ele quer dormir.

se meu pai

se meu pai

se meu pai

Se meu pai não tivesse morrido ele viria me tirar daqui com certeza minha cabeça dói e não posso ir no banheiro direito então não posso comer coisas como as que gosto no sonho um menino que parece comigo mas não sou eu vai pra cozinha um raio no cérebro dele, ele vai lutar ele vai mandar os europeus de volta pros navios deles, ele é diferente dos outros garotos da tribo ele deita pelado na chapada sob a lua ele coloca pedras afiadas entre seus dedos ele tem uma visão da guerra chora cala seus ossos voam pela boca ele desenha flechas de raio com mostarda nas bochechas o nariz dele tem um brinco igual ao da minha mãe. Ele abre a gaveta da cozinha e pega a faca grande de açougueiro. "Aqui, Fox, aqui, Fox." Ele apunhala o velho cachorro com olho asqueroso várias vezes e de novo e de novo. Aquele cachorro é na verdade o Custard e ele é o Cavalo Louco. Sua cabeça para de doer e ele ri sem parar.

POR QUE ESTOU no hospital? O que é uma concussão? Como estou? Não, não sei nada sobre o cachorro. Sinto muito que o cachorro esteja morto. Não, o Morcego nunca me bateu. Não, não sabia que ele bate nos outros garotos porque ele sabe que não é pra bater em mim. Não, ninguém nunca me bateu. Não, eu te disse, eu não tava tão chateado por ter machucado o cachorro. Eu nem mesmo gosto do cachorro. Não, não é por isso que fiz isso. Nunca fiz isso. Como eu estou? Não, nunca pensei em machucar ninguém! Como eu estou? Para de me perguntar, por favor. Penso no pão do cachorro-quente quente por fora e congelado por dentro.

— Achamos que você está pronto para ir pra casa agora, J.J.

Não gosto de ficar no hospital, mas não quero ir pra casa.

— Seus ferimentos foram muito graves, mas você tem feito um ótimo trabalho para melhorar. Você se lembra do meu nome?

— Dr. Spencer.

— Isso, esse é meu nome. Você tem visto muitos médicos e pessoas diferentes desde que chegou no hospital. Você se lembra de algum desses nomes?

— Sim, dr. Zachariah.
— Certo! Ele fez a cirurgia que drenou o fluído da sua cabeça. Você está bem agora, você sabe disso, certo?
— O dr. Zachariah também arrumou o rasgo no músculo do seu esfíncter no lugar onde você foi ferido. Isso está bem melhor também e logo estará tudo melhor.
— Quando?
— Bem, você é um bom garoto, logo mais, eu diria. Pelos próximos meses você vai ter que se sentar em assentos macios e beber muita água para não ficar constipado e se machucar de novo. Vai continuar vindo aqui e ficarei feliz de vê-lo e de te examinar para ter certeza que está melhorando. De quem mais você se lembra?
— Kate.
— Certo, Kate Cohen, a ludoterapeuta. Você gostou dela?
— Não, ela é burra.
— Por que você diz isso, J.J.?
— Na escola falamos americanos nativos e ela não. E então uma vez ela veio falando sobre o que o boneco fez e coisas assim: "O que esse bonequinho fez para esse bonequinho?" — imitei a maneira boba que ela fala. — Coisas estúpidas como essa.
— Bom, certamente não vou dizer para ela quem disse isso, mas com certeza vou dizer a ela que alguém acha que ela precisa aprender algumas coisas.
— Não me importo.
— Não se importa com o quê, J.J.?
— Se você contar pra ela quem disse isso.
— Com que você se importa, J.J.?
— Nada.
— Não é verdade. Você se importa com os americanos nativos sendo chamados pelos seus nomes certos. Com quem mais você se importa?

— Os africanos, aves e mamíferos aquáticos morrendo por causa da poluição.
— Veja só, você se importa com um monte de coisa.
Minha cabeça não dói mais como doía.
— Quanto tempo fiquei aqui?
— Algumas semanas. Sei que a Kate te disse que você iria morar em um novo lugar.
— Ahã.
— Você vai para uma nova instituição para garotos no Harlem, chamada St. Ailanthus, dirigida por irmãos católicos. É uma casa e uma escola para garotos onde eles já tiveram enorme sucesso acadêmico com os jovens de lá. Bem, veja aqui! Bem no momento certo, aqui está a Kate!
A Kate entra na sala com um homem grande vestindo uma longa túnica preta com uma gola branca tipo um pregador.
— Oi, J.J. — Ela sorri para mim. Fecho meus olhos. — Esse é o irmão John da Escola para Meninos St. Ailanthus. Amanhã, quando você deixar o hospital, você vai embora com ele, então eu quis que você o conhecesse antes.
— Olá, J.J., ouvi muito sobre você. Como você está?
— Bem.
— Que bom.
O irmão John fala engraçado.
— Então voltarei de manhã para te buscar e te levar para sua nova casa.
— O St. Ailanthus é uma acomodação temporária — diz a Kate. — Esperamos, claro, que sejamos capazes de encontrar outra acomodação logo. Uma família provisória ou uma solução de adoção. Você entende?
Não, não tenho certeza que entendo.

## LIVRO 2
# CAINDO

Tenho catorze. Sou um vento de lugar nenhum. Posso partir seu coração.

Ai, "O Garoto".

# 1

Eu me levanto devagar e começo a me esgueirar em direção a ele. Meus pijamas estão curtos demais pra mim, muito acima dos meus tornozelos, mas são do maior tamanho pra meninos. Preciso do tamanho adulto, eu acho. O quarto tá escuro e cheio do som de respiração. Flutuo passando pela cama número cinco, Malik Edwards; quatro, Omar Washington; três, Angel Hernandez; dois, Richard Stein. A cama número um, Bobby Jackson, tá no canto oposto, perto da porta. Do outro lado da passagem entre as camas tá a outra fileira; começa com o número catorze, Amir Smith; número treze, Jaime Jose Colon. Parece que o número treze dá azar, como gatos pretos. Irmão John diz que temos sorte, todos nós, de estar aqui.

— Jaime — eu sussurro, e me sento na beirada da cama dele, abaixo meus lábios até seu pescoço. O cabelo sedoso dele roçando meu lábio me faz ficar duro. Estou esfregando meu pau devagar. Toco o ombro dele. Ele fica tenso. Balanço o ombro dele com gentileza como um lembrete, um bilhete, que diz acorda, estou aqui, não vá ferrar no sono comigo, cara. *Por favor*, digo pra mim mesmo, como o som de vapor escapando, por favor não me faça ficar aqui fazendo cara de mau. É só ficar bonzinho, Jaime. Bonzinho.

Eu puxo o fino cobertor azul. Ele agarra mais firme o cobertor sobre os ombros.

— Jaime — sussurro —, você não tá dormindo. — Puxo o cobertor e o lençol de onde eles ficam enfiados no pé da cama e jogo na cara dele. Ele tá tremendo de excitação. Eu tô de pau duro. Pego ele com as duas mãos, levanto sua bunda pequena pra mim. Aperto ele. Enfio, eu gosto dessa palavra, nele. É tão bom, apertado. Ele guincha, eu bato a cara dele no travesseiro, basta com isso. OOOOHHHH, essa merda é boa! É boa pra ele também. Pra dentro, pra fora, dentro-fora, dentro dentro dentro. Tô em outro lugar enquanto tô enfiando nele. O rangido da cama me excita ainda mais. A música rangendo pra dentro pra fora. Escuto esse som no escuro, me excita, sei que alguém tá metendo. Trepo com ele quero gritaaaar mas não. Esporro com um sussurro ultradoce aaaaaaahhhhhhhhh! É como sorvete com bolo e apagar todas as velas de uma vez. Empurro ele pra fora, meu esperma como um... um rei! Eu me sinto um rei. Quero que ele me chupe agora, me faça gozar outra vez. Me inclino e sussurro: "Me ama um pouco, me ama um pouco!" Ele não entende o que tô dizendo. Agarro a cabeça dele, empurro ela pra baixo: "Chupa", eu falo, "chupa!" Por favooooor, eu faço com que ele se sinta bem, chupa, chupa. Tento empurrar a cabeça dele pra baixo. Ele começa a chorar. Idiota! Filho da mãe idiota! Eu me levanto e puxo meu pijama sobre minhas partes.

Agora voo feito o Michael Jordan por aquelas camas, número um, dois, três, quatro Omar, cinco Malik, seis minha cama. Por que tou tão cagado de medo eu não sei. Ninguém vai ouvir aquele idiota filho da mãe. Merda, ninguém nunca me escuta.

Eu me deito pra dormir. Hã? Hã? O que aconteceu? Você tá maluco, filho da mãe? Não aconteceu nada. Debaixo dos meus lençóis eu grito: "Cala a boca, babaca! Tem gente tentando dormir!" E eu quero mesmo que ele se cale, o choro dele se misturando todo com minha sensação tão boa de... de ser um rei.

## O GAROTO

**DOMINGO NOS SENTAMOS** na missa conforme o dormitório. A mesma coisa depois no refeitório pro café da manhã. O que tô falando é que você faz o que mandam fazer, senta onde você senta, porque é assim. Então de qualquer forma, levo minha bandeja de cereais, suco de laranja, leite e panquecas (que hoje é domingo) até a mesa mais próxima onde devemos sentar. Com um baque, ponho a merda na mesa. Não tem nenhum esquema nem nada. Eu só me sento. Na frente do Jaime.

As panquecas são uma das poucas coisas boas de verdade aqui. Em cada mesa tem um jarro de aço inoxidável com xarope de bordo. Passo manteiga nas minhas panquecas, despejo o xarope, olho pro Jaime que tá agindo como se seu olho tivesse pregado no prato ou outra merda. Está apertando o garfo. Sem se mexer.

— Come, cara — eu digo pra ele, corto minhas panquecas, estão gostosas. O que tem de errado com esse cara, ele não tá comendo as panquecas. — Vamos, cara, cê não vai querer que sua comida fique fria. — Meu prato tá vazio. — Merda, me dá elas se não vai querer. Pode ficar com meus cereais. — Ele empurra o prato na minha direção sem nem levantar a cabeça. — Tem certeza, cara? — eu digo. — Essas panquecas tão boas pra caralho. Não sei por que você não quer.

Ele empurra o prato mais pra perto de mim. Eu empurro o cereal pra dele. Na verdade eu já não tô com fome, mas passo manteiga e ponho o xarope de bordo nas panquecas. O Jaime levanta a mão. Pra ter licença pra sair da mesa temos que levantar a mão, então um dos irmãos vem até a mesa e aí a gente diz uma merda tipo, já acabei, irmão Fulano, posso ser dispensado pra ir pro ginásio ou pra biblioteca, ou seja lá pra onde você quer ir.

O irmão John vem até nossa mesa com sua grande bunda esquisita.

— O que tá acontecendo aqui?

— Hã? — Que que há com esse filho da mãe, não tem nada acontecendo aqui. Irmão John olha pros pratos na minha frente, o prato de panquecas do Jaime e o meu prato vazio só com umas gotas de xarope de bordo. Então ele olha pro bunda mole do Jaime sentado lá agarrado no seu garfo como se fosse grana, com duas caixas fechadas de cereais na frente dele.

— Perguntei o que está acontecendo aqui?

Não sei do que ele tá falando.

— Ninguém tem língua aqui?

— Eu tenho língua. — Que se foda essa bicha.

— Então a use para explicar como é que você tem dois pratos de panqueca na sua frente e o Jaime parece não ter comido nenhuma.

— Ele não quis as panquecas, então me deu — digo —, e eu dei meus cereais pra ele.

— É verdade, Jaime?

De repente, o Jaime começa a chorar como uma putinha. Larga o garfo e do nada começa o chororô. A cabecinha encaracolada subindo e descendo. O corpo todo tremendo. O que tem de errado com ele! Irmão Bill vem correndo até a mesa e envolve Jaime com os braços. Eu queria que fosse eu. Não conheço o irmão Bill, todo mundo diz que ele é "um dos legais", seja lá o que isso quer dizer.

— Vamos, vamos, Jaime. Está tudo bem — ele diz, e sai do refeitório com o Jaime nos braços. O irmão John e todo o mundo fica só olhando pra mim.

SEGUNDA-FEIRA REVISAMOS UNIDADE Um, em ciência da terra.

— J.J. — o irmão John sempre me chama. Sou o melhor da classe, não sei se sou o mais inteligente, tem uma diferença, mas *eu sou* o melhor. Examino os olhos azuis do irmão John que às vezes me fazem lembrar do azul do céu mas esta manhã me lembram o fundo pintado de turquesa da piscina daquela vez que eu tava chapinhando pela água morna com cheiro de cloro direita esquerda direita esquerda um passo outro passo. E fui longe demais e o fundo desapareceu.

# O GAROTO

Gritei em pânico, engolindo água. Pânico. Sinto pânico agora escutando os soluços do Jaime. Mas quando pisco desvio os olhos do irmão John e olho pro Jaime, ele não tá soluçando, tá sorrindo pra mim, esperando que eu responda a pergunta, olhando pro quadro onde o irmão John escreveu:

OS QUATRO RAMOS PRINCIPAIS DA CIÊNCIA DA TERRA:

1.
2.
3.
4.

Eu lembro do meu primeiro dia aqui, quatro anos atrás. O irmão John tava segurando minha mão. Eu não tava com tanto medo assim, mas *estava* com medo, triste também. Eu pensava em minha mãe todo dia naquela época. A turma tava em silêncio, era diferente da escola pública, todo mundo tava com uma camisa branca e uma gravata preta e calças pretas de veludo cotelê. Nenhuma garota, só meninos, que importa, eu não gosto mesmo de garotas, ninguém gosta até crescer. Nunca tive uma amiga garota. E, *claro*, todas as lâmpadas estavam acesas, não como na escola pública, metade das lâmpadas apagadas. Todo mundo tava fazendo alguma coisa, muita coisa tava acontecendo, mas não era barulhento. "Atenção, por favor!" O irmão John ergueu a voz. "Quero a atenção de todos. Hoje temos um garoto novo, Jamal Jones, J.J." Ele se virou pra mim. "Como você gosta de ser chamado, Jamal? J.J.?" "J.J.", eu disse. "OK, todo mundo diga olá para J.J." Dois ou três garotos disseram olá e então então todos voltaram ao que estavam fazendo.

— Omar. — Ele chamou um garoto gordo quase tão alto quanto eu. — Mostre a sala para o J.J, se for possível.

Omar imediatamente vai até a gaiola do coelho no fundo da sala onde fica a pia e onde alguns meninos tão fazendo um tipo de experiência com batatas e outros meninos tão olhando nos microscópios.

— Vem!

Tenho medo dos coelhos mas tenho ainda mais medo que o Omar descubra que tenho medo. Omar estende a mão pra gaiola de coelhos onde o Coelho LeRoi — esse era o nome dele, agora ele tá morto — tá sentado cercado de alface verde-clara e bolinhas de cocô, ou talvez seja a comida dele, não tenho certeza. Os olhos dele são vermelhos. O Omar pega ele pelo pescoço como a gente faz com um gato.

— Toma — ele diz.— Pega nele. Ele gosta de gente.

Eu estava suando, mas me forcei a tocar nele. O pelo parecia gordo e macio mas por baixo ele era magro e trêmulo. Ele tava com medo! Alguém vai pular em mim, talvez todos eles, ou vão me bater como o Morcego. Pensando nisso meu ouvido começou a zunir. Eles tão rindo de mim?

O Omar voltou a colocar o coelho na gaiola.

— Quer ver as tartarugas? — pergunta, olhando pras tartarugas, estendendo a mão pra fechar o trinco da gaiola do coelho, mas antes disso o LeRoi pula pra fora da gaiola! Então o irmão John salta de sua cadeira, vai para cima do LeRoi e agarra ele pelas orelhas, e parece que com um passo vai da frente da sala até o fundo e joga o LeRoi na gaiola e fecha o trinco em um só movimento! A turma dá risadinhas nervosas todos juntos como se fossem um único garoto em vez de vinte.

O Omar não presta atenção neles e tenta me passar uma tartaruga.

— Mostre a ele o mural, se possível, e então volte para as tartarugas e depois vá até as pedras.

Eu não sabia que o irmão Brown era geólogo. Essa escola não tinha grupos de leitura como minha antiga escola — Crocodilos, Castores, Najas. Todos estavam num grupo dependendo de qual fosse seu projeto de estudo e todo mundo lia coisa complicada e coisa fácil também, igual. O Omar me contou mais tarde que pela primeira vez ele tava dando conta em uma escola. O Omar me passa a tartaruga e me leva até o mural.

— Jaime, Amir, querem vir até aqui ajudar o Omar a falar ao J.J. sobre o mural.

O mural toma metade da parede. Amir, que vem a ser primo do Omar, é um dos maiores garotos que já vi na quarta série, é mais gordo que o Omar e mais alto que eu. E o Jaime é um dos menores garotos que já vi na quarta série.

O Amir aponta pro mural.

— Nós pintamos isso. O prédio é a Biblioteca Schomburg, e o homem no meio — ele aponta pro rosto no meio do prédio, um homem pesado e moreno com um cabelo ondulado —, esse é o Arthur Schomburg, e todos os rostos flutuando no céu ao redor do prédio são pessoas famosas que estão na Schomburg.

O Amir começa a ler as palavras debaixo do mural:

JORNAL DE DIREITOS CIVIS
*Primeira Edição*

publicado pela Comissão dos Direitos Civis dos Estados Unicos

*Arthur "Afroboriqueño" Schomburg*

Por Robert Knight
©1995

*Arturo Alfonso Schomburg, autodescrito "afroboriqueño" (Negro Porto Riquenho), nasceu em 24 de janeiro de 1874, de Maria Josefa e Carlos Féderico Schomburg. Sua mãe era uma parteira negra nascida livre em St. Croix, e seu pai um comerciante mestiço de ascendência alemã. Eles moraram em*

*Porto Rico, em uma comunidade conhecida agora como Santurce. O jovem Schomburg foi educado no Instituto Popular de San Juan, onde aprendeu tipografia comercial, e em St. Thomas, nas Ilhas Virgens dinamarquesas, onde estudou literatura negra.* (Ele lê bem!)

*Ao mesmo tempo que sua educação equipava Schomburg com as ferramentas essenciais para sua extraordinária bibliofilia, foi também na escola que ele encontrou a chama que brilhou em toda sua carreira. O próprio Schomburg conta que foi na quinta série* (é onde vou estar no próximo ano!) *que um professor não teve pejo em afirmar que as pessoas de cor não tinham história, nem heróis, nem realizações notáveis. O jovem Schomburg embarcou em uma busca que durou uma vida inteira para refutar a mitologia do racismo na América.*

— Foi assim que o Centro Schomburg começou, cara! — o pequeno Jamie exclamou. Eu não sabia naquele momento que ele ia ser meu amigo. Eu quis dizer: *Eu sei*, mas só perguntei: "O que é bibliofilia?" Eu queria perguntar também: *O que é a mitologia do racismo?*, mas percebi que eles também não deviam saber. O que está na internet é complicado e verdadeiro. Eu sei que eles pegaram isso da internet, era assim que fazíamos na minha antiga escola, a gente pegava um nome e então entrava no Google e lia e então imprimia o que era melhor pros nossos relatórios.

— Um bibliófilo é uma pessoa que coleciona ou tem um grande amor pelos livros — o irmão John respondeu minha pergunta. — Você gosta de livros, J.J.? — Eu encolhi os ombros. Que tipo de pergunta é essa, que tipo de escola é essa?

O Omar me leva até as tartarugas. Fico olhando os rostos flutuando no céu do mural, Charles Drew, Zora Neale Hurston, John Perry, e Crispus Attucks. Escutei falar deles antes. Eu até já fui no Schomburg antes, eu acho, não tenho certeza. Omar me passa uma tartaruga. É lá que eles tinham Langston Hughes. Eu sei das coisas, é melhor esses garotos não pensarem que sou idiota. Eu estava no grupo de leitura A da minha escola antiga. O Morcego achava que eu era uma garota, idiota. Vou mostrar pra esses meninos. Meu ouvido toca sua campainha esquisita. É melhor eles não mexerem comigo. Não não! Aqui não!

— J.J! — o irmão John agarrou no meu braço. — Abra os olhos! Solte a tartaruga! Você vai matá-la se apertar assim! O que há com você?!

Confuso, olhei pro irmão John e abri minha mão. O Omar está fazendo pequenos círculos com o dedo e apontando pra sua cabeça.

— Eu... eu tava só segurando.
— Apertado demais!
— Não vi que tava apertando.
— Por que você fechou os olhos?
— Meu ouvido tava doendo...

— J.J.!
— Hã?
— *Hã?* Estamos esperando, e você fica sonhando acordado!

Olho e o irmão John tá batendo um pedaço de giz no quadro embaixo de onde ele escreveu *Os Quatro Ramos Principais da Ciência da Terra*. Tá bem, tá bem, entendi.

— Oceanografia, geografia, meteorologia, e astronomia — falei.
— E descreva dois eventos que ocorrem em cada ramo.

No assento a minha frente, o Bobby Jackson olha pro relógio, mexe no assento e fecha seu livro. Por que ele faz isso?

O irmão John olha pra ele sério e maldoso.

— Bom, Sr. Jackson, já que você parece impaciente hoje, talvez possa responder à outra metade da pergunta.

O Bobby olha pra ele, uma dor verdadeira no rosto, ele não tá fingindo. Ele não poderia responder a pergunta mesmo se *tivesse* escutado, ele é tipo, tá óbvio, muito idiota. O silêncio que o Bobby devia estar preenchendo com a resposta fica maior. Mais do que enorme. Mas eu é que não vou dizer nada, não pra esse Bobby.

— Bom, Sr. Jackson, deixa eu lhe perguntar aonde é que você quer ir com tanta pressa.

— No banheiro — o Bobby diz. Todo mundo ri.

— Enquanto estiver lá, leia os capítulos um, dois e três e traga a resposta na quarta quando eu chamar você. Classe dispensada!

No meu caminho até a porta, o irmão John me pede pra ir até seu escritório antes de ir pro próximo período.

OS QUADROS PENDURADOS nos corredores daqui são na maioria de negros morto ou machões como Martin Luther King e astronautas e essa merda. Mas no escritório do irmão John tem fotos de Alonzo Mourning, Shaq O'Neal, Dikembe, Michael Jordan, Dennis Rodman, Magic, Kareem, e outros caras lá pra trás de quem não sei os nomes, filhos da mãe de muito muito antes do meu tempo. Por uma fração de um segundo, um milésimo, não, um milionésimo de um segundo, vejo o pênis rosa claro do irmão John reluzindo na luz fluorescente que vem da janela sobre minha cama. É a única janela do quarto todo, a única coisa que dá pra ver dali é o estacionamento. Ele está sentado no meu beliche e alguém que parece comigo está de joelho na frente dele. "Me faz um carinho", ele tá dizendo. Eu respiro fundo, nada assim pode acontecer na frente de todo mundo, como uma merda absurda dessas pode aparecer na minha cabeça.

O irmão John supostamente é um tipo especial. Foi abandonado no nascimento e criado por uma mãe branca adotiva no Harlem. Nada bom, que coisa! Ele se levanta, empina a cabeça para um lado, pensando, e diz alguma merda tipo: "Eu conheço essas ruas miseráveis." Ele próprio acha que parece um negro, mas eu acho que ele parece é doido. Não odeio ele como odeio o irmão Samuel, mas também não gosto dele. Com dezesseis, vou estar fora daqui se fizer o programa preparatório para rapazes do St. Ailanthus, no interior. Irmão John diz que eu devia fazer. Cinco de cada turma de todas as escolas da diocese são escolhidos. Eu vou ser um deles, eu acho.

O irmão John tá sentado na escrivaninha, em sua cadeira de couro marrom. Ele tem uma coleção de CDs de jazz e hip-hop enfileirados em um dos lados da pequena prateleira perto da janela. Olho pela janela pro muro onde só tem tijolos. O que esse bobalhão quer comigo?

— Senta, J.J. — Eu me afundo no sofá de frente pra sua escrivaninha.

O sofá é da mesma cor da cadeira. Pego minha própria almofada, vou enganchá-la assim. Olho por cima da cabeça do irmão John e embaixo de Jesus na cruz tem uma foto de Dennis Rodman de calças de couro sentado em uma motocicleta. Sabe como é, eu tipo repito o que esse bobalhão tem pra dizer pra mim.

— Como estão as coisas?

— Legal.

— Legal? — Ele tá me fazendo eco ou me imitando? Não sei dizer. Percebo que não tenho medo desse esquisitão. Esquisitão? Por que ele é esquisito? Porque pôs o Dennis na parede? Ele pôs o Dennis e os outros caras na parede porque ele é negro por dentro, certo? Ele conhece essas ruas miseráveis, certo? Dá um tempo!

— Hum hum. — Balanço a cabeça. — Legal.

— Bom. Seu trabalho de classe é notável até agora. Coisas boas, rapaz, estou realmente escutando coisas boas sobre você. Então você curte Shakespeare, é?

— Eu leio ele — respondi tranquilo.

— A Sra. Washington está muito contente com o trabalho que você está fazendo na aula. Ah, eu disse a ela quando recomendei você para os estudos avançados de inglês que você se sairia bem. Você gosta da aula de matemática?

— Sim, gosto muito. Mas eu queria poder entrar na Programação de Computador I.

Ele se ergue por trás da escrivaninha e vem até o sofá e se senta. Sinto o cheiro de Irish Spring, o sabonete que toda a escola usa.

— Bom, essa turma está cheia e está reservada para os alunos da oitava. Não se preocupe, você vai estar lá em janeiro.

Ele pressiona o joelho contra o meu joelho. Olho para ele. Ele tá olhando nossos joelhos se tocando.

— O que aconteceu com o Jaime?

— Como assim?

— Eu sei — ele disse com uma voz mais viva do que o normal. — É tudo uma grande mentira. Sei disso. É só um babaquinha de um menino tentando chamar atenção. Mas eu tenho de dizer a *eles* que falei com você. Seja cuidadoso. — Ele aperta meu joelho. — É tão fácil um pouco... sei lá, um pouquinho de gentileza, um carinhozinho ser levado para o lado errado.

— Eu não fiz nada.

— Sei que você não fez. — Ele tira a mão do meu joelho. — Bom, você leu *Hamlet*. O que a Sra. Washington separou a seguir pra vocês, rapazes, *Macbeth*?

— Foi.

— Vai ser divertido — ele diz.

Eu me levanto.

Ele olha pra mim de um jeito engraçado, então diz:

— Bom, J.J., você pode ir agora.

IR PRA ONDE? A próxima aula já começou, e eles sabem que eu tava lá dentro com o irmão John, então tô marcado como De Licença, não Ausente, e o próximo período é almoço. Então pra onde? Pro parque? Nada. Talvez a rua 125, na ponte para o Bronx? Ir pra onde, fazer o quê? Me chateia a coisa com o Jaime. Não quero nenhuma merda estranha rolando por aí sobre mim. Num fiz nada com aquele garoto estúpido.

Ir pra biblioteca, começar *Macbeth*. Tipo pra chocar a Sra. Washington. O que aconteceu em *Hamlet*? Como foi que ele pegou o velho Apolônio daquele jeito? Por nada, e ele acabou não matando mesmo o rei, ou ele matou? A mãe dele bebe o veneno. Mas todo mundo acaba morto? Ele devia era ter desmascarado o velho tio reinando quando o pai apareceu da primeira vez pra ele. Devia ter acreditado no fantasma do pai logo no começo.

Onde tá meu pai? Morto? Eu nem sei quem ele é, então como vou saber se tá morto? Minha mãe dizia que não sabia quem era meu pai. Que tipo de merda é essa? Você nem saber quem é o pai do seu filho. Se eu alguma vez for ter um filho, eu vou estar lá, me divertir com ele. Mas merda, eu nunca vou ter merda de filho nenhum, pelo menos não nenhum que eu saiba. Se eu me meter com uma dessas da vizinhança, vai ser pegar e correr. Quem sabe meu pai foi um treinador de basquete que se importava com os garotos. Não, isso não pode ser verdade ou eu não teria sido colocado num orfanato quando mamãe morreu. Mas quem sabe minha mãe me teve e não gostava do meu pai então nunca contou pra ele que eu tinha nascido e ele nem sabe que eu existo? Isso aconteceu com o garoto que o pai veio e levou ele.

Ofélia se perdeu porque o pai dela foi assassinado? É por causa do sol que os rios existem, toda água que se move, de verdade, o irmão John disse. Eu podia ir pro Countee Cullen na rua 136, mas eu gosto mais da biblioteca da rua 124, além disso fica perto do parque. Vou me especializar em computadores quando for pro colegial, conseguir um trabalho com uma grana boa de verdade. Eu gosto da Sra. Washington, mas não dá pra me ver me especializando em inglês como ela sugeriu. Não preciso pensar nessa merda agora. O que eu preciso pensar é na bunda do Jaime, cara. Por que aquele filho da mãe estúpido veio com essa pra cima de mim e ele sabe que eu não fiz nada com ele. Vou lá pro dormitório.

    A gente não deve ir pro dormitório antes da hora de dormir, mas que se foda, já que ninguém deve ir pra lá é justo onde posso ficar sozinho. São três quartos grandes no mesmo piso, um pros pequenos, um pros de oito a onze, e então um pra nós, os grandes. Duas fileiras de camas em cada dormitório, os pés dando pra passagem no centro, cabeças contra a parede. Muito espaço entre as camas, espaço largo entre as duas fileiras. A principal coisa que você sente aqui é solidão. Separado na sua cama sozinho. Antes de você vir pra cá, você tá junto, e depois que for embora, quando for adulto, cê sabe, cê vai tá junto pra sempre como nas TVs e no cinema. Quando eu penso em quando era pequeno, é como se eu estivesse num sonho em um quarto escuro com uma grande mesa e na mesa tem um monte de fotos, eu escuto uma música ou o cheiro de alguma coisa no ar e uma luz vem e a foto se torna viva como um filme, como a vida, e eu vejo a mim mesmo na minha vida de antes e isso dói mesmo se a foto é uma foto feliz, então olho em volta e vou lá e quebro a lâmpada. O escuro é bom. Nunca tive medo do escuro como alguns meninos. Mas a coisa toda, as fotos, a luz, me fazem ficar maluco. Pensar em Jaime agora me faz ficar maluco. Esta noite vou ficar esperando por ele. Não, ele vai ficar esperando por mim. O retorno do J.J. Ele sabe que gosta.

    Debaixo das nossas camas temos baú pra nossas roupas e coisas. Também, atrás da sala do refeitório temos um armário que podemos trancar. Eles são pequenos e os irmãos têm todas as combinações e podem ver lá dentro se quiserem, e fazem isso se alguém é roubado ou se tem boato de alguém com drogas, ou uma faca, ou fotos asquerosas. Mas você pode guardar coisas lá dentro e ela não é roubada. Os caras guardam coisas tipo cartas, prêmios, joias, e coisas assim nos seus armários. Eu não tenho joias, mas tenho meu caleidoscópio que ninguém mais na escola tem, alguns desses caras nem sabiam o que era. Tenho uma foto de pessoas em uma festa ou coisa assim depois do funeral da minha mãe, nenhuma das pessoas é ela, claro. Não recebo cartas. Esperei muito tempo por uma carta. Agora tenho duas cartas no meu armário. Que eu peguei. Uma tá em espanhol. A outra não é sobre nada, uma mentira, um adulto falando que vão vir pegar uma criança. Eles sempre falam isso. Eu pergunto pros caras: "O que sua carta diz?" É sempre a mesma merda, Nós amamos você, seja bonzinho, vamos pegar você assim que sua mãe sair do hospital, nós vamos pegar você. Mas eles não vêm, tudo mentira. Foi bacana abrir o envelope, tirar a carta. Ficar sentado lá olhando as outras pessoas abrir a correspondência e coisas assim me fez querer também. Isso é tudo que eu tenho no meu armário — minhas cartas, caleidoscópio, prêmio de ortografia e prêmio do grupo de ciência, duas pedras e umas conchas que peguei na praia. As pedras ficam bonitas molhadas. Na verdade, eu podia guardar minhas coisas no meu baú debaixo da minha cama, ninguém mexe nas minhas coisas, na verdade. Alguns caras aqui, mesmo no Dormitório Três, o dormitório dos grandes, nosso dormitório, parecem que têm seis anos. Acho que eles vão crescer mais tarde. Eu tenho um metro e oitenta. O tanto que os outros garotos têm medo de você fica demonstrado com o baú. Quero dizer, se você é mau, ninguém se mete com você. Eles não querem nenhum tipo de confusão se você pega eles na merda. A maior parte das vezes, quer dizer, porque alguns desses meninos têm o roubo no coração. Eles vão roubar mesmo sabendo que quando você pegá-los com sua merda você vai surrá-los até quase matar! Eles não conseguem evitar. É como tentar parar uma célula de passar pela mitose ou impedir um gato de subir em uma merda qualquer, eles não *conseguem* não fazer isso, é a viagem deles: subir, é inerente! Tem garotos que nascem para roubar. É por isso que tranco minhas coisas. Eu, J.J., não sou ladrão. Sou um amante, imagino. Um amante de nascença. Eu me sinto quente, legal, quando eu penso nessa merda! J.J. e Jaime, J.J. e aquela garota que olha pra mim no parque, J.J. e um monte de pessoas. Depois a garota preferida com quem vou casar. Depois do jantar a gente limpa as coisas, estuda, e depois vamos pra sala assistir TV até dez minutos antes das luzes apagarem, então dez minutos antes das luzes apagarem corremos pro nosso quarto, vestimos os pijamas, fazemos fila no banheiro, escovamos os dentes, ajoelhamos, rezamos todos bem alto:

> *Agora eu me deito para dormir,*
> *Rogo ao Senhor que guarde minha alma.*
> *Deus abençoe nossos pais, aqui ou falecidos,*
> *Deus abençoe os irmãos de St. Ailanthus,*
> *Deus abençoe todas as crianças do mundo,*
> *Incluindo a mim também, o cordeiro querido de Deus,*
> *E Deus abençoe o doce Senhor Menino Jesus.*
> *Em nome do pai,*
> *Do Filho, e do Espírito Santo.*
> *AAAAAMMMÉM!*

— Deus — um dos irmãos se levanta no fundo do quarto, os dedos no interruptor da luz, recitando ao mesmo tempo que oramos —, autor de todos os dons divinos. O senhor deu ao St. Ailanthus tanto uma maravilhosa reverência pela vida quanto um profundo espírito de compaixão. Pelos méritos dele, conceda-nos poder imitar sua solidariedade. Amém. — Quando dizemos "AAA" ele apaga a luz, e, quando chegamos ao "Mém", ele se vira com sua túnica e desaparece. É aí que as promessas e as merdas começam: "Vou te pegar amanhã, seu filho da mãe!" "No pátio, seu preto." "Diga outra merda pra mim de novo e vou arrancar os olhos da sua cara!" Nenhuma coisa de verdade acontece ou fica muito alta porque o Sr. Lee está no final do corredor se alguém fizer merda, e ele vem correndo com seu bundão, acende as luzes, e elas ficam piscando até os irmãos avançarem como polícia de túnicas compridas.

Depois que a luz apaga, aí eu fico deitado, fico pensando, por que não? Quer dizer, não é errado. Não sou bicha. Só quero fazer isso, me divertir um pouco. O lençol parece concreto por cima de mim. Do jeito que me sinto é como uma bola de basquete depois que ela bate no chão e sai voando! Mas fico deitado aqui tentando fingir que tô dormindo. Eu me mexo debaixo das cobertas. Eu não sei o que eu sei. É errado? É como a gente vive, quer se fale disso ou não, cara! Essa merda é comum como $H_2O$, cara. Não faz de você um tarado. O cabelo dele é como o cabelo de um cão pastor-escocês que eu tive na casa de adoção uma vez. O olho dele também é do mesmo jeito, grande e castanho. Mas ele anda como uma gatinha se sacudindo pelo corredor com a mochila batendo no seu fundilho.

Agora, tô puxando as cobertas de volta. O único alívio pra escuridão nessa ponta do dormitório é o brilho da placa de saída, o mostrador do relógio, e uma fenda de luz entrando por baixo da porta. Eu pego ele nos braços. Ele é como uma criancinha. Eu sou tipo seu pai grande. Ele é um menino tão pequeno, uma criança bicha, eu acho. Jaime, que tipo de nome é esse? Fico duro. Seguro ele no meu colo, ponho minha mão no peito dele, seu coração tá batendo, batendo.

— Não — ele diz.

Isso me entristece.

— OK. — Eu me sinto mal e fico só sentado ali. Não sei por que, mas lágrimas enchem meus olhos, caem, escorrem pelo meu rosto até o peito dele. Ele toca meu rosto.

— Eu não vou te machucar, OK? — eu digo.

— OK.

Eu solto ele dos meus braços de volta para cama. A voz do irmão John tá dentro de mim agora dizendo: *Faça um carinhozinho nele, faça um carinhozinho nele.* Eu abro o pijama dele e beijo ele ali. Sua pele é como a de bebê, ele cheira igual o espaguete que comemos no jantar e um pouco de xixi. Estou como na ciência da terra, os ventos suaves acariciando a superfície da terra. Eu quero que ele me ame. Ponho o pênis dele na minha boca. Ele parece um menininho, mas sei que não é. Tem treze, a coisa dele é tão grande quanto a minha. Eu dou uma volta nela com minha língua, depois chupo e chupo como se fosse morrer se parasse. Ele goza na minha boca. Eu engulo, ele agora é meu. Eu levanto, voo pela passagem. Não machuquei ninguém, não fiz nada de mal. Eu não sou mau. Sou um rei bom. Penso em voar pela janela por cima da minha cama, mas ela é alta demais. A luz entra pelas fissuras das cortinas e me golpeia.

Os ruídos noturnos são como zeros que somam e dão nada. Silêncio. Eu gosto disso. E a escuridão. Deslizo em silêncio de volta pra minha própria cama. Temos um teste de ciência da terra amanhã. Vou ver se passo pro Jaime umas respostas. Cansado de ver meu garoto reprovando. Ele tem a minha idade, mesmo que a gente pareça diferente. Somos os dois meninos, treze anos de idade. Eu sei o que ele sente. Só nossa pele, nosso cabelo, e nosso tamanho são diferentes. Tenho um metro e oitenta, ele tem um metro e vinte, sou marrom castanho, a montanha, e ele tem a cor da areia na praia, cabelos cacheados como uma boneca. Nunca brinquei com bonecas, nunca vou brincar. Estico meus pés e eles tocam a barra de metal na ponta da cama. Imagino de onde ele é, da República Dominicana, acho. O pai dele morreu em um acidente de carro? A mãe dele, é esquisito perguntar sobre a mãe de alguém, mas se ele está em St. Allie não deve ter mãe. Eu sonho com os pássaros voando sobre a água, água, água que nunca acaba.

**A AULA TERMINOU,** estamos indo para a piscina, no Centro Recreativo da 135, seguindo atrás do irmão Samuel. Eu e Jaime estamos no final da fila. Eu não disse nada pra ele. Ele não disse nada pra mim.

## O GAROTO

O irmão Samuel deu uma volta e olhou para nós um par de vezes. Bom, seu bundão, nada tá acontecendo. Mentiras, foi o que você escutou.

— Como você se saiu no teste de ciência da terra? — pergunto.

— Muito melhor do que tenho me saído, obrigado.

Viramos a esquina da rua 135. Dou uma olhada nos condomínios pobres de tijolo vermelho-sangue.

— Você é da República Dominicana?

— Não, cara, eu sou daqui. Meus pais é que eram dessa merda de República Dominicana.

Eram. Olho pra ele e pergunto:

— Você gosta de mim? — Tenho medo do que ele vai responder.

— Sim, cara, mas você veio tão louco e tal no começo, o que é há com você?

— Desculpa, sabe, mas não deu pra evitar.

— Por que não?

— Sei lá, cara, eu só, sabe, eu tipo *sinto* muita coisa perto de você.

— Quando eu crescer, eu vou ficar com garotas — ele diz.

— Claro — eu digo. — Não é isso que todos os caras fazem a menos que sejam gays ou uma merda dessas? Nós somos amigos, e ninguém vai foder com você, nunca.

Estamos na porta do Centro Recreativo da Cidade na 135, todos os outros já entraram.

— Vamos para o Vee-O-Game da Quinta Avenida? — falo e me lanço pelas escadas e vou em direção à rua, acenando pro Jaime me seguir.

Ele tá ofegante.

— Nós temos que ir lá pra cima com o irmão Samuel se a gente quer entrar pro time de natação!

— Você quer entrar na porra do time de natação?

Ele dá uma risadinha de garota.

— Não!

— Então vamos nos mandar dessa porra — eu digo.

— Vamos dar uma fumadinha? — ele diz.

— Onde? Eu não tenho grana.

— Achei que era pra isso que você queria ir pro Vee-O, aquele cara que tira as moedas da máquina...

— Aquele com cara de retardado?

— É, ele! — o Jaime diz.

Nunca fumei antes, mas não quero que ele saiba disso. Eu paro e aponto pros tijolos vermelhos dos prédios do Martin Luther King.

— Tá vendo... — digo.

— Os porras dos condomínios — ele diz, parecendo espantado.

— Não, cara, a piscina.

— Cara, você já deve tá doidão. A gente acabou de deixar a piscina pra trás.

— Não, cara, minha piscina. Minha mansão, grama verde, e o pessoal bacana da sociedade sentado nas mesas em volta da piscina como em Miami, Flórida. — Eu me sinto quase fazendo um rap. — Tá entendendo?

— Te entendo na porra da hora que eu quiser. Estou tirando minha Ferrari maneira da garagem — o Jaime diz.

— Eu mando minha gatinha vir aqui e cuidar de mim e dos meus amigos. Meus amigos machos, pra ela não ficar com ciúme.

— Ela tem um corpo que é um arraso?

— Que ARRASO!! Um vestidinho branco...

O Jaime começa a mexer os quadris e arrumar um minivestido imaginário.

— Ela diz: o que você quer, *papi*? Eu deslizo meu Royce da garagem pra ir até a loja comprar champanhe e Old English 800. Ela pula pra dentro do carro ao meu lado me lambe de cima a baixo!

Jaime me mostra sua língua toda doce, depois diz:

— Vamos arrumar uma erva pra fumar depois. Mas é melhor a gente ir antes que eles chamem a polícia! Tudo que tenho que fazer é deixar o velho retardado me tocar que ele me dá o que eu quiser.

Olho pro Jaime com o mesmo respeito e orgulho que sinto quando dou a resposta certa na aula.

— O que a gente vai dizer quando voltar? — ele pergunta.

— Não se preocupe — digo. — Vamos só nos apressar.

Quando chegamos ao Vee-O, é como Jaime diz, só que o marmanjo quer tocar nós dois pelo baseado. Topamos e fumamos lá mesmo. Ele diz que é o Blach Thai, que é ainda mais forte que o Chocolate Thai. Só dei dois tapinhas e já estou DOIDÃO!

— O que que a gente vai dizer quando voltar?

— Invento alguma coisa quando a gente chegar lá. — Eu me sinto bem, como se lâmpadas se acendessem em todas as minhas células. Eles não vão foder comigo, eu penso, mas devo ter falado em voz alta porque o Jaime diz:

— É comigo que eu tava preocupado.

— Olha! — eu grito por cima do ombro subindo correndo a escada dois degraus de cada vez, parando no terceiro piso, olhando pela porta para a plataforma da piscina e os corpos da equipe de natação do St. Ailanthus ainda espadanando na água embaixo. — É só a gente ir descendo a escada com cara de inocente depois que eles saírem da piscina, tá entendendo?, e dizer que a gente tava esperando o time lá em cima no ginásio porque pensamos que era lá que o grupo ia se encontrar. Tá entendendo, a gente tava lá o tempo todo, não saímos do prédio nem nada. Nada!

— Ele vai cair nessa?

— Eles não vão foder comigo — eu falo, acreditando em mim mesmo.

— Eles fodem comigo — ele diz. Eu não sei o que ele quer dizer.

— Você consegue pensar em algo melhor?

— Não fui eu quem disse vamos sair do prédio!
— Você consegue pensar em algo melhor? — repito.
— Não.
— Então, vamos — eu sussurro.
— Mas estamos mais do que atrasados, cara.

E eu estou doidão pela primeira vez. Que se foda esse merda, nenhum plano mas reclamação reclamação! Não tenho medo desses filhos da mãe escrotos. Em geral, se não tem ninguém jogando basquete, o ginásio fica vazio, mas quando subimos as escadas, paro de repente. Todo tipo de pessoa tá lá hoje vestindo calções coloridos, roupas de malhas, e moletons, alguns de roupas africanas. De um lado do ginásio, tipo árvores crescendo do chão, tem quatro tambores colocados na frente de quatro cadeiras vazias. Um cara grande, mais alto do que eu, com uma túnica branca africana comprida, tá sentado atrás do tambor maior. Então três outros caras tão sentados atrás dos outros tambores. Eles fazem PÁ! PÁ! Tã tã tã PÁ PÁ! Outro cara pega uma flauta e começa a tocar. É tão bonito que *dói*, parece que alguém acabou de chutar minhas bolas! Que tremendo, rapaz! Tremendo! Pode ser o Black Thay. Pode ser, mesmo assim é real. Uma coisa para de gritar na minha cabeça. Em um segundo fodido sei o que é minha vida, é esse som.

— O que foi, cara? — O Jaime tá olhando estranho pra mim. Balanço a cabeça. O cara tocando a flauta tá me matando agora tipo uma onda gigantesca de um maremoto ou átomos se dividindo ou outra merda, isso é de antes de *Hamlet*. Pá tã tã pá PÁ! Os tambores param.

Uma mulher de malha amarela e saia africana se põe na frente das pessoas e diz:

— Todos para trás! Pra podermos começar a nos movimentar pelo chão.

— Cara, vamos sair daqui — o Jaime diz. — Essas pessoas são dançarinos ou uma merda dessas.

— Não! — dou um gemido. Eu não vou pra lugar nenhum.

— Façam fileiras de seis — ela fala. Todos fazem o que ela diz, inclusive eu. O Jaime tá olhando pra mim com cara de estúpido. Eu olho pra ele e vou pegar o que é meu... merda, como fui atrás dele quando quis. Entro na fila do fundo atrás de uma garota gorda parecendo latina com uma saia africana marrom e azul que tá dando passos de um lado pro outro e balançando a cabeça no ritmo.

— Por que você não tira os sapatos? — ela fala, curvando-se desde a cintura até seu tronco ficar sobre os joelhos, ainda dando passos de um lado a outro.

Tiro meus sapatos, começo a dar passos de um lado pro outro bem atrás dela. Os tambores começam, e a mulher de amarelo canta: "Aiiii diii laaaai ohhhhh!" As pessoas começam a se mover, e eu me movo junto com elas.

TENTAMOS NOS ENFIAR nas duas filas dos garotos sortudos do Ailanthus. As costas do irmão Samuel estão viradas pra nós. *Estavam* viradas. Justo quando pensamos que tínhamos entrado, ele se vira e grita pra nós como o cachorro louco que ele é: "Onde vocês dois estavam?!" Mas ele está olhando pra mim como se eu fosse a cobra que não deveria estar ali. Eu me afasto e olho pra ele bem no olho, que se foda! Bicha, quer um show, então vamos ter um show.

Então o Jaime me dá a porra de uma surpresa dizendo em voz alta:

— A gente tava lá em cima com o pessoal africano.

Ele olha o irmão Samuel nos olhos. O irmão Samuel amarra a cara, ele quer dizer alguma coisa ruim, mas agora tem que se enquadrar.

O Bobby Jackson diz:

— Vocês estavam lá com os tambores africanos?

— Sim — eu disse, tranquilo.

— Bacana — três dos outros caras disseram ao mesmo tempo. Todo mundo tá olhando pra mim e pro Jaime. Eu vejo que ele tá diferente, partindo pra cima do irmão Samuel sem medo. O irmão Samuel não é um dos legais. Merda, eu sei.

— Entrem na fila — o irmão Samuel fala pra gente, apesar da gente já estar na fila.

Agora parece que fogos de artifício estão explodindo em cada célula do meu corpo! Nada mais vai ser igual pra mim, jamais. Eu sei.

SEGUNDA, EU JÁ estive com o irmão John, agora tô no escritório do irmão Samuel. Eu já entendi que aquela dança africana e a Escola St. Ailanthus para Meninos não vão ser mamão com açúcar, mas não pensei que fosse ser tão idiota.

— Sim — repito. — Aula de dança. Quero ir pra aula de dança africana Centro Recreativo da 135 aos sábados.

— Aula africana? — Ele gira na cadeira pra olhar diretamente pra mim.

— Aula de *dança* africana. — Eu enfatizo "dança". Odeio esse filho da mãe idiota, esse escritório idiota, esse móvel de ouro preto idiota, essa porra desse crucifixo idiota acima da cabeça dele. Ele tenta me fazer achar que não sou merda nenhuma, como se eu fosse um garotinho! Esfrego a testa, fecho os olhos por um segundo, vejo a mim mesmo tirando uma espingarda calibre doze de uma pasta. Aponto para o lado da cabeça do irmão Samuel. *De joelho, seu sacana. DE JOELHOS!* Bicha. Então eu lhe digo. Tira a saia, puto! Você me escutou, seu puto, bichinha! Tira essa porra dessa saia e me deixa ver seus peitinhos.

— Acho que isso não vai ser possível, J.J.

— Por quê?

— Bom, para começar nosso seguro não cobre você fora da casa a menos que esteja com um adulto daqui.

— Mas nós vamos a todos os lugares sozinhos o tempo todo. — Detesto como minha voz tá soando aguda.

— Sim, mas supostamente são lugares que envolvem um risco mínimo. Essa coisa africana parece arriscada, como ginástica ou coisa assim. Também, não sei se isso é uma coisa que o St. Ailanthus endossa para vocês, rapazes. Nenhum de nós aqui nunca foi a essa aula, nem observou o conteúdo da aula nem seu método de instrução para saber basicamente se é sequer adequado para jovens rapazes.
— Então o que cê tá querendo dizer?
— J.J., estou dizendo não.
— Não não significa nada pra mim.
— Bom, é melhor começar, meu jovem.
— Meu jovem! Com quem você está falando! — Tô gritando com ele, tô tão furioso.
— J.J., eu estou falando com você!
Eu me viro e saio pela porta. Vou na aula de dança africana no sábado da mesma maneira como se esse burro filho da mãe tivesse dito sim. É isso aí. Que se foda esse velho escroto. Tente fazer a coisa direito e eles te desrespeitam, te tratam como criança. Que se foda Que se foda Que se foda *Que se foda*. Vou fazer a porra do que eu quiser fazer. Sábado eu vou praquela aula, e ele que se foda.

QUE MERDA QUE eu quero? Que merda que eu quero? O relógio por cima da porta brilha 3:25. Quero voltar a dormir. Fecho meus olhos vejo vermelho. Ainda tô doidão. Não consigo dormir. Sinto como se fosse minha própria sombra. Isso é tão idiota, "minha própria sombra", de onde veio isso? Shakespeare demais. Essas cobertas parecem fogo em cima de mim. Não sei se eu tava sonhando ou o quê, mas o irmão Samuel tava pegando fogo, de pé lá no altar como se estivesse dizendo a missa, a casula sacerdotal, depois o hábito por baixo, virando chamas, queimando nele, mas o corpo dele não está queimando, é cor-de-rosa e está pelado, o pau levantando como uma curta saudação cor-de-rosa a Hitler. Nunca fiz isso antes. O quê? Do que estou falando? Eu num fiz nada. Nunca fiz isso antes nuncafizissoantes. O quê! Eu faço a porra que eu quiser. Ouviu isso, Bicha Samuel! A luz do estacionamento entrando pela minha janela sempre me perturba. Se eu reclamar, quem sabe eles consertam a cortina e então a luz não entra e eu posso dormir melhor. Tiro os lençóis queimando de mim. Você nunca fez isso antes. Calado! Cala essa porra! O piso tá frio porque eu tô muito quente? Tô suando. Eu sou bonito, gracinha, simpático? O que os garotos são? Não, eu sou feio. Eu odeio quando não consigo tirar a cara do irmão Samuel da minha cabeça, quando ele fica lá só balançando, sua cara cor--de-rosa como as bolas dos garotos claque-claque batendo juntas enlouquecendo você a menos que você também esteja claque-claque batendo também. Mas este é o som mais alto talvez porque não tá em nenhum lugar mas na minha cabeça. Fica batendo na minha cabeça CLAQUE CLAQUE CLAQUE CLAQUE me fodendo e me fodendo com CLAQUE CLAQUE. Grande filho da mãe escroto me botando pra baixo, bolas na minha cara, fios de cabelos vermelhos na minha boca, o silêncio alto como na aula de ciência amplificando os sons que você em geral não escuta, tipo a seda sendo ejetada dos órgãos de fiar na barriga da aranha. O chão tá grudento, eu passo por Malik, Omar, Angel, Richard, Bobby, Amir, Jaime. Atrás de mim o corredor tá queimando. Eu me mexo como em um sonho agora.

 Talvez eu esteja em meus sonhos. Talvez isso não seja real. Seja um sonho. Sonho que tô caminhando em direção à placa da saída, empurro a porta e entro no corredor. As luzes estão muito claras. À direita ficam as escadas e o pequeno escritório onde o Sr. Lee o funcionário da noite senta dormindo em uma cadeira, *Sempre lá se vocês rapazes precisarem de mim*. Eu não preciso do filho da mãe. Viro à esquerda.

 No sonho tô pelado no final do corredor no Dormitório Um, o dormitório dos pequenos. Tem coisas aqui que eu gosto; alguns meninos têm ursos de pelúcia, bonecos ou macacos empalhados. Aqui não tem janelas. No sonho eu me sento na cama do Richie Jackson, em silêncio. Você pensaria que sou um rei do jeito que me sento tão bacana e silencioso. Eu me sento lá como se o mundo fosse meu e faço a porra que eu quiser. O Richie é irmão do Bobby Jackson. Por que eu não tenho um irmãozinho? Quando você é um rei, você governa o mundo. Eu pego o pé fora da cama e deslizo até meu joelho. Puxo as cobertas sobre minha cabeça. Estou fazendo um jogo, é divertido. Cheiro os dedinhos do pé dele. Meu sangue é eletricidade passando por mim. Ei, tô todo aceso! Ele tá dormindo de lado, sua respiração pra dentro e pra fora dentro e fora. Abro os pequenos botões do pijama dele, puxo sua bundinha pra mim. Ele é como uma bonequinha. Fecho minha boca em volta do pauzinho dele. Eu sei que ele me ama. Eu chupando ele, chupando! Ao mesmo tempo indo pra baixo e pra cima pra baixo e pra cima no meu pênis, pinto! É tão gostoso. Ele não acorda, eu quero que ele acorde apesar de ter medo dele acordar. OOOOhhhh! Eu gozo como uma das ratoeiras do Sr. Lee PÁÁÁ! me surpreendendo. Dou um gemido baixo, me levanto. Nunca me senti tão feliz em toda minha vida! Flutuo de volta pelo corredor até o Dormitório Três, deslizo pelo quatorze, um, treze, dois, doze, três, onze, quatro. Volto para minha cama, me deito de costas, a luz do estacionamento ainda nos meus olhos. Mas o sonho acabou. Finalmente consigo dormir.

**QUANDO EU ACORDO,** é tipo Ei! Eu sei pra onde vou e não importa se alguém gosta. Toda manhã as luzes se acendem com o som do irmão Samuel tocando o sino de bronze do despertar. Levantamos às seis nos dias de semana, às sete nos sábados, e às oito nos domingos. Vamos pra cama às nove da noite, não importa o dia. Os rapazes se queixam e tal, eu também, mas não me importa, no fundo eu gosto de regularidade.

Os rapazes estão resmungando e puxando as cobertas acima das cabeças. O irmão Samuel ainda tá tocando o maldito sino. Puxo meu baú de baixo da cama. Tenho que usar outra coisa que não os jeans pra poder me mexer. Esses últimos dias estão parecendo quase verão então pego minhas calças de malha vermelhas e uma camiseta. Não temos que ir à missa da manhã aos sábados, portanto não vamos, só os coroinhas. Eu não sou católico de verdade. Eu não me importo quantas vezes digo que sou, vou à missa, ajoelho, faço o sinal da cruz Maria cheia da porra que o Senhor fez convosco ou não terias um filho da mãe de um bebê! Rá rá! Primeira comunhão, Crisma, merda!

Este é um lar para garotos católicos que ficaram órfãos, e se alguém aparecer aqui querendo adotar garotos mais velhos, é pessoal católico. Então você sabe, que se foda, eu não fico pensando nessas merdas assim faz tempo. Mas só por precaução sou católico. Religião é sobre crenças, e eu não creio em nada que não posso ver. E de qualquer modo se eles fossem tudo que dizem, então por que essa merda tá assim. CLAQUE CLAQUE CLAQUE. É um brinquedo. Tem esses dois fios de náilon amarrados juntos no topo, embaixo de cada fio tem uma bola dura de plástico claro, menor do que a bola de pingue-pongue, maior do que a bolinha de gude. O objetivo do jogo, a graça, é fazer as bolas quicarem uma contra a outra sem parar muito rápido. O som é CLAQUE CLAQUE CLAQUE outra vez e outra vez e outra vez, alto. Esse é o verdadeiro objetivo do jogo: endoidecer os adultos com o barulho. Eu costumava adorar fazer isso. Os menores daqui todos adoram. Agora eu detesto; todo mundo detesta a menos que esteja fazendo. Não é só que eu deteste o barulho, é que a merda desse barulho estúpido é como uma parte do meu cérebro agora, lá dentro, eu não consigo tirar.

Tenho que mijar. Ponho minha camisa e sigo para a porta. O Traseiro de Urso tá lá.

— J.J., faça sua cama, por favor, antes de sair.
— Tenho que ir ao banheiro.
— Hum hmmm, apresse e faça rápido a cama pra ir se aliviar.

Que se foda esse idiota, eu penso, e vou passar por ele empurrando. A próxima coisa que sei, ele me agarrou e me atirou sobre seu ombro e lá vou eu voando pelo ar VÁAAPT! Eu me esborracho de costas. Tento me botar de pé, ele me pega com uma chave de braço e me joga de novo no chão.

— Agora! — ele rosna. — Você vai fazer essa cama agora!

Eu grito, ele corta minha respiração, bate minha cabeça com força no chão, uma dor de foder. Eu me sinto um bosta ao me mijar todo. Aperto meus olhos fechados para todo o Dormitório Três que olha pra mim com pena.

O irmão Samuel me solta.

— Bom, não seria melhor para nós dois você ter obedecido às ordens e feito como foi dito pra você fazer? Agora, *levante* e arrume seu beliche imediatamente!

Eu não levanto a cabeça enquanto tô fazendo minha cama. Puxo os lençóis encardidos e amarrotados, depois a manta rala azul-clara, estendo a mão debaixo da cama para meu baú e pego outro calção, tiro as calças de malha e ponho calças jeans. Chuto a roupa molhada pra perto do pé da cama. Caminhando pela passagem, olho pro bundão mestiço do Richards olhando embasbacado pra mim, me viro, e o empurro de volta pra sua cama.

— O que você está olhando! — Passo pelo Jaime, os olhos dele no chão. O Sr. Lee tá perto da porta, passando um pano pra enxugar o mijo.

O irmão Samuel está de pé perto do Sr. Lee.

— Depois do café da manhã esteja no meu escritório. Sem demora.

Passo por ele.

MESMO SABENDO QUE ele pode bater em mim, não é medo que eu sinto mas uma outra coisa que não sei descrever. Fico só olhando pro cereal. O café da manhã do sábado é sempre o mesmo, cereal seco com fruta, bananas ou pêssego em lata. Depois eles trazem ovos mexidos, bacon e torrada com quadradinhos de manteiga e geleia em pequenos potes de plástico — morango, uva ou marmelada. Em geral, pego a de morango de quem for que estiver com ela. Mas hoje não. Hoje como meu cereal sem olhar pra cima. Ninguém diz nada pra mim, eu não digo nada pra ninguém. Irmão Samuel irmão Samuel CLAQUE CLAQUE CLAQUE CLAQUE pisa numa rachadura e quebra aquele fundilho gordo de urso. Ei! Ei! Um dia vou te matar. Olho pros ovos que o garoto da cozinha pôs na minha frente depois de tirar do carrinho. Não posso comer nenhum ovo maldito. Não posso comer nenhum ovo maldito! Pego meu garfo e o enfio COM FORÇA na minha mão esquerda. O sangue corre como vapor saindo de uma válvula. Eu me sinto aliviado. Ergo os olhos e o irmão Samuel tá de pé na minha frente.

— Venha comigo *agora* — ele diz. Eu me levanto e vou atrás dele pela escada até seu escritório. Sou grande, ele é maior. Tô suando. Apavorado. Cansado de seguir atrás dele nesse buraco negro. Escritório CLAQUE CLAQUE CLAQUE Seleção de Inglês *Macbeth* próximo semestre computadores último semestre biologia. Irmão John. Não tenho luta em mim, tampouco fuga. Luta ou fuga, mecanismo instintivo pra sobrevivência em animais. Tenho treze anos e sinto como se tivesse noventa. A Sra. Washington gostou da minha ideia pro meu trabalho do meio do ano. O tempo voa o tempo voa senhor parece que a escola mal começou mas já se passaram quase dois meses agora.

— ALTO! — ele ladra. Eu paro. Ele destranca a porta do seu escritório. Buraco. Entro atrás dele. — Não me faça dizer o que fazer... por Deus tira esse maldito garfo da sua mão, você está louco! — Eu lembro a mim mesmo que isto não é real. É um sonho, um *filme*! No filme eu tô sempre pelado. Um homem branco me puxa para ele, tosco. Eu obedeço. Tenho que. Tenho que obedecer. Seja um bom menino. Ele beija meu pescoço. Ele estende a mão por trás dele e põe um CD, o famoso ator James Earl Jones lendo a Bíblia. Ele passa a língua na minha orelha. Você é bonito. Você sabe que eu te amo. O hábito dele reflui como água negra sua barriga é branca leitosa brancosa com veias azul-esverdeadas e pelo vermelho como fios de cobre. A voz de baixo enche o quarto com a Bíblia. Ele me beija gemendo. Minha alma tornou-se antiga como os rios eu gosto desse poema ele me põe de quatro o lubrificante KY é uma esfregada gelada no meu cu *minha alma tornou-se profunda como os rios.* Eu te amo, eu te amo, menino negro! Não sabe que me dói ter que machucar você. Por que você me faz machucá-lo, menino negro? Eu te amo! Uhnh! Uhn! Sinto as lágrimas quentes dele caindo nas minhas costas. Me machuca. Você me ama me ama você me ama. Eu queria que ele saísse de mim. Eu queria que ele entrasse mais fundo é tão fodido de gostoso como Deus eu me odeio eu odeio ele odeio ele Nosso Pai que estais no céu bem-aventurado seja seu Ahhhhha há!!! Eu odeio Deus! Ahhhh! AAAAhhhhhh! Levanta, cai *fora* daqui. Não quero mais problemas com você hoje, jovem! Escutou? Escutou?

 Visto o jeans e camiseta. Dez minutos depois das nove. Alguém tá chorando como uma vadia, mas não eu. Não eu não eu oh Santa Maria mãe de Deus em nome do Pai CLAQUE CLAQUE CLAQUE CLAQUE. Porra ai porra maldição! Bato o punho no braço do sofá.

 — Não sai do prédio hoje, escutou? — Ele pega meu queixo com seu polegar e anular e puxa meu rosto pro dele, tenta me olhar nos olho. Eu afasto eles primeiro, meus olhos são meus. — Está me escutando? Está me escutando!

 Tento me soltar e torço meu queixo dos dedos dele, olho pra porta. Ele segura mais forte. O cheiro dele, meu cheiro, suor, o cheiro de couro sobe até meu nariz.

— Tá me escutando? Tá me escutando!

Inclino a cabeça.

Ele solta as mãos do meu rosto. Eu saio do escritório escuto seu grande traseiro de urso se esborrachar no sofá. Eu vou aonde tava planejando ir a semana inteira, então percebo que é muito cedo. Os africanos só começam uma e meia. Não são nem dez horas ainda.

Vou fazendo cooper até o Marcus Garvey Park. Calma. Terra nua marrom onde a grama morreu. Arbustos verdes. Parece que nada tá acontecendo, mas realmente é tipo uma tela dividida em dois filmes, do outro lado da sebe os carros passam zunindo. Outro lado, outro mundo — as pessoas no parque, querendo droga pau grana. Eu recuo pra sebe verde alta, mergulho de joelhos. Um par de jeans passa com uma grande barriga. "Cinco", o jeans diz. "Dez", eu digo, abrindo o zíper do jeans, colocando a nota no meu bolso.

Tenho tempo pra matar antes da aula. Subo na torre de vigia. Ninguém tocou o sino desde 1850 quando Nova York tinha tetos de colmo, nem consigo imaginar! Gosto daqui de cima, em geral ninguém vem até aqui tão alto. Não precisam mais da torre, deixem o pessoal, os negros, queimarem tudo. Com quem posso falar, aonde posso ir? O irmão John disse que a tecnologia pra gravar CDs tava lá quando eles trouxeram os CDs pro mercado, assim como os gravadores duplos, mas não tinha grana nisso.

— Grana é a força motivacional de quase tudo.

— Quase?

— Sim, quase, nem tudo pode ser comprado e vendido.

— O que não pode?

— O que não pode é tão insignificante aos olhos do mundo...

— E *nós*, os católicos, o St. Ailanthus?

— Sim, nós somos diferentes. É por isso que estou aqui. Eu não sou do mundo.

# O GAROTO

Às vezes eu gosto do irmão John. A maior parte das vezes, não. Mas gosto da ciência da terra. Este parque tá aqui porque eles não conseguiram cortar a rocha. Eu sou um capricorniano, subo a rocha. Agora estou indo ao Bake Heaven para pegar uns donuts. Tem uma fratura na crosta da terra que passa pela rua 135. Puxo minha nota de dez no Bake Heaven e é de um! Eu começo a voltar em direção à sebe, que porra, merda mesmo se ele não tiver ido embora o que já foi, eu nem vi a porra do rosto dele.

— A AULA É cinco dólares — diz a garota sentada no chão escrevendo os nomes das pessoas no pedaço de papel preso na prancheta com grampo, colocando o nome deles no grande envelope pardo.

— *Hoje* eu só tenho um dólar. — Eu enfatizo "hoje". A garota olha pra professora, que tá com uma malha azul-escura, do mesmo estilo da amarela que ela usou na semana passada, e apareceu como mágica ao lado da garota.

— Na próxima semana — a professora diz.
— OK.
— Como é seu nome?
— J.J.

Ela escreve meu nome no papel e põe meu dólar no grande envelope pardo. Aponta pra porta no final do corredor.

— Aquele é o vestiário dos homens. Você pode se vestir lá.

Mas eu já estou vestido. Deslizo as costas pela parede, sento no chão, examino as coisas. É um ginásio de tamanho legal mas não enorme. Acima de nós tem uma arquibancada. Tem uns negros se apoiando no parapeito olhando pra baixo pra nós. A maioria mulheres no ginásio. Todos os tipos — jovens, parecendo na moda, escuras, claras, uma velha branca. Tem gordas, outras parecem atletas, quase todas elas, mesmo a velha branca, tão usando um tipo de coisa africana. Eu me pergunto quantas dessas negras são africanas de verdade e quantas só estão vestidas como se fossem. Contra a parede, debaixo das janelas, tem quatro cadeiras e um tambor alto na frente delas, nenhum cara tocando, só as cadeiras e os tambores. Essas pessoas no ginásio parecem diferentes dos negros que passam pra cima e pra baixo nas ruas. Tento entender o que é e como é isso, onde ou como eu me encaixo, não consigo — só sei que é aqui onde quero estar e onde estou, e na verdade num tô nem aí sobre nada mais. Quatro caras com túnicas brancas africanas compridas se enfileiram e sentam nas cadeiras na frente dos tambores. Estou tão ocupado examinando deles, me perguntando de que país na África eles vêm se é que *são* africanos, que não reparo que o Jaime deslizou pro meu lado! O lóbulo da orelha dele tá inchado e com uma gota de sangue ali onde ele espetou uma argola de prata com uma concha. É como as conchas que algumas das garotas costuraram nos cintos e nos tops africanos. Ao redor da cabeça tá com uma faixa como os índios usavam. Eu acho que ele pensa que é africano. Mais, eu acho que de certa forma ele tá triste por essa manhã. Deixa pra lá! Ele tá aqui. Isso faz alguma coisa inchar na minha garganta, não consigo nem falar.

— Poxa! — ele cochicha. — Cara, cê tá fedendo.

Eu passo rápido pela cena do dólar no parque, depois por mim voando sobre o ombro do irmão Samuel no Dormitório Três essa manhã. Mas o que eu faço é rir de como o lindo Jaime parece engraçado e de como estou embaraçado por estar tão contente por ele estar aqui. A garota perto da porta com a prancheta grita pro Jaime: "Cinco dólares!" Ele vai até ela. Eu nunca vi nenhum dos garotos do St. Ailanthus no parque. Como eles conseguem dinheiro? Roubam? Eles têm grana, posso ver isso. Eu não obrigo os meninos a me darem grana no braço ainda que eu pudesse. A vó do Jaime dando um adeusinho rápido pra ele, falando como vai tirar ele daqui assim que ficar de pé de novo. Mas de acordo com o Etheridge, que é um

## O GAROTO

garoto da cozinha, não um monitor, o que significa que eu não sei como ele sabe das coisas de todo mundo, ela não vai se pôr de pé tão cedo. Ela tem AIDS — SIDA, como o pessoal espanhol diz. A maioria dos garotos no St. Ailanthus tá lá por causa disso, embora eles não digam. Jaime tá com calça de moleton branca e uma camisa de moleton escrito SYRACUSE HIGH #7. Na próxima semana vou vir pra cá com algum troço africano. A mulher que dá aula, ela tá amarrando um pedaço de um lindo pano azul e branco em volta da cintura. Dá pra ver que ela não tem barriga, e tem músculos grandes com a definição que os dançarinos têm nas pernas. O rosto dela é chocolate escuro liso, sem rugas. Mas o cabelo, que tá puxado pra trás em trança e amarrado com um pedaço de pano africano, é todo branco. Estranho. Não faz sentido, ela não é velha o bastante para ter cabelo branco.

Fazemos um monte de exercícios com nomes de dança: pliés, tendue-flex-point-flex. Pilé, releve, se enrole pra baixo 1-2-3-4-5-6-7-8 amoleçam os joelhos até contar 8, agora usando todas as vértebras de suas costas, isso, se desenrole pra cima devagar. Depois fizemos alongamentos e abdominais e flexões. Os alongamentos são martirizantes pra mim, mas as flexões e coisas assim são fáceis.

— Formem fileiras de quatro — ela diz, acenando para mim, Jaime, e três outros caras —, os homens atrás.

As filas se materializam com o som da voz dela. Eu gosto disso. Ela bate palma e os tambores começam.

— Pa PÁA! Pa Pá! — ela diz, seu pé direito batendo no Pa, o esquerdo no PÁA!

Seu braço esticado em direção ao teto desce e ela faz um movimento brusco com a mão para baixo ao bater o pé no PÁA!

— Vocês estão plantando sementes. Vocês atiram a semente na terra, depois batem o pé na terra: PÁA! — Ela bate o pé na terra onde acabou de jogar as sementes. — Este movimento vem de uma dança Congolesa, que realmente influenciou muitos dos passos afro-haitianos.

Os tambores batem o ritmo! Eu, o Jaime e os três outros caras estamos na última fileira mantendo a traseira enquanto as garotas avançam de um lado para o outro. Pa PÁA! Pa PÁA! Estou na África ou em Porto Rico em algum lugar, plantando minhas sementes em minha terra.

EU ESQUECI QUANDO ele começou com aquela merda de *papi*, mas foi quando comecei a me afastar do Jaime. Ele me confundiu com alguém, *alguma* outra coisa. Eu sou um homem, não uma bicha. Ganhei um A no meu projeto de ciência da terra, um A no meu trabalho de meio de ano em inglês, um B+ em matemática, e um A em arte. Se eu não fosse tão velho, o irmão Samuel me disse, eu seria um primeiro candidato para adoção, tão velho e tão grande, você os assusta, eles querem garotinhos. Se eles vão pegar garotos negros, querem mulatos e garotas. Seja lá o que for que eles queiram, não querem garotos negros. Imagino que minha pergunta, embora eu tenha só treze, é que tipo de filho da mãe é o irmão Samuel pra sentar e me dizer essas merdas? De qualquer modo, nem sei se quero ser adotado. O que eu faria com uma família agora? No próximo mês, janeiro, vou fazer quatorze. A Raven tem quinze. Eu conheci ela na aula da dança. Estou conhecendo muita gente na aula de dança. Eu acho que ela gosta de mim, a Raven.

Ninguém me diz mais nada sobre as aulas de dança. Já foram três meses agora. O Jaime ainda vai. No começo era tipo ele me seguindo, depois parece que ele também tá a fim. Ele encontrou alguma merda pra ele também. Eu não sei quem nós somos realmente. Órfãos, eu acho, seja lá o que for que tudo isso signifique. Sou um negro normal, nasci no Harlem, o Jaime, no Bronx, mas aqui a gente é africano fodido, é tudo que nós somos e não é legal. Não sei sobre o Jaime, mas eu, eu vou ser dançarino.

## O GAROTO

O IRMÃO SAMUEL tá parado na luz que vem pela janela sobre minha cama. Olho pro relógio debaixo da placa de saída em cima da porta. Três horas.

— Levanta, J.J. Tem uns cavalheiros aqui que gostariam de conversar com você — o irmão Samuel diz. Os cobertores saem dos meus pés, que estão tocando o metal frio dos pés da cama. Eu tremo. Não sei por que, mas sinto que tô morrendo, apesar de não saber como é essa sensação. Minha vida não passa como um flash na frente dos olhos, mas o sonho que tive a noite passada, sim.

No sonho eu... eu sinto a luz da minha janela nos olhos, me *perturbando*, a luz tá dizendo levanta, *levanta*. Levantar pra quê, eu me pergunto, e tiro as cobertas muito cuidadosamente como se juntar ou jogar elas fizesse um barulho como potes e panelas caindo. Ponho minhas pernas pra fora da cama e meus pés no piso frio de linóleo e me levanto. Levanto e vou voando pela passagem do centro passando por Malik Edwards, Omar Washington, Angel Hernandez, Richard Stein e Bobby Jackson de um lado, e Louis Hernandez, Billy Song, Etheridge Killdeer, Jaime e Amir Smith do outro lado. Eu vou voando devagar, majestosamente, sou um rei voador. Voo por baixo da placa da saída e pela porta. As luzes no corredor brilham como sol, verão, elas me fazem já não ser capaz de voar. No sonho meus pés estão no linóleo frio outra vez, mas tô com sorte, viro uma pantera. Real graciosa e preta, não fazendo barulho ao me mover com firmeza pelo saguão. Um dois três quatro cinco seis sete oito nove dez onze passos doze treze quatorze quinze dezesseis passos, empurro a porta pra abrir. Deslizo devagar, agora sou um artista do trapézio voando pelo ar? Um ginasta rodopiando pelo feixe de luz? Não? Sim! Sou um feixe de luz visitando a escuridão. Um *papi* pro meu garoto. O urso de pelúcia dele caiu no chão, eu pego, coloco gentilmente perto de mim aos pés da cama. Puxo os lençóis e cobertores de onde eles estão enfiados na ponta da cama. Vejo os pés amarronzados pequeninos brancos na sola como a barriga de um peixe. Eu me inclino e beijo os dedos dele, passo a língua sob o arco de seu pé, puxo as cobertas um pouco mais, beijo suas panturrilhas, mordo gentilmente o músculo de sua panturrilha. Eu me sinto um rei! Rico em vez de pobre. Tô aqui pra dar alguma coisa a ele. Tudo é como uma música suave, as notas de uma da flauta.

Então não sei o que acontece. Sei que tô duro cheio de amor, uma pessoa boa, o rei aqui para amá-lo, e ele começa a choramingar. A gemer. Isso me faz ficar furioso, no escuro eu vejo vermelho-sangue! Eu bato nele pra tirar o couro por ser idiota! Você sabe PÁA! Pra calar a boca, filho da mãe! Então trepo em cima dele e fodo ele. Fodo ele, empurrando sua boquinha que choraminga no travesseiro, ele quer isso, eu sei, me sinto forte como um rei guerreiro, ump, ump, UMP! Plantando minhas sementes, cavalgando meu cavalo! Jogo as cobertas de volta sobre ele e deslizo pra fora do quarto pra luz cega do corredor. Não sou visto na presença da luz, sendo luz sou absorvido e a radiância das coisas aumenta e você pode ver mais mas ainda não pode ver o Deus que eu sou. Eu me esgueiro pela porta, passo pelos garotos, de cama em cama, até a minha. Agora me deito pra dormir e peço ao Senhor que guarde minha alma. Que nos abençoe a todos no St. Ailanthus Abençoe todas as crianças do mundo AAAAAAmméeeeeemmm. E me abençoe.

Alguém está sacudindo meu ombro. "Vamos, acorde, J.J.!" Na terra dos sonhos sempre há algum tipo de engano maluco. Nem mesmo tá na hora de levantar! Quando é hora de levantar é seis da manhã nos dias de semana, sete aos sábados e oito aos domingos; um dos irmãos, em geral o irmão John ou o irmão Samuel, empurra a porta, acende as luzes fluorescentes de cima e começa a tocar o sino DIM DOM DIM DOM! E a gente levanta um a um todos nós. Mas agora alguma coisa está errada, o relógio marca três, e o irmão Samuel está dizendo:

— J.J., tem umas pessoas aqui que querem falar com você.
— Oooo... hã... falar o quê? — Ainda estou com sono e que merda.
— Levanta! É isso, J.J.! — diz essa voz do mal, e então um bastão bate na barra de metal da cabeça da minha cama.
— Para de brincadeira, J.J.— a voz diz. — Você escutou, *levanta*!
Abro os olhos. O irmão Samuel está de pé com dois homens de terno e gravata perto da minha cama. "Ele tem um roupão?" Eu não escuto o que o irmão Samuel diz, mas não tenho um roupão. Isso é extra, só os garotos que têm família no cenário ou patrocinadores ou Big Brothers e essas merdas ganham extras.
— Vista-se — um dos homens de terno diz. Meu sangue fica gelado. Esse filho da mãe é um tira. Pego meu baú debaixo da cama, tiro cuecas, agarro meu jeans e uma camiseta de um gancho na parede na cabeça da minha cama.
— Tem um casaco? — o policial pergunta.
— Ele vai ter que ir pra cidade? — o irmão Samuel pergunta.
São dois tiras, um alto magro não diz nada, um baixo e mal-encarado. O baixinho olha esquisito pro irmão Samuel e diz:
— Pra cidade? Não, padre, a delegacia é só dar a volta na esquina.
— Eu gostaria de minimizar qualquer coisa desnecessária, desnecessária... ah, eu não sei... — a voz do irmão Samuel se esvai.
— Só queremos fazer algumas perguntas a ele. Ponha seus sapatos, J.J.
— Ele está preso?
— Não, mas isso pode ser feito se você quiser.
O irmão Samuel não diz nada. Eu olho pro relógio, três e dez. Isso são duas horas e cinquenta minutos antes da hora de acordar!
— Posso ir com ele, policial?
— Pode — o baixinho diz. — Fique à vontade.

NA DELEGACIA DE polícia, os tiras caminham um de cada lado meu, as mãos deles nos meus cotovelos, não forte nem machucando mas firmes, tipo se eu mexer eles me matam.

Atrás de mim, o irmão Samuel diz:

— Bem, cavalheiros, eu não entendo bem o que está acontecendo aqui. Quer dizer... ah, é que parece como se J.J. estivesse... ah, eu não sei... sendo preso ou algo assim.

— Nós só queremos lhe fazer algumas perguntas, padre.

— Irmão — o irmão Samuel o corrige. — Eu deveria procurar um advogado? — o irmão Samuel pergunta. Porque esse grande Frankenstein filho da mãe que ficou me aterrorizando todos esses anos de repente parece uma mulherzinha e ainda pra confundir mais, tipo como se ele tivesse me apoiando.

— Bom, isso é você quem decide, irmão. — O tira baixinho parece que é quem faz toda a conversa. — Nós gostaríamos de manter isso o mais simples possível. — Na porta de uma sala que parece com toda a sala que já vi na TV onde eles tiram o seu couro e acidentalmente te matam, o irmão Samuel se aproxima de mim. Põe a mão no meu ombro e olha no meu olho. Eu deixo, reparo que seus olhos não são azuis de verdade como os do irmão John mas de um tipo de púrpura escuro, da cor do céu quando o sol foi embora uma hora atrás.

— J.J. — Os olhos dele se alargam, ele aperta meu ombro. — Você tem que dizer a verdade, está me escutando?

Eu faço um sim com a cabeça. Eu sei que esse esquisitão de bunda grande tá me falando para *mentir*. Mentir pra me salvar meu traseiro desses filhos da mãe. Eu me sinto velho, realmente velho, e realmente esperto.

Não, eu fui pra cama na mesma hora que sempre vou pra cama. Que hora é essa? Nove horas. Você olhou o relógio? Não. Então como sabe que eram nove horas? Porque essa é a hora que nós sempre vamos pra cama. Você levantou alguma vez durante a noite? Não.

## O GAROTO

Em geral você acorda à noite pra ir ao banheiro? Sim, quero dizer, não. O que você quer dizer, J.J.? Não, eu quero dizer que às vezes eu vou, às vezes não. Você levanta à noite e vai até o Dormitório Um? Não. Você levantou essa noite e foi até o Dormitório Um, não foi, J.J.? Não não não não! Por que você está ficando tão nervoso, J.J.? Você tocou no Richard Jackson, não tocou? Não. Essa foi a primeira vez que você tocou nele? Não, quero dizer, não, eu nunca toquei nele. Você sabe o que é uma relação sexual, J.J.? Você teve relação sexual com o Richard Jackson esta noite? NÂO não não eu nunca tive relação sexual com ninguém! Eu começo chorar, estou assustado, mas meu nome do meio é *não*. Não tenha medo, escuto alguém dizer. Olho pra cima, é o irmão Bill, mas ele não tá falando comigo. Ele tá falando com o Richie Jackson. Foi esse quem machucou você, Richie? Eu não sei. Você disse... O tira interrompe o irmão Bill. Ele olha pro Richie Jackson. Foi esse quem tocou você esta noite? Estava escuro, eu não conseguia ver, o Richie diz. Tira ele daqui, o tira lança como um pit bull. Quantos anos você tem?, ele me pergunta. Ele acabou de fazer treze, o irmão Samuel diz. Eu nem tinha visto ele entrar na sala. Deve ter entrado atrás do irmão Bill e do Richie. Deixe eu levar o pobre rapaz pra casa, oficial. Tudo isso é algum tipo de engano terrível. Nós temos um controle estrito no St. Ailanthus. Tenho certeza de que J.J. não fez nada de errado. Tudo bem, vamos dar a noite por encerrada, o tira lança, depois, olhando pra mim:

— Tira ele daqui.

Eu sei que sou um bom garoto. Pergunta pra Sra. Washington, pergunta pro irmão John. O Richie Jackson é um mentiroso. Um grande mentiroso. Se ele não fosse um mentiroso, eu estaria na cadeia. O irmão Samuel e eu passamos pelo corredor quando voltamos pra casa. Sua saia preta faz *uish-uish* enquanto caminhamos passando pelos olhos das fotografias do corredor olhando pra baixo pra mim. O irmão John está esperando por nós na porta do dormitório. Nós três caminhamos pra minha cama. Ela está nua, sem lençóis, sem cobertor. Só o colchão preto e branco coberto com plástico ainda que eu não molhe a cama. Em cima da cama tem uma grande mala marrom, aberta e vazia. O irmão Samuel olha pro irmão John, depois vira e sai do quarto. Ainda tá escuro lá fora, mas a luz do estacionamento tá entrando pelas fendas da cortina da janela em cima da minha cama. Posso ouvir a respiração dos meninos ainda dormindo e o silêncio tenso dos meninos despertos, deitados quietos, tentando ouvir que merda é essa que tá acontecendo. O que me faz também me perguntar, eu mesmo, que merda é essa que tá acontecendo?

— Faça sua mala — o irmão John diz.

— Hã?

— Ponha suas coisas na mala e não demore o dia todo nisso.

Eu olho pra ele que virou as costas e tá olhando para a janela. Puxo meu baú de baixo da minha cama. Estou com meus tênis de basquete, pego meus mocassins, que estão bem do lado do meu baú e perto dos meus chinelos de borracha do chuveiro. Coloco eles na mala grande. Depois ponho meus outros dois pares de jeans, minhas calças moletons e meu moletom NYU, e minha roupa de jogging Nike. Estou tentando colocar tudo arrumado. Nunca soube que tinha tantas meias. Ponho minhas cuecas, pijamas. "Pega seu terno", o irmão John diz. Eu me endireito e vou pegar meu terno que está pendurado em um gancho na parede perto da janela, depois pego meu uniforme escolar, casaco, colete, e calças que estão penduradas no cabide atrás do terno. Nós damos pra esposa do Sr. Lee nosso uniforme sujo uma vez por semana, ela nos devolve um limpo. Ela fala como a Sra. Washington: J.J., menino! Se você crescer mais um centímetro, não vai ter mais jeito! Não vai ter nenhum uniforme nessa casa que sirva em você.

— Deixe isso! — o irmão John diz.

— Hã?

— Você não precisa levar o uniforme. Apresse-se! Não temos o dia todo para essa besteira!

Ponho meu terno azul dentro da mala com o resto de minhas roupas e meu xadrez em miniatura em uma caixa que abre e vira um tabuleiro. Foi a Sra. Washington que me deu ainda que eu não saiba jogar xadrez. Ponho minha calculadora que funciona com energia solar, bolinhas de gude vermelhas e meu palhaço de brinquedo Gonza. Apoiado na parede, na minha caixa de leite estão todos os meus livros. Não é preciso trancar os livros, ninguém rouba. Olho pro meu *The Norton Reader, A ciência da terra para o ensino médio, As obras completas William Shakespeare,* que a Sra Washington me emprestou sem que eu pedisse, *A arte do século XX*...

— Só — a voz do irmão John soa engraçada agora, menos negra, tipo, eu não sei — pegue o *Hamlet* e seus outros livros.

Ponho *O grito da selva, Narrativa da vida de Frederick Douglass, Um escravo americano. Escrito por ele mesmo, Enterrem meu coração na curva do rio, Cavalo Louco, Menino negro, David Copperfield, Chefes indígenas, Dopefiend* de Donald Goines e *Hamlet* na mala junto com meu fichário de folhas soltas. O irmão John me passa o casaco de bombardeiro de couro marrom que ele pegou da caixa de doação pra mim.

— Você tem alguma coisa no banheiro?

A prateleira comprida de vidro debaixo do espelho aparece na minha cabeça, a pequena seção que é minha com meu nome escritor num pedaço de fita adesiva pregada no vidro, com minha escova de dente, pasta dental, e desodorante Mennen e loção Vaseline da Sra. Washington. Não ande por aí todo fedido e ressecado.

— Sim, tenho umas coisas.

— Bom, vai lá pegar.

Quando abro a porta pro corredor, escuto o irmão Bill gritando:

— Como ele veio parar aqui pra começar se tinha uma família querendo ficar com ele!

— O irmão John gostou dele...

— O irmão John *gostou* dele! O irmão John *gostou* dele! Que diabos isso quer dizer, irmão Samuel?

— Começou como uma colocação de emergência...

— O garoto está aqui *ilegalmente* porque alguém gostou dele! Você está louco? Você sabe o que pode acontecer se essa coisa do assédio começar a ser falada e eles descobrirem que o perpetrador está vivendo ilegalmente no local porque alguém gostou dele? Pelo amor de Deus, existe uma coisa chamada lei! — o irmão Bill está gritando como um histérico.

— Bem, ele *era* órfão. Três anos atrás tínhamos uma situação diferente...

— Não acredito no que estou ouvindo...

Eu abro a porta e saio na luz e vou até o banheiro pra pegar minhas coisas. Eu não acredito em nada, todo mundo é mentiroso. Odeio o irmão Bill, ele se importa com todos os outros, não comigo. Pego minha escova de dentes e outras coisas do banheiro e me dirijo de volta pro Dormitório Três. Quase dou um encontrão com o Sr. Lee, que também está entrando pela porta. Ele olha sobre os ombros pra mim, balança a cabeça como se estivesse sonhando, depois vai até o irmão John e lhe entrega um envelope pardo e uma bolsa de plástico. O irmão John me passa o envelope.

— Esses são papéis importantes, sua certidão de nascimento, as certidões de falecimento de seus pais, o registro das vacinas, e outros papéis. Isso — ele me entrega a sacola de plástico — são as coisas do seu armário.

É minha foto das amigas da minha mãe e minhas duas cartas, caleidoscópio e outras coisas.

— Certifique-se de guardá-los em um lugar seguro quando você chegar ao... ao lugar para onde você está indo.

Ponho a sacola e o envelope por cima do meu fichário e fecho a mala. O irmão John pega a mala, e eu sigo pela porta atrás dele olhando pro seu traseiro grande, depois pro chão. Não sei para onde estou indo, mas pelo menos não vou ter que escutar mais seu sotaque falso de negro.

Ainda tá meio escuro lá fora. Tem um carro parado na calçada. O motorista está sentado como se estivesse dormindo. O irmão John pede pra ele abrir o porta-malas.

— Vou pegar a mala — o motorista oferece.

— Não se incomode — o irmão John diz e põe a mala no porta-mala, depois abre a porta de trás pra mim, e eu me sento no banco. O irmão John parece uma velha gigante com seu hábito preto comprido. Eu suspendo esse hábito e meto meu pau na bunda velha dela como se fosse papel! Corto a garganta dela! Eu me encolho no banco e desvio o olhar do irmão John para a nuca do motorista sonolento, depois pela janela pro hábito preto do irmão John na calçada voltando pro St. Ailanthus. O carro se afasta do meio-fio.

POR QUÊ? PRA onde estou indo? Eu não fiz nada de errado. Sou um bom menino! Não sou gay, não fiz nada com o Richie Jackson. Eles, *ele*, até disse que não podia ver quem tinha sido. Eu sei que não fui eu, e agora por causa daquele puto tô sendo expulso? Pra onde esse carro tá me levando? Eu vou me encontrar com ele um dia e vou matar aquele bundinha! Eu... eu fico tão... tão deprimido quando penso naqueles filhos da mãe contando mentiras sobre mim que não sei o que fazer...

— Chegamos — diz o motorista, estacionando junto ao meio-fio na frente de uma grande árvore.

— Hã? — Não andamos nem dez minutos. Mal clareou. Olho pela janela. A árvore cresceu tanto que entrou pelo portão de ferro protetor que a cercava, as estacas do portão atravessadas como uma coroa de arame farpado. Vidros quebrados e uma pilha de cocô de cachorro tão grande que parece de elefante tão no chão na minha frente quando o motorista escancara a porta pra eu descer. Eu não me mexo.

— Vamos, rapaz — o motorista diz. — É aqui.

Ele dá a volta até o porta-malas, tira a mala, minha mala, eu acho que é minha — um presente do St. Ailanthus? Ele a coloca na calçada. Eu, uma parte de mim, ainda não acredito que essa merda tá acontecendo. Como alguém podia acreditar que eu fiz alguma merda aberrante com o Richie Jackson? Eles são doidos.

— Vamos, rapaz. — O cara pega a maçaneta da porta, puxando, apesar da porta já tá aberta. Calma, calma, tento responder calmo como um homem.

— Ei, cara, pra onde você tá me levando?

— Eu já te trouxe, irmãozinho, você está aqui.

— O que é *aqui*, cara?

— Eu não sei o *que* é, tudo que me disseram foi *onde* é e *quem* é. Então, cê sabe, 805, avenida St. Nicholas, cara. É aqui seu novo berço.

Eu não sei o que vou fazer, mas sei que tenho de sair do carro desse bolha, o que eu faço, passando sobre a pilha de cocô na calçada. Vou pegar minha mala, ele me diz para ficar frio que ele carrega. As lâmpadas da rua se apagam quando chegamos na porta da frente. Manhã. Olho pras palavras sobre os números no alto da porta, BRAÇOS DE ST. NICOLAS. O que é isso? O motorista toca a porta de vidro com moldura de ferro, e ela se abre, não tem tranca, nada, nós apenas entramos tipo Ei! Olá! Olá! Ô de casa. O saguão parece uma enorme caverna branca suja coberta de grafite desde o piso azulejado que costumava ser branco todo rachado e sujo subindo pelas paredes de mármore pichadas NEMO, Já Rule, alguém no quinto piso chamado Bettie é uma puta que chupa o pau de qualquer um, até o teto alto de abóbada tá pichado, como eles conseguem chegar até lá?

— Você vai encontrar seu povo? — o motorista pergunta.

— Meus pais tão mortos — eu digo. — Que merda é essa de "seu povo". Odeio negos falando piegas.

— Aqui diz "Alojamento temporário de emergência no St. Ailanthus. Alojamento permanente com avó Sra. Mary Johnston e bisavó Toosie Johnston". Diz que sua avó no momento tá no hospital e quando ela voltar pra casa cê deve ficar com ela — hummm... — A voz dele desaparece no saguão, depois volta ainda mais confusa. — Hummm, ela deve ter ficado doente muito tempo.

Olho pra ele, merda! Eu me sinto como se estivesse em Coney Island na Casa dos Espelhos, onde cada coisa real volta distorcida. *Você* é real. A distorção é um reflexo seu inexato, provocado ao usar espelhos ferrados. Espelhos curvos, espelhos alongados, espelhos enrugados — mas essa merda não é *você*. Ou todo mundo de repente tá no maldito ácido? Ele me olha com aquela cara de idiota dele, negro filho da mãe de beiço grande. Fico olhando pra ele com todo ódio que consigo juntar. Cara, se esse babaca escroto velho filho da mãe disser mais uma palavra...

— Ééé — ele diz.

— Ééé O QUÊ! — eu grito, e dou uma recuada pra pular no traseiro dele.

Ele deixa cair a mala e saca uma pistola. Ôôo!

— Ééé *isso*, filho da mãe. Se se aproximar de mim, garoto ou não, seu traseiro preto tá morto. Eu não sei qual é o seu problema, mas sou pago pra levar as pessoas, sacou? Levar filhos da mãe, deixar na porta de onde eles vão, ficar lá até alguém abrir a porta, alguém que tem o mesmo nome que está no pedaço de papel que eles me deram, então ficar lá até a porta se fechar atrás do filho da mãe. Sacou? *Você sacou?*

— Saquei.

— Não fiz nada pra você, irmão. *Nada!* — Ele olha pra mim como se eu fosse aquela pilha de cocô que estava na frente da porta do carro. — Você tá acostumado a montar nas pessoas ao seu redor, não é? O mundo não é um bando de garotinhos, meu caro.

Então seu rosto volta a ser o rosto que era antes de puxar a arma e ele pega o pedaço de papel que tava lendo.

— Agora, como eu tava dizendo... — Ele enfia a pistola no coldre por dentro da camisa. — Ela deve ter ficado doente muito tempo, porque, OK, você devia ter ido pra casa da sua avó quando ela saísse do hospital. Agora deve ser um erro ou alguma merda porque isso foi quatro anos atrás; estou só lhe dizendo o que diz aqui. Bem, vocês podem esclarecer essa merda, os detalhes, mais tarde.

"Vamos." Ele indica o elevador, me fazendo um sinal pra andar na frente. No elevador, ele encosta no canto, ainda segurando a mala. "Aperta o seis, a gente vai pro Apartamento 610." Ele para, olha pra mim. "Você tá bem, companheiro?"

— Sim. Tô bem. — Seu babaca.

— É aqui — ele anuncia quando o elevador para no sexto andar. Ele me segue para fora das portas que se fecham. Tudo parece estar mais devagar. Olho pros meus pés. Eles tão se mexendo. Escuto os pés atrás de mim mexendo. Não é que eu esteja arrastando meus pés mas o ar, sim, o ar tá oferecendo tanta resistência. Parece que eu tô andando pela água. Vejo a cara dela ali, ondulada mas clara. Engraçado, tenho me esforçado tanto pra me lembrar, por tanto tempo nada, e agora tudo é tão claro.

— Vamos! Vá andando, meu irmão!

Não sou eu, quero dizer pra ele, é o ar pesado, ou a água, ou seja, o que for que estiver se erguendo.

— Eu não sei para onde estou indo! — grito pra ele. Que se foda esse cara. O corredor fede, mijo. Eu queria que ele me desse um tiro! Se eu tivesse um revólver, eu me daria um tiro. O corredor parece ter sido pintado com ranho azul. Ela é tão bonita. O cabelo dela tem cheiro de perfume.

— Seis... dez, é aqui. Para! Toca a campainha!

Olho pros meus sapatos, maiores do que os do motorista. Eu devia pular nele, deixar que ele me mate, mas de repente nunca me senti tão cansado em toda a minha vida. Tô cansado demais pra pular nele. Além disso, nunca lutei com um adulto antes, um homem. Só tenho treze. O lugar onde a campainha devia estar é um monte de arames, pintado da mesma cor esquisita do corredor, um buraco aparecendo na parede.

Ele bate forte na porta. Primeiro nada, depois escuto pés, não caminhando mas movendo-se, pesados, arrastando tipo raspagem-passo raspagem-passo *para*. Escuto a coisa sobre o olho mágico ser puxado, sinto a porta ficar pronta pra abrir. Lembro o collie de olho remelento da Srta. Lillie. Merda, eu tinha esquecido tudo isso. Salve Maria Mãe de Deus bendita sois vós entre pecadores e bendito é o fruto do vosso ventre Jesus. A porta abre. O motorista enfia a mão no bolso! Mas é atrás do pedaço de papel, não do revólver estúpido.

— Essa é a residência de Mary Lee Johnston e Toosie Johnston?

— Quem tá querendo sabê?

— Senhora, o Black Star Car Line dirige e faz serviço de entrega para o Escritório de Assistência Infantil, Serviços para Deficientes Mentais e para os Pacientes Externos do Lincoln Hospital no Bronx. A senhora é Mary Lee ou Toosie Johnston?

— E cê é quem?

— Ah, cara! — O motorista tá ficando irritado. — Eu não tenho o dia todo. Senhora, este aqui é seu neto ou bisneto?

— Deve ser, ele parece cum pai, parece muito o pai dele.

Ela é baixa, baixa de verdade. Curvada, se não estivesse olhando pra mim, eu não poderia ver a cara dela, que é preta e marcada com rugas profundas. Cinzas pra cinzas. Ela é velha. As pessoas velhas assim caem no sono e morrem enquanto tão dormindo? A Srta. Lillie disse isso sobre alguém uma vez. *Como tão todos? Vão entrando, cês tão com medo de cachorros?* Grande alta amarela feia gorda com as bolinhas cor-de-rosa. Eu odeio cachorros. Morcego velho, agora eu vou te matar, imbecil! Sinto um ataque de raiva. Sem parentes vivos! Cheira engraçado nessa casa. Os olhos dela são amarelos. É óbvio que ela não é minha parente. Mas, se os irmãos mentiram sobre essa merda, talvez tenham mentido sobre meus pais. Mas essa puta não é nada minha! Nem bisavó nem nada.

— OK, agora eu vou lhe perguntar mais uma vez, senhora, a senhora é a Sra. Toosie Johnston ou a Sra. Mary Lee Johnston?

— Eu vô lhe dizer, uma das pessoas que cê tá falando tá morta, então cale essa boca!

O motorista agora tá parecendo que quer atirar nela. Tomara que ele atire. Mas ele não diz nada. Ela tá com um vestido velho sem cor, quase tipo um farrapo, tipo alguma coisa dos filmes de escravidão no Mês da História Negra. O ar que sai do apartamento fede, gordura velha de frango frito, almôndegas. *O que aconteceu com esse menininho aqui?* Ofélia flutuando no rio, IDIOTA!

— Num tem ninguém, só eu...

— Eu quem? — o motorista grita.

— Toosie Johnston! — ela grita de volta, e ele enfia minha mala pela porta.

— Eu quero voltar!

— Isso não vai acontecer, cara. Eu tenho coisas pra fazer. Isso aqui já me tomou o dobro do tempo que devia! Sabe a que horas eu tava lá pra te pegar? Entre aí, cara. Se adapte. Para de bancar o idiota. Esse é o seu pessoal.

Ela abre completamente a porta. Eu passo por ela. Ela fecha a porta. Os passos do motorista tão desaparecendo. Ela fica na minha frente, eu pego minha mala e sigo pelo vestíbulo, depois entramos em um comprido corredor escuro iluminado por uma lâmpada balançando que me faz lembrar dos quadrinhos onde o gigante abre a boca pra te engolir e as amígdalas dele ficam balançando. O corredor tá pintado com o mesmo azul das paredes do lado de fora do apartamento, o linóleo do piso parece desenhos de flores verde e preta ou coisa assim. Tem lugares que a placa do linóleo tá gasta até a tábua. As portas dos dois lados do corredor tão bem fechadas. Cinco portas. A velha anda devagar arrastando a perna, é tão devagar quanto erosão, o irmão John sempre ensina sobre erosão, o lento desgaste gradual da superfície da terra. Não consigo me imaginar tão velho quanto ela, talvez ela tenha sessenta talvez tenha cem? O cheiro repulsivo tá ficando mais forte.

— Vamo! — ela diz. Abaixo os olhos pra ela, seu cabelo em trancinhas brancas como neve. Começo a rir, a risada fica presa em algum lugar no meu pulmão. Ela arrasta a perna porque a perna tá inchada como a de um elefante, o resto dela é murcho e preto. Vamos *pra onde*? Na minha direita tem três portas, do outro lado do corredor tem mais duas portas fechadas e um vão arqueado de porta que provavelmente dá pra cozinha. Ela empurra a primeira porta da direita.

— Êsti é u seu?

U seu? Esta é A CASA DOS ESPELHOS! Maldição!

— Sou sua bi. Me chama de Bi ou de Toosie, a mamãe sua me chamava mais era de vó grande. — Minha? Toosie? Bi? — Eu num alugo mais essi quarto, nunca aluguei mesmo pra valê. Era o meu, sabe. — Não, não sei. Por que diabos saberia? Olho pra ela, o vestido parece que ela limpou uma correia de bicicleta com ele. Eu... Isso tudo é um engano horrível. Eu não vou ficar aqui com esta... esta bruxa.

O quarto parece que é pra uma velha ou pra idosos ou coisa assim. Tem uma cama velha e grande de quatro colunas e um guarda-roupa grande de madeira. E na frente da cama num canto tem um espelho oval comprido e perto dele um tipo de penteadeira com uma barra em volta. Tem duas janelas de persiana fechada. Tudo — a colcha da cama, o linóleo, a barra em volta da penteadeira pra se maquiar — é dessa cor feia verde e preta com desenhos diferentes: a cortina e a colcha são do tipo verde e preto das florestas, e o piso é verde e preto do linóleo estampado. Duas cadeiras tão forradas como floresta. Uma barata tá rastejando pra fora de uma rachadura grande no linóleo em minha direção, nem sequer tem medo. Eu não entendo isso, eu tenho uma casa, uma cama. Eu sinto como se alguém tivesse arrancado meu coração e tivesse comendo ele na minha frente. Eu me sinto estúpido, louco, só, como depois que minha mãe morreu tudo desmoronou.

— Vá arranjar seus trecos. — Que horas são? Eu ponho a mala na cama grande. *Minha* cama é a cama do dormitório das crianças. Hoje é como o dia que minha mãe morreu, só que *não é*, hoje não é aquele dia, e houve um erro enorme e... que horas são? Outra barata rasteja na minha direção, tipo pra me mostrar quem manda. É o quê? Perto das sete, oito horas? Nessa hora em geral eu tô na escola. Vou até a janela, tento levantar a persiana marrom suja e ela se solta batendo no chão! Lá fora, o sol tá brilhando. Sim, na hora que o sol tá alto assim, em geral eu tô na aula. Sim, oito horas em geral eu tô na escola, mas tô aqui na bunda suja desse quarto. Parece que a floresta verde e preta tá viva ou uma merda dessa, avançando na minha direção. O que eu tô fazendo aqui em vez de na escola onde deveria estar? Maldição, esse é uma bosta de um erro horrível. O irmão John disse, ele mesmo, que estava muito contente com meu progresso e que com certeza eu iria pra aula de computador no próximo semestre. Deus do céu! Santa Maria Mãe de Deus! Hoje é o quê? Quinta-feira? Minha primeira aula é de Seleção de Inglês e eu já tô atrasado! Nunca chego atrasado nas aulas. Eu amo essa aula, a escola. Se eu não for um dançarino, vou ser um programador de computação ou coisa assim quando crescer. É melhor não faltar às aulas. Seleção de Inglês é muito especial, é um privilégio estar lá. Nós somos um grupo de meninos que tão na frente da leitura de nosso texto de inglês, *The Norton Reader*, que na verdade é pros garotos de ginásio e faculdade. Nós selecionamos o texto que queremos ler, discutir e escrever a respeito. (Nunca escolhemos nada fácil.) *Nós* escolhemos *Hamlet*, não foi a Sra. Washington, mesmo ela sendo uma doida fodida por Shakespeare. Também o que "Seleção" significa é que somos selecionados de um monte de estudantes baseado na nossa capacidade e desempenho prévio para estar naquela aula. Devo estar ficando maluco, MALUCO! Estar sentado neste... neste buraco de baratas quando tenho uma aula, *aulas*. Abro a mala e tiro meu casaco de bombardeiro de couro marrom. Mesmo se perdi a aula de inglês, ainda posso alcançar a de ciência da terra!

Saio correndo do quarto para o corredor sombrio, a lâmpada balançando como se fosse cair em mim em um segundo. Então prendo a respiração pelo resto desse maldito buraco e saio. Do lado de fora da porta da frente e descendo pro saguão. Parece que na hora que respiro tô na rua. Correndo! Estou voando, porra! A caminho da escola! Avanço pela St. Nicholas e não paro pra tomar fôlego até chegar na rua 135. Viro na 135, corro passando pela antiga escola fundamental, a igreja Testemunha de Jeová, a delegacia, a Associação Cristã de Moços. Tudo foi um engano, o que eu tava fazendo lá, espera até eu contar pro Jaime e pra eles sobre as baratas! Passo como uma bólide pela Schomburg, aquela merda toda lá com toda aquela porra imbecil porque uma velha branca má falou pro porto-riquenho errado que ele não tinha nada do que se orgulhar. Cucaracha, negro, seja lá o que ele era, passou o resto da vida esfregando na cara dela. Era isso que eu devia ter feito com o traseiro do irmão Samuel quando ele ergueu a sobrancelha esquisita quando eu disse aula de dança africana. Eu devia ter dito: Ééé, seu filho da mãe, *africana*, tipo o começo do mundo, filho da mãe! Mas eu reagi como criança. Provavelmente foi por isso que eles acharam que podiam me atribuir uma falsa acusação agora, como se eu fosse o bode expiatório pras merdas dos outros.

Viro na Quinta Avenida, vou mais devagar, olho pra baixo na rua pros tijolos, concreto — o St. Ailanthus. Que merda! Eu não tô maluco, é lá que eu deveria estar... escola. Alguns garotos estão saindo da entrada principal, alunos da primeira série. Primuchos, a gente fala. O irmão Bill é o professor dos pequenos. Ele ergue os olhos entre os primuchos, que parecem um bando de pinguins com os coletes pretos e camisas brancas. Ele olha pra mim, feliz de me ver! Tudo que posso pensar é, onde está meu *Norton Reader* e meu fichário de folhas soltas? Eu sequer tenho um lápis. A Sra. Washington me falou uma vez: "Como você se *atreve* a vir para minha aula sem um lápis, dizendo que leva a sério a aprendizagem e sequer tem um lápis?!", passo rápido pelos pinguins primuchos e acho graça der chamá-los assim, e o irmão Bill, que vira e corre na direção oposta a mim. O que ele tem? Eu viro e subo correndo as escadas, Sala 206, 8B Seleção de Inglês! Eu me sento na minha cadeira. A Sra. Washington está olhando pra mim com cara de estúpida, mas ela não é estúpida. Ela é doutora, o irmão John me falou uma vez, mas não uma doutora médica — uma doutora acadêmica. Fez uma dissertação sobre uma merda de Shakespeare. Temos sorte por ter ela. Podia estar em alguma grande universidade em vez de estar aqui conosco. A Sra. Washington tá de pé na frente do quadro negro, que é verde. Tá com uma saia cinza e uma blusa branca. Na frente da sala, em um canto, tem uma bandeira americana e no canto oposto, branca com uma cruz dourada no centro, a bandeira do St. Ailanthus. O Jaime se vira e me olha, os olhos assustados. Ele faz com a boca, *papi*, sem nenhum som. Fico atento. O Bobby Jackson está olhando pra mim como um idiota, eu o encaro. Ele vira pro outro lado.

No quadro tem o nosso trabalho do dia:

## O GAROTO

1. Escrita pré-aula para ser feita em seu caderno; tire dez minutos para escrever...
2. Revise suas anotações e prepare para um pequeno teste sobre...
3. Hoje é o último dia para entregar o tópico para seu trabalho final.

O irmão Bill, o irmão John e o irmão Samuel estão na porta, só parados lá como sombras brancas compridas de hábitos pretos, perfeitamente imóveis, não se mexendo sequer um pouquinho. Mais luz do que jamais vi tá entrando pela janela; luz como tinta derramando sobre todas as coisas, todas as pessoas — a Sra. Washington, os meninos, todos salpicados com a luz. É um círculo de luz branca se erguendo à nossa volta. Eu me sinto quente e bem como sinto quando tô sonhando.

Talvez eu esteja sonhando, porque bem sobre minha cabeça eu acho que tô vendo Hamlet, ele parece com o Kurt Cobain. Ele é tão bonito. Mas sua voz parece com, *exatamente* com a da minha mãe. Ele tá me dizendo uma coisa importante, *muito* importante. Mas não consigo escutar por causa dessa merda estúpida. J.J.! J.J.! SAIA IMEDIATAMENTE DO PRÉDIO! Que prédio? Isso não é Hamlet. VAMOS! AGORA! LEVANTE E SAIA! Que tipo de merda é essa? *Você está realmente se saindo muito bem em inglês.* AAAAAAAAIIIII! Você tá ME MACHUCANDO! Me machucando. PARA de torcer meu braço! Você tá me machucando! Irmão John! Me ajuda! Não! Não! Não deixe! É um animal gritando, não eu, porque só animais ou meninas gritam tão alto assim. AAAAIIII! Meu braço! Ah, ah, Deus, meu ombro a porra do meu ombro. Agora uma centelha vermelha na frente dos meus olhos, depois preto, preto. Caindo. Tudo fica preto.

— ONDE EU ESTOU?

— Você está na sala de emergências do Hospital do Harlem. — Essa é a voz do irmão Samuel. Soa achatada como se tivesse sido cortada de um papel e cada palavra estivesse flutuando no ar. Um quadrado branco. Vazio. Sinto que estou alto.

— O que há de errado comigo? — eu murmuro.
— É isso justamente o que eu ia te perguntar.

O CARA TÁ dirigindo devagar. Logo vai ficar escuro. Meu ombro tá adormecido e insensível, mas seja o que for que enfiaram aí já tá começando a desaparecer. Logo vou sentir dor. Nem pude aproveitar a sensação boa de estar viajando em um carro, que é uma coisa que quase nunca faço, porque sei onde vou acabar. Tô pensando justo nisso quando o carro estaciona na frente da mesma pilha escura de tijolos dessa manhã. Merda! Não quero voltar a entrar ali. Me sinto muito mal. Muito. Vejo as trancinhas brancas idiotas na cabeça dela como larvas de insetos rastejando, a perna inchada sendo arrastada, o vestido grudento, e tudo que penso é: o que tá acontecendo aqui? que porra tá acontecendo? Eu deveria estar em casa, a gente estaria na hora do período de recreação, jantando, depois tarefa de casa. TV até nove da noite, depois pronto: cama! Mas aqui tô eu.

Tô esperando o motorista descer e vir me abrir a porta. Meu ombro tá começando a dar uma sensação de formigamento como se um monte de formigas estivesse caminhando lá dentro, correndo pra cima e pra baixo no meu braço, picando picando. Tento fazer com que despareçam fechando os olhos, e o linóleo verde e preto aparece flutuando na minha cabeça e vira uma multidão de minúsculas aranhas verdes e pretas se juntando dentro das formas dos desenhos. Ainda tô esperando o motorista abrir a porta, então não saio. Não me movo. Vou ficar sentado aqui com essas aranhas e formigas arrastando sobre mim. Mas o motorista não se mexe. Ele fica sentado lá. Tô tão cansado, e a coisa que eles me deram para o braço...

Estou à deriva quando o motorista diz:
— Você sabe que horas são?

*Hã*? Eu não sei do que ele tá falando, mas conheço essa voz, é o Sr. Lee! O zelador do St. Ailanthus.

— Você sabe que horas são? — ele diz outra vez.

— Hã? — eu digo.

— Você sabe o caminho, menino!

Ele tá quase gritando, o que há com esse cabeça grisalha? Ele deve estar ficando maluco, eu não sei o que dizer.

— Me responda, menino!

*Menino*. Me desculpe...

— Me responda!

— Eu... eu não sei, Sr. Lee. Eu não sei o que você quer.

— Você fez um troço ruim. — *Um troço ruim*. O Sr. Lee é outro negro dos filmes de escravo: sim, senhor, não, senhor. Ele chama até os irmãos do St. Ailanthus de "senhor". *Sim, senhor, irmão John, senhor*.

— Eu não fiz nada! — grito pra esse bundão estúpido. Então lembro que ele não olhou pra mim como se eu fosse um bosta quando eles o chamaram pra limpar o mijo, a urina... sei lá o que ficou lá no chão quando o irmão Samuel me atacou.

— Não faz nenhuma diferença — ele diz. — Eles falam que cê fez, e é assim que o tijolo cai! Não tem coisa nenhuma que cê possa fazer sobre isso. Cê foi chutado pra fora da escola. Completamente. Você quase levou a polícia pro lugar, quer tenha feito ou não! Então, está de volta a seu pessoal...

— Que pessoal?! Meu pessoal tá morto, cara!

— Bem — ele diz com sua estúpida voz de gente do campo —, você é quem sabe, filho.

— Meu nome não é Filho!

De saco cheio comigo, o Sr. Lee se inclina sobre o banco traseiro pra abrir a porta. Eu digo rápido pra evitar que ele me ponha pra fora:

— Minha mãe morreu quando eu tinha nove e meu pai quando eu era bem pequeno. Eu não sei quem era meu pai. Só sei que tá morto. Eu sou órfão — eu digo pra ele, tipo *óbvio* —, é por isso que eu tô no St. Ailanthus.

— *Estava* no St. Ailanthus.

Do que ele tá falando? Ele tem que saber que toda essa merda é um tipo de brincadeira ou um daqueles módulos esquisitos de mudança de comportamento deles ou outra merda dessas. Sei que eles vão me deixar voltar pro St. Ailanthus. Provavelmente eles querem que eu peça desculpas ou uma merda dessas. A qualquer minuto o irmão John vai vir aqui com seu bundão falando que é tudo um engano ou *Eu espero que você tenha aprendido sua lição desta vez, idiota!*, e me levar de volta.

— Você pode ser órfão, menino, mas cê tem seu pessoal! Não sei por que cê foi colocado no St. Ailanthus. Talvez porque ninguém se apresentou quando sua mãe morreu. Mas você tem família, conforme diz aqui, isso aqui diz que cê vai ficar com um parente: avó, irmã, bisavó. Seja como for, cê tá aqui. Então saia e vamos acabar com isso.

*Bisavó*? Que tipo de merda esse fóssil tá tentando me empurrar, e por quê? Ele nem me conhece, não sabe nada sobre mim. Ele devia era parar de falar merda. Eu devia... devia... sei lá o quê.

— Ninguém nunca disse que você tinha família? — Parece que não tem oxigênio nem porra nenhuma no carro. Tô ficando cada vez mais cansado! Eu queria que o Sr. Lee calasse a boca e me deixasse sozinho. Mas não quero ficar sozinho. Quero voltar pra casa. Devo ter pensado em voz alta, porque o Sr. Lee diz: — Você *está* na sua casa, filho. Você pode não gostar, mas é aqui, pelo menos por enquanto.

Meu braço agora tá mesmo formigando, parece que todas as formiguinhas têm espinhos nos pés. Parece que vai doer quando o efeito dessa merda passar, vai doer pra caralho.

— Você não sabia que sua mãe tinha uma mãe?

— Não — eu respondo por fim, quando vejo que a pergunta não vai desaparecer mas fica girando no ar com um ponto de interrogação com o desenho verde e preto abarrotado de aranhinhas miúdas.

# 2

Saio do carro. Tá quase escuro. As lâmpadas da rua brilham como abóboras brancas. Caminhando sobre vidro quebrado, é assim que eu me sinto — esmigalhado, fodidamente esmigalhado. Isso não devia estar acontecendo comigo. Não está. Eu sou um bom garoto. Isso parece muito tempo atrás na rua 125 depois do funeral da minha mãe e uma senhora estúpida me falando: *Você vai para um lar de adoção*. Quando? *Amanhã de manhã*. Foi como nos filmes ou gibis, onde o cara tá parado e a armadilha abre e ele cai pra baixo dos próprios pés gritando enquanto vai pro inferno ou outro lugar onde ele se afunda. Eu não tinha uma vida até que fui pro St. Ailanthus. Agora tô parado aqui caindo gritando pelo mundo outra vez.

— Vamos, J.J.

Meu braço tá esquisito, meu estômago também. Eu não vou voltar praquela casa da doida. Quero correr, mas pra onde, pra onde posso ir? Me matar? Pular na frente de um ônibus ou uma merda dessas? Então é como se eu estivesse no gibi de novo, mas tô caindo. A água tá sobre mim. Acabou, estou afogado. Então, que diferença faz?

— J.J.!

OK, OK, me deixe em paz.

— Já vou!

— Bem, vamos. Vou subir lá com você. Deus sabe que não quero te ver entrar em mais encrenca.

Parece que vou desaparecendo a cada passo que dou, como se meu osso fosse radioativo, como nos gibis, brilhando. Uma luz tá extravasando de mim, como Deus. *Deus!* Deus ou... ou Cavalo Louco. Cavalo Louco avançando, matando, matando o Custard ou o Custer seja como for o nome do filho da mãe. Ahhh! Atiro uma flecha em seu coração! Ahhh! Tomahawk uma porra!

Uau! Que loucura, cara, eu sei. Muito louco! Mas estou contente por estar louco. Louco, dá pra sentir meus pés no concreto. Louco, eu lembro do menininho que pensava que era índio, foi machucado por outros meninos. Eu não gostei daquilo e não gosto *disto*. Não gosto de ser chutado da escola por causa de um bundão mentiroso de um menino filho da mãe! E os irmãos? Mentirosos! MENTIROSOS! Ninguém nunca sabe a merda que eles fazem! O que o irmão John e o irmão Samuel fazem! Por favor! Eu sou só um garoto, um *menino*!

Olho pro Sr. Lee andando do meu lado, arrasta arrasta os pés. Fico contente por não ser velho. Qual a utilidade? É mais fácil matar velhos. Os velhos são tão maus. Só se importam com eles mesmos. Os garotos não seriam tão fodidos se não fosse por eles. Como isso pode estar acontecendo comigo?

O Sr. Lee para quando chegamos na frente da porta da velha. "Vamos, vá". Como se fosse eu quem devesse bater. Que inferno, eu não vou voltar a bater nessa merda! Por que deveria? Abaixo minha cabeça. Fico olhando pro piso sujo. Esse é um prédio grande, parece que o corredor pintado de azul-muco-turquesa, eu acho que é como se chama — continua até o próximo quarteirão.

— Deve ser legal encontrar seu pessoal depois de todo esse tempo. Já vi acontecer antes. Um garoto fica um ou dois anos, então seu pessoal se junta e vem pegar ele. Sorte ter acontecido.

## O GAROTO

Sorte uma ova! *Coloque em ordem cronológica os eventos mundiais durante a vida de Shakespeare, 1564-1616. O que estava acontecendo em Songhay em 1591 (dica: ver,* A África na História, *de Basil Davidson), Jamestown, Virginia, em 1607. Qual era a primeira dinastia chinesa a deixar registros escritos? Releia o relato de Gertrude ao rei sobre a morte de Polonio. Ele se ajusta aos fatos? Comparar com o que aconteceu com a história dela.* Para quê? Quem se importa uma porra? *Deslizamento é um lento movimento descendente imperceptível do solo. Menos de 25% da superfície da terra pode ser usado para cultivo.*

O Sr. Lee bate na porta.

— Espero que eles não tenham ido pra cama.

Fico olhando pras manchas da tinta turquesa que o pintor desleixado deixou no chão, quase da mesma cor da piscina do City-Rec. De algum lugar vem uma fumaça de maconha e uns cinco metros adiante uma poça de mijo de cheiro forte.

— Que horas são?

— Quando cê vai aprender a dizer por favor, menino?

— Por favor. — Cê sabe, por favor, por favor, *por favor.* O que ele quer de mim?

O Sr. Lee bate outra vez.

A mesma velha de antes abre a porta. Agora o quê?

— Minínu. On cê tava?

*On cê tava?* Eu só olho pra ela. "Quem é você?" A quem essa vaca acha que pode chamar de "minínu"?

— Merda, você não sabe quem eu sou, você não sabe quem você é.

O Sr. Lee passa o peso de uma de sua grande bota suja de trabalho para a outra, limpa a garganta.

— Bem, acho que vamos entrar.

— Quequecê qué? — ela cospe para o Sr. Lee.

— Só quero deixar o garoto acomodado. Sou o Sr. Lee, o guardião...

— Zelador! — Ela bufou.

— Guardião e atendente noturno na escola.
— Num sei nada de escola nenhuma.
— Bem, já passou muito tempo, pelo menos segundo esses papéis, passou. Que nome a senhora disse que tinha?
— Num disse. Cê pode dá o fora daqui.
— Não, senhora, eu num vou a lugar nenhum. Vim aqui deixar esse rapaz aos cuidados de certa pessoa. Se a senhora não é essa pessoa, vou levar o menino para o Escritório de Assistência Infantil.
— Ah, caramba, entra! Estique seu glôbu ocular pra fora da cabeça e vê se eu impórtu.
— Seu nome?
— Toosie Johnston.
Sigo o Sr. Lee, que vai andando pelo corredor atrás da velha. Fico agradecido a ele e essa merda mas não sei como dizer. Ela para na frente da porta do quarto com minhas coisas. O Sr. Lee empurra a porta pra abrir, e eu entro atrás dele no quarto. A velha fica no corredor.
— Bem — ele diz, esticando e virando a cabeça devagar como tartaruga. — Num tá tão ruim. Se fosse eu, jogava um balde de água e amônia aqui antes de deitar. Mas já vi piores, este aqui tá bom.
Então ele se vira e sai do quarto. Escuto os passos dele no piso rangente do corredor, a porta abrir e fechar. Tenho vontade de sair correndo atrás dele e chutar seu traseiro velho pela escada. Mas tô cansado além de tudo. Sinto que morri e sou meu próprio fantasma em vez de ser eu. Minha mala tá na cama, eu não me lembro de ter deixado ela aberta assim — ah, sim, pra pegar meu casaco de bombardeiro marrom. Só que tô aqui de volta, sem casaco. Essa merda toda é de foder! Eles não fariam isso comigo se eu fosse uma menina ou um latino ou um garoto branco. Sento na cama balançando a cabeça. Meu braço tá formigando com agulhas e beliscões. Por que eles fizeram essa merda? Pularam em cima de mim e torceram

meu braço como eu nunca tinha visto antes. Tô cansado, quero me deitar na cama, mas não me deixo, não posso. Tenho que *fazer* alguma coisa. Quem sabe Jaime consiga sair, venha me achar. Ele é meu amigo. Quem sabe tudo volte a ser a mesma coisa. Eu ainda posso ir às aulas de dança. Isso não vai mudar. A gente costumava se divertir tanto. Como na época da minha primeira escola, a gente costumava se divertir pra caralho. Os caras sempre faziam alguma merda. Roubar coisa do armazém, o velho espanhol correndo atrás de nós pela rua, a barriga fazendo flap-flap. Como é que consigo ver os rostos dos caras tão claro, e não consigo ver o rosto da minha mãe? Meu braço agora tá queimando, machuca. DÓI. Eu não quero chorar. Não posso chorar.

Mas eu choro, sim, choro meu braço queimando, minha mãe morrendo eu quero a mamãe. Irmão John pensei que você fosse meu amigo. Como posso estar aqui, ter sido mandado pra cá, pra essa casa fedorenta com uma mulher se você era meu amigo? Por que minha vida tá acontecendo desse jeito? Isso é como PAM! A casa da Srta. Lillie, meu ouvido cantando, sangue na minha garganta. Agora o que vai acontecer? Onde tá meu casaco de bombardeiro? Nunca consegui de volta da Srta. Lillie meu casaco de couro preto, nada das minhas coisas. Que merda é essa? Por que eu? Por que eu? Minha cabeça dói, meu braço dói. Eu levanto, que se foda essa merda. Que se FODA essa merda! Minha cabeça, meu braço. Vou até o espelho doendo. Olho pra mim mesmo. Vejo uma pessoa grande alta escura quase bonita mas como homem. Jaime diz que pareço o Denzel Washington. Sei lá. Pareço um homem exceto que num tenho barba. Tenho jeans, modelo normal, nada de baggy, não deixam a gente usar baggy, camiseta branca que tá suja, e tô chorando. Lágrimas descem pelo meu rosto. Não me sinto chorando, mas vejo que estou. Tô com dor. Minha cabeça minha cabeça minha mãe minha mãe! *Você num tem porra de mãe nenhuma!* CALA A BOCA! *Sua mãe é uma drogada que morreu de AIDS! Nã-nã-nã-nã-não!* A cabeça grande do Morcego tá flutuando pelo espelho os braços compridos dele esticando pra fora meu casaco de couro preto vira o irmão Samuel puxando o capuz de couro preto sobre sua cara cor-de-rosa. EEEEEIIIII EEEIII NÃO! NÃO! NÃÃÃÃOOOOO! Calem a boca seus bundões de merda! Me vejo agarrando os lados do espelho e batendo minha cabeça o mais forte que consigo no vidro, quebrando a cara deles. *Você não tem mãe nenhuma!* NÃO! NÃO! Soco minha cara no espelho outra vez tão forte que escuto a moldura quebrar. Um grande caco de vidro caindo corta minha bochecha antes de se espatifar no chão, tudo é sangue e vidro quebrado agora mas em silêncio, sem vozes. Eu caio na pilha de vidro quebrado e soluço, como as pessoas nos filmes. Fico gemendo, como Hamlet.

— Cê quebrô o vídru! — A velha bruxa tá gritando comigo. — Cê sabe que idade tem esse ispêlhu vélhu?! — Não entendo a voz dela, como se ela realmente não viesse até mim mas flutuasse por cima, como se não fosse real, quem sabe nada dessa merda é real, eu no chão no vidro no cheiro salino do meu próprio sangue, este velho quarto cheio de baratas.

— Sai daqui! — eu grito pra essa velha escrava negra.

— Levanta e limpa já esse vídru, Abdul!

— Meu nome é J.J.! Nenhuma porra de Abdul! — grito de volta. Sei que vou odiar essa velha. Tenho que odiar, por fingir que é minha parente. Já odeio.

— Idiota, númeru um milhor aprender seu nome! Númeru dois se prepara pra sete anos de azar a não ser que o antígu pessoal lá do sul seja tudo mentirôsu! Levanta e para de agir como estúpidu, pode ser que cê vai precisa de voltá pro hospital. Vá se lavá.

Eu levanto e caminho pelo corredor até o banheiro, aperto meu corpo contra a pia, e olho meu rosto no espelho. O sangue tá pingando do alto da minha cabeça. Ponho a mão ali. Tá molhado.

Puxo um grande caco de vidro vermelho de sangue. Corto a mão. Jogo ele na pia. Tem uma linha denteada cor-de-rosa onde o vidro caindo cortou minha bochecha. Penso no Cavalo Louco cavalgando pra batalha com relâmpagos desenhados nas bochechas. Como eu sei disso? Nunca estudamos os índios no St. Ailanthus. Meu rosto dói muito, mas eu me sinto bem. A dor e o sangue me fazem ficar excitado. Ponho minha mão na minha calça, pego meu pau. Duro. O pedaço de vidro dentro da pia parece uma espada sangrenta. Tenho vontade de pegar esse pedaço de vidro e gravar meu novo nome na minha testa. CAVALO LOUCO! Maldição! Os negros vão saber que não devem foder comigo, ver que eu estive na batalha! Eu vou matar! Eu quero montar num cavalo e sair cavalgando até o St. Ailanthus e raptar o Jaime. Depois cavalgar saindo de lá. Jogo o pedaço de vidro de novo na pia.

— Vem cá e limpa esse vídru! Eu tinha esse ispêlhu desde antes cê nascê. Você é malúcu! — A velha vaca tá gritando do outro lado da porta do banheiro.

*Eu* sou *maluco? Ela* deve ser maluca para falar assim com um total estranho que ficaria feliz, *feliz* de matar a bunda velha dela porque ele vai ser uma estrela da dança e não veio dessa merda fedorenta! Eu sou muito inteligente, o irmão John disse isso, *É só que você é tão... tão adulto na aparência, ou seria fácil encontrar alguém para adotar você. As pessoas querem criancinhas, mas também gostam de garotos inteligentes, vencedores. Você é um vencedor, J.J. Alguém alguma vez já disse que você é lindo? Eu cresci no Harlem, J.J. Eu sei o que está acontecendo. Você é especial, realmente especial. Agora, venha aqui...*

— E quando cê cabá de varrê venha me falá!

Ééé, é doida ela, doida como uma dessas baratas nas fendas. Olho pro corredor cor de bunda. Hora de escapar daqui. Dia perfeito pra morrer! Essa é a terceira vez que minha vida é chacoalhada como um caleidoscópio. Deus ou alguém pega minha vida — cacos quebrados de vidro, espelhos com ângulos errados, chacoalha essa merda, torce as lentes, pronto chuuuu! Um quadro diferente. Deus não tá nem aí se isso machuca você. Já tá feito. Não volta atrás.

Jogado pro ar como um cozinheiro fazendo panquecas. Flipe Flape Clique Claque. Lembro que enfiei um garfo na minha mão. Isso foi ontem? Mês passado?

Enquanto cambaleio de volta pelo corredor, olho pro piso feio de linóleo decorado agora com gotas do meu sangue. Pelos buracos gastos dá pra ver a madeira, o padrão esquisito do desenho preto e verde. O lugar antes do St. Ailanthus, de que cor era o chão? Sei lá, uma coisa bizarra. No St. Ailanthus? Não consigo pensar. Ah, vamos, eu tava lá ainda hoje, ou foi ontem? Que se foda, qual o sentido de pensar nessa merda agora? Eu não entendo isso não importa o quanto tente, como um garoto pode ser normal? Normal! Ter amigos — todo mundo no St. Ailanthus me ama, minha mãe me ama. Como acabei nessa gororoba? Treze? Como acabei expulso da escola, da minha cama? Meu lar. O St. Ailanthus é meu lar! Eu moro lá. E uns bundões podem me chamar no quarto e me mandar fazer a mala! E me enviar pruma casa velha e horrorosa como essa. Merda, eu não vou ficar aqui. Eu bato a porta.

Olho em volta pras paredes do quarto. Tô acostumado com relógio, com saber que horas são. Ela bate na porta. Do outro lado do quarto, oposto à porta, tem duas janelas. Eu podia me lançar pela janela, pular pra porra do ar e acabar com essa merda fodida agora. Mas isso é idiota! Nunca terei chance de dançar se fizer uma merda dessa. Fico esquecendo da minha dança. Ela abre a porta.

— Abdul...

— Para de me chamar assim!

— Telefôni!

— Meu nome é J.J., sua bruxa velha, lembra dessa merda antes que eu acabe com você! — Tô gritando bem na cara de ameixa-preta dela, o olho amarelo. Ela não se mexe. Nem pisca. Eu me sinto uma pedra afundando até o fundo do mar. *A camada superficial do solo é insubstituível.* Estou tão distante de alguma coisa que faça sentido. Vaca velha, deixe ela me chamar de Abdul outra vez. Sinto ódio bastante pra matar ela. Me sinto jogado no lixo. Desabo na cama. Ela se arrasta pra fora do quarto. Não sinto pena de tá falando com a velha puta desse jeito. Sinto pena de *mim* porque não fui criado assim. No St. Ailanthus não falamos com os adultos assim. Eu sou um garoto do St. Ailanthus, eu tenho um futuro. Em geral não grito com as pessoas, não faço ameaças, mas em geral não sinto que tô enlouquecendo. Os irmãos podem me pôr pra fora da minha casa da noite pro dia assim? O irmão Samuel e o irmão John podem fazer a merda que fizeram comigo e depois me botarem pra fora por nada? Aperto bem meus olhos pra não chorar outra vez. Vejo o hábito preto do irmão John flutuando como água o pau cor-de-rosa dele. No meu primeiro dia eles pareciam o Batman, os irmãos. Só tenho nove anos. *Vamos tomar conta de você. É uma lástima você ter perdido sua mãe e seu pai. Mas você tem uma mãe e um pai aqui conosco em St. Ailanthus. Nós te amamos e cuidaremos de você até você ser um homem e puder tomar conta de si mesmo, J. J. Todos os garotos daqui seguem para a faculdade ou aprendem uma profissão — você gostaria disso?* O que é uma profissão? Minha mãe quer que eu vá pra faculdade. Eu quero ir para Callie, Disneylândia.

Tenho que falar com o Jaime. Talvez ele saiba o que tá acontecendo. Por que mentiram sobre mim. Por que me quebraram. Me chutaram pra fora da escola. Merda, que horas são? Eu vou ter que entrar lá de novo para ver o Jaime. Onde ele tá agora? Qual é, *cara*?, eu vou dizer. Meu braço tá doendo, essa é a segunda vez que o irmão Samuel fode comigo. Tento tirar da cabeça a cena em que eu estou de costas e aquele gigante cor-de-rosa esquisitão me prende no chão enquanto eu mijo em mim mesmo. Mas então ele me põe de costas na delegacia de polícia. O irmão John não tá em lugar nenhum.

A porta range, a Dias de Escravidão enfia a cabeça.

— Olha, nêgru, tem gente no telefôni isperando pra falá cum J.J.

Negro? Quem essa vaca pensa que é, me chamando de negro! Ela não é criança. Eu não sou adulto. Tenho que ver o Jaime. Eu me viro pra me olhar no espelho, esqueço que ele tá despedaçado no chão. Bom. Melhor esse maldito espelho do que toda essa porra desse lugar!

— Já díssi, telefôni.

Ela ainda tá parada lá? Jesus! Melhor ignorar, é óbvio que ela é louca. De alguma maneira entre o St. Ailanthus, o Hospital do Harlem e de volta pra cá perdi meu casaco de bombardeiro. E era um casaco do caralho! Onde o Jaime tá agora? Eu nem sei que horas são. Não quero que os irmãos venham doidões pra cima de mim como, merda, ontem? Ou foi hoje? Quando? Não tô nem certo do maldito dia! É como uma alucinação em vez da minha vida.

Então, tá bem, e agora o quê? Tô advogando pra mim, por mim mesmo — uma falsa vítima de um crime de mentiras contadas contra mim por pessoas que não gostam de mim. Se eu soubesse que horas são, poderia imaginar onde o Jaime tá. Olho pela janela. Eles vão me deixar aqui muito tempo? Não posso ficar aqui. Isso é insano. Prefiro dormir no metrô. O que o Sr. Lee quis dizer com aquela merda de "Cê deve saber que sua mãe tinha uma mãe"? E o outro cara, o motorista, com a merda dele! Filho da mãe me apontando um revólver! Eu devia ter matado o Richie Jackson. Não, todo mundo vai pensar que sou um tarado trepando com um menininho. Mato a porra do irmão dele! É pequeno, mas é da minha idade. As mentiras deles causaram toda essa merda. Quase fui morto pela polícia, depois pelo irmão Samuel torcendo meu braço pra trás daquele jeito. Olho pro ponto na parede onde uma barata tá saindo de uma rachadura, depois para a pilha de vidro quebrado no chão, o sangue seco. Não posso ficar aqui. Olho pro corredor pela porta aberta com a lâmpada vagabunda pendurada, sombria. Triste? Começo a berrar com ela, tipo, Oi Pateta. Que horas são? Então é que se foda, deixa eu só me mandar dessa porra aqui.

O ar da rua cheira bem. Fresco. LIBERDADE! Me pergunto quem me telefonou. Talvez eu devesse ter atendido o telefone? Podia ser o irmão John me dizendo que a merda tá resolvida? Duvido. Ééé, duvido. O Jaime? Como ele teria o número? E vai ser inútil voltar ao St. Ailanthus a não ser que eu queira que eles me matem de porrada. Encontro com o Jaime no sábado na aula de dança. Agora deixa eu ver que dia é hoje. Quarta? Três horas, cinco da tarde? Nunca estive nesse bairro antes. Não é muito longe do St. Nicholas Park. Aqui tem mais árvores. Céu azul sobre os prédios de apartamento arruinados. Vou pra rua 145?

Vinte e quatro horas? Um dia atrás? Eu estava morando em casa, na minha casa, uma casa católica pra órfãos. Escola para Meninos St. Ailanthus. Acordar às seis, arrumar a cama, lavar, rezar, comer o desjejum, ir pra escola. Minha vida estava à minha frente. Agora, um dia depois, sou tirado pra fora da minha cama, levado pra delegacia, acusado falsamente de um disparate, forçado a empacotar minhas coisas e levado prum buraco dos infernos no meio da noite. Depois eu volto pra casa e eles me atacam! Sou levado pro hospital, e então, *de volta* para o Hotel das Baratas Dias de Escravidão.

Vejo essa velha vindo na minha direção na avenida St. Nicholas.

— Que horas são? — pergunto pra ela.

— Hora da sua bunda conseguir um relógio!

Maldição, o que é isso? Agora se eu arrancar essa merda do pulso dela sou um monstro. Desço correndo pro metrô. O lado do meu rosto dói de um jeito maluco, estúpido, doido. Entre meu ombro e meu rosto, não sei qual dor é pior. O que posso fazer? Volto ao St. Ailanthus e peço pra ver a enfermeira, e digo a ela: *Ah, sim, estou aqui porque o irmão Samuel, o irmão Bill e o irmão John pularam em cima de mim, torceram meu braço até eu desmaiar, me mandaram pra emergência.* Não, não posso dizer isso, não posso dizer que tô cansado e faminto e expulso da minha casa. Isso não faz sentido. Ninguém com treze anos deve ser chutado de sua casa, ainda mais por causa de uma babaquice mentirosa. Lembro do mijo quente, do irmão Samuel me jogando de costas. Num minuto meus pés estavam no chão. Paf, no minuto seguinte eu estava de costas! Todo o dormitório olhando! Não foi só isso que ele fez comigo, isso foi só o que as pessoas viram. Então tudo o que eles fazem é só amendoim e pipoca, só parceiro pra trepação! Tudo bem porque nós somos garotos? O irmão Samuel fez coisas ruins comigo, *ruins*, eu penso correndo pelas escadas.

O relógio na parede perto da cabine de fichas marca três minutos depois das quatro. Jaime tá verificando o vidro de sal e de pimenta, arrumando a mesa pro jantar. É dia deve ser ajudante da cozinha. Quem será que tava me chamando no telefone, de algum jeito eu tenho que ver o Jaime, mandar uma mensagem pra ele. Pergunto pro cara na cabina.

— Que dia é hoje?

— Quinta.

Fico parado, pisco. Quinta? Tem aula de dança, quem sabe eu pego ele na porta antes da aula começar.

— Você tá bem, companheiro? — o cara da cabine me pergunta, a voz estranha dele chegando através do microfone atrás de todo aquele acrílico.

— Sim, estou bem — digo devagar. Toco o topo da minha cabeça levemente, e quando olho pros meus dedos eles estão todos cheios de sangue. Então tenho um flash — BINGO! —, *meu casaco tá no Hospital do Harlem!* Corro pras escadas. O cara da cabine agora deve pensar que sou mesmo louco. Minha camiseta tá cheia de sangue. Uma coisa tá me espetando. Tem um caco do vidro do maldito espelho no bolso do meu jeans. Eu não tinha sentido. Me deixem ir

## O GAROTO

pegar a porra do meu casaco! Poxa! Vidro na porra do meu sapato, agora, bem, na verdade é na minha meia, o que faz a merda mais fácil, é só tirar ela. Então me encosto no muro perto de uma bodega na rua 145 pra tirar meu sapato e minha meia. As pessoas voltando do trabalho pra casa olham pra mim, mas só por um minuto. A vida delas também não é nenhum mar de rosas, mesmo elas sendo adultas e tendo um trabalho.

EU, ELA? NÃO, sou eu, acho, que faço a enfermeira da Emergência soltar uma gargalhada. Olho pra ela, ela olha pra mim, nós dois dizemos ao mesmo tempo:

— Você não estava aqui ontem?

Mesmo estando pra lá de péssimo, eu me lembro dela: pele preta preta, cabelo afro louro, e um piercing de metal cor-de-rosa no nariz quase chegando no lábio pintado de azul. Esquecer isso? Acho que não.

— Eu deixei meu casaco aqui.

— Você tá com um buraco no alto da cabeça — ela diz. — Qual o seu nome?

— Eu só quero meu casaco.

— Bem, eu preciso saber seu nome, todo dia as pessoas deixam coisas aqui, nós colocamos numa sacola com o nome dela e guardamos por trinta dias, depois jogamos fora.

— Jones.

— Jones o quê?

— J.J.

Ela volta com meu casaco e uma grande sacola.

— Jamal Jones?

— É.

Ela aponta pro alto da minha cabeça, depois passa o dedo pelo lado do rosto como uma faca.

— Quem fez isso com você?

— Eu só quero meu casaco.

— OK, OK, grandalhão! Nada de perguntas. Faça-me um obséquio, por faaaavor!

OK, ela me dá meu casaco. Ela parece as pessoas do Village. Escuto o que ela diz.

— Nada de perguntas, nada de problemas, nada de nada! Deixa eu chamar um dos estudantes para costurar sua cabeça e pôr alguma coisa no seu rosto.

— Vou fazer uma tatuagem no meu rosto onde tá essa porra!

Ela me olha como se eu fosse doido. Eu nem mesmo sei por que disse isso.

— Não, não! Benzinho, deixa essa cabeça quente esfriar, tá me escutando? Deixa passar três ou quatro meses antes de fazer qualquer maldita tattoo. — Ela olha pra ambos os lados, depois puxa a manga curta do uniforme branco e me mostra a tattoo dela, uma daquelas tipo Maori. — É bacana ou o quê?!

É.

— Quando seu rosto sarar... Ah, aí vem o "Wang vou ser doutor um dia". Não diga *nada*, ouviu? Só deixe que ele faça a coisa dele. Eu vou jogar um spray na sua cabeça e no rosto, adormecer um pouco, OK? E vou limpar um pouco essa sujeira do lado de seu rosto, tá bom? Então, vou pedir pro Wang lhe dar uma injeção. Ele é legal.

— O que temos aqui? — o Wang parece que tem minha idade.

— Só dê um jeito, Wang. Olhe a cabeça dele e se apresse. J.J. está apressado, não está, J.J.?

— Estou.

— Eu tava contando pra ele onde fazer tatuagem. Eu fiz a minha no Hades, do Village. Onde você fez a sua?

— No mesmo lugar — o Wang disse. — Fiz meu piercing lá também.

## O GAROTO

— Legal — a Loura disse.
— Vamos fazer a coisa certa, costurar você e tal...
— Dê pra ele aquele medicamento de liberação controlada.
— Não se preocupe, Williams. Meu anestésico vai funcionar. — Eles soltaram uma risada!

A merda toda, costurar minha cabeça, a injeção, parece que não levou nem dez minutos. Não sei como fiquei, mas me senti melhor, meu rosto parecia melhor, meu braço também.

Quando eu ia sair, a Loura me passou meu casaco e disse: "Esse negro não vai mais precisar disso!", e me passou a sacola que tinha trazido antes.

Quando cheguei outra vez na rua, dei direto na Avenida Lenox com a rua 135 na esquina da aula de dança. Abri a sacola. Poxa! Uma calça de couro preto e um tipo de sunga ou uma merda dessas? Não tenho certeza. Abro um envelope pardo, dentro tem um relógio, dois brinquinhos de argola de ouro, e uma corrente de ouro! Bom, seja o que for, Loura! Tenho vontade de correr de volta e dar um abraço nela, agradecer ou fazer alguma coisa! Mas não quero causar uma encrenca pra ela. Merda, tudo que ela fez foi ilegal! Mas que merda, foi *o certo*.

Eu ia me aquecer pra aula se estivesse adiantado correndo na pista do salão, mas quando cheguei lá vi a Imena sentada em um pequeno círculo com alguns dos alunos. Um cara preto-azul de roupa africana tá sentado no meio do círculo com uma estátua ou coisa assim. Os olhos de todos estão nele. Eu me aproximo pra ver o que eles tão olhando.

— Nkisi é um objeto de poder religioso — o cara tá dizendo.

Tem uma aparência horrível, seja lá o que for! Tem uns 60 centímetros de altura, um tipo de estátua. De um... um africano? Tem os lábios grandes de verdade.

— Isto é do povo do Congo.

Tá esculpido em madeira e tem pregos por todo o corpo! Eles deviam ficar com essa merda lá no Congo. Olho pra pista por onde eu podia estar correndo. A pobre da coisa tem pregos até na cabeça! Contas e trapos estão pendurados nela e no peito parece uma...

— Sim. — O cara africano repara que estou examinando. — Isso é muito antigo, mas é um espelho que ele tem no peito. Imagino que se fosse feito na América hoje em dia poríamos uma tela de TV no peito dele, não é assim que nos vemos refletidos nesta cultura? Mas este é um objeto de arte do século XIX.

*Arte?* Me poupa! Espero que a Imena não esteja pagando esse cara pra falar com a gente. Ela não precisa disso, já tem um monte de pessoas dando aulas grátis. A Loura disse que o spray vai passar em uma hora, a injeção não vai passar até a noite.

— Quando foi o século XIX? — uma das garotas pergunta. *Puta estúpida*, eu penso.

— De 1800 a 1899 — a Imena responde, mas a garota ainda parece confusa.

— Então, sim, ele é dos anos 1800, tenho certeza, do final dos anos 1800. Sabe-se agora que objetos de madeira têm uma vida muito mais longa do que pensávamos. Mas o que vocês veem aqui não é a escultura original. Foi acrescentada muita coisa a ela desde que foi criada. Cada prego foi colocado por um membro da comunidade, ou "tribo" como gostam de dizer aqui. Contas, pedaços de ninhos de pássaros, penas, e retalhos de roupas das pessoas foram colocados durante o tempo que o objeto estava residindo na tribo. Cada prego enfiado ou trapo acrescentado fala de algum momento na vida do proprietário ou proprietários — alguns desses objetos eram de propriedade coletiva.

— Como o Nkisi fala? — a Imena pergunta.

— Bem, uma parte disso é conjetura. Mas eu imagino que o poder do Nkisi é de transformação. Pensem em Jesus na cruz, seu

O GAROTO

sofrimento pelo povo. Em vez de as pessoas morrerem por seus pecados, ele morreu por elas. O Nkisi absorvia e transmutava a dor e o sofrimento da tribo. Assim quando havia fome ou sofrimento e deslocamento, que acontecia quando membros da sociedade eram ou atacados ou postos em fuga pelos comerciantes de escravos, o povo enfiava um prego no Nkisi, porque o Nkisi ficaria com o que eles não podiam mais suportar.

Legal! Legal! Legal! Eu acredito! Mas: "O que é transmutar?", eu pergunto. A Sra. Washington diz faça perguntas, mesmo quando você se sentir um tolo perguntando. Se não perguntar, *será* um tolo! Rá rá!

— "Transmutar" significa mudar de uma forma para outra — a Imena me responde.

O cara africano parece que tá começando a querer chorar. Ele se inclina e abraça a Imena.

— Essa aula foi um refúgio para mim enquanto eu estava estudando com este povo depravado. Todo dia era um genocídio psicológico. Você acha que pode imaginar essa merda de estar aqui, mas é inimaginável como eles nos detestam. Eles projetaram o mau em nós e o institucionalizaram. O que é pior do que o povo branco?

De que porra ele tá falando! Parece que o efeito da injeção tá aumentando no meu corpo, não diminuindo. Tenho que me mexer! A Imena parece não saber o que fazer — o cara agora tá chorando. Ele passa a coisa pra ela.

— Eu deixo o Nkisi com você. Ele significa o que você acha que ele significa. — Então ele se levanta. — Não dá mais pra colocar nenhum prego nele, então eu coloco um prego metafórico. — Ele ergue as mãos como se tivesse um martelo em uma das mãos e um prego na outra. — Eu venci! — Ele abaixa o martelo. — NYC, você não me matou. Eu venci! — Ele bate outra e outra vez. — Este prego é para toda a merda, esses quatro anos fodidos, depois o estágio e a residência!

— Bom, vamos agradecer ao irmão Abubakar e desejar-lhe força em sua jornada. — Todos batem palmas, exceto eu. Eu só desejo que ele tire seu traseiro chorão daqui pra que a gente possa dançar. Que tipo de garoto quer ver um adulto chorar? Eu olho pro Nkisi. A Imena tá olhando pra mim, pro lado do meu rosto. Eu olho pro pedaço de vidro no centro da criatura, o espelho. Ele é assustador. Pisco para o espelho desbotado no peito dele, penso no meu caleidoscópio girando, o desenho mudando. Uma ilusão que o irmão John diz que é criada pelos espelhos em certos ângulos. Que se foda! Que se foda! QUE SE FODA! NYC, Nkisi também! Esqueça toda essa merda! Eu vim aqui dançar. Levanto, tiro meu casaco. Ponho ele no chão normalmente contra a parede, ponho minha sacola do hospital perto, e como se nada tivesse acontecido começo a me alongar. Ergo os olhos do chão onde tô espalhado na segunda posição e a Imena tá olhando outra vez pra mim. Baixo os olhos pra minha camiseta, manchada de sangue. Eu puxo ela sobre minha cabeça, enrolo e jogo ela no canto com o resto das minhas coisas. Muitos caras dançam sem camisa. A Imena tá dizendo alguma coisa para os tocadores de tambor, o que significa que vamos começar em um minuto. Eu me levanto, enrolo as pernas das minhas calças, e vou entrar na fila dos fundos com o restante dos homens.

— Essa é uma dança pra Xangô — diz a Imena. Ela ergue o braço. — Ele tem o *oshe*, aquele machado de duas cabeças. Ele é o Orixá da luz, dança e paixão. — Ela olha pra nós. — É isso que um dançarino faz. Nós somos como raios de luz, canais, pra Deus. A dança africana não é sobre jogar as pernas para cima, a dança africana é sobre o espírito!

Escuto o ritmo, pã pã pã PÃ! Um dois três QUATRO! Não me importa sobre o que ela é, eu só quero dançar! Começo a me mover, os tambores parecem meu próprio coração batendo. Um cara tem um instrumento com uma corda comprida, é puro fogo! A música balança, meu corpo vira um ouvido escutando. Meu corpo não é um estranho, não é um traidor enganado por viados brancos de roupas pretas, não um menininho em uma cama de hospital, não um *homem* — grande, reluzente e preto que faz os irmãos olharem pra ele. Aqui meu corpo é meu, aqui eu sou tipo Cavalo Louco que nunca desiste. Aqui eu sou como aquele cara que o irmão John diz que começou o Schomburg, aqui eu sou música, nunca estive em uma delegacia de polícia por mentiras sobre meninos, aqui eu tenho mãe e ela não é nenhuma vadia que morreu de AIDS. Aqui na batida tá minha vida. A flauta toca e eu vou nessa outra e outra vez e ninguém pode me parar.

 O suor tá escorrendo pelas minhas costas nuas. Eu poderia ficar fazendo isso pra sempre. Alguns dos negros aqui são profissionais. O que é isso? Eles fazem suas coisas por dinheiro e por isso são melhores? Merda, eu roubo se preciso, esmolo também, enquanto puder fazer isso. Eu me acabo, mas é tão lindo!

— Poxa, cara, que porra de instrumento é esse? — eu pergunto pro sujeito perto de mim.

— Ah, cara, esse é um instrumento brasileiro, o berimbau! É demais, não é?

Nunca na minha vida tinha escutado um som como esse. Ele me abre. Eu quero tirar esse jeans de merda. MEXER. Merda, tô vestido, não é como se eu não tivesse nada em cima. O som me faz flutuar. Minha cabeça abre, e eu vou com meu coração. Me sinto tão triste que poderia chorar, mas não choro. Só escuto ainda mais a música, o som e mais nada, tento mexer meu corpo melhor como os profissionais, como uma das grandes irmãs que não é profissional mas dança melhor do que eles dançam como... como o RELÂMPAGO do Cavalo Louco! Eu também vou ter uma tatuagem ziguezagueando no meu rosto como um relâmpago. Uma figura tipo um dedo com um anel de ouro, sem mão, só um dedinho, com um anel de ouro, sangrando, passa por minha cabeça. Por que isso? Aquela merda de spray que a Loura colocou em mim não é brincadeira! Como será enfiar em alguém como a Loura, lamber a tattoo do garoto Wang? O que vou usar como piercing? Vi uma foto desse cara que colocou piercing no pau uma vez. A música do berimbau tá diminuindo ainda mais estranha e bonita. Me sinto como Cinderela um minuto antes da porra da meia-noite, exceto que é minha cabeça que eu vou perder, não uma porra de um sapato de vidro, e em vez de uma madrasta malvada vou ter uma escrava psicótica zanzando perto de mim falando *Minínu! On cê tava?* Ou vou ser um desgraçado de um sem-teto. Em janeiro vou ter catorze anos. Um homem se eu quiser ser. Qual a diferença? Antes de escutar a última batida do tambor, sei o que vai acontecer — *quando* escutar a última batida do tambor, eu vou desmoronar. De repente meu corpo vai sentir como quem foi preso, pisado em cima, teve o braço torcido, correu por todo Harlem duas vezes, recebeu spray químico, foi costurado e drogado — quando a música parar, a sala vai girar e girar e vou cair como vidro quebrado.

— Meu casaco! — eu aponto, caindo.

— Peguem o casaco dele! — escuto a Imena dizer. — Essa sacola é sua também, J.J.? — Faço que sim com a cabeça. Quero me levantar, correr, mas não consigo, tô cansado, muito cansado. Sinto meu coração batendo. Minha cabeça também tá batendo — bong! Bong! Merda como dói! Eu viro a cabeça — Jaime! Ele olha pro outro lado e corre pra porta.

— Onde você mora, cara? — um dos tocadores de tambor me pergunta. Penso nas baratas rastejando pelas fendas no linóleo verde e preto, suspiro, penso, só de noite, só de noite.

— Avenida St. Nicholas, 805, cara.

— Avenida ou praça?

— Avenida. — Eu acho. Minha cabeça agora está PONG! PONG! Meu braço parece que tem mil agulhinhas dentro que antes tavam adormecidas, e que tão começando a acordar e me espetar. Me sinto um merda, mas também me sinto OK. Sim, dói, eu tenho que voltar pro hotel das baratas, mas eu dancei! Nunca dancei antes como esta noite. O irmão Samuel, a polícia pit bull, minha mãe caindo fora, meu pai morrendo na guerra, nada disso, nada, *ninguém*, nenhuma merda de ninguém pode tirar isso de mim. Que se foda o Jaime! Que se fodam todos! Pego meu casaco e a sacola das mãos da Imena, deixo o tocador de tambor colocar seu braço em volta de mim e me ajudar a me levantar.

Sigo atrás dele e da Imena, que eu suponho que é namorada dele pelo jeito que ela tá agindo, saindo do ginásio e descendo a escada. Tô segurando no parapeito enquanto desço. Quinze minutos atrás eu era um deus, meu corpo tava sob controle, como o Jaime. Eu era como... como Xangô lançando raios de luz ou o Cavalo Louco e no topo da montanha. Agora meus joelhos a porra de uma geleia.

É claro que entendo quando entro no carro que a Imena fez seu namorado me dar uma carona. Fico pronto pro interrogatório. E com certeza...

— O que aconteceu com você? — ela começa a me pressionar.

— Nada.

— Vamos, J.J., essa merda no alto de sua cabeça e no seu rosto não é nada?

— Tá tudo bem — eu digo.

— Me diga o que aconteceu, J.J.

O namorado tinha que meter seu bedelho.

— Há quanto tempo você tá vindo pras aulas?

— Alguns meses. — O que isso tem a ver com alguma coisa?

— Bom, se você quer continuar vindo às aulas, tem que falar com a Imena.

— Não lhe diga isso, Ibrahim. Ele não *tem* que me falar nada, *e* pode continuar vindo às aulas. Você anda mexendo com drogas,

J.J.? — Ela olha pra Ibrahim. — Aonde você está indo? É bem aqui virando a esquina, no Lar dos Meninos.
— Ele disse avenida St. Nicholas.
— Você mudou, J.J? Não está mais no St. Ailanthus?
Me sinto mareado mesmo não estando num barco. Tô cansado demais pra chorar. Só quero que me deixem sozinho.
— J.J.! Aqueles esquisitões fizeram isso com você? Me responda!
— A Imena está mesmo irritada.
— Olha, cara, nós só queremos ajudar. A Imena não vai chamar os tiras nem nada. A gente... bom, olha pra você, cara, você tá com sangue na camiseta, pontos no alto da cabeça, um lado do seu rosto cortado. Você estava dançando todo... todo errático e fodido, cara, e depois você caiu! Nós somos irmãos e irmãs, cara! Você quer ser um dançarino africano, então você quer ser parte de uma comunidade.
— Artistas ficam juntos, J.J. Se você não pode contar pra gente, pra quem vai poder contar?
Ninguém.
— Quantos anos você tem, cara? Acredite em mim, a decisão é sua. Não vamos dizer nada praqueles esquisitões católicos nem pra ninguém. Aqueles viados deram em cima de você? Aqueles esquisitões te deram uma surra? — Ibrahim está todo nervoso agora.
— Quantos anos você tem, J.J.? — a Imena pergunta.
— Treze.
— Poxa! Você sabe que parece mais velho, cara? Muito mais velho!
— É verdade, J.J., você parece mais velho que treze. Se... as pessoas... sei lá. Então o que aconteceu com os católicos? Eles deram em cima de você e depois te expulsaram ou coisa assim?
— Uma coisa assim — eu digo a ela. — Eu reagi, eles me bateram e me levaram pro Hospital do Harlem. Depois de lá pra minha parente, que é muito velha mesmo.
— Muito velha? Onde estão sua mãe e seu pai, J.J.?

## O GAROTO

— Minha mãe morreu num desastre de carro, e meu pai morreu na guerra.

— Hã, que guerra? — Ibrahim pergunta.

— Não sei direito.

— Bem, quem são esses parentes velhos?

— Eu não sei.

— Você não sabe?

Eu queria que Ibrahim calasse a boca e não me perguntasse mais nada.

— Bem, J.J., só nos diga quem são esses velhos antes da gente levar você pra lá — a Imena pediu.

— Imena, acredite em mim, nós não estamos pegando a história toda. Eu não sei o que é, mas não é só isso — Ibrahim diz.

Eles estão falando sobre mim como se eu não tivesse aqui ou tivesse três anos.

— Olha pra ele, é óbvio que está traumatizado. Não é culpa dele. J.J., *por favor*, conta pra gente, da melhor maneira que você puder, quem são esses velhos. — A Imena parece que está numa novela ou coisa assim.

— Bem, depois que minha mãe e meu pai morreram, eu fui pro St. Ailanthus porque meus únicos parentes vivos não foram encontrados. Então, depois que me expulsaram do St. Ailanthus, eles foram encontrados, porque eles tinham que ter algum lugar pra me mandar.

— Imena, ele não tá contando a história toda.

— E hoje nem vai contar. Vamos levar esse menino pra casa dele.

Já tá escuro. Passamos por tudo outra vez, a escola, a Associação dos Moços, delegacia de polícia.

— É aqui? Você disse 805? — Ibrahim pergunta.

— Ééé — eu digo antes mesmo de olhar. Eu tava começando a cair no sono.

— Quer que a gente vá com você? — a Imena pergunta.

Não, eu quero que vocês me deixem sozinho. Eu posso dar conta disso. "Não, obrigado." É só uma velha escrava, estranha fedorenta. Não vai ser o que o St. Ailanthus era, o que quer que tenha sido. Uma mentira é o que era. "Lar para Meninos St. Ailanthus"! Não é porra de "lar" nenhum. Tô com sono, tô cansado, tô com frio.

— Vejo você no sábado. Não se preocupe com dinheiro, tá escutando? Pode vir. Eu não quero que você pare de vir à aula, OK? *OK*?

— OK.

— Boa noite, J.J.

— Boa noite.

— O bastardinho nem sequer te agradeceu — escuto Ibrahim dizendo ao dar a partida.

— Pelo amor de Deus — diz a Imena. Não escuto o resto do que ela diz.

Bom, se eu vou ficar aqui, tenho que ter uma chave. Não dá pra acreditar... Ah, que se foda! Fui chutado do St. Ailanthus por bater num dos irmãos quando o bicha deu em cima de mim. Então grande coisa, aqui estou. Aconteceu. Vamos em frente!

Ela... suponho que ela... *alguém* limpou os cacos de vidro quando entro no quarto. Não vou dizer nada pra ela, deixar as coisas como estão, como quando entrei na casa, eu não disse nada. Ela não é minha mãe nem nada. Não vou ficar aqui muito tempo. Não tem sentido ficar tipo amiguinho-amiguinho quando eu tô aqui só por engano. Logo vou cair fora daqui. Logo.

Tem toalhas na cama. O que isso quer dizer, um sinal? Não pode ser, do jeito que ela é e como esse lugar fede. Mas eu pego elas e vou pelo corredor até o banheiro. Preciso cagar, mas estou com prisão de ventre. Só rindo, quem sabe não tem nada dentro de mim, quem sabe a polícia me fez cagar tudo de medo na delegacia. Vai ser bom tomar uma chuveirada ou entrar numa banheira.

## O GAROTO

Tudo que tenho no mundo tá naquela mala lá no quarto e na sacola que a Loura me deu, calças de couro, relógio. Eu sei que tenho um par ou pelo menos um pijama na minha mala. Sento na privada, resmungo, gemo um pouco, me sinto no começo cheio do vidro que quebrei mais cedo. Então finalmente lá vai, eu cago, cago. É bom, como se as últimas vinte e quatro horas tivessem saindo do meu cu. Como se tivesse acabado, pra fora de mim. Mas cheira horrível. Abro a janela, o céu noturno negro estrelas de computador pontos de luz. O ar da noite cheira limpo. Nunca me senti tão velho em minha vida. Merda, na verdade, acho que nunca *fui* tão velho na vida.

Abro a torneira no mais quente. Mesmo com todos esses cortes e arranhões, quero a água quente. O esfregão de banho é rosa escuro macio, o sabonete novo na saboneteira diz Camay. É *cor-de-rosa*, um sabonete de menina. Quero ficar chateado, mas não fico. Tem cheiro bom. No St. Ailanthus, Irish Spring, será um sabonete de homem? Ou sabonete do Lar das Bichas. Eles fodem uns com os outros ou só com a gente? Não fodem, *foderam*, porque estou fora, tempo verbal no passado. Aqui agora, um filho da mãe de um garoto livre. Se eles fodem uns com os outros, eles são viados, se eles só fodem com a gente, são legais. A água tá quente. Enfio meu pé. Quase queima. Mergulho meu corpo. Quero ficar limpo. Como depois da confissão. O irmão John diz você fica em estado de graça, se morrer logo depois da confissão sem nenhum pecado na alma, você vai direto pro céu.

O oposto da graça é *desgraça*, sujeira, tiras, mentiras, espermas. Quero isso fora do meu corpo. Fora do meu corpo, meu corpo de menino livre, é bom cagar. Meu corpo de dança, é bom dançar. Que se fodam eles! Que se foda toda essa merda a não ser a dança. A água é boa agora. Sinto meus lábios na nuca do Jaime. Me sinto tão quente, como com erva ou outra merda. Não faz nenhuma diferença se eu tiver uma perna, então vou ser um dançarino de uma perna, se eu tivesse 50 centímetros de altura, então seria um dançarino anão como no circo, mas eu não sou um dançarino anão, eu sou mais tipo Deus. Deus vê através das paredes, olhos grandes e poça escura como os do irmão Samuel. Eu agora vejo do outro lado da parede, uma porta se abrindo, a porta do elevador está abrindo e um leão enorme está passando pela porta, espalhando merda como marca de território. O rugido do leão AAAAAAAHHHHHHHHHHH!!!! Tô aqui, tô com medo. Merda, eu devo estar na porra de uma piração, por um minuto acho que essa merda é real, esqueci que tôu sentado aqui pingando. Não tem leão nenhum lá fora. Então por que eu penso numa merda dessa? Merda, por que eu tô pirado! Um menino pirado! Uma porra de um menino livre! Sou preto! Adoro ser preto. Sou um menino, adoro ser um menino! Sou de barriga tanquinho e tudo isso! A água quente é boa, queima meus machucados, mas é legal no meu ombro. Eu me banho como o Cavalo Louco cavalgava, não me importo se dói, eu gosto da dor. Lavo o rosto, jogo água na cabeça, com calma agora nos pontos que o Wang Wang deu.

 Quero que me amem. Quero que alguém me abra como eu fazia com os garotos e Jaime. Me cravar com amor como era com o irmão John e eu? *Amor,* não como aquele irmão Samuel estúpido idiota da porra. Mas quente como água. Como é que ninguém gosta de mim? Isso é uma estupidez! Um monte de gente gosta de mim. Um monte. Esfrego o sabonete cor-de-rosa em todo meu corpo, pensando no amor e apertando e como seria ser um dançarino, um profissional, o que é preciso, e a água tá boa e fodida de quente, a gente só tem chuveiro no St. Ailanthus. Não tô mais lá, pensando nisso, comecei a me sentir todo arrepiado, tão sozinho, e é mais do que posso aguentar, estupidez demais, sei lá. Que porra, merda, a porra que tô pensando é estúpida, eu tenho que *fazer* alguma coisa. Eu não penso mas me vejo como num filme cortando meu pau pra fora. Depois tô enterrando meu próprio corpo, mas não sou eu, é uma garota, a pequena menina dourada do livro de histórias. Estupra ela. *Alguma coisa*. Eu devia estar numa casa tendo tudo que eu preciso, tendo roupas boas, comida boa e coisas e lugares pra ir, e eu devia ter uma mãe e um pai, eu devia ter coisa boa, eu não devia estar me destroçando por dentro. Não devia estar me sentido como se as rachaduras no reboco fossem eu *crequi iiique irrchhh* pela parede me deixando idiota. Quando ponho meus pés no chão, o chão não devia mexer eu não devia sentir isso não entendo como um garoto legal como eu pode ter uma mãe que morreu de AIDS. Por que minha mãe? Por que minha mãe? Abro a torneira de água quente *quente* que me faz sentir bem ééé me sinto bem quanto mais quente melhor a água é tão boa quero dormir quero sonhar, chamar a Imena e seu namorado tocador de tambor filho da mãe pra voltar voltar voltar e me salvar como na TV um paraquedas saltando do avião em chamas quase a ponto de explodir no céu com as cores do arco-íris. Eu quero cair deslizar lá pra baixo mais fundo na banheira dentro da quentura da água e sentir como é bom sentir o Jaime me beijar lá me *matar* lá meu pau pau pau pênis pênis como ele tá pegando fogo um grande fogo que não queima mas te deixa pirado. Eu tenho esse sentimento, esses sentimentos, me deixe te amar me deixe te amar me deixe te amar escuto os tambores batendo como onda nos meus testículos lá embaixo lá embaixo tá me doendo tá me doendo eu preciso juntar um lugar uma mala arrumar arrumar arrumar a mala um carro tá esperando um carro tá esperando pra me levar embora como se eu nunca tivesse estado lá nunca tivesse estado como se nunca tivesse estado lá nunca estivesse estado.

Silêncio bizarro esse. Mas não é bem como quando você está completamente sozinho. *Alguém* tá aqui. Então onde a velha tá? Atrás dessas portas. O que tem por trás de todas essas portas? São tipo três no mesmo lado do corredor como no quarto onde tá minha mala, incluindo o meu. *Meu?* Então do outro lado tem outra porta, e depois dele a porta da cozinha. Então onde é o quarto dela? Quem é a velha prostituta e o que eu sou, uma bola de borracha ou alguma merda? Bato no chão e vou pulando pra outro lugar na próxima semana? Essa é uma banheira legal, grande. Esse é um apartamento velho esquisitão, parece que tem fantasmas ou monstros. Uma vez vimos uma gata ENORME. Feia como um monstro. *Grávida*, o Jaime disse. O Jaime jogou um tijolo nela, eu joguei um também. Azar, o Amir disse. Por quê? *Ela tá grávida*, o Amir disse. *É preta, azar*, ele disse. *Não se deve machucar nenhuma coisa grávida!* O que é grávida?, me perguntei. *Ela era preta!* O Jaime disse. Se eu fosse adulto, eu denunciaria o St. Ailanthus como um campo de terror e crueldade. As escolas católicas deviam ser muito melhor do que as públicas, mas eles esquecem algumas pequenas coisas! Como bater e foder com os garotos. E essa merda aqui, sabe, como faça as malas e caia fora, J.J., foi um prazer conhecer seu bundão preto. Eu não posso deixar essa merda assim. O que o Cavalo Louco faria — o que meu pai faria? Se alguém fizesse uma merda assim com ele? A água tá ficando fria porque tô sentado aqui com a janela escancarada. Abro a torneira quente, como uma fonte quente saindo do interior da terra; na escola, aprendemos sobre as pessoas que saem na neve para sentar em fontes quentes. Por causa da atividade vulcânica, a rocha perto da superfície ainda tá quente o suficiente pra ferver a água! A água fica quente mesmo na neve! Eu vou parar de ir pra escola? Quero dizer, e daí? Uma escola pode ensinar a dançar? Se eu fosse um profissional, eu poderia fugir pra algum lugar e ser um dançarino, ser pago. Água quente, estou com sono outra vez. Cabeceio, vejo uma cidade murada como nas fotografias da China, antiga e toda verde, tigres, o que me faz abrir os olhos e sair da água que tá ficando fria outra vez, já tenho problemas suficientes. Me seco e passo pelo corredor e pelas portas que abrigam grandes gatas pretas grávidas.

Meu pijama tem grandes listras marrom e branca, como o de todos os outros garotos do St. Ailanthus, a menos que seus pais

## O GAROTO

ou parentes comprem uma coisa diferente. Alguns garotos do St. Ailanthus têm pais vivos. A maioria não tem. Agora, não tem uma fila toda de pijamas listrados se arrumando pra ir pro beliche, sou só eu, um garoto, uma cama, um pijama listrado.

> *Agora eu me deito para dormir,*
> *Rogo ao Senhor que guarde minha alma.*
> *Deus abençoe nossos pais, aqui ou falecidos,*
> *Deus abençoe os irmãos de St. Ailanthus,*
> *Deus abençoe todas as crianças do mundo,*
> *Incluindo a mim também, o cordeiro querido de Deus,*
> *E Deus abençoe o doce Senhor Menino Jesus.*
> *Em nome do Pai,*
> *Do Filho, e do Espírito Santo.*
> *AAAAAMMMÉM!*

No sonho tô prestando atenção na Imena, não só esperando que ela se cale e os tambores comecem. "Nkisi", ela diz, erguendo a coisa feia com a boca como um pato preto. Por que ela tá mostrando essa merda pra gente! Os negros são feios? Ou nós somos bonitos? As paredes do ginásio mudam prum branco deslumbrante. A Loura aparece do nada com seu uniforme de enfermeira e piercing no nariz. Ela tá segurando um pote de vidro grande. Acho que ela tá tentando me fazer perder a cabeça, mas ela não pode, nenhum feto num pote vai estourar minha cabeça. Eu já vi essa merda num dos vídeos de aborto não faça AQUILO até se casar porque É pecado mortal. Mas não é um feto. É meu pênis no pote de vidro!

— Ei, como você conseguiu isso! Tudo bem, J.J., eu vou só colocar um piercing, depois devolvo logo. Certo, Wang? — Com a cabeça Wang faz que sim. Ele tá olhando pra grande carne dos mamilos dela por baixo do uniforme. Wang faz que sim outra vez, e ela enfia uma rolha no pote, que virou uma grande garrafa verde de champanhe. A rolha pula e meu pênis se lança pra fora da jarra se espalhando!

— O que é isso! — eu grito.

— Champanhe, coelhinho bobo — ela diz com uma voz de TV, e desaparece. Eu apalpo minhas partes. Está tudo lá, duro como a porra. O Wang está de joelho na minha frente. Tô preocupado que a classe não saiba que ele é médico e vá pensar que ele tá chupando meu pau.

— Esse crânio de cachorro na cabeça dele...

— É o africano da NYU.

— Eca — uma das garotas idiotas grita.

— A vértebra da serpente está em volta do pescoço dele...

— Eca!

— ... apenas o tamanho e o local da cabeça do Nkisi por si só falam da dominância dos sentidos na transmutação do desejo espiritual...

— Ele tá dizendo a mesma merda que estava dizendo na aula.

A Loura foi embora, o Wang também. Tento acordar, me mexer, ter certeza que eles não têm nenhuma parte minha naquela jarra, mas tô paralisado. Sinto que tô caindo. Meu corpo tá tão pesado, ele não dói, a queda não assusta, é uma escuridão macia, lá embaixo eu sinto tão bem caindo que só abro meus braços e voo tô voando de volta pra onde tudo é grama verde e o céu é tão azul como no parque quando eu era pequeno. Ela tá dizendo alguma coisa que não consigo escutar. Sou pequeno correndo correndo pela grama. Ela tem um piercing dourado no nariz. Eu levanto meus braços, tô abrindo e fechando meus dedos tipo me dá me dá. Tudo tá tensionando tipo quando você quer gozar, mas eu sou só um menininho. "Mamãe! Mamãe!", eu soluço. Escuto pássaros como as gaivotas, mas não vejo nada. O som mexe com alguma coisa maluca bem lá nas minhas tripas. Abro mais meus braços. A luz me preenche. Tudo tá banhado pela luz. Eu nunca vi tão — eu nunca *fui* tão luz antes.

## O GAROTO

Sou uma ESTRELA nascida pra minha mãe. Quero colocar minha língua na boca dela, beijar ela. Ela abre os braços pra mim, e começo a correr pela grama. Os esquilos que em geral me deixam com medo não me machucam. As árvores tão cantando canções, têm rostos, línguas de folhas, *tudo,* até as flores tão cantando. "Você não escuta, Abdul", ela diz. "Escuta." As árvores tão falando. Ela me pega nos braços e diz uma coisa que não escuto. "O quê, mamãe, o quê?" Ela ri e me beija. "Você não escuta, Abdul", ela diz. "Escuta." Tô correndo outra vez. Eu sei tantas coisas, os irmãos me ensinaram como o som viaja rápido, que Deus é uma entidade indivisível conhecida através de Jesus Cristo seu único filho. Sou só um menininho, mas sei o nome das coisas, rochas — rochas ígneas, basalto, granito, obsidiana, rocha sedimentar, calcite, halite, gipsita, rocha metamórfica, quartzo de mármore, granada, e diamantes — e em que velocidade a luz viaja. Sou a luz viajando ela me diz quem eu sou o que devo fazer mas tô correndo tão rápido que não escuto exceto escutar que ela tá dizendo mas não entendo como posso escutar e não escutar o que ela diz. Tô ficando confuso o sol tá se pondo tá mudando aqui. Procuro por ela mas ela se foi e estou caindo outra vez. Tô numa assembleia da Noite Cultural e os irmãos tão lendo a poesia deles pra nós. A gente não tá gostando. O irmão John grita: "O terror é o puxão gravitacional em direção ao nada!" Ah, não! Me escondo atrás do meu cérebro onde o puxão gravitacional não pode me pegar. Então de repente tô num vagão do metrô se arremessando com um infinito bramido negro. O relógio no teto do vagão tá piscando três horas, três horas outra vez. "DISSE O QUÊ?", uma voz estronda no alto-falante. "DISSE LEVANTA! É ISSO, J.J."

— Levanta, nêgru! Cê vai passá a vida dormindo?!

Hã? O trem para, eu me sento firme! Na minha frente uma parede rachada com a pintura despelando? Cadê os outros garotos? Viro minha cabeça e vejo a velha Dias de Escravidão curvada na soleira da porta. Ah, não! A penteadeira, o oval de madeira ressecada onde o espelho ficava grudado, o banco, a mala aberta. Ah, não! Uma dor surda lateja no meu rosto. Toco o corte aberto da minha face. Molhado mas não é sangue, uma merda clara. Aperto os olhos fechados, o trem tá saindo da estação! Olho pro teto, a lâmpada balançando, a pintura saindo das rachaduras. Ah, Santa Maria Mãe de Deus, Não! NÃÃÃOOO!

— Não uma porra! Levanta essa bunda e vem tomá café.

Sinto o cheiro de bacon penso na Rita, sentado ao lado dela no restaurante, o vestido de seda dela, perfume, ela tá mexendo leite e açúcar no meu café. Um cara grande diz alguma coisa em espanhol e coloca um prato de ovos mexidos e bacon na minha frente. A Rita tá tomando café e olhando para mim com olhos grandes de bebê. Tô acordado mas fecho meus olhos não quero deixar o rosto dela ir embora o último rosto que me amou na minha vida eu quero voltar a dormir.

— Eu díssi pra levantá! Põe uma roupa! Sabe quântu têmpu cê tá durmíndu?

E daí? Olho pro chão, minhas listras marrom e branca tão lá ao lado da cama. Não me lembro de ter tirado o pijama. Fecho os olhos vejo o último vagão do metrô desaparecer na escuridão com meus sonhos e minhas lembranças. Por que eu gosto tanto do cheiro de bacon? É o melhor cheiro da porra do mundo. Queria que essa puta saísse daqui para que eu pudesse me vestir e comer alguma coisa. Viro e olho pra ela.

— Levanta!

— Bom, eu levantaria se cê sumisse daqui e me deixasse me vestir. — Tento falar com ela como se ela tivesse um pouco de bom senso, racionalmente.

— Como se cê tivéssi alguma coisa que nunca vi. — Ela dá uma risada. — Marmanjão besta. Levanta!

Agora, como vou pegar meu pijama no chão, debaixo das cobertas, e voltar? Fico lá um segundo, depois é tipo que se foda! Levanto e deixo que fique pendurado. Ela não me incomoda. Mas incomoda, sim, ela me dá arrepios, fico todo arrepiado, porra, ela me encarando, cara. Tudo que eu quero é a porra de um café da manhã e que as coisas voltem ao normal. Ela vira e sai pela porta. Missão cumprida? Se alguma vez tive dúvida sobre essa coisa toda ser um caso de engano de identidade, agora sei com certeza, essa puta velha não é nada minha.

Sexta? Ééé, a noite passada eu tava na aula noturna de dança da quinta. Antes disso? Aqui, depois o Hospital do Harlem, depois o St. Ailanthus, depois aqui — 805 na primeira vez? Depois o hospital outra vez? Sei lá. O que sei é que começou no St. Ailanthus. Eu tinha pensado que ia ficar lá até os dezoito, depois ia pra faculdade pra estudar computadores ou inglês ou coisa assim, talvez voltar e ensinar no St. Ailanthus se eu não me tornasse um dançarino famoso. Agora o quê? Mesma merda, dia diferente, só isso. Bom, tudo bem! Seguindo em frente. Meu jeans e a cueca tão no chão perto da cama. Não quero pôr de volta a camiseta suja. Como minhas roupas vão ficar limpas agora sem a Sra. Lee nem a lavanderia do St. Ailanthus? Tô todo machucado no peito, esfrego meus mamilos, penso na Loura colocando seus piercings, e eu vou ser tatuado, talvez não no meu rosto mas em algum lugar. Onde tá minha calça de couro? Caralho, ela serve! Sapatos, e vamos lá ver o que tem pro café.

A cozinha é um grande retângulo grosseiro, dois refrigeradores perto de uma pia dupla, e o fogão encostado na parede comprida do lado oposto à porta. Do outro lado tem uma mesa com duas cadeiras e um lugar arrumado. É lá que eu sento. Ela pega um prato do fogão e põe na minha frente. Bacon, ovos, torradas, cereais.

— O que cê qué com seu cereal, margarina ô geleia?

— Eu não como cereal — eu digo a ela, depois me sinto mal como se não tivesse bons modos, mas eu não como cereal.

— Bom, cê agora tá com ele no prátu. Coma. — Ela dá uma risada. Rá rá!, come você, vaca.

— A sistênti social tava aqui na sexta. Vai voltá na segunda. Assistente social? Sexta? Ela deve tá maluca.

— Hoje é sexta — eu digo.

— Não, seu bôbu, hoje é sábadu. — Ela olha pro relógio na parede sobre o fogão. Meus olhos seguem os dela. Oito horas? — Cê durmiu a sexta toda. Dirétu. A sistênti social tava lá tentându te acordá, perguntându se cê tava drogádu, se era de durmir pesádu. Toda essa merda. Ela botô amôni debáixu do seu nariz, mas cê quase matô a pobre de tanto batê. Mas num acordou. Ela ficou perguntându se cê já tinha feito isso antes! Como se eu tivesse que sabê, se nunca mais te vi desque cê era piquênu. Mas fiquei cá bem quieta sobre íssu de num tê te vístu mais. Num disse íssu pra ela.

Ela falando assim faz a porra dos meus pelinhos ficarem em pé, tipo como ela tava me olhando essa manhã como se eu tivesse fazendo um show, e agora essa merda... nunca mais te vi desde... como se ela me conhecesse ou alguma porra assim.

— Mas cê num acordou de jêitu nenhum! Não senhooor! Eu díssi pra ela ir tratá dos assúntus dela na casa de outra gênti. Ela num ia querê ninguém querêndu fazê ela acordá. Ela díssi que num era uma criança em suprevisão. Eu díssi pra ela vai, vai.

Será que a assistente vai me tirar daqui?

— Quanto tempo vou ter que ficar aqui?

— Quântu têmpu for. É sua casa, Abdul. Cê num pode voltar pro pessoal dos católicu. Onde mais cê pode ir? Ninguém qué te adotá. É puríssu que eles tão mandându cê de volta, além do que cê não

# O GAROTO

precisa ser adotádu. Cê pode ir prum orfanátu ou um abrígu, ela díssi, se aqui num for bom procê. Mas pur que fazê isso? Eu disse pra ela que foi bom pra sua irmã...

*Irmã?*

— Pelo mênus o pôucu da grana que me derem eu dô um pôucu procê. Cê não vai ganhá nada no orfanátu.

Uma vez vi um garoto jamaicano apanhar com um bastão de beisebol de uns garotos pretos. PAF! Saiu todo o ar dele. A merda também.

— Come os óvus.

Eu como, seis fatias de bacon, torrada e o cereal também. Não tem nada errado com os cereais. Ou eu não devia estar com fome antes ou eles tinham um gosto esquisito porque eu era um garoto. Mas agora sou um homem, e estou tão faminto da porra que podia comer o prato. De onde ela pegou esse prato bizarro? Azul e branco com um coelho no meio de uma grama alta.

— Num tem mais ôvu — ela diz, olhando pro meu prato vazio.
— Cê quer mais bacon e cereal? O café tá ficându friu, quer mais um pôucu?

Não! Merda, e o leite, vaca velha? Meus ossos precisam crescer. Tomo um gole do café. Por que as pessoas bebem essa merda?

— Tem leite? — pergunto pra ela.

— Só pru café, cê num põe açúcar no café? — Ela pega a xícara e derrama o café frio na pia e coloca outro. Eu ponho três colheres de chá de açúcar. Ela enche o resto da xícara com leite evaporado Pet. Tem gosto melhor, bom.

Imagino que sou um adulto, que se foda. Quero perguntar pra ela o que tá acontecendo, me diga alguma coisa! Mas então não tenho certeza se quero escutar o que ela tem pra dizer. Acho que só quero que a assistente social venha e me leve daqui.

— Sua vó...

Minha *vó*? Tô de joelhos, meu nariz tá apertado, respirando, contra o couro preto do sofá. O irmão Samuel tá enfiando o pau no meu cu, tudo se abrindo, meus dedos dos pés parecem lâmpadas se acendendo — um dois três quatro cinco seis sete oito nove dez! Eu amo isso. Meu grito fica preso no cheiro preto e como é gostoso. Nkisi, os pregos enfiados... o povo Fon... é tão bom gozar... iuuuhh, eu e o Britney. Então ele tira tudo, enfiando um cortador de prego cortando meu umbigo, a dor. Entro em convulsão. Diga se você quer morrer, ele sempre fala essa merda antes de colocar aquele capuz preto no seu rosto de porco. Então ele diz: Me diga se você quer morrer. Reis e rainhas? J.J., quem sabe a gente era escravos e reis e rainhas. Tudo que temos é a arte, e eles roubam isso. Talvez seja nosso carma porque somos um povo comprado e roubado. Eu não entendo. Nem tento. Tudo que você, nós, temos é Basquiat, Billie, Bojangles e Bird! La lá lá ri lá ri dance se quiser, J.J., me dê um pouco de amor me dê um pouco de carinho. Quando o tocador de tambor usa a vareta do lado do tambor, dá outro ritmo ao ritmo que já existe. Isso não é disco, J.J. O que é disco? Não se preocupe com bobagens, só escuta, *escuta*. Escuta o ritmo, então se mexa. *Abdul*? A vaca velha me chama de Abdul. Você mexe com o ritmo. *Ela* também. Não é o ritmo que mexe com você. Submeta. Você tá dançando com a pulsação da terra. Cinco bilhões de anos atrás o sistema solar era uma massa de gases girando. *Garoto presunçoso!* Dá licença! Com quem essa bruxa velha tá falando? E Macbeth? Então a nuvem encolheu ou foi obrigada a entrar em colapso com a explosão de uma estrela passando. E os computadores da Oitava A? Francês? Haiti, toda a África, Porto Rico, Cuba, foram todos afetados pelo comércio de escravos, a presença dos africanos no Novo Mundo criou um novo tipo de dança. Jaime, Jaime! Venha aqui, morda meu mamilo! A compressão do material do núcleo da nuvem aqueceu seu interior...

ABDUL.
Olho pro fogão onde ela tá encostada.

— Credite ou não, sua mamãe fazia a mesma merda idiota que cê tá fazêndu, olhându horas pru espáçu sem nem virá a cabeça pra báixu ou coisa assim. Cômu um típu de maldítu vudu.

Limpo o ovo do meu prato com a torrada, uma coisa que um garoto do St. Ailanthus não devia fazer. Não é refinado e nós vamos estar lá fora no mundo um dia. *Vocês não querem que as pessoas pensem que foram criados sem...*

— Sangue é mais grôssu que lama — ela diz.

Lama? Avó? Abdul? Levanto pra voltar pro meu quarto. Meu quarto? Quem é minha vó? E quem é essa puta velha? Eu achei que *ela* fosse minha avó ou coisa assim? Hoje é sábado? Fui dormir na quinta? Dormi vinte e quatro horas sem parar? Esquisito, esquisito da porra. Olho no guarda-roupa, eu acho que é assim que se diz, o "lugar onde pendura as roupas", cabides, um monte de cabides. Minhas coisas ainda tão na mala, ela é minha. Não tenho certeza sobre nenhuma avó e tal. Olho de volta do guarda-roupa pra minha mala. Vou ficar aqui ou não? Uma pergunta simples se você tem dezoito. Uma grande merda de uma pergunta se você tem os malditos treze. Não quero ser um fugitivo dormindo debaixo de nenhuma ponte como alguns dos garotos que se mandaram do St. Ailanthus nem ter que trepar com um bando de bichas por um Big Mac. Pegar AIDS por sorvete e fritas. Tô tentando ter um futuro, tipo uma vida normal, ir à escola, faculdade, ser um dançarino famoso, por que essa merda bizarra tá acontecendo comigo? Bagunça minha cabeça só de pensar em ser ligado a uma merda feia como aquela puta velha Dias de Escravidão falando como num filme e baratas saindo das rachaduras. Será que devo pendurar minhas roupas? Você quer dançar?, a Imena disse. Aula e prática, J.J. Você tem que praticar. Você não pode depender só da aula, não é suficiente. Começo a tirar minhas roupas da mala e pendurar. Hoje vou continuar com minha calça de couro. Tenho que ter mais roupa pra dança, tipo os profissionais têm, merda tipo todo mundo tem! Sou o único que vai lá parecendo todo fodido porque não tenho a merda certa com que dançar. *Vocês têm que levar o que aprendem na aula pra casa e P-R-A-T-I-C-A-R. Eu não sei como enfiar isso na cabeça de vocês. Dançar pode ser divertido, mas é também trabalho duro. A dança é exigente, ela é assim, ela quer tudo! Vocês têm que mexer o traseiro! Vocês têm que se abrir!*

ÉÉé, negro, eu digo a mim mesmo, você tem se que se abrir. Fico de pé na frente de onde tava o espelho antes de quebrar. Não preciso de um maldito espelho, posso sentir meu corpo. Encolho meu estômago, meus músculos. Não tenho barriga. Mas até seus músculos podem cair, a Imena diz. Só porque você não é gordo, não quer dizer que não precisa trabalhar seu corpo, J.J. Faça aquecimento primeiro, J.J., depois alongue. Você é forte, o que é bom, mas é tenso. Precisa alongar. Deve passar uma hora por dia só alongando, e depois trabalhar sua técnica uma hora.

Eu me sento no chão na segunda posição. A calça de couro é muito apertada para alongar com ela, coloco meu moletom. Preciso de roupas novas, é melhor a puta velha me dar uma grana. "Eu dô um pouco da grana procê. Cê não vai ganhar nada no orfanatu." Sei que quero mais do que só um pouco, merda! Estico minhas pernas na segunda outra vez. Os músculos da parte interna da minha coxa, adutores, e os tendões tão tão tensos que parecem tiras de ferro. Vai acontecer, J.J., ela diz, não da noite pro dia, mas vai acontecer. Apenas inspire e gentilmente mergulhe no alongamento. Você ficará surpreso com o que acontece. Dói. Estou beijando o Jaime. Nunca beijei nenhum homem antes. *Beijei.* Merda, nunca beijei ninguém antes. Eu quero bater punheta, não alongar. Alongue, depois bata punheta. O irmão Samuel mordia meus mamilos. Eu odiava isso, de um jeito que não podia deixar de gritar, mas depois que ele fez isso eu sabia que queria que o Jaime fizesse isso comigo. Agora o Jaime está com medo de mim como todos os outros, por causa de todas as mentiras que espalharam sobre mim. Olho pro meu relógio, certinho, Loura. *Rolex*, eu quero trepar com ela também. Doze horas. Merda, se hoje é mesmo sábado, então isso quer dizer aula no Centro Recreativo da Cidade da 135 à uma hora. A Imena disse: Não se preocupe com a grana, pode vir. Então eu vou me alongar mais um segundo ou dois, depois cair fora daqui. A única coisa que eu sei com certeza que eu quero é ir pra aula e dançar! Não vou deixar nada atrapalhar essa merda, e quem sabe tudo isso vai acabar em pouco tempo e eu vou voltar pra escola. Mas talvez isso não vá acontecer? Os irmãos são uns caras fodidos. Por que eu vou querer voltar pra lá, afinal? Porque eu gosto de lá, porque, merda, é minha casa. Bem, eu não sei o que aconteceu pra fazer os irmãos me chutarem, mas não tem nada que eu possa fazer sobre isso agora. Vou terminar meu alongamento, depois correr pra aula. Tento agarrar meus tornozelos, forço um pouco. Minhas costas formam um ângulo reto com minhas pernas esticadas prum lado. Eu me pergunto se alguma vez serei capaz de agarrar os tornozelos e colocar a barriga no chão entre as pernas como os profissionais fazem.

    Olho em volta do grande quarto quadrado. Sinto que estou numa caixa verde e preta. Uma barata corre da rachadura pelo linóleo. Que se fodam as baratas, não sou uma garota pra gritar. O máximo que posso fazer é me desligar — eu quero, e continuo em frente. Se eu não puder voltar pro St. Ailanthus, então eu só quero continuar em frente. Olho pro meu relógio, ei, hora de ir!

    Quente lá fora, tenho tempo pra caminhar. Podia ter deixado meu casaco. Meu ombro tá melhor, mas ainda dói. Essa é uma avenida completamente nova pra mim, St. Nicholas, mas também acho que não é tão longe de onde eu morava antes, naquele orfanato com o Morcego. Não tenho certeza. Bom, não importa. Sei lá, deve parecer estúpido — tênis de cano alto e calça de couro — mas é maneiro. Vejo como estou, espiando nos olhos das outras pessoas quando elas me examinam com interesse. Uma velha olha pra mim quando eu passo, ela olha *muito* pro meu peito, depois os olhos dela vão pro corte no meu rosto. Acho que pareço um cara do gueto ou uma merda dessas todo marcado. Que idade minha mãe teria se fosse viva, me pergunto, virando minha cabeça pra trás pra olhar a velha descendo a rua. Mudo minha sacola pro ombro que dói, faço ele trabalhar. Quando penso nela, o que não faço muito, parece uma coisa do outro lado da porta, parada, empurrando pra entrar. Sei lá o que é. Me faz arrepiar, tipo uma unha passando no quadro-negro. Estou contente por ser alto. Se eu fosse do tamanho do Jaime, teria que ficar driblando a polícia o tempo todo. Uns garotos do St. Ailanthus eram fugitivos. Nunca experimentei nada desse tipo, realmente, só o orfanato. Quando penso no orfanato, penso no Morcego, PAF! Sinto como se aquela merda estivesse acontecendo outra vez, PAF!, como uma bola de tênis, minha orelha gritando mas sem fazer nenhum barulho. Dor. Dor que me faz sentir como se tivesse fodendo, por que eu não sei. O irmão John parecia ser meu amigo, devia estar do meu lado. Sempre falando de como eu sou inteligente, como a maioria dos garotos não consegue ficar duro tanto tempo como eu, como a Sra. Washington disse essa ou aquela coisa boa de mim, eu podia me diplomar em inglês ou ir pra escola de medicina como os garotos asiáticos. Sobre o Schomburg, ele lá, fazendo pesquisa ou coisas. A enfermeira disse que perdi 20 por cento da capacidade de escutar do meu ouvido esquerdo. Uma parte de mim não pode acreditar nesse minuto *agora* — estou caminhando pela rua com uma calça de couro elegante que serve perfeitamente em mim. Acabei de sair da casa de uma velha que nunca tinha visto até alguns dias atrás. Acabo de sair de lá! Não tenho nem um centavo no bolso. Não tenho certeza de onde vou dormir essa noite.

## O GAROTO

Por que olhar pro azul do céu parece como se ele estivesse assassinando seu coração? Nenhuma nuvem, perfeito dia quente. Passo pela Escola de Arte do Harlem à minha direita. O que eles fazem ali? Como é pra entrar? Sua escola? Pais? Não tenho nenhum dos dois agora. Na esquina da rua 141, igreja presbiteriana St. James, grandes pedras meio laranja claro, não sei de que tipo. O St. Nicholas Park começa do outro lado da rua. É diferente do Marcus Garvey Park, que é uma praça grande. Esse parque tem quarteirões e quarteirões de comprimento. Primeiro você vê só um parque regular, mesas de piquenique, bancos, quadras de handebol, depois seus olhos são atraídos pelas rochas de granito enormes rachando a grama verde curvando as árvores se erguendo talvez uns 50 metros no ar. Bem além do topo desse rochedo tá o City College, seus prédios como o castelo do Hamlet. O irmão John disse que é por isso que Nova York é tão forte, por causa do alicerce de granito. Pra todo lugar que cê olha andando pela avenida St. Nicholas você vê enormes lajes de granito brilhando. O irmão John nos mostrou tudo isso em nossa caminhada pelas Rochas do Harlem. Mas essas árvores, eu esqueci; ele nos falou de algumas delas. Tudo na terra tem um nome. A Imena disse que todo músculo do nosso corpo tem um nome. Eles cortaram dentro da terra pra construir esses degraus de cimento que vão serpenteando entre árvores, pedras e grama. Ainda não sei onde eles vão dar. Ah! Olho pros meninos nos balanços! O que vou fazer agora? Ficar com a velha? Cinco anos? Dois anos? Eu podia ficar em qualquer lugar exceto na cadeia por dois anos. Será que eu poderia aprender o suficiente sobre dança em dois anos para virar um dançarino? Eu poderia. Olho pros degraus saindo da rocha até o castelo, pro céu azul azul azul? De que cor exata? Eu não sei, não era bom o bastante em arte pra ser um dos garotos que ganharam uma caixa de Crayola com sessenta e quatro cores. Anil? Cerúleo? Isso é tudo que posso me lembrar da caixa agora. Minha vida agora é justo o oposto desse céu claro. O que poderia ser pior? Estar morto ou preso. Bom, com certeza estar preso seria pior. Morto? Sei lá. Talvez eu seja sortudo por ter saído... O plano, eu acho, era pra eu ser um bode expiatório como nos filmes. Ou eles pensaram como na ciência da terra que eu era o catalisador precipitando a queda? Isso faz sentido? Um catalisador é uma substância que muda as coisas numa reação química mas ele mesmo não muda. Não, não faz sentido. Eles queriam que a vida deles continuasse seguindo tranquila e sem problemas, sem nunca ninguém saber, então isso significa que eles não queriam que eu tivesse algum problema ou qualquer tipo de situação onde pudesse entrar em contato com alguém e falar. Foi por isso que o irmão Samuel tava atrás de mim na delegacia. Ele queria que eu saísse de lá antes de começar a falar, o que ele não entendeu que eu não faria. Nunca, nunca eu teria contado a alguém *alguma coisa*. Ele não sabia que sou leal ao St. Ailanthus, a ele, a eles, a *nós*. Eu acreditava neles:

*Apesar do trauma da vida de alguns de vocês, cada menino chega a nós vindo de uma situação diferente, situações que sem exceção seria melhor não existirem — pais ausentes, pais que faleceram, pais que praticavam abusos, ou pais que queriam muito cumprir seu dever mas estavam doentes demais ou desesperançosos para conseguir. Estamos aqui para cumprir esses deveres abdicados. Existimos aqui em uma comunidade para servir a Deus. E escolhemos fazer o trabalho de Deus sendo úteis às crianças órfãs e abandonadas. Nós não os decepcionaremos de novo por uma segunda ou terceira ou mesmo quarta vez em suas curtas vidas. Para alguns de você será ainda mais do que isso. Vocês chegaram ao St. Ailanthus como resultado de uma série de eventos trágicos; outros, eu disse antes, vieram a nós trazidos por pais e parentes que, reconhecendo que não podiam mais cuidar dos seus filhos, vocês, os deixaram aqui como um supremo ato de amor e confiança.*

## O GAROTO

*Nosso compromisso é oferecer a vocês uma ótima educação católica. Uma educação em matemática, literatura, e religião, estudos sociais, línguas estrangeiras, e ciências assim como noções em conserto de autos e marcenaria. Vocês estarão capacitados a entrar no mundo em iguais condições, esperamos, que as crianças que tiveram o benefício de cuidados paternos ininterruptos. Tudo que pedimos de vocês é que estudem bastante e continuem tão maravilhosos e positivos quanto são agora. O futuro de vocês, que estava no ar, como um modo de dizer, antes de vocês virem para o St. Ailanthus, está agora em chão sólido. Se vocês se esforçarem aqui no St. Ailanthus, o futuro de vocês está garantido.*

Ergo os olhos pro céu outra vez enquanto caminho pro seu eterno azul. Vasto. Merda, nada tá garantido exceto que o sol vai se levantar como tem feito por zilhões de anos e vai se pôr e a terra vai continuar girando em torno do seu eixo enquanto faz sua rotação em torno do sol. *Isso* é garantido. O resto é merda. Árvores com espruces? Nunca reparei nelas antes, as árvores com espruces perto da estação da rua 135, os bancos do parque nas calçadas pintados da mesma cor que as árvores. No sinal vermelho, fecho meus olhos por um segundo e escuto o que tenho tentado não escutar, a voz arranhada da puta velha. Ela diz, eu escuto claramente, a voz dela não está arranhada agora, a voz dela não é a voz dela, é outra voz, clara e gentil, "Seu nome *é* Abdul". Abro meus olhos, a luz ainda tá vermelha, olho pros carros vindo, me lanço, consigo chegar antes do outro lado da rua. Eu sabia que conseguiria. Vou mais devagar ao passar pela Igreja das Testemunhas de Jeová, atravesso pra outra rua no verde, continuo andando, depois, ah, merda, quase tropeço, tô na frente da delegacia de polícia. Meu instinto é sair correndo, mas continuo andando tranquilo. Tô fazendo exatamente a porra da coisa certa, as pessoas inocentes não correm. Eu não fiz nada. Não sou um fugitivo, ninguém tá procurando por mim. Eu não tenho medo da polícia, eles que se fodam! Mas, ah, acho que vou passar por um caminho diferente — pra casa? Na volta vou passar por um caminho diferente.

    Chegar na esquina da Lenox com a rua 135 sempre parece, sei lá por que, um *suspiro*, sim, minha respiração se solta e eu relaxo. Sinto como se tivesse em casa ou não muito longe. O St. Ailanthus é perto da esquina. Não é mais minha "casa". Tudo aqui é familiar, o Hospital do Harlem, o Schomburg, os prédios de apartamento caprichados do Lenox Terrace. O Hospital do Harlem é grande, pega boa parte do quarteirão. Lembro da sala de emergência e da enfermeira — será que nasci ali? Não me lembro. Claro que não lembro quando eu nasci! Quem está vivo que se lembra? Onde eu nasci? Exatamente? Como poderia descobrir? Quem era meu pai? De verdade? Por que todo mundo diz que ele tá morto? A puta velha disse que eles disseram alguma coisa sobre a AIDS. Mas não acredito nisso. Essa é uma das merdas mais traiçoeiras no mundo, AIDS e previdência social. O que pode ser pior do que essa merda? Será que eu tenho AIDS? Como você pega isso? Fodendo? Mas eu não estava fodendo pra valer no parque, só chuparam meu pau. E com os irmãos era diferente — isso acontecia com os garotos e tudo. Os irmãos são gente limpa, os garotos limpos. Eu não tenho nada. Eu poderia ter? É só ver se fico doente? Ver se minhas feridas não curam? Tosse, tem manchas em você? E daí se eu tiver? Que diferença faz? Então eu teria e pronto. Penso se volto e pergunto pra Loura sobre isso. E se ela não estiver mais na sala de emergência? Como eu iria descobrir onde ela tá? Esqueça. Previdência e AIDS, é isso o que o irmão Samuel disse que estava errado com os americanos africanos, estamos representados de maneira desproporcional nas listas da previdência e nosso estilo de vida nos predispõe pra criminalidade. O irmão Samuel é sociólogo. Ele acha que sabe o que tá errado com todo mundo. O irmão John diz que isso é um engano, a maioria das pessoas na previdência é branca, e ele disse que as pessoas brancas cometem mais crimes mas vão menos pra cadeia. Mas ele nunca contradiz o irmão Samuel cara a cara. Quem tá certo? Eu não sou um criminoso. Por que me levaram para a delegacia de polícia e me chutaram da minha casa? Se eu fosse um criminoso, bom, mas não sou. Mas mesmo se eu tivesse feito aquela merda que eles falaram que fiz, como eu seria diferente do irmão Samuel ou do irmão John? Não sou. Eles não são criminosos, e eu também não sou.

A esquina da rua 135 com a Lenox é ótima! É grande, limpa. É moderna. Não vejo como isso é um gueto. Não vejo nada errado aqui. Uma biblioteca, um hospital, apartamentos, lojas? Ninguém tá atirando em ninguém. Eu num quero atirar em ninguém. Eu quero ser um dançarino, me casar e ter filhos, ter um apartamento legal. Não quero vender drogas ou ser de uma gangue. Como alguém entra numa gangue? Onde eles tão? Eles gostariam de mim? Provavelmente não. Tantas pessoas são ignorantes, o irmão John dizia, e não passam das primeiras impressões. Eu não sei se gosto de outros meninos, e não tenho amigas. Como você faz amizade com as garotas? Como você consegue trepar com elas? Dando coisas pra elas? Elas gostam dos membros das gangues. Sim, membros das gangues e rappers. As ruas daqui são largas. O irmão John disse que são das mais largas da cidade. Eu gosto de ficar vendo as cabeças das pessoas saindo do metrô como se elas tivessem rompendo de um corpo negro pra nascer.

Quando subo as escadas até a porta do ginásio, olho em volta procurando a Imena. Passo pela garota na porta com a prancheta, digo a ela que sou convidado da Imena. A garota sabe disso, mas falo de qualquer maneira, não quero ninguém parado. Tô tenso, tenso mesmo, parece que alguma coisa do outro lado da porta na minha cabeça tá apertando. Dor de cabeça? Em pânico, corro até a Imena. Tô transpirando debaixo do braço, tá quente, sinto meu próprio cheiro, tô sem respiração, não sei o que vou dizer até me inclinar. A Imena é quase uma cabeça mais baixa do que eu, e eu falo, sussurro.

— Não estou te escutando, J.J.

— Não me chame mais J.J., OK? De agora em diante me chame Abdul.

— *O quê?*

— Meu nome verdadeiro é Abdul, me chame de Abdul de agora em diante, OK? *OK?*

— OK. — Ela fica na ponta dos pés pra beijar minha testa. — OK, Abdul.

Vou colocar meu moletom e a camiseta e me aquecer para a aula. Tento não olhar para as outras pessoas, mas é difícil. Algumas delas tão sentadas no chão na segunda e colocam a barriga no chão ou deitam de costas e puxam as pernas pra cima até a orelha como se não tivessem ossos ou ligamentos. Meu corpo não é assim. A Imena diz que tenho força, firmeza — e quando a flexibilidade vier, ficarei contente com o que eu tenho. Sentado no chão com minhas pernas esticadas a minha frente, não consigo pegar meus dedos dos pés nem meus tornozelos. Não fica melhor na segunda, agarro minhas panturrilhas e alongo. Imagino que se fosse mais velho nem sequer estaria aqui, estaria em outro lugar tentando consertar essa merda. Mas o que eu posso consertar? O que é o conserto? Um orfanato, sou grande demais pra ser adotado, mas não sou um homem, não sei como sair e conseguir um trabalho. Meu ombro ainda machuca, mas sei que depois de me aquecer e começar a mover, vou ultrapassar a dor. Todos esses arranhões e o corte no meu rosto com o espelho também doem, mas e daí? Só me concentro no que tô fazendo. Um dos tocadores de tambor tá tocando a kalimba e cantando palavras africanas suaves como uma brisa enquanto a gente se aquece.

— Alonguem, um dois três quatro. — Eu estendo os braços compridos sobre a cabeça, tento alcançar o teto. — Amoleçam os joelhos, contraiam o abdome para proteger as costas, e balancem um dois três quatro. — Às vezes tenho essa sensação de que tudo na minha cabeça tá numa tela de computador e a iluminação da tela tá ligada às vezes e é tudo luminoso como quando os raios saem da cabeça de um santo dourado nas pinturas da capela. Nem sequer tô com nada. Só me sinto feliz ou hipnotizado ou alguma coisa bizarra quando a música começa e meu sumo começa a fluir. Sons, o ting-ting da kalimba, a flauta, instrumento de sopro? Sopro saindo da madeira! Os sons atravessam todas as células do meu corpo, e eu sinto isso, eu *sinto* isso acontecendo. — Alongue, dois três quatro. — A Imena é tipo minha mestra, tento ser o que sua voz diz. — Pés paralelos. — Sinto o cheiro da garota do meu lado, o suor da xoxota cheira limpo e fresco um pouco como curry em pó que a gente tinha, ou teria, nas quintas, noite de comida étnica no St. Ailanthus. — Estendam os pés. — A garota na minha frente tá com uma malha apertada verde-limão, já tá suando, o suor escurecendo sua malha na parte inferior das costas e entre as pernas. O bumbum dela é como duas grandes maçãs verdes. Uau! — Girem os tornozelos para *fora*, dois três quatro cinco seis sete oito. — Estou começando a transpirar. — Para *dentro,* dois três quatro cinco seis sete oito. — Eu gosto do meu cheiro. Gosto do cheiro do ginásio, o odor de todo mundo misturado com o cheiro antigo do ginásio: madeira, suor, o fedor de um milhão de filhos da mãe batendo na bola, agora nós. E as bundas das garotas como maçãs! Ui ah ah! Meu suor, será que a garota do lado sente meu cheiro? Não é que eu me sinta feliz, é que não me sinto morto quando tô aqui. Sinto que tenho que fazer alguma coisa mas não sei o que, então faço isso. Que se foda o St. Ailanthus, aqueles garotos idiotas...

— J.J., presta atenção!

Opa, eu pensei que íamos pros pliés, mas ela agora tá fazendo exercícios para os quadris, aquecendo para os pliés.

Quando nos colocamos em fileiras diagonais, fico no fundo com o resto dos rapazes — homens, a Imena nos chama assim. O tambor toca a abertura, Bi di di bá pá dá dá Pá! Eu quase me perco. Alguns dos dançarinos têm um ritmo tão bom, a Imena também. Ela tem isso naturalmente ou aprendeu? "Seus quadris, tronco e braços tão fazendo isso — um, dois, três, quatro no lugar. Depois corram, cinco, seis, sete, oito." O tambor parece dizer Nkisi buum! Nkisi buum! Nkisi buum! Nkisi bum bum *bum*! Meu suor tá pinicando nos cortes e arranhões. Olho pros caras de ambos os lados de mim, deles pra sala toda, pé direito baixando no N, quadris girando no KISI, depois contraindo no *bum*! Então corrida cinco, seis, sete, oito, como se estivesse caindo, braços girando como se você fosse um moinho. Eu peguei o passo, agora tento dançar com ele!

OK, eu peguei o passo e agora claro ela tem que mudar a combinação. Esse passo agora, um passinho engraçado e capcioso atrás do primeiro, então gire os quadris junto com o passo *uuushii*, passo junto *uuushii*, atravessando a sala tento manter minha mente no passo, mas o ritmo tá me fazendo lembrar, será um sonho? *Uuushii uuushii* como as peças de vidro do meu caleidoscópio formando um tipo de pintura *uuushii* a pintura é minha mãe o sangue jorrando como um gêiser a enfermeira tirou o tubo errado da mão dela. Tô com tanta raiva por eles terem medo do sangue cair neles que não tão tentando ajudar minha mãe. Mas eu não tenho nenhum medo de nenhuma parte dela. Passo junto *uuushii*. Eu não sei como dizer pro doutor, ele acha que tô com medo de pegar na minha mãe, mas eu não quero que os tubos se soltem outra vez. Ele acha que eu não amo minha mãe? A máquina perto da cama dela está fazendo *uuushii uuushii* com seu ritmo mecânico, um som realmente horrível como um trem que não dá pra ver que desaparece de qualquer forma. Eu vejo a lua e a lua me vê, mamãe! Passo junto — ah!

— Você está fora, J. Abdul! Escute o tambor, entre no *um*!

## O GAROTO

Merda! Volto pro ritmo tiro tudo da minha cabeça exceto o tambor. Ela tá fazendo uns passos difíceis da porra hoje — haitiano, congolês. É o congolês que me atrapalha, mesmo que ela diga que um vem do outro. Esqueci onde fica exatamente o Haiti. Ela faz um sinal pra gente formar uma meia-lua na frente dos tambores. Ela faz isso algumas vezes perto do final da aula pra nos dar a chance de fazer solos com os tambores.

— Escutem! Eu vou lhes contar uma pequena história — ela diz. — E quero que vocês pensem nela e deixem a história informar seus solos de hoje. Continuem se mexendo! Continuem se mexendo enquanto estou falando. Vocês não têm que recontar a história ou representá-la de fato, eu gostaria que não fizessem isso. Apenas deixem as palavras entrarem. Muito muito antes do *antes* do "lá atrás um dia" do Pai Céu e da Mãe Terra e chuva veio a primeira vida do planeta. Pai Céu respirou no pó, fez o Sol brilhar no pó, mas nenhuma vida surgiu. Quando o Pai Céu viu aquilo, ele subiu o nível e começou a soprar o Vento forte na terra, rasgando ou solo em diferentes direções, e quando isso não funcionou, ele enviou o Trovão e o Relâmpago com muita força na Grande Mãe. Nada feito! O Pai Céu ficou tão enfurecido e triste com seus esforços fracassados porque ele realmente queria a vida, e por maior que ele fosse, não podia criá-la sozinho. Ele começou a chorar. Quando suas lágrimas quentes, salgadas choveram na Grande Mãe, ela disse: "Porra, ééé, isso é macio, eu gosto", e ela abriu seu corpo e a Vida veio, e a terra, que tinha sido cinzenta e estéril, ficou VERDE. Grama e uvas e maçãs, verde viçoso, verde-escuro, mostarda, abacate, mangas! A terra se tornou mais verde do que o poderoso oceano. Naquele tempo as pessoas viviam sob o oceano; de fato, todas as criaturas viviam na água uma época. Agora o velho crocodilo, uma das primeiras criaturas a realmente colocar o grande nariz pra fora da água e falar sobre o que estava acontecendo na terra, voltou até onde estavam as pessoas e lhes contou que a terra estava muito muito verde, mais verde do que lá no fundo do oceano onde as pessoas viviam. Havia mangas, cerejas, e abacates, ele contou pro pessoal. Mas o pessoal tinha medo que o crocodilo estivesse só jogando uma isca pra fazer com que eles subissem e ele pudesse comê-los. No fundo do oceano eles estavam a salvo; no caminho até a terra, podiam ser comidos pelos crocodilos. Uma das primeiras pessoas antigas já tinha vivido trezentos anos e tinha o grande respeito do pessoal pelas poções que fazia com as algas marinhas. Poções que davam imunidade contra doenças e proteção contra o perigo. As pessoas bebiam as poções, mas ninguém estava cem por cento certo de que funcionassem porque realmente não havia doença nem perigo lá no fundo sob o oceano onde as primeiras pessoas viviam. Em toda sua longa vida, ela nunca havia tomado a poção de tripas de tubarão destinada a dar... bem, coragem. Um dia a primeira mulher, seu nome era Lucy, decidiu que tinha que comer essa manga, com crocodilo ou sem crocodilo. Então ela bebeu a poção, tripas, e foi caminhando subindo do fundo do oceano passando direto pelo velho crocodilo. Ela era da cor do arco-íris quando pisou na terra. Todas as pessoas antes de todas as cores, como elas se separaram em cores diferentes é outra história. Mas o Pai Céu e a Mãe Terra viram Lucy de pé sozinha. Eles sabiam que, debaixo do oceano, tanto homens como mulheres podiam dar à luz. Mas quando eles viram a coragem de Lucy, deram o trabalho de dar à luz ela.

A Imena girou, bateu palmas pros tambores, e o *ting-ting-ting* dos cincerros começou, e os tambores rugiram. A Imena se move para trás como se tivesse o oceano nela. Ela olha em volta para alguém entrar; a bunda esquisita da franga asiática excelente pula pra frente do tambor. FOGO! FOGO! Um monte de vezes, eu sou o primeiro a ir, me sinto como um cuzão às vezes, mas isso é melhor do que ficar parado aqui olhando todos os outros e ficando cada vez mais e mais amedrontado, querendo ter pulado lá. Pelo menos quando eu pulo lá, sinto como se eu fosse, sabe, um dançarino. Essas garotas não são tímidas, eu vejo que elas fazem um monte de coisas... bem, não vejo mas escuto os garotos, "homens", dizerem coisas; tem quatro "homens" na classe. Eles pegam as garotas. O que eu sou? Um menino.

Os tambores agora tão no máximo, a garota asiática volta pra linha. Eu saio, dançando rápido. Um dos tocadores tem um tambor jumbe, eu amo esse som. E quando eles esquentam com as varetas batendo do lado do grande tambor conga pra alimentar outro ritmo, fico pirado! Vou junto com o que sinto; cê não pode ser profissional pra fazer isso. Não me importa ser iniciante nem estar malvestido, este é o Cavalo Louco na casa, caras! Cavalos selvagens passam correndo por mim e rumo ao topo das Grandes Planícies, que eles chamam de mesa. Eu tenho cicatrizes. Sacrifício como os africanos. Tenho uma pena de águia. Eu passo a ponta da flecha pelo sangue pingando no meu peito o raio tá relampejando mas sem chuva e meu cavalo tá dançando no céu, meu querido! *Dançando!*

É assim quando começo a me mexer tipo um portão se abrindo e uma manada de búfalos estourando, tudo saindo atropelado de mim de uma vez. É como se eu lembrasse de tudo que aconteceu com todos. Meu corpo não tá duro nem tenso. Sou como minha mãe, macia, escura, e linda. Isso dura cerca de um minuto hah! Sinto o beijo dela, beijo os lábios dela, ela é tipo africana. O topo e o fundo — os africanos têm o pior de tudo, o irmão Samuel diz. Bobagem!, o irmão John diria. Tô tão furioso com eles! Que eles se fodam, eu agora sou um guerreiro saindo do fundo do oceano pra plantar minha semente! Um *homem* homem! Um homem! Amém! Nosso Pai Que Estais nos Céus...

"Ééé!" As pessoas tão gritando. "Vai nessa, J.J." "Dança, garoto." "Põe essa merda PRA FORA!" "Isso, Abdul! Isso, isso *isso!*" Olho pra Imena gritando pra mim. Algumas pessoas correm pra onde estou apertam as duas mãos contra o coração, então ajoelham e tocam o chão nos meus pés. Isso é como um respeito doido pelo esforço de outro dançarino; ninguém nunca fez isso pra mim antes. Volto de costas pro semicírculo com os outros dançarinos, ao lado da Imena. Ela me abraça, depois dança ela mesma na frente dos tocadores de tambor. Movimentos rápidos como de pássaro mas sexy, ela tem isso. Ela tem sensualidade! Eu também quero me mexer assim, ééé! Começo girando meus quadris como ela tá fazendo. Outro cara de pé no círculo está fazendo a mesma coisa. Ele vai em diagonal até ela e eles começam a girar juntos pra baixo! A pélvis dos dois se juntam na música. Bá di di bá dá dá PÁ!

CAMINHO PELA AVENIDA Lenox com a rua 145, desviando completamente dos tiras. Odeio eles. Então, agora, são quase quatro da tarde. Num tenho um puto no bolso, e pra onde vou? De volta pro 805 da St. Nicholas. Fazer o quê? Só ficar lá naquele quarto. E quanto à escola, grana, boia, andar de metrô? Eu não entendo, realmente não entendo.

Eu quase nunca vinha tão longe assim, rua 145. Interessante. O que os caras, garotos, fazem por grana? Vendem crack, a bunda, a força? Roubam? Nunca roubei realmente antes, talvez tenha batido em quem tentou não me dar alguma coisa como aquele velhote uma vez no Marcus Garvey Park me deu dez pau pra me chupar perto da torre do sino, eu queria vinte, ele tinha *dito* que ia me dar vinte. Não bati muito nele, não considero isso roubar. O Jaime, pequeno como é, faz essa merda o tempo todo *e* fingindo que tava gostando. Agora quer agir como se tivesse medo de mim.

Chego na velha fachada de tijolo do prédio. O quê? O *que* querem que eu faça? Olho pela rua, nada. Atrás de mim a turma da dança, mas acabou. Volta pra lá, só pra passar a noite. Amanhã? Sei lá.

Bato ninguém atende tento a maçaneta tá aberta! Vou pelo vestíbulo viro à esquerda no corredor. Todas as portas tão fechadas exceto a do banheiro no final do corredor e a porta do quarto com minha mala. Do outro lado da janela do banheiro dá pra ver a cidade iluminada como no Natal, os carros se arrastando pela ponte de longe parecem besouros com faróis nos olhos. Bronx, Manhattan, já fui a todos os bairros menos Staten Island. De um lado do corredor tem duas portas fechadas e a cozinha, que não tem porta. No meu — o lado do corredor onde fica a porta do quarto com minhas coisas — tem quatro portas, todas fechadas menos a do quarto com minhas coisas — quatro, cinco, seis, parecem anéis em torno de uma árvore, a madeira nua brilhando pelo buraco. Penso no piso do St. Ailanthus, limpo, limpo, como na TV.

Ponho minha cabeça na cozinha, entro, puxo o cordão da lâmpada, e fico olhando pras paredes coloridas como piscinas, dois refrigeradores, provavelmente um monte de gente vivia aqui antes? Tudo — as paredes, relógio, fogão — parece coberto com uma película de gordura, há um velho, quero dizer *velho*, cheiro de frango frito no ar. A mesa comprida empurrada contra a parede tá coberta com um forro de mesa de plástico azul e branco com chapéus de aniversário, apitos, e FELIZ ANIVERSÁRIO escrito em pontos diferentes com letras grandes. Na mesa tem um pão de forma não aberto, uma lata grande de manteiga de amendoim "USDA GRADE", uma coisa que não consigo entender, "Estilo Macio", e um recipiente de plástico com... hum, vamos ver, bacon, cerca de oito fatias de bacon cozido, cheira gostoso. E perto do recipiente duas chaves. Da porta da frente? Uma diz "Medeco", a outra "Jet U.S.A. SE1". Avanço pelo corredor até a porta da frente e saio. Tento as chaves, claro! Volto a entrar, agora atrás de sanduíches de bacon e manteiga de amendoim? Quase dou uma risada; essa merda é engraçada, de certa maneira. Bem, eu gosto de manteiga de amendoim e gosto de bacon. Abro um dos refrigeradores, o verde-oliva, numa prateleira tem quatro bandejas cobertas com papel de plástico transparente. A bandeja de cima tem um prato com vagens meio cinzentas, uma colherada de purê de batatas com molho no meio e cubos amarronzados de alguma coisa com mais molho despejado por cima. Perto do prato numa tigela, alface com uma coisa alaranjada, e do outro lado do prato, um quadrado rosa perfeito de bolo. Escrito no embrulho transparente de plástico num pedaço de fita adesiva: "REFEIÇÃO COMPLETA para adulto". Na prateleira do fundo, uma caixa de ovos, dois grandes pacotes de bacon, meio vidro de molho de espaguete, montes quadrados de fatias de queijo amarelo. O congelador tá cheio do que parece carne de hambúrguer e saquinhos de asas de peru, e uma lata de café e uma torta de ricota Sara Lee que leva, vamos ver, três horas para descongelar.

No outro refrigerador tem uma caixa grande de cereais, uma lata do que parece gordura, cinco, não seis outros pacotes de bacon, e um vidro gigante de geleia de uva, um cabeça de repolho nauseabundo e um pouco do que parece água numa jarra e um litro de soda de laranja. Pego a soda, eu podia pegar também a geleia e comer manteiga de amendoim e geleia. Mas eu vou querer é o bacon, eu acho, procurando uma faca em volta enquanto fecho a porta do refrigerador.

Tem uma na pia. Eu passo água nela, o único pano de prato que vejo parece sujo. Sacudo a água da lâmina, fazendo a luz da lâmpada sobre minha cabeça dançar com a lâmina e fazendo ela faiscar. Eu era um garoto parado na porta do banheiro olhando minha mãe se olhar no espelho, uma faca na mão, a luz dançando na lâmina e fazendo ela faiscar. Que que ela tá fazendo? Quieta, sem respirar. Ela ergue o pulso para a mão segurando a faca. Corta. Sangue pinta a pia branca. Eu GRITO.

— Que que cê tá fazendo? Que que cê tá fazendo!

O som da faca batendo no piso do banheiro, ela gritando:

— Sai já daqui! Cê devia estar na cama!

Pá! Não forte, mas ela nunca tinha me batido antes. Odeio ela.

— Para de chorar, coelhinho bobo. Mamãe pede desculpa. Mamãe pede muita desculpa.

Ela agora tá me beijando, enrolando uma toalha no pulso.

— Que que cê tava fazendo?

— Nada, nada. Eu só tava cansada. Volta pra cama a menos que você *não* queira ir ao cinema na sexta.

— Quero, sim.

— Bom, então volta pra cama e vá dormir.

Hmm, merda bizarra pra lembrar agora. Volto pra mesa. Não quero pôr o pão na mesa, tem pequenas bostinhas de barata aqui e ali. Termino tirando o pão do saco e abro o celofane de dentro, tiro quatro fatias e coloco no papel de embrulhar o pão, esparramo a manteiga de amendoim e depois coloco o bacon por cima. Legal, almoço e jantar. Merda, o gosto é ótimo! Bebo da boca da garrafa. Delícia, eu amo soda de laranja.

E agora? Dever de casa? TV? Cama? Olho pro fogão, baratinhas saindo pela porta do forno, a parede azul gordurenta, o relógio sobre a mesa, cinco horas. Ler um livro? O que eu tenho? Nenhuma TV, ninguém pra jogar comigo. Praticar minha dança, alongar? O Jaime sempre pensa em coisas pra fazer. Toco o rosto, sinto a casca começando a formar no lado, meus dedos querem isso. Olho no espelho do banheiro, torço a boca prum lado, o que estica a pele do outro lado do rosto onde tá a casca, e começo a puxar e tirar. Gotinhas de sangue aparecem como pérolas vermelhas quando eu puxo. O que é uma casca? Sangue e células mortas da pele? Esqueci; o que me lembro enquanto olho meu sangue é de meter no Jaime, ele me chamando Paizinho, Paizinho! Mas bem baixinho baixinho pra não acordar ninguém. Eu não gosto daqui. Sozinho. Até quando? Isso não pode continuar pra sempre, sanduíches de manteiga de amendoim e bacon, baratas. A terra, que se foda a terra e a aula estúpida do irmão John, pra que serve toda essa merda? A Grande Muralha da China, rotação de cultivo, erosão — o desgaste gradual da superfície da terra, assassinar a terra é o que isso significa! Onde eu puxo a casca, a linha de rubizinhos faiscantes tá começando a escorregar por meu rosto em linhas vermelhas. Como lágrimas. Se eu fosse bom em arte... eu não sou, sou péssimo... desenharia o rosto de um menino negro, a pele chorando chorando. Nossa porra de pele faz mesmo a gente chorar. Eu faria como a Frida Kahlo. Quando o irmão John levou a gente pra ver as coisas dela no Met, o Jaime não gostou. Eu gostei. Ela excita você, põe você doidão. Eu queria ter um livro dela. O Jaime diz que ela só pinta a dor, quem precisa disso?

Penso sobre o que vou sentir falta, mas talvez não, talvez as coisas ainda vão se resolver. Eu nunca nem estudei computadores, nem francês. Espanhol pra quê? O irmão John disse aprenda italiano, você não pode usar o espanhol como segunda língua na faculdade. Isso é verdade? Mas seja como for, com quem você vai conversar? Os que tão por dentro falam inglês. O Jaime fala inglês. Nem espanhol ele fala. No espelho do banheiro, eu vejo as luzes da cidade começando a brilhar lá fora no crepúsculo. Lindo. Viro pra janela, as luzes parecem sementinhas ficando mais brilhantes enquanto vai escurecendo; me faz me sentir pequeno, só, e taradão. Abro as calças, me aperto, eu me amo, começo a bater punheta, enquanto minha mão tá trabalhando, não sinto dor, Jaime que se foda aquele bolha! Vejo a mim mesmo passando uma gilete no meu peito enquanto vou cavalgando; meu sangue se espalha vermelho no vento. Os outros guerreiros sabem que eu sou o máximo! Eu me corto para mostrar coragem, iééé ôoo ôoo. Filhos da mãe, Custer inclusive, vão saber que falo sério, que não estou brincando, sabe ôooo ô ôoo! Merda! Uuuu uuuu! Delícia de foda! Estremeço, passo minha mão no meu pau, tiro o esperma, espermas — esperma ou espermas? — não tenho certeza, esfrego na minha mão, esfrego nas mãos juntas como uma loção, poção do poder, o irmão John diz.

Por um segundo acho que escutei alguma coisa. Escutei alguma coisa? Talvez uma das portas? Quando olho pra trás, o corredor ainda é um túnel escuro e portas fechadas. Eu me viro pro espelho, as luzes, a linha de sangue secando no meu rosto, e então de repente fico louco, bato meu punho no espelho. Ele não despedaça mas racha em um padrão como uma teia de aranha se irradiando a partir de onde meu punho bateu. Eu me sinto tão completo e tão vazio ao mesmo tempo. Minha mão nem dói. Eu me pergunto de que tipo de vidro é feito esse espelho velho. Eu podia esmigalhar tudo aqui, mas na verdade não sinto vontade. Agora só tô com sono. Volto pro quarto, e nem tiro minha roupa, só subo na cama com minha calça de couro, sem nem limpar o sangue do lado do meu rosto. Sim, dormir, é melhor do que ficar sentado aqui louco de raiva.

O QUE EU me lembro é de me levantar pra tirar a calça. Ela é apertada demais na cintura pra poder dormir confortável, não dá. Tá muito frio pra ficar pelado, então olho em volta e tento achar minhas listras marrom e branca, mas não vejo meu pijama, pensei que havia deixado na cama. Abro a mala, vazia a não ser pelos meus livros e o envelope pardo com meus documentos. E aí? Onde está essa merda? Giro em volta nos calcanhares. O velho armário de madeira tá bem na minha frente. Lá dentro? Mas como? Abro as portas e o cheiro seco de baratas mortas com que já me acostumei aqui bate no meu rosto com o cheiro das minhas próprias coisas. Tá tudo lá, é verdade, tudo, até minhas cuecas e meias num cabide. No fundo do armário tão meus sapatos, os sapatos mocassins pretos de domingo que usamos pra missa, pousados num cemitério de corpos e bostas de baratas. Eca! Quem fez isso? Ela, Dias de Escravidão, claro. Puxo um pijama, eu tenho dois, do cabide e volto pra cama.

É isso que eu me lembro. Não me lembro de ir andando pelo corredor, abrindo todas as portas, dizendo "Ei, Ei, é J.J.!" Isso foi o que ela disse, fóssil da porra. Ela acordou, e eu tava de pé ao lado dela, bunda de fora, falando "Ei, ei, é J.J.!"

— Sim, cê *tava*, com as coisa de fora cômu no dia que cê nasceu! O pau duru como uma pedra falandu: "Ei, ei!" Eu te falei, se cê não for botá essa bunda de volta na cama, vai querer ter fêitu isso. Então, cê sentou falandu "Heinie, Heinie", ou uma merda dessas. Eu te bati com toda força que dei conta com esse maldítu lúpus e toda essa merda que eu tênhu. Te bater me custou! Rapaz, quându deitei até pensar em me erguer quase me matava. Cê puxou minha camisola. Sim, cê puxou! Eu tava nua em pelu embaixu, nuzinha. Isso fez você, seu bosta, acordar, e cê voltou pelo corredor...

Eu não me lembro de nenhuma merda idiota dessa. Por que será que ela tá falando uma doideira dessa? O que eu acho é que quando tô sonhando eu me lembro da merda, mas eu sei que não é uma lembrança mas um "sonho", que eu não posso controlar. Lembrança você pode controlar, pelo menos eu posso, e decidi não me lembrar mais de nada. Incluindo a merda dela, eu nem sequer conheço ela. Lembrar atrapalha tudo. Como eu não me lembro de andar pelo corredor, tenho certeza que não andei a menos que fosse pra ir pro banheiro. Sei que não sou louco. Não ando dormindo, então alguém tá mentindo. E não sou eu. Não tenho motivo pra mentir. Eu não fiz nada com ninguém. Por que eu iria fazer uma coisa bizarra como essa depois de todo o problema em que me meti, cê acha que tô pirado? Pirado? Não, não tô pirado, absolutamente, de jeito nenhum, *nenhum*. Às vezes eu penso, merda, eu me lembro de tanta coisa, mesmo de coisas que não aconteceram, porque não consigo me lembrar dela? Eu quero me lembrar dela, isso é diferente do irmão John, do irmão Samuel, dos porras dos tiras, mentiras, mentiras, mentiras! Como é que não posso esquecer do que eu quero esquecer e lembrar do que quero lembrar?

# O GAROTO

**ESTOU DEITADO NA** cama tentando voltar a dormir quando a assistente social chega. O que ela tá fazendo aqui tão cedo? Eu tava deitado pensando sobre ontem no parque, subindo as escadas de concreto, pensando como a grama verde pode rachar o concreto e como a água pode entrar, congelar, arrebentar. Tenho dez dólares. No caminho pra quadra de basquete, um dos caras arremessou a bola, eu quero jogar? Não, gosto de basquete e de handebol e tudo isso OK. Sim, eu gosto, mas não quero me incomodar com isso nesse momento. Nesse momento estou examinando meu entorno, bêbados nos bancos, putas com carrinhos de bebê, lixo, por que as pessoas sempre tão jogando coisas fora? Garrafa quebrada, cocô de cachorro. No alto do morro, a faculdade, City College. Minha mãe costumava ir lá? Outubro, novembro, dezembro, janeiro vou fazer 14. O que que é isso? Que merda é isso? Ainda serei um garoto. Que se foda.

Tô puxando as cobertas sobre minha cabeça, meus olhos fechados vendo as árvores todas no parque farfalhando, folhas rodopiando no vento, caindo caindo, quando ela entrou no meu quarto. Isso ainda soa tão engraçado, meu quarto. Isso não é nada meu, e se for eu não quero. Mas não posso ter o St. Ailanthus de volta, nem minha mãe, nem meu pai?

Ela acende a luz.

— Vâmus, levanta. Cê não escutô eu te chamá?

*Ééé, escutei,* eu penso, apertando ainda mais meus olhos fechados pra ver as folhas verdes, folhas virando dinheiro. Odeio a voz irritante dela.

— Vamos, Abdul, a sistênti do seu cásu taí pra te vê.

Do meu caso? Do meu caso? Merda, quem sabe dou o fora daqui. Jogo minhas cobertas e pulo dentro da calça de couro. Pulo fora com a mesma rapidez quando vejo uma barata rastejando de uma perna. Viro ela do avesso e sacudo a filha da mãe pra valer. Uma razão para pendurar as roupas à noite, mesmo se não tiver nenhuma

Sra. Lee ou um dos irmãos gritando pra você fazer isso. OK, oba! Finalmente alguma ajuda, algum dinheiro, escola, uma maneira de sair daqui de volta ao St. Ailanthus, quem sabe eu sou adotado, escutei falar que tem uns artistas de cinema que querem adotar garotos negros. Jaime disse, não, asiáticos, a maioria dos brancos quer adotar garotos asiáticos, não negros, pretos nem americanos. No banheiro passo um bastão de desodorante no sovaco, jogo um pouco de água na cara, e vou lá encontrar o serviço social como eles dizem no St. Ailanthus.

Cheiro de café e pelo canto do olho uma mulher magra de cabelo claro olhando pra parede enquanto vou descalço pro banheiro. Enquanto tô jogando água no rosto, olhos fechados, vejo as árvores outra vez, mas dessa vez as folhas tão desaparecendo, sumindo. Acabaram. Seco meu rosto, limpo meus olhos. Sim, acabaram, cara — não tenha muita esperança, digo pra mim mesmo, e me dirijo pra cozinha.

Ela está com a xícara de café levantada até a boca dando um gole, quase cospe fora quando me vê.

— J.J.?

Como se ela não acreditasse.

Olho pra ela como se ela fosse estúpida.

— Perdão, você deve pensar que tô louca. É só que eu estava esperando um menino muito menor. E, poxa, você parece tanto meu filho: só que ele tem dezoito. Bom, senta, senta.

Como se fosse uma caminha dela ou uma merda dessas.

— Eu sou a Sra. Stanislowski do Departamento de Serviços Sociais. — Ela é magrela, está de jeans, não é bonita. — Você está, ah... bom, Stanislowski é meu nome de casada, meu marido é africano e judeu. Então meu filho é negro, e é por isso que você se parece com ele, não que não pudesse parecer se ele não fosse.

Seria difícil, eu acho.

— Mas você sabe o que quero dizer. Ele está na faculdade, meu filho.

A Dias de Escravidão está de pé perto do fogão com o bule de café. Quando eu sento, ela avança como numa confusão, bule numa mão, xícara na outra.

— Na verdade, sou irlandesa — a Sra. Stanislowski diz. — Meu filho é irlandês, judeu e africano.

Ela diz isso como se tivesse ganhado na loteria.

Ah, cara, eu suspiro sem fazer um som. Bom que temos leite, eu penso quando a Dias de Escravidão bota um pacote de leite na mesa. Ora, ora veja. Olho pro pacote: Marissa Samuels, um metro e cinquenta, vista pela última vez em 9 de dezembro de 19..., isso tem mais de dez anos. Olho pro rostinho bonito de Marissa, olhos pretos tipo carvão, corrente de ouro. Ela mesma deve ter filhos agora, fugiu com o namorado. A sensação que tive ontem subindo os degraus de cimento carcomido no parque que terminava num pedaço de verde sujo com garrafas de vinho e frascos de crack, o sol bloqueado pelos galhos dependurados, os arbustos fedendo a urina. Marissa provavelmente tá em algum espaço como aquele a essa altura, ossos. Eu quero abocanhar a nuca estúpida da Sra. Stanislowski, é assim que me sinto agora. Minha mão tá tremendo um pouco enquanto coloco o pacote de leite outra vez na mesa. *Você se acostumou a empurrar as pessoas por aí. O mundo não é um bando de garotinhos.* Eu me pergunto o que ela sabe, acha que sabe.

— Bom, J.J...

— Meu nome não é J.J.! — eu zombo.

— Eu não quis dizer nada, J. Jamal.

O que me deu? Tenho vontade de matar ela. Cavalo Louco, me ajuda! Não quero ouvir toda essa baboseira sobre o filho dela na faculdade. Acaba com ela! Mas ele não faria isso. Ele diria: saia dessa vivo.

— Bom.

Ela parece totalmente perdida.

— Diz aqui — ela indica os papéis na frente da sua xícara de café. — Eu devo visitar um afro-americano de treze anos de idade chamado Jamal Jones, que é conhecido como J.J., isso está entre parênteses, e sua guardiã legal, Toosie Johnston.

— Não me importa o que essa merda diz. — Aponto os papéis. Ela fica vermelha vermelha. — Meu nome não é nenhuma porra de Jamal, J.J.

Nunca falei com os irmãos assim, não importava o que tivessem feito.

— Me chame com esse nome outra vez...

Eu a encaro, toda essa merda que tô passando por nada. Merda, eu devia fazer alguma coisa se vou ser tratado como um criminoso. Puta, eu não digo mas tipo *respiro* a palavra.

— Bom, é... hãã... ah... — Ela limpa a garganta. — Eu pensei que J.J., Jamal Jones, fosse seu nome, por isso te chamei assim. Então, só para esclarecermos de agora em diante, qual é o seu nome?

— Abdul. Abdul Jamal Louis Jones — eu disse. Ela escreve alguma coisa na sua prancheta.

— E meu nome é Sra. Stanislowski. Alguns dos garotos me chamam de Stan.

— Não me interessa como eles chamam você — eu digo, chupando os dentes como o Amir no St. Ailanthus.

— Bom, talvez devesse, J... Abdul, talvez devesse.

— Por quê?

— Por quê? Porque você tem treze anos. Você pode parecer ter dezoito, mas não tem. Você tem treze. Alguém tem que controlar sua vida pelos próximos cinco anos. Poderíamos ser nós dois trabalhando juntos com o Escritório de Assistência Infantil, ou pode ser você contra o EAI, aprontando por aí até a gente ter que trancar você!

— Me trancar pelo quê?
— J... Abdul, você tem treze anos.
— Isso não é crime.
— Não, mas é um estado de extrema vulnerabilidade...
— O que isso quer dizer, vocês vão me forçar?
— Como eu disse, poderíamos ser nós, e com isso quero dizer você e nós. Ou poderíamos ser *nós* — uma situação com você totalmente fora do controle não é uma perspectiva prazerosa, certo? Certo, Abdul?
Quero cagar na porra da cara dela, depois virar ela e esfregar o rosto dela na merda enquanto eu fodo ela.
— Você vai me prender? — eu zombo.
— Bom, se chegar a esse ponto...
— Você e quem mais?
— Se chegar a esse ponto, quem mais for preciso.
Escutar a palavra "trancar" é como o irmão Samuel me jogando, tudo aconteceu tão rápido, a parede se movendo; perdendo o controle. Foi só quando eu tava no chão que entendi que não era a parede que tava movendo, era eu que estava voando pelo ar. Mas nesse momento nada está se movendo, parece que até nossa respiração, a minha, a da Stanislowski, a da Dias de Escravidão, parou. Até que eu grito.
— Você acha que eu vou seguir você até a cadeia?
— Não, não acho. Você vai fugir ou resistir... machucar a si mesmo ou outra pessoa. Mas nós vamos te achar...
— Vocês vão me achar! Pelo quê? Eu não fiz nada! Vocês é que me foderam. Me mandaram pra um... um... sei lá, então me mandaram pra uma merda como esta aqui! Eu era só uma criança. Uma criança!
— Você ainda é uma criança!
Ela é louca. Eu me levanto. Ela se levanta.

— Olha, olha, nós começamos com o pé esquerdo. Sinto muito. Sinto muito mesmo. Tudo isso é completamente desnecessário. Sinto muito. Eu não estava tentado colocar uma algema em você. Eu só estava tentando me certificar de que sabia como sua situação é séria e que, por nenhuma razão maior e por nenhuma falta sua, poderia acontecer com você. Vamos nos acalmar um pouco. Eu estou aqui para ajudar, espera-se. Eu não posso consertar isso, mas acho que posso pelo menos ajudar.

— Ajudar?

Sinto o sangue subindo pro rosto. O que o Cavalo Louco faria com uma puta branca feia como essa? Uma mulher com prisão na boca. Dia perfeito pra morrer? Mas eu não tô pronto pra morrer. Eu me sento outra vez.

— Alguns erros foram cometidos, e é terrível, a situação, os erros. Você não é um erro nem é terrível: é disso que você tem que se lembrar. Não é culpa sua. Quero dizer, vamos apagar toda essa tolice que acabou de acontecer entre você e eu. Tudo que vim fazer aqui é lhe fazer algumas perguntas e determinar se suas circunstâncias presentes são aceitáveis e colocar você de novo na escola. Não quero tornar as coisas mais difíceis do que já são. — Ela olha pra mim. — Especialmente depois de tudo que você passou. Eu quero que você vença. Eu estou do seu lado, se você me deixar, de verdade.

*Depois de tudo que eu passei?* Eu odeio o som da voz dela. Me irrita, me perturba. Soa como a voz que matou o Cavalo Louco, voz dos traidores mentirosos. Se ela não calar essa porra, eu posso receber um mensagem do Cavalo Louco pra matar ela. Como você esfaqueia alguém, como nos filmes? Eu quero pôr um piercing na minha coisa. Nos mamilos também. Quero relaxar. Quero ser capaz de erguer minha perna! Ser capaz de me abrir. A Stanislowski, ou seja lá qual for o nome dessa merda, não vale meu esforço. Vou encontrar com ela um dia, sim, vou encontrar com ela um dia no parque, ou no metrô. Ééé, um dia pegar ela saindo do metrô, ela não vai saber que sou eu atrás dela. Eu vou dizer: "Ei, Stan", bem legal, e quando ela se virar — *cortar*! Abrir a porra da boca do rosto dela.

— O que tá se passando nessa sua brilhante cabeça, Abdul?

— Nada.

— Nada. Eu sei que tem sido duro, especialmente esses últimos dias, semanas. Se você decidir fazer uma declaração sobre o que aconteceu no St. Ailanthus ou sobre algum dos irmãos, o irmão Samuel... Quero dizer, você não é o único. Você sabe do que estou falando?

— Não, não sei. — Eu não quero dedar ninguém do St. Ailanthus. Eu nunca mais seria capaz de voltar lá. Fico sentado sem dizer nada.

— Ah, Abdul, ainda está aqui?

Querendo não estar.

— Você escutou o que eu falei sobre os irmãos?

— Eu disse não.

— Abdul?

— Podemos falar de outra coisa?

— Como o quê?

— Como onde vou ficar de modo permanente, escola, grana, roupas. Podemos falar sobre isso em vez de...

— Em vez do quê?

— Em vez de besteira.

Todo esse tempo que estamos conversando, a Dias de Escravidão não disse nada. Ela tá parada perto da chaleira no fogão. Nunca vi ninguém fazer café no fogão. A Stanislowski olha pra ela como se ela fosse doida, então, óbvio, ela entende. Tem só duas cadeiras, onde mais ela poderia sentar?

— Sra. Johnston, a senhora quer se sentar? Eu podia...

— Qui tá bom assim. Se já tô de pé, é mais fácil continuá de pé.

— Bem, o que a senhora pensa sobre tudo isso?
— Sobre u quê?
— Bom, Abdul tem sentimentos muito fortes. Você não disse...
— Esqueça sobre toda essa coisa velha e só conségui uma escola pra ele.

A Stanislowski insiste.

— Bom, o que a senhora acha de... ah, o que Abdul tem pra falar? Quer dizer, a senhora é a guardiã.

Suponho que ela tá tentando fazer um pequeno teste com a Dias de Escravidão? Ela tá mesmo lá? Mas e se ela não for minha guardiã? Essa é minha questão, mas tenho medo de perguntar. Há anos escuto os garotos falando dos orfanatos, adoção de grupos, instalações residenciais — O SISTEMA, e nenhuma coisa boa.

— Então que merda que aconteceu pra começá, é íssu que ele qué sabê. Cômu que ele foi levádu pra lá tá errádu. Mas pessoas cômu ocês túdu nunca admitem nada.

*Levádu?* Mas ela tá certa.

— Então que que aconteceu? — a Dias de Escravidão diz outra vez e pega o bule de café e se arrasta até a mesa e enche nossas xícaras como se ela fosse um robô programado para despejar o café quer a gente queira quer não. A Stanislowski fica olhando pra ela como se ela tivesse acabado de descer de um disco voador. Na minha cabeça a figura de um menininho, não eu, algum menininho como o príncipe da Inglaterra, correndo pela grama, sem cocô de cachorro, nem camisinhas nem vidro quebrado, só o verde. Tá ventando no cabelo amarelo dele, ele tá rindo, segurando um balão vermelho no céu azul. Mas tem uma coisa na grama, uma prancha com pregos, canivetes, cobras? Cuidado, garoto estúpido! Cuidado! Ele perde o cordão do balão...

— Ei, J.J., o que está acontecendo? — A Sra. Stanislowski estala os dedos na frente do meu rosto, o que me deixa furioso.

## O GAROTO

— Eu já disse que meu nome não é J.J. porra nenhuma! — Esmurro a mesa, derrubando o café por todo canto. A Dias de Escravidão vem se intrometer com seu trapo sujo.

— OK, OK, eu esqueci, me perdoe. Agora, onde estávamos nessa pequena visita doméstica? — A Stanislowski tá parecendo tipo perturbada. Acho que assustei ela.

— Escola, a gente tava falando sobre escola, roupas, e dinheiro — eu lembrei a ela.

A Stanislowski tem uma expressão tipo meajudaaqui no rosto quando pergunta pra Dias de Escravidão:

— Como a senhora se sente com a linguagem que Abdul usa para se expressar, Sra. Johnston?

Mas antes que as palavras saiam de sua boca ela parece perceber como soam estúpidas. O que ela quer perguntar é que tipo de podridão tá acontecendo aqui ou lá de onde ele veio, e você é maluca, ou só velha, ou retardada? Ela quer perguntar essas merdas, mas em vez disso diz uma coisa tipo a linguagem que Abdul usa. A Dias de Escravidão tá pronta pra ela.

— Cômu cê vai pôr a culpa nele? Cê tem de olhar pras pessoas que tavam cuidându dele esse têmpu tódu. Ele num aprendeu túdu isso sozínhu — ela diz parecendo quase normal. É como se ela tivesse bom senso suficiente pra saber o que uma pessoa com bom senso diria. Mas eu sei que ela não tem bom senso nenhum. A Dias de Escravidão é tão vazia quanto meu bolso.

A Stanislowski olha pros seus papéis.

— Por agora, sua avó, a Sra. Johnston, é sua guardiã legal.

Ôoô! A Dias de Escravidão não é minha avó. Mesmo se ela fosse minha parente, não seria minha avó, eu acho. Eles não entenderam direito essa merda.

— Ela vai receber dinheiro para você e, claro, cuidar para que suas necessidades sejam atendidas quanto a transporte, comida, dinheiro para o lanche da escola, e coisas assim. Você ganhará uma pensão para tudo que você precisar. Eu acho que a escola é a coisa mais importante. Já que você estava bem, eu gostaria de colocar você no Colégio de Meninos Católicos na cidade, não tem sentido você jogar tudo fora, a parte boa, pelo menos, do que você teve no St. Ailanthus.

Ela olha pra mim outra vez como vinha fazendo. Eu sei que ela não consegue mais evitar perguntar uma coisa.

— O que aconteceu?

Acertei.

— Caí num caco de vidro jogando basquete.

— Você caiu num caco de vidro jogando basquete? Onde?

— Que diferença faz? — Aperto os lábios. É verdade mesmo, que merda de diferença faz?

— Bom, falando de outra coisa, você é católico?

Que inferno, não.

— Sim.

— Sua mãe era católica?

— Não — a Dias de Escravidão fala. — Ela era doida, íssu é u que ela era.

Olha só quem tá falando!

— Essa é outra razão pra num botá a culpa nele.

A Stanislowski olha pra ela como se ela tivesse antenas crescendo de sua cabeça de trapo.

— J... Abdul, confie em mim, eu vou acertar isso. Quer dizer, de várias maneiras. Tem muita coisa errada aqui. Muita. Eu não sei tudo, mas estou tentando acertar. Quer dizer, acho terrível toda essa merda que tem acontecido com você. Não é certo isso! Você merece coisa melhor. Eu penso no meu próprio filho. Deus! Aos treze anos ele precisava de ajuda quase até pra amarrar os sapatos, ou quase isso, e você... eu não sei o que falar. Quer dizer, isso é mais do que apenas um... um serviço. Eu realmente quero ajudar. Quer dizer, esse é meu trabalho, claro, ajudar. E eu quero ajudar, e vou ajudar, de verdade, de verdade. — Ela diz isso com uma nova voz suave e olha pra cima pro meus olhos. — Onde eu estava?

Dando um show pra mim. Um minuto atrás ela ia me trancar, e agora é "de verdade, de verdade". E eu devo balançar meu rabo como um cachorrinho.

— Ah, sim! A Associação Cristã de Moços. Sua dança. O irmão John disse que você era dançarino. Nós temos garotos lá no balé e aulas de jazz em um programa depois da escola, e acho que eles têm hip-hop e sapateado aos sábados. Isso iria te interessar?

Claro que ela sabia que sim. Balance o rabo agora, mostre uma rachadura no gelo. Dê a ela alguma coisa pra escrever no seu relatório.

— Legal, isso seria legal.

Ela tá feliz. Antes que tudo acabe, outra meia hora mais ou menos, ela me chama de Abdul três ou quatro vezes sem a merda de J.J., e ganho o dia dela quando tá saindo e eu digo pra ela na porta:

— Até mais, Stan.

Fecho a porta. A mesma merda, dia diferente, como o Jaime diz. Escritório de Assistência Infame! Não ligam porra nenhuma pra você. Ele tem a mesma idade que eu mas tá no programa desde que tinha seis. Ele tá certo, ninguém se importa mesmo com você quando cê não tem pais. Como a Sra. Washington disse, os servos eram forragem pros reis e tal, a gente é forragem pros tarados como o irmão John e o irmão Samuel ou forragem pra gente como a Stanislowski se sentir bem. Vocês não têm sangue, vocês não são merda nenhuma. Ela ia deixar o filho dela num lugar como esse! Pro inferno que não, puta egoísta! Lembrar minha mãe? Pra quê? Dói lembrar de um lar, alguém que amou você, talvez fosse melhor se tivesse sido sempre uma merda. Porque essa merda aqui me faz querer matar alguma coisa, o menininho da mamãe vai ser alguém um dia. Quê? Minha vida inteira vira merda porque ela morre. Merda merda MERDA! Vou parar no inferno porque ela morreu. Isso é justo? Certo? O irmão John diz esqueça isso de que o mundo é justo, aprenda a trabalhar com o que ele é. Ele diz isso porque é grande e branco e tem seu tocador de CD e seu pau babando no cu dos garotos. Ele tem a injustiça trabalhando pra ele. Eu sou um garoto normal. NORMAL. Eles tiraram isso de mim? Eu sou um menino. Um menino inteligente. Quando todos os outros na multidão perdem a cabeça. Que multidão, mamãe? Tô sozinho. Cê disse que eu ia ser alguém. O que eu vou ser, a polícia me fazendo perguntas, chutado pra sarjeta como uma merda de cachorro, baratas rastejando dentro da minha calça? Pra onde eu vou? Eu odeio você, mamãe. Odeio você.

Se eu... como seria se eu tivesse pai? O Alvin Johnson disse que o pai dele amava ele antes de morrer no exército, mas a mãe do Alvin não deixava o pai ver ele porque queria conseguir pensão pro filho. Isso é o que o Alvin disse. Que tipo de merda é essa? Que tipo de merda é essa aqui? A Stanislowski, lóqui! Rá rá! Stanis*lóqui*! Então, o que está acontecendo, Stanislóqui pensando que a Dias de Escravidão é minha avó? Quando ela descobrir que não é? Provavelmente logo vou estar longe dessa filha da mãe. Talvez não. Eu só quero continuar na aula da Imena. Eu nem sei se quero continuar na escola, como me sinto agora. Eu me sinto como na ciência da terra. Eu mudei, um novo composto, não uma mistura, mas tipo quando colocamos nitrato de prata na água com sal, cloreto de sódio, e primeiro a coisa branca fica nublada, depois o cloreto de prata afunda até lá embaixo. Criado com o nitrato de prata e o cloreto de sódio. Uma coisa nova. Mudada. Rápido. O leite quando está azedo é ácido lático que se formou. Que se foda a escola a menos que eu possa voltar pro St. Ailanthus, mas mesmo lá o quê? Eu teria todo dia que tirar a merda dos caras a tapa por dizer coisas estúpidas, os negros vão correr de mim como se eu fosse um tipo de bicha ou merda assim. Eu sei que a essa altura todo mundo escutou todas aquelas mentiras. Escola pública? Selva, o irmão John disse, um bando de negros correndo de um lado pro outro como macacos com armas. Merda! Eu pulo no ar e me arremesso! A Imena tá gritando, Passo, Passo, PULE! Eu queria só poder pular a infância e ser adulto!

NAQUELA NOITE EU sonhei que tava perdido na multidão em uma esquina movimentada da cidade. É inverno, a neve tá começando a cair. As pessoas tão se apressando pra chegar em casa do trabalho, eu acho. Tenho a sensação de tentar me apressar também, mas não sei para onde — para onde ou de onde. Olho em volta, não tem cartazes na rua. Quando olho para as caras, elas parecem mais um tipo de máscara do que rostos, rostos de um bege ou preto perfeito sem linhas nem nariz grande nem óculos. Olho nos olhos de um homem. A íris dele é como um ventilador girando e girando. Faz um barulho giratório. Como eu vou chegar aonde estou indo? De costas. Como um android.

Os quatros cantos da rua são banquisas de gelo agora, aquela onde tô parado começa a rachar. Vejo o rosto de uma garota da aula de dança. Os olhos dela não têm ventilador dentro deles. O pedaço de gelo onde eu tô se quebra, me separando dela. "Pula!" Eu sinto medo, devia ter pulado. Vou me perder dela, tô aqui olhando no espelho, meu rosto é uma máscara; meus olhos, buracos vazios de ventilador fazendo riiiir riiiir...

— Telefôni!

Hein?

— Levanta! Nunca vi um minínu dormi tântu quântu cê dórmi!

Tô suando, meu coração tá batendo como quando o Jaime e eu a gente tava doidão e quase bateu uma maldita overdose. Fiquei tão desidratado, tava tendo convulsões e tudo...

— Telefôni!

Ah, que importa se essa vaca tá chamando, mas eu vou em frente e me levanto, de qualquer modo.

— Posso falar com Abdul Jamal Louis Jones?

— Sou eu — digo.

— Eu sei que é você. Olha, Abdul, você só tem treze anos...

— Eu sei quantos anos eu tenho.

— Deixa eu terminar, Abdul. O que tenho a dizer já é ruim o bastante por si só, OK?

— OK — eu digo.

— Faz só seis meses que estou com o Escritório de Assistência Infantil. Na verdade sou escultora. Você devia ver minhas coisas um dia desses. Eu faço essas esculturas de pessoas no tamanho real, quer dizer, elas são as pessoas. Eu faço o molde das pessoas em gesso, depois faço a matriz, e *voilà*! É incrível! Pelo menos é o que as pessoas me dizem. Eu fiz dez do meu filho, um com o braço levantado, se aprontando para jogar a bola de basquete. Você está me ouvindo?

— Você disse pra deixar cê acabar.

Ela suspira, tipo exasperada. Eu não sinto o que ela vai dizer mas o... o *sofrimento* que vai vir com isso. Na escola uma vez nós vimos a foto de uma garota em uma revista de Serra Leoa. Eles tinham cortado os braços dela. Eu me esqueci por quê. Os dois braços.

— Eu vou te dizer isso mesmo sabendo que talvez não devesse, e não teria que falar. Mas eu tenho que falar já que eu sei. Pelo menos é assim que vejo as coisas.

Não faz nem uma semana que tô aqui. Eu evito a velha tanto quanto posso. Amanhã começo as aulas de dança na cidade, e segunda vou pra escola. Isso é tudo que preciso saber: como chegar lá, um pouco de dinheiro e umas roupas.

— Bom, uma grande parte do que aconteceu com você é... humm, hã, eu imagino que se pode chamar de um tipo de sinergia reversa. Você sabe o que sinergia significa?

— Sei, sinergia, quando duas coisas atuam juntas para fazer acontecer mais coisas do que poderiam se fosse cada uma por si?

Estou cansada dela, apenas faça seu trabalho, madame.

— Bom, sim, isso está totalmente certo, quando dois eventos acontecendo simultaneamente criam mais, em seu caso, estrago do que criariam sozinhos. Não apenas esses dois eventos fizeram um desastre, mas parece que eles, junto com a pura e velha indiferença, trabalharam juntos para criar uma cobertura bizarra um para o outro. Você verá o que eu quero dizer quando eu explicar pra você, se é que pode ser explicado.

"Bom, a primeira coisa, e provavelmente a mais importante, os irmãos ou um irmão — ou um 'erro burocrático', eles estão dizendo agora — essencialmente não *sabia, esqueceu ou ignorou* o fato de que você estava em uma locação temporária de emergência, e eles procederam com você como se você estivesse 'em... domicílio, um órfão, permanentemente colocado aos cuidados e custódia da Escola para Meninos St. Ailanthus até a idade de dezoito anos'. *Alguém* assinou os papéis para colocar você em domicílio permanente. Isso atualmente está sendo investigado..."

Merda! Agora nunca mais vou voltar pra lá!

— O segundo incidente que conspirou, acho que se poderia dizer assim, contra você, e por falar nisso *não* está sendo investigado, é que alguém, na verdade algumas pessoas porque tinha que ser pelo menos duas pessoas, e uma delas tinha que ter trabalhado ou ter algum tipo de entrada no Escritório de Assistência Infantil, até onde eu percebo, e por falar nisso fui eu que consegui toda essa informação...

A Stan tá toda agitada. Eu vejo o rosto daquela garota em Serra Leoa; era uma foto preta e branca. A pele dela era até mais escura do que a minha, brilhante. Tô respirando rápido, começando a suar, tenho a sensação de que se estivesse falando seria com a voz de um menininho, aguda. Sou o oposto da excitação feliz da Stan. Tô me enchendo de um pânico negro. Eu quero mesmo ouvir essa bosta?

— Sabe o que era? Seu nome. Quando você ficou insistindo sobre, você sabe, "Meu nome não é J.J. Meu nome é Abdul", isso me... eu não sei. No começo, claro, fiquei furiosa, reagi, e então me bateu, tem alguma coisa nisso. Eu não sei como eu sabia, mas eu sabia...

Bravo bravo!

— Então, seja como for, algumas mulheres no Bronx, que evidentemente foram para a escola com sua mãe, uma "amiga dela", acredite em mim que quando digo "amiga" há interrogações em volta, seja como for, ela pegou todos os papéis da sua mãe, assumiu a identidade dela, e continuou a receber os cheques do Serviço Social para sua mãe. Ela começou recebendo o Auxílio Domiciliar Infantil para você em adição ao cheque do Seguro Social por incapacidade permanente por IP, como eles chamavam na época...

O que tem qualquer uma dessas coisas a ver com o acidente de carro da minha mãe, encontrar meu pai, ou ir para a escola? Eu não pedi pra escutar toda essa merda; eu não quero *escutar* toda essa merda.

— Talvez porque o Auxílio Domiciliar Infantil exija um tipo diferente de relatório de guarda e manutenção, essa mulher conhecia bem o sistema! E ela não queria ser, *não podia ser*, incomodada com encontros pessoais, visitas domésticas, e tudo isso, essa mulher tinha que ter acesso ou estava no sistema de Serviço Social. Ela na verdade teve a posse da certidão de óbito da sua mãe, não me pergunte como, o copiou e o alterou para afirmar que um... um menino, *você*, tinha morrido. Essa certidão falsa estava na verdade registrada conosco, e você aparecia em nossos registros como morto.

"Mas nada disso é uma desculpa para o que aconteceu, é só para tentar entender *como*. Como nós, como você disse e eu concordo, 'fodemos' você! Ninguém viu o que estava acontecendo porque pensaram que você estivesse morto. O que, é claro, você não estava, não está. Você estava... estava, você estava perdido. Perdido. Eu não sei. Como eu disse, quando você falou aquela coisa sobre seu nome, tive calafrios. Quando voltei para o escritório, entrei no computador, comecei a perturbar as pessoas, dar telefonemas, procurando nas fichas dos arquivos e essas coisas. 'O meu não é J.J. porra nenhuma!' É isso! É isso!, eu disse a mim mesma, 'O nome dele. Por que aqueles homens o chamavam por um apelido como se fosse seu nome real?' Então eu disse: 'Você está maluca, Marie', mas não sei se nunca peguei uma discrepância antes dessa ou só nunca fiz a conexão, mas seja como for, isso me pegou fundo. Vá atrás, eu pensei, o que você tem a perder?

Ela tá toda excitada agora. Eu também devia estar? Por quê? Descobrir que alguém disse que tô morto? O que vou tirar disso? Tipo, será que aquela garota na foto dos estudos sociais se importa em saber por que alguém cortou os braços dela?

— Então, tipo, eu posso processar, posso ganhar alguma grana ou coisa assim? — Você sabe, tipo ter minha vida de volta, sua vaca.

— Não sei o que você quer dizer, Abdul.

— Eu quero dizer, por que você está me contando tudo isso... essa *injustiça* se isso não vai me ajudar nem mudar nada?

— Porque é a verdade, e você deveria saber.

— Então por que isso não pode me ajudar, me dar uma casa diferente, alguma pessoa além dessa pra tomar conta de mim ou me adotar?

— Abdul, oh, Abdul, meu bem, meu bem, é... sim, entendo o que você está dizendo. Não vai ser assim. O que está feito está feito. Eu só pensei que você poderia querer saber o que foi feito. Abdul?

— Sim?

— Você já foi caminhar na praia?

— Hã, acho que sim.

— Você sabe como seus pés deixam marcas na areia?
— Sim.
— E a água vem atrás de você e faz as marcas dos seus pés desaparecerem? A maior parte do que lhe contei está desaparecendo enquanto falamos. Eles não vão admitir merda nenhuma, ou o mínimo possível. Um processo legal levaria anos, o acesso a... eu nem sei o quê. Bem, para começar os advogados, a informação... eu tive que quebrar algumas regras, *leis*, para descobrir o que descobri. Eu tenho um filho na faculdade, onde, assim esperamos, você vai estar em alguns anos.
— Então só me foderam.
— Não fale assim. Você é um garoto. Não importa o quanto foi ruim, você ainda é jovem. Jovem, bonito e extremamente talentoso.
Ah, cala a boca. Começo a pensar no que vou ter com o dinheiro que a Dias de Escravidão me der. Roupas! Um casaco de couro preto pra combinar com a calça, um par de Timberlands pro inverno...
— Você ainda está aí?
— Sim. — Onde mais eu poderia estar?

ELA DIZ QUE se as coisas não funcionarem (e o que isso significa?) não vou ter que ficar aqui. Agora já faz quantos dias que tô aqui? Queria ter aquele espelho que quebrei pra ver meu corpo. Não tem espelhos nas aulas da Imena, eu *posso* sentir a mim mesmo desde dentro. Mesmo assim, me pergunto como fico ao executar um passo em *relevé* ou em *plié*. Quase posso me sentir crescendo às vezes, é esquisito. Se eu for para uma casa coletiva, que se fodam porque ninguém vai mexer comigo.

Alguma viciada roubou a identidade da minha mãe, me declarou morto. Que tipo de merda nojenta é essa e por que eu me importaria? Por que deveria me importar? Não sou um garoto? Talvez uma casa coletiva seja melhor que isso, seja lá o que *isso* for, quem sabe eu posso esquecer tudo e voltar. Eu realmente quero voltar pro St. Ailanthus — pelo menos ali eu estava perto do meu futuro. Se eu voltasse, eu ia poder deixar tudo isso pra trás — St. Nicholas 805, a Dias de Escravidão, a polícia, os meninos mentirosos — tudo. Apenas esquecer e começar tudo outra vez.

Stanislóqui disse que meu pai tá morto. Eu meio que já sabia disso, ou quem sabe eu pensei que minha mãe tivesse afastando ele de mim porque ele não pagava pensão pro filho. E a Dias de Escravidão? De jeito nenhum aceito isso. Rejeito aquela merda como não tendo nada a ver comigo; a vaca velha me dá arrepios. Por que ela ainda tá viva se minha mãe e minha avó morreram? Se arrastando por aí!

Quem sabe pergunto pra ela sobre meu pai? Quem sabe ele realmente não tá morto. Mas não sei se quero escutar seja lá que merda que ela vai dizer, ela num é normal. Quando ela fala, é tipo unhas descendo pelo quadro-negro, me dá vontade de gritar!

Como eu me sinto? Como tô indo, ela pergunta? Que se foda Stanislóqui! Sou *eu* que tô olhando prum saco translúcido na mesa da cozinha, observando os pequeninos bebês baratas rebentando pra sair de lá, pequeninas merdas brancas transparentes rastejando, rastejando pela mesa toda, nojento, nojento, nojento.

# 3

— Fiquem de pé com os pés apontados direto pra frente e então, sem pôr o bumbum pra fora, encolham a barriga, e com o quadril encaixado virem os pés pra fora. OK, estão vendo? Quanto mais os pés conseguirem virar pra fora quando vocês fizerem isso, melhor, essa é a abertura de vocês por enquanto. Se... OK, voltem, voltem! Voltem os pés pra posição direto pra frente. Agora, sem movimentar a barriga nem os quadris, virem para fora usando apenas os pés. Estão vendo, vocês conseguem quase uma linha reta, cento e oitenta graus. Mas onde vocês sentem isso? Não, não, apenas fiquem aí um tempo e me digam de onde sentem que toda essa abertura de cento e oitenta graus está vindo. Sim, vocês sentem ela nos joelhos porque seus quadris ainda estão para dentro, paralelos, e a abertura, sim, ela parece legal no chão mas tudo vindo dos joelhos, portanto a articulação do joelho está muito estressada. E reparem como seus bumbuns estão pra fora e suas barrigas penduradas. Por favor, por favor, saiam dessa posição terrível! Agora fiquem de pé com os pés apontados direto pra frente, encolham a barriga, os músculos como palha, encolham, encolham! Agora, sem balançar para trás nos calcanhares, o que vai soltar os músculos do bumbum, o que não queremos, visualizem suas coxas virando pra fora no encaixe dos quadris e virem os pés pra fora como resultado da abertura nos quadris? Estão vendo?!

Olho para baixo meus pés abertos na primeira posição. Sorte minha!

— Por enquanto essa é a abertura de vocês! Se quiserem mais, trabalhem mais, mas nesse momento é isso que vocês têm, e dançarinos vivem no agora.

Olho pro baixinho de malha frouxa e camiseta preta, seus pés nas sapatilhas de balé de lona branca. O corpo dele na frente é chato como um pedaço de papel. Dá pra ver isso mesmo com as calças baggy que ele usa. Ele vira os pés, que tavam apontando direto pra frente. Seus calcanhares tão se tocando, mas os dedos dos pés tão apontando em direções opostas e formam um ângulo de cento e oitenta graus. Os arcos dos pés dele são tão altos que um rato poderia passar correndo por baixo. Ele não pode ter mais do que um metro e sessenta e um, sessenta e dois.

— Esta, eu repito, é a primeira posição, para mim, agora. — Ele é tão perfeito. A figura dele eu levo na cabeça, mas meu corpo, duas vezes maior do que o dele, não consegue fazer o que ele tá fazendo. Meus pés não se alinham dessa maneira, como ele faz. *Ainda*, eu digo a mim mesmo. Ele se move muito rápido e aponta o pé direito para fora em *tendu* (eu sei por causa da aula da Imena). Ambos os pés ainda tão virados pra fora, mas agora as pernas dele estão separadas.

— Esta é a segunda posição. O bumbum, a barriga ainda está encolhida. A ação está nos quadris. Agora *plié*. *Plié* só quer dizer abrir os quadris ainda mais e curvar os joelhos, não tudo isso aqui — ele diz, colocando o bumbum pra fora.

Algumas pessoas dão risadas. Não sou uma delas.

— Vocês devem manter isso aqui encolhido. — Ele dá um tapinha no estômago. — Agora da segunda posição, todo mundo *plié*, exato, pra baixo dois, três, quatro. Pra cima dois, três, quatro. Aprendam a amar o trabalho na segunda.

A Imena diz que as articulações dos quadris são como uma tampa de um vidro de maionese girando, girando, pronto abriu! Roman olha ao redor foca no meu rosto.

— Do que você está rindo?! — Eu tava rindo? Quer dizer, ele tava falando da segunda posição, certo, de amar isso?

— Eu... eu amo a segunda posição, como você tava dizendo — eu gaguejo, me sentindo idiota.

— Você se acha engraçadinho? Você acha que vai ser um dançarino, hã? Hã? Já vi centenas de garotos entrarem por essa porta todo ano exatamente como você! Eles não vão a lugar nenhum!

Olho pros outros rostos da turma, eles tão todos olhando pro chão.

— Eles vão me mostrar! Eles vão provar que estou errado! Pequenos, grandes, bonitos, pretos, brancos... Portanto tire esse sorriso do seu rosto, meu rapaz. *Parlez-vous français?*

Eu não sei o que dizer, então digo "Ainda não" achando que ele quer uma resposta. E é verdade, eu falarei, talvez ainda estude francês no próximo ano no St. Ailanthus.

— Aprenda, idiota! Você está aqui pra aprender. Você não consegue me impressionar. Você não consegue me ferir. Você não tem nada que eu quero. Entendido?

— Eu...

— Você não entende, não é? Não fale. Você vai fazer o que eu digo. Você quer ser dançarino?

Assenti.

Ele se aproxima de mim, posso sentir o hálito do cigarro dele, sinto no meu rosto.

— Diga "Sim, Roman".

— Sim, Roman — eu digo.

— Ótimo, ótimo, vejo que você é capaz de aprender. Essas são as únicas palavras que você precisa no momento, "Sim, Roman, Não, Roman." Entendido?

— Sim, Roman.

Ele se vira e se afasta. A classe suspira.

— OK, terceira posição. Kaput! Acabou, nós quase não a usamos mais. Ninguém a usa em coreografia nem nada. Algumas pessoas usam a terceira em vez da quinta, seus joelhos estão malogrados, suas coxas são grossas demais, uma coisa dessas. Se vocês tiverem de usar a terceira em vez da quinta, façam outra coisa, OK? Tem muita gente lá fora que pode mijar em uma agulha enquanto faz giros triplos. Se você não consegue pular ou fazer isso ou aquilo porque é gordo ou está machucado ou tem estrutura deficiente, esqueça isso agora, antes de perder mais tempo ou dinheiro. São duas coisas difíceis de encontrar.

A quinta é uma merda. Nós nunca usamos a quinta na aula da Imena. Minhas coxas são grandes. Eu olho em volta, sou a maior pessoa da classe, a única pessoa negra. Nunca passei por isso antes, ser a única pessoa negra. Eu me lembro do que a Imena disse, gire desde cima. A mesma coisa que ele tá dizendo. Sempre, sempre do encaixe do quadril, não dos joelhos. Você tem um corpo bom, use-o corretamente. Visualize uma corrente de água quente caindo por suas costas, e outra em um jato direto em sua barriga ao mesmo tempo, solte as costas e encolha na frente.

É a porra de uma bosta infernal! Tudo dói, e não consigo fazer nada do que esse cara tá dizendo, e ele me desrespeitou na frente da classe. Mas eu sei com tanta certeza como meu traseiro é preto que vou retornar pra esse filho da mãe. Vou retornar. E retornar.

— Eu exijo tudo de *les étudiants*. Eu dou tudo. No final vocês vão ir embora depois de ter me deixado seco, tirar tudo de mim.

Olho em volta, nenhum rosto parece discordar.

— Mas vocês são estúpidos se forem embora antes disso.

Minhas coxas tão queimando, meus pés parecem retardados, eles não conseguem fazer o que o homenzinho engraçado com seu sotaque tá pedindo. Mas tô pulsando, aberto, eu me sinto como... como uma grande orelha. Eu escuto ele. Merda, cara, eu escuto ele!

— Quantos anos você tem?

— Dezessete — eu minto.

NO TREM DE volta para onde tô ficando temporariamente, repasso a aula em minha mente, lembrando o que o irmão John disse: *Não fique preso no que você não consegue fazer. Minha mãe* (ele tá falando de sua mãe negra adotiva) *sempre dizia, veja, seja lá o que for, veja você mesmo fazendo ou tendo isso, e o Senhor providenciará o jeito.* Eu não sei, mas é, tô parado na barra, faço plié, minhas pernas se abrem escancaradas, escancaradas, minha abertura é a melhor da classe — "RUA 145!" Dou um pulo, eu nem escutei o condutor avisando RUA 125. Onde eu estava!

O cheiro bom de hambúrguer fritando vem direto quando abro a porta. A comida dela em geral cheira melhor do que o gosto, já descobri isso. Mas tô faminto. "MINÍNU!, ela grita quando me escuta. Parece mais um cachorro latindo do que um cumprimento. Ponho minha mochila no quarto e vou pra cozinha. Vendo ela pequena e escura curvada sobre o fogão na fumaça gordurenta me lembro do Morcego, o braço preto magro dele tirando as salsichas do panelão escaldante com o garfo comprido. Os pãezinhos com as salsichas ficam úmidos e frios por dentro porque estavam congelados. No quarto, ele me acerta tão forte que meu nariz sangra. Ponho a mão no nariz, ele não tá sangrando. Se eu sacudir a cabeça, parece que ela chocalha como num desenho ou como meu caleidoscópio. Sacode sacode vira vira muda.

Os hambúrgueres cheiram mesmo gostoso. Ela pega um vidro de maionese. OK. Mostarda. O Jaime adorava cheeseburgers e fritas com queijo. Falo sobre ele como se ele estivesse morto ou coisa assim, "adorava". Sinto falta dele, os garotinhos, os irmãos. Eles também sentem minha falta, eu sei que sentem. Se eu fosse um adulto ou... ou eu não sei, branco ou uma garota, sei lá. Não consigo imaginar como uma coisa dessas pode ter acontecido comigo sem um julgamento ou uma chance de provar que sou uma boa pessoa. Eu sou! Veja com que rapidez aquele policial, porco ou não, chutou aquele merda pra sarjeta quando o escroto mentiroso do Richie admitiu, admitiu, que não tinha me visto dar em cima dele. Armaram pra mim como na TV. Eu não entendi na hora, mas armaram pra mim. Foi tudo uma armação para parecer que eu tava fazendo a merda que os irmãos tavam fazendo. Eles sabiam bem que no final eles seriam pegos, mais cedo ou mais tarde, como na TV, então decidiram tentar botar a culpa dessa merda em mim. Também, eles deviam saber que mais cedo ou mais tarde eu ia acabar descobrindo toda essa merda que aconteceu comigo. E tipo que se foda o Richie Jackson, aquela bichinha, ele quer que as pessoas o machuquem e a porra. Eu não sou bicha. Não quero essa merda no meu cu. Então os irmãos sabiam que eu tava me preparando pra denunciar todos eles, então armaram pra eu ser pego. Mas eu sou inocente.

    Eu me pergunto o que a Sra. Washington pensa de toda essa merda. Que mentiras eles contaram pra ela? Eu deixei *Macbeth* na primeira página. Quando a Sra. Washington comete um erro na aula, ela diz: "Deus ainda não terminou comigo." As mulheres são engraçadas, a Sra. Lee, a esposa do Sr. Lee, também é assim, sempre dizendo coisas tipo uma avó ou uma merda dessas. Eu lhe digo uma coisa, se existir um Deus, ele terminou com os filhos da puta dos irmãos! O que eu faria se eu fosse Deus, a vingança é minha não foi isso que disse, Senhor? Dou uma mordida no meu hambúrguer que não está queimado grelhado como na cozinha gourmet da TV. Os cozinheiros gourmet da TV quando despelam os tomates, eles enfiam o garfo de dentes compridos pelo tomate então "submergem o tomate na água fervente por cerca de trinta segundos. Depois tiram a pele com uma faquinha". Isso é o que eu faria com o irmão Samuel. Tirar a pele dele. Pegar uma faca afiada ou uma gilete e começar com a pele do pescoço gordo rosado dele, despelar devagar, depois puxar lascas de pele das costas, da bunda, depois da barrigona cabeluda dele, depois de pouquinho a pouquinho despelar seu pau. Eu odeio ele. Eu não acabei sendo o que sou por causa dele, querendo fazer as coisas por causa dele? Se eu tivesse sido deixado em paz, eu seria um bom garoto. Talvez eu até já fosse um dançarino como aquela garota no folheto da ABT, treze anos! Mas eles são garotos que têm pais. Eu num tenho merda nenhuma exceto o irmão John e eles, e eles se viraram contra mim para encobrir as coisas deles.

O irmão John? POU! Explodo uma bala na cabeça grande do quase negro irmão John — POU! POU! Mas antes se abaixe, irmão John, e engula essa merda de cachorro! Oh oh, pobrezinho, cê cuspiu um pouco, vamos, irmão John, coma tudo. Cê tem de ser um bom irmãozinho ou vou ter que fatiar suas bolas e jogar pros cachorros que vivem debaixo dos trilhos. Cê não ia gostar disso, ia? Pra onde eles vão, eu perguntei pra ela, olhando pela janela os trens passando, sacudindo as garrafas de colônia do parapeito. *Connecticut e essa merda, onde os brancos moram.* A pele macia dela roça a minha bochecha, o cabelo preto sedoso dela é como o do Jaime. Ela borrifa colônia em mim. *Vamos, nós vamos dizer adeus pra sua mamãe.* OK, o irmão John foi criado nas ruas ruins do Harlem por uma mãe adotiva negra. Eu pego meu hambúrguer e termino tudo com uma mordida. Irmão John, alguma vez já disse que tô cansado de escutar essa mesma velha história? Sua velha mãe negra ensinou você a foder com menininhos, ela disse pra sua bunda grande de bicha ir pegar meninos negros e enfiar eles debaixo do seu hábito preto, lembra? Abaixa!, eu digo. Eu vou chutar sua cara de filho da mãe nessa merda até morrer. E depois enfiar seu nariz aí.

— Acabô? — ela diz alto. Não dá pra ela ver? Talvez não, eu percebo.

— Sim.

O nariz do irmão John não está na bosta. É o meu que está na bosta! O que é isso senão bosta! Sim, a essa altura o irmão John provavelmente tem um outro garoto lá falando você tem um futuro aqui conosco. Este é meu maldito futuro? Olho pra ela, um trapo amarrado em volta da cabeça, curvada, depois de volta à mesa onde, como sempre, uma barata determinada tá avançando pro meu prato. Acredito que ela é minha parente como acredito que o irmão Samuel é um homem de Deus e a polícia tá lá pra proteger e servir nosso traseiro. Guarde isso pros de treze anos dançando na ABT, eles têm que acreditar que o mundo é um bom lugar. A Dias de Escravidão, essa merda toda é como uma história na TV ou uma merda que a Sra. Washington dá pra gente ler, onde o protagonista acorda em outra época, ou outro corpo, ou como inseto ou uma merda dessas. Ou como as histórias onde tem uma caverna ou alguma coisa assim e você entra e encontra um monstro ou uma bruxa velha, e eles lhe contam uma coisa que vai fazer você ficar rico ou se casar. Mas ela num tem nada pra me fazer ficar rico. Sinto vontade de espetar a bunda velha dela, sinto vontade de gritar, FALA, FALA, FALA! Me fala o que você fez pra me trazer pra cá.

Olho em volta na cozinha. Duas grandes frigideiras e uma panelona de alumínio como em cima do fogão na Srta. Lillie. Hummmm, na Srta. Lillie, tente esquecer isso. Eu devia ter pedido queijo pra ela, sei que ela tem. Pra que tá guardando? Eu queria ter um Quarteirão com Queijo agora. A pintura descascada tá pendurada no teto com bordas cinza de poeira. Tá tão enfumaçado porque não tem ventilação, não tem janelas, nem ventilador. No nevoeiro da cozinha, a lâmpada balança uma luz amarela de um fio pendurado no teto. Em cima da pia tem um relógio grande com o ponteiro dos segundos, o fio pendurado dele é outra rota do trânsito das baratas. Os puxadores de dois dos armários na parede tão presos com uma corrente e um cadeado. Tenho quase quatorze. Vou ter que ficar aqui até os dezoito? Quatro anos? Quatro anos! O que acontece se ela morrer? Ela vai morrer ou poderia morrer, velha como é, esse cheiro esquisito que vem dela, essa perna inchada — o que é isso? Eu levanto.

— O que acontece se você morrer?

— Ora, que praga! Tôdus esses dias cê fica sentadu aí sem dizê nada, e quându abre essa boca é bobagem.

Nós lemos sobre o Avi, que ficou tão feliz quando a vó dele chegou e o levou e depois ele acabou jogando ela pela janela. Na primeira página do *Daily News*. Mas o Avi era velho, dezessete. Eu não sei se a odeio tanto assim. Eu sei que não aguento ficar com medo o tempo todo, não aguento que isso, isso seja... seja minha vida.

— É. — Não me importa o que ela sente. — O que vai acontecer comigo se você falecer? — Quero dizer que é uma pergunta legítima, como eu faria na aula. Gosto do irmão John, ele nunca faz gozação conosco quando tamos usando uma palavra nova, nada. Sim, vaca, falecer, morrer, expirar, terminar, deletar, cancelar, passar desta pra outra como minha mãe. Me responda, madame. Eu nem mesmo sei se sua cachola entende o que tô dizendo.

— Se eu morrê? Minínu, eu áchu que cê tem um problema sériu. Sériu. — Ela se vira de onde tava inclinada sobre o fogão pra me olhar. A lâmpada ilumina a figura dela no ar gorduroso. Ela tira o trapo da cabeça. Eu a odeio sim, porque no St. Ailanthus eu tinha um futuro, eu podia ver, agora não, não se ela é minha... minha *qualquer coisa*. Um inseto grande tá rastejando pra sair debaixo do relógio na parede atrás dela, ei olha! Ele tá dizendo que tá na hora de endireitar

a merda, vovozinha! Hora da vovozinha começar a falar. Mas quem sabe ela não consegue, quem sabe ela é mesmo uma velha maluca?
— Quem é você! Diga alguma coisa! — eu grito.
— Com quem cê tá gritându!
— Por que eu tô aqui?! Quem é você?! Que porra tá acontecendo, como é que você é minha parente?! Quem é meu pai, quem é minha mãe?! Que tipo de merda cê fica falando sozinha e andando?! Eu vou ter de ficar nesta casa cinco anos?! — Ela caminha devagar até a mesa da cozinha.
— Nêgru, cê tá bem. Cê tem alguém. Quer cê goste de mim ou não. Eu num tive ninguém, nada. Tá me escutando, nada. Cê tem um lugar, comida, cê num tem que fazer nada pra íssu. Eu sô a única parenta que cê ainda tem: sua mãe tá morta, sua vó, se eles tivessem te trazido seis meses antes, cê teria visto ela, sim, seis meses antes cê teria visto sua vó, que era minha filha, Mary. Eu sô sua bisavó, tá me entendendo, é essa que eu sô! — Ela ri com desdém. — "Hã! Quem é você?" — ela me imita.
"Mary parô de falá antes de morrê, de comê, de se mexê. Ela num saiu da cama durante ânus. Num é que eu tivéssi me esquecídu dela, mas um dia eu entrei lá, sabe, ela tava deitada lá morta. Os bombeiros tiveram que levá ela pra fora. Mais de duzêntus quílus, Meu Senhor Poderôsu."
Eu num tô entendendo nada. Penso no irmão John falando sobre como os lojistas na rua 125 baixam as grades cinzentas de metal à noite pra deixar suas merdas seguras. Irmão John diz que temos que fazer a mesma coisa, o diabo é um saqueador. Mantenha-se a salvo, abaixe as grades, não escute o mal, não veja o mal, não fale o mal. Sinto o chocalho na minha cabeça, as grades de metal baixando. Mas a Sra. Washington diz: *Ora! Não faça o mal e você não terá de se preocupar com o resto da confusão. Tem um tempo para ver e ouvir o mal.*

Sim, e o fantasma do pai de Hamlet. E se Hamlet não tivesse escutado o fantasma do pai dele? Eu perco o controle outra vez. Uma grande mão gira o caleidoscópio. É horrível. E quer eu goste ou não, é uma figura diferente. Não posso escolher. Se fosse eu escolhendo, minha vida seria uma refilmagem do *Cosby* show dos velhos tempos. Alguém que me amasse iria dizer: "Sai daqui! Você não precisa escutar essa velha bruxa mais nas trevas do que as merdas do Shakespeare."

— Seu nome é Jamal, significa "atraente", como Salomão na Bíblia.

Mas isso não é TV nem Shakespeare. "Atraente"? Como ela sabe o que meu nome significa? Eca! Na mesa perto do saleiro tem um saco de ovos de baratas brilhando eu me sinto como quando o giz desce pelo quadro-negro de maneira errada, ui, todo arrepiado. Onde foi que consegui meu caleidoscópio? Eu sei que meu tabuleiro de xadrez veio da Sra. Washington.

— Que que cê disse? Ah, eu góstu de conversá, rá, rá, sim eu góstu, só que em geral num tem ninguém com quem conversá.

Eu esqueci o que o irmão John disse sobre os veados parando na frente dos carros passando, congelados pelos faróis. Por que fazem isso? Ficam lá parados e são mortos.

— Cê num é estúpidu, que que eu póssu te dizê sobre sua mãe que cê num sabe? Cê ficô com ela todo dia da vida dela, ou quase íssu. Se ela alguma vez deixô cê sair de pértu, num me lêmbru. Ela nem nunca te trouxe aqui, nunca.

— Ela morreu de AIDS?

— Num sei do que ela morreu, sei do que eles falam que ela morreu. Merda, eles também morrem díssu. Tá prometida a morte. Num sei qual é a parte da Bíblia que diz assim, acha você mêsmu e lê. Cê sabe lê? Então cê vai achá. Impóstus, morte e pragas, íssu é o que essas baratas são. Pragas! Então, para de preocupar com elas, elas tão na Bíblia.

"Num sei do que a Bunda Esperta morreu. Sei que quase matou a mãe dela — entre Belo Carl e Bunda Esperta, foi, foi, foi!"

Lembro que peguei o caleidoscópio do Etheridge Killdeer, mas não sei se isso foi porque era dele, eu acho que não era, eu acho que era meu, e eu troquei por alguma coisa, depois não quis essa coisa e queria meu caleidoscópio de volta, isso é justo.

A Dias de Escravidão não tá funcionando com a pilha toda. O hambúrguer tava bom, maior do que o do McDonald's mas não tão bom. O que eu quero mesmo é batata frita. Olho pra película na parede da cozinha, uma camada de pó grudada em anos de gordura. Isso aqui não é como o St. Ailanthus, lá é tudo limpo. Em cima do fogão na parede tem um relógio, não digital, mas de tique-taque, o segundo ponteiro mexendo. Não dou nenhuma resposta pra essa mulher (minha... o quê?) quando ela fala comigo. Isso faria essa merda toda real. Do outro lado da mesa, no outro canto da cozinha, tem uma porta prum quarto de empregada, a Dias de Escravidão disse quando eu tava olhando pra lá uma vez. Muito tempo atrás pessoas ricas moravam aqui no Harlem, tinham empregadas. Isso deve ter sido mesmo há muito tempo. A Dias de Escravidão deve ter uns cem anos. Eu não sei se vou mesmo morar aqui...

Olho pros meus jeans. Preciso de roupas novas, as merdas pra dança. Quero dinheiro. Como vou saber se essa velha refugiada vai me dar uma grana? Num quero ter que roubar. Lembro dos tiras atrás de mim, a... a antecipação nos ossos deles irradiando, alegria, se eu desse a eles uma chance de me matar. Se eu decidir morrer eu mesmo mato minha pessoa fodida. Não preciso de nenhum filho da mãe da polícia de Nova York.

— Eu ia te conhecê mêsmu se nunca tivéssi te vístu antes...

"*Nunca tivéssi te vístu?*" Pelo amor de Deus! E tipo alô! Os irmãos ou alguém disse pra ela que eu tava vindo? Quem mais podia aparecer na porta dela?

— Fiquei com mêdu de dizê alguma coisa quându cê num apareceu depois que sua mamãe morreu...

A Dias de Escravidão tem a voz de quando você liga e atende uma mensagem automática, vai falando, falando, seguindo mas cê sabe que não tá conectada com uma pessoa real.

— Cê sabe...

Não, não sei.

— Eu tava, cê sabe, tomându conta da sua irmã otra vez.

*"Irmã?"* Cacos quebrados, sacode, cacos quebrados de um maldito vidro malditos cacos de vidro eu só tenho treze anos Lá vem o pato patati PATACOLÁ Meu país é esse vosso. Agora eu me deito pra dormir Pai Nosso que estais no céu santificado seja vosso nome. Quantas vezes você sacudir o desenho dele muda, quem tá louco quem tá louco? Irmã?

A Dias de Escravidão sai da frente do fogão onde tava parada falando essa merda maluca dela pra mim e pega meu prato.

— Vou pôr mais carne.

No St. Ailanthus tinha um micro-ondas onde a gente podia colocar nosso lanche, biscoitos, nachos, metade de burrito com queijo, coisas assim. Ela pega outro bolo de carne da panela.

— Eu quero um pouco de queijo — murmuro um pouco embaraçado e desconfiado ao mesmo tempo. Desconfiado porque pedir alguma coisa é me render à situação e admitir que ela existe, e essa merda aqui não existe pra mim.

Ela vai até a geladeira e pega um vidro de maionese e põe com uma pancada na mesa. Só uma das pernas dela é grande de inchaço, mas as duas são tortas.

— Irmã? — Eu faço eco quando percebo que ela não fez uma pausa mas parou de falar. Plaft! Um pedaço da pintura do teto cai. De repente, me dá vontade de esmagar essa mulher!

— Sua mamãe só tinha doze.

# O GAROTO

Doze o quê? Tamanho? Turma da escola? Tenho treze, doze, treze, doze, treze, doze?

— Merda, eu tive a Mary quându tinha dez.

Livre. Neste momento tô livre. Não posso deixar que eles tirem minha liberdade. Dez? A data? Que dia é hoje?

— Ela era retardada. Devia ter morrídu. Tomei conta dela até sua mãe ficar de dar ódiu, então eles tiraram ela de mim. Vou te dizer que síntu mais falta da minha vitrola do que da sua mãe e daquela maldita Mongu. Mas eu cuidei dela, e é natal isso deu tê que cuidá docê também.

*Natal? Natal deu tê?* Natural ela quer dizer. Ela é doida.

— Cê parece seu pai. Parece ela também, mesma diferença. Cê é bem igual a ele. Ela também parecia com ele, só que o que é bonítu num homem num é tão bonítu numa minina, minina num pode se dar bem com lábiu grande, pode?, e pior ainda negra. As pessoas gostam da carne iscura se é de homem, clara se é mulher. Mas sua mãe parecia que tinha vinte e cíncu quando tinha treze, parecia mêsmu. Cê é a mesma coisa. Mas cê num é gôrdu. Cê devia ter vindo pra cá depois que sua mãe morreu. Tá escutându?

Do que ela tá falando? Então escuto a chuva.

— Tá escutându?

Faço que sim com a cabeça. Eu não tinha percebido que a gente tá no último andar. Tá chovendo forte. Forte.

— Como meu pai morreu? — Pode ser que ele não tenha morrido. Pode ser que meu pai esteja por aí me procurando.

— AIDS, ele tinha. Num sei se foi íssu que matou ele. AIDS, o nêgru nunca nos deu nada a num ser a doença dele nos três maldítus menínus. Toma, toma, toma! Eu disse pra Mary dêsdu primêiru dia que num tinha nada que prestássi ali. Eu só vi ele no começu quando ele vinha cortejá o cheque da previdência social da Mary. Ou seja lá o que for que ele dizia que tava fazêndu. Nunca pense que cê é o únicu. Seu pai fez seu trabálhu em muitas bucetas. Cê tem irmãos e irmãs por aí. É só cê sair procurându que vai achá sem precisar se esforçá múitu.

Tenho vontade de vomitar escutando ela falar. Mentira. Escutando ela tentar destruir meu pai como o que aconteceu com o Alvin Johnson na escola, mas o pai dele amava mesmo ele, e a mãe escondia a merda do filho porque não recebia grana pro sustento dele.

Eu podia chamar a assistente social e dizer pra ela que isso aqui é uma grande merda, eu num aguento, venha me pegar, me salvar. E então o quê? Eles me põem numa casa coletiva ou uma merda de detenção juvenil. Eu podia só me mandar daqui, fugir, morar na rua, ser um garoto do parque até pegar AIDS ou ser morto ou uma merda dessas. Por que é que eu não posso viver direito como todo mundo, por quê? Por quê?

Primeira coisa que eu tenho que ter é um horário. Estou acostumado a acordar, ir pra escola, e fazer alguma coisa legal todo dia. Não sou vagabundo.

— Ela nunca nem te trouxe pruma visita. Eu nunca te vi nem uma vez. Ela fazia cômu se o rábu gôrdu dela não fosse a causa de muita coisa que aconteceu. O Carl fez isso sozínhu? Duas vezes! Eu num áchu. Quantos anos cê tem agora?

Não tô acostumado a falar com pessoas a menos que seja outro garoto. É difícil descrever, mas ela na verdade não tá falando comigo. A conversa dela é tipo uma neblina, e de vez em quando ela lança uma pergunta. Agora a maluca de pedra está... o quê? Cantando? Ou tentando, com uma voz esganiçada.

*Se um dia eu num for pra colheita*
*Num quero ver a rosa crescer.*

Ela tá fingindo que tá tocando um banjo, batendo os pés, e indo de um lado pro outro. Isso é o fim, eu acho que ela mergulhou até o fundo do poço.

— Cê sabe quându foi que vim pra cá do Mississippi?

— Hã? — Por que eu? Por que isso tá acontecendo comigo?

— Eu díssi, cê sabe quându foi que vim pra cá do Mississippi?

— Ahh, não.

Mata essa mulher, mata! Bata no traseiro velho dela e pisa na cabeça dela até o miolo sair. Que tipo de vida vou poder ter aqui! St. Ailanthus! *Deus, autor de todos os dons divinos, vós destes a St. Ailanthus tanto a maravilhosa inocência da vida quanto o espírito profundo da penitência.* Agora eu me deito pra dormir — eu penso que a vida aqui, seja o que for que acontecer comigo, é pior do que se eu tivesse na prisão. Então penso, fica frio, isso é tudo um grande engano ou... ou sei lá. O irmão John deve tá vendo isso nesse momento.

— Acabô?

Olho pros círculos de gordura endurecida no prato, balanço minha cabeça sim. Minha cabeça é um caleidoscópio. Ela se levanta e com seu jeito arrastado de caminhar vai pôr meu prato na pia. Olhar pra ela me dá uma sensação doentia, o sonho que eu tive com a Loura e o espelho dela se quebrando em mim.

— Tenho um monte de coisas pra fazer pra pôr em dia minhas tarefas da escola e a dança — eu lhe digo.

— Se minha mãe tivéssi lá o vélhu Muleque Prêtu não teria me pegádu. De verdade, foi assim que ele me pegô, falându da minha mãe...

Eu me pergunto o que é isso, ela é uma autômata, fica só sentada lá conversando com qualquer um?

— Eu tava sentada numa pedra...

Eu tô sentado numa cadeira numa mesa num cômodo azul onde uma parte da pintura tá despelando e acabou de cair do teto.

— Ééé, coração, eu tava sentada numa pedra longe das mesa do piquenique e da música. Olhându pra estrada. Céu azulzínhu de nuvens fofas, pôrcu assându no espêtu, chêiru bom no nariz. O *Muleque Prêtu* tocandu o bânju. O bânju para. Alguém começa na guitarra. Uma sombra preta em cima de mim, as pernas da calça do Muleque Prêtu. Os pelínhu do meu bráçu se arrepiam. "Cê tá procurându sua mãe?" O Muleque Prêtu é esquisítu. Dá nôju. Vamo ser frâncu, ele num foi o único homem que enfiou o píntu numa menina de dez anos. Já vi um monte, e é quase como se num fosse nada. Mas o Muleque Prêtu é esquisítu porque, vamo encarar, naquela época tôdu nêgru no sul era "muleque", um "muleque prêtu", pros brancos. Mas o Muleque Prêtu fazia íssu com ele mesmo! Pergunte o nome dele e ele vai dizê procê, o Muleque Prêtu. Que tal essa? Por que vou me importar com o nome do homem que me fudeu quându eu tinha dez anos? Eu não! Só quându as pessoas descobrem que ele é o pai do meu bebê eles me contam — então, merda, tô contându procê!

Poxa, obrigado! Preciso da minha jaqueta, eu penso. Olho pra ela sentada na mesa falando. Sinto um frio por dentro e tipo preciso vomitar, mas é como se minha boca estivesse selada. Tem um calendário na parede de quando? Merda! Vinte anos atrás! Antes deu nascer, antes de qualquer pessoa que eu conheço ter nascido, a não ser os irmãos.

— Você não tá falando comigo — eu digo a ela. — Tá falando com o ar! — Sabe, tipo cala a boca! E pare de desperdiçar sua respiração. Não tá chegando em mim.

— Eu sei com quem tô falându. Tô falandu cocê, nêgru!

Nêgru! Ela é maluca com certeza, uma coisa são os garotos falarem negro, mas uma velha como essa...

— Num tô falându cocê? Cê é mêsmu dôidu! Com quem cê acha que tô falându? Cê é meu, meu bisnétu. O Muleque Prêtu foi seu bisavô!

## O GAROTO

Minha mãe morreu num acidente de carro, meu pai morreu na guerra. Eu levanto pra pegar minha jaqueta, mas volto pra cozinha.

— Eu pulei pra corrê atrás da mamãe mas a tia me bateu, me segurou até eu não podê ver mais nada da mamãe seguíndu pela estrada. Depois díssu fiquei sentada na pedra de onde podia ver a estrada, semanas eu ficava lá esperându, pensându que se ela foi pela estrada vai voltá, vai voltá pela estrada. Foi por íssu que eu tava sentada no dia do piquenique, na pedra sozinha, quându o Muleque Prêtu pareceu.

Na sétima série, a gente ficava olhando pra uma ameba de uma célula na tela de projeção. *É fascinante não é, meninos!* Não! A bolha fervendo fazia minha pele arrepiar. Eu tinha vontade de arrancar a tela da parede. Tenho vontade de dar um tapa nela. Por que tenho que escutar essa merda?

— Que que cê tá fazêndu aí sozinha? Tô esperându mamãe. Vem, o Muleque Prêtu disse, vamo achá sua mamãe. Eu púlu e dou minha mão pro Muleque Prêtu me levar. Vou entrându com ele na floresta do riáchu, eu sou proibida de entrar sozinha. Eu pênsu: mamãe num tá na floresta. Cê já brincou de casinha com os minínu? Como ele sabe? É um segredo o que eu e o Jonesy Boy fazêmu! Por que um homem vélhu como o Muleque Prêtu quer saber, afinal? Andâmu até o salgueiro-chorão. Tênhu mêdu das cobra. O Muleque Prêtu me empurra e vô pru chão como quându nós criança brincava no câmpu ou coisa assim. Então ele põe o píntu pra fora. Lembro que íssu num me assustou. Num sabia o que tava víndu, como podia? É tão bonitinha, na verdade, a coisa do homem, a dele pelo menos, brilhându e preta como alcaçuz. Eu me sêntu pra vê melhor, ele me empurra pru chão, num diz nada, cospe na mão e esfrega o píntu. Vai fazê xixi? Ele estica a mão e puxa minha calça, como ela era, pra fora. Aperta a mão na minha boca. Ele enfia a coisa dele num lugar que eu nem sabia que tinha. Fícu olhându pru céu pelos gálhu, ele despedaça pedaços grandes de azul debáixu dos gálhus prêtu e das folha verde. Eu saí hoje e olhei pra cima, o céu do mêsmu azul daquele dia e parece que ele começa a despedaçá outra vez. Eu grítu, que mais cê pode fazer? Descansa aqui um pôucu antes de ir pra sua casa, ele diz. Num volte pru piquenique, se eles descobrirem o que cê fez cê vai levar uma surra. Se sua mãe descobrir o que cê fez eu fazer cocê, ela nunca nunca mais vai voltá. Nunca! Quando cê escutar o bânju começându a tocar outra vez, levanta e vai pra casa, vai pra cama e num fale pra ninguém, nunca, tá me entendêndu, o que cê fez tá fêitu. Merda, eu num sei o que fiz e tá fêitu. Mas como ele falou íssu eu pensu íssu, que eu fiz e tava fêitu alguma coisa.

Sinônimo de ficar enjoado? Repugnância. Use essa palavra numa sentença. Eu tô repugnado com essa puta fedorenta. Não repugnado. Repugnância. Sinto uma repugnância que posso vomitar. Nauseado. Um inseto pequeno tá pulando em volta da lâmpada pendurada no teto. A lâmpada é o sol dele. Se uma merda dessas aconteceu de verdade, em plena luz do dia? Um rio, um rio tem barcos e pessoas pescando e... e navios, portos, comércio. Baratas, o oposto — elas fogem da luz, eu acho que nunca vi uma barata lá fora. Eles podem viver ao ar livre? Eu não sinto que tô despedaçando. Eu sinto que já tô despedaçado. Em dois. Em dois pedaços separados. Essa cozinha não tá suja como se nunca tivesse sido limpa por ninguém, ou como se as pessoas jogassem merda e não pegassem. Tá horrível, gordurenta, e a sujeira gruda nas coisas, mas tá tudo no lugar, o pano de prato tá tão sujo que parece quase preto, mas tá dobrado direitinho pendurado num cabide em cima da pia. Do que é que ela tá falando? Com quem ela tá falando? Esse é um engano pior do que o da delegacia. Muito pior. Tipo abrir a porta do carro e o motorista apontar praquela pilha de cocô, *Ei, carinha, isso é você, a puta de sua parente.* Acostumar com isso? Que se foda.

## O GAROTO

— Eu num sabia o que dizê quându as pessoa apontavam pra minha barriga.

Se isso é um sonho, eu já devia ter acordado! Ainda tô de pé agarrando minha jaqueta, que eu saí da cozinha pra pegar... o quê? Um minuto, um segundo, meia hora atrás. Eu sinto de novo o aperto da minha jaqueta no peito, cheiro ela, começo a me balançar levemente. Toosie? Que se foda!

— Papai? Papai do quê! Cê tá entendêndu o que tô dizêndu, num tá?

Ela olha pra mim esperando alguma coisa. Eu nem pisco. Ela parece demente como uma sem-teto sentada ali falando com ela mesma como se eu não estivesse lá.

— Eles falându do papai e eu nem sabêndu de nada. Tô grávida. Minina, minina, minina! Com quem cê andou brincându de médicu? Eu balânçu a cabeça. Médicu? Eu num conhêçu essa brincadeira. Vâmu, a gente sabe que foi alguém. Mamãe papai? Casinha? Eu nunca brinquei de casinha com ninguém a num ser com o Jonesy Boy. A mãe e o pai do Jonesy perguntam pra ele se ele é o pai. Ele diz Nããão! Ele leva uma surra pra dizer a verdade. Mêsmu assim ele diz não. Batem mais nele. O dente sai. Ele fala a verdade. A tia Sweet que cuida dos minínus enquanto o pessoal tá no câmpu diz que vergonha eu com problema tão cêdu. Problema? Ééé, problema, tia Sweet diz, te puseram barriga. Ela me leva pro chiquêiru.

Treze passando pra catorze, um menino. O lado do meu rosto coça como o diabo, a pele repuxando enquanto cicatriza? Dá vontade de coçar. Cicatriz no rosto, preto, Harîem — tudo isso combina? Sim, Jaime, eu pareço com o Denzel só que meu rosto tem uma cicatriz. Permanente. Eu num sou o Cavalo Louco. Sou um garoto estúpido, negro, como eles dizem na escola pública, com um talho na cara pra vida inteira, não o Cavalo Louco. Nada de cheeseburger, eu lembro do quiche, espinafre e queijo, prestes a ser engolido com todo o bolo de chocolate que comi. Eu me vejo pela janela e na borda caindo caindo até a rua 125. Todos eles agora vão se lamentar. Mas eu num chego até a janela, eu só vomito. Eu queria ter chegado até a janela.

— A tia Sweet me aponta a Porca Rosada, que nem é rosada, aponta prus porquínhus mamându nos pêitu dela. Os pêitu são cor-de-rosa. Olha pros porquínhus, tia Sweet diz. Lembra quando eles tavam dêntru da barriga da Porca Rosada? Siiim, eu sei, e agora eles tão do ládu de fora! Bom, ela diz, íssu é o que vai acontecer cocê, cê tem um piquinínu dêntru docê. Pôrcu! eu gritu. Não, boba, um bebê, um minininhu ou minina. Como? Bem, porque você e o Jonesy fizeram besteira, eu tô sabêndu. Cê num tá inventându história, tá? Não, num tô inventându, eu digo pra ela. Inventar história é surra certa!

Tô sentado numa ponta da mesa perto da porta, ela tá na outra ponta da mesa, a cadeira dela em perpendicular a minha então tô vendo a silhueta dela balançando e falando maluquice. Ela tá curvada pra trás, parece que não tem pescoço. Eu tô tipo com arrepios escutando ela falar quando uma barata dispara pelo chão, PISA NELA! Eu nunca vi uma geladeira verde. Por baixo de umas manchas da pintura azul descascando dá pra ver que as paredes era amarelas, da cor de mijo velho. Tudo aqui é velho, tipo dos anos 1950 ou coisa assim, talvez dos 1970, não tenho certeza. Quando as pessoas tinham essas coisas? Eu nunca vi um porco.

— Era gêmeos, íssu é o que era! Claro, eu num sabia díssu naquela hora. Então pôrcu, bebê, fosse lá o que fosse, eu sabia que tava ficându maior e maior todo dia.

Ela parece um cinema, balançando, a geladeira verde atrás dela. Um inseto, eu penso, eu piso nela e jogo ela fora. Ela é um inseto. Não é humana. Ela ser humana me faz ter vergonha.

— Eu tava mastigându ou coisa assim e um dente caiu. Ou acordei engasgada com um dente, virei e cuspi ele fora. Eles já tavam quase pela metade quando cheguei aqui. Agora num tem mais nenhum.

## O GAROTO

Cuida dos seus dentes, minínu. Então foi cômu se meus óssu virasse cera, não minhas costas como tão agora, mas minhas pernas começaram a entortar, como cera quându fica quente, curvaram, fiquei com pernas tortas mas nunca fui assim antes. A tia diz que isso é que parir cêdu faz com a gente. Mas nada mais mudou a num ser meu côrpu, eu continuei indo com a Titia pro câmpu tôdu dia. Se conseguir uma galinha, a Titia diz, coma os ôssu. Onde é que vou conseguir galinha, eu móru com ela desde que mamãe foi embora, ela num me dá nada. Coma bárru, ela diz. Eu góstu do sabor e fícu cheia. A única vez que fícu cheia vivêndu lá. Depois o Beymour me diz que era errádu. Cê grávida devia bebê leite.

Ela olha pra mim.

— Vou conseguir leite procê.

Retardada de cérebro... rachado, que leite? Eu levanto. A única porta que abri desde que tô aqui, além das do "meu quarto" e da porta da frente é a da geladeira, não tem leite. Como se ela pudesse ler minha mente.

— Num tinha antes, mas a tendente doméstica do serviço social, ela faz compra pra mim às vezes. Eu tênhu que dá pra ela um pôucu dos tíquetes, mas num me importa, mal consígu comer alguma coisa de qualquer maneira. Ela vai comprar leite, é leite e bacon que tem lá, biscôitu sortídu, nem sei que mais. O bárru tem chúmbu e merda, num é bom, o Beymour diz. Ele me levou no dentista quându cheguei aqui. Sou do câmpu, tênhu que levantá a enxada, não áltu, cê sabe, mas eu levantava, sabe, cê dá uma enxadada e dá um pássu, uma enxadada e um pássu, desse jêitu. Num gasta montes de energia erguêndu a enxada alta demais, num tem ninguém aqui tirându fótu sua, cê tá trabalhându! Eu agárru tão dúru, grítu Ah, AH, AH! A Titia larga a enxada dela, vem corrêndu pra mim. Vai nessa, vai nessa!, ela fica gritându. Eu num entêndu nada da porra do que que ela tá falându. Desculpa meu francês. Íssu dói mais do que quându o Muleque Prêtu foi enfiându pra me abrir. Íssu tá me quebrându. Parece que os ôssu da minha costa tão queimându. Merda! Então ahhhh esquisítu cômu um ôvu PLOF um coisa caiu fácil de mim, a Titia disse depois, antes dela poder apará. Ela pegô, calma agora, acabô. Mas eu vô gritându outra vez. Seja o que for que ela pegô e pronto puxô, não tá mexêndu. Ela morde o cordão, os dentes dela são fortes, ela nunca teve nenhum fílhu. Calma, ela disse, tá môrtu. A voz dela era triste. Nunca tinha vístu ela falar assim antes. Ahhh!, eu grítu. Alguém diz, Ainda num acabô, Titia, alguma coisa ainda tá lá dêntru. Bem, eu não tava gritându só por gritá, era sua vó que tava lá dêntru...

Acho que minha cabeça tá inchando. Tem alguma coisa passando nos meus ouvidos como ar sendo soprado em um balão.

— Siiim, sua vó tava lá dêntru mas num saía nada. O sol já tava áltu no céu quându eles trouxeram Mavis. Noventa e dois anos, o pessoal branco chama ela do mesmo jêitu que eles chamam a Titia, e Tia Sweet: Titia. Só que a Mavis diz pra eles: num sou titia de nenhum de seu pôvu! Num podem me chamar de Mavis, num me chamem de nada! Mas eles chamam ela de Titia de qualquer maneira. O primêiru fílhu do patrão, o doutor brâncu pegou ele com fórceps apertando a cabeça dele, depois disso eles chamavam Mavis. Sim, ela disse, eles tiveram que chamá a velha negra Mavis! Eu não châmu ela de nada na hora porque tô deitada na sujeira com tanta dor que só fáçu Ah, ah. Eu tava certa que ia morrê. Peguem um pôucu d'água, Mavis gritou, um pôucu d'água e gordura de pôrcu. Tênhu que ter suporte pra puxá lá de dêntru. Tem coisa lá. Eu pensu na Porca Rosada e nos porquínhus enroscádus, ah, não! Então não pênsu mais nada. Se meus ôssu tavam pegându fôgu antes, agora eles estão como relâmpagu e trovão. Num sei se leva minútus ou se leva horas, mas eu síntu como se tôdus os ôssu dêntru de mim tivessem sêndu arrancádus. Depois acaba túdu. Para nunca mais contecer. Alguém diz: Credo, ela tem cabêlu suficiênti pra fazê uma trança! Grande coisa, minina. Eu síntu uma coisa, num é orgúlhu, mas uma coisa. Sujeira por tôdu meu ômbru, eu lêmbru díssu! Um minínu e uma minina saíram de mim. O minínu morreu.

Uma barata tá rastejando pela mesa. Ela esmaga a barata com o dedão. Spaf! Eu afasto minha cadeira da mesa, mas uma perna fica enfiada num buraco do linóleo. Ela olha pra mim.

— Cê é o primeiro minínu que nasceu vívu.

Minha pele tá arrepiada.

— Daí, num me lêmbru mais. De algum jêitu dêvu ter voltádu pra casa. Pode sê que alguém me carregô, pode sê que eu tenha ido andându. Tava cansada.

*Cala a boca*, eu penso, *cala a porra dessa boca, só isso!*

— Fico deitada no meu cobertô com a bebê em cima de mim. Tênhu vontade de vomitá.

*Cala a boca cala a boca!*

— Mas num tênhu nada pra vomitá. A Titia olha pra mim estendida no meu colchão. Tá no chão. Como eu detéstu aquela época, deitada no chão, paríndu no chão. A Titia diz: meu nome Mary. Ólhu pra ela, sei que íssu é bom, mas tô cansada. Sua mãe num vai voltá. Por que ela me fala íssu? Cê tá na minha casa, ela diz, por que não dá meu nome pra bebê? Eu num tinha pensádu níssu, mas se tivesse um minútu eu teria dito: Esse era o nome da minha mãe. Fazia sentídu dar esse nome pra ela. A Titia diz outra vez: Por que cê num dá meu nome pra bebê? Titia? Não, boba, Mary, meu nome é Mary. Então foi assim que Mary virou Mary.

Agora sinto como se as baratas estivessem rastejando sobre mim. Quero gritar cala a boca, cala a boca! Dar um tapa nela. O balão que minha cabeça virou, cada palavra, cada palavra — pressão. Detesto como as costas dela se curvam, a corcunda feia, como ela faz tipo caipira de merda. Ela tá olhando pra frente como se tivesse uma TV, só vira pra olhar pra mim quando tem uma coisa extra retardada pra dizer, como bebês porcos ou uma merda dessas. Abro o botão de cima da minha Levi's. Não sei do que ela tá falando. Ela fala como se despejasse baratas em mim, é louco. OK, bebês porcos e toda essa merda, a gente é doido pra caralho. Vamos ficar malucos. Eu abro meu jeans tiro minha coisa pra fora e começo a bater punheta enquanto ela fala. OK, estamos quites agora. Pra cima e pra baixo pra cima e pra baixo pra cima pra baixo tento ver as belas cores do meu caleidoscópio não porcos e meninas do interior à beira de um rio que eu nunca vi. Ahhh, eu posso mudar o quadro, um hã outro aparece em vez desse idiota, eu vejo luzinhas azuis, tá escuro, o escuro é dos mais novos, que macia a pele deles como bebês, como sou forte, como a garota branca chegou na aula da Imena me procurando, não tirava os olhos de mim, sentada agora no meu pau, ela tá me dizendo eu te amo, benzinho, ou seja lá como for que as putas brancas dizem eu te amo aaahhh sacode sacode caleidoscópio sacode o pau não me quebra espelho explique essa merda Aahhh! pra mim, o que eu fiz pra acabar com essa puta velha falando do Muleque Prêtu, porcos e merda. O cu do Jaime é como uma maçã de veludo na minha língua, o cheiro como folhas de uma árvore. Ahh! Eu me levanto meu pau na mão bombeando, sou uma torre de energia elétrica tipo a luz tá dentro de mim, não sangue ahh ahh! É como se uma linda garota branca estivesse me chupando! Merda minha mão cada vez mais rápido mais rápido mais rápido!

— Doido! — ela grita. — Cê é a porra de um DOIDO!

Esporrei como luz branca, bondade divina como o irmão John dizia que Jesus amava tanto seu irmão como amava a si mesmo, é bom bater punheta aaaahhhhh deixa o irmão John ver como a porra ESPORRA SPLAF! Que tal, sua BRUXA velha! Zanzando por aí contando toda essa velha merda bizarra. Eu sou normal normal! Velha barata puta! Passo meu punho fechado pelo meu lindo pênis até a cabeça e então sacudo PORRA! Sêmen se espalha pela toalha de mesa. Rá rá rá! Ela grita que vai falar pra assistente social que sou um maluco fodido. Que fale! Que se foda, e eu lá sou obrigado a escutar essa merda? Ela não é minha parente. Quem sabe eu descubro que meu pai não tá morto de verdade ou que essa puta não é mesmo minha parente, o que eu já sei que ela não é. Puxo o zíper de minha calça fecho meu troço empurro a cadeira da mesa, agarro as costas dela como se fosse uma barra, é da altura certa. Primeira posição! *Tendu* à segunda, *demi* e pra cima, *demi* e pra cima, agora *demi* grande *plié* e pra cima. Tô na aula do Roman quando eu realmente me vejo, me descubro, no espelho. Minha mão tá na barra. Tô olhando pras coxas flácidas e a bunda grande da garota branca na minha frente. A carne fica pendurada do braço dela entre o ombro e o cotovelo como asa de uma ave morta, o pulso dela se desprende em vez de fazer como Roman diz: *Estenda uma linha reta desde o ombro até o cotovelo até o pulso como se estivesse segurando uma bola de praia gigante*. Olho pra ele também, depois olho direto pra frente pra garota, pros corpos todos alinhados na frente dela apertados na mesma posição, tentando executar a coisa chamada *ronde de jambe*, quase ninguém consegue fazer direito como Roman tinha demonstrado. Somos iniciantes. Todo mundo tá ansioso. Olho de lado pro espelho. É quase um choque, como se eu nunca tivesse visto antes o jeito que os músculos das minhas coxas se ressaltam como se alguém tivesse chamado o nome deles, quadríceps, bíceps, sartório, femoral? Quadríceps femoral? Quero mais livros onde vou conseguir tá mais difícil roubar da biblioteca agora que eles colocaram aquela coisa de sensor. Quero saber os nomes de cada músculo, de tudo no corpo, ponto final. O irmão John encontrou Cristo quando era um menininho. Eu sei que a Sagrada Eucaristia tá aqui. Que se foda Deus. O jeito que minha malha preta tá esburacada e esfarrapada como se Jesus desse um jeito de fazer minha malha parecer perfeita.

Olho no espelho na parede oposta, que reflete o espelho desta parede e repete meu corpo infinitamente! O espelho é mágico! Dá pra ver você de novo mais e mais vezes.

Nós nos afastamos da barra pro centro na frente do Roman, que tá de pé na frente do espelho.

— *Glissade, assemblé!*

Dou um passo em falso. Alguém dá risadinhas. De mim? A humilhação me invade. E determinação. O que eu não posso fazer, eu farei. O Roman sabe disso. Que se fodam essas pessoas. Sacode sacode desapareçam filhos da mãe, como pedaços de vidro colorido rearrumados no esquecimento.

— *Asssemblé!* — o Roman grita. — Assim! — E ele me mostra com as mãos e braços o que meus pés e pernas devem fazer. Tento outra vez e outra vez. — Por enquanto, deixe!

Inale, *plié*.

— Você escutou o que eu disse? Eu disse por enquanto deixe! — Então de um jeito quase arrependido ele diz: — Você vai pegar. Não se preocupe, menino, você vai pegar.

— Eu me mandei quându tinha doze! Eu tinha ficádu olhându a estrada todo dia — ela diz.

Eu me sento de novo por ora, exausto, minha barra uma cadeira outra vez.

— Maginava o que podia tá lá pra báixu da maldita estrada. A estrada, a estrada! Pra que lonjura ela ia, pra onde ela levô minha mamãe e o que tem lá no fim? Uma coisa pulându nos meus ôssu. Pé na estrada, poeira entre os dêdu, descalça de vestídu azul da mesma cor quesses prátus. Fui eu quem comprô esses, não Beymour nem Betsy, pois a casa parecia ter centenas de anos atrás. Peguei esses na Klein's. Nem sei se a Klein's ainda existe. O vestídu da mesma cor que a hora antes do céu da noite. A mesma cor que meus sônhu!

Olho pra ela.

— Ah! Esse vestídu eu peguei na corda de secá roupa, um das filhas da patroa! Tava ventându no vêntu, como um pedáçu do céu, eu achei. Eu era jovem e nunca tive medo de pegá alguma coisa. O Beymour gostava disso em mim. Eu tava com o céu, a poeira nos dêdu, pedrinhas debáixu dos pé. O chão tava diferente. Respirei, o ar tava diferente na estrada! Parecia que tava respirându pra dêntru um pôucu da mamãe, respirându pra fora um pôucu da solidão. Nem escutei a Titia vir atrás de mim, me derrubar no chão, minina! Eu levântu e coméçu a corrê, ela me agarra pela gola do vestídu, rasga ele. Em nome de Jó, que que cê pensa que tá fazêndu? Paf! Cê é do jeitínhu inútil da sua mãe. Eu parada lá com a calcinha feita de sácu. Sol quente, eu tava com friu. Ficou prêtu dêntru de mim, ééé, pra onde é que eu ia, sem grana comida sapátu. Um vestídu azul. Tava sonhându.

Passé quinta, passé quinta changement. Hummmm, então o que ele fez? Ah! Degagé com o pé de trás. Quarta. Plié. *Essa a preparação para o giro. Plié, gire* — John e Sara, duplos. Paul, um. *Não você, Abdul, só passé releve. Não gire.* Mas eu vou girar. *Eu disse, NÃO gire!*, ele grita. *Você escuta ou cai fora!* Eu olho pra mim mesmo no vidro, vejo como vou ser.

Olho pro prato azul, vazio a não ser pelos anéis de gordura branca grossa deixada pelo hambúrguer. Que coisa sobre os pratos? O que a Srta. Lillie dizia? Esta cozinha é retangular, a mesa empurrada contra a parede. A mesa da Srta. Lillie ficava no meio da cozinha, só uma geladeira e um armário cheio de pratos. Sem suco de laranja, ovos salsicha geleia panqueca fritas mas cheio de pratos. *Eu ganhei os pratos com as caixas de sabão em pó. Eles costumavam te dar alguma coisa quando eu vim pra cá. Você precisa de coisas com uma casa cheia de sanguessugas esvaziando seus bolsos. Eu tenho esses pratos há mais tempo do que vocês, negros, estão vivos!* Branco com rosas vermelhas. Salsicha e feijão cozido. O Morcego PAF! Então depois de um, outro ouvido diferente. Faca Afiada dos Sioux esfaqueia o patrulheiro da Srta. Lillie até a morte. Patrulheiro mascarado de cachorro! Eles se importavam com isso! Eu odeio cachorros. O que eles fizeram com o dedo de Tyrese? Esqueça isso, minha mãe diz. Eu esqueço. O que muita gente não sabe é que Lakota era o braço mais oeste da nação Dakota. Eu não odeio cachorros. Quero me cortar. Ou furar, ééé, furar, qualquer coisa. Tatuagem? Sou tão escuro será que apareceria?

— Bate... um pássu, bate... um pássu, as plantinhas verdes que vão virar algodão tem que ficar desse tântu — ela levanta a mão pra sua tela de TV no ar, afasta uma da outra mais ou menos vinte e cinco centímetros — uma da outra. Não deixe e elas sufocam a outra quându crescem. Dá um passo e ergue a enxada. Desperdiça energia se erguê áltu demais, báixu demais é precísu fazer de nôvu. A gente se mandô sem nada. Dessa vez saí no meiu da noite, com Mary. Não que eu queria levá ela, pra ser honesta, mas eu num queria ser arrastada de volta como antes, e ela sabia que eu ia deixá ela pra trás. Ela sabia e num me perdia de vista. A gente deitava e a última coisa que eu via era os ólhus dela me encarându. Ela nunca dormia primêiru. Quându eu acordava, ela tava acordada. A gente caminhou. Num credíti em ninguém que disser procê que estrada é fácil. A gente dormia nos fôssu. Eu lêmbru de cobra deslizându pela gente. Mas melhor íssu do que as cobra de duas perna. Vi um enforcamêntu, tá me escutându? Tá me escutându? Vi um linchamêntu. Ainda síntu o chêiru. Como cabêlu queimando só que pior. Mary ficava com forme, eu dava pra ela uma pedra pra chupar. A gente comia dente-de-leão com raiz e túdu, bárru. Eu trabalhava no câmpu, no quintal, uma mulher me levou pra limpar a casa dela. Tentou não me pagá. Eu me enfiei pela janela e debáixu da cama dela peguei o dinhêiru de uma caixa. A boba deixava a chave da caixa pendura do ládu de uma perna da cama. Ah! Eu vi a grana limpinha na minha mão e de joêlhus como eles gostam de te vê limpându, não acham que fica limpo se a gente num fica de joêlhu. As pessoa acham que a gente é estúpidu porque num lê nem nada, pode ser que eu seja, mas esses dêdu são é rápidu, ah! De lá saímu corrêndu pra não morrê. Se ela desse pela falta, a gente tava morta. Eles de cárru, a gente a pé, carabinas, num precisavam nem de distintívu pra matá a gente naquele têmpu. Eles matavam e prôntu. A gente, os nêgru descálçu. Mas eu áchu que ela num deu pela falta. Comprei bilhêti de ônibus pra cidádi de Nova York. Depois dos bilhêti fiquei com cinco dólares, naquele têmpu engraxá sapátu num custava nem dez centavos, minínu. Custava 25 centavos ir pra qualquer lugar! A gente tava rica, comêmus frângu frítu no espêtu na parada pra comê — *na*, mas não *dêntru*. Eles davam a comida pra gente na porta dos fúndus e a gente sentava no chão ou numa pedra ou numa lata de líxu pra comer e ficava agradecídu por tê comida! É verdade, comer frângu frítu e bebê soda Royal Crown, RC! Agora cê nem consegue mais íssu.

"Olhându pela janela, dormíndu, olhându pela janela, parându nas cidade pelu camínhu. Num consígu sabê quântu têmpu ficâmu no ônibus, uma semana, duas semana? Ou foi só uns dias? Um dia a gente olhô pela janela e já num tinha mais vacas nem paradas na beira da estrada e tudo ficô maior e mais jûntu, as árvore ficavam isquecida no áçu e cimêntu, carros buzinându! Como milhões de pessoas entrându nos ólhu da gente. O motorista gritô. Meia hora té a cidade de Nooova Yoork! E a gente ainda tava meia hora longe? Túdu ficava parecendo mais júntu e mais júntu, até durante o dia, luzes! Agora as coisa tavam túdu pra cima, prédius chegându no céu. O ônibus entra num túnel escúru, depois abre e chega num pátiu grande de cimêntu cheiu de outros ônibus e o motorista grita: Última parada! Cidade de Nooova York! Port Authorit, rua 42. Tôdu mûndu pra fora! As pessoa pegându em cima e embaixo dos bâncus caixas de papelão, mantas enroladas, coisas. Eu num tênhu que pegar nada, o que eu tênhu tá nas minhas costa e no bâncu júntu da minha, da velha filhota grande. Eu quase odeiu ela. Num sei por quê. Ela num chora nem pede nada. A estação é o maior prédiu que já vi na minha vida! Tanta luz que parece que eles levaram as estrela pra dêntru. As pessoa! Nossa! Mais pessoa do que jamais vi, todas mexêndu ao mesmo têmpu.

"Eu olhu e vêju ele. Pelo mênus foi o que pareceu na hora, eu só fiz olhá e vê ele. Depois fiquei sabêndu que ele tinha me vístu muito antes deu vê ele. De fátu, ele tava me esperându. Bom, não eu, mas alguém cômu eu. Ele reparou que eu não tinha bagagem e tô olhându pra tôdu mûndu mas não procurându alguém. Umas pessoas do ônibus tinham pedáçus de papel, envelopes com cartas dêntru, eles tiravam e liam muitas vezes, um prímu, uma irmã. Ele tinha sapátu de ponta fina da cor de torta de batata-doce, térnu marrom riscádu, calças com dobras, e uma camisa da cor da madressilva.

"Sabe do que eu lêmbru daquele dia? Ele tava tão vestídu e brilhante, eu pensei, coçându minha cabeça e pensându, Ele é real? Ele é típu um ânju e esse lugar é o céu? Ele veiu até onde eu tava com Mary. Lêmbru que ele ficou surprêsu dela só ter cíncu e eu só quinze. Acho que a gente tinha cara de mais velha. Eu num era feia, num era mesmo, mas só descobri íssu uns dias depois toda vestida e me olhându no espelho na casa do Beymour. Mas tô passându na frente. Beymour Waycross. Eu num sei do que ele tá falându, ele disse, eu tenho uma casa de diversão no Harlem.

"— Deve ser bom — eu disse.

"— Sim, áchu que é — ele disse.

"— Que tipo de diversão é? Diversão mêsmu eu só conhêçu beisibol e as corridas que os homem faziam na plantação.

"Ele olha pra mim de jêitu engraçadu.

"— On cê vai?

"Explícu pra ele aqui é pra ôndi vou. A gente andô e andô, dormiu no relêntu, limpâmu casa dos ôutrus, plantâmu algodão, catâmu erva daninha no jardim dos brâncu pra pagá a passagem. E agora tâmu aqui.

"— Então ah, pra on cês vão daqui?

"Daqui? Isso parece maluquice. Daqui? Daqui? Eu num tinha pensádu até agora. Pegá ôuru na rua? Pra ôndi daqui? A gente num tem grana, nem lugar pra ir. E agora? Minha última gota de coragem acabou quându chegâmu aqui. Agora tâmu aqui, um milhão de pessoa e num conhêçu nenhuma, cartaz pra tôdu ládu e num entêndu nenhum. Eu tava com quinze anos, podia tá com cíncu.

"Ele disse: Vamo, vou levá vocês lá pru meu bairru e cê pode dá uma olhada na primeira pequena operação. Se gostá, ótimu, se não gostá, pode ir embora! A escravidão acabou! Ele riu da própria piada.

"Quându vi, eu tava no Harlem e tô aqui desde então."

O Roman diz que Capezio de lona com sola dividida é a melhor, mas as sapatilhas de couro duram mais. A sola dividida é melhor. Você tem pés bacanas prum garoto negro. Eu vou conseguir Capezios.

*Praga!* Que tipo de merda é essa? Tento pensar em alguma coisa, qualquer coisa exceto o que tô escutando. A pele tá repuxando no lado cortado do meu rosto. A dor é boa, me tira daqui. Eu podia cortar todo meu rosto fodido. Sinto como se quisesse ver meus ossos. Quero voltar a St. Ailanthus e derrubar o irmão Samuel. Ela ainda tá falando!

— Cala a boca! Cala a boca. CALA A BOCA!

Do que que ela tá falando? Puta de bunda de barata! OK, entendi, eu não vim da merda segundo a bunda dela? Então ela pode se calar agora. Para de falar, porra! Não é merda? Eu num vim da merda? Bicha feia, ela me faz arrepiar com esse vestido sujo, de trapos. Barata! Ah! Ponho minha mão na boca pra parar o riso que tá saindo. Vejo os tentáculos saindo da cabeça estúpida dela, as costas curvadas escamosas dela. Antena sacudindo deslizando a boca estúpida dela se mexendo. Ela nem precisa falar. Levanto da minha cadeira na ponta dos pés atravesso a cozinha como se ela não tivesse olhando direto pra mim, abro o armário debaixo da pia. Ajax, ácido bórico, amônia, balde, ah, aí está — *Raid!* Mata baratas com uma rajada! Rá rá! Pego a lata do aerossol! Pulo em direção a bunda caída e horrível dela.

— RAID! RAID! — grito, apontando o esguicho pra bunda velha dela.

— Cê perdeu mêsmu a cabeça!

— SIM! — E tô prestes a fazer um serviço pra humanidade como o irmão Samuel disse que o Hitler fez. O que o irmão John disse quando eu contei isso pra ele? *O irmão Samuel não disse isso, e eu não quero ouvir você dizer nada parecido com isso sobre ele nunca mais. Ouviu? Ouviu?* E eu não quero ouvir mais nada sobre porcos e o Moleque Preto. Dou um passo pra mais perto.

— Cala a boca, Barata! Cala a boca, BARATA!!!

Aperto o esguicho, não sai quase nada. Tá todo usado como tudo nessa porra dessa casa! Sacudo a lata, soltando umas gotas nela. Ela grita. Parece que meu peito tá sendo apertado numa caixinha. Tento rir da gritaria dela, mas sai como um soluço. Tô soluçando e soluçando. Posso ver tudo mesmo com minhas lágrimas me cegando. Vejo ela de costas no chão parindo, o gigante tocando o banjo, e porcos, porcos, porcos, eca, como vermes cor-de-rosa. Se eu tivesse um pouco de gasolina, despejava nela, via ela queimar, depois iria até St. Ailanthus e queimava aquela merda toda! É, queime! Meu avô tocava banjo, era chamado de Moleque Preto? Por favor! Eu sou só uma criança. Minha cabeça dói. Volto pra mesa, me sento, ponho meu rosto na mesa como a gente fazia na hora de descanso na escola, ECA! Minha cabeça dá um pulo pra trás. Merda! Eu deitei no maldito esperma! Eca! Choro um pouco mais. Nunca chorei assim.

## O GAROTO

Olho pra ela. Ela tá limpando o rosto com o pano de prato imundo. Ela estende o trapo cheirando a inseticida pra mim, e como se olhar pra ela fosse algum tipo de deixa ela começa a falar!

— Bom, esse apartamêntu era diferente naquele têmpu, ah isso era! Mas o metrô era uma coisa. O Beymour disse pra seguir atrás dele. E a gente seguiu. O que mais eu podia fazê? Saímu na rua ainda claro. Mas a noite tava chegando de muitas maneira. Cê é nôvu demais pra saber como pode ficar escúru pra valê! Cê num sabe de nada até amá alguém, nêgru! Eu tava procurando mamãe. Andei descalça, roubei, homens tiraram proveito de mim mais de uma vez. Sabe o que é tirá proveito? É trabalhá o dia tôdu no câmpu. Sabe o que é trabalhá o dia tôdu no câmpu? Cê pergunta pra uma pessoa, pra outra onde tem gente precisându de ajuda, se apresenta onde eles dizem pra você ir antes do sol nascer. Seja um homem de chapéu de palha encostádu num pau ou enxada olhându típu um pai apontându prum câmpu cheio de trabálhu pra fazê. Ainda é escúru de manhã. Cê lá parada com os do lugar, os que moram lá, e os que tão passându como cê também. Cê num é a única pessoa com uma criança, mas é a única sem um lênçu ou chapéu de palha, sácu de papel ou trouxa com jantar. Cê trabalha o dia tôdu até cair por tão pôucu, tão pôucu. Olha pra trás, cê caminha procurându uma coisa pra comê, qualquer coisa pra comê, deita, depois vai pra estrada outra vez de manhã. Cê fica pensându que direção é o norte, mas o nêgru andându atrás docê, te seguindo pra fora do câmpu, toma sua grana e quer seu trasêiru. Num é como na TV, ninguém te salva. Depois díssu fico surpresa que algo possa me metê mêdu, mas parece que é o contráriu, túdu me dá medo, a começar por aquele maldítu caválu de férru!

"É como se o Beymour tivesse puxându a gente pra dêntru da xoxota do mûndu e aquele trem veio ribombându, olhos de touro queimându amarelo, o chão de cimêntu sacudíndu, quero dizer sacudíndu mesmo, faíscas esparramându. Mary mija nela mesma. Que que íssu? Num vou entrar níssu. Cê tá lôucu! Faz um barulhão horrorôsu quando para. Abre as portas, as pessoas esprimidas como um monte de varejeira, mas eu êntru. As pessoas vão despejându pra fora e o Beymour empurrându forte me empurra empurra pra dêntru!

"A gente desceu na rua 145, tanto têmpu atrás, tanto têmpu atrás. As pessoas todas caminhându tão depressa, tanto cimêntu, as ruas, pessoas vestidas como no domíngu como ânjus! Nada parecídu com o Mississippi! Não consígu tirar os ólhus das mulheres vestidas cômu se fossem brancas! Pomada no cabelo alisádu e brilhându, sáltu áltu, meia de seda — canela era o tom daquele têmpu, vestídu justo colorídu. Cê, não, *eu* nunca tinha vístu nada parecídu. Por tôdu lugar que a gente passa, o Beymour faz sinal com a cabeça. Ali é o Hi Boy's Playhouse, lá é Moore's Bar & Grill, na segunda combinação de piânu, na terça tem sapateádu, nomes famósu na sexta e no sábadu, depois sessão de improvísu, na quinta é quente, as empregadas tiram folga nesse dia e então querem muita diversão, assim que se afastam dos brâncus e suas crianças chatas! Você vai vê, eu promêtu. E ele não mentiu. E depois dessas festas eles vêm pra gente! Benzínhu, o Harlem tem fama, e sômu parte díssu! É um rio fluíndu, as margens as músicas e os pés dançându é a água. A vida é curta, é precísu viver! Passâmu por um açougue, um sapatêiru, um homem puxându um carrínhu nas costas cheia de trápu, e depois uma portinha na parede cheirando a piquenique! Esse é o melhor churráscu da cidade, linguíça, salada de batata, verduras, tudo que cê tinha antes nós temos aqui só que dez vezes, não, cem vezes mais!

"Chegâmu no númeru 805 da St. Nicholas, eu esqueci o dia, até do ânu. A gente não era de contá múitu os meses e essas coisas lá no câmpu. Cê olha pruma árvore ou pra seus fílhu pra ver como eles cresceram como ficaram mais vélhu pra ver como você também ficô. O jazz era demais, blues em tôdu os clubes, não aquela merda

## O GAROTO

de bânju que o Muleque Prêtu tocava mas coisa com eletricidade por trás, quase te matava quându cê escutava. Mas enfim chegâmu no 805, o portêiru abre a porta. Merda, hoje em dia a gente mal tem uma porta quem dirá um portêiru! O chão brilha como céu brâncu de verão, tôdu aquele mármure brâncu, o písu, parede, tudo mármure. Nunca vi coisa igual! Tinha uma estátua no meiu do saguão de uma pessoa nua, eu disse que nunca tinha vístu coisa igual. Candelábru faz a luz parecer centenas de velinhas queimando túdu de uma vez. Agora, eu nunca tinha entrádu num elevador antes, eu ainda lêmbru do que senti na xoxota quando a porta fechou e a gente subiu chispându EEEH! Eu tava tão cansada, mas tudo parecia um sônhu.

"Quându entrei aqui, achei que era o lugar mais líndu, melhor do que o dos brâncus pra quem eu faxinava. O chão brilhava que nem ispêlhu, tinha até candelábru no saguão, sim, é verdade. Os pensionista foi que roubaram a maior parte de nossas coisas esses anos tôdus, mas vou lhe contar que quându entrei por aquela porta num acreditei que esse era um lugar onde pôvu de cor morava. Esse lugar era mais bacana do que a casa da mulher branca que eu roubei o dinhêiru da passagem de ônibus. Como um nêgru tinha uma casa dessas? Eu lembro mais do piso antes dele ser tôdu coberto com linóliu. Tinha estampa colorida e ciprésti, o homem disse quându veio colocar, eu odiei, uma camada ficava com problema e eles punham outra sem tirar a velha. Eu odiei. Odiei o jêitu que a casa foi pra báixu depois do Beymour. O Beymor era um cara no camínhu pra cima, escuta o que tô dizêndu!

"O Beymour me presentou pra Betsy, foi a primeira coisa. Que era mais que nem tivesse um ímã dêntru do que bonita. Tinha um ôlhu tipo puxádu, mêsmu se cê não gostasse. Era iscura, o pai era chinês, então tinha os ólhu dele, pêitu grande, bunda pequena. Betsy olhou pra mim e pra Mary, depois olhou pro outro ládu, como se uma olhada só fosse suficiente!"

Ela para de falar e levanta com o trapo sujo na mão e limpa a mancha de esperma na mesa. Vai e senta de novo sem olhar pra mim.

— Foi, o jêitu que a Betsy olhou pra mim e pra Mary me fez maginar o que eu devia parecer pra ela. Eu num áchu que jamais pensei nada tipo íssu antes, o que eu parecia para outra pessoa. Olho pra Mary que nem nunca tivesse visto ela antes. A gente quase morreu de fome na estrada até o final, mas ela não parecia. Ela estava quase chegându ao meu ômbru. O Muleque Prêtu era quase o homem mais alto da plantação. Ela é maior nos ômbrus do que a maioria das garotas, podia pegar múitu algodão. Mas ela nunca trabalhou nem um dia na vida. O cabêlu dela é tão cheiu que forma típu contas na cabeça dela. Eu num penteio ele. Merda, num penteava nem o meu. A maioria dos bebês têm ôlhu grande, ela nunca foi assim, tinha uns olhínhus prêtu brilhante como bala.

"— Elas cabaram de chegar do Mississippi — o Beymour diz pra Betsy. Não têm quase nada. Mas essa aqui é uma garota honesta tentându fazer alguma coisa. Querendo trabalhar dúru, não é? Ele olha pra mim e eu fáçu que sim com a cabeça. Ela olha pra mim.

"— Bem, o que cê quer que eu faça, Bey?

"— Põe ela no quártu que a Dolly deixou, pense no que fazer com a pirralha. — Ele enfiou a mão no bôlsu e tirou uma carteira de côru marrom lustrosa e deu uma nota pra Betsy. — Compra pra ela o que for precísu. Depois põe ela a par dos esquema se ela já não tiver entendidu. Faça ela começar na sexta.

"— Bom, hã, a primeira coisa que precisâmu é de um bom banho. Cês têm roupa?

"— Só a que tâmu vestíndu.

"— Eu tenho roupa de báixu e cinta pra meia, mas cê precisa pegar as meia com a Two-Bit, ela é pequena como você. Vâmu comprar vestídu e sapátu procês hoje. Qual é o nome dela?

"— Mary.

"— Vou achar alguma coisa só pra ela poder deixá a que tá vestíndu. Depois de amanhã à noite cê provavelmente vai ter grana suficiente pra sair e comprar coisas pra ela. Vamos, deixa eu lhe mostrar seu quártu.

"Esse era o quártu que cê tá agora. Naquele têmpu era uma coisa, pelo menos pra mim era. Cê tem que lembrá que até na casa da madame branca que eu arrumava a cama dela e eu e Mary a gente dormia num colchão no chão. Lá na Titia eu dormia no chão, no chão sûju. Esse quártu tá esfarrapádu mas túdu tá no mêsmu lugar que tava quându ele era bacana — cama, pentiadêra, ispêlhu que cê quebrou, cadeiras, piso diferente, costumava ser de madeira de lei brilhându com tapetes de pele de úrsu brâncu, pele de verdade. Isso já era, o tapete de pele branca, as colcha e cortina branca e dourada, parecia um filme quându eu entrei pela porta. E que alguém gostasse de mim, uma criança sem mãe, eu ia descansar minha cabeça numa cama. Íssu é muita coisa! Num me culpa. As pessoas vem alugá os quártu, bagunçam as coisa, roubam, rearrumam as merda, eu pônhu elas dirêitu de volta. Cabô que parei de alugá os quártu, vívu do que me dão, túdu o mais dá múitu trabálhu. Meus ólhu num são mais o que eram mas ainda tão bons. Póssu ver as cor toda como moldura dêntru da lata de lixo. Num sei quându puseram o papel de parede. Insétu por todo cântu. Sinal da Bíblia que tâmu apressando em direção ao últimu dos dia e dos têmpu. Eu pensava nocê. Cê nunca pensou em mim?"

Ela virou a cabeça e me olhou nos olhos, eu me arrepiei!

Balancei a cabeça como um tipo de resposta, mas eu tava triste e confuso. É como se eu tivesse sentado aqui tentando não escutar. Uma parte de mim tá de pé, olhando pra mim sentado aqui, e dizendo, essa não pode ser minha vida. Tô triste, mas mesmo assim não sinto nada. Nada. Exceto que caí num buraco que pode não ter um fim, e tô tentando imaginar o que fazer. Mas eu sei que sou jovem demais, jovem demais. Seja o que for que tiver falando comigo, isso tá realmente acontecendo?

— Cê fica falându de dança? — ela diz. — Eu vi eles tôdus. Magine! Cê não pode! Cê num pode maginá todas as pessoa que vi cantându, as belezas que eu vi dançându. Dança? Íssu é bom, minínu, íssu é o mais pértu de Deus que cê pode chegar nesse mûndu. Isqueça a igreja, tôdu pregador da cidade aqui perto frequentava aqui. Mas eu via eles lá no clube, Bubles, Cookie, Honi, Chuck Green, grande sujêitu nêgru dançându como ânju. Os que sapateavam, então, eram os dançarínus interpretatívu. Eles eram grandes nomes na época, jovens. Eu vi eles acabându também. Uma noite, a Pearl Pimus ela mesma, sim, de verdade. Aquela mulher pulava uns dois métrus no ar como se fosse nada! Então ela dançô um típu de country blue que quase rasgô meu coração só de olhar. Me fez pensar na plantação, tudo aquílu de que eu escapei, de onde fugi. Mêsmu com tudo que passei, ainda áchu que fiz bem em fugir. O díscu do Josh White tocava enquântu ela dançava. Tôdu mûndu sentádu ali sabia do que ela tava falându ou tava pértu de alguém que sabia.

"E o Chuck! Benzim, o Chuck às vezes dava pássus com a bateria, o piânu, mas na maior parte do têmpu num tinha companhamêntu, ele *era* a música, não era nenhum banana. Era um sujêitu grande que nem você, e quându ele sapateava, calcanhar dedos ra-ta-tat--tat-ta-tap, batia calcanhar e pé e num sei túdu o que mais, mas ele num precisava de bateria, ele era a bateria e o pistom também. Era mágicu. Eu nunca tentei, nunca nem pensei em tentá. Parecia quase mais do que meus ólhu podiam suportá ver, ouvir. Que nem fazer amor ou quându um cárru vem víndu dirétu e rápidu e o cachôrru ou gátu tá no camínhu — desastre. Túdu isso dava numa coisa só: amor, desastre. Quându eu olhava ele dançá mexêndu os pés batêndu sem parar daquele jêitu, meus ôssu doía. Eu lembrava do que sempre tô tentându esquecê, caminhându naquela estrada, Mary que nem vagão que tô puxându cômu se fosse minha própria morte, tentându deixar tudo pra trás. Pesada, aquela minina era pesada. Num é da natureza íssu. O que entra sai! Merda, nada entrava e ela num murchava. Eu odeiu ela quase desde que ela nasceu. Eu lêmbru túdu íssu e esquêçu tudo íssu quando aquele homem dança. A primeira vez que vi o Chuck Green, minha boca ficou aberta, tá me escutându?! Como se um animal subisse na minha coluna, mordesse minha cabeça e se arrastasse pra dêntru de mim. Eu síntu como se tivesse cobras dêntru de mim, cobras do sexo! O Beymour diz: Eu góstu de olhá você olhându. Eu áchu que cê vê dêntru da música ou seja lá o que for que tiver lá. Mas num era íssu. Ele me dava créditu demais. Eu num via dêntru, eu só deixava ela me levá e num existia mais nada fora daquele homem se mexêndu ali, homem que eu nunca vou ter, ser. Eles só ficavam lá em cima dez, quinze minutos, meia hora no máximu. Então o que é íssu quându é a única coisa boa que deve te acontecê na semana toda? O têmpu olhându pra eles era o únicu têmpu que as pessoas não tentavam fazer cê se sentir menor. Eu sabia o que eu era, o que a senhora da farmácia sabia quando a gente ia comprá cateter e quinino, as borrachas, Kwell e túdu isso, o que o homem da loja de bebidas sabia quându a gente mandava entregá caixas de JB. O homem da maconha sabia. Cê conhece aquela música: Mulheres da ilusão, elas são invejadas pelas mulheres e pelas que governam os homens! Só se for no escúru. Eu gostava da noite, na noite a gente era alguma coisa! Os dançarínu também. Durante o dia eles tinham Ginger Roger e Fred Astaire na TV Hollywood. Num iam deixá nenhum nêgru grandalhão que nem o Chuck Green mostrar o talêntu na luz do dia. Eu detestava sair na rua em plena luz do dia. Sentia tôdu mûndu olhându pra mim. Mesmo pessoas com merda mais fedida que a sua se virava, se sentiam bem ter outra pessoa abáixu delas. Não desempênhi cê mesmo essa função! Mas o pessoal dos clube era o nóssu pessoal! O que importa o que a madame tá bebêndu ou injetându, quem dá a menor se alguém foi mandádu pra tal lugar ou pra ôutru. Túdu que importa é quându nossa música vai voltá. Eles cantându e dançându pra nós do mesmo jêitu, merda *maior*, depois cantându e dançându pros brâncu que se arrastam pra cá. Quându eu cheguei em Nova York, todos aquela merda de nêgru ressacádu tinha acabádu, mais bagúlhu rolava na cidade do que aqui. Eles levaram os talêntu e deixaram as drogas.

"Olha, eu num sou louca, eu sei que cê é provável que num vai ficar — num faz diferença, cê tá crescídu. Num me importa treze ou quatorze. Eu tive sua vó quando eu tinha dez, sua mamãe teve você com dezesseis, Mongu quando tinha doze. Mas eu vou te dizer uma coisa, seu negrínhu metídu, cê me esquece e cê também vai morrê. J.J.? Acaba com essa merda. Abdul, foi assim que sua mãe te chamou. Esse lugar antes era uma coisa! Cê podia ficar aqui, arrumar túdu, e ele seria seu quando eu morresse. Ponhu nu seu nome. Merda, sabe que foi nessa casa que tomei meu primeiro bânhu de banheira?

"— Vâmu, Betsy disse. Vamo encher a banheira! Você primeiro, depois a pequena.

"Eu tinha limpádu banheira antes, mas nunca tinha entrádu numa. Disse íssu pra Betsy. Ela disse: Que que cê tá falându? Eu disse pra ela: eu trabalhei na casa de uma mulher branca no Mississippi, limpava a casa dela, banheira e túdu...

"— Ela num deixava você entrar?

"— Eu nunca nem pedi. Lá cê sabe o que é permitídu. Eu me limpava na cozinha com balde e sabão.

"— Bom, se apronta — ela disse. Num tem conta pra água quente em Nova York! Ela encheu a banheira com água quente e espumas! Quându enfiei meu pé naquela água, era tão bom que dei uma gargalhada. Parecia que eu tava bêbada de água quente e espumas túdu por cima de mim, por cima da minha xoxota, peitinhu, costas, perfume cheirôsu. Que farra boa! E fico olhându pela janela para ver por tôdu ládu as luz da cidade cintilându! Nunca tinha visto coisa igual!

"A Betsy disse: No Harlem a gente tá num môrru, além do apartamêntu também tá num môrru. Legal, não é? Vou esfregá suas costa e lavá seu cabêlu. Mais tarde, fáçu um alisamêntu.

"Túdu que eu disse foi: Tá bem.

"Ela fica sentada no banquinhu pintându as unha do pé.

"— Verdade o que o Beymour disse? — ela me pergunta.

"— Senhora?

"— Para com essa merda! Se num pode me chamar de Betsy, num me chama de nada! — Ela riu com sua reposta rápida.

"— Betsy?

"— O Beymour disse que cê num tem mais de quinze ânu, e ele tava na cidade colocându uma das garotas no ônibus pra Vegas, e ele foi e viu você parada na estação com a menina, e você seguiu ele até aqui. Verdade?

"— Só meia verdade, mas eu disse sim de qualquer jêitu.

"— Cê já trabalhou num lugar como esse antes?

"— Que lugar é esse?

"— Uma casa de puta.

"Ela chegou pértu de mim pra me ajudar a enxaguá o sabão da cabeça. Então ela esparramou mais xampu no meu cabêlu, fez espuma, os dêdu dela na minha cabeça a melhor coisa que já senti, sempre.

"— O que é uma casa de puta?

"Ela levanta e abre a torneira, passându os dêdu pelo meu cabêlu com a água.

"— Cê tem um cabelo bacana, comprídu também... Poxa! Eu bagunceei as unha do meu pé lavându seu cabelo. Não importa. — Ela ri. — Num gostei mesmo da cor! Assim tênhu uma desculpa de colocar outra!

"— Então... — ela segurou os ládu do meu rôstu nas mãos dela olhându nos meus ólhu. — Xoxota, vagina, fenda, buceta, cabaça, buraco, xereca: a gente vende ela aqui.

"— Vende...

"— Vende, meu bem. — Ela dá um tapinha na buceta. — Isso aqui é uma casa de puta.

"Eu entêndu agora, ela é uma mulher de ilusão e essa é uma casa de pecádu! Ela aponta pru pânu de esfregar, aponta pru sabão, depois esfrega as mãos junta. Faz espuma! Tôdus os lugares que cê não podia alcançar de pé no chão sûju com o balde, eu sei, meu bem, esfregue eles agora!

"Eu esfreguei o pânu ensaboádu entre minhas perna.

"— Levanta e faça isso! OK, agora que já fez direitinho, senta.

"— Huuum, é gostoso! O sabão é cheirôsu que nem perfúmi.

"— Garota, suas pernas são mêsmu tortas! Pernas tortas e pé grande. Mas cê tem um côrpu bom, os pêitus nem parecem de quem teve nenê. Apóstu que meus sapato dão no seu pé, 38-39? Que que cê acha?

"— Eu num sei.

"— Homem gosta de mulher de perna torta, já escutei falar.

"Eu olho pra fora da janela.

"— Qual é o problema? Cê num gosta de homens?

"O que tem pra gostar? O que tô vendo daqui, mais lâmpada do que dá pra contar, luz mexendo nos cárru com ólhu de brílhu das moscas, ruas, casas cheia de luz. Isso é o que Deus vê, eu sei.

"Eu faço a pergunta de volta pra ela: Cê gosta de homens?

"Ela ri: Benzinhu, eu trépu com eles, num trépu?

"Ela enche uma jarra de água quente da torneira e joga em cima da minha cabeça.

"— Tô louca pra botá a mão nessa sua cabeça, benzinhu! Adoru fazê penteados. Quându eu tiver grana suficiente é íssu que vou fazer, abrir um pequênu salão, mas íssu ainda demora múitu. Deixa eu lhe dizer cômu as coisas são. Nós todas nos vestímu, sentâmu na sala, um drinque, e prôntu. Esse é um lugar classúdu, o melhor do Harlem, não o maior mas o melhor. O Beymour administra íssu aqui melhor do que uma mulher! Então cê sabe, cabêlu, unha, túdu. Os homens entram pela porta, passam pelo corredor, olham pra nós. Voltam e dizem pro Beymour qual é a que querem. O Beymour faz a conta, leva o homem pra nós, segúru, sem nada fora de ordem. Aqui é melhor que na cidade. Eu fiquei no Big Black um têmpu, na cidade, Jersey, já dei minhas voltas!

"— O que cê faz com homens?

"— Cê faz o que eles quiserem que cê faça. Chupa o pau deles, dança, fala bobagem, deixa eles falarem bobagem pra você, chupá você, se eles pagaram pra íssu, mijá em você! Eles podem gozá uma vez na sua buceta. Depois cê empurra eles pra fora. Se eles quiserem gozá outra vez, passá mais têmpu do que têm direito, eles têm que pagá outra vez! Não fica com mêdu de chamar o Beymour pra qualquer coisa! Cê tá aqui pra ganhá dinhêiru, não pra ser esgotada! Entende?

"Fiz que sim com a cabeça."

Quando ela diz isso, eu também faço sim com a cabeça. Tô desaparecendo na história dela. Como se agora não existisse, como se eu não existisse.

— Cê sabe onde foi que eu fiz primeiro? — Ela tá olhando pra mim, mas eu nem pisco, aceito. Nós dois estamos assistindo um filme. — Lá no final do corredor, naquele quártu que a Mary ficava até que eles levaram ela daqui. Eles chamavam de "abrir a sorte". Bom, se eu alguma vez tive alguma — sorte, quer dizer — e eu num me lêmbru de ter tido nenhuma, o que aquele dia fez foi acabá com ela de vez! É que nem uma maldição. Quem quer ser puta? Nossa vida inteira acontece aqui. Parece que acaba aqui também. O Carl fodeu a Mary aqui. Ela só se mudou pra Lenox depois que a sua mamãe nasceu. Foi no seu quártu que aconteceu. Mas o quártu antigo da Mary, meu agora, foi ôndi eu fiz a primeira vez por dinhêiru.

OK, eu preciso disso? Já não tive o suficiente, esse saco de trapo é uma puta? Eu penso em fogo, como se ela queimasse.

— Eu nunca tinha alisádu meu cabêlu antes. OK, a Betsy disse. Agora se enxuga, esfregue um pôucu díssu no trasêiru e me deixa fazê um penteádu no seu cabêlu!

"Cê sabe, eu nunca tinha fêitu nada díssu antes, sempre só usei meu cabêlu, se for pensá nisso, só como ele tá agora, trançádu! Mas a Betsy levantou ele, me pôs sentada numa cadeira, tô lhe dizêndu, ela pegou essa grande jarra de Dixie Peach, pente quente, e ferro de fazer ondas. Eu num me reconheci uma hora mais tarde!

"O vestido que a Betsy me dá é de seda laranja, comprídu pra mim mas jústu e brilhante, mostra bem minha bunda. Os sapátu dela serviu, eu peguei emprestado o sutiã de alguém, e Betsy conseguiu uma cinta branca pra mim com rosinhas cor-de-rosa pra prendê meu primêiru par de meias de seda!

"Num é como se eu soubesse o que fazer quându entrei no quártu com o cara. Ergui passându pela cabeça o vestídu que a Betsy me deu, deixei toda a seda laranja na cadeira. Eu tava com a cinta branca segurându as meias de seda preta fosca. Tava sem calcinhas. O pêlu da minha xoxota tão cheiu que nem o da minha cabeça naquela época. Eu ólhu nos ólhu do cara, num vêju nada. Num sei o que fazê. Tênhu quinze anos. Nunca tive sozinha num quártu com um homem brâncu antes. Então eu vou até a cama, dêitu, e ábru as pernas. Fícu olhându pra ele. Meu nome é John, ele diz. Agora, num tinha nem uma semana que eu tinha saídu do ônibus, então cômu eu sei que o nome dele não é John?, mas eu sei. Qual é seu nome? Ele fala tão distíntu que nem um rei. Toosie, eu dígu. Como cê tem um nome que nem esse? Num sei, eu dígu. Eu num dígu pra ele que eles me chamam de Garota no La Croix. Eu escútu o Mestre Croix chamá seu cachorro de Toosie, ele diz de um jêitu bonítu. Eu quéru esse nome, eu pênsu. Da próxima vez que a Titia me chamá de Garota, eu dígu meu nome é Toosie. De onde cê tirô íssu? Sua mãe não te deu nenhum nome desse. Que nome ela me deu?, eu dígu. Não lêmbru, mas não era nada díssu. Sim, era, eu dígu. A Titia olha pra mim engraçádu, mas me chama de Toosie no dia seguinte. Eu num respôndu a nenhum ôutru nome depois díssu. Mas num dígu íssu pro John. Eu só dígu pro John eu num sei."

Um nome de cachorro? Ela é o quê, a mãe da mãe da minha mãe? Não tô acreditando nisso, não vejo como, ela num se parece comigo em nada.

— Então, de qualquer maneira, John veiu e sentou na beira da cama com toda a roupa. Ele pôs o dêdu no meu burácu! Legal, ele diz. Ele se curva e beija minha buceta! Nunca ninguém tinha me beijádu lá embáixu antes. Então ele lambe. Oooooôoo! Você gosta? Sim!

Então ela bate o punho na mesa, levanta e aponta pra mim.

— Cê é o primêiru minínu que nasceu vivu de nós! Tô te esperându desde 1949!

Desde 1949? Minha mãe num tinha nem nascido ainda, eu nem conheço ninguém tão velho. Como vou dar conta disso? Como vou viver? Pra quem posso contar essa merda?

— Foi tão bom! As mão dele nos meu mamílu fazêndu meu côrpu sentir que flores tavam crescêndu em cima de mim. Comecei a respirá mais forte. As lambidas deles estão me arrepiându. Sim senhooor! Então ele pula como se mordídu por uma cobra, abre o zíper das calça, tira o pau pra fora e começa a bater punheta. Aohhh! Aooh! Aooh!, ele vai fazêndu. Sua puta preta gostosa. AAAH! Sua puta preta gostosa! Então ESPORRA! Bem na minha cara. Gota escorrêndu, Jesus, garota, cê é demais! Fico limpându toda aquela merda do meu rôstu. Nunca tinha vístu múitu jôrru igual àquele! Me pegou nos ólhu e túdu. Capaz que eu venha te ver na próxima semana, Toosie, ele diz. E limpa as mãos numa toalha, ajeita o colarínhu e sai do quártu. Eu me síntu que nem uma flor que alguém tá puxându as pétala uma por uma. Essa foi a primeira vez que escutei a voz me falându pra fazer coisas. *Pega ela.* Me falându pra pegar a Mary de trás da tela chinesa vermelha e preta onde ela tava dormíndu. A Betsy dá láudanu pra ela não acordar durante os negóciu. *Pega ela*, a voz diz. Então eu pégu ela. *O banheiro*, a voz diz. O banhêiru? Onde eu tomei meu primêiru bânhu de banheira, dois dias antes. Muita coisa pode acontecê em um dia, eu lhe dígu! Eu sabia na hora que ouvi a voz que eu tinha o ôlhu de Deus e podia vê, vê que a vida nunca ia ficar melhor, pôntu final. *É só isso*, a voz disse. Não, ela num tava errada! *Janela,* disse, *janela*. Escútu o bânju, o Muleque Prêtu tocându, é cláru! Eu indo pelu corredor com a Mary desmaiada no meu bráçu. Olhei pra frente pra ver o norte. O norte! O norte! Onde tôdu mundo dizia que mamãe tava. Por trás as pernas preta de mamãe brilhavam de gordura e suor. Por que eu tênhu que dar o nome da Titia pro meu bebê? E qual é o nome da mamãe, eu num consigo nem lembrar dele agora! A voz é macia como se importasse comígu. Janela aberta. *Joga ela e pula! Joga ela e depois pula!* Voz, bânju tudo misturádu júntu. Eu tênhu que pôr a Mary no chão pra entrar na banheira. Chêiru de maconha, cigarros e outra voz víndu da sala. Vou pulá com ela no meu bráçu, é íssu que eu vou fazer. A música da sala fica mais alta, voz víndu da sala, alguém como eu cantându, alguém flor que as pétala também foram arrancadas, eu pênsu. Dói tântu, tô com a Mary no bráçu, pronta pra pulá, mas a voz da sala tá me paralisându, não consigo me mexê, mais dor do que póssu aguentá, mas a voz tá aquentându pra mim. Síntu o ar da noite entrându pela janela, cheira que nem morângu colhídu límpu e friu no meu rôstu. A voz da sala agora tá tendo um tipo de briga com a voz dêntru de mim dizêndu pula. O cheiro de maconha tá forte.

"Pôoxa! Mãezinha, que que cê tá fazêndu? Os bráçu do Beymour estão tôdu à minha volta e me agarra apertádu. Essa num é a porta pra sair, se cê sair por aí, Mãezinha, num volta nunca mais!

"Os bráçu dele, a voz no díscu entrându vindo da sala me segurându mais do que qualquer outra coisa que já tinha experimentádu. Lá fora da janela tem um céu prêtu cheiu de estrela.

"— Quem é?, eu pergúntu.

"— O quê, Mãezinha?

"— Quem é que tá cantându?

"Cê é incrível mêsmu! Um minuto cê tá que nem louca e no ôutru parece tá iscutându o rádiu tocá jogându pôquer ou coisa assim! Túdu que me importa agora é a voz cantându. Eu sou aquela voz. A outra voz foi embora como veiu. Eu sóltu a Mary. Ela cai na banheira ainda dormíndu. O Beymour me abraça mais apertado me faz respirar.

"— Cantându?, ele diz. Essa é uma antiga da Lady Day, eu sei que é Prez atrás, parece Buck no trompete.

"*Nunca mais vou ser a mesma, tem tanta dor no meu coração*. A Titia gira o martélu e faz a velha Porca Rosada sair, me diz pra pegar o facão do açouguêiru pra cortá a garganta dela, se eu não fizé íssu não vou comê. O sangue corre.

"— Sim, o Beymour diz. — Essa é Billie Holliday, ela manda bem. Ninguém é igual a ela. Agora, saia dessa maldita banheira e volte pro trabálhu!"

Eu pego minha jaqueta marrom de aviador da cadeira, visto, e vou caminhando de volta pro "meu" quarto. A Dias de Escravidão na cozinha coaxando. Acho que ela pensa que tá cantando. OK, tenho minha jaqueta, meu caleidoscópio, boneco palhaço com cabeça de cerâmica, dois pares de jeans, todas essas meias, nenhum chapéu nem botas de inverno. Ano passado eu tinha umas botas Timberland, pequenas demais no verão, ainda grandes demais pro Jaime. Acabei dando elas de volta pro Sr. Lee dar pra alguém. Uma calça de couro, reta, mochila (emprestada recentemente). Escuto ela e ergo a cabeça da minha mala — ela tá na porta do quarto.

— Me dá uma grana. Me dá uma grana — eu repito. Ela não é louca. Ela paga aluguel e essa merda, tem algum tipo de esquema, negócio: alguma coisa acontecendo aqui. Merda, ela tá comigo aqui nessa casa de doido, hotel de barata. — Eu quero a porra da grana!

— Pra quê?

Porque você tem.

— Quero comprar uma roupa pra dançar, tá bem? Quero botar um piercing no meu pau, OK? — dou um risinho forçado. Que porra de diferença faz, sua... sua múmia!

— Foi a Betsy que arrumou a tela, o bêrçu e túdu pra Mary. Esse aqui — ela avança pela porta — costumava ser meu quártu. O Beymour me deixou com ele, me disse que as coisas iam dar certo. Ele gostava de mim.

Minha mãe morreu num acidente de carro, meu pai foi morto na guerra. Eu era filho único. Meus avós morreram de câncer lá na Virgínia. Sim, os dois. De que tipo? De câncer, como vou saber? Eu era só um garotinho. Me puseram num orfanato porque eu era católico. Foi duro, mas eu me esforcei muito. Minha mãe morreu num acidente de carro. Meu pai foi morto na guerra.

— Quântu?

Ela tá falando comigo?

— Hein?

— Quântu cê precisa pra fazê o piercing?

Merda, eu não sei, só estava falando.

— Eu... ah, mais ou menos, uns duzentos pelo menos: pra comprar a roupa de dança, depois o piercing, eu não sei, tem que ser higiênico e tudo.

— Merda, eu quéru ver. Já vi muita coisa. Mas nunca vi íssu. O Beymour dizia que num era cafetão. Era um gerente de negóciu.

Me falou que um cara chamado Big Black tinha essa casa, uma na Little Italy e uma em Nova Jersey. Eu administro mercadoria pro Big Black. Eu num tênhu nada nem ninguém. Meu trabálhu é mantê a merda sem problema. Ele me paga bem. Mantenho as putas feliz, o Big Black feliz, os branquélu feliz, entendídu? Entendídu, eu dizia.

"— Tem uma coisa sobre o Beymour que cê tem de saber — a Betsy disse. O Beymour me iscolheu. Por mais que eu goste da Betsy, ela me vestiu no comêçu, me disse cômu podia botar dinhêiru no bâncu se quisesses, me ajudou a dá um jêitu da Mary podê ficá com a tia dela nos fim de semana... mas sô uma mulher e sei o bastante, mêsmu não têndu mais que dezesseis anos, pra num deixar outra mulher me falá coisas do meu homem. Benzim, depois eu queria ter iscutádu. Como você, anota minhas palavra, cê vai querer ter iscutádu o que eu tô dizêndu!"

Ela senta no banco na frente da penteadeira onde o espelho ficava. Merda, eu tô escutando, e o que é? Ovos mexidos no meu caleidoscópio. E ela se transforma numa barata toda vez que abre essa boca idiota. Olho pros meus jeans, dois na minha mala, conto minhas meias — doze pares, só meias e nenhuma bota.

— Mas num dá pra saber agora o que cê vai saber mais tarde ou então num seria agora. Num é verdade? Então agora é o Beymour comígu, não com a Betsy! Ele tá deitádu na minha cama! O jêitu que ele come minha xoxota, como ele trepa é dimais! A Sol, uma das regulares, que era música, é que dizia assim: É dimais, cara! Que nem no jazz — oo-blá-diii-dá! Cê é minha, o Beymour diz. Eu tava saindu do banhêiru, aquele banhêiru, no final do corredor. Tô saindu depois de tomar um bânhu de espuma com um pôucu do sabonete da Betsy.

Eu olho pro meu caleidoscópio, meu palhaço, estendido direitinho por cima dos meus jeans na mala. Parece uma pintura na parede do quarto do Roman. Picasso disse mesmo aquela merda, que tinha sangue negro dos mouros, ou o Roman estava só me tirando um sarro? Olho pro pequeno tabuleiro de xadrez, eu não acho que vou gostar de xadrez, tempo demais sentado num lugar. Ela levanta e chega perto de onde eu tô quase pronto pra fechar minha mala e sair daqui. Ela agarra meu braço!

— NÃO! — ela grita como se eu tivesse matando ela. — Não vai embora agora, Abdul. Eu ainda num terminei: fica sentádu, senta, pur favô.

Eu me esborracho na cama. Ela volta pro banco na frente da penteadeira olhando pra velha madeira ressecada como se ainda tivesse um espelho. Quanto tempo vou poder aguentar isso?

— Então, eu vou saindu do banhêiru. Cê sabe que esse era meu quarto. Já falei íssu? Cê fica aqui e sempre vai ter uma casa. Deixu túdu procê quându eu morrê. Esse apartamêntu tem o aluguel controládu, a única pessoa que paga mênus que eu é o Koch. Ri-ri.

Quem diabos é esse Koch?

— Seja cômu for, do jeito que a coisa começou, o Beymour que sempre era uma pessoa do negóciu pra mim veio ríndu bôbu que nem um dos branquélu, falându: Vamos tomá um bânhu. Beymour, eu dígu pra ele, eu já tomei bânhu. Quéru dizer juntos, ele diz. Eu coméçu a perguntá pra que, por quê, que nem uma tonta tô falându com ele cômu se ele tivesse alguma coisa na cabeça e idiota, cláru que num tem! O Beymour tava jústu tentându tirar uma lasca! Mas eu num sabia díssu, cê nunca sabe o que tá na cabeça de uma pessoa...

Se eu toco no lado do meu rosto, a cicatriz dentada dói. Se ela souber o que tá na minha cabeça.

— Então fícu tentându maginá por que ele quer que eu, por que ele quer tomá um bânhu, quându ele já tomou um essa manhã. Eu quéru dizer: Tontu, cê tá lôucu, mas o Beymour é que nem o chefe de alguma maneira. Quéru dizer, ele toma conta da casa, a grana que a gente ganha, a Betsy, a Eloise, a Irene, a tia da Betsy e eu vem dele. Mas ele num parece um chefe, tipo mau e brutu. Então ele diz: Põe sua lindeza na banheira e encha de água.

A mãe da mãe da minha mãe? Sinônimo de louca. Insana. Não, isso é o mesmo que louca. Isso é o que é um sinônimo, mesma família mesmo nome? Eu num sou o mesmo que um esquizofrênico simples estúpido desajustado mental maluco, merda, que mais? Fora com essa, doidona, perturbada, maluca, porra de uma maníaca filha da mãe. Antônimo, éééé! Qual é o oposto dessa merda filha da mãe! Legal, ajuizado, racional. Inteligente. Normal.

— Cê sabe cômu aquela banheira é grande e a janela bem por cima dela. Olhându pra sempre pra Nova York! O Beymour tira os suspensóriu dos ômbru, tira as calça. A essa altura eu já vi tântu homem sem roupa, num tem nada de especial. O Beymour é tão magrelo que os joêlhu dele parece maçaneta de porta. Eu dou uma risada. De que que cê tá ríndu! Eu num tô ríndu, júru que num tô, Beymour! O Beymour tira as cueca. Ri disso! Deus, eu tênhu de reconhecer íssu nele. O Beymour tem uma coisa entre as pernas. Eu ólhu no ispêlhu... por que cê teve que vir e quebrar esse ispélhu aqui, Abdul? Olha pra sua cara, cê vai ter que usá ela pro réstu da vida. Mas seja como for, meu cabêlu tava enroládu nos rolínhu de papelão, eu tava com um vélhu roupão encardídu que a Betsy me deu. Eu costumava recebê os homem de um jêitu bem bacana, toda arrumada, vestídu de seda, perfúmi, uísque. Íssu aqui, o Beymour, joêlhu tôdu saliente, píntu balançando, sem música, uísque, eu de roupão, rôlu no cabelo, não parecia natural! Eu queria rir do joêlhu saliente do Beymour, pau grande, suspensóriu, e calças nos tornozêlu.

"E num é gostosu na banheira! Para! Para, vai!, eu disse pro Beymour. Minha cabeça batendo na banheira, as espuma entrându tudo na minha boca. Isso num vai dar cértu, Beymour. Benzim, o que é? Eu empúrru ele de cima de mim, enfiu o pinto dele na boca, pênsu no armáriu empoeirádu vaziu uns mês atrás, tôdu brilhându agora com roupas da moda, rosa e laranja, sapátu de verniz. Roupas de báixu, eu tinha mais numa gaveta do que todas as mulheres junta da plantação. Eu góstu díssu, eu não sou a Eloise, ela detesta os homem, nem eu nem a Betsy, eu áchu que ela gosta de mulher. A maioria desses cara na verdade são gente boa.

"Ele já tava pra gozá na minha boca, fazêndu os barulhu de nenezínhu assutádu com a respiração. Cê já se apaixonô? Então de repente ele empurra minha cabeça e diz muito brútu: É íssu que cê quer, num é? Hã? Eu quéru, eu dígu pra mim mesma. Que que esse homem tem? Cê só quer me fazer gozá pra acabá logo!"

Será que alguém me ama de verdade? O irmão John? O Jaime?

— Eu pênsu: bom, não é isso? Eu num sei o que dizer. E você?, ele diz. Eu? Onde cê sente que tá acontecêndu? Eu lêmbru a primeira vez com o John cômu meu corpo se acendeu por um minuto ou dois lá, mas isso não acontece mais de novo. Eu só fícu com a cabeça pensându em ser... ser boazinha, fazendo a coisa ser boa pros homem. Eu num tô pagându nenhuma puta, mas quéru te dá alguma coisa de volta. Ah, Deus, do que é que ele tá falându eu num sei. Vamos pro meu quártu, o Beymour diz. O que é senão a sala onde a gente fica bebendo com os homem? Mas quându eles vão embora o sofá é puxádu pra ser a cama do Beymour e ninguém entra lá. Quártu dele. Toca díscu e rádiu também. OK, vâmu pro seu quártu. O que tá tocându?, eu pergúntu. Ah, essa é a mais nova do Bird, docínhu, a última! Um amígu da Sol deu pra ele, o Boris pegou a série da rádiu com seu gravador de díscu setenta e oitu RPM. A gente tem um som que ainda num tem nem nas lojas de díscu! Benzim, eu num sei do que o Beymour tá falându, mas sei que o som do Bird é bom.

"Prez é que tá tocando quando ele entra em mim, "Lady Be Good!" Ah! Essa é velha, mas eu góstu, o Beymour geme. Eu parei de tentar ser boazinha, ou bacana, ou de agradar a ele. Enfiei minhas unhas pintadas de laranja nas costas dele não porque tô

## O GAROTO

quente mas porque quero machucá ele, machucá muito ele. Como eu tava machucada parada naquela estação sem nenhum lugar pra ir. É tudo escúru, prêtu, quase ódiu. Mas ódiu num tá no Beymour, ele sai de mim e começa a brincar comígu, chupându meus pêitu, então é como aquela coisa que cê tem. Quando sacode as cor, como é que chama aqui?"

Hã? Que... que que ela é? Ela tá olhando pra mim como querendo que eu fale. Eu agora quero que ela fale, acabe a história.

— Caleidoscópio — eu digo pra ela. — Do grego *kalos*, que significa "bonito".

— O Beymour me tocându me quebra por dêntru. Uma onda rola no meu sangue com uma sensação tão feliz que eu podia chorá. Eu chóru, é tudo tão bom, porra! Então ele vai pra báixu. Essa música de Miss Billie Holiday no meu corpo, uma música que eu mesma não sabia cantá. Cê me faz me sentir gostósu, Beymour. Cê num vai me dizer nada que num é verdade. Mas é verdade, é mêsmu. Meu côrpu ainda parecêndu que num era mais meu. Eu dou ele pro Beymour aos pedáçus, pedáçus grandes, pedáçus pequenos, prêtu e brâncu, de dor. Ele me devolve os pedáçus em cor!

"Bem, com tudo isso, música, caleidoscópiu, flores de gardênia, não precisava acontecê. Não precisava de mais nada. Mas quându eu me abri foi tão gostôsu, mas íssu me lembrô que eu nunca tinha conhecídu nada a não ser dor. Eu tinha sofrídu tântu, demorádu, ou talvez não foi nada díssu. Nem sei. Só sei que nu final quându ele perguntou se eu queria mais. Eu num sei, eu nem me perguntei o que "mais". Eu só disse quéru."

Ela para e é como se tivesse desmaiando. Olha só. Todas essas... essas horas fodidas eu tentando num deixar ela entrar nos meus ouvidos, e agora que tô escutando de verdade, ela parece ir variando para o espaço?

— E? — eu digo.

Ela ergue a cabeça.

— Bem — como se não tivesse perdido nada. — Uma manhã eu acordei ao ládu do Beymour, a gente no quártu dele, eu já te disse que esse aqui era o meu quártu. Sacúdu, sacúdu, sacúdu, o Beymour num levanta. Fícu assustada. Ele tá respirându mas num acorda. Me assusta. O que fazê? Chama o Big Black, a Betsy fala. Cê tem o númeru?, eu pergúntu. Ela vai até a sala, num é como hoje que as pessoa tem telefone nu bôlsu.

Olho pra minha mala, penso, isso é a próxima coisa, um celular. Olho pras janelas, um dos lados tem um marrom encardido de idade. Eu aguento isso?

— Lá fora na janela, eu vêju um Lincoln Continental prêtu estacionar. É ele, a Betsy diz. Bem, o Big Black, um anão, um albino, boca grande que nem fígadu. Ele entra na sala, vai até a cama. Tôdu mûndu pra fora! Com quem ele tá falându? Ninguém tá lá a num ser eu e a Betsy. A Eloise tá na porta, mas não dêntru da sala. FORA!, ele grita. A Betsy e a Eloise caminham pelo corredor. Eu fícu um segundu do ládu de fora da porta, depois me afúndu nos joelhos pra olhar na fechadura. É a sensação mais esquisita, como o ar lá no Mississippi antes de uma tempestade, esvaziádu e perigôsu. Eu ólhu e vejo a Mary entre a abertura dos painéis da tela chinesa. Ela tá de pé. Num se mexa, num diga nada, eu quéru dizer pra ela. Fica calada! Eu áchu que ela sentiu minhas palavra, porque nem respirou forte. O Big Black puxou o lençol do Beymour, virou ele com a cara no travessêiru. O Big Black tirou as calças, eu vêju porque eles chamam ele de Big Black, a coisa dele maior do que a do Beymour, e tá dura. Ele trepa em cima do Beymour e começa a foder ele no cu. Uma das mão segurându a cabeça do Beymour no travesseiru. Íssu é loucura, eu pensei. Como íssu tá ajudându o Beymour? O Beymour num pode respirá, pode? Como o Beymour vai podê respirar com o Big Black fazêndu íssu? Agora o côrpu tôdu do Beymour corcoveia que nem peixe na água, então quero dizer Senhor Jesus como isso tá ajudându o Beymour? O Beymour agora fica parádu. Eu ólhu pra tela chinesa, num vejo a Mary de pé, quem sabe ela foi deitar no bêrçu. Então num lêmbru mais. Completamente. Só um tipo de chêiru grudêntu embotádu. Por tôdu lugar.

"Eu já tô de joêlhu, então coméçu a engatinhar pro quártu da Betsy. Aos pouquínhu mão joêlhu mão joêlhu mão joêlhu. Tô ensopada tremêndu enquantu engatínhu. Um pássu atrás de mim. Levanta! O chão é tão brilhoso que póssu ver os sapátu dele e as perna da calça refletíndu. Eu vou pra trás pra levantar minhas mão e juelhu jústu quându seu sapátu marrom vem dirétu no meu rôstu outra e outra vez. Beymour! Beymour!, eu bérru mas nada vem a num ser sangue e dente.

"A Betsy abre a porta dela e corre pra mim gritându, Para! Big Black, PARA! Eu recuo pra parede pra longe dele. O Big Black tira uma navalha do bôlsu e corta a garganta da Betsy. Nunca ouvi um grito cômu esse em toda minha vida. Eu fecho o ôlhu, é o Mississippi por um segundo, céu azul. Ábru meus ólho e é a mão do Big Black descêndu forte que nem enxada cortându algodão, mas é a Besty que ele tá cortându — outra e outra vez e mais outra e outra vez.

"Sangue por tôdu ládu. Depois as pessoas me disseram que os grítus que eu escutei eram meus mêsmu. A garganta da Betsy cortada até o ôssu, ela morreu. Um cara disse que me ouviu gritându na rua 145. Ele nunca tinha ouvídu grítu assim antes, nem sirene nem bombêiru, elefante no cinema, nem de nada nem de ninguém.

"Íssu foi... ah, eu num sei, quarenta, cinquenta anos, sim, quarenta, quarenta e cíncu, cinquenta anos atrás. Um cara, ele tava começându a ser um dos regulares, disse pro proprietáriu que o Beymour era meu espôsu. Eles me deixaram ficá com o apartamêntu, puseram um contrátu no meu nome. Era o Rodriguez, ele tá môrtu agora. Sangue por tôdu cântu. Ainda cheira às vezes."

Parece um filme só que não é. Fecho os olhos, pinturas, os quadros tão gritando. Tudo a minha volta sangue, o Beymour, os irmãos, o Richie Jackson. Cinquenta anos. Começo a chorar. Me balançar. Sinto. Sinto muito. Eu levanto da cama. Sinto tanto e amo tanto ela. Ela tá variando, em outro lugar, sua história acabada. Água rola pelo meu rosto. Tiro o caleidoscópio da minha mala e coloco aos pés dela. Adeus, Toosie. Adeus, minha bisavó. Fecho a mala. Pra onde? Eu num sei — eu não quero viver como ela, eu não quero *ser* como ela — o que eu sei é que tô fora daqui.

# LIVRO 3
# ASCENSÃO

... me faz dançar
Lá dentro
Seu amor é soberano

— SADE ADU

# 1

Toda vez que vejo alguém no metrô puxando uma daquelas malas baratas e enormes me lembro daquele dia, agarrado aos meus trecos com fervor, sem reparar em mais nada. Dias de Escravidão foi pra alfa lá no número 805 e na verdade nunca voltou. Naquela noite eu tinha chegado da aula do Roman com o cartão no meu bolso, de um lado *"téléphone-moi"*, no outro "ME LIGA". Ela continuava sentada no meio das baratas, falando sozinha e eu fiquei recitando um rap para mim mesmo: Minha mãe morreu num acidente de carro, meu pai morreu na guerra. Mais tarde vou dar uma melhorada nos detalhes. Eu NÃO posso ser parente de nenhum deles — Dias de Escravidão, Muleque Prêtu. Não. Quem sabe se fosse num filme, num livro ou alguma merda parecida. Big Black? Anão albino? *Ele trepou no Beymour.* NÃO.

A primeira noite que fui pra casa com ele deve ter sido no final da segunda ou no início da terceira semana de aulas. Não me lembro. O que me lembro agora é que era o final da aula dele na Associação de Moços e eu tava na barra quando ele chegou e disse: "Tenho outra turma no Upper West Side, no Stride. Se você estiver pensando de verdade em dançar, você tem que fazer aulas todo dia. Que outras aulas você está fazendo?" Falei sobre as aulas da Imena nas quintas à noite e sábados de tarde. "Parece bom. Se ela for quem estou pensando, ela é boa. Pra fazer qualquer tipo de dança é necessário uma base boa. E o balé é bom pra isso. Eu gosto de você, se esforça pra valer." Fiquei olhando pra careca rosada e brilhante onde o cabelo parecia ter sido plantado em carreiras bem arrumadinhas.

— O que aconteceu desse lado do seu rosto? Você tem um rosto tão bonito.

Fui logo levantando a mão para esconder o rosto, que nem uma garota.

— Não atrapalha você não, quer saber — disse. — Roman só perguntou. Afinal de contas você é meu aluno, não é?

Não respondi. Meu ombro ainda tava doendo quando fiz o *port de bras,* e os pontos no cocuruto COÇAVAM! Quando o frio bateu no meu rosto todo esse lado latejava. Dor. Ainda tava tentando entender qual era a do cabelo dele. Nunca tinha visto implante antes. No Stride, ééé, tô sabendo, pensei, e onde é que vou arrumar a grana pesada pra pagar as aulas no Stride? A Stan tinha me falado que o Escritório de Assistência Infantil estava pagando a Associação pra mim com a grana do Projeto Arte Urbana para Crianças.

— Você está brigando com os caras do bairro? O Roman não quer saber disso. Para ser um bailarino você tem que deixar essas coisas pra lá. Entende do que estou falando?

Eu sabia do que ele tava falando.

— Você pode ser meu convidado no Stride. Apenas use um nome diferente pro Arte Urbana não descobrir. Quantos anos você tem? Dezessete. Me espera na frente do Gourmet Fare.

— CAVALO LOUCO! Que maluquice é essa?

— Deixa de ser babaca, você saber do que estou falando. Escolhe alguma coisa tipo Jim Jones ou Robert Johnson, por aí. Você não ser índio. Não sei de onde você tirar essas ideias. Em algum momento vocês garotos têm que visitar a França pra aprender alguma coisa. E Abdul também não ser nome pra você não. Você não ser árabe. De onde você tirar esse nome... Ei! Ei! Tá indo pra onde? Volta aqui! OK, OK, chega. Só estava dizendo que um nome bacana como John ou Robert trazer sorte pra você. Você ser um lindo rapaz negro, como se fosse... como se fosse *arte*, de tão bonito!

Gosto do Upper West Side, é mais fácil pra roubar comida. Não devia ter deixado ele me ver tirar do jeans aquela barra grande de chocolate Ghirardelli, mas fazer o quê, tava faminto. Tinha caminhado da rua 150 com St. Nicholas até a rua 75 esquina da Broadway pra ter a aula.

— Então, você está a fim de ir para cadeia?

— Não, só queria comer alguma coisa.

Uma folha vermelha e dourada pousa na frente dos meus pés. Já tô de saco cheio desse bolha. Em janeiro faço quatorze anos. Tenho que sobreviver à minha própria vida até fazer dezoito anos. Posso fazer isso sendo o Cavalo Louco, imaginando que essas ruas são colinas e que tô voando feito um raio sobre elas. Não sei se posso fazer isso sendo um crioulo chamado Jim Jones; pra mim parece mais o nome de identificação de um defunto. Não posso ficar lá no número 805. Se eu não fosse estudar balé bem que podia ficar zanzando por aí. Chuto a folha e me lembro de quando fui pro norte do estado de ônibus, com minha mãe. Ela tá tão cansada que fica cochilando, mas grudo meu nariz na janela e fico olhando as folhas lindas, loucamente coloridas. Toda vez que ela acordava me dizia: "Olha pras folhas. Vou querer um relatório escrito sobre *tudo*." Fomos jantar numa pensão, sentamos perto da janela grande e ficamos vendo o céu ficar escuro. Fomos andando de volta pra rodoviária e ficamos do lado fora, olhando todas aquelas estrelas. "Por que tem tão mais estrelas aqui, mamãe?" "Não tem não, é que o ar aqui é menos poluído e então cê consegue ver melhor." Fazia muito frio, mas minha mãe tava quentinha, cheirando a cidra de maçã e suor limpo, e o céu tava estrelado estrelado. Pegamos o último ônibus de volta e no caminho vimos pela janela toda as estrelas do mundo. "Entrega seu relatório para o professor." *Vimos as Árvores Ser Cores Diferentes,* escrevi. "Ter", disse o professor, "ter cores diferentes." Deixa pra lá, pensei, chutando a folha pra longe do meu caminho, como se fosse um grande obstáculo. Não quero zanzar por aí. Os garotos que ficam de bobeira pela cidade acabam esquisitões, assassinados ou coisa pior.

Ééé, ou coisa pior, e talvez seja por isso que estou indo com esse borra-botas pra casa dele.

No apartamento dele na Riverside Drive me sento num sofá de couro creme, olhando pro rio, vendo o sol desaparecer e as luzes da cidade surgirem como estrelas. Tô bebendo conhaque. Gosto de beber, me torna mais amigável. Não fico como o Jaime, ele bebe e tudo que quer então é beber mais um drinque e mais outro, até ficar fodido e passado. Eu bebo alguma coisa e fico, hmmmm, *mais...* mais legal, mais engraçado, inteligente. Estou pensando no McDonald's que passamos no caminho pra cá. Vou pedir três Super Refeições, o que vai me dar três Quarteirões com Queijo, três batatas fritas grandes e três refrigerantes, tudo isso por quase o preço de três refeições de tamanho normal. E alguns donuts de quebra. E umas barrinhas da loja de conveniência, aquelas de aveia com canela e manteiga de amendoim. Fico pensando quanto é que ele vai me dar, se devo pedir ou tomar à força se ele não se comportar direito. Onde será que tá a grana? Ele me serve outro copo de conhaque. Gosto do copo; se eu tivesse uma sacola ia levar comigo. Olha aí a grana vindo, é no que tô pensando quando ele chega carregando um punhado de tubos de exame, palitos de madeira e outras porcarias.

O irmão John sempre me dava coisas — meu casaco, Timberlands, o melhor jeans da caixa — mas nunca dava dinheiro. O irmão Samuel nunca me dava nada. Eu nunca fui um... um *garoto* para o irmão Samuel, talvez porque eu fosse quase tão grande quanto ele, mas e os garotos que eram menores? Era porque eu era negro? A maioria de nós era. E eu nem era o mais preto. Tinha o Bobby, o Etheridge Killdeer, preto *retinto*, embora ele fosse parte índio e tivesse cabelo liso. Apaga essa merda! Não estou mais lá: minha mãe faleceu num acidente de carro e meu pai foi morto na guerra. Depois disso, fui morar com minha avó. E depois arrumei um emprego e fui viver sozinho. Sou uma pessoa normal sou uma pessoa normal sou uma pessoa normal exatamente como todo mundo exatamente como todo mundo *exatamente como todo mundo*.

Agora tô sentado no lado da cama dele, que é tipo ridiculamente alta, o colchão deve ter uns oitenta centímetros ou mais de espessura. Lembro da minha cama no St. Ailanthus, o colchão com listras pretas e brancas coberto com plástico, o número seis debaixo da janela, entre o Alvin Johnson e o Malik Edwards. Quem tá dormindo na minha cama agora? O Roman tem um pequeno cronômetro na bandeja junto com os tubos de exame e tiras de papel.

— Enfermeiro Roman — brinca.

E pra que isso tudo?

— Esse é meu pequeno exame caseiro pra você fazer, sabe né, o vírus.

E dá pra fazer um teste de AIDS com essa porcaria? O quarto inteiro — paredes, colcha, móveis — é todo da mesma cor branco-creme do sofá da sala. Nunca entrei antes num quarto que fosse todo de uma só cor. A colcha é de cetim ou parecido. Estou vestindo só meu jeans, o zíper ainda tá fechado, mas o botão logo acima tá desabotoado. Como será que tô parecendo, meu peito negro contrastando com todo esse cetim creme? O que é que ele vê? O irmão John gostava de mim porque eu era negro. "Você é único", dizia. Mas não era. Eu *vi*. Ainda não entendo bem, mas agora acho que sei o que o excitava, mas por que razão? Eu não ficava excitado com ele, o Jaime me excitava, mas ele não é branco, é bege. As fotos de garotas como a Britney Spears, com uma mão segurando o peito e lambendo o mamilo e a outra mão abrindo a buceta, me excitavam. Me excitavam pra caramba. "Você gosta *daquilo*", o irmão John dizia. "Bom, dê uma olhada *nisso*", e me mostrava mais peitinhos brancos, línguas rosadas, cabelo amarelo. Ele ficava duro me olhando ficar duro. Mas o irmão John parecia tão apalermado, com todas aquelas espinhas na bunda. Talvez só nas revistas as pessoas brancas sejam excitantes.

— Você sabe, você é muito alto para um bailarino. Muito alto e muito grande. O Balanchine usava aqueles caras altos por causa das girafas que tinha na sua companhia. Mas hoje isso não acontece mais. Qual é sua altura? Um metro e oitenta e cinco, um metro e noventa, aposto?

Duvido muito, a não ser que eu tenha crescido da noite pro dia. É, eu posso ter um metro e oitenta e cinco, mas só se o fato de cê saber que o nome do seu bisavô é Muleque Prêtu e que mentiram pra você e de tudo quanto foi jeito fizer cê crescer da noite pro dia. Mas acho que posso mesmo parecer um gigante na cabeça de um cara pequeno como ele. Ele me escolheu dentre todos os garotos da turma. Ou será que ele escolhe todo mundo, um por um? Não, isso seria doentio. Eu sou especial.

Nunca me passou pela cabeça que eu poderia ser HIV positivo. Fico olhando o Roman mexendo com os tubos na bandeja. Jaime, Bobby, Malik, Richie, nós somos garotos — treze, doze, cinco, seis anos. Garotos não ficam contaminados. Pode reparar naqueles viciados doentes parecendo esqueletos, andando curvado em cima das bengalas e cagando até morrer. Basta olhar pra esses merdas pra saber que tão contaminados...

Bem, eu tava certo! Não tô contaminado. E onde é que eu ia pegar? No St. Ailanthus? Somos católicos, os irmãos são como padres, não ficam dando bobeira no Village ou se picando. Dos garotos? Não somos viados. No parque? Eu só abro zíper, baunilha pura, e isso é tudo.

O Roman parece bem alegrinho quando deixa o quarto com seu conjuntinho de química. Está calçando sapatilhas de balé rosa; acho que deve ser assim que esses caras relaxam.

Ele coloca um rap jurássico pra tocar. Não sei por que, mas começo a ficar puto.

— Você precisa me dizer do que gosta. Sei que vocês jovens...

Me encrespo logo.

— Que merda, quanta gente aqui!

— O quê? — Ele parece surpreso.

— Você não para de dizer "vocês jovens" isso, "vocês jovens" aquilo. Avanço até uma porta que imagino ser um armário e abro com força. — Eles tão aqui? — Fico me sentindo um idiota por ter deixado ele fazer aquele exame. O que foi que eu fiz pra que ele imaginasse que eu ia ficar ali sentadinho? Será que ele tinha me sacado?

— Vai me pagar por aquele exame — tento rosnar, mas minha voz sai alta e fina. Que nem a de uma garota?

— Ah, meu bem, não fica com raiva. Roman estar tentando parar essa doença horrível que mata tantos jovens e tantos da sua gente. E nós também. Tantos estão mortos.

Metade do tempo ele soa como uma atriz de cinema antigo com essa merda de "você é tão bonito." Em outros momentos escuto alguma outra coisa quando ele tá falando, mas não consigo botar meu dedo exatamente no ponto. O que que o Jaime ia pensar desse cara? Tiro meu jeans.

— Me dê a bufunfa e uma camisinha.

— Hã?

— Grana, pila, *dinheiro*.

— Mas nós dois fizemos os exames.

*Nós.* Não dá pra acreditar nesse cara. Só porque sou garoto também sou idiota? É melhor que ele tenha algum dinheiro ou vou rachar essa cabeça fodida, pegar tudo que puder carregar, *e* aparecer na aula de balé pela manhã. "Vocês jovens." Faça-me o favor!

Pego a camisinha dele, acho estranho colocar, nunca usei antes. O pinto deve estar duro? No vídeo eu vejo a mão da garota branca abrindo o pacotinho quadrado e entregando pro garoto, mas não me lembro como eles colocam, só lembro que ela aponta para o pequeno pico que sobra na ponta, espaço para gozar. Mas vídeo é diferente da vida real. Vai vai barquinho, faz seu servicinho. Rá! Sou um poeta. Não posso deixar esse coroa pensar que não sei o que tô fazendo.

— Deixa que eu lubrifico, querido.

Tô desenrolando essa merda, tentando enfiar no meu pinto. Sei que isso dói mais nesse cara do que se eu pisasse na sua cabeça. O programa estava prontinho. Fico pensando no que acontece com os "vocês jovens" que não passam no exame. Tá fazendo beicinho. Acabo de colocar. Vingança. O Roman é diferente dos irmãos. Ele não é homem, cara. Mas o irmão Samuel também não era homem com os cachorrões lá da delegacia de polícia. E o irmão John desapareceu. Fico reparando na superfície turquesa de látex cobrindo meu pênis. Rá rá! Olho pro quadro na parede na minha frente. Ele se vira pra ver o que eu tô olhando.

— Ah, Picasso! Você conhece Picasso?

— Já ouvi falar.

— Você tem que conhecer. Ele é o artista mais famoso. Você sabe, ele diz que tem sangue africano.

— Falavam isso dele?

— Não, isso é o que o tolo falava dele mesmo! Não estou dizendo que ele é um tolo por isso, e sim que ele é um tolo de modo geral, tratou mal todas aquelas mulheres e o filho, e não gostava de gays, mas gostava de falar dos seus "ancestrais mouros".

Ancestrais mouros?

*Os brancos a chamavam de Lucy, mas os etíopes diziam que era a Dinquenesh.* Mamãe, o que significa Dinquenesh? *Benzinho, eu não sei.*

— Onde você está, garoto? — Ele passa a mão na frente do meu rosto.

— Olha só, nós vamos ter que resolver essa parada de "garoto".

— Você é garoto. Qual é sua idade? Diz a verdade pro Roman.

— Treze.

— Para de mentir! Querendo me enganar! — Toca o turquesa.

— Eu disse que tinha dezessete anos, por que fica perguntando?

— Não é "fica perguntando". Eu pergunto uma vez e pergunto outra vez porque eu fico preocupado com você. OK, quando alguém tem dezessete anos, ele é um garoto. Deve ir para a escola, e não deve beber uísque ou frequentar *prostituée*. Um garoto precisa de ajuda, proteção. Um garoto não é um homem, mesmo que seja um homem, um dia. Homens não vêm aqui com o Roman.

Ele tá vestindo jeans desbotado com um rasgão no joelho, um suéter peludo e rosa, igual ao que as bailarinas usam quando tão no aquecimento, e meias compridas pra aquecer as pernas. Quando tira o suéter e a camiseta rasgada que tá por baixo é um choque ver o corpo dele. É como se Michelangelo tivesse desenhado os músculos pra ele!

— Primeira posição! — ele ladra, girando as pernas pra fora do encaixe dos quadris, os músculos protuberantes da coxa apontando pra parede do quarto, junto com os pés. — Eu fiz esse corpo! Eu não era como você: olha só pra você! Deus dar tudo para você! Vocês garotos sempre reclamam de racismo, minha mãe, meu pai, a polícia! Ninguém dá nada pra você neste mundo desgraçado! Sofrimento? Eu podia contar o que aconteceu com minha família na Europa, mas você não está nem aí. Minha família passou por tudo. Você quer dançar? Então dance. Seu corpo é mais bem feito do que o da Alvin ou do Arthur. Te falei que conheço eles? Fui bem próximo da Alvin antes de ela morrer. De Arthur também. Podia contar muitas histórias.

Sobre o quê? E quem é essa Alvin? Não tô *nem* aí pros seus parentes da Europa. Talvez eu também peça alguns nuggets de frango. Ainda tá parado na primeira posição, parecendo mais um soldado do que um bailarino. Então onde será que ele nasceu?

— Você tem mais do que três ou quatro pessoas juntas! Ninguém achava que eu podia dançar: corpo ruim, era baixo. Mas consegui. Roman está nas paradas faz muito tempo. De vez em quando trombo com algumas dessas pessoas, não tem muitos sobrando, a maioria morreu, você sabe, a peste. Os que não morreram são gordos, a mesma coisa, certo?

Fico pensando nas garotas tamanho grande da aula da Imena, sacudindo os rabos com vontade; tento imaginar Roman naquele ginásio improvisado, sem espelhos descendo na frente da bateria. Não consigo. Ele gira suas pequenas pernas de volta e vem na minha direção. O que eu vejo agora sou eu me levantando, pegando o abajur da mesa ao lado da cama e andando devagar, como se estivesse andando na água, na direção dele... E então tô no palco, o corpo de balé alinhado atrás de mim. Mantendo minha cabeça no alto ando pelo palco, faço o *port de bras* e me inclino, o palco tá banhado em luz. Todos gritam meu nome. Posso ver as manchetes no jornal: NADA PARECIDO DESDE O GRANDE FULANO DE TAL! As madames tão chorando. Ouço a voz de uma delas abafando o barulho da multidão:

— Você dança como um anjo!

— Deixa Roman chupar você sem a camisinh*idiota* — ele pede.

Agora que ele tá seguro de si quer jogar duro, "sem o camisinh*idiota*". Que se foda. Mas fico mesmo indeciso se é só chupar; não dá pra pegar AIDS desse jeito. Chocolate, sim, baunilha, não. Mas isso não vai rolar nem se ele estiver pensando em trepar, que não é

# O GAROTO

namoradinha. Ele começa a trabalhar nos meus colhões. *Testículos, Abdul.* A língua dele tá brincando comigo, é gostoso. Meu pau fica duro. *É seu corpo...* Cala a boca. A culpa é *sua*. Me dá vontade de chorar. O dedo dele toca meu cu, eu reajo, pode esquecer, Roman. Penso no irmão John, no irmão Samuel, mas pelo menos eles eram *homens*. Ele tá beijando a parte de dentro das minhas coxas, aah. E tentando tirar a camisinha. Poing! Bem do lado da cabeça dele, com meu polegar e dedo médio. Ele faz cara de cachorrinho, todo inocente. Balanço meu dedo, brincando mas não de verdade, eu não me importo com a camisinha, mas não quero ceder.

— Quanto? — provoco.

— Roman tem pouco dinheiro.

— Vai fazer o quê, então? — Eu queria que minha voz saísse grave, mas ela desafinou.

— Roman quer que você seja seu garoto. Seu grande garoto negro. Você podia morar aqui.

Ele levanta, toca a cicatriz no meu peito onde um pedaço do espelho caiu.

— Quem foi? Seu pai bateu em você desse jeito? Deixa pra lá. — Não espera minha resposta. — Você podia ser o homem do Roman.

Ele desenrola a camisinha, a língua empurrando pra baixo, o ar que vem me faz tremer. A camisinha é um ponto azul no tapete branco. Ele me engole.

— Você é um rapaz limpo e bom. Você quer o Roman pra tomar conta de você.

Me engole de novo. Meto devagar na sua boca. Ave Maria cheia de graça... Aiii! O que ele faz com a língua é tão gostoso, o Senhor esteja convosco, na pontinha, uau! Continuo metendo. Agora ele tá segurando minha bunda. Bendita sois vós entre as mulheres, tô explodindo que nem fogo de artifício estourando, um maldito Quatro de Julho. Puta Jesus Cristo Santa Maria Mãe de Deus! Minha pele tá toda elétrica, acaricio meus mamilos, bendito é o fruto do vosso ventre, Jesus! Penso em Cristo e no trem D atravessando a ponte, eu e minha mãe numa noite de janeiro com toda a cidade fria e acesa, fogos de artifício estourando através da água como o fim da solidão. Por um instante eu sou quem eu era e quem eu vou ser, um pequeno garoto e um homem, tô no último obstáculo, e tô vencendo, gozando, é meu aniversário, mamãe vai trazer sorvete e bolo. É sorvete descendo pela garganta dele. Ôoooo aaf! Acenda as velas e agora faça um desejo com a estrela cadente. Mamãe, não tô conseguindo ver uma estrela cadente. Bom, faz de conta que tá vendo! Eu queria poder ser a estrela mais dançante do céu! Rá rá!

ESSA FOI MINHA primeira noite com o Roman, como tudo começou. E agora estou indo embora.

— E aí? Pra que tantas perguntas?

— Você foi quem me mandou mudar as coisas de lugar para ter espaço pro seus tênis. Eu não estava procurando nada. Eles caíram no meu colo! E agora, sim, Roman está curioso.

— Eles simplesmente *caíram* da mala no seu colo? É, tô acreditando!

— A mala não estava trancada. Deixa de ser tão idiota! — ele grita comigo.

Grito de volta.

— Ah, quer dizer então que agora sou idiota?

— Você prefere brigar a me dar uma resposta. Está dizendo que nunca leu? Não acredito em você!

— Não tenho por que mentir pra você. — Que se foda!

— Não posso acreditar que eu nunca soube nada disso, você só fala sobre o livro tal, a exposição tal, o Herd, o Basquiat! Nunca me contou nada disso!

— Antes você nunca *perguntou*. Nunca *quis* saber. E tá perguntando agora porque...

— Vamos lá, continua. *"Por que* tá perguntando agora?" Vamos lá! *Por que*...?

— Pode esquecer! — respondo aos berros.

— Você faz isso o tempo todo, falando pelo canto da boca. Não consegue me responder numa conversa decente — reclama.

E lá vamos nós outra vez.

— Você fica me perguntando tantas coisas que nem consigo terminar uma frase.

Ele insiste:

— Termina a história.

— Você não para de inter...

— Vai ver que é porque nunca escutei nada parecido — interrompe mais uma vez.

— E vai continuar sem escutar nada "parecido" se não calar a boca. Daqui a pouco tenho que ensaiar.

— Não deixa a vaidade subir à cabeça, querido. Sei quem você é. Está esquecendo quem foi que te apresentou a esses caras?

— Me apresentou a *quem*? — pergunto.

— Você conheceu o Scott e a Noël na minha turma; não pense que não me lembro — ele diz.

— Fico feliz em ver que você lembra de alguma coisa — digo.

— O que você quer dizer com isso?

— Nada — respondo.

— Tô vendo como você é — diz com sua voz mais magoada. — Continua sua história, por favor.

— Então, eu só estava lá havias poucas...

— E onde é "lá"? Desculpa, continua.

— Então, eu só tava lá havia poucas semanas e então aconteceu toda essa... essa *confusão*. Alguns padres tavam abusando dos garotos e, evidentemente, um deles tinha se aproximado de mim...

— Evidentemente?

— É, um deles *tentou* mexer comigo...

— Aaahh, quem dera tivesse sido eu!

Fico encarando sua cara de bunda.

— É só uma piada, bobinho. Cadê seu senso de humor?

— Hoje em dia está em todos os noticiários, mas naquele tempo ninguém acreditava nessa merda. Então, cá estou eu, um garoto nas mãos desses... desses *perpetradores*. Eles conseguiram minha guarda dizendo que eu era um órfão sem parentes vivos. E diziam essas porcarias pra mim também, todo mundo tá morto, você não tem ninguém, certo? Não, errado! Eu tinha uma avó, uma bisavó, uns parentes do meu pai no Bronx, uma irmã...

— Você tem uma irmã?

— Deixa eu terminar! Então, minha mãe e meu pai tavam mortos, mas os irmãos tinham censurado toda informação sobre o resto da minha família. Eles queriam tipo me transformar em escravo sexual cativo. De verdade!

— E sua irmã?

— Morreu.

— Que triste. E tudo isso acontecia quando nos conhecemos e você nunca me contou nada. Às vezes você diz 'irmãos', outras vezes diz 'padres', qual é o certo? — me pergunta.

— Não sei.

— Então, continua, isso foi quando eu conheci você...

— É, por aí, e então eles foram descobertos, eu acho, e daí tiveram que se livrar dos garotos que podiam contar as coisas deles, e então me mandaram para ficar com minha bisavó...

— E como é que acharam ela?

— Não sei. Quer dizer, vai ver que eles sempre souberam onde ela morava. Acho que ela tava achando que eu tinha sido adotado por um árabe rico. Pelo menos foi o que ela me contou. "Pensei que os católicus tinham te dádu prus árabes por causa do nômi que cê tem."

— Nunca ouvi falar de árabes adotando crianças negras.

— Bom, sei lá, os velhos falam um bocado de coisa esquisita. Enfim, acabei morando na casa dela. Era tudo velho, sujo, rasgado. Ela... sei lá, vai ver que todo velho é assim.

— Como assim?

— Você sabe, meio fora do ar. E então eu tinha pedido pra ela me dar o 411, sabe como, o pacote completo: sobre ela, eu, o cafofo nojento, tipo que tá rolando aqui? Apesar de toda evidência, eu ainda tava achando que ela era normal, entende o que tô falando? Tava achando que ela ia responder, sabe como, normal. Quer dizer, eu sou um garoto que aparece na porta da casa dela, inocente...

— Eu me lembro como você era inocente.

— O que você quer dizer com isso?

— Nada. Você está saindo do assunto. E o que aconteceu?

— Então, ela começou a falar como se fosse maluca ou estivesse no meio de um ataque de nervos ou... sei lá, doidona, tipo como se estivesse lembrando de como era ficar doidona. Seja como for, ela já era. Ficava sentada na cozinha olhando pra parede ou alguma outra coisa que só ela podia ver. E falando, só falando, e alto. De vez em quando dava uma conferida em mim, me olhava ou perguntava alguma coisa. Mas a razão deu falar em ataque de nervos ou coisa parecida é porque isso durava horas a fio. Sei lá, parecia que continuava até por dias sem fim. Quer dizer, eu levantava, ia ao banheiro, voltava e ela *ainda* tava falando.

— E falava o quê, Arthur?

— A vida dela... Mississippi. Segundo ela, veio para Nova York praticamente andando e então se envolveu com um 'negão' da pesada que foi assassinado. Nunca superou. E então sua filha...

— *Ta mère?*

— Não, minha avó, é a minha bisavó quem tá contando. Sabe como é, a mesma história de cafajestes se repetindo por gerações...

— E ela não tentou achar você quando foi dado para adoção?
— Eu não fui dado pra adoção.
— Mas você falou que foi.
*Qual é a desse babaca?*
— Não, falei que *ela* falou ou pensou que eu tinha sido adotado...
— Mas é isso que estou perguntando. Nem ela, nem *ninguém*, disse alguma coisa ou tentou achar você... ou fazer *qualquer coisa*?
Essa bicha tá começando a me dar nos nervos!
— Não sei. Não, imagino que não.
É isso que ele queria ouvir?
— Ei, não vai ficar chateado e parar de falar. Você faz isso o tempo todo! Não é justo!
O som da voz dele me deixa irritado. O sotaque, o cicio: *Nunca ouvi falar de nada parrecido... Vocês garotos... vocês pensam que são bonitinhos!... Vi centenas de garotos como você.* Até parece!
— Quer que eu faça um café ou um shake de proteínas enquanto você fica aí olhando pro infinito?
— Não, obrigado, tenho que sair. Vou ensaiar.
— E o que mais você tem com aquele garoto?
— *Garoto*? Você tá falando como se eu tivesse cinquenta anos ou por aí. — Ele retrai. É isso aí, viadinho, pode ficar sentido. — Todo mundo é mais velho que eu por lá. E como é que você sabe que é um *garoto*? — Ponto, parágrafo. Deixa marinar.
— Que horas você vai voltar?
— Por quê?
— Pelo amor de Deus, só fiz uma pergunta! Não posso perguntar mais nada?
Bicha! Tenho ódio dele. "Bem que ele queria que fosse ele." Piada, meu cacete. De repente ele tá todo curioso com a porra de uns cadernos, minha mãe, os padres — ele não dá a mínima. Podia ter me perguntado anos atrás, mas aí teria que lidar com os meus treze

anos. Ele não queria saber, caralho! E agora tá entrando em pânico. É isso que o babaca tá fazendo. Também não tá nem aí pra porra da dança, *"la danse"*. Pode ser que um dia tenha ligado, não sei. Mas sei que agora só se importa em engolir algum pau com a boca. Pode me esquecer, não sou mais um de "vocês garotos". E a próxima bicha que me chamar de garoto vai morrer.

Descendo a Riverside Drive no Upper West Side desvio o olhar do rio tão bonito, verde e prata serpenteando a costa da cidade e reparo nas babás negras e feias empurrando os bebês rosados pela calçada. Puta merda, que escolha eu tinha naqueles tempos? A Dias de Escravidão? O Marcus Garvey Park — na moita ou na guarita? Lugares públicos — nos banheiros? O Central Park — no lago ou no Meat Rack? Ou o Roman? Fiz uma escolha.

Acho que as coisas estão começando a acontecer para mim na cidade.

*CPRKR*, uma das peças que o Scott encenou com o Herd, tem duas telas colocadas em lados opostos do palco. Uma delas mostra um vaso grande caindo de uma bancada de cozinha e se espatifando em migalhas. A outra mostra a mesma cena ao contrário. Os pingos de água se unindo e voltando para o vaso ao mesmo tempo que os pedaços de vidro se desfragmentam e voam pra cima até o vaso estar de novo na bancada. Esses DVDs passam de novo e *de novo*; caindo, quebrando, se juntando, levantando, recuperado — mais uma vez e mais uma vez. E o Herd fica dançando no palco de baixo.

Depois que fui embora, só voltei uma vez. "Diz pra eles que você me botou num trem pro Mississippi e meu pai me pegou na estação." Foi então que ela me deu os cadernos. "Num sei o que tem aí, num consígu ver nada sem meus óclus."

Eu só queria ficar o mais longe possível dela, esquecer, ser... ser o oposto — LIMPO, arrumado, com casaco de couro, o urbano cool.

Parker! Basquiat! O triplo A – Artista Afro-Americano. Não queria ter nada a ver com "num sei" ou "cê é a semente" ou "lá no Mississippi".

Me lembro da peça da My Lai que acabamos de fazer, *A semente do suicídio*. No cenário atrás da companhia fica uma foto do documentário *Pervertido: A vida e a morte de Bob Flanagan, supermasoquista*. A peça termina com um verso de John Donne: "Pelo Amor de Deus, não diga nada e deixe-me amar."

— Isso *não* é dança, e também não é teatro, você está fazendo nada com aqueles idiotas! Dança não é um bando de babacas declamando poesia na frente de um vídeo pornô.

Foda-se, se não tem um cisne morrendo não é dança pro cuzão do Roman.

Deixei os cadernos no apê. Tenho que voltar pra pegar. Devia ter imaginado que ele ia dar uma geral nas minhas coisas, ou será que não? Será que a culpa é minha por ter pedido pra colocar meus sapatos no closet? Paro, dou meia-volta e vou pra casa subindo a Riverside Drive.

Henri, o porteiro, me encara. Tento brincar.

— Negativo, você não tá imaginando coisas, eu acabei de sair.

Mas ele não diz nada, nem sorri; parece que está olhando através de mim. Será que ele acredita que eu sou o Arthur Stevens? Que tenho vinte e cinco anos? Em quatro anos nunca recebi nem visitas nem correspondência. É provável que tenha sacado alguma coisa desde o primeiro dia. Mas não valia a pena perder as gorjetas de cem dólares só por minha causa. E, além disso, não acho que ele aprecie muito os negros fortes. Mas isso tudo pode estar só na minha cabeça. Ele nunca disse nada; e se tivesse dito, onde eu estaria agora? Onde o Roman estaria? E que diferença faz, agora tudo tá quase terminado.

De volta no apartamento traço uma linha reta pro closet, pra mala onde guardei os cadernos. Onde... OK, um, dois, três, quatro... onde está o outro? Bundão! Onde pode estar? Com certeza ele pegou. Vou jogar essas merdas bem longe. Quanto mais tempo estiverem rolando por aí mais aumenta o... o *potencial* de acontecer um erro, essa porcaria pode acabar nas mãos de alguém que pode me misturar com essa merda fodida, que pode pensar que sou assim. Jesus Cristo, eu não sou assim! Não sei quem eu sou, mas sou diferente disso. Na real, eu sou mesmo diferente do que todo mundo espera de mim. E o que é mesmo que um negão deve ser? Até os cuzões PC como o Scott e os outros têm os seus estereótipos. Eles se surpreendem quando digo que nasci lá em cima e veem que não sou nenhum negão de capuz de moletom encostado pela previdência social ou um viado dando um rolê, "E aí, tudo bacana, *boneca*?", estalando os dedos que nem o Roman. Não sabem como me enquadrar. Nunca foram além da rua 14. E quem era eu? Pô, cara, eu era a merda que tinha que ser. E agora, quem sou eu *agora*? Eu sou o Cavalo Louco fodão! Mas isso não é de verdade. Inventei alguém pra sobreviver. Não sei quem eu sou, mas sei muito bem o que não sou. E não sou essa merda. Jogo os cadernos na minha mochila. Minha herança, resmungo. O bundão do Scott vai herdar milhões quando os pais morrerem. A My Lai também está esperando uma bolada.

Um soluço sacode meu peito quando desço as escadas do metrô e me lembro da facilidade com que desapareci. Stan devia me levar pra escola naquela segunda-feira. Eu tinha começado as aulas de dança mas já havia perdido três semanas de escola (e agora já são três anos). Roman me diz de novo que se eu for seu garoto ele vai me transformar num bailarino, me alimentar, me deixar ficar na casa dele *e* me vestir em couro e jeans e tudo mais que eu quiser. Quando eu volto, a Dias de Escravidão me implora pra ficar. "Cê é minha semênti." Não sei o que ela contou pra eles; só sei que nunca vi meu retrato na caixa de leite.

Nunca me escondi ou fugi, não foi necessário. Com toda aquela confusão — J.J., Cavalo Louco, Arthur Stevens — ninguém nunca soube a porra do meu nome. Mas a verdade é que já que eu não era mais um rabo pra foder ou um cheque pra descontar ninguém ligava pra onde eu estava. Eu fazia duas aulas de graça por dia no Stride, com o Roman, sem perguntas, fazia as aulas na Y e voltava pro antigo bairro todas as quintas e sábados à tarde, dançando nas aulas da Imena. Não tinha que me esconder. Eu nunca existi pra ninguém, não mesmo.

Existir é que vai ser difícil. Reaparecer. Em janeiro faço dezoito anos. O lance agora vai ser arrumar um emprego, Barnes and Nobles, Starbucks ou Mickey D's, e depois fazer os exames de qualificação universitária e entrar num programa de dança, na NYU ou em algum outro lugar. É só surgir de repente, como os mercenários no cinema e, KABUUM, voltei! Gosto disso! Eles devem ter uns sessenta anos hoje em dia. E mesmo que não matassem ninguém eles explodiam um bocado de coisa. E o que foi que eu fiz? Nada. Às vezes tenho vontade de ter matado alguém ou alguma coisa, pelo menos então eu ia ter uma razão para sofrer.

No trem fico vendo umas minas rindo do outro lado do corredor, seus ouvidos entupidos de sons, estão juntas com um fone no ouvido de uma garota e o outro no de sua amiga. Amigas. Olhando pra cima das cabeças das garotas vejo meu reflexo na janela do trem e então, como um fantasma, a máscara de couro preto que o irmão Samuel costumava usar aparece com fumaça saindo dos olhos e das orelhas. Está fervendo, como se fosse explodir em chamas. Fico assustado e me levanto assim que o trem freia na rua 72, saltando pra fora das portas que se abrem ao invés de continuar até a rua 14, onde eu ia mudar pro trem Número 1 e seguir até o Loft. Subo correndo as escadas a tempo de driblar as portas fechando e entrar no Número 3 que vai na direção norte. Quero cuspir na cara daquele viado e dizer como ele fodeu a minha vida. Será que tô perdendo o juízo? Por que agora? Não dá pra deixar de lado? A gente tem que ensaiar, imagina se eu me complicar? E então vejo as minas na minha cabeça, dividindo os fones de ouvido pra escutar juntas a mesma música. Nunca tive isso. Ele tem que morrer. Sim, por minhas próprias mãos! Não tenho mais treze anos. Esses três anos foram os anos filé. Fecho bem meus olhos mas não consigo apagar o fantasma da máscara de couro e então ele se transforma no rosto suado e rosado do irmão Samuel.

Saio na rua 135, esquina com o boulevard Malcom X. Que merda, passei a maior parte da minha vida aqui. Na Lenox está a funerária onde foi o velório da minha mãe e logo acima da esquina, na 135, o centro recreativo onde comecei a dançar.

Cadê a segurança desse lugar? É nisso que penso enquanto deslizo pela porta principal do St. Ailanthus até o corredor do escritório administrativo. Aqui eu costumava organizar em pilhas o material da Sra. Washington. Não reconheço a garota no banco de madeira atrás da escrivaninha, trabalhando no computador. E, de repente, todo meu gás vai embora.

— Posso ajudar?

— Queria falar com o irmão John.

— Quem?

— Com o irmão John — respondo, como quando você tá em uma das lojas vintage chiques da vizinhança e fica fazendo perguntas sobre uma camisa na qual não está interessado porque levou um susto com o preço das calças que queria comprar.

— Já faz algum tempo que ele foi embora, quase três anos.

— Eu era da turma dele de ciências.

— O irmão John está lecionando em Dakota do Sul, numa reserva indígena. Alguns garotos ainda recebem cartas dele.

Tô apostando que sim.

— E o irmão Samuel?
Ela me olha esquisito.
— O irmão Samuel faleceu há dois dias.
Então *era* ele.
— Foi suicídio. Ele se pendurou numa das vigas da biblioteca. Os garotos o encontraram desse jeito, nu, exceto pela... pela *coisa*... — Ela não dá conta de terminar, mas passa as mãos pelos lados do rosto.

A máscara. É, era mesmo ele, ele no seu caminho pro inferno.

E como se a garota fosse uma bruxa ou sei lá, ando até a porta sem dar as costas pra ela e então corro.

*Ave Maria Cheia de Graça Bendita sois vós entre as mulheres e Bendito é o fruto de vosso ventre Jesus...*

— Que se foda! — grito pro céu. Que outra pessoa reze por ele. Estou contente porque está morto!

Nessa noite sonho um dos sonhos antigos que costumava ter quando era criança, voando sobre a infinita água azul. Voando e voando como se fosse um pássaro gigante, inflado e todo-poderoso. Nada pode me parar. E então começo a ficar um pouco cansado, só um pouquinho, não muito, de verdade. Olho por cima da vasta água azul; um pouco da alegria foi embora, não toda, apenas um pouco. Procuro um lugar pra pousar, mas até onde posso ver, só água. Mas tudo acaba; não há *nada* infinito, a não ser em sonhos. Se eu conseguir voar até o fim da água, ou encontrar uma ilha, ou acordar... estou assustado e isso me dá energia pra continuar voando. No sonho sinto muita tristeza. Fico pensando no modo como mataram o Cavalo Louco. Sinto a faca atravessando os séculos. Dói mais do que quando torceram o meu ombro no St. Ailanthus. Continuo voando, agora sou um índio, morto e chorando, vendo o irmão John caminhar em direção aos meus tetratetranetos. Vejo a lua cheia. Penso, *ô merda, vamos lá*, giro pra cima e começo a voar pra lua!

Quando chego lá vejo um velho com um chapéu de palha, de costas para mim, sentado em uma daquelas pedras brilhantes da lua e tocando banjo alto e cantando:

> *Si um dia mi safá dessa colheita,*
> *Num quero mais ver crescê nem mêsmu uma roseira.*

Quem é ele? Quero ver seu rosto e então corro em sua direção. Mas antes que eu possa chegar e ver o rosto de frente ele se levanta e vai embora em raios de luz como esquis longos e lustrosos. Tento mais uma vez; a mesma coisa acontece. Vejo então alguns raios de luz e pulo neles, fazendo meus próprios "esquis", que acabam sendo mais rápidos que os dele. Chego até ele e giro em meus raios de luz na sua frente para ver quem é. Mas onde deveria estar um rosto só há uma caveira de vapor verde flutuando. Um par de olhos me encara pelo vapor enquanto ele dedilha o banjo, gritando:

> *Si um dia mi safá dessa colheita,*
> *Num quero mais ver crescê nem mêsmu uma roseira.*
> *E si alguém me perguntá di roça,*
> *Deus tenha piedade de sua alma.*

E segue cantando. Sei quem ele é! Agora tá grunhindo e cantando palavras de outro mundo. Estou ficando com medo. Quero voltar pro meu próprio mundo, mas não sei como sair do espaço. Acordo em pânico.

DE MANHÃ ELE fala fala.
— Vamos tomar o café em algum lugar — diz.
— Que horas são?
— Oito horas.

Quero voltar a dormir.

— Vamos, dorminhoco, veste qualquer coisa e vamos tomar café da manhã.

Tô me sentindo um trapo. A vida só devia começar depois do meio-dia. Além disso, não quero ir a lugar nenhum com ele.

— O que está pensando deitado aí? Não sei mais no que você está pensando.

— Já eu sei muito bem no que você tá pensando — retruco.

— Você está tornando tão cruel. Você não foi cruel quando eu te ofereci abrigo.

— Não tenho mais treze anos.

— Agora está sempre falando disso. Disso e dos padres que abusaram de você. Roman não abusou. Você é maior que Roman. Eu pensei você era um homem. Você me disse ter dezessete anos. Em quem devo acreditar? E depois me disse a verdade quando já era muito tarde, nós já estamos apaixonados!

*Nós?* Esse puto tá doido. Preciso levantar; tenho ensaio às dez.

— Você quer ir tomar café da manhã?

— Tenho ensaio às dez.

— Nós nunca vamos a lugar nenhum!

— Você sabe por que tão bem quanto eu.

— Bom, agora você é maior. Podemos sair como... como outros casais.

Puta merda, "outros casais." Faça-me o favor, se eu fosse um homem negro na faixa dos cinquenta, sessenta e poucos anos e tivesse botado pra dentro de casa o rabinho branco dele, eu estaria na cadeia até hoje.

— Não tô com fome.

— E daí? Você precisa comer alguma coisa, não é bom dançar com estômago vazio.

— Onde está o outro caderno?

— Não sei do que você está falando.
— Então esquece.
— Não, do que é que você está falando?
— Não adianta continuar se você não sabe do que eu tô falando.
— Bom, eu *estou* falando sobre não ser bom dançar com estômago vazio. Você tem que comer alguma coisa. Vamos tomar um café com croissant. Vou dar uma aula às onze e meia, aquela intermediária avançada. A que horas termina seu ensaio?
Ele tem uma turma profissional avançada às dez horas. Faz quase um ano que não para de falar que preciso fazer uma aula mais avançada que a intermediária avançada. É verdade, mas não quero fazer com ele.
— Você está tendo aulas em outro lugar? — pergunta.
Então é isso o que está pegando.
— Faz favor, eu sempre tive aulas em "outro lugar"!
— Você sabe do que estou falando. — Fica emburrado. — Aulas de balé.
— Ei, não estou a fim de discutir o assunto, mas, se você faz questão de saber, o Herd decidiu que todos nós temos que fazer a mesma aula técnica.
— Isso é bobagem! Cada um é diferente, todo mundo tem...
— Olha só, é apenas uma experiência que vamos fazer por alguns meses.
Estou tentando parecer blasé, mas não vou aparecer na aula das dez e nem voltar pra a aula das onze e meia ou em qualquer uma das aulas dele, nunca mais. Nunca. Temos uma nova garota, ou melhor, mulher, que vai começar hoje. Desde que saiu a crítica no *Voice* tem uma porção de gente pedindo audições.
— Sabe, você fica todo animado com esse maldito grupo. É porque pensa ser o rei da cocada preta e tal. Ou quem sabe eles são tão ruins que você *é* o melhor e deixam você se safar, convencem você

de que é um tipo de gênio criativo. Olha bem, você não é! Você tem um longo caminho, longo, *longo* caminho a percorrer antes de virar um bailarino de verdade!

— Pensei que você gostasse de algumas das coisas que eu tô fazendo! — Eu me ouço choramingando como se fosse um bebezinho. Odeio isso. Fecho meus olhos. Nem escuto o que ele diz depois; uma onda de ódio sai de mim tão quente que eu podia cortar a garganta dele e não sentir nenhuma dor, na verdade eu ia até me sentir bem. Bicha velha!

— Deixa eu dizer mais uma coisa...

E antes que ele consiga terminar, eu pego seu pescoço pela frente, só com uma mão. Não consegue nem gritar.

— Não quero saber! — digo sibilando. — E vai buscar o outro caderno antes que eu limpe o chão com seu rabo de bicha!

Aperto mais forte como se fosse botar a traqueia pra fora.

— Vai! — ordeno, afasto minha mão e o empurro pra longe de mim, pro chão.

Ele fica deitado, recuperando a respiração. Nunca o vi tão assustado antes. Olho bem nos olhos dele e então desvio o olhar. Também fiquei assustado por um minuto; machucar o Roman é como machucar a mim mesmo. Toda vez que chego ou saio do prédio uma câmera de segurança me filma. Quem liga para mim? Se machucá-lo eu *vou* pra cadeia. Ninguém quer saber o que ele fez comigo.

— OK, OK, estou indo. Não tinha a intenção de roubar de você, apenas apenas... — Corre para buscar e volta rápido, que nem um esquilo. Dou uma inclinada pra ver as horas; agora não tenho tempo pra mais nada. Coloco o caderno na minha mochila, tomo um banho de gato e vou pegar o trem.

Saio na rua Franklin na direção do loft onde ensaiamos — a bem dizer, é o *nosso l*oft, por causa da grana do Scott... Sei que o Roman só está sendo escroto, mas me chateia a insinuação de que não sei dançar ou que estar com o Herd é um pouco como jogar a toalha. Foda-se, ele está com ciúmes por causa dos meus amigos. Tudo bem que não são meus amigos — como que você pode ser amigo de alguém quando não pode nem mesmo dizer qual é seu próprio nome? —, mas eles são *alguma coisa*, companheiros. Os caras gostam de mim, mesmo sendo mais velhos, alunos da NYU, gente de bairro bacana, Roman que se foda! Nós estamos dançando! Não somos como os velhos babacas da turma do Stride, caras que têm vinte e três, vinte e quatro anos e ainda estão fazendo aulas, sem nem tentar fazer testes, só falando sobre o dia em que vão estar no ponto e tal e coisa. Fala sério, quando é que você fica nos trinques? Se depender das bichas como Roman vai ser no dia de são nunca, quando *ele* decretar que você tá pronto.

No Herd agora, depois da saída da Rebecca e da Bianca, somos cinco: Scott, My Lai, Snake, Ricky e eu, e com a nova piranha vamos ser seis. Tô achando que o Ricky está querendo saltar fora, vamos ver. Se ele realmente for embora, com a garota nova vamos ser três-dois, três homens duas garotas. Assim é bom, muitas garotas mudam as coisas. É o Ricky quem tá trazendo a nova piranha então a gente sabe que ela é bonita, quer saiba dançar ou não. Nunca vi o cara com alguém feio, embora só tenha um metro e sessenta e pouco e com aquele cabelo parece ter acabado de sair de uma caverna. Ele tem ódio de mim, posso sentir. Nunca fiz nada pra ele a não ser dançar melhor; mas quanto a isso não tem remédio. Num vou serrar minhas pernas pra ele ficar numa boa. A My Lai diz que é um perrengue de mexicano — está acostumado a achar que é melhor que os negros. Ei, vai ver até que é, vai à luta, mano! Que porra me importa se alguém é melhor do que eu? Ele tá é com raiva dele mesmo, é isso que tá rolando. Scott fala macio, dividir o poder, blá-blá-blá, mas não arreda pé do lugar. E, além disso, o Scott tá ganhando peso e não tá ficando bonito não.

É no mês que vem que eu vou dar o fora. Scott disse que tenho que fazer minha parte na manutenção do loft. Adoro isso, *tenho* que. Ai se ele soubesse. É só no que penso, vinte e quatro horas por dia. "Se você não quiser não precisa ficar aqui, mas nos três meses em que for o responsável pelo loft você tem que fazer tudo — compras, segurança, limpeza, relatórios, *tudo*. É melhor ficar por aqui de uma vez, porque vai dar plantão as vinte e quatro horas do dia."

Mal posso esperar. Não consigo pensar em mais nada, só no meu próprio cafofo, mesmo temporário, e nas *piranhas*, em faturar umas bucetas. É isso aí, deixar Roman, faturar umas bucetas, arranjar um emprego qualquer. Nunca tive um emprego. Vai ser tão legal aqui. Talvez eu faça o Exame de Qualificação Universitária pra tentar entrar em algum programa de dança. O Snake disse que tem amigos que estão na NYU há anos, só com a grana da bolsa. Como é que eles conseguem essa merda? Agora tá na hora de descobrir. Pô, vou fazer dezoito anos; ninguém vai poder me perturbar, tô cansado de me esconder. É verdade que não tô exatamente me escondendo, mas que diferença faz se ninguém sabe seu nome, ou onde e com quem você vive? Tudo foi inventado, minha idade, meu nome, fica faltando o quê?

Dou uma olhada no meu relógio. Nove e cinquenta, tô no horário.

Quando entro todo mundo já está por lá, de bobeira, a mina nova é genial, alta, loura, do caralho!

— Esse é o Arthur Steven, também conhecido como Cavalo Louco. Arthur, essa aqui é a Amy Ash — diz Scott.

— Oi, Arthur.

— Oi.

Não parece ter vinte e cinco anos. Parece muito mais jovem.

— Nós estamos aqui contando pra Amy o que é o Herd, como começamos e tal. A My Lai estava se preparando pra explicar a peça que vamos fazer, desenvolvida a partir do *My Lai 4* — o Snake diz.

A Amy está com jeito de quem quer perguntar alguma coisa mas não quer fazer papel de babaca.

Ricky, que está mexendo com seus grossos dedos do pé, faz a pergunta por ela.

— O que a My Lai tem a ver com você?

— Foi tipo um crime de guerra no Vietnã — a My Lai tenta explicar.

— Ôôô, tá certo, isso eu tô sabendo. O que estou perguntando é o que isso tem a ver *conosco*? Ou mesmo com você? — insiste o Ricky.

— Se deixar eu acabar de falar, talvez você entenda.

A Amy tá olhando pra My Lai como se ela viesse de outro planeta. A My Lai não tá nem aí. Essa é uma das coisas que acho diferente nos caras como a My Lai e o Scott, garotos ricos, eles não tão nem aí. Caras como eu não dão dois passos sem imaginar o que os outros tão pensando ou vão pensar — puta merda, o que esses babacas vão *fazer* comigo?

O Scott parece entusiasmado.

— Explica pra gente o que e como você quer fazer. Ontem à noite você tava falando sobre ser adotada. Como é que isso entra aqui?

— Humm, bom, aquela bobagem que eu tava falando sobre adoção, tipo, quem se importa? Você ainda não encheu o saco dessa lenga-lenga de adoção? O que quero dizer é que quase tudo que a gente pode encontrar na Barnes&Noble é uma choradeira sobre algum mestiço fodido ou um imigrante adotado. E eles todos estão ou muito agradecidos ou muito putos. Eu queria apresentar essa coisa do adotado como *parte* de uma história. Pra começar, quero ir até o fundo do que esse país fodido fez, não comigo, mas com toda uma nação, uma *raça*, por que razão ficamos tão pobres e por que nossas crianças acabaram sendo adotadas. Por que o Vietnã? E por que não o Vietnã? Grande merda, eu bem que poderia ter sido uma vietnamita. Meu pai culpava o Vietnã por sua bebedeira e por tudo mais de ruim que aconteceu. E veja bem, não é porque ele tenha estado por lá, ele nunca esteve. Mas ele foi *afetado*. E daí pra frente tudo que esse babaca faz é afetado, sempre. É isso que eu quero usar. — Tira um livro bem gasto da mochila. — Comprei este livro na banca de um dólar lá na Strand, *Sangues*, de Wallace Terry. E esse também. Mostra o outro livro. — *My Lai 4: um relatório sobre o massacre e suas consequências*, de Seymor M. Hersh. Achei no mesmo lugar; é um relato passo a passo do massacre...

— Massacre? — desdenha a Amy.

— Massacre, minha querida. O negócio de todo dia dos putos pra quem sua mamãe e papai pagam impostos.

— Eu pago meus impostos — diz a Amy.

O Scott pergunta:

— Você quer usar esse texto como está? Será que podemos?

— Claro que sim, foi escrito na época do Vietnã. Se esse cara não morreu com certeza está em um asilo — responde.

— Um fóssil — o Snake dá seu pitaco.

— Então diz pra gente como é que vai ser — falo.

— Bom, acho que o que eu quero é reviver esse dia no palco. Ainda não sei. Eu definitivamente quero usar uma parte do texto. Podíamos começar brincando um pouco, improvisando com a câmera enquanto eu leio. Isso vai me dar uma ideia da percepção de vocês sobre o texto. Imagino a gente dançando com algumas cenas de documentários por trás, ou até mesmo no palco principal. Tem uma porção, uma porrada mesmo, de filmes, documentários e notícias em arquivos sobre o Vietnã.

— E então, quando foi que você mudou seu nome para My Lai? — a Amy pergunta.

— Legalmente meu nome continua sendo Nöel Wynne Desiré Orlinsky. A essa altura do campeonato tento evitar qualquer conflito que possa interferir com minha renda mensal.

— Como é que é? — pergunta a Amy.
— Não tenho tempo pra explicar — a My Lai responde.
— Por enquanto é só. E aqui estão os novos horários de ensaios — informa a My Lai.

QUANDO VOU EMBORA, sinto que os cadernos são um bebê morto que tô carregando na minha mochila. Onde é que posso me livrar deles? Jogar fora o cheiro de cocô de barata, da puta velha sentada naquela cadeira com a barata parecendo ter saído da cabeça dela enquanto corre pela parede. Jogar fora o som da voz dela: *Num vai embora, cê é o únicu minínu nóssu que nasceu vívu.* (E quem, caralho, é esse "nosso"?) *Cê é a semênti.*
Passo a mão na linha que desce do lado do meu rosto, tá cedendo, mas nunca nunquinha vai desaparecer completamente. A My Lai disse: "Um rosto perfeito, se não fosse por isso." E o Roman: "Você é mais bonito por causa da cicatriz, como os pintores orientais de antigamente, que estragavam um pedacinho do quadro para realçar a perfeição do resto." Pra mim parece uma navalhada de briga de rua, mas não foi uma navalhada de briga de rua, fui eu mesmo quem fiz. Tudo bem, mas não vou mais fazer isso comigo. Os cadernos são um tipo de acusação ou... ou julgamento. Essas pessoas não são normais. O que o Scott e a May Lai vão pensar?
Vou matar essas mentiras, tacar fogo! Mas não posso começar uma fogueira no meio da rua. E tenho medo de botar na lata de lixo, vai que alguém acha e me liga a eles. Como? Sei lá, mas só de pensar meu estômago aperta, fico com vontade de vomitar — vomitar a Toosie vestida de seda laranja, o seu ser jovem e o seu ser velho e fedido misturados na minha cabeça. *Cê é bonítu, ah é, cê é, num é gôrdu cômu sua mamãe nem tem a cara de espinha do seu papai molenga.* A música tá tocando e tô brincando, fingindo ser um maioral, fumando chiba, dando voltas de carro com garotas chupando

meu pau, que elas chamam de "bilau" que nem a Toosie, e depois corte, uma chuva de sangue e a Billie cantando: *Nunca mais vou ser a mesma.* Quero voltar para algum lugar antes dessa cicatriz no meu rosto, um lugar limpo. *Nunca mais vou ser a mesma, bom dia, coração partido.* Você ser tão bonito, que nem arte. Você ser um belo rapaz negro, diferente; a língua desce dele pelo lado do meu rosto, pescoço, mamilos, virilha, coxas, bilau, é tão bom, por que é que eu tenho tanta raiva disso aahhh! Às vezes vomito. Baixo no Mickey D's, no King, no Colonel ou no Taco Bell e depois enfio o dedo na goela, eca! É nojento mas é melhor que ser gordo. Quero ter os músculos magros e definidos. Quero vomitar essa merda. Não posso ser o que quero ser convivendo com essa, essa merda, essa sujeira: *O que pápi fez comigo minha vida não ser o que divia ser purconta de mâmi e pápi. Meu sol meu pequerrucho sol minha vida seu pápi e meu*

> *Segure bem os sonhos*
> *Porque se os sonhos morrem*
> *A vida é um pássaro de asas quedradas*
> *Que não pode voar*
> *Segure bem os sonhos*
> *Porque se os sonhos morrem*
> *A vida é um pássaro de asas quedradas*
> *Que não pode voar*

Seja ela quem for, gastou dez páginas copiando o verso sem parar, escrevendo "quebradas" errado todas as vezes. Só lá pela nona página ela começa a escrever "quebradas" em lugar de "quedradas".

*Minha* mãe? "Minha mãe e meu pai eram casados" digo em voz alta. E, infelizmente, minha mãe faleceu em um acidente de carro e meu pai foi morto na Guerra do Golfo. Eu sou uma pessoa boa. Nunca machuquei ninguém. O sol está a pino. Brilhando. No

Central Park, no reservatório? Nã-não, muita gente correndo por lá e se alguém reparar em você jogando alguma coisa na água por cima da cerca são bem capazes de atirar. E parte dessa porcaria foi escrita com caneta e a água não vai apagar. Queimar? Onde? Não, é melhor rasgar essas porcarias em pedacinhos e então jogar fora. Vamos pro parque acabar logo com isso.

Tenho esse medo que parece um pesadelo: sei lá por quê, Roman tá lá no número 805 da avenida St. Nicholas. Os implantes em sua cabeça estão crescendo como gêiseres. Ele fica olhando pra Toosie que tá de pé, segurando um bule de café. "Me conta tudo agora. *Tudinho*." Ele pede. E ela obedece. E então ele parte pra cima de mim. "Você quer me convencer que isso ter sido melhor do que o quê eu ofereço!"

Vamos lá, pés! No parque eu sei o que fazer, e faço. Sentado na grama, com os cadernos empilhados ao meu lado, começo a rasgar tudo em pedacinhos, página por página. Vou rasgando direto na mochila e recolho de volta qualquer pedaço que cai na grama. Meus dedos tão doendo quando termino. Carrego a mochila cheia e começo a correr para a estação de metrô da rua 103. Só tem duas pessoas, um cara negro com ar de profissional liberal junto com uma mulher branca. Eles podiam ser policiais, mas o que eu posso fazer? Só vou jogar papel fora e nunca vi ninguém ser preso por isso. Eles ficam em guarda quando passo do lado, andando até o fim da plataforma, pro buraco fedido de onde o trem sai chispando. Minhas mãos tão cheias de pedacinhos de papel. O chão começa a tremer, o trem está vindo. VAMOS LÁ, PIRANHA! Aos berros começo a jogar os papeizinhos no buraco negro. PASSA POR CIMA, SEU PUTO! Grito pras luzes que se aproximam, enfiando a mão na mochila e tirando mais e mais papéis pra jogar no ar, sobre os trilhos de aço. Quando o trem se aproxima eles voam pra todo lado, pra baixo, pra cima, de volta ao meu rosto. Ha! Talvez comecem a pegar fogo; estão sempre dizendo: NÃO JOGUE PAPEL NOS TRILHOS, PODE DAR INÍCIO A UM INCÊNDIO. Tudo bem, queima, baby, foda-se! O trem ruge passando por mim, para e sai outra vez. Viro a mochila em cima dos trilhos e vejo pousar nos trilhos os últimos pedaços de papel. Livre. Dou um passo atrás e espero pelo próximo trem. Embarco.

QUANDO CHEGO EM casa, o Roman está que nem um cachorrinho. Mal atravesso a porta e ele já começa a falar.

— Hoje estive falando de você.

— Poxa, obrigado.

— Por que essa atitude? Foi bastante bom. Sabe o Alphonse? O namorado dele estuda em Columbia e está escrevendo um ensaio sobre o Jean-Michel Pasquiat.

— *Basquiat*.

— OK, tudo bem. Ele me perguntou se eu sabia quem era. Quando fui olhar na estante, vi que você tem quase tudo sobre ele. Ele disse que você provavelmente é um jovem muito inteligente. Eu disse que provavelmente não, querido!

— Tô muito cansado.

— Muito cansado pra ouvir? Isso não cansa nada — reclama.

O Roman tá com o livro da Exposição Basquiat no Whitney aberto na mesinha de centro. Uma vez, conversando com o Snake, descobri que ele também tinha lido o livro inteiro, *todos* os ensaios, e não apenas o do Greg Tate. A My Lai e eu lemos juntos a *Historia de O*. Estava na estante do Roman, junto com *O diário de um ladrão* — coisas malucas francesas que o Roman nunca nem leu, foi um dos "garotos" quem deixou.

Fico imaginando quanto dinheiro ele tem. Sei que tem um cofre no banco onde guarda seus certificados de ações, papéis e joias. Ele me contou. "Tive que fazer isso, alguns dos garotos que vinham aqui eram maus. Vêm roubar. Você é diferente dos outros garotos." Não é bem verdade. E como foi que ele conseguiu a porra das ações e certificados? Não foi ensinando balé. E grana viva? Será que ele guarda grana viva no cofre do banco? E o que é um certificado de ação?

Mas quer saber, foda-se! Deixa pra lá o dinheiro dele, tira isso da sua cabeça, essa é a última coisa que liga você a esse velho escroto. Você vai ganhar dinheiro! Pô, que foi mesmo o que a My Lai disse? "Porra, você *é* dinheiro!"

— Ele me perguntou...

— Do que você tá falando? — Perco a paciência.

— Do Alphonse, meu amigo. Por que, você não estava escutando? Ele me perguntou por que você não está na escola como o seu namorado, já que você é tão inteligente. Disse que não sei, mas é uma boa ideia. Ele perguntou quantos anos você tem. Eu disse vinte...

— Por quê? Eu tenho dezessete.

— É, mas você tem dezessete há muito tempo.

Ele ri. Rio também, mesmo tendo um pouco de vontade de bater nele de verdade. Mas não vou fazer isso, em primeiro lugar porque sei que ele ia gostar e, depois, porque cansei de ser maluco.

— Você quer ir pra universidade. Tem um punhado aqui por perto, a Columbia, o City College.

— Eu sei.

Olho a mesa de centro. Que coisa mais estranha; o livro está aberto nas páginas 88-89, a reprodução de *Acque Pericolose* precisa das duas páginas.

— Vamos pegar uma comida chinesa, OK? — sugere.

— OK.

Estamos na Broadway perto da rua Noventa e oito, em frente ao Hunan Balcony quando sinto os olhos de alguém em mim. Olho em volta e é a Amy, a garota nova. Olho pro outro lado, tentando fingir que não a vi e que ela não tinha me visto. Você viu alguém parecido comigo, sua vaca estúpida. Meu estômago aperta. Que merda, fingir que não vi não muda o fato de que ela me viu junto com essa bicha anciã! Eu quero me matar! Esse foi um vacilo muito muito grande mesmo. Só porque tô andando pela rua ou parado na esquina com alguém não quer dizer que estou *com* essa pessoa. Vamos lá, me dá um tempo! Sou bailarino. Ele é um dos melhores professores de balé da cidade. Eu sou bailarino mas, ei, pareço ser... Pra onde ela foi? Me deixa explicar. Ela foi embora, é claro que foi, por que não iria? O cheiro de alho frito que sai do restaurante me deixa enjoado.

— O que está acontecendo com você? — o Roman pergunta.

— Nada. Tô cansado. Vou pra casa.

— Pra casa? Mas você não comeu nada ainda.

— Eu disse que não estou me sentindo bem.

— Não está se sentindo bem? — responde como um eco.

Me afasto dele. Agora, penso, *agora*. Eles não podem mais me botar num abrigo de jovens ou na prisão para delinquentes juvenis. Eu sou um homem, um artista, andando com um pessoal na faixa dos vinte anos! Vou pro metrô e escuto logo atrás de mim o ruge ruge do jeans apertados e o barulho de sua bota de caubói.

— Que está acontecendo aqui?

E o que é que tá acontecendo aqui? Um pouco tarde pra fazer essa pergunta. Desço as escadas do metrô correndo e não escuto mais suas botas atrás de mim. Quando o trem deixa a estação todas minhas *identidades* estão flutuando na minha cabeça, metamorfoseadas em nomes como Arthur ou J.J. Me vejo fazendo coisas esquisitas, mas sei que sou normal. Aquela parada que rolava no St. Ailanthus era um tipo de Halloween psicótico. Mas naquela época eu achava que tinha sido chutado pra fora do paraíso.

Eu era uma criança e agora sou um homem. Não sou o que eles eram — gays violadores de bundas de bebês. Ou talvez seja, vai ver me escolheram pras porcarias porque eu também sou como eles.

## O GAROTO

Talvez eu seja uma bicha. Eu gosto que me chupem. Será que ia gostar com uma garota? Quando tô me masturbando, penso em garotas como a J-Lo ou como a mina nova, alta, loura e de peitos grandes. Quando Scott disse pros pais que queria ser bailarino mandaram ele pra NYU, pro Merce Cunningham, pra Graham School, pra África; o *mauricinho* já esteve na África! Garotos normais não sofrem! Onde é que ele estaria agora se tivesse passado por orfanatos e depois tivesse que aturar um viado de careca rosada e cheia de implantes, frequentador de salões de bronzeamento e aulas de pilates mamando no seu pinto praticamente toda noite? Será que o que eu fazia com os garotos do St. Ailanthus me tornou viado? Não fiz nada que eles já não estivessem fazendo. Merda, eu fiz o que estavam fazendo comigo. Não me importa o que minha mãe era, eu queria ter ficado com ela. Com os meus pais, drogados ou o seja lá o que for. Meu pai?

Não tô mais enjoado; agora tô com fome.

Alguns dias, em pé na barra depois de dois dias só tomando café com donuts de chocolate duplo no Dunkin' Donuts', eu centralizo e salto reto mais alto que metro e meio, minhas pernas bem abertas logo em seguida, ou então venho e faço um jetée, minhas pernas em perfeita abertura no ar e fico lá, por um segundo. Posso ver a inveja no rosto do Ricky e desafio no da My Lai. Merda, eu sou o cara. Não pedi pra ser, eu trabalhei pra chegar lá. Mas, que merda, todo mundo trabalha. Eu não tinha a menor ideia do que ia conseguir fazer em quatro anos. Mas essa porra eu posso fazer. Eu posso. Se faço ou não é outra história, mas pelo menos *posso* fazer. E o que é que o babaca do Roman consegue fazer agora? Nada. Ele tá velho. Já era.

RUA 14, conexão para...

Rua 14? Pra onde estou indo? Por que diabos entrei no trem? Pra me afastar dele. Agora tenho que voltar lá pela última vez. Saio rápido pelas portas se abrindo e pulo pelos degraus pra trocar a direção, ir para o bairro.

Sentado no Número 3 na direção norte, olho pro rasgo no meu jeans enquanto espero o condutor dizer todas as paradas, um rasgo muito chique, um jeans de duzentos dólares, isso vai acabar por enquanto, pelo menos até eu conseguir um emprego.

Alguém... Não, ele desviou o olhar. Tava achando que o cara do outro lado tava me encarando, mas ele tá com seu *Daily News*. Olho de volta pras minhas calças mas sinto de novo, o que é isso, será que é dia de ficar ansioso? Alguém tá olhando para mim, caralho! Quando eu olho de novo o cara afastou o jornal. É... é o Richie Jackson! O sacana mentiroso do Richie Jackson. Posso ver que ele não tá mais no St. Ailanthus. Parece um velho morador de rua. Posso sentir o cheiro que vem dele do outro lado do vagão. Odeio gente suja e nojenta como ele. Ficou alto, mas não pode ter mais de treze ou quatorze anos de idade.

RUA 34!

Ele se manda do trem.

RUA 42!

Deve estar fumando, um punhado desses caras tipo gueto fumam. Provavelmente tá com AIDS ou merda parecida. A maioria dos brancos sai na rua 72 ou na 96.

RUA 72!

É agora.

RUA 96!

Salto do trem, corro no sentido oeste e subo pela Riverside Drive pra casa, pro Roman.

Ele tá esperando por mim.

— Onde você estava?

— Não tava me sentindo bem, então fui embora.

— Assim, desse jeito! Você saiu correndo. Você é rude, é o que você é! — grita.

— Olha, estou indo embora.

— Assim, desse jeito!
Acho que essa é a frase do dia.
— Não, não é "assim, desse jeito". Tô pensando nisso faz algum tempo.
— Ah, e faz quanto tempo você estar pensando nisso?
Sinto vontade de chorar, mas sei que não vai acontecer. Não choro. Eu danço. Tenho que sair agora mesmo ou então nunca vou conseguir.
— Tô pensando em ir embora desde que eu tinha treze anos.
— Lá vem você de novo com essa merda dos treze anos! Por que estar sempre falando nisso?
— Você me perguntou — respondo.
— E para onde você ir?
— Pro loft do Herd.
— O quê, então posso chamar a polícia e dizer para eles...
*Ele* vai chamar a polícia? O cara tá completamente maluco!
— Você quer que eu volte aqui e te encha de porrada?
— Ora, você está bem violento agora. Deixa eu só falar uma coisa, você está se iludindo com as garotinhas do Village. Você fica por lá fodendo essas bocetinhas fedidas, engolindo tudo. Olha bem, sua buceta é maior do que essas que você está fodendo. Vai embora agora! Você é tão viado quanto eu e um dia vai ser exatamente como eu, vai amar um garoto, abrigar esse garoto e ele vai partir seu coração.
E começa a chorar, soluçando profundamente.
— Agradeço a bênção. — Fala sério. Porra, coroa, com certeza isso é que não vai me convencer a ficar por aqui, dizer que vou terminar que nem você.
— Bom, também tenho uma novidade, já que você contou tantas para mim — diz triunfantemente. — Você não está sabendo disso, mas fui ao médico, meu exame de HIV deu positivo!

Fico paralisado num flash, tudo tá ficando escuro, como numa tela de computador. E então percebo que ele *quer* que eu parta pra cima dando porrada até quase acabar com ele e então vai poder chamar a polícia e me colocar na prisão, onde vai poder me visitar com biscoitos e docinhos. Vou continuar sendo seu, um dos "vocês garotos". Eu estava me iludindo, pensando ser mais que isso. Sinto um frio crescer no meu peito.

— Aonde você vai?

— Vou pegar minhas coisas.

— Você escutou o que eu disse? Isso é sério para *nós*.

E quem tá ligando? Em primeiro lugar, não acredito nele. E em segundo, vou embora pra outro lugar e dançar até morrer, e isso pode acontecer amanhã ou daqui a cinquenta anos. Em quatro anos eu nunca nem beijei esse viadinho, muito menos ia deixar que ele fodesse meu cu. Se eu me contaminei porque esse anão chupou meu pau, então me contaminei. Ele pode ver que não tô assustado, essa era a carta que ele tava escondendo, isso e a ameaça de me denunciar pra polícia.

— Se você vai, vai logo.

*Se...* dá um tempo, babaca! Abro a enorme mala barata que comprei na rua 14. A choradeira começa de novo. É nojento.

— Por favor, deixa eu falar só mais uma coisa.

— O quê? Tá mijando no café?

— Eu sinto muito, eu realmente sinto muito. Nunca quis arruinar sua vida...

— Minha vida não tá arruinada.

— Quando chegou aqui você estava tão... tão destroçado, não sei se essa é a palavra certa, e eu abriguei você. Pelo menos reconhece que eu te ensinei a dançar.

Ele tá maluco. Jeans, camisetas, vou embolando tudo.

— Você nunca me escuta! Essa é a última coisa que eu tenho pra dizer, talvez para sempre. Tenho estado tão depri...

— Acabe com você mesmo.
— Ouça!
Fecho a mala e ajeito uma sacola do exército no ombro.
— Escuta, não é o que você está pensando.
Toda a sua bolha de triunfo se foi. Não tem nada que ele possa dizer que vá me derrubar. Ou me fazer ficar. Ele suspira como se sua próxima pequena bomba o estivesse matando. Se falar alguma coisa dos cadernos eu vou rachar a cabeça dele.
— Tudo bem, tô escutando.
— Você é um bailarino muito bom. Se você quer ficar fodendo lá com o pessoal do Herd, tudo bem, mas comece a se apresentar para as outras companhias de balé, dança moderna, todo tipo. Nunca falei antes pra você, mas você é um ótimo bailarino, um dos melhores bailarinos jovens que já vi em toda minha vida... qualquer um podia ter ajudado você, como eu fiz. Desde o primeiro dia que vi você...
— Olha aí, ligo antes de voltar pra pegar o resto das minhas coisas.
— Leva tudo agora!
Que se foda. E se eu voltar para buscar minhas coisas, em primeiro lugar, é melhor que esteja com elas e, em segundo, que me deixe entrar.
— Até logo — eu digo e saio em direção à porta.

## 2

— Você é tão imperturbável que seu nome devia ser Ice-T Número Dois ou algo assim. — Ela riu, mexendo nos cabelos com as mãos, daquele jeito que as meninas brancas fazem. E eu só tinha respondido: "A minha história sexual? Acho que estamos mesmo é falando de HIV, *oui*?", e então arqueei a sobrancelha como tinha praticado na frente do espelho e continuei:

— Foda-se a história da minha vida sexual. Quer dizer, de que teria adiantado ficar celibatário desde o puta dia em que nasci se tivesse me *contaminado*, não é mesmo? E qual teria sido o problema se tivesse trepado com ovelhas ou chupado uma enfermaria de AIDS inteira se *não tivesse* pegado o vírus? Acho que você tem, como você diria, bom senso o suficiente pra se proteger. E a única maneira que conheço é fazer o exame, ahhh, é assustador assustador, o exame e a porra da camisinha. Mas olha só, minha linda, por você eu faço, tá sabendo? — Ela ficou toda vermelha, mas deu pra ver como ficou aliviada. Eu também, bastante. Posso ir a um lugar qualquer, fazer o exame e ficar sentado esperando com ansiedade real ou fingida. Sim, isso eu posso fazer, mas contar a história da minha vida sexual? Ah, sem chance.

Ééé, ficou vermelha mas aliviada, bem aliviada. Mais tarde ela me conta que tá tomando anticoncepcional, mas durante uma semana mais ou menos eu a evito como se ela fosse maluca e tal, tipo qual é a sua, nada vai acontecer nunca, tipo ela é apenas mais uma pessoa que veio pro HERD e essa coisa entre nós, esperando uma chance pra atacar, nunca existiu.

**PINTEI DE AZUL** as paredes do canto de dormir. O loft inteiro deveria ser de duas cores, preto chapado e branco mortiço. Preto pro espaço de trabalho e branco pros banheiros (que o Scott também queria pintar de preto). Já tinha pintado de preto a divisão do espaço de dormir. Qual era? Ser antenado ou bacana? Não tô nem aí; eu não queria desse jeito. A My Lai escolheu a cor, e ela, o Snake e eu pintamos em um fim de semana: raspar, passar a base, pintar e pintar — azul-céu. O Snake pintou umas nuvens brancas e fofas! Depois pegamos uma tinta preta bem brilhante pra pintar o chão, e não aquele preto chapado do espaço de trabalho. Perfeito.

**MÚSICA? CHARLIE PARKER.** Como foi que eu fiquei tão fã? *Bird Lives!*, o livro escrito por Ross Russel. A Billie Holiday? Pra dizer a verdade, foi com o Roman e com a Dias de Escravidão, ela tinha os discos! E também porque eu queria gostar das mesmas coisas que o Basquiat gostava, e esse era o *CPRKR*. Coisa bem bem antiga mesmo, o Tupac eu não dava conta de aguentar, mas hoje até que gosto dessa parada de vez em quando. Às vezes, o Roman punha Bach, e comecei a apreciar o jeito que ele me ajudava a reorganizar minha área cinzenta. Não tenho muita coisa além das roupas, alguns CDs e meus livros. Roman queria que eu me vestisse bem, mas acho legal usar camiseta e jeans rasgado. Todo mundo tem ou quer comprar um telefone. Mas pra quem eu ia ligar? E o que é necessário pra dançar? Seu corpo e as aulas.

Esse é o meu quarto por enquanto. Coloco uma fechadura na porta. "Durante todo o tempo que fiquei aqui nunca coloquei uma fechadura na porta. Quem vem aqui a não ser a gente?" Isso é você — respondo. Eu quero privacidade. Porra, essa merda é dele, ou de seus pais. Isso sim é um começo de vida! Meu quarto. O Scott disse pra não me preocupar com o prazo. A gente devia fazer um rodízio, dividir a responsabilidade da manutenção, mas eu sou o único que tá a fim de fazer isso nesse momento. O Snake tá apaixonado por seu cara, e além disso já deu os seus três meses. A My Lai também já passou pelo seu tempo do que chama de "plantão do loft". Amy acabou de chegar e divide apartamento com três amigos no Village com quem adora morar. Então, olha só, eu posso ficar por aqui. Tenho que arrumar uma carteira de identidade do estado de Nova York ou a carteira de motorista, mas ainda não sei dirigir.

A gente tava tomando um suco de cafeína no Starbucks e então o Scott foi buscar um refil e o Snake aproveitou pra ir ao banheiro; a My Lai tinha saído pra fazer algumas compras. Ficamos só nós dois, a Amy e eu, e ela chega mais perto. "E então, qual é a sua cor?" "Hã?" "Você sabe, roxo, esmeralda, preto, vinho, azul? Para *la chambre*?" Eu acho que não estou mais na mesma sintonia que ela, mas digo que é azul. Qual o tom? Hummm, minha segunda cor preferida: a cor do céu quase noite, muito mais escuro do que a cor que pintamos nas paredes. Mas, francamente, quem liga pra isso, ela está começando a me dar nos nervos. Eu tipo que gosto de ficar sozinho.

O Scott se aproxima com quatro espressos na bandeja e o Snake volta do banheiro.

— Não tem nada melhor que uma boa cagada!

O Scott ri.

— É verdade, e sabe do que eu gosto mais?

— Não, conta pra gente — digo de um jeito que obviamente não soa sarcástico, já que ele continua falando.

— Quando você abre a porta para sair e as pessoas esperando na fila olham pra você com ar de surpresa quando sentem o cheiro de cocô. Tipo, alô gente boa, isso é um banheiro!

— Obrigada pelo café, Scott — a Amy agradece.

— Tudo bem.

Parto mais um pedaço da barra de chocolate Divine Fair Trade dela.

— Por que você não pega logo a barra inteira?

No mesmo instante eu pego a barra, minha mochila e vou até o balcão. Eles ficam rindo na mesa. Sorrio e coloco o resto do chocolate na boca.

Ela sacode o punho e grita:

— Vou te pegar!

Pergunto ao cara do balcão:

— Vocês ainda estão contratando?

— O gerente tá ali — aponta um cara gordo de nariz vermelho que imediatamente vai até os fundos buscar o formulário.

— Pode preencher agora ou trazer na próxima vez que vier.

O chocolate ainda tá na minha boca. Olho a embalagem, Divine, é isso aí. O que é divino? Dançar, chocolate, alguém chupando meu pau, fazer as coisas pra valer, ler, poder trancar a porta do quarto e ler um livro sem escutar Roman perguntando com sotaque: "O que você estar lendo?" E o que mais? Aulas de balé, roupas de couro, jeans rasgados, os bairros bacanas, dançar em sincronia com a My Lai. Será que garotas sabem fazer um bom boquete? Isso seria divino, alguém de quem eu gosto me fazer sentir como o Roman fazia quando me chupava. Ser bom o suficiente pra entrar numa companhia famosa mesmo se não ficasse nela, só pra saber que minha parada é poderosa o suficiente pra entrar. Viajar? Paris? Japão?

Depois do ensaio, Amy me passa uma sacola de plástico.

— Ahh, arrã... o que é isso?

— Um presente — diz, vira e vai pro elevador.

Tiro duas velas brancas de sete dias e uma roupa de cama tamanho king do Tommy Hilfiger, quatrocentos fios, cem por cento algodão egípcio, azul cobalto. Tipo, dãa, ela tá pronta. Fico apavorado. Vai ver tudo que Roman falou sobre mim é verdade. Quem sabe ela vai me achar estúpido se algum dia conversar comigo de verdade; Scott, ela, e até mesmo o maluco do Snake foram pra universidade. Como é que você chupa uma buceta? Sei que as garotas gostam disso. Puta merda, mas vamos em frente, e lavo o colchonete e os cobertores que tenho usado pra dormir e forro a cama com os lençóis. As velas vão ficar bacanas com a luz fluorescente do teto apagada.

— Você é gay? — ela sussurra.

— Não — respondo —, e nunca mais diga uma merda dessa.

Acendo as velas dos sete dias nos cantos perto da cabeceira da cama.

— Por quê? Eu sou bi, o Snake é de outro planeta! E a My Lai diz que o que pode andar...

— Não ligo a mínima para o que outros são. Estou dizendo o que eu sou, OK?

— OK, OK, tanto faz. Eu... eu não me importo. Idependente do que você é, quero ser sua amiga. Era tudo que eu queria dizer.

Ela se inclina e me beija. Estou tremendo por dentro, mas é porque mesmo com seus lábios nos meus fico escutando ela perguntar de novo: *Você é gay?* Me sinto vazio, desamparado. Ela tira a camiseta; fico excitado ao ver seus peitos e puxo ela pra mim. Nunca tinha reparado na sua altura, é quase do meu tamanho. Ela se abaixa pra tirar as meias que joga em cima da minha mala de couro. Seguro seus ombros e começo a abraçá-la como nos filmes, só que nos filmes as garotas nunca são tão altas quanto você. Corro meus dedos pelos cabelos sedosos dela, é tão bonita quanto as garotas das revistas.

Ela põe os braços em volta da minha cintura e me aperta. E porque estamos em Manhattan, podemos escutar o barulho dos carros na rua, mesmo sendo domingo.

— Será que alguém vai aparecer?

— Ninguém vai conseguir entrar. Tranquei a porta do elevador. E além de mim, só Scott tem a chave. E, se o Scott aparecer, não vem até aqui. Este é o meu quarto.

Fico olhando o pôster do *L'Acrobate*. A figura cinza e branca toda distorcida, é assim que quero dançar, não como um acrobata, mas do jeito que o cara pintou. Com a mão na bunda, puxo ela pra mais perto. Acariciar seus peitos me excita, o tesão invade meu corpo, passo meus dedos pela costela, o cabelo das axilas é louro, ela não tem nenhuma cicatriz. Me inclino para beijá-la. Na minha barriga estão juntos o tesão e uma coisa cinza e fria, parecida com uma pequena pérola congelada. Medo? Ela pega a minha mão e leva entre suas pernas. Seu cheiro é quente, muito bom, parece com queijo, por aí; o cabelo é grosso, não é macio como eu achava. A buceta dela aperta meus dedos, uauu! Então é isso que as garotas sabem fazer! Sorrio; seu cheiro chega no meu nariz e me faz ficar duro. Ela é toda branca e loura. Sinto algo, poder? Não sei: prazer? Poder? Isso é o máximo, não é mesmo? Queria ter um espelho aqui; queria ver nossos corpos juntos, abraçados. Tô ficando mais excitado, me lembro do irmão John batendo punheta enquanto olhava as fotos de homens negros e brancos trepando, ele também tinha umas fotos de mulheres brancas de peitos enormes, e eu batia punheta enquanto ele ficava me olhando olhar as mulheres brancas (mas nunca eram garotas negras). Ela tira minha cueca; imagino se está sentindo o mesmo que eu. Será que meu brilho negro mexe com ela, faz com que fique excitada? Porra, vou matar essa mulher com meu pau! Sinto medo, é como aquele microssegundo no parque, quando a gente ainda não tá bem certo se estamos com um baunilha ou um assassino. Ela pega no meu pênis. Gemido, vai lá, isso, vai lá. Tudo parece estar certo, como era com o Jaime, só que mais certo ainda, porque ela é uma garota. Ela ajoelha e beija meu pau, abre os lábios. Empurro meus quadris, metendo apenas um pouquinho, ela engasga. Qual é o problema? Ela para de alisar minha bunda e minhas pernas, levanta e vai pra cama bem-feitinha. Eu não sou bagunceiro, você sabe, olha aí o que eles ensinam no orfanato, ah, cala a boca, dá um tempo, você não tá mais lá. Agora ela tá deitada na cama, barriga chapada, sua mata loura e cheirosa com um brilho rosado lá dentro. Jesus! Ela está no ponto! Deito em cima dela, toco meus lábios nos seus, enfio meus dedos na sua buceta, ééé! Buceta! Ponho as mãos nos seus peitos. Fico esfregando minha pélvis nela. Ela abre a boca, mas eu não gosto muito de beijar. Eu beijava o Jaime, não é difícil de fazer, mas não gostava, a língua dele era que nem a dela, um peixe tentando nadar na minha boca, os dentinhos mordiscando meus lábios. Ui, parece que o pouco tesão que eu tinha tá indo embora. E eu sei que minha mina está pronta. Eu estava duro lá atrás, quando ela tava me chupando. Mas agora tô me sentindo como um sorvete. Tô suando, mas não é de excitação. A pérola na minha barriga virou um rochedo. Tenho que foder essa belezura direito! Quero poder andar pela rua ao lado desse corpo sarado que ela tem. Me aproximo e ponho seu peitinho duro na minha boca, chupo, ela começa a esfregar a pélvis, tá gostando. Ela quer meu pau dentro dela! Eu quero meu pau dentro dela! Cavalgar essa piranha. Não sei o que tá acontecendo.

— Vira — digo.
— Quê?
— Vira — repito
— Pra quê?
— Deixa pra lá — respondo, e volto pra esfregação. Meus lábios estão colados nos dela, mas nada acontece. Tenho certeza que meu pau ficaria duro se ela chupasse ou me deixasse ir por trás. Com

isso eu tô acostumado. Lambo a lateral do rosto dela, como o Roman fazia com minha cicatriz. Ela ri. Será que tá rindo de mim? Tenho vontade de descer o braço nela. Ela sai debaixo de mim, me empurra e sobe por cima. Está se esfregando em mim, olhos bem fechados. Não quer me ver? Tô sentindo seus peitinhos, é bom. Não sei o que está dando errado. Deus, por favor, não deixa isso acontecer comigo. Você sabe que eu tenho um equipamento do cacete. Por favor por favor *por favor*. Ela se inclina, me beija e então se movimenta até colocar a buceta em cima do meu rosto. Eu... eu me sinto aprisionado. Tento lamber um pouco lá dentro. Cof. Ela sai, abre os olhos e fica de lado, me puxa pra perto, começa a me beijar e a balançar; balanço também, mas posso sentir que não tá funcionando. Quero morrer. Agora ela começa a me acariciar. Para.

— Você não está no clima — ela diz suavemente. Não consigo falar. Fecho os olhos e tento não chorar.

A MINHA HISTÓRIA sexual? Como posso contar senão com meu corpo se movimentando por caixas pintadas de preto, através dos espaços depois de espaços dessa vizinhança? Dou uma olhada na última crítica do *Downtown Voice*, a foto é minha fazendo um arabesque, quase nu, usando só um suporte de couro negro. Me chamam do que falei pro pessoal do Herd me chamar, Jones — Abdul Jones; "... apesar do poder insinuante de Jones..." e partem pra esculhambar a coreografia do Scott. "Meu nome é Abdul Jones. Ponto. Calem a boca. Não importa o que falei pra vocês ontem, hoje é Abdul. Podem se acostumar." O artigo não fala nada do Snake nem do Scott, a não ser pra cagar na coreografia; a My Lai está parecendo a Oprah, todo mundo gosta dela: "Linhas virtuosas... uma inteligência difícil se abrindo numa cacofonia de movimentos." Cacofonia?

Estão é querendo dizer que ela é uma figuraça com uma bela bunda, mas isso não podem dizer, não podem dizer, Tesuda. Ninguém menciona o Ricky.

Não devia me surpreender com nada vindo dele desde o dia em que fomos buscar uns sanduíches e ele se recusou a andar do lado ensolarado da rua, falando que já era negro o suficiente. E qual é a cor dele? Bege fodido! Porra, comparado comigo ele é *branco*. Não sei por que fico espantado quando ele vai pra cima da My Lai.

— Se ela é chinesa e a peça é sobre identidade, ela devia...

— Em primeiro lugar — interrompeu o Scott —, *ela* está bem ali, então você pode falar diretamente com ela.

Mas ele não se deu por vencido e continuou, até os dois perderem a linha.

— Tudo bem, você faltou a algumas reuniões, mas vou tentar explicar o melhor possível. Não estou lidando com essa coisa da identidade do jeito que você falou, sabe: chinês, mexicano, tipo, "beleza, eu estar aqui e eu ser tão feliz por estar aqui, só querer um pouco desse papel higiênico perfumado e um cartão de residente"...

— E o quê você sabe sobre isso? — o Ricky retrucou.

— Não sei nada, cuzão. E não sou chinesa.

— E o quê você *é* então?

— Presta atenção — recomeça a My Lai, tentando se manter calma e composta. — A peça gira em torno das atrocidades cometidas pelos americanos...

— Coisas que ninguém sabe e que aconteceram no século passado — o Ricky de novo.

— Certo, Ricky, mas esse não é mais um motivo pra fazer a peça? — a My Lai.

— E por que não fazer sobre a política *atual*?

— Pra mim o que aconteceu é atual. E estamos assim *agora* porque as pessoas esqueceram o *antes* — diz o Scott.

— Cara, qual é o seu problema, de verdade? — eu pergunto.

— É você. Não, estou só zoando. Presta atenção no que as companhias fortes da cidade estão fazendo. Essas paradas que estamos fazendo estão muito *políticas* para meu gosto.

— Primeiro, não é político bastante, não é sobre *agora*; e mudou logo pra "político demais"? — a Amy dá seu pitaco.
— Você está querendo sair? — pergunta Scott.
— É isso aí — o Ricky responde, pegando sua sacola e caminhando para o elevador.
— Até mais — digo.
— É, cara. Tudo de bom! — o Snake.
Olho pra My Lai.
— Legal — ela diz.
Ei, é exatamente isso que eu acho. Ele que se foda com sua bunda gorda.
Desejo a My Lai. Ela não me assusta. Raspamos nossas cabeças juntos por quatro dólares, lá na escola de barbeiros da rua 10. Um dia desses vou pedir pra ela fazer um piercing em mim. Foi ela quem fez no umbigo da Amy. Ela usa quase sempre uma pulseira larga de couro, mas quando não tá com ela dá pra ver as cicatrizes mais claras que o resto da pele do seu pulso esquerdo. Dou uma encostada nela com meu joelho, tentando quebrar o clima esquisito da saída do Ricky e colocar a gente de volta nos trilhos.
— Prestem atenção, todos vocês — ela diz com a voz de diretora.
— Tem uma pilha de cópias sobre o massacre de My Lai e o Vietnã. Leiam tudo. E vejo todo mundo às dez horas, no sábado.
Descendo pelo elevador dou uma folheada no material — Ho Chi Minh? Tudo bem que sou o mais jovem, mas não sou só eu, ninguém aqui é velho o suficiente pra lembrar do Vietnã, nem mesmo pra conhecer algum veterano do Vietnã; essa gente é velha pra caramba. Quando volto pro meu quarto leio toda a parada. É uma coisa maluca, inacreditável, mas ao mesmo tempo a gente sabe que aconteceu de verdade e, como disse o Ricky, foi há muito tempo atrás. O mundo já está de olho na próxima coisa, na próxima coisa pior. Quem sabe o Ricky tinha razão e a gente deve olhar pra

frente? Foram caras normais de famílias normais e tal que fizeram isso — mataram bebês e estupraram garotinhas, e isso é muito pior do que tudo que já fiz.

Estou olhando pra reprodução que comprei na Exposição "Para afastar fantasmas" do museu Whitney, 1986. É uma reprodução, mas eu vi o original. Será que consigo viver essa vida fodida? Na outra parede prendi o *Gênio desconhecido*, 1982-1983: no canto direito do quadro tem o desenho de um navio negreiro, foices, ancinhos e machados.

    P: os príncipes não são reis? O Escuro (debaixo de O Escuro, ~~continente~~) ~~CANTOR DE BLUES~~ contra o diabo
    Mississippi
    Mississippi
    Mississippi

<u>carne</u>                    homem com guitarra
<u>farinha</u>
<u>açúcar</u>                 (escrito embaixo)
<u>álcool</u>    GÊNIO DESCONHECIDO DO DELTA DO MISSISSIPPI
<u>tabaco</u>
<u>milho</u>

Quem é ele? Muddy Waters, Robert Johnson? Gênio moderno, Jimi, Vernon Reid?

Eu vi o quadro, li o material da My Lai, isso não é mentira. O pulso da My Lai? Me estico nos lençóis sedosos, cortesia da Amy. Ela é chata, foda-se. Tô a fim da My Lai. Será que ela vai ser a minha mina? Rá rá! Cala a boca, bobo, nenhuma piranha vai querer você, poluído pelo Roman e pelos viados do St. Ailanthus. Você é um merda. O que você pode fazer, estuprá-la? Ela não quer você. Vai ver ela não curte garotos negros, tem muita gente assim. Olho outra vez pro quadro e pra parede azul acima dele. Vejo o céu e o varal com um vestido azul voando no vento e a Toosie adolescente correndo atrás dele. *Essa é la danse!* É no que penso ao saltar da cama e pular direto no ar. E *esse* sou eu. E é *por isso* que vou fazer sucesso, tendo ou não pais, escola, loft ou o chique bacana da vizinhança. Coloco umas coisas pra escutar, *Bird Meets Diz*, e vou ler mais um pouco.

Ele usava heroína, por que não uso também? Sei lá, não entrei nessa, nunca circulei nesse meio; não sei o que fez com que eles começassem, tenho certeza que não ia ficar viciado, mas não sei o que é que faz com que eles usem, ou como é que a gente se sente, não conheço nenhum usuário. O Snake disse que a My Lai já experimentou; essa piranha já fez de tudo. Volto a ler o ensaio de Greg Taste, em *Flybook in the Buttermilk*:

> *Se fosse para compará-lo com uma pessoa qualquer, seria com Thelonius Monk, que também criou um estilo de grande complexidade a partir de gestos infantis. Ao nos trazer para a criança selvagem em Basquiat, que será lembrado como um enigmático viciado que jogava tinta nos ternos do Armani, mas que os curadores sabiam ser extremamente produtivo. A evidência documentada mostra que os rabiscos, os desenhos, as colagens e os escritos apareceram logo como um reflexo obsessivo no sistema nervoso. Aparentemente Basquiat desenhava imagens com a mesma frequência que os outros respiravam.*
>
> *Se queremos provar para o mundo cético que Basquiat foi um artista sério, falar apenas de sua produtividade não vai adiantar. Na verdade, nada vai adiantar, porque já decidiram que ele não tem valor, então por que não dizemos apenas fodam-se e fim.* [É exatamente o que faço.] *Tudo bem, vou tentar. O que em seu trabalho me exige uma resposta? Por que ele é importante para mim? OK, algumas de suas obsessões intelectuais: ancestralidade e modernidade, originalidade e as origens do conhecimento, personalidade e propriedade, possessão (no sentido religioso), escravidão...*

E por que é importante para mim? Não sei; não tenho em mim palavras como essas, quando penso é com a contração do meu corpo ou saltando que nem um selvagem maluco. Selvagem! Uga Buga. Vou ser igual a essas pinturas, igual a tudo que sempre amei. Vou *ser* isso. E isso significa que você vai tirar essa bunda da cama e PRATICAR até cair.

carne
farinha
açúcar

Vou comprar umas fajitas, talvez seis ou quatro, não sei, vai depender do meu trocado, e também uns donuts e depois volto pra cá e vou ensaiar.

UNS DIAS DEPOIS, estou com o Snake no Starbucks da Astor Place e ele começa com o papo de "qual é a sua história".
— Como é que é?
— Qual é a sua história?
Nunca penso na minha vida como uma história. Penso em mim como um garoto tentando sobreviver. Que merda de história é essa? Não foi escrita ainda.
— Como assim? — pergunto.
— Você sabe, de onde é, se é gay ou hétero, se vem dos bairros chiques ou não, se é de outra cidade.
Olho pro Snake. Porra, que é que eu sei dele, que merda é essa? Qual é a dele, agora é da CIA?
— Sou nascido e criado no Harlem. Sou hétero, e você?
— Vai com calma.
— O que você quer dizer com "vai com calma"?
— Eu queria te perguntar mais uma coisa.

## O GAROTO

— Qual é, mano, acha que estou aqui só pra responder suas perguntas?

— Uau, não precisa ficar hostil comigo.

— Não tô ficando hostil, cara, mas qual é a do interrogatório?

Quem ele pensa que é? Fico com vontade de dar uns tapas nele.

— E de onde *você é*, de outro bairro ou daqui, gay ou hétero?

Por que diabos tô fazendo isso? Eu sei qual é a dele.

— Eu sou transexual — ele diz.

Humm, ah, tudo bem, eu achava que sabia.

— E como é isso? Você vai operar? — pergunto.

E por que eu, por que ele tá me contando essas paradas?

— É como estar no corpo errado, é mais espiritual do que cirúrgico.

Arrancar seu pau. Ele acredita mesmo nisso?

— E então o que é isso pra *você*? Você gosta de se vestir como mulher ou o quê?

— É difícil explicar.

— Mas você pode ficar me perguntado essas merdas?

— Não sinto que sou homem; me sinto como mulher.

— Então você é gay?

— Acho que não tem nada a ver com isso.

— Você *acha*?

— É, eu acho que se eu levar... levar... *levar adiante* a transformação então, sabe, acho que vou ser tipo hétero. Um homem, quer dizer, uma mulher amando um homem.

— É, também acho. — Por que essa conversa tá me deixando enjoado? — Deixa eu te perguntar uma coisa, Snake.

— Manda ver.

— Você vai cortar seu pau?

— A gente chama de mudan...

— Você não gosta do seu pau?

— Eu quero trepar como uma mulher.

— E filhos?

— Ah, sabe, se me casar eu adoto. Mas cara, isso está muito longe. Não é que eu não goste de pau, eu só não quero ter um — ri.

Não posso acreditar que ele ache isso engraçado.

— E depois, quem quer ter filhos? — diz.

— Eu quero!

Uau, nunca nem tinha pensado nisso antes, eu apenas supunha que não ia querer, mas quero sim, eu quero filhos, uma garota ou quem sabe um garoto, mas tenho dúvidas sobre um garoto.

O Snake não é tão alto quanto eu mas certamente é tão sarado, não, é *mais* sarado do que eu, e seu peito é mais largo... Onde eles vão colocar o silicone? Quem ele vai ser? O Snake de pau cortado e umas merdas injetadas nele?

— Cara, já pensou como isso vai afetar sua dança?

— Vou continuar dançando.

— Como... como o quê?

— Como quem dança.

— Rá rá! Cara, gostei da resposta!

— E então, Abdul, não estou tentando te dobrar ou nada parecido. Qual é a sua, por que ninguém pode ser seu amigo, homem misterioso?

— Não, não é nada disso.

— Preciso de uma tragada, vamos lá fora.

Então fala comigo, ele diz, e se agacha como fazem os garotos, e às vezes os velhos chineses, nas plataformas do metrô. Ele espera fumando, eu me sento na calçada e cruzo minhas pernas na posição lótus bem na frente do Starbucks e conto como foi difícil quando minha mãe morreu de câncer e logo depois meu pai, na Guerra do Golfo, mas minha avó dançava no Cotton Club, bem nas antigas, e queria que eu fizesse aulas de balé e foi por isso que entrei pro City Kids e comecei com as aulas da Imena no Centro Recreativo da 135, e fui estudando, estudando, e depois vim aqui pro bairro e me enturmei com vocês e é isso. Não sei por que, mas decidi não me abrir, afinal, o que foi que ele me contou sobre si mesmo a não ser estar indo pra terra de ninguém? E eu não entendo desse mundo, meu pau é um amigo; porra, às vezes fico achando que é meu único amigo. E ele não está querendo me dobrar... uma ova que não quer. Mas tudo bem, tô curioso também. E já que ele resolveu me interrogar, vou em frente e pergunto se ele está comendo o Scott e qual é a da My Lai, o Scott já ficou com ela?

— Não, cara, ele não é gay de verdade, mas eu trepei com ele numa noite de muito conhaque e ecstasy, mas sempre me relaciono bem com esses caras héteros, sabe. Ele tinha uma namorada negra dominicana mas os problemas da irmã dele acabaram com esse relacionamento.

— Não tô entendendo nada do que você tá falando.

— Bom, você sabe como ele é uma barbaridade de politicamente correto, e já que os pais financiaram todo o treinamento e o resto, ele queria coreografar e ser, eu acho, tipo o próximo Bill T. Jones. Foi então que ele, o Ricky e mais um punhado de gente começaram com essa parada altamente abstrata e que não quer dizer porra nenhuma, e a My Lai estava chegando junto com ele na grana, e era legal. E então, você sabe, você chegou.

— Mas qual é esse grande mistério com a irmã dele?

— Nada. Se ele não fosse tão quadrado teria ficado ao lado dela, mas sabe como é, os pais mentiram pra ele e depois ele mentiu pra si mesmo, depois parou de mentir pra si mesmo, mas não sabia o que fazer exceto ser a pessoa que era, que é quadrada. Mas, tudo bem! Nós estamos dançando e conseguindo trabalho...

— E você ainda não explicou sobre o que tá falando.

— Do dinheiro, a irmã dele escreveu um livro que virou filme chamado *Comerciantes*. Por trás de toda a história de herdeiros de armadores da Nova Inglaterra a família começou mesmo foi como traficantes de escravos. Foi assim que fizeram sua fortuna. E ela os desafiou, os irmãos, a abandonarem a terra da fantasia. E nenhum deles aceitou. A desculpa dele foi que ia mudar o mundo com sua arte e usar o dinheiro pra reparar as coisas, blá-blá-blá, você sabe como as pessoas viajam. Pegue leve com o *mauricinho*. Ele está tentando fazer a coisa certa, mas tudo isso aconteceu há pouco tempo, foi no ano passado que a piranha resolveu surtar com a família.

— Vamos entrar, cara, minha bunda já tá dormente sentada aqui nessa calçada dura — dou uma risada. *Uau*, fico pensando, *essa parada é totalmente bizarra*, mas não tô nem aí. Quero dançar com o Herd, arrumar um emprego, entrar num programa de dança universitário...

Li no jornalzinho do Stride que o Roman vai receber um tipo de prêmio-reconhecimento pelo trabalho de vida toda, de uma dessas fundações de dança.

— Gente, boas-novas, temos um trabalho encomendado e vamos receber para dançar a peça da My Lai no Dance Theater Studio — a Amy anuncia, abraçando a prancheta.

Tudo parece ótimo pra mim, especialmente a grana. O Starbucks queria uma identidade do estado de Nova York ou uma carteira de estudante, o que eu não tenho.

— Não é tão difícil assim, Abdul — o Snake falou.

— Olha só, vai lá no número 125 da rua Worth, entre as ruas Centre e Lafayette e diz que perdeu sua certidão de nascimento. Foi o que fiz. Eles pedem pra você preencher um formulário com o nome da sua mãe, o lugar de nascimento dela, o nome do pai, etc. — disse Scott.

Ela me disse que não sabia quem era meu pai. Ele foi embora e não queria nada com a gente, e ponto final, não me pergunte isso nunca mais. Fiquei com ódio dela por isso.

— Também fui lá — o Snake fala.
— E você conseguiu a carteira de identidade? — pergunta o Scott.
— Não, lá me deram a certidão de nascimento. Mas é só disso que ele precisa pra tirar a carteira de identidade — o Snake.
— Está certo, a My Lai tirou a dela — o Scott de novo.
— Acho que a dela foi de Connecticut — o Snake.
— Não, foi aqui. Ele também consegue. Vai precisar de duas contas ou de cartas dos órgãos oficiais — o Scott continua falando.
— Como assim? — pergunto.
— Não, olha só, não é tão difícil — o Scott insiste. — Vamos passar o telefone daqui pro seu nome. E tem também as contas de gás e luz; vamos dar um jeito de mudar pro seu nome ou então acrescentar o seu nome também a essas contas.
— Você tem o cartão de Seguro Social? — o Snake pergunta.
— Eu sei o número.
— OK, então está tudo resolvido — o Scott diz.
— Pô, as pessoas vêm pra cá de lugares como a Rússia e tem documentos... — foi o primeiro comentário da Amy.
— Provavelmente com seu nome neles. — O Snake ri.
— Para, Snake — o Scott.
— Mas você sabe do que ele está falando. Porra, como é que o Abdul nasceu aqui e está andando por aí sem documentos? — diz a Amy, sem se incomodar com o Scott.
— Tudo bem, My Lai, você voltou.

Não consigo deixar de comer ela com os olhos, as pernas longas, torso curto, lábios batom vermelho-escuro. Imagino qual será a idade dela; nem o Snake sabe e ele tem a ficha de todo mundo. Só sabe que ela tem dinheiro, está sempre com grana, e mora no seu próprio cafofo. Esse dinheiro só pode vir dos pais, do tráfico ou de prostituição. Mas ela dança as vinte e quatro horas do dia, então não dá pra estar na rua vendendo nada.

— Todo mundo teve tempo pra ler o texto? Ótimo, então vocês viram os papéis de cada um. Prestem atenção. Amy, você vai fazer o Tenente Calley e o Sargento Medina. Scott, você é o Memorial do Vietnã.

— Fazer o quê? — o Scott

— Eu tenho essa *visão,* sei lá, de uma parede humana, respirando e falando os nomes de todos os soldados que morreram. Talvez você possa ficar montando e desmontando sua arma, qualquer que seja o movimento, você vai dizer um nome em quatro ou oito compassos...

— Ou talvez algo com cinco compassos porque então a palavra falada seria alternada: direita-esquerda. O Mingus faz muito isso — o Scott.

— Estava pensando mais na *Ascensão* do Coltrane. Vocês já ouviram? — a My Lai.

— Mas não tem um ritmo que eu possa contar — o Scott.

— Se você não conseguir entrar num compasso que possa escutar, acrescente seu compasso, faz sua entrada no seu próprio ritmo de quatro ou cinco, o que preferir — eu.

— Tudo que a gente fizer nessa peça tem que falar. Cada escolha é um sinal, é algo que deve ser lido do mesmo jeito que estão lendo nossos corpos. Deixa eu colocar alguma música enquanto vocês aquecem — a My Lai.

Quem é Mingus? Mais uma coisa pra descobrir, é o que penso enquanto tô alongando na segunda posição, segurando os tornozelos e me estirando até meu estômago quase tocar o chão.

— Cara, você está mesmo alongado! — a Amy assovia.

— Ei, eu trabalhei duro pra chegar nesse ponto durante anos, dia e noite.

— Ninguém disse que você não trabalhou; estava só olhando. Não pode culpar uma garota por olhar.

Qual é o significado disso? Me levanto e alongo numa abertura, é isso aí. Trabalhei muito pra chegar aqui, penso, me abaixando na abertura e então me deito de costas e puxo minha perna esquerda acima da minha cabeça enquanto minha perna direita fica esticada no chão.

— Quem *é* esse? — o Snake pergunta.

— Lucky Dube, um sul-africano.

Nunca ouvi falar dele, mas é maravilhoso.

A My Lai tira uma colher de pau e uma assadeira de metal da sacola, o que me faz rir porque não consigo imaginá-la comendo torta e muito menos assando uma.

— Um DOIS som DESLIGADO, três QUATRO vamos matar MAIS! A Companhia Charlie tá frustrada pra cacete, acertaram alguns dos rapazes e eles sentem que as mãos estão amarradas, não podem retaliar. Semana passada entraram num campo minado e um cara perdeu os dois olhos — pou UAU! Bum bangue obrigado minha gangue — e se a vida não passar como um flash na frente dos seus olhos você tá ferrado, porque essa é a última coisa que vai ver. Você está cego!

— FILA ÚNICA! Vamos lá, um atrás do outro, esse é o Delta do Mekong. A umidade no ar é oitenta e cinco por centro com um calor de 36 graus. Aqui está sua amiga Sam Dois Passos, uma cobra, hoje de manhã você comeu a presuntada da lata verde... ração do exército. Chamam de Sam Dois Passos essa cobra que tá bem na sua frente, vindo direto na sua direção porque esse é o tanto que você consegue andar depois que ela te pica. Atrás de você está o líder do batalhão com um mapa que não sabe ler e bolsos cheio de heroína e da erva vietnamita. Você tem que seguir em frente, não tem como voltar pra trás, tem que botar seu pé na terra perigosa.

Ponho o pé no chão de madeira e pra mim é como se fosse a selva quente. Antes eu nunca tinha realmente pensado sobre caminhar.

Calcanhar, sola e dedos impulsionando e ativando os tornozelos e panturrilhas? Ou é ao contrário, bunda e tornozelos impulsionando — acho que é isso, é a bunda, os músculos posteriores da minha perna e os glúteos dão a partida, fazem a perna levantar e o calcanhar vem em seguida.

BUM! BUM! BUM! BUM! BUM! BUM! Ela bate no metal.

— Estilhaços explodem no seu rosto, o sangue escorre.

— OK, OK, todo mundo aqui de volta, mas não deixem ir embora o sentimento que está em todo seu corpo, eu pude *ver* o medo e a dúvida, não saber o que vai acontecer em seguida. Deem uma olhada nos 'roteiros', se vocês quiserem chamar assim, que vou distribuir. O muro, o GI Joe negro, o Tenente Calley e o Sargento Medina. O Snake vai entrar e sair como um músico e um bailarino. Ele tem uma gaita e uma coisa tipo...

— É uma tábua de esfregar roupa.

E o que ele vai fazer com uma tábua de esfregar roupa?

— Não se preocupem, o mais importante é prestar atenção em mim; no texto, a música é o pano de fundo, vocês vão ouvir, mas o movimento deve seguir o que *eu estou* falando, apenas sigam qualquer coisa que surja. Não olhem para as câmeras. Apenas se movimentem.

Dou uma olhada no "roteiro":

"DA CARTA PARA CASA DE HERBERT CARTER"

*Duckweiser conseguiu botar as mãos nuns filmes pornô que estamos vendo pra entrar no clima da missão de amanhã. É a Operação Muscatine e temos que pacificar ou dar um jeito no setor, o que significa atirar nos chinas, jogar gás nos túneis e queimar a aldeia...*

## O GAROTO

Acho que o papel do Scott é o que exige mais esforço físico porque vai ficar se movimentando durante quarenta, cinquenta minutos ou o tempo que a peça durar. Quer dizer então que pelo que diz esse roteiro parece que meu papel é uma mistura de todo negão que um dia foi pro Vietnã e o Tenente Calley engloba todos?

— Um DOIS som DESLIGADO, três QUATRO vamos matar MAIS! UM DOIS SOM DESLIGADO! TRÊS QUATRO VAMOS MATAR MAIS! *Estuprem* a aldeia! *Matem* a aldeia! Grita a My Lai.

Ela é doida.

— Escutem o tape mas prestem atenção em mim! Vai começar com o Miles que em seguida desaparece no "Voodoo Chile" do Hendrix, depois Buddy Miles e de novo Hendrix com o rá-tá-tá rá-tá-tá-rá do "Machine Gun", e em seguida ainda não sei.

— Você é um novato na unidade; é jovem, negro e do Mississippi.

— Do Mississippi pro Vietnã.

— É outro século.

— É 1968.

— Saímos de manhã bem cedo. Você quer correr, mas...

Piso com cuidado. Tô excitado, assustado, vou matar. Nunca matei ninguém antes (ou pelo menos acho que não).

— Então, por enquanto, apenas improvisem. Vamos filmar e ver se podemos aproveitar alguma coisa pra começar a fazer a coreografia. Agora eu vou ler um pouco do texto. Abdul, faça o que você quiser. O Scott e a Amy vão gravar você. E amanhã você e o Scott gravam a Amy.

Agora sou só eu, improvisando ao som do texto que a My Lai juntou com pedaços tirados de todo tipo de lugar. Não sei se meus movimentos combinam com as palavras intensas de: *My Lai 4: um relatório sobre o massacre e suas consequências, Sangues* e a *Carta de Herbert Carter*. Lembro do homem do trem D, um cara negro rodando de skate com um cartaz preso nas costas com alfinete, eu costumava vê-lo quando era pequeno e estava com minha mãe, ele ficava sacudindo uma caneca que tirava do bolso. Tinha luvas de couro grossas nas mãos que usava para se movimentar pelo chão do metrô. O cartaz escrito à mão nas suas costas dizia: VIETNÃ. E então ele colocava a caneca no bolso da jaqueta Levi e se impulsionava apenas com os braços pra fora do skate, o torso fazendo barulho ao bater no chão. Afastava as portas entre os vagões, arrastava o corpo pelo chão de aço, abria a porta do próximo vagão e girava o corpo de tal modo que acabava com a cintura de novo em cima do skate e desaparecia com a porta batendo logo atrás dele!

Isso é o mais perto que consigo chegar de sentir alguma coisa dessa merda. Não consigo sentir os negões malucos ou os vietnamitas de trinta, cinquenta, sei lá quantos anos atrás.

— Está indo bem, Abdul, deixa de reclamar e vai em frente.

Tirando o lance com a Amy não fiquei com ninguém. Sonho umas coisas bizarras, que tô fodendo um cachorro com uma grande buceta feminina — tive esse sonho três vezes, da última vez tô comendo a buceta do cachorro por trás e ele vira pra mim e é a My Lai, acordei e vi que esporrei pra todo lado. Tenho nojo, vergonha mesmo. As mulheres me assustam tanto que prefiro foder um cachorro? Jimi Hendrix e Buddy Miles "Machine Gun" rá-tá-tá rá-tá-tareamos o barulho de uma metralhadora. Bato forte meus pés no chão tentando imitar o som dos tiros da automática. A My Lai fala alguma coisa sobre a mata e lembro da trilha de cabelo louro da Amy, do cheiro bom e suculento. Um poço... os olhos do irmão Samuel, sempre pensei neles como se fossem um poço. Um poço azul-escuro e perigoso. E daí? Ah, cheguei a um poço. Ele era um fazendeiro. Acho que nunca vi um poço. *Nos lugares aonde a água potável não chega até a superfície, temos que cavar poços na terra.* Ciência da terra! Faz tempo pra caramba! Na terra! Na-TERRA! Bato meus pés mais forte ainda, na cara do irmão John, na sua ciência da terra fodida!

Rá-tá-tá-RÁ! BUM! BUM!

Paro de escutar, todo esse papo de soldado-na-selva é cansativo, My Lai, você está me ouvindo; My Lai, minha querida, estou entediado. Quero ela nua na minha cama, sua mata negra e mamilos desenhados, corpo duro escorregadio de suor debaixo de mim, Ahh! Meto nela, suas unhas pintadas de roxo cravadas nos meus ombros, Ahh!

A My Lai continua a gritar, listando mais atrocidades.

— Muito bem, Abdul!

— Vamos ficar com o que você começou...

Eu comecei alguma coisa?

— Essa coisa do comando-e-resposta, por um instante lá você foi bem fundo. Eu dizia uma coisa e você me respondia diretamente com seu corpo: ótimo!

OK, é isso aí!

— *"Alguém trouxe um velho. Ele era um fazendeiro; eu não tinha menor dúvida disso."*

— "Eu o interroguei, e logo descobri que ele tinha um cartão de identificação. *Disse pro Tenente Calley que não achava que ele era vietcongue.*"

Por que estamos fazendo isso? Será que ela acha que é um modo de se vingar dos pais? My Lai! Rá! Semana passada eu estava pensando em filhos, uma família, ainda que fosse daqui a mil anos, mas agora não quero mais ter filhos. Esse mundo é muito fodido, sempre foi e sempre será, FODIDO!

— *"Ei, não acho*
    *não achava*
      *não achava*
        *que ele era*
          *era*
            *era um vietcongue*

*Viet Viet V-V-V-Vietcongue!"*
— *"Por que vai matá-lo?, perguntei."*
Pela estrada afora eu vou bem sozinha. Começo a pular. Corta essa merda pela raiz, a Rhonda disse. Por quê? Ela disse. Você sabe. Não, eu não sei, ela disse.
Lá vem o pato, patati patoacolá
— *"Por que por que por que*
*Por que você vai*
*Vai vai vai... Por que*
*Você vai matá-lo?"*
Me lembro que o irmão dele perguntou pelos anéis. O corpo nunca foi encontrado, só aquele dedo lá no McDonald's. Sem os anéis. Crianças? E você algum dia foi criança?
— *"Calley disse pra ele começar a andar. Mas antes de Calley atirar, Herbert Carter foi pra frente, Carter empurrou o velho na beirada do poço, mas o velho esticou os braços e as pernas, se segurou e não caiu."*
E daí? Fico parado. O Snake começa a tocar uns blues na gaita. A Amy está batendo nas suas coxas como se fossem tambores abafados. O Snake cantarola.
Começo a explodir pelo estúdio. Escuto a My Lai gritar:
— Gravem o que ele está fazendo agora, dos dois ângulos!
— *"E então Carter*
*E então Carter."*
Iemanjá é o orixá do oceano. A Imena contou que quando uma mulher africana quer ter um bebê ela coloca uma vasilha de água do lado da cama. Conta essa pro Herbert Carter, Imena! Será que tem um orixá no poço?
— *"E então Carter bateu no velho*
*no estômago com o cabo do rifle"*
— Olha o que ele está fazendo agora! Peguem pela frente e pelos lados, tenham certeza que estamos gravando tudo isso no vídeo!

— "Os pés do velho"

As camadas permeáveis de pedra colocadas entre as camadas impermeáveis de pedras podem formar um bolsão sob a terra, um "sanduíche". Quando a chuva penetra pela camada permeável fica presa. Chuva presa! Eu me lembro de cada merda esquisita!

— "Os pés
    Caíram
        Seus pés caíram
            No poço
                Seus pés caíram no poço
                    Mas ele continuou
                        A se segurar com as mãos."

— Dança, Abdul, dança! — grita o Scott.

— Isso aí!

— "Carter batia nos dedos do velho tentando forçar sua queda."

Você levantou à noite? Você normalmente levanta pra ir no banheiro?

Lá vem o pato patati patacolá.

A My Lai me sinaliza pra ir mais devagar. Começo a me mexer como se estivesse na água. Ela lê:

Oi, benzinho, estou escrevendo de novo rápido assim porque tinha que lhe contar essa coisa engraçada antes que esquecesse.

Nesse momento estou sentado perto dessa estrada que tá repleta de retardados mortos. É hilário. O 1º. Batalhão endoidou de vez, como o Ten. que ficou lá só tipo parado olhando todo mundo pirar completamente. Tudo começou quando esse cara tava parado com sua vaca lá no campo e o 2º. esquadrão chegou por trás do barraco que estavam queimando. O cara levantou seus braços no ar como se estivesse dizendo "ei" e então o Nichols tacou fogo nele e o Ten. nem piscou. O mais engraçado foi o Verona, tinha esse cara com os braços levantados rendidos e o Verona pirou furando o cara na barriga com a baioneta. O cara continuava a agonizar então o Verona BUM bem na cabeça. Eu tava em lágrimas. Mas fica ainda melhor. O Verona pegou esse velho que tava cagando no short, puxou a 45 e atirou na garganta dele. Eu tava tipo "rá rá rá rá" e daí ele vai e joga o cara num poço. Por aí eu já estava rolando no chão de tanto rir e o Verona só virou pra mim com aquela risada sacana dele e tacou uma granada no poço. KABUM! Vou te contar, esses caras dão de dez no Bob Hope!

Paro de dançar. Estou todo suado e olho pra Amy, pra My Lai, pro Snake e pro Scott. O Scott foi o primeiro a começar, batendo os pés e aplaudindo. A My Lai tá sorrindo, dizendo sim com a cabeça e então começa a aplaudir e corre pra abrir as cortinas das janelas. A luz entra no loft. A Amy e o Snake estão gritando e batendo os pés ao mesmo tempo que aplaudem. Que doideira, cara, doideira! Radical, fodidamente radical! Sons da rua. Pássaros voam nos céus na frente da janela.

— Estou supercontente de estar com as duas câmeras prontas! — diz o Scott. — Você lembra do que fez?

— Fiz alguma coisa? — gracejo. Mas digo pra mim mesmo: *Eu fiz alguma coisa!*

Ele continua falando e mexendo as mãos.

— Consegui gravar quase tudo, de frente, e Amy conseguiu bastante do lado e parece que da frente também. Estou certo?

— Vamos ver — ela responde.

— Bom, trabalhar e mesmo recriar esse material vai ficar muito mais poderoso se você lembrar — o Scott.

— Porra, se o vídeo for tão impactante quanto o que acabamos de ver podemos dividir a tela, numa as cenas do Vietnã e ele na outra, enquanto um de nós recita o poema — a My Lai.

— Você escreveu o texto? — pergunto.

— Não, como eu disse antes, parte é do Wallace Terry e parte do Seymour Hersh. Nem sei se eles ainda estão vivos.

— E daí, caras fodões como eles têm herdeiros — diz o Snake.

— Não importa, tanto faz, a gente coloca os clipes vietnamitas de um lado e essa peça, o poço, do outro — a My Lai.

— Esse é um bom título — a Amy.

— "O poço"? — a My Lai.

— Isso aí, é muito bom! — o Snake.

Vou sentar perto da Amy, que foi para as arquibancadas. Ela me beija no rosto, olhos bem abertos. Hummm, será que o que achei que tinha passado tá voltando? Não estou bem certo, não mesmo.

— Você estava espetacular! O que passa por sua cabeça quando você dança desse jeito?

— Não sei. — Vou atrás dela quando volta pro chão e senta na posição de lótus. Coloco minha cabeça no colo de Amy e sinto o cheiro doce e suado da buceta dela. Meu coração, que tava querendo saltar do peito, se acalma.

A My Lai vem sentar perto da gente. Estico minha mão.

— Café? — pergunta o Scott.

— Vou buscar. — A cafeteira tá no meu quarto; eu devia ter colocado de volta na cozinha.

— Não se incomode. — A Amy retira minha cabeça do seu colo. Logo o cheiro de café toma o lugar do cheiro dela. Me inclino pra My Lai e brinco de beliscar sua orelha. Queria era beliscar seu mamilo, mas estamos trabalhando e não sei como ela iria reagir.

— Sinto que a peça deve terminar com a história da My Lai — o Scott.

— É isso aí, sabe, e alguma coisa desse século — digo.

— Tipo reconciliações? — pergunta o Scott.

— Muito piegas — diz o Snake.

— Eu não acho piegas — retruco.

A Amy chega com uma caneca de café fumegante em cada mão, uma ela entrega pra My Lai, a outra pra mim.

— Se Deus fez algo melhor que café e chocolate guardou pra ele mesmo — diz a Amy com um suspiro.

— Ou pra ela mesma — brinca o Scott.

— Ou pra ela mesma, Sr. Politicamente Correto. E quero o meu com leite, sem açúcar — a Amy

— Entendido — ele responde.

O cheiro escuro do café fumegante domina meus sentidos. Me sinto tão em paz nesse momento.

# 3

No sonho, um cara alto e careca está lutando com outro muito menor. O cara pequeno puxa uma chave de fenda. O careca aparece com uma faca enorme de açougueiro, mas logo se dá conta da superioridade de sua arma em comparação com a chave de fenda e então a atira no chão pra tornar a briga mais leal. Imediatamente o cara pequeno pega a faca de açougueiro e começar a cortar, a mim, abrindo meu couro cabeludo. Acordo segurando minha cabeça ensanguentada. Fico chocado quando olho pras minhas mãos e vejo que não há sangue. Começo a chorar. Fiz coisas ruins, muito muito ruins. E ainda não acabou. Caio de novo na cama, meus dedos tocando a cicatriz do meu rosto. Passo minha mão na cabeça outra vez. Minha mão fica cheia de estilhaços de vidro crescendo na minha cabeça. Esfrego os olhos e os buracos dos meus olhos se enchem de fragmentos escuros de vidro que caem e caem até o chão. Grito e da boca começam a brotar estilhaços de vidro. Minha língua virou vidro. Sou que nem o Homem Lata, só que de vidro... espelhos. Sou feito de espelhos! Estou no topo de uma colina gramada. As pessoas sobem a colina e começam a ficar a minha volta. Estão se olhando nos espelhos. Uma garotinha de cabelos louros, com quatro ou cinco anos, grita pra todo mundo, "Ele não pode se mexer!" *Ela não sabe de nada,* penso. E então faço uma tentativa mas não consigo. Minhas juntas de vidro estão totalmente congeladas.

— Ele não pode se mexer! Ele não pode se mexer! Rá rá rá!

Desaparece morro abaixo e volta correndo com um taco de beisebol. Ela virou um garotinho? Ela, ele, ajeita o taco acima do ombro como se estivesse na base. O terror me invade. Quando ele me acerta eu penso, *estou sonhando*. E aí penso que não estou dormindo de verdade! Deixa eu voltar logo pro sono e pra outro sonho, qualquer coisa menos acordar.

Meu rosto e corpo estão cobertos com tinta corporal azul-escura. Conforme vou dançando as cores mudam, fico verde sob o filtro amarelo e sob o filtro laranja fico quase igual ao que sou, marrom. Escorrego na escala que levei três anos pra aperfeiçoar. Da escala dobro o joelho da perna esticada à minha frente, seguro meu pé com as mãos e levo até minha cabeça. A posição de Shiva! Um Hare Krishna branco que tentou me ganhar numa noite em que eu dormi na Port Authority, uma noite em que não aguentava mais ver o Roman nem por um minuto, me falou que Krishna era azul de tão negro. Depois disso comecei a sacar os indianos e vi que muitos deles são *bem* mais escuros que eu, alguns são negro-azulado. Sou o Lorde Krishna — azul, penso, me concentrando mais na posição. PLAF! Jogaram alguma coisa no palco. Merda? Que maluquice! "Vamos lá, levanta!" "Qual é a da tinta azul?" "Veste uma roupa!" "Dança, negão!" "Viemos ver você dançar!" Quem está gritando isso tudo? "BUU! BUU! BUU!" Por que estão me vaiando? Olho pra plateia; o teatro tá vazio a não ser pela primeira fileira; tem alguns rostos brancos que não conheço; e depois o Ricky, o irmão John, e ao lado dele, minha mãe e a Rita, e o Scott, mas ele tá diferente, parece a Amy. A My Lai está lá; está com um bustiê de renda preta e batom vermelho. Quando olho de novo, o Ricky tá sentado numa privada. Tá cagando pra poder jogar mais merda em mim. Mas a Rita diz: "Não, não! Nessa vida não, seu viado!", e corta ele com uma navalha. *Nessa vida?* Olho pra todo mundo. Posso ver através deles. FANTASMAS! São fantasmas! Exceto a My Lai. A My Lai tá sangrando; o sangue jorra pela frente do bustiê. A Rita deu uma navalhada nela? Sou um garotinho de novo: estou com raiva da Rita; com raiva da minha mãe. Por que ela não tá em casa? A casa dela agora é na grama. Vai pra casa, mamãe! Vai pra casa, mamãe!

Esquece eles; eles não são de verdade; isso é um sonho; quando acordar todos terão partido. Continuo a dançar, mas agora não sou mais Lorde Shiva. Sou King Kong. Ainda estou azul, sou o King Kong *Azul*, e não estou com aquela piranha branca no Edifício do Empire State, mas me levantando na selva com a cidade inteira nas minhas costas. King Kong! Colunas de vidro, concreto, e aço descem comigo quando faço um plié e depois voam pelos céus quando me levanta.

— É tinta mesmo?

— E qual é a cor dele, realmente?

É só disso que esses putos idiotas sabem falar, qual é a cor do fulano, se é escuro, se é claro, qual o tamanho do nariz. Aqui estou eu, me matando, brilhando, dançando, e eles discutindo: "E qual é a cor dele, realmente?". Abro meu pescoço com as duas mãos, como uma cortina, e uma cobra azul faiscante desliza do meu ventre por minha garganta aberta, sibilando e gritando...

Todo mundo começa a gritar...

Gritando? Quem é que tá gritando? A My Lai? É a My Lai?

— My Lai! — Eu me levanto em pânico até que minha mão toca a pele macia de suas costas.

Dou uma sacudida nela.

— My Lai, não quero ficar sozinho.

— Você não está sozinho — ela murmura, beija minha coxa e volta a dormir.

Estou preocupado com o show, com morar aqui. No começo eu estava achando o máximo, bacana. O que pode ser mais bacana do que estar num loft, fechadura na porta, chique, vizinhança legal? Não, bacana é o que esses caras têm, o que é deles. Preciso voltar a dormir; tenho um dia longo pela frente. Vou fazer uma entrevista no Starbucks e depois no restaurante italiano, La Casa. Nunca vi um garçom negro por lá, mas a gente sempre vai ali, o almoço executivo é de primeira classe. Eu estava almoçando com a My Lai quando reparei num aluno da NYU sentado na mesa conversando com o gerente. Depois que ele saiu me debrucei e perguntei: "Vocês estão contratando?" O gerente me deu uma conferida geral e ficou calado por uns segundos e então falou: "Passa aqui amanhã pra preencher um formulário."

Os olhos da My Lai brilhavam quando saímos.

— Muito bem, cara!

— Eu só perguntei se ele estava contratando.

— Você percebeu uma possibilidade, um *cheiro* de possibilidade e foi atrás!

— Bom, não sei se foi bem assim, eu realmente preciso de um trabalho.

— Às vezes vejo você gastando como tolo, às vezes.

— Pois é — é tudo o que digo. Quando arrumo alguma grana eu convido todo mundo. Não quero dizer pra ela como é que eu descolo grana nem sobre os anos com o Roman, o irmão John, tem tanta coisa pra contar, ou *não* contar, melhor dizendo.

Me sinto inútil, estúpido, como o trouxa do Humpty Dumpty sentado no muro. Eu chorava de pena toda vez que a minha mãe lia pra mim: "Nem todos os cavalos e homens do rei conseguiriam juntar os pedaços do pobre Humpty outra vez." Acho que foi por isso que o filme do Scott com o vaso quebrando me afetou tanto. Bem, o filme não é dele, o filme que ele utilizou. *Isso* é dele. Dou uma conferida no quarto; não existem janelas, e tá encravado nos fundos e no meio do loft, e então quando você apaga as luzes fica mesmo escuro. Eu gosto disso, me sinto seguro. Adoro foder a My Lai aqui. Me sinto livre, se eu quiser posso chorar ou gritar quando tô explodindo dentro dela. Faço de conta que ela é minha, mas ela não é *minha*. Não sou idiota. Eu queria ser dono dela, mas não posso.

Quando ela acorda parece que estou de pé faz horas. Os números vermelhos do alarme do rádio brilham seis e dez. Aula às dez (apenas na barra), depois é correr até o Starbucks da Astor Place, em seguida pro La Casa na rua Mott e estar de volta para ensaiar ao meio-dia. Dá pra fazer.

— Ei — ela diz.
— Ei pra você também.
— Você me acordou na noite passada — diz.
— Não acordei não. Do que está falando?
— Chupando minha buceta!
— Você é doida mesmo: como foi que chegamos até aqui?
— A Amy disse que o sexo oral era muito bom quando ela trepava com você.

*Trepava comigo*? Porra, Amy, obrigadão.

— Você gosta de mim tanto quanto dela, não é?
— Gosto.
— Por quê? — insiste, feito uma porra de garota.
— Porque gosto. Gosto do seu jeito de falar, de ser, do seu cheiro, você me faz ficar duro. Opa! — Começo a abraçá-la.
— Opa o cacete! Sai de cima de mim e vai lá pra baixo, negão! — ri. Então tá.
— Continua.
— Bom, me diz...
— Cala a boca, lambe-chupa, lambe-chupa, isso aí, tá indo bem! Você promete!

Ela para de falar e eu continuo trabalhando. Então é assim. Agora ela tá tentando escapulir? É? Não? Continuo chupando. Essa parada é poderosa, o clitóris dela tá latejando na minha boca, todo seu corpo tremendo, ela vai gozar gemendo, nunca ouvi ela desse jeito antes. Nunca aconteceu quando tô fodendo ela. Ela tá gozando, gozando *de verdade*! Puta merda! Então é por isso que as garotas gostam de garotas. Vou para cima e começo a beijar ela, chupo sua língua na minha boca enquanto escorrego meu pau pra dentro de sua buceta molhada e começo a foder ela. Uau! Isso sim é começar bem o dia!

QUANDO VOLTO DA aula de balé, Starbucks e La Casa, consegui não apenas um, mas *dois* empregos. O La Casa precisa de mim nas quintas, sextas e sábados, e quando falei que ia começar umas apresentações o gerente disse: "Então troca com o outro cara e fica no almoço nessas semanas." No Starbucks são quatro horas por dia, das cinco às nove da manhã, o que vai ser perfeito! É isso aí, vai dar tudo certo.

E então quando tudo tá bem ela tira do nada essa merda e fica feito a tortura chinesa do pinga-pinga: Quer dizer então que cê é o Perfeito Garoto Americano? Cê num é demais!

Cala a boca!

Nã-não, num vou calar a boca. Cê vai ficar uma gracinha de aventalzinho branco e fazendo numa semana a grana que podia ganhar em cinco minutos. Já tá começando a falar que nem eles. "Poxa, que legal!" Se cê fosse a qualquer uma das casas dessa gente cê ia ver.

Ver *o quê*?

Ia ver sua bunda negra aparando a grama e tirando as ervas daninhas, é o que cê ia ver.

Cala a boca! Você é *inútil*!

E você é um *merda*, tá achando que alguém ia querer você se soubesse do que fez? Falso, falso, falso! Você é um crioulo falso! Pode enganar esses garotinhos brancos, mas a mim não!

Cala a boca cala a boca *cala* a boca!

Odeio ela, seja quem for, e ela *não* sou eu. É apenas uma... uma voz estúpida na minha cabeça. Está em mim; ela não sou eu.

Merda, quinze pro meio-dia; tenho que voar. Quero contar pro Scott que arrumei trabalho. Ele me emprestou uma grana quando eu tava apertado. Quero que saiba que vou poder pagar de volta.

RODOPIANDO, TODAS AS fibras dos músculos de minhas pernas tão queimando, é como se fosse... combustível, gasolina, ou aquele sentimento ruim que dá quando a gente tá escorregando no gelo. Como daquela vez que estava com o Snake e ele perdeu o controle da Ferrari do namorado. Foi por pouco que não batemos. Um dia vou ter um carrão desses. Pode não ser uma Ferrari, mas parecido, vou ter um parecido.

Ah, cala a boca, crioulo! Cê não tá sabendo o que vai acontecer, pode bem acabar com uma bala no meio da sua cara, ou uma ida pra cadeia...

Não fala comigo desse jeito.

Não fala com você desse jeito? Que porra cê pensa que eu sou se não sou você agora?

Tudo bem, para de me deixar no chão.

Cê é que tem que parar com isso, idiota!

Vai foder sua bunda velha, quero que ela saia da minha cabeça e que eu possa voltar a rodopiar. É, onde é mesmo que eu tava? A Ferrari girando no gelo... intrépido, o melhor, o ah-extremo...

— Ah-extremo? Onde foi que cê aprendeu a falar assim? Cê é tão falso. Falso! Negão, cê tem que assumir o que você é de verdade, um michê violador de bundas, estuprador, parasita. Aproveitador! Vive às custas dos viados e dos garotos ricos. Cê num é nada.

São meus amigos. Eu faria o mesmo por eles. Vai se foder, me deixa em paz! Tenho que treinar minhas piruetas, tours en l'air, e aquelas malditas brises volés que tão me dando trabalho. Lembra, lembra do que escutei o Roman falar depois que Alphonse veio assistir uma aula:

— Eu não disse, Alphonse? Depois do Baryshnikov eu não ver ninguém girar assim.

— Está exagerando — disse Alphonse. E então esperou um segundo e disse: — mas só um pouquinho.

— ATENÇÃO, TODO MUNDO!

Esse foi o Scott, o responsável pelos ensaios é quem faz a chamada, geralmente é o Scott ou o Snake e agora, desde a peça do Vietnã, a My Lai. Nunca fui o ensaiador nem fiz qualquer coreografia do grupo; tenho certeza de que sou capaz — de ser ensaiador e até mesmo coreógrafo. O que tô fazendo na improvisação a não ser bolar os passos que vou dançando? Coreografar é a mesma coisa, só que não é totalmente espontâneo. Você tem que *pensar* no que está fazendo ao coreografar. Na improvisação a gente não pensa, faz.

Há alguma coisa no ar hoje. No domingo a gente normalmente não se encontra tão cedo. O Scott é um cristão renascido. Geralmente passa toda a manhã de domingo na igreja. Segundo o Snake, isso é parte de não querer ter nada a ver com a família (exceto pela grana) desde que a irmã escreveu o tal livro.

Não achei que ia ficar visceralmente envolvido com essa parada do Vietnã. Simplesmente não dava pra chegar lá até que li o *Sangues*. Ô meu, quando li aquilo tudo — fiquei pensando, um tempinho mais atrás essa podia ter sido a história do meu pai ou do meu avô. A história do "picado" grudou mais que cola: o cara é um sem-teto detonado, mas costuma contar que era um matador de vietcongues, cortando orelhas e aniquilando os chinas a torto e direito na selva. E daí que o sem-teto vai até a loja da esquina pra comprar um cigarro picado, porque não tem grana pra comprar o maço inteiro. Entra e pede um picado pro cara do balcão e então PIMBA! Eles se reconhecem imediatamente. O cara era do Vietnã, um cara de quem ele escapou ou uma parada assim. Ele é um vietcongue, um norte vietnamita que veio pra cá, o puto lutou *contra a gente* e tem *uma loja*. E o crioulo babaca tá aqui com a metade do cérebro funcionando e uma vida fodida e destruída, sem-teto depois de ter lutado *por* nós. Quer dizer, ele tem mesmo que se sentir um cuzão. Sacudo minha cabeça com um riso debochado...

— O que é tão engraçado? — pergunta o Scott.

— Nada — respondo. Por que ele é tão sensível? Algumas vezes, a maior parte do tempo, ele é bacana. Mas então entra na rotina do rei fodão macho-alfa. Não quero ser chefe. Só quero fazer meu lance, não me interessa quem é o rei da cocada preta, desde que eu possa dançar. Puta merda, quando eu for bom o suficiente pra ser chefe, vou embora. Por que ir embora cruzou pela minha cabeça? Eu acabei de chegar. Essa parada tá dando certo pra mim.

— O programa de hoje então é escutar sua peça performática — anuncia o Scott, se voltando pra My Lai. — Está correto, My Lai?

— Isso mesmo, o material bruto pro meu solo. E *tá bruto* pra cacete. Então, por enquanto é isso. Só quero que vocês escutem.

— OK, vamos escutar — o Snake.

— Tudo bem, mas eu ainda não entendi exatamente o que é que vamos escutar — a Amy.

— Bom, então escuta — o Snake.

— Quero saber *como* devo escutar. Quer dizer, essa é a história dela ou é uma compilação de histórias de mulheres asiáticas que ela juntou como um exemplo da mulher em geral...

— Para! — o Snake grita.— Vamos fazer um café. Estou sentindo que vamos precisar.

— Cretino! — a My Lai. Mas a risada dela soa aliviada.

Corro pra cozinha com o Snake pra ter certeza que coloquei de volta a máquina de espresso. Sim, está lá.

— Vamos fazer café normal ou espresso? — pergunto.
— Só cinco espressos.
— A My Lai prefere café normal — digo.
— Então perguntou pra quê, babaca!
— Em primeiro lugar, não sou babaca. — Ultimamente tenho que enquadrar esse viado o tempo todo.
— Vamos apenas dizer que você não sabe o suficiente pra entender que esse Bacardi e Happy que tenho aqui ficam melhor com espresso...
— Cara, durante o ensaio?
— Hoje não vamos dançar.
— Tudo bem. Você tem tabletes ou em pó?

Ele puxa um frasco prateado e um saco plástico com tabletes brancos.

— Põe na bandeja.
— Gosto de salpicar
— Então você é um desses caras que gostam de drogas na bebida?
— Não estou acima dessas coisas...
— Você quer dizer abaixo, puto!
— É só assim que consigo trepar com uma piranha! — Ele ri. Não consigo deixar de rir também.
— Abdul, estava reparando nas suas piruetas enquanto aquecia no canto, cara. Uau! Radical, mano. Pô, cara, você está muito bem! Magricela, mas bem. O que você anda fazendo?
— Ensaiando, cara. Eu alongo e faço uma hora de barra antes mesmo de sair do quarto. — Mostro meu quarto com o queixo, meu *por agora*, eu sei. — Não tem nada de mais, só treino, cara. Me impede de pirar, sabe como?
— Não, como assim?
— Sabe, se eu ficar sentado e pensar no tanto que estou pra trás de todo mundo na técnica e na coreografia. A técnica da My Lai...

— Olha só, cara, esse pessoal dança — dança e *treina* — desde criancinha.

— Tô sabendo, cara, não quero que todos os anos e esforço que botei no meu corpo escorram pela porra do ralo. Se não treinar, tudo que se consegue é se manter, e algumas vezes, nem isso. Sabe como?

— Infelizmente sim, mesmo assim...

— Quero melhorar — digo, interrompendo sua fala.

— Tá certo, é por isso que o chefe mantém você por aqui.

— Quem, o Scott?

— O Scott, é claro, de quem você acha que estou falando?

— Ele nunca pede pra eu fazer coreografias nem pra tomar conta do ensaio, sabe?

— Porra, esse é o lance dele, Abdul. Quando sou eu, é apenas pra fazer o que ele manda. Ele não precisa de você pra isso, cara. Ele precisa de você pro que você diz que é o que quer fazer, *dançar*. Aproveita isso, cara. Não entra numa de competir com ele. Você tem que aprender a ler as pessoas melhor. Sabe o que estou vendo, cara?

— O quê?

— Sabe, é bom se esforçar bastante e tal, mas vá com cuidado. Estou achando que você está exagerando, como se você estivesse *ligadão*, e se você não está usando nada é pior ainda. Desse jeito você vai acabar detonado, cara...

— EI, GENTE! Cadê o café?

Todo mundo assovia quando chegamos com a bandeja de espressos fumegantes e, no centro, o frasco de rum prateado e o saco do tabletes brancos que o Snake arranjou.

A Amy me surpreende quando parte um tablete no meio e divide com o Scott. O Snake oferece um pra My Lai, que recusa, mas logo muda de ideia e engole um. Recuso com a cabeça. Se tomar, não vou conseguir dormir. E sou o único aqui que tem que levantar cedo.

A My Lai tá sentada no chão na posição lótus, com o caderno na frente. Respira profundamente e abre.

— Eu tinha mais ou menos cinco dias de nascida quando me encontraram numa sacola de compra na porta do Abrigo St. Dymphna em Nova York, na manhã do dia de Natal. Ao escurecer eu já era uma celebridade! O "Bebê de Natal", era o como todos noticiários falavam de mim. E ainda deram um toque de Hollywood dizendo que eu estava embrulhada como presente de Natal! Todo mundo que tinha um rádio, TV ou lia jornal sabia de mim. Os putos ligavam pras estações querendo me adotar. Até onde sei, esses são os *fatos* impressos no *New York Daily News* de 24 de dezembro de 19..., arquivado em microficha na Biblioteca Pública de Nova York. Mas a verdade vem à tona com detalhes, no meio dos xingamentos quando eles estão brigando, e eles estão sempre brigando, minha mãe e meu pai. Acho estranho chamá-los assim. Ser adotada me tornou deles ou apenas "adotada"? Devia ser como na receita de bolo: coloque os ingredientes, misture, leve ao forno e *voilà*! Pronto. Mas lá dentro ficou cru e grudento. Nunca me tornei deles.

"— Fria", ela me disse uma vez. "Você é uma garotinha bem fria."

"Disse ela:

"— Podia ser assim mesmo se ela tivesse saído de você.

"— O que você está querendo dizer?

"— O meu Jeremy é do mesmo jeito, um merdinha malvado. Se o babaca um dia arrumar uma mulher, vou morrer de pena dela.

"Mas minha tia não estava lá no dia em que estavam discutindo (não que eles ligassem a mínima se tem alguém escutando ou não quando eles brigam). A história de fundo aqui é que meu avô é o cara que tem a grana de fato. (Não suporta me ver.) A mãe do meu pai, Vovó Dora, é católica; o pai dele é judeu. Meu pai não liga pra religião (ou pra nada que não seja o dinheiro dele), mas acho que ele costumava ser católico, porque doava uma grana pesada pro

St. Dymphna. E então eles estão brigando na minha frente como se eu não existisse, que é como me sinto a maior parte do tempo, e daí ele gargalha e fala por cima dos ombros comigo no intervalo dos berros com ela:

"— Foi o lance mais alto que levou você, sua crioulinha!

"— Ficou maluco? Que bobagem. E para de ficar xingando ela.

"— Não disse nada pra ela.

"— Estou escutando você, pensa que sou surda?

"— De todo modo, não é 'bobagem', é a verdade.

"— Não é verdade. Para de contar essa *mentira*. Sua porra de dinheiro, sua porra de dinheiro. Seu megalomaníaco fodido! Nós passamos pelo *processo*. Não está lembrado que nos entrevistaram, que vieram aqui em casa? Tive que falar com psicólogos, assistentes sociais, freiras... e só *depois* pudemos adotar Noël. Não compramos ela. Não é permitido comprar crianças em Nova York, aqui não é a Tailândia. Você é doente, doente, *doente*...

"— Cala a boca, sua piranha! Compramos ela sim. Do dia pra noite tive que comprar um apartamento pra que tivéssemos um endereço no estado de Nova York. A gente morava em Jersey, está lembrando? Doei cem mil dólares praquela porcaria de orfanato gentio pra você ter preferência pra adotar uma garotinha branca recém-nascida e então você viu aquela porra de noticiário e pirou...

"— Cala a boca, ela não é surda. É sua *filha*.

"— Não estou nem aí pro que ela é, e não me chama de mentiroso!

"— Você está dopado. Está bem no caminho de virar um drogado, não está?

"— Não tente mudar de assunto, piranha. Você acha que minha doação pras putas velhas ressecadas não teve nada a ver com a adoção da Srta. Tóquio?

"— Você é maldoso, maldoso, *maldoso*! Sua maldade não tem fim. Como pode falar desse jeito na frente da nossa filha?

"— Ela não é minha filha e, falando nisso, você também não é minha esposa. O casamento foi uma piada. Meu irmão não é uma porra de rabino. Não pode casar ninguém. A gente estava te zoando, você sabia. Não...

"— Você falou que depois a gente ia no cartório.

"— E *fomos*? Ela não é minha filha e você não é minha mulher. Porra, eu bem que podia fazer como aquele diretor famoso, dar em cima dela, fugir e casar. Pô, se eu for casar com alguém vai ser assim, com uma xoxota jovem...

"Minha mãe abriu a boca, mas as palavras não saíram, só um gemido.

"— Porra, você acha que seria me rebaixar demais casar com uma asiática?

"— Odeio você — ela urrou e caiu no chão, como se suas pernas tivessem faltado sob o peso da crueldade dele.

"— Para com esse drama! Uma andorinha só não faz verão.

"— Que merda você quer dizer com isso? — pergunta do chão.

"— Que merda você quer dizer com isso? — ele diz imitando. — Você gosta de ter o que quer, quando quer, mas fica com raiva quando lembro como foi que você conseguiu. É isso mesmo, coroa, *como* conseguiu. Foi com meu dinheiro, o drogado megalomaníaco... pode me chamar como quiser, piranha, foi com *meu dinheiro*. Tudo que temos foi porque eu comprei, sua piranha.

"— Nunca odiei ninguém como odeio você!

"— Quando você me odiar bastante pra ir embora, pode sair, sua vaca estúpida.

Mas ela não foi embora.

"— Pra onde eu podia ir? — ela dizia. — Precisamos dele

"— Não precisamos não.

"— Precisamos sim. Ele só está bêbado agora, de manhã vai ficar tudo bem."

## O GAROTO

Mas não ficou. Ela podia ter ido embora, mas você simplesmente não abandona esse tipo de dinheiro, foi o que ela disse.

"— Olha, ele só fala. Se alguma vez tentar bater em mim ou em você... — a voz dela foi diminuindo. — Eu não aceitaria abusos.

"Mas ele era um milionário, filho de um bilionário e ela não era esposa dele. Tinha sido a secretária. O 'irmão' dele, que tinha 'casado' os dois, foi pra cadeia, naquele mesmo dia por posse de drogas com intenção de vender.

"— Escuta, vou ler pra você uma coisa da Ann Landers.

"— Quem é Ann Landers?

"— Uma senhora bacana do jornal que dá bons conselhos pras pessoas.

"— Como é que você sabe se são bons?

"— Sei que são.

"— Como você consegue? — perguntei.

"— Consegue o quê?

"— O conselho — eu disse.

"— Você escreve uma carta e põe no correio e ela responde dizendo o que fazer. Algumas dessas cartas saem no *Daily News*, como essa que estou falando. Escuta só esse cara; ele está escrevendo pra Ann para dar umas informações que ela pode dividir com os leitores."

*Um homem deu um milhão de dólares para sua esposa. ("Como o que seu pai tem, certo.") Falou pra ela sair e gastar mil dólares por dia. Ela foi. Três anos depois voltou pra dizer que o dinheiro tinha acabado e queria mais.*

*Então ele deu pra ela um bilhão de dólares. (Esse é o tanto de dinheiro que o vovô tem!). Falou pra ela sair e gastar mil dólares por dia. Ela só voltou depois de três mil anos*

"— Três *mil*? Mais tempo que um dinossauro. Por que ela queria comprar por tanto tempo?

"— Ela não queria, querida. O homem está querendo dar um exemplo, *eu estou tentando dar* um exemplo. Quero mostrar o tanto de dinheiro que o vovô tem.

"Mas ele não é meu avô. Ele diz: 'Tira logo *isso* daqui.' Me ocorre uma pergunta.

"— Por quanto tempo podemos fazer compras com o seu dinheiro?

"— Hã?

"— Se a gente gastasse mil dólares por dia do seu dinheiro, quanto tempo ia durar?

"— Meu dinheiro? Querida, a gente nunca ia fazer compras. Mamãe não tem dinheiro.

"Eu preciso dela e ela precisa de mim pra poder ir fazer compras. Ele não precisa da gente, nem sequer *quer* a gente.

"*querida Annlanders,*

*Estou tendo um problema com meu pai, ele me xinga de nomes como crioula embora eu não seja negra e de pequena Srta. Tóquie, mesmo sabendo que não sou Srta. Tóquie. Ele come tudo e minha mãe diz que é tão grande como uma casa, mas não é realmente tão grande como uma casa senão não caberia dentro duma. Ele é rico. Tem os milhões que você escreveu no jornal e pode fazer compras de mil dólares todos os dias por três anos. Lembra que você escreveu isso??? Ele pode comprar muito. Meu pai entra no meu quarto e enfia o dedo em mim e tapa minha boca com a mão. Não consigo respirar fico com medo de morrer quando ele faz isso.*

*Por favor mande meu conselho o mais rápido possível.*

*Eu sei que não é Papai Noel, sei que não tem Papai Noel, mas se você pudesse me mandar um skate eu podia provar pra minha mãe que skate não é perigoso pras garotas*

*Com amor, Noël Wynn Desıré Orlinsky*

*PS. Não esquece de responder correndo.*

*Com amor, Noël (de novo)*

— Esperei por uma resposta todos os dias, por muito tempo. Tinha certeza que ela ia me escrever de volta com bons conselhos. Finalmente entendi que ela, do mesmo jeito que Papai Noel, também não existia de verdade.

Não sei bem o que tinha nas alegrias que o Snake distribuiu, mas parece que a My Lai já está sentindo o efeito, ou será que tá fingindo? Fecha o caderno e engatinha até o meio do círculo. Levanta as mãos como se tivesse algo nelas.

— Estou debaixo da mesa da sala de jantar. Ninguém pode me ver por causa da toalha comprida, que é a cortina da minha casa. Essa casa é minha, da Barbie e do Ken. Mamãe está lá fora, na varanda, almoçando com seu grupo. Entrei debaixo da mesa pra brincar com a Barbie e o Ken. — Levanta a Barbie, depois o Ken. — Deito o Ken por cima da Barbie e mexo a bunda de plástico pra cima e pra baixo enquanto ele enfia seu pau na Barbie para fazer um bebê. Ele está gritando com ela, como papai faz com mamãe.

"— Ahh, você é uma piranha do caralho! Sua buceta sexy, chupa meu pau, ahhh! Ahhh! Ahhh!

"A Barbie sussurra:

"— Para, Saul. Ela pode nos escutar.

"— E daí, estamos fazendo alguma coisa errada? Na França a família inteira anda pelada pela casa!

"— Você nunca foi pra França.

"— E daí, sua puta proletária? Está tentando me fazer parecer isiota? E pra que foi que eu comprei a porra dessa casa? Pra ter privacidade! — ele mesmo responde à sua própria pergunta.

"O Ken tem todas as perguntas e respostas.

"— Vem cá, desce aqui. Vê se presta pra alguma coisa.

"— Espera um pouco — ela diz.

"Escuto os passos dela vindo da porta! Fico de pé e saio correndo pelo corredor pra longe da mamãe e do papai e do cheiro pesado de sexo que escapava pela porta ligeiramente aberta do quarto quente. Mas agora adormeci debaixo da mesa com a Barbie e o Ken. Acordo com o barulho da voz da minha mãe e a visão de um par de pés gordos enfiados em sapatos vermelhos pontudos que não são dela. Viro para olhar as pernas da mamãe, cruzadas como um pretzel, seus pés em sapatilhas prata brilhantes.

"— Com certeza foi um castigo. Eu estava com trinta anos e já tinha feito cinco abortos. *Cinco.* Então eu acho que o Senhor me operou. Acho que ele disse: já que tem tanta raiva do seu útero pra matar cinco bebês, vou dar um jeito definitivo em você. Meu marido, ele é tão *mensch*, foi ele quem disse: esquece isso, a gente sempre pode adotar. E foi então que conseguimos a Noël.

"— É a mesma coisa? — Sapatos Vermelhos.

"— Bom, quando eu entro numa loja eles sabem que eu adotei. Mas, quer saber, eu acho que é a mesma coisa. Você os alimenta, veste, ama... eles só conhecem você. Não sabem que não são brancos. Noël se adaptou perfeitamente.

"— Além disso, são mais inteligentes que as crianças negras — Salto Alto Rosa-Choque.

"— Bem, ela não parece até agora.

"— Como assim? — Mocassim de Verniz Preto.

"— Tudo que ela quer é brincar de bailarina. Quase como se fosse autista.

"— Quantos anos ela tem? — Mocassim Preto tem uma voz alta e anasalada.

"— Quatro e meio.

"— Pelo amor de Deus, o que você queria? Que estudasse cálculo? Deixa ela em paz e alimente ela. Ela é muito magra. — Sapatos Vermelhos.

"— Ela não gosta quando eu a abraço.

"— Arrania uma babá crioula — Salto Alto Rosa-Choque.

"— Não fala assim! — minha mãe.

"— Deixe de bancar a santinha, Sarah. Você entendeu o que ela quis dizer. Arranja uma boa moreninha pra trabalhar aqui. Aquela china que você tem é a pessoa mais deprimida que já vi. Você sabe, eles pensam que são melhores que os outros. Sabe como é, só estão aqui de passagem, até terminar a escola de cosmetologia ou coisa parecida. Arruma uma boa garota pra cá e ela vai ficar e ajudar você com a menina. Estou te dizendo, elas são ótimas com crianças — Sapatos Vermelhos.

"— Crianças asiáticas?

"— Com *crianças*, todo tipo de crianças. E o quê você quer dizer com crianças *asiáticas*? Ela não sabe que tipo de criança ela é! Se você quer que ela fique mais sociável você tem que ensiná-la a *ser social*. Algumas dessas crianças nascidas no estrangeiro podem ser doentes mentais, ficam muito tempo nos orfanatos de lá. Li uma matéria no *New York Times* — Sapatos Vermelhos.

"— Por favor, Eartha, não fale assim — minha mãe.

"— É verdade, saiu uma matéria no *Post* também — Salto Alto Rosa-Choque. — De onde mesmo você falou que ela veio?

"— Ela é asiática.

"— Eu sei disso, não tenho deficiência de desenvolvimento, como eles gostam de dizer hoje em dia — Salto Alto Rosa-Choque.

"— É assim que eles dizem? — Mocassim Preto.

"— De que país ela é? — Sapatos Vermelhos.

"— China? — Mocassim Preto.

"— Acho que não.

"— O que você quer dizer com *acho* que não? Você não sabe de onde ela veio? —Salto Alto Rosa-Choque.

"— Ela foi uma adoção doméstica. Veio daqui.

"Agora todas essa palavras estão andando na minha cabeça: *asiática, adoção, babá crioula, aquela china, moreninha, escola de cosmetologia.*

"— Que merda, desculpa a força da expressão, ela pode ser qualquer coisa. — Salto Alto Rosa-Choque.

"— É mesmo? Adoção doméstica. Nunca ouvi falar de um imigrante que abandonasse o filho. — Sapatos Vermelhos.

"— Isso mesmo, eles matam ou fazem sacrifícios rituais. Vocês leram aquele artigo do *Post*...

"— Por favor — minha mãe interrompe a Salto Alto Rosa-Choque. — Agora não, Vera.

"— Estava em todos jornais, Sarah, não adianta enfiar a cabeça na areia. Mas voltando ao que a Eartha disse, eu não sabia que você podia conseguir crianças da América do Sul ou do Oriente nas adoções domésticas. Você sabe, para cada criança que você tem, o valor do cheque do seguro-desemprego aumenta. Eles chamam os filhos de âncoras, porque ajudam você a não sair do lugar. Acho que não podem ser deportados ou coisa assim — Salto Alto Rosa-Choque.

"— Quer dizer então que eles chegam aqui ilegalmente, fazem uns bebês, as âncoras, e estão com a vida feita — Sapatos Vermelhos.

"— Não sei se trabalhar dezesseis horas por dia como lavador de pratos é estar com a vida feita — Mocassim Preto.

"— Ai, para com essa bobagem liberal — Salto Alto Rosa-Choque. — Sabe como meu marido se refere a eles? Ele é um parasitologista.

"— Tudo bem, vamos lá, como é? — Sapatos Vermelhos.

"— Chagas. — Salto Alto Rosa-Choque.

"— Que coisa é essa? — Mocassim Preto.

"— Um parasita sanguessuga que ataca seu coração. É do México. E, se você pegar, não tem como curar. Sanguessugas! — Salto Alto Rosa-Choque.

"— Está projetando, Vera? — Mocassim.

"— Projetando? Do que você está falando? Por que eu ia projetar qualquer coisa? Virou Freud agora? — Salto Alto Rosa-Choque.

"— Ei, o que está acontecendo aqui? Nós agora somos o Clube de Luta Feminino? Estamos aqui para levantar recursos, não para ficar de picuinhas. — Minha mãe.

"Chagas? Clube de Luta? Sanguessugas? E o que é projetar? Todos esse pés enormes. Estou com muita, muita vontade de fazer xixi. Mas não posso sair; ela vai ficar com raiva. Vou deitar e dormir. Às vezes as pessoas morrem ao dormir. Vou morrer e ela vai se arrepender.

"— Que cheiro é esse? — Salto Alto Rosa-Choque.

"— Chega, Vera. — Sapatos Vermelhos

"— Verdade, e está vindo debaixo da mesa. — Salto Alto Rosa-Choque.

"— Ai, meu Deus, é a Noël! Noël! Ela está dormindo! — Mamãe.

"Abro os olhos fingindo estar confusa e grogue.

"— Vem cá, acorda e vem com a mamãe.

"Saí engatinhando de baixo da mesa, minhas calças de algodão se arrastando, ensopadas de urina, com as novas palavras nadando na minha cabeça — e a promessa de pesadelos com pés falantes por muito tempo."

A My Lai, que até poucos segundos tava com três ou quatro anos e ajoelhada "debaixo da mesa", falando com uma voz que eu ainda não conhecia, volta pro momento atual.

— Não entendi a maior parte do que minha mãe disse, a não ser pelo fato de ela ter se enganado, eu não estava 'brincando' de ser nada, eu *era* uma bailarina! — Ela ri e volta a sentar no círculo com o caderno no colo. Vira-se pra mim. — É, mas além de bailarina, o que mais eu *era*? — Com os olhos ainda em mim: — "Pelo menos você *sabia*."

Ah, quer dizer então que ela passou por piores coisas que eu? Não respondo. Não quero me envolver nessa merda dela. Sinto minha cabeça rachando com um barulho, cleque-cleque-bangue-bangue. Faz tempo que não sinto tanta raiva assim. *Pelo menos você sabia*, debocho dela na minha cabeça. Mas não vou ser arrastado pra essa confusão na frente de todo mundo. Ela sabe muito bem como me sinto desde "o incidente".

A gente tava de bobeira umas semanas atrás e de repente ela aparece com essa merda fodida. Não vou esquecer nunca. Agora ela tá querendo dar uma melhorada, fazer de conta que não foi nada. Deixa passar por enquanto. Vou escutar o resto e depois pensar sobre tudo isso.

— E foi isso o que aconteceu: minha mãe seguiu os conselhos das amigas e me arrumou uma babá negra. E do mesmo jeito que outras coisas que aconteceram na minha vida, foi muito bom exatamente porque foi um desastre absoluto. Depois que meu pai engravidou essa haitiana que mal falava inglês nós realmente ficamos com problemas.

"Uma manhã eu estava em casa, debaixo da mesa com Barbie e Ken, e escutei quando eles estavam falando sobre a Eruzulie.

"— Vou contar — ela disse.

"— Contar o quê, sua vadia idiota? — meu pai rosna.

"— Eruzulie diz que você a estuprou.

"— Essa negra que vá se foder.

"— Não, seu puto, vai você se foder. Quer que ela dê queixa?

"— É mentira.

"— Já ouviu falar em teste de paternidade, Saul?

"— Você está de intriga com essa crioula.

"— Saul, essa *crioula* vai dar à luz seu bebê, que tal?

"— Não tem problema, sua piranha. E nem tente me chantagear, sua...

"— Não quero chantagear você. Quero que você aja como um ser humano e assuma a responsabilidade.

"— Pois sim, sua piranha, cadela. Não vou dar nem mais um tostão pra você.

"— Vai sim. E também vai casar comigo. Posso fazer você ir pra cadeia pro resto da sua vida.
"— E eu vou botar você debaixo de sete palmos.
"— Não vai não!
"— Fica provocando, piranha.
"— Não estou provocando nada, Saul. Casa comigo ou então vou até a polícia com a Eruzulie.
"— Você *está* maluca! — ele silva.
"— E estou sabendo de mais, da filha da Alondra, a filipina, Saul! A *filha* dela...
"Os pés de hipopótamo brancos e descalços dele voaram pelo chão em direção a ela.
"PAF! Deu um tapa nela.
"— Saul, eu amo você! — ela gritou.
"Saí debaixo da mesa enquanto ele enchia minha mãe de porrada.
"— Saul, eu amo você! — gritei. Era isso o que ele queria? Era por isso que ela ficava dizendo isso? Será que ia fazer ele parar de bater nela? Eu também ia dizer.
"— SAUL, EU AMO VOCÊ! — berrei.
"— Jesus Cristo — ele gemeu, como se fosse ele que estivesse apanhando.
"— Chega de falar de Jesus! — minha mãe gritou.
"— Cala a boca! — ele disse e bateu nela de novo. — Minha mãe é católica, eu sou meio católico, piranha.
"— JISUUIS CRISTU JISUUIS CRISTU! — eu gritava sem parar, minha cabeça virada pra luz brilhante do candelabro do teto. Ele me atacou, puxando minhas tranças.
"— Vou cortar seu pés, sua china com rabo de macaco. E aí quero ver você dançar — ele debochou.
"Meu olhos se arregalaram, se arregalaram o bastante pra eu ver todo o meu pequeno mundo e eu nele, sem os pés. Dava pra sentir

os cabelos se separando da raiz enquanto eu girava pra fugir das minhas tranças presas em suas mãos. O suor com cheiro de mijo escorria do braço dele pra cima de mim.

"— Põe ela no chão, Saul — minha mãe implorava.

"— Eu amo você, Saul — falo com a voz rouca.

"Quando ele me deixou cair eu desmontei no chão, rezando: 'Jesus, por favor, não deixa ele cortar meus pés, por favor, Jesus, não deixa cortar meus pés'."

"FOMOS PRA CAMA arrasadas naquela noite, eu nos braços dela, que pareciam nuvens mornas em volta de mim. Mas eu sabia que, assim como as nuvens, eles também não podiam me proteger, e enquanto caía no sono eu sabia que ela sabia disso também.

"De manhã eu estava sentada no chão, entre as pernas da minha mãe e os chumaços de cabelo caíam no carpete rosa do meu quarto. Eu podia sentir as lágrimas quentes nas minhas costas e ombros. Me sentia fria em relação a ela.

"O cheiro forte indicava que ela tinha aberto a garrafa de álcool. Estremeci.

"— Vamos lá, seja corajosa.

"O algodão empapado com álcool frio tocava meu couro cabeludo me fazendo berrar. Tentei escapar dela. Minha cabeça queimava, mas ela me segurava firme.

"— Mamãe vai fazer o curativo em você, vai ficar tudo bem. Não diz nada pra ninguém sobre o Saul. Ele ama a gente de verdade, OK? *OK*? Não vou escovar seu cabelo, mas tenho que pentear pra cobrir as falhas, está bem? Nós somos uma família e toda família tem problemas. Não precisa falar nada para um bando de gente que não pode te ajudar. A mamãe vai te ajudar.

"Em resumo, ela está tentando obrigar o Saul a brincar de família legal por meio de chantagem, ameaçando com a prisão. Ele acha que ela está blefando e diz que vai nos botar na rua."

Ela abre o caderno em um pedaço onde juntou um punhado de páginas usando mais ou menos uns cem grampos.

— Não vou ler essa parte, mas aqui ele finalmente me estupra, me "mata", onde por um segundo fui um animal com o nariz no vento, sentindo um cheiro bom enquanto a luz do candelabro parecia descer cintilante do teto, um cheiro que arrepia os cabelos da minha nuca e percebo que é sangue. Estou cheirando meu próprio sangue. Esse cheiro achata um lugar na minha cabeça, garantindo que vou ficar inconsolável. *Destripada*, ele me destripa. Quando acordo tem outra garota na minha pele. Eu não posso esquecer o que ele me fez, mas não suporto lembrar, e então faço uma garota diferente pra guardar essa memória. Me divido. Crio uma garota que esquece; e juntando as duas, a garota do dia e a garota da noite, eu e ela, nós conseguimos seguir em frente. A garota do dia pensa e pensa e pensa, lê e lê e lê, e ensaia ensaia e ensaia mais um pouco. Não sei se volto a sonhar depois disso. A garota da noite conhece o traço de sujeira que ele deixa, o cheiro forte e amarelo do mijo que ele deixa no seu banheiro como um animal marca seu território. A garota da noite treme no escuro. Ela sabe o que vai acontecer. Ela até fica aliviada quando ele goza porque o terror e a ansiedade terrível acabam e, depois, quando ele sai, ela pode voltar a dormir, o sono preto e pesado que me salva.

"Acho que minha mãe não se permite saber, mas deve sentir alguma coisa, porque depois do estupro me leva junto toda vez que vai visitar a mãe ou a irmã. Mas ela não sai muito, e não acho que é por minha causa. Acho que ela fica com medo dele esquecer que são 'casados' e colocar outra em seu lugar. Durante o dia ele fica fora de casa. Ficamos sozinhas, a não ser pela empregada. Mas parece que tem uma parede de vidro entre nós o tempo todo. O meu lado do vidro é transparente; consigo vê-la, mas o lado dela é um espelho, ela vê só a si mesma.

"Eu tinha que dar um jeito de chegar até ela. Estávamos juntas quando ela comprou uma bolsa na Bloomingdale, na 'cidade'. Uma bolsa branca bem grande. Resolvi escrever uma carta pra ela e colocar numa garrafa, como os personagens náufragos dos desenhos animados costumam fazer. Era uma garrafa de água de plástico. Virei a garrafa até esvaziar completamente, depois de secar bem coloquei a carta dentro (infelizmente perdi a tampa). E então coloquei a garrafa dentro da bolsa branca nova com o grande fecho dourado. Clac! Feito. Foi nesse momento que pensei pela primeira vez concretamente na minha mãe de verdade."

*Querida mãe,*
    *Ele está abusando de mim. Papai está fazendo aquilo. Você sabe do que estou falando. Mamãe, faz ele parar.*

                                          *Noël (sua filha única)*

"Fico devastada quando ela não me responde até que um dia entendo que *ela nunca recebeu a carta*. Como é que eu sei? Me dou conta que nunca vi mamãe usando a bolsa branca! Nunca vi mamãe com a bolsa branca. Nuncavimamãecomabolsabranca. A montanha escura que sua traição estava construindo dentro de mim se desmorona. É claro! Era tão óbvio, como que eu não percebi antes?

"Ela está lavando meu cabelo na cozinha. Assim como antes minha cabeça em desespero tinha acreditado *que ela sabia* e não ligava, agora todo o meu ser acredita que *ela não sabe* e que é uma mãe de verdade. Meu nariz está tomado pelo xampu com perfume floral. O corpo dela, cheirando levemente a suor e grapefruit está protetoramente perto do meu e seus dedos fortes massageiam meu couro cabeludo. Enrola uma toalha rosa macia em volta da minha cabeça e me vira pra ela.

"— Mamãe — eu digo —, ele faz coisas comigo de noite.

"— Quem? O bicho-papão? — Ela ri.

"— Não, mamãe, eu disse pra você na carta.

"— Que carta? — pergunta, enxugando meu cabelo. EU ESTAVA CERTA!

"— Botei na sua bolsa.

"— Tenho centenas de bolsas.

"— A bolsa branca.

"— Tenho dezenas de bolsas brancas.

"— Mamãe, ele vem no meu quarto à noite e enfia o dedo. Daquela vez que você saiu ele me levou pro seu quarto e me deu vitaminas e fez sexo comigo.

"— *Sexo* com você?

"— Inecurso inecurso, mamãe, como o cachorro que enfia sua coisa, só que eu estava deitada na cama.

"— Eu... eu... eu... — ela gagueja.

"Fico com medo de ela não acreditar em mim e começo a chorar como se meu coração estivesse partido, porque ele *estava* partido.

"Ela me pega pelos ombros e sacode suavemente.

"— Você se lembra em que bolsa?

"— A bolsa branca! — soluço.

"Tento esticar os braços pra abraçá-la, mas ela continua me segurando pelos ombros, a fronte cerrada em rugas de pensamento.

"— A bolsa branca com o fecho...

"— Dourado — dizemos em uníssono. — Grande. — Ela termina a sentença e solta meus ombros.

"— Continua enxugando, volto logo.

"Sai correndo da cozinha e sobe as escadas. Quando volta, está igual à bruxa de João e Maria no meu livro antigo da Disney — toda franzida e cheia de maldade.

"— Podemos usar isso! Meu Deus, nós vamos usar isso. É tão bom quanto uma aliança de casamento. Agora podemos conseguir qualquer coisa dele.

"— Do que ela está falando? — Talvez ela veja a confusão no meu rosto.

"— Ele não vai mais te perturbar.

"— Ele já fez *muita* coisa.

"— Está acabado. Acredite na mamãe, OK?

"— OK. — Mas não sei se acredito nela nem um pouquinho.

"— Repete: OK, mamãe, acredito em você.

"— OK, mamãe, acredito em você — papagueei. E acreditei. Que escolha que eu tinha? Acreditar nela e ser de novo sua filha ou ser abandonada e morrer, ou ficar louca. Escolhi acreditar. Não parecia ter um meio-termo, ainda. Pelo menos eu era alguma coisa; mesmo a mentira é alguma coisa. Eu era uma garota, sua garota, a filha de alguém. Sem ela só restava a garota da noite e o que ele disse que eu era, sujeira trazida pra dentro, esperando pra ser fodida.

"Agora eu era a garota dela, do mesmo jeito que ele ia ser o marido. Ela tinha o que negociar com ele. Eu tinha o que negociar com ela. E ia negociar. Pensei no que eu queria, do mesmo jeito que ela. Eu já tinha pagado o preço. E, sim, ela está me pagando e vai continuar pagando por muito tempo ainda. Criancinha rica e mimada? Acho que não. Penso em mim como sendo vítima de um crime de guerra, o segundo *estupro* da My Lai. O momento americano. Me tornei My Lai e logo que tiver a idade necessária é como vai constar em todos meus documentos legais, MY LAI."

A My Lai abraça o caderno enquanto fala. Me vejo no Central Park, rasgando em pedacinhos o caderno de outra mulher e jogando o resultado no túnel uivante do metrô.

O Scott finalmente quebra o silêncio:

— É extraordinário.

## O GAROTO

— Totalmente — o Snake. — Mas está longe demais, My Lai. Temos que ir direto à essência.

— Isso mesmo, eu concordo, e a essência, o coração dessa história é a voz da criança. Continuo escutando a parte do "amo você, Saul, amo você, Saul" — o Scott.

— Pra mim o que pegou foi você pequena, escrevendo as cartas — eu.

— A parte debaixo da mesa foi cansativa! — o Snake.

— A parte com que me identifiquei totalmente foi como dançar te deu uma vida no meio dos abusos — eu.

— Isso é teatro, garota!

— OK, OK, a questão é...

— Por quê?

— Não, *como*.

Não consigo acompanhar quem está falando. Fico vendo a My Lai sendo fodida por seu pai; fico metade enojado, metade excitado, e totalmente enraivecido. Esses putos pervertidos, eles jogam você no fundo do poço, é como estou me sentindo, como aquele vietcongue, aquele pequeno plantador de arroz, *um homem*, que o soldado jogou poço abaixo. Nesse momento prometo pra mim mesmo que se algum dia encontrar de novo o irmão John vou acabar com ele. Abraço a My Lai mais forte; ela está em silêncio enquanto todo mundo fala sem parar.

O Scott olha o relógio.

— Vamos dar o dia por encerrado... na verdade, noite.

# 4

Estou no Starbucks olhando pelas janelas panorâmicas um homem vomitando nas escadas do metrô e o esforço obsessivo de um estudante universitário tentando girar o gigantesco cubo preto no centro do Cooper Square. Estou sentado numa parte ligeiramente mais alta, entre a parte da janela e o resto do café, de costas para as mesas embaixo, no chão de cimento, e virado para as janelas e a porta, então vejo os três entrando, o Snake, o Scott e a My Lai. No momento exato em que entraram eu podia ter chamado: *Oi, gente!* Mas não chamei. Não sei por quê. Meu sangue ferve ao saborear a My Lai com os olhos. Fez piercing no nariz de novo; o que ela havia feito infeccionou e então teve que deixar fechar. Dessa vez colocou ouro de quatorze quilates ao invés de prata e está dando certo. Está usando umas calças justas de couro preto, salto alto e, embora não seja mais verão, o top de lamé dourado. O Snake e o Scott estão de jeans, o Snake com um enorme cinto prateado de caubói; mesmo de jeans Scott parece estar vestido de terno e gravata.

Viro o rosto e me afundo mais no meu livro, *Nureyev: Aspectos do Bailarino*, escrito por Percival:

*... Foi apenas depois de ter onze anos que Nureyev teve sua primeira aula de balé. Uma das senhoras do Pioneer levou-o até o Clube de Cientistas de Ufa para conhecer uma velha senhora chamada Udeltsova, que tinha cerca de setenta anos e que havia sido membro do corpo de balé de Serge Diaghilev. Ela ainda dava aulas para crianças.*

Escolheram uma mesa logo abaixo, de frente para minha mesa na parte alta. Agora seria um bom momento pra virar e dizer oi. Mas, de novo, não digo.

— O que você quer? — o Scott.
— Posso ir buscar? — a My Lai.
— Vamos deixar as coisas aqui e ir juntos — o Scott.
— Isso ainda é Nova York. Eu fico e vigio — o Snake.
— O que você quer? — o Scott.
— O que vocês vão pedir? — o Snake.
— Presunto Black Forest com queijo cheddar e um café — o Scott.
— Um café Americano e um croissant de chocolate — a My Lai.
— Metade.
— Metade do quê?
— Quero o sanduíche de queijo e cheddar e um Americano, com um lugarzinho pro leite — o Snake, mas não vejo nenhum movimento da parte dele pra passar dinheiro pra My Lai ou pro Scott. O Snake não tem o menor problema em se aproveitar dos outros.

Quando a My Lai e o Scott voltam pra mesa viro minha cabeça um pouco e dou uma olhada pelo canto do olho. As três costas deles formam um pequeno semicírculo de costas pra mim. Agora já é tarde pra dizer alô; ia ficar esquisito. Estão conversando fiado sobre a performance da My Lai, se deve ser um solo (e o que mais seria?) e como fazer pra ser mais central (concordo com isso). Scott está dizendo que a adoção transnacional é quase sempre indicativa de um passado colonial ou de uma relação de conquistador do país recebedor/comprador com os países doadores/vendedores. (E o que importa isso tudo? As crianças precisam de um lar, essa é a minha opinião!)

— Como assim? — o Snake.

— Por exemplo, ninguém vem da China ou da África pra adotar criancinhas dos Estados Unidos — o Scott.

— Saquei — o Snake.

— Não é um julgamento, é um fato. Seria muito difícil pra um africano chegar aqui e adotar um "órfão" se os pais dele ou dela fossem contra. Quer dizer, não teria a menor chance — o Scott.

— E então, como é que vamos fazer daqui pra frente? — a My Lai.

— Bom, aqui nós temos um milhão de pecinhas. Você sabe que a gente quer colocar a história no lugar central do texto e da coreografia. Não vamos tentar mostrar o produto final como uma tentativa factual de contar a biografia da My Lai. Ela vai ser a representação de toda mulher-criança asiática, como Amy perguntou daquela primeira vez, antes da My Lai ler o texto.

— Isso mesmo, a performance vai ficar mais forte tendo algo que pareça pessoal, que na verdade *é* pessoal, vai acrescentar sabor — o Snake.

— Mais valor emocional...

— Sabor, valor emocional, é tudo a mesma coisa — o Snake.

Scott solta um suspiro. (O que eles vão fazer, mudar a história da My Lai como se ela fosse uma vietnamita adotada pra complementar a coreografia do massacre de My Lai? Interessante.)

Agora estão discutindo a recepção na noite de estreia. É melhor antes ou depois do show? Prefiro depois. E então, do nada, o Scott pergunta:

— E o Abdul?

— O que tem o Abdul? A parte dele com a Companhia Charlie no poço é uma das mais fortes da performance — a My Lai.

— E o vídeo é espetacular — o Snake.

— Estou falando de tudo. Tipo, quem é esse cara? Apareceu com um nome, depois mudou pra outro, a Amy não é muito fã dele...

— Ela não precisa ser *fã* pra trabalhar com ele — a My Lai.

— Bom, eu não estou muito confortável com ele *morando* no loft. Era pra ser uma posição rotativa, uma posição de *zeladoria*, e o cara mudou-se de mala e cuia. Eu estava folheando o correio na semana passada e vi que ele está recebendo cartas!

— Pô cara, por que você não disse logo? O loft é seu. Se você quer ele fora, já foi — o Snake.

— Não foi isso que eu quis dizer — o Scott.

— Foi sim — a My Lai.

— Se não foi exatamente o que quis dizer, é porque está dando volta pra chegar lá — o Snake.

— Você sabe que ele é meu homem — a My Lai.

— Sei disso. O que tem uma coisa a ver com a outra? — o Scott.

— Porra, você ia achar bom alguém falando desse jeito do seu companheiro na frente de todo mundo? — a My Lai.

— Companheiro? My Lai, isso é importante. Não sabia que vocês dois estavam tão juntos assim. E depois, desde quando o Snake é "todo mundo"? — o Scott.

— Você acabou de dizer que sabia — a My Lai.

— Quando você falou, ele é o meu homem, eu já sabia que tinha alguma rolando entre vocês, e por isso respondi, sei disso. Mas não sabia que era tão sério assim, que ele é seu *companheiro* e tal — o Scott.

— Olha só, companheiro, trampeiro, funqueiro, bombeiro! Que merda! Ele é nosso melhor bailarino, ele é bom, está a um passo de ser espetacular. Se nós queremos mesmo deslanchar o Herd vamos precisar de mais uns três ou quatro...

— Mais do quê? — o Scott corta Snake. — Bailarinos negros?

— Scott! Qual é cara, tá *viajando*? — o Snake.

— Não, não é isso que eu quis dizer. Mas nós... nós temos um conceito e eu não quero que seja... que seja deixado de lado...

— Deixado de lado? — a My Lai.

— Não, não, vocês não estão me entendendo. Vamos parar de falar do Abdul, temos muito o que fazer pra ficar alvoroçados. Você tem razão, ele é legal, e eu *estou* viajando, e com um pouco de medo de que tudo vá...

— *Tudo* o quê, hein? Que essa companhia financiada com o dinheiro do seu papai e da mãezinha da My Lai vire uma companhia de verdade que você não possa controlar — o Snake.

— OK, OK, entendi. Agora podemos mudar de assunto e voltar ao assunto de antes?

Disciplina, digo pra mim mesmo, e *respira*. Desapareça em sua respiração, deixa a raiva sair. Não se mexa a não ser pra inclinar um pouco mais e ler o John Percival.

*Ela ensinava crianças, não estudantes profissionais. Nureyev nascera para dançar para ela: uma gopak, uma lezginka e outras danças folclóricas. A velha senhora olhava assombrada enquanto ele dançava e, ao final, deu o mesmo conselho de outros antes dela: "Vá para Leningrado. Estude lá." Mas vindo dos lábios dela parecia diferente e o garoto enrubesceu. E, além disso, ela foi muito mais peremptória: "Criança, você tem a obrigação de estudar dança clássica."*

Quando eles saíram eu estava acabado, que nem aquele cara do especial da TV sobre diálise, como se todo o sangue do meu corpo tivesse sido retirado. Fico sentando ali, esperando pela ressaca emocional. Tudo bem, eu sabia que ele não gostava de mim. Mas por quê? Porque sou bom, porque sou negro? O "conceito"! Qual é a dessa gente, enquanto eles estão sugando as nossas coisas, hip-hop ou R&B, está tudo bem, eles nos adoram adoram *adoram*, nunca se cansam do funk, engolem tudo e transformam em grana. Mas de repente eu fazer parte do Herd... a bem da verdade, não foi de repente. Ele está cabreiro desde o primeiro dia, com medo que eu "tome a liderança". O que é que ele tem na porra daquela cabeça? Todo mundo acha que ele é tão inteligente. Tudo bem, vai ver ele tem razão; antes que isso tudo acabe eu vou tomar a liderança. Mas não do traseiro fodido dele. Seu "conceito", que se foda seu conceito! Agora estou cansado, abalado. Nenhum dos meus trabalhos me paga o suficiente pra poder alugar qualquer coisa por aqui. Estou me sentindo avançando no espaço escuro, aqui vamos nós outra vez. Pensei que estivesse seguro, mas outra vez é apenas fumaça, espelhos e areia movediça. Bom, agora resta engolir o sapo, colocar uma máscara e não deixar sacarem que você está sabendo de alguma coisa. E, afinal, do que é mesmo que você sabe, de verdade? Apenas continue por lá e faça o espetáculo, dançando muito, muito melhor do que jamais dançou. E quando acabar, você pensa no que vai fazer em seguida.

Fecho o livro e olho pro corpo musculoso vestido com malha branca e o peito nu. Ele está de joelhos, os braços fortes e sinuosos acima de sua cabeça, levantados com elegância na quinta posição. Ele tem a face de um lobo, as maçãs do rosto são lindas e altas, os olhos esfumaçados e os lábios, faminto. Olho pra ele e sei que tenho que ser o máximo e ao mesmo tempo estou sentindo que, na verdade, não posso ser. Essa confusão me faz querer matar alguma coisa, foder todo mundo, inclusive eu.

**EU JÁ ESCUTEI** a música mil vezes, mas ando com cuidado porque o chão de madeira treme quando eu piso, como se as paredes em volta estivessem sendo consumidas pelas chamas e fossem cair a qualquer minuto. Estou com raiva de mim mesmo, perdi a contagem do momento em que devo entrar pela terceira vez; e depois que me enrolo na maldita contagem não consigo retomar o ritmo e todo mundo tem que parar. Acho que quem tá tremendo sou eu, não o chão.

— Você sabe essa peça de cabeça pra baixo — a My Lai.

— Nunca vi você desse jeito antes. Nervosismo antes da estreia? — o Snake.

— Podemos tentar mais uma vez? — eu. Desde as aulas da Imena no Harlem eu não tinha sentido tamanha falta de conexão entre meu corpo e meu comando sobre ele. Olho pra Amy, pra My Lai, pro Snake, pensei que fossem meus amigos. São tão amigos quanto o irmão John, e então penso que não estou sendo justo, não mesmo...

— Sua cabeça está onde, Abdul? Você está totalmente ausente hoje — o Scott

E daí se eles são meus amigos ou não são meus amigos! Sou um bailarino; não tenho que gostar desses putos pra fazer meu trabalho. Você acha que o Nureyev gostava de todo mundo com quem dançou? Não mesmo, ele odiava muitos deles.

— Todo mundo tem um dia de folga — a My Lai.

— Não quero um dia de folga. Podemos começar de novo ao invés de ficar falando abobrinhas? Perdi minha deixa, porra, e daí?

— É isso aí! — o Snake.

EU E A My Lai estamos tomando café da manhã numa lanchonete da Sétima Avenida, logo depois da rua 16. A My Lai tá devorando uma tigela de cereal cheio de fibras soterrado por duas porções de mirtilos e leite desnatado. Leva a colher de cereal até à boca, tentando colocar o máximo de mirtilos a cada bocado. O cheiro perfeito de bacon fritando na grelha da lanchonete me traz lágrimas aos olhos. Estou lembrando da tia Rita pegando um pedaço de bacon com seus dedos de pontas vermelhas e levando até minha boca. O prazer gorduroso e salgado de porco enchia minha boca enquanto eu reparava no lugar escuro entre seus peitos, ressaltados pelo vestido decotado e o sutiã modelador preto. O mesmo sutiã que pensei ser peitos extras quando vi largado sobre a colcha branca da cama e enterrei meu nariz no bojo, bebendo seu perfume almiscarado. Levanto pra ir no toalete nos fundos da lanchonete, as lágrimas quase derramadas. Passo pelos mictórios e vou pra um reservado. Trancado lá dentro eu soluço, lembrando dela me olhando da porta do quarto de hotel no meu caminho pelo corredor para o banheiro, o chão sempre pegajoso de mijo, às vezes sangue e agulhas, até mesmo um cocô ocasional, não importava o tanto que ela reclamasse ou limpasse. Não conseguia imaginar porque ela achava que tinha que me vigiar, eu era um garoto grande, nove anos, o que podia acontecer comigo?

O som nervoso de mijo que atravessa a parede do reservado, a batida na porta e um "Ei, cara, tenho que fazer um número dois" me lembram que estou no lugar errado pra ficar emocionado. Abro a porta e lá está um cara de um metro e quarenta pesando pelo menos uns 140 quilos, o rosto igual a uma grande espinha. Ele estava me escutando chorar e esperando que eu saísse, porque não tem jeito dele caber no reservado pra cagar ou fazer qualquer outra coisa. E agora está bloqueando minha saída.

— Posso passar, cara? — digo. Ele está esfregando uma nota de cinquenta dólares entre seus dedos.

— Claro, claro que sim — responde, ainda sem se mexer e produzindo mais duas notas de cinquenta do nada, como se fosse um mágico. Ele levanta os olhos, eu encaro com ódio. Move seu peso pro lado e me deixa passar.

Minhas panquecas estão frias quando volto pra mesa. Aceno pra garçonete.

— Será que dá pra esquentar isso pra mim?

— Claro. — Ela retira o prato tão graciosamente como quando o colocou na mesa. Ela faz seu serviço direito, penso, observando seus quadris largos se afastando do reservado e imaginando como seria cavalgá-la. E por que estou pensando na garçonete quando minha vida está sentada na minha frente? Talvez eu não tenha dormido bem ontem à noite, ou talvez seja apenas como os homens são, não podemos fazer nada a respeito. O que Scott disse continua girando na minha cabeça: *Tipo, quem é essa cara?* Foda-se essa bicha velha e de bunda murcha. Se não fosse pela My Lai eu destruiria a porra do loft antes de ir embora, mas não é só por ela; estou me segurando por mim também. Não quero esse tipo de carma atrás de mim, além disso o filhinho de papai poderia chamar os tiras. Já tenho perturbação suficiente na minha cabeça.

— Por que você está tão pensativo? — ela pergunta quando pego um pedaço de bacon e devolvo depois de uma mordida.

— Estava pensando que você tem razão, a melhor coisa do bacon é o cheiro. Tem um cheiro muito melhor do que o gosto, pelo menos esse daqui. — Empurro pro lado do prato e ajeito uma garfada de panquecas de mirtilo amanteigadas e muito gostosas, apesar de requentadas.

— *Não* era nisso que você estava pensando — resmunga emburrada.

— Está me chamando de mentiroso?

— Não, estou só dizendo que você não estava pensando na porra do bacon. Você sabe, toda vez, praticamente toda vez que você sente alguma coisa...

— É toda vez ou praticamente toda vez? Você está se contradizendo...

— Posso terminar? Você não me deixa chegar perto quando está sentindo alguma coisa.

Ela está emburrada de novo ou pelo menos é o que acho. E o que posso dizer? É verdade. Ao invés de me aproximar, sinto que estou construindo um muro ou, talvez, cavando um buraco.

Lembro do Roman e sua bunda intrometida, olho pra My Lai e penso que é melhor não saber. Juro que aquela tia velha meteu o bedelho em tudo que eu tinha ou levei pra aquele apartamento.

— Sabe? Tem alguma coisa errada com seus documentos.
— E por que você está se preocupando com eles?
— Porque você mora aqui, você é meu — ele diz, na lata. — Eu ajudo você. Então quero conhecer você.

Naquela época a ficha não caiu, mas hoje percebo que se ele fuçou aquele envelope sabia perfeitamente a minha idade, viado fodido. Eu mesmo mal tinha folheado o envelope desde minha partida do St. Ailanthus. Lá não tinha nada pra me ajudar com as paradas que estava vivendo. Mas como eu não tinha porra nenhuma, me agarrava a qualquer coisa. Lembro da tia Rita dando o envelope pra mulher branca que me levou do hotel e passou pra Srta. Lillie e pros irmãos do St. Ailanthus, e depois pra mim, que trouxe do apartamento do Roman pro loft.

Não me preocupo muito com o comentário do Roman sobre "alguma coisa esquisita com seus documentos." Acho que é só um equívoco, como a maior parte da minha vida. E então liguei pro cartório de registros.

— Alô, preciso tirar uma cópia da minha certidão de nascimento.
— Família adotiva? — Ela deve ter percebido que sou jovem.
— Sim.
— Está chegando na maioridade? — ela pergunta.
— Tô. — De certa forma eu não estava mentindo: esta *deveria* ser a verdade, legalmente eu ainda morava no 805 da avenida St. Nicholas com minha avó (só que quando li os papéis da minha mãe descobri que ela não era minha avó!). — Eu sei que nasci no Harlem. Como faço pra conseguir uma cópia da minha certidão de nascimento pra levar pra escola e tirar uma identidade do Estado de Nova York?

— Você pode receber por fax, internet, correio ou então pode vir no cartório e levar no mesmo dia.

— OK, tudo bem, onde é o cartório?

— Para fazer pessoalmente, é na rua Worth 125, entre as ruas Centre e Lafayette, sala 133, e o horário de atendimento é das nove da manhã até três e meia da tarde. O acesso é pela entrada lateral da rua Lafayette. A taxa é de quinze dólares e você pode pagar com cartão de crédito ou débito, cheque ou dinheiro vivo. Vamos precisar do seu nome completo, do nome da sua mãe, do nome de seu pai, se for possível, e do motivo pra pedir a cópia da certidão de nascimento.

— Motivo?

— Você já disse seu motivo: está prestes a se tornar maior de idade, vai sair do sistema oficial de lares adotivos e precisa de documentos; apenas repita isso quando vier aqui. Acontece o tempo todo, não vai ter nenhum problema. Completando o formulário e pagando a taxa você vai sair daqui levando a sua certidão.

Ela estava certa.

Olho pra My Lai.

— Podemos ir?

— Acho que vou pedir um ovo pochê com torrada, não comi nenhuma proteína — a My Lai.

— Pede um pra mim também — digo, sem prestar atenção na sua falação sobre o mal que faz deficiência de proteínas. Estou pensando na certidão de nascimento. O *equívoco* continuou nessa cópia: o nome do meu pai é o mesmo do pai da minha mãe. E daí? É mais um cachorro solto dentro da minha cabeça, um cachorro mau.

— Que documentos vou precisar pra entrar numa faculdade de dança?

— O pacote completo: número do Seguro Social, tem que se virar, cara, e vai ser a mesma coisa pra tirar uma carteira de motorista. Você pegou sua certidão de nascimento?

— Peguei. Na verdade eu já tinha uma cópia.

— Qual foi o problema?

— Eu... tinha um erro na cópia que eu tinha.

— Erro? Que erro? Você conseguiu consertar?

— Não.

— Bom, e qual é o problema, você é você? Quer dizer, ah, tem dezenove anos, é afro-americano, é homem, e eu sei que você tem seu cromossoma Y — brinca.

— Depois te conto.

— Depois não — ela diz furando o ovo com o garfo. — Me conta *agora*. Me conta agora ou então vai procurar alguém pra quem você possa contar. Estou cansada de ser excluída. Nos últimos tempos o que é que temos em comum além de trepar regularmente?

— Eu... Eu amo você.

— Então me diz.

Sinto o abismo crescer, sei que tenho que falar alguma coisa. Ela tá falando sério. Mas não consigo responder. E ao mesmo tempo não consigo parar as lágrimas rolando pelo meu rosto. Queria que a tia Rita estivesse aqui, ela me diria o que fazer. Abaixo a cabeça.

— Não me deixe — imploro, soluçando.

— Abdul, eu amo você. Desculpe. Não vou deixar você. Estava me fazendo de difícil porque achei que você estava sendo difícil. Não se preocupe. Eu devia ter imaginado que... que qualquer que seja o problema é alguma coisa *importante*. Meu bem, não chora, *não chora* — diz, enxugando meu rosto com o guardanapo.

— FOI UM BOM ensaio, gente. Eu acho... não, eu *sei* que vai ficar ótimo. Está contido nos momentos certos e livre e selvagem onde pode ser. Nós entramos e saímos em cinquenta minutos. Eu digo os nomes e as duas telas estão atrás de mim, e então quando as telas sincronizam com as cenas de helicóptero, é com você, My Lai. A trilha do Jenkins só começa depois que você chega. Não espere por ela porque eles vão estar esperando por você. A sua deixa é visual, as duas telas sincronizando e então se juntando em uma tela no centro do palco, e quando a gente vê a cena do helicóptero, entre! As luzes não se apagam, não há intervalo nem parte um e parte dois— temos que marcar essas divisões com nossa presença — e quando a trilha do Leroy Jenkins começar, My Lai, quero que você faça como no ensaio, *pegue* a música, faça ela sua!

"E quando a My Lai sai pros bastidores o palco fica escuro por um segundo e o Abdul aparece na tela central — a gravação que fizemos naquele dia ainda me faz pirar, é demais. Ele vai aparecer em uma única tela por três minutos inteiros e então a tela se divide outra vez e ele continua nas duas telas, e então, vocês sabem, caras, quero dizer, vocês todos sabem disso, as imagens vão pro teto, pra plateia e pras paredes em volta da plateia, nos corpos das pessoas e por um minuto tudo fica inundado com as cenas do soldado negro bailarino.

"Os riscos são reais, isso não tem como ensaiar. O que o Snake falou é verdade: não há como prever se o efeito que vamos conseguir numa sala cheia de estranhos é o mesmo que estamos sentindo nos ensai..."

— É uma ideia muito boa, Scott. O que a gente não conseguir na noite de estreia a gente vai acertando durante o resto da temporada — o Snake.

— Ou deixamos como está. O objetivo de tirar as imagens das telas é anunciar a ação que vem em seguida. Fazer a audiência sentir alguma coisa pelos caras que vão fazer essa coisa horrível. Qualquer que seja o efeito desse bombardeio, sou a favor de continuar com ele — a Amy.

— Sim, eu concordo, não tem jeito de 'acertar' isso não. A gente tem que aceitar o que acontecer — eu.

— Eu estava falando mais da parte técnica — o Snake.

— OK, e depois todo mundo muda. Os homens de peito nu, as mulheres com tops de material camuflado, e todo mundo com malhas camufladas — o Scott.

## O GAROTO

— Em frente, Companhia Charlie! — o Snake.
— É isso aí.
— Isso aí.
— E a gente se encontra amanhã antes do show? — a Amy.
— Aqui, no Bucks e vamos andando juntos pro teatro.
— Astor Place?
Todo mundo diz "legal".
— Ninguém chega atrasado, por motivo nenhum — o Scott.
— Tá certo.
— Tá certo.
— Isso aí.
— Com certeza.

## LIVRO 4
## SUJEIRA POR SUJEIRA

A lembrança no seu sonho era mais nítida do que na memória.

FIODOR DOSTOIÉVSKI
*Crime e castigo*

# 1

Aqui é um hospital? Onde estão os médicos, as enfermeiras, os outros pacientes, os telefones no quarto, a baia das enfermeiras, os gráficos, termômetros, as pessoas indo e vindo com flores? Onde estão as outras pessoas, as janelas, os residentes, os enfermeiros andando de um lado pro outro? O que está acontecendo aqui?

Como foi que eu cheguei aqui? É, como e há quanto tempo foi que cheguei aqui? Onde é que *estou*? Esse corpo esticado aqui, de quem é? Cadê minha máquina negra?

— Você não está maluco. Tem sorte de estar aqui — me diz um punk calçado com uns sapatos brancos que parecem marshmallow. Ele sabe que estou entupido demais com a morte que ele me dá pra levantar e acabar com ele. Aqui? E onde é aqui? Como foi que cheguei aqui? O que *sou* eu? Esse corpo deitado aqui como se fosse uma máquina quebrada é meu? Como é que eu posso ter "sorte de estar aqui"? Só se algum outro lugar fosse ainda pior, mas que lugar seria esse? Quando vou sair daqui? Nunca? Tento contar os dias mas os números me fogem, como quando era pequeno e tentava pegar o peixinho dourado. E onde foi que eu costumava fazer isso? Não me lembro.

Lembro da My Lai. Onde ela está? Nós estávamos juntos nisso, juntos, é tudo que consigo lembrar, junto com alguém depois de tanto tempo sozinho. É assim que termina? Que merda é essa de amor de que estão sempre falando? Não sei. Apenas penso nela. Quero... ah, esqueci o que ia falar. Lembro de saltar, pular, isso eu sei. Mas isso foi quando eu era um bailarino?

Me sinto como um *montículo* de onde escorre saliva. É tão frustrante tentar lembrar alguma coisa. Por exemplo, não me lembro de dançar, mas eu *sei* que dançava. Cada dia minha mente é como uma carteira roubada e devolvida; fico revirando tudo, sei que tem alguma merda faltando, mas não consigo me lembrar do que é. Todo dia chegam com os comprimidos e injeções, inale isso ou engula aquilo. Até que podia ser legal, se não fosse uma obrigação. Busco nomes que não consigo achar; não me lembro de comer e nem mesmo se sei como, mas se eu soubesse eu comeria. Embora não esteja com fome, tenho fome de estar faminto. Será que eles acham que estou dormindo? E quem são *eles*? De certo modo estou mesmo dormindo, embora quase nunca adormeça; parece que vou pra algum lugar do qual me esqueço quando acordo, é como estar num pesadelo que é calmo, mas nem por isso deixa de ser pesadelo. Não dá pra dizer se estou acordado ou vivo. O que quero é lembrar como foi que me transformei nesse montículo esquisito pra poder voltar a ser eu mesmo. Um pássaro. Ei, quem sabe eu estou onde o pássaro estava? Estou dentro do Basquiat? Estou morto? Aqui é o inferno? Onde, onde é aqui? Quem são eles? E por que estou sozinho? Não devia ser assim. Me lembro dos cisnes no Prospect Park; a gente tinha ido ver o Prince. E ela disse, nós somos como os cisnes. Sabemos o que queremos, estamos juntos pra sempre, acasalamos pra vida inteira. Ou será que li isso em algum lugar e agora fico achando que foi ela quem me disse? Ela falava que preferia morrer a deixar que... não, espera, isso foi num filme que vi. Mas quem são eles? Ela está aqui?

É tudo tão difícil. Tudo foi apagado; posso ver os traços das palavras escritas na minha mente, mas não tem tinta, é apenas uma forma branca ressaltada no papel branco. Talvez seja braile, mas não sei braile. Se eu pudesse ler alguma coisa, me movimentar, escrever, me movimentar, se eu pudesse me movimentar, eu saberia. Não estaria nessa... nessa... não pode ser uma prisão. Não pode ser. São as injeções que estão me dando. Sei das coisas até me darem a injeção. E então não sei mais. Na aula de biologia eles mostravam os glóbulos brancos do sangue do tamanho de rostinhos sorridentes com pernas de palito e tênis de corrida. E eles correm pra qualquer coisa que esteja mal no seu corpo. Queria que eles estivessem dentro de mim agora pra comer as injeções. Eles atacariam como vingadores sorridentes e comeriam tudo que estivesse saindo da agulha porque estou muito cansado, morto. Não consigo nem pensar nisso. É isso aí, quer dizer, não, não consigo nem pensar, quanto mais lutar.

— Eles devem odiar você, mano, porque tão tratando você à moda antiga. Não costumam mais fazer desse jeito. Tão querendo ver qual vai ser a reação do seu corpo. Que outra razão teriam? Watkins, vem dar uma olhada no Pinto Grande.

— Cala a boca, seu pervertido. Que me importa o tamanho do pinto dele? Morda! Morda! — o Watkins, ele é o diabo.

Zip zip ZAP! Meu corpo se debate — é um peixe, depois fica ereto e tremendo sob as amarras. Minha mente cai na calçada quente, como um ovo. Frito. As pessoas pisam SHLEPT escorre o amarelo.

Zip zip ZAP!

Será que isso tá realmente acontecendo comigo?

Meu intestino se esvazia com um jato furioso de pútrida merda líquida, mesmo depois do enema. Minhas mãos tão amarradas. Estão com medo que eu vá matar a mim ou a eles? Se não estivesse amarrado ia encher minhas mãos de merda e sujar a parede branca e cega. Meu cansaço atinge os ossos.

HÁ UM CHEIRO constante de água sanitária dos lencinhos umedecidos com álcool limpando, esfregando, o cheiro é tão forte que o teto parece um grande chumaço branco encharcado de álcool espalhando vapores pelo quarto. O cheiro é tão forte que sei que não pode ser de verdade. Às vezes as vozes dos funcionários chegam a mim como se estivessem submersos; outras vezes elas soam fortes como fogos de artifício machucando meus ouvidos, ou como um martelo que pode estraçalhar meu coração, um copo vazio no meu peito. Escuto os sapatos gordos de marshmallow se movimentando perto de mim quando meus olhos tão fechados. Cabeças de fantasmas malvados estufadas com penas que usam pra ir embora voando.

Quando estou só, meu amigo é o ódio. O ódio mata amigos de Deus ódio mata a vingança de Deus. Meu corpo tá inchando. Meu corpo já inchou. Sou uma baleia, uma baleia com irritação na pele. Uma irritação que começa por trás dos meus joelhos, sobe por minhas coxas e vai até dentro das pregas onde meu braço se curva no cotovelo e vira furúnculos, perebas e pus. Cheira como um rato morto preso dentro da parede e, quando suo, parecem formigas me picando. O cheiro do pus não é páreo pro de água sanitária e álcool, mas quase chega lá. Sinto cócegas, mas não posso fazer nada. Estou imobilizado. Amarrado. Amarrado, imobilizado, mandado. Me sinto mole, começando a me dissolver, como se meus ossos estivessem se dissolvendo. Estou sonhando? Por que não acordo? Parece que não sei das coisas básicas da minha vida, quantos anos tenho, como me chamo, pelo amor de Deus. Acho que aqui é um lugar real, que não estou sonhando. Mas não tenho certeza. Pergunto a um dos homens de sapato de marshmallow, Onde estou, onde estou? Mas minha língua não funciona. As palavras não saem da minha boca. Estou em um hospital? Um... um *onde*? Algo deve ter acontecido. Às vezes me sinto sonhando dentro desse sonho e, nesse sonho eu tenho um nome. A My Lai está lá. Digo pros meus músculos se movimentarem. Eu comando, ordeno. Nada acontece.

Aqui deve ser o inferno. Um lugar branco sem música, com luzes que nunca se apagam. Logo acima da minha cabeça está o diabo, duas lâmpadas fluorescentes, dois tubos longos, em cada um deles. Quatro lâmpadas acesas o tempo todo, como é que isso pode ser uso eficiente de energia? As luzes longas e brancas nunca se apagam. Fecho meus olhos pra ver o escuro, mas as luzes comem a escuridão da minha cabeça. Às vezes uma agulha penetra com alguma escuridão, mas é falsa. As luzem acima não se apagam. Qual é o tamanho desse quarto? Deve ter uns dois e meio de largura e três de comprimento. Pelo jeito do formato do teto acho que devo estar no último andar, perto do telhado. Será que escutei o som da chuva em cima de mim? Não há janelas. O único móvel é a cama de metal onde estou amarrado e uma cadeira de metal com assento de plástico. O chão é feito de quadrados de linóleo branco arranhado.

Tenho sorte de estar aqui? O pior dos homens de sapatos de marshmallow, não consigo chamar seu nome. Ele se destaca porque é o mais malvado e escuro deles e tá sempre mascando alguma coisa nos lábios roxos. Que hora do dia é essa, em que *ano* estamos? Será que sou velho ou ainda jovem, doente, bonito, ou peguei alguma coisa? AIDS? Ou a praga bíblica?

— Fica quieto. — O diabo fantasma sai do nada. — Fica quieto — repete, embora eu não tenha me mexido, e limpa alguma coisa do lado do meu rosto. Ele me mostra um par de tesouras. CLAC CLEC.

— Não se mexa — diz. Não pretendo me mexer. O toque da tesoura no meu rosto é bom, os dedos dele viram meu queixo de lado e vão até minha cabeça, as mechas de cabelo preto caem no lençol branco. Já fizeram isso antes? Não me lembro. Quantos anos tenho? Por que estou aqui? É bom sentir o ar nas minhas têmporas raspadas. Isso será um sonho? Algum tipo de estado do qual nunca ouvi falar no catecismo... purgatório dois ou coisa parecida? Fiz algo errado? Quando escuto minha voz, ela soa como um eco retardado. Estou gordo, maior, mais alto, já acabei de crescer, sou um adulto? Não posso fazer minha língua pronunciar todas as palavras que penso. Por quê? Pergunto. Pra mim parece que eu falo como os garotos retardados que a gente costumava ridicularizar, o som tá enrolado na minha boca. Minha língua é um saco de cimento.

— Aah poo-poo por quê?

— O quê? — ele retruca.

— Poo-po-po-por quê?

— Por quê? É isso que cê tá querendo dizer, seu negão bundudo?

Por que ele tá falando comigo desse jeito? Ele é negro. Será que todo mundo me odeia? Tenho que dar um jeito de sair daqui. No sonho, mas não era um sonho. Estou num navio, *é* um sonho. Sinto o cheiro da água salgada, geralmente nos sonhos não consigo sentir cheiros. Ainda tenho que dar um jeito de sair daqui, com água ou não. Tenho que tentar nadar de volta pra costa. Todo mundo tá dançando no navio! Dançando como nos velhos tempos dos brancos, todos eles, nós, sou um deles, vestimos calças iguais às do tempo de Shakespeare ou George Washington, luvas de punho largo, e camisas bordadas do tipo de aluguel, lá lá lá, estamos fazendo o cinque pas miudinho. Agora estamos no jardim. Todos temos a pele clara, branca (menos eu!), tomando chá vestidos com camisas brancas de babados. A música parece tocada em um piano de lata, um som metálico e afetado. Paro de dançar e toda a corte se vira pra me olhar. Estou pronunciando cuidadosamente as palavras, com os tons elevados de um ator shakespeariano, e pego minha espada...

— Olha só pra você, seu idiota babador! Não consegue ficar aqui mais do que um minuto por vez, não é não? Do que cê tá falando, cabeça de merda? "Por quê?" Por que o quê, negão?

## O GAROTO

A voz estúpida dele faz o jardim sumir. Mesmo se eu pudesse falar não saberia o que dizer, ou como falar na sua cabeça do jeito que ele fala na minha, não nos meus ouvidos, mas soando na minha cabeça como um sino estúpido blém blém blém, "Por que o quê, negão?". Ele quer saber por quê? Por que *o quê*? O que ele quer saber? Quero saber por que minha língua não pode mais correr ou voar. Pássaro ferido. Ei, me lembro que: *se os sonhos morrem a vida é um pássaro de asas quebradas que não pode voar*. De onde veio isso? Da minha mãe. Ele disse que eu tenho sorte de estar aqui. Vamos conversar sobre isso um pouco. Por que você acha que eu tenho sorte de estar aqui? Se você acha que tenho sorte de estar aqui, você deve saber onde é aqui. Onde é aqui? Exijo saber.

Ele segura meu braço, amarra um torniquete logo acima do cotovelo, faz um punho. Eu não. Cheiro de álcool, o lenço umedecido evapora frio na minha pele.

— Não me faça perder a paciência, seu puto bundão. Cê tem sorte de estar vivo depois da merda que fez da última vez.

Não tenho ideia do que ele tá falando, se é que ele tá realmente falando. Pop. A agulha entra na minha veia. "A merda que você fez?" Eu fiz alguma coisa que ele não gostou?

Lenço frio com álcool, outra agulha, ele afrouxa o torniquete. Nuvens azuis correm e me envolvem em água morna azul flutuar flutuar até o lugar cinza e pesado. Sinto o velcro sendo fechado e minha cama tem rodas; rodas que me rodam pra outro quarto, me transformando numa tábua de metal. Por quê? Por quê? Sem língua. Quando minha língua voltar vou perguntar. Agora sou um animal. Cheiro, escuto, vejo, mas sem as cores do céu. As lembranças vêm em pedaços e depois, nada. Quero que me deixem em paz. Me deixem em paz. Mas os rostos escuros com sapatos de marshmallow e jalecos brancos estão por toda parte. Um deles pergunta a outro exatamente o que estou pensando:

— Por que estamos fazendo isso?
— Porque sim.
— Não entendo por que ele não fica inconsciente se vai fritar. — Voz de uma mulher.
— Pelo amor de Deus, vamos acabar logo com isso.

Ajustam mais as amarras nos meus pés, enchem minha boca, grudam coisas prateadas na minha cabeça raspada. E então sou atingido.

## ZAP!
## ZAP!
ZAP!

ZAP!

Doooorrrr

Dor

*dor*

## ZAP! ZAP!
### ZAP! ZAP!
ZAP! ZAP!

ZAP! ZAP!

ZAP!

ZAP!

ZAP!

Dooooorrr

Dor

*dor*

E depois é o vazio, a não ser pelo cheiro de merda.

E outra injeção, sem barato, o cheiro de cloro, estranhos olhos azuis da cor do piso de uma piscina, estou caindo, me debatendo na água, o piso se abre, o pânico rasga minha respiração e depois vem a queda no nada preto.

ESTOU DEITADO NUMA toalha de praia, a areia quente esquentando minhas costas, e vejo nuvens brancas e fofas passando. Fico observando as nuvens que começam a mudar, delineando formatos que lembram crianças. São redondas com grandes olhos mas sem braços ou pernas, apenas corpos de nuvens. Os grandes olhos estão me encarando. Por quê? Gostam de mim? Não gosto deles. Quero me livrar deles. Aqui não é a praia. Estou aqui, sem nada; por que eles não são nada também? Por que não posso me livrar deles? Quero me livrar de tudo.

É, quero me livrar de tudo e guardar apenas as cores das coisas, os sons de Charlie Parker — essas cores. A cor do clitóris da My Lai pulsando como um coração vivo na minha boca. Vivo na minha boca como um bicho ou um curry. Lambi todo seu corpo com minha língua, que nem fosse uma cadela mãe. Eu grudava nela como se fosse os peitinhos da minha mãe, chupava sua buceta como ela me ensinou, mergulhando na selva negra de cabelos. Ela me ensinou, é uma garota esperta, *eu* fazia seu corpo gritar, ela suava, pingava, por causa de *mim*, seus quadris suados escorregando nas minhas mãos como peixe, suas pernas longas, dedos, todo seu corpo em espasmos de desejo por mim. Ah ah ah! Ela gozava assim, era magra e seu corpo não me assustava. Não era gordinha e fofa que nem a Amy. Eu não tinha medo da My Lai. Nós fodemos tanto que sangramos. Eu passei o sangue no meu rosto e na minha testa, como pintura de guerra. Eu quero isso... eu quero isso... eu quero isso. Por que estou aqui? Quero sair daqui. My Lai Desiré. Quero sair daqui. Lembro dos mamilos dela, bestas duras, da sua língua grande e molhada. Roman dizia, *Nenhuma garota vai fazer com você o que eu faço*. Ele estava errado, qualquer um pode chupar um pau, a My Lai me chupava legal. O Roman? Me esqueci dele Será que tem algo a ver com minha permanência aqui? Ele não tem aparecido na minha cabeça faz tempo. É tão confuso aqui. Ela me desejava, eu a desejava; o que aconteceu com nossa dança? Dança? Me chupa! Me chuuuupa! O que tão fazendo comigo? Por que não consigo me mexer? Será que vão me matar e tirar meu coração pra dar prum branco velho e rico, como eu li no *News* sobre o cara que foi pro Paquistão comprar um rim; ele não estava nem aí se odiava a gente do lugar onde foi buscar o rim ou se eles o odiavam, ele sobreviveu. Os caras levaram tipo cinco mil, talvez. Também não vão ligar pra mim. As partes do meu corpo vão estar por toda Long Island e no Upper East Side. Vão me comer! Por que não consigo me *mexer*? Tenho nome? Au! Au! Miau! Serei um gato, negão, rapaz, um homem? Qual é a diferença entre um gato e um negão? E um homem? Por que tudo é tão apagado? Onde está o amarelo? O abacaxi? O verde? As árvores? Sorvete? A ponta rosada do clitóris da My Lai, a buceta funda dela, por que ela não está aqui? Se alguém é seu por que você não é dono dele? Se você é livre, é um americano, por que não pode sair quando tem vontade? Devo estar em outro lugar. Onde porra é *aqui*? Quero um espelho. Onde tem um espelho? Arranca essas tiras de mim. Tô cansado de ficar amarrado, de ser empurrado de um lado pro outro, das luzes piscando nos meus olhos, das agulhas, do cérebro frito. Tô com fome. Não quero um tubo no meu nariz. Quero arroz colorido, comida de verdade, sopa, frango frito e purê de batata. Um frango INTEIRO, salada de batata, dois quarteirões com queijo e porção grande de batata frita, donuts com cobertura de geleia e recheado com chocolate e polvilhado com açúcar e canela, quero matar e comer alguma coisa, um bebê ou um porco, matar e comê-lo cru, quero correr nu pelo Amazonas no... onde quer que seja, quero ser livre, deixar o cabelo crescer e viver numa caverna que nem os brancos da antiguidade na Europa, quero ser Jimi ou Jean-Michel, prefiro morrer, prefiro *morrer* que continuar nessa merda.

— Cala a boca, tá legal? Não consigo entender nada do que cê tá falando, sua bichona. Por que fez um piercing no seu mamilo?

Ele está atrás de mim, não posso vê-lo, mas posso sentir o peso de seu corpo me empurrando pelo longo corredor de luzes ofuscantes. Minhas costas estão frias esticadas no metal. Eu disse pra ela, se a gente fosse matar alguém tinha que ser essa gente, esses viados estupradores ou a polícia, olha só o que fizeram com aquele cara, Diallo.

— Não, foda-se a polícia. Eu quero ele morto morto MORTO. Nunca mais vou fazer nada com você se não matá-lo. Você disse que me amava, eu *contei* o que ele fez comigo.

Sou um bom garoto, não posso fazer isso. Isso é maluquice, menina! Menina louca, louca. Ninguém me entende. Ninguém me entende...

Ele se inclina sobre mim.

— Para de grunhir, porco.

Por que ele fala comigo desse jeito? Aqui deve ser uma prisão. Se fosse um hospital, onde estariam os médicos e os enfermeiros? Meu coração sobe pra garganta, como se tivesse um elevador dentro de mim. Chupo minhas bochechas pra dentro até a carne ficar entre meus dentes e então mordo com força. O sangue enche minha boca. Dou um grunhido e quando ele se inclina pra me zoar de novo eu cuspo sangue no seu rosto.

— Ei! Ei! — Ele vacila. — Cê tá louco, negão?

O cheiro de sangue, o punho dele abre meus lábios e mais sangue escorrendo me acendem como fósforo no fluido de isqueiro. Quero matá-lo e depois fodê-lo, tô ficando com tesão. Seu punho no topo da minha cabeça me leva pra escuridão.

A ÁGUA É azul. Estou num quarto, em cima de uma cama, olhando pela janela uma mulher negra, nativa, com uma cesta na cabeça, andando na direção do oceano. Ou será que era persiana abaixada, e apenas o cheiro do oceano passando pela tela? É, ele não ia deixar a janela aberta. Tem um quadro na parede; talvez de um outro tempo ou lugar. Agora me lembro: a mulher no quadro, pés grandes, a cesta na cabeça, a água azul de livro. O irmão John está me chupando na cama. Sinto o cheiro parecido com água do mar. Estou comendo pipoca em casa com a My Lai, vendo *Na companhia de homens* em DVD. Estou no Kmart, chorando, porque o Snake colocou nós dois em cana por estar roubando. Me deixam ir; choro mais. Minha mãe tá atrás de mim, a mão dela em cima da minha, que está no mouse do computador. Rio quando ela diz: *Clique clique.* Fico confuso com todas essas cenas passando pela minha cabeça. Sei que não tô acordado. Tenho medo de estar morrendo. Muito medo. No início não pensei que a morte pudesse chegar até mim. Como é possível? Sou jovem, forte, lindo. Foi assim que me senti naquela manhã no St. Ailanthus, como é possível? Os rostos brancos deles brilhando como zumbis nos filmes de terror. J. J.! J. J.! Saia desse lugar imediatamente! Hein? Eu gostava dali. O que mais? Tento lembrar mais coisas, mas é como se não tivesse tempo, nem antes nem depois. Mas eu sei que um bocado de tempo se passou. Tenho certeza disso. Já devo estar velho agora. E a My Lai? Onde está minha esposa? Estou de pé numa lagoa negra. Sei onde meus pés estão, sei que estão molhados, mas não posso vê-los, não consigo ver o que está na frente ou atrás, não consigo ver o próximo passo. No sonho a água negra tá subindo. Paro com isso. Não quero esse sonho.

Nos domingos, no St. Ailanthus, nós temos panquecas com manteiga e xarope de bordo, Spring Tree Maple Syrup Grau A, Âmbar-Escuro. Sei disso porque quando tava trabalhando na cozinha tirava a calda da lata pros potinhos de aço inoxidável, que então botava no carrinho até ele ficar cheio e daí levava e colocava um em cada mesa. Eu ficava feliz trabalhando. Ficava feliz antecipando o gosto das panquecas, da manteiga salgada amarela e do xarope de bordo misturados na minha boca.

Agora estou num lugar onde não sinto gosto de nada a não ser do sangue na minha boca, os vapores dos lencinhos de álcool e água sanitária. Nada da buceta com sabor de onigiri e curry da My Lai, da boca dela me engolindo todo. Nada de irmão John como um pai do sexo ou de garotinhos esperando pra se abrirem para mim, como botões de rosa. Aqui não tem comida, não tem música, não tem carinho. Adoro tocar as pessoas, me encostar nelas nos metrôs, enfiar meu nariz no sovaco dos outros, enfiar meu dedo em todo pote de curry. O que foi que eu fiz? Não tem nenhuma garota pra enfiar meu pau na buceta dela, pra segurar sua bunda, cheirar sua essência, gritar comigo, pra sentir o sabor dos seus mamilos na minha língua grande, lábios me chupando pra casa. Sozinho desse jeito me sinto morto, abafado pelos sapatos de marshmallow, as vozes que soam como vento soprando no topo das árvores nos filmes de terror, a lua cheia congelada no céu, a faca do assassino chegando cada vez mais perto. E então, como é que eu faço pra voltar a ser um garoto?

Qual é o contrário da morte? Tambores. Ritmo. Casa. Coração africano-latino batendo igual ao bate-bate dos tambores das aulas da Imena, eu me lembro do Jaime, um rapaz moreno que eu sei que me amava, mas ele me cortou!

— Por quê?

— Você sabe por quê.

CORTA. Grito e tento tomar a faca dele, mas ele corta a minha mão um dois três CORTA CORTA CORTA. Mas... mas eu pensava que você me amava, estou gritando. Meu sangue suja tudo de vermelho quando tento limpar meu rosto com as mãos sangrando. "Odeio você. Odeio seu rabo preto, seu gorila do cacete! Você me estuprou!" Por trás do véu de sangue vejo a garota pra quem ele tá fazendo essa cena. Ela tá olhando pra ele. Reconheço o olhar, ela tá vacilando. Ele veio aqui pra me esfaquear, para provar que não é bicha, que é homem. E, de repente, surge do nada um bando deles. Vem pra cima de mim, socando, chutando. Babaca! Maricón! Fodido! Seu preto fodido!

— Pelo amor de Deus! — grita como a putinha que de fato é. — Eu era um garotinho, você abusou de mim. *Abusou* de mim!

Cacete, fico pensando, *eles* abusaram de mim. E então não tem mais pensamento. Estou caído. E estão me chutando.

— Que diabos vocês estão fazendo? — é a voz de alguém mais velho, um dos bêbados do parque. Todo mundo para. Indecisão. E daí um deles me chuta de novo.

O barulho de aço de uma faca.

— Vamos lá, garotos, eu vou furar pelo menos um de vocês, babacas! — Escuto barulho de passos rápidos. Suspiro de alívio.

— Não fiz nada, não fiz nada — balbucio no meio do gosto de sangue.

— Não quero saber o que você fez, é pra isso que existem os policiais. Precisa de ajuda pra chegar a algum lugar?

— Obrigado, obrigado, mas não, não. Só quero ir pra casa. Posso andar. Obrigado, obrigado.

Eu tinha me esquecido de tudo isso. As cicatrizes vão desaparecendo ou viram outro sofrimento. A primeira coisa de que me lembro é do gosto dos lábios pequeninos dele, da pele de sua barriga, do cabelo de negro grosso e anelado em volta do seu pau, grande como o de um homem, diferente do irmão Samuel, que tinha veias azuis e cabelo vermelho. Ele não precisava ter feito aquilo; estar em nosso mundo não fazia dele uma bicha, era só o nosso mundo, o que mais podíamos fazer? Os irmãos nos possuíam, *me* possuíam, eu achava; eu pensava que ele, que os garotos, me amavam. Eu pensava que era amor. Me lembro do seu pênis na minha boca, do meu pênis na boca do irmão John, do clitóris da My Lai na minha boca. Ela me ama de verdade. Ela, nós, dançávamos, eu pensava que era amor. Mas então por que estou aqui sem ela?

— Você não sabe o que é o amor, mas um dia vai saber.

Ah, sim, o Roman. O Roman dizia que não se pode confiar em xoxotas. E que elas fedem. Sobre isso ele estava errado. A My Lai não fede; ela tem um gosto bom. Não consigo me lembrar da última vez que comi alguma coisa. É hora do jantar, do almoço ou do café da manhã? Minha mãe me preparava aveia com manteiga e ursinhos de melaço derretendo no fundo da tigela. Lágrimas começam a rolar pelo meu rosto. Não posso secar meus olhos. Sinto um arrepio frio e logo depois uma quentura de queimar. Minha boca tá seca. Vejo minha língua se arrastando pra fora da minha boca como uma lagarta rosada. Olho pra ela no travesseiro. Minha língua me olha de volta como se estivesse dizendo, como foi que chegamos aqui? É, você tá maluco, ela diz, essa é a sua língua. Ajeita-se do meu lado no travesseiro e começa a chorar. Estou tão sozinha, diz, estou tão sozinha que prefiro morrer.

Se estou dormindo, é hora de acordar. Estou totalmente drogado; isso é diferente de qualquer coisa que já experimentei. Numa camisa de força, era assim que me sentia com Roman. Fica quieto, se segura, não mate, apenas navegue pela merda, dê um jeito de *aguentar* esse viado porque ele vai me dar uma vida. E eu estava certo, não estava? Mas as coisas que tive que fazer, as coisas que tive que fazer. E agora isso, mas que merda é isso aqui? Não passei por tudo que passei pra acabar aqui.

A porta se abre. Cara escura, casaco branco, mais um daqueles que me empurram na cama e me enfiam agulhas.

— Levanta! — grita, sua voz se transformando em macaquinhos pretos que pulam de galho em galho berrando, Levanta! Levanta! Levanta! Eles me assustam. E, de qualquer jeito, não posso me levantar.

Do que é que ele tá falando?

— Levanta, seu estúpido. Você não está tão doidão, só tomou um quarto da dose habitual.

Estúpido? Não sou estúpido. Posso ser mau, mas não sou estúpido. Ou será que alguma coisa mudou? Será que conseguiram me mudar com toda essa porcaria?

Ele chuta a cama.

— Você tem que tomar um banho e temos que limpar a porra dessa cama.

Do que tá falando? Será que ele é louco, não apenas um babaca perverso mas maluco?

— Vamos lá, cara, cê vai conseguir me fazer odiar você de verdade, cara. Eu *falei* pra você levantar. Você não é tão doido quanto quer parecer.

Levanto meu queixo e fico olhando pro teto e pra parede atrás de mim.

— Cê tem dois minutos pra parar com essa maluquice e levantar.

Não consigo me levantar; se pudesse me levantar teria me levantado já há muito tempo.

— Gostaria que você cooperasse, seu fodido de merda.

Fodido? Sou um cara inteligente, meu futuro é brilhante.

— Vamos lá, gorila.

Sou um garoto, não um gorila. A não ser que aqui seja o inferno e eu tenha me transformado num. Será que virei um gorila? Não consigo enxergar por causa da névoa, da névoa amarela. Estou paralisado nesse corpo, que não é de um gorila, mas talvez ele veja um gorila. Talvez o inferno seja isso, não ser visto como você é.

— Olha só — fala dentro da névoa.

— Eu...

— Não quero saber dos seus eus fodidos. *Eu* disse pra sair da cama. O doutor quer ver você.

Sacode a grade ao pé da cama.

— Foda-se.

Sai do quarto, mas a névoa continua. Fico deitado. Ele volta. Quanto tempo ficou fora? Uma hora, um minuto?

— Quanto tempo pretende ficar deitado aí olhando pro teto, seu idiota?

Estou doidão ou maluco? Há quanto tempo *estou* aqui deitado, olhando pro teto? Minha língua parece um navio afundando. As palavras afundam em mim, seus sons desaparecem — isso é por causa dos remédios ou do novo jeito que eu sou? Quero me botar pra fora como numa caganeira. Olho pro espelho e repito, odeio você, odeio você, odeio você.

Você nunca conversa nunca conversa nunca conversa, ela fala que nem uma garota. Ela nunca para de falar e porque está sempre falando sei tudo sobre sua infância, seus brinquedos, seus tutores, e os pais que odeia. Não tem lugar pras minhas palavras grandes, pesadas e desajeitadas. Minhas palavras são pedaços de cocô duro presos dentro de mim. Se fiz alguma doideira pra ser tratado desse jeito, por que esses babacas de merda não me matam de uma vez? Se esse cara falar mais uma palavra pra mim eu vou, eu vou, vou fazer sei lá o quê. Pra dizer a verdade, nem sei por que estou esbravejando. Estou me sentindo melhor do que tenho sentido há muito tempo.

Olho pro idiota parado no pé da cama que pensa que *eu sou* um idiota e pergunto:

— Que horas você disse que o doutor vai chegar?

— Seu puto! Seu puto fodido!

Essa gritaria me assusta, e quero voltar pro lugar onde eu estava, pro silêncio, mas não consigo. O que estava me transformando nesse homem androide, ou qualquer outro nome que você queira usar pra definir esse estado em que tenho vivido, não está mais inundando meu cérebro. Ainda estou fodido, mas não estou mais paralisado pelas porcarias.

— Então você é um desses idiot savants, só que invés de desenhar pontes me sai com uma frase inteligível uma vez por ano?

Um ano? Jesus! Será que alguém sabe meu nome? Vou te matar seu babaca de merda. Essa vai ser minha "próxima frase". Posso vê-lo sem olhar, um negão careca, grande e sorridente.

— Tudo bem, negão, eu já falei, levanta que o doutor tá chegando. Cê tem que se limpar. Podemos fazer isso do jeito fácil ou do jeito difícil, cê escolhe, seu puto idiota, ou então podemos também não fazer nada. Podemos enfiar outra injeção em você e esquecer seu traseiro preto, mandar você pruma viagem rápida com o Harry Potter. Sabe o que isso quer dizer, seu estúpido? É o nome de código pra cemitério, puto idiota.

Fechando bem meus olhos posso ver crânios flutuando pelo quarto. Tento cagar um pouco mais. Não consigo. Enfiar uma injeção. Só quero desistir. Por que estão fodendo comigo? Eu achava que odiava os brancos e os viados por causa dos irmãos. Mas o que é que está rolando nessa merda com esses negões? O que é que eu odeio agora?

— Escuta bem, idiota, eu sei que cê pode me escutar porque tão deixando você escutar, não tá mais tão doidão quanto antes. Mas nós podemos botar você saltando das árvores outra vez, seu puto. Tô te avisando, levanta agora ou então fica deitado, de verdade. Levanta ou fica deitado.

Quem é ele pra me dizer uma merda dessas, levanta ou fica deitado? Ele é um cara pequeno. Eu podia derrubá-lo e sair daqui. O que quer que aqui seja, *onde* quer que aqui esteja. Não preciso saber onde estou pra cair fora. Imagina se você sai lá fora e é o Polo Norte no meio de uma tempestade de neve ou uma enorme nave espacial-hospital. Isso é maluco, mas não é isso que sou agora? Como você dá um corretivo em alguém sem matá-lo? E se eu matá-lo? Porra, como é que dá um corretivo em alguém sem matá-lo? Mas pode ser que eu não consiga derrubá-lo, pode ser que ele saiba karatê ou tenha um revólver. Será que consigo levantar? Se eu quero dar o fora tenho que me levantar. Estou com medo. Tô com medo de levantar e descobrir que meus pés não estão aqui, que foram encolhidos pelo pó de vodu, como o Jaime disse que a vó fez com o pau do avô, tinha me esquecido dele. Não, eu tinha me lembrado dele? Que horas são? Quando é que o doutor chega e por que estou com medo desse neguinho, o que é que ele tem além das seringas, e se eu conseguir pegar uma delas vou enfiar nele pra ver se gosta, o que foi que fiz pra estar aqui, mereço uma explicação, ei, sou um ser humano, por que...

— Por quê? — gemo.

— Por que o quê, seu puto? Sei que o melhor é você levantar, tirar essas roupas fedidas e marchar sua bunda pro chuveiro.

Tirar minhas roupas, ir pro chuveiro? Marchar? Chuveiro? Pode estar a um milhão de quilômetros daqui. Pode ser igual aos Índios no Caminho das Lágrimas. Esses caras podem ser nazistas, vai ver tô indo pra câmara de gás ou quem sabe uns ganchos vão aparecer pelo ralo e me puxar, como nos filmes de terror do Halloween, a dioxina saindo do chuveiro ou então vermes saindo pelos buracos no lugar da água! Vermes minúsculos que sobem pelo nariz, fazem buracos na sua pele, nadam em seu sangue e põem ovos em seu coração, aiiiii!! Para com essa maluquice!, digo pra mim mesmo, e tento pensar como se tivesse algum juízo, mas é como tentar grudar gelatina numa árvore. O que o macaco parece estar me dizendo é que tem alguém vindo me examinar, e que tô num hospital — será que aqui é um hospital — por um ano? Talvez por mais tempo, ou menos? Por que ninguém vem me visitar? Onde estão minhas roupas, meu jeans? Vejo formas difusas, passinhos de ratos, murmúrios, murmúrios. Será que sou como o Rip Van Winkle, fui dormir jovem e acordei velho? Vai ver eu tenho uns quarenta anos ou por aí. Não quero mais agulhas.

Fico surpreso ao descobrir que meus pés não estão amarrados. Como minhas mãos estavam amarradas eu nem tentei mexer com meus pés. Me sentia paralisado. O corredor pro chuveiro parece saído de um filme, luzes brilhando e ofuscantes como se estivessem me filmando. Sou aquele cara de *Os últimos passos de um homem* sendo levado pra cadeira elétrica quando aquela música do Springsteen começa e a cabeça dele tá estourando, esse foi um momento de genialidade artística, um que eu gostaria de ter feito um dia. Agora não vou mais, não aqui, não tendo *estado* aqui, mesmo se acabar saindo. E ele nem levou o Oscar por aquela merda. Talvez eu tenha feito alguma coisa extraordinária antes de vir pra cá. Talvez tenha sido totalmente maravilhosa e radical. Radical e maravilhosa. Talvez eu seja um prisioneiro político e é apenas uma questão de tempo até que as vozes do mundo inteiro se ergam em meu favor, como uma daquelas pessoas sobre quem o Scott fala o tempo todo, Saro-Wiwa ou coisa parecida. Mas ninguém sabe que estou aqui. E de todo modo, pra que o povo se levante a seu favor você tem que ter se levantado a favor do povo. Eu nunca nem tive a oportunidade de fazer isso. Sinto algo duro e seco escorregar pra fora da minha calça. Sei que é um pedaço de cocô seco. Posso sentir o cheiro.

— Eca! — Veio do guarda. Guarda? Carrasco? Vadio, fracassado, burro de carga? Não sou um prisioneiro político sendo guiado pra câmara de gás. Sou um garotinho sendo obrigado a tomar um banho pra lavar a sujeira. Não devia me importar, mas me importo, o que mais me resta? Quem sabe eu tenha cagado porque estava doido pra manter os tiras longe de mim; nesse caso, então, eu não estaria maluco. Talvez estivesse só furioso. Eu não sei o que aconteceu comigo desde que cheguei aqui.

# O GAROTO

— Não para de andar e quando chegarmos lá não fica achando que vou limpar a merda do seu traseiro. Vocês pacientes são malucos, cara!

Por que é que a gente negra sempre tem os empregos de merda onde você não pode evitar odiá-los? Prefiro ser um criminoso, coisa que não sou, a fazer coisas idiotas e foder com as pessoas.

— Não para de andar.

Eu parei de andar?

— Vira à esquerda. Aqui está o sabão, idiota. Se eu for dar uma mijada, na volta vou descobrir que você se matou?

Como é que eu respondo a isso?

— Não é que eu dê a mínima, só não quero perder meu emprego. Vamo, vamo.

Os chuveiros estão num cômodo coberto de azulejos verdes do chão ao teto, sem divisões, todo mundo pode ver todo mundo, ou *poderia* ver. Hoje sou a única pessoa aqui, apenas eu num banheiro verde com oito chuveiros

— Anda rápido! — ele grita do que parece ser o fim do corredor.

Sinto o cheiro de fumaça de cigarro, escuto um rádio:

*WBGO.FM todo sábado de manhã das nove às onze, Soul Revival com Freddy Gonzales!*

É sábado? Médicos não vêm no sábado, ou vêm? É, pode ser que sim, não sei. Agora tô confuso. Se eu abrir as torneiras o que vai sair do chuveiro? Tomara que seja gás, ou anthrax, ou uma merda parecida. Não ligo, desde que não sejam vermes! Vermes finos e brancos que penetram na sua pele e invadem seus órgãos importantes até você virar uma massa de vermes pulsando. Vermes saindo do seu nariz, suas orelhas, sua boca. Vermes saindo do meu pau, do meu cu.

— Eca!

O som do rádio se afasta, o cheiro de fumaça se aproxima.

— Eca pra você também, seu puto! Liga essa torneira e limpa sua bunda. É uma babaquice cagar em você mesmo. Não vai conseguir me irritar como fazia com o Watkins. Eu volto aqui à meia-noite e faço um churrasco com sua bunda se você foder comigo. Tô sabendo que cê não é pirado o suficiente pra querer ser frito. Ou será que é? *Ou será que é?* Melhor ligar a água.

*Foi em dezembro de 1964 que Billy Stewart compôs e gravou a música que o levou para a lista dos mais tocados do pop. Agora considerada um clássico, foi número 6 na lista de R&B e número 26 na lista Pop. Com vocês, Billy Stewart. "I Do Love You".*

*Eu amo você.*

*Sim, eu amo você, garota.*

O som da voz dele são mãos quentes no meu coração. Eu amo você. Sim, eu amo, garota. É uma música de amor tão forte. Ele canta com o coração. Ele acredita. Quem quer que seja, ele acredita de verdade. Ele ama alguém. Fico imaginando como ele é. Se é negro ou um branco com voz de negro. Mil novecentos e sessenta e quatro foi o que o apresentador disse, quando os brancos ainda não tinham tomado tudo de nós. Ele é negro! (*Não é que sua gente seja tão talentosa ou tenha passado por tanta coisa* — Cala a boca, Roman! *Não, me deixa terminar.* — *Não é que sua gente seja tão talentosa ou tenha passado por tanta coisa, comparando o que aconteceu com vocês com o que aconteceu com a gente* — *vocês são tipo uma banheira e nós o oceano.* — Vou te matar, seu viado. — *Você não pode me matar, não estou aqui! O que vocês tem subestimado sua gente, como a juventude nos garotos; nós fazemos um favor em tomar isso de vocês. Você saber o que o Roman pensa* — Não ligo a mínima. — *Você devia.*)

*Eu amo você. Eu rezo por seu amor.*

A canção me traz a My Lai, os lábios dela, ir afundando devagar com ela. Eu gosto tanto de você, Roman agora começa a chorar. Nunca tive um namorado que não fosse negro. Você sabe como eles

chamam esse tipo de viado, a My Lai me disse, rainhas criolas! A gente riu. Abro a torneira. Água! Veio muito quente no começo mas logo ajustei. Quente, é tão bom, e sem vermes, só água e as palavras de uma canção que vem de dentro.
*Sim, eu amo você.*
Quando foi a última vez que me senti tão bem? A música fica mais alta.
PLÓF! Uma esponja molhada cai aos meus pés.
— Use!
E eu obedeço, esfregando o sabonete vigorosamente na esponja molhada, e depois passando debaixo dos meus braços, separo as nádegas e chego até o buraco do cu, a espuma do sabonete e a sujeira do meu corpo escorrendo pro ralo primeiro marrom e depois limpa. Ponho a água um pouco mais quente e fico parado ali, deixando-a correr por meus ombros e costas, estou livre dos vermes malditos e da dor.
— Ei, idiota! Cê tá aí há quase meia hora. Quanto tempo precisa pra tomar um banho? Sai daí.
Quando volto pro quarto, a cama tá pronta com lençóis grossos e brancos, parecendo uma múmia. O chuveiro me esgotou. Subo na cama e respiro o cheiro fresco de lençóis alvejados. Minha cabeça afunda no travesseiro e começo a sonhar antes mesmo de adormecer. Ou será que me levantei de verdade, esgueirei até a porta, olhei pros dois lados e, não vendo ninguém, saio no corredor, viro à esquerda e começo a descer? O linóleo brilhante é branco, limpo e frio sob meus pés. Com cuidado, abro a primeira porta que encontro — uma pia grande, esfregões, baldes e vassouras. Fecho a porta. Onde estou? Eu posso *sentir* as pessoas. Sei que não estou sozinho aqui. Continuo andando e chego a outra porta. Abro e entro em um longo corredor de paredes brancas com uma porta no fundo. Abro essa porta também e entro num quarto grande com cheiro de mijo.

O quarto é claro e tem o teto alto. A luz do sol entra por janelas tão altas que quase alcançam o teto. Olho pra cima e depois vejo as fileiras de camas alinhadas em cada lado do quarto. A princípio não sei o que são. A luz brilhante atrapalha minha visão. E então vejo as pessoas. Mesmo com o cheiro me repelindo, chego mais perto. O homem deitado na cama mais próxima a mim está nu sobre um colchão coberto de plástico. Está em posição fetal, como a semente numa fava, mãos enfiadas debaixo do queixo, dedos enterrados no colchão, cabelo cortado rente, orelhas grandes tipo *Jornada nas Estrelas*, suas partes privadas cobertas pelos cotovelos e as pernas finas. Na cama não tem nem lençol nem cobertas, nada, apenas ele adormecido numa poça de urina amarela que brilha no colchão coberto de plástico. Na cama perto dele está uma mulher nua deitada de costas, os peitos flácidos pendurados ao lado do corpo, as mãos curvadas como garras no final dos braços dobrados nos cotovelos.

Escuto um grunhido, e vejo entre as duas primeiras camas um homem sentado no chão, costas encostadas na parede, uma perna dobrada debaixo dele e a outra curvada no joelho, esticada num ângulo esquisito. Até ele grunhir foi como se eu tivesse preso num sonho ou filme sem som. Agora escuto gemidos baixos, suspiros, cof-cof, espirros, chocalhos e rugidos saindo das formas torcidas deitadas nas camas, umas cinquenta camas talvez. O que é isso, um hospital? Bom, e onde está o resto do pessoal? Não sei que lugar é esse, mas sei o que parece, parece que pisei numa... numa lata de lixo, um aterro de restos humanos. Começo a andar pra trás, passo a passo. Então me viro e corro até a porta, que abro de supetão, mas o corredor branco e comprido sumiu e estou em outro cômodo. A primeira coisa que vejo é uma grande televisão pendurada no teto e depois as pessoas em cadeiras de rodas, umas quinze ou vinte, com as bocas abertas como filhotes de pássaros, fixados na TV. Tem um outro grupo, umas dez pessoas, sentadas ou deitadas nos bancos. Está passando um comercial. Os tampões deixam a garota livre de acidentes ou preocupações durante todo o mês e ela entra num SUV e vai embora. Então desligam a TV e um por um eles viram as cabeças e olham pra mim. *Porra, não fui eu!* Eu só penso, não falo, não tem fala aqui. Um dos caras que estava deitado como um cadáver num dos bancos se levanta e olha pra mim. É o Richie Jackson, o safado do Richie Jackson! Está todo torcido e encolhido como se tivesse pólio. Um braço tá dobrado no peito, a mão curvada e com jeito de inutilizada está pendurada no pulso, torcida. Só seus olhos parecem os mesmos, grandes olhos marrons e infantis. Ouço um NHEC-NHEEENC! E vejo a Dias de Escravidão numa cadeira vindo na minha direção.

— Cê sabe o que fez cumigo! — Levanta a saia e mostra a buceta velha dela pra mim.

Foda-se, ela é doida. Nunca fiz nada com ela. Deve ser ao contrário, o que ela fez comigo!

— Minínu! — grita. E seguindo seu comando e sob sua liderança todas as cadeiras de roda começam a vir barulhentas na minha direção! Dou marcha a ré e corro de volta pra minha cama, mas quando chego no lugar onde estava a porta branca que levava até o corredor só encontro uma pequena porta azul. Atravesso a portinha azul até o corredor, mas ele tá encolhendo ou então eu estou crescendo. Me curvo e continuo correndo até não conseguir mais porque o corredor tá cada vez mais baixo. Tenho que ficar de quatro. Agora o corredor virou um túnel. Escuto passos atrás de mim, alguém tá chegando na porta. Escuto a porta bater! Tento virar minha cabeça e ombros pra olhar pra trás, mas não consigo; não tem espaço suficiente. Meus ombros estão quase tocando a parede fedendo a peixe do túnel. O nojo toma conta de mim quando os cistos incham nas paredes do túnel e começam a estourar um a um, cuspindo vermes minúsculos que começam a se arrastar sobre mim. Eca! O túnel toca meus ombros agora. Na minha frente um cisto vai inchando como bola de chicletes até a pele reluzente estourar e cuspir dúzias de pequenas aranhas. Estou suando como um demente e tá fedendo, suor, cheiro de peixe e cigarros. Tenho que continuar piscando para impedir que as aranhinhas entrem nos meus olhos. Não tem espaço pra continuar me arrastando com minhas mãos e joelhos e então contraio meus músculos abdominais e levanto meu traseiro até o topo do túnel e ao contrair os músculos do traseiro e relaxar os abdominais empurro meu corpo pra frente, contrair traseiro relaxar a barriga, contrair traseiro relaxar barriga, indo pra frente como uma lagarta. Tenho medo que as paredes do túnel desmoronem sobre mim antes que eu consiga sair. Não dou conta de me livrar dos vermes e das aranhas e o cheiro deles ou de outra coisa é de lixo velho. Meu coração tá batendo tão rápido que tá quase vibrando. Respira *respira*, não hiperventile, é o que digo a mim mesmo. Olho pra frente e a luz tá mais clara. Estou quase em algum lugar! E no momento seguinte estou saindo do túnel, cabeça e ombros primeiro. Quando meus braços estão livres aproveito para me empurrar todo pra fora do túnel. Me jogo no asfalto de um estacionamento, negro e escorregadio com água da chuva. Não olho pra trás porque sei que o túnel foi embora. Começa a cair uma chuva morna e nevoenta. As luzes do estacionamento iluminam os poucos carros parados e distantes, separados por reluzentes linhas brancas. Não vejo ninguém. O céu preto-azulado está cravado de estrelas chamejantes. Se não fosse pelos carros no estacionamento, eu poderia estar num quadro de Van Gogh. Logo na frente e um pouco pro lado vejo uma fileira de quartos de motel formando uma ferradura em volta do estacionamento. As portas com seus números bem arrumados estão todas fechadas, se protegendo da noite. Os carros parecem enraizados. Ninguém sai dos quartos para entrar num deles e nenhum carro de fora entra no estacionamento. NADA de barulho, não tem som saindo de nenhum

## O GAROTO

lugar. Onde estou? Não sei pra que lado seguir, o que fazer. Estou pensado que tenho de voltar quando a luz de um dos quartos se acende. O número 6. Vou até ele.

Estou na frente da porta, vendo a luz escapando por trás das persianas abaixadas e então reparo que as persianas estão do *lado de fora* da janela. Enquanto estou observando tudo, as persianas começam a subir sozinhas. Fico com medo e meus pés descalços começam a ficar gelados. Eu não quero ir, mas meus pés me aproximam da janela, vai ver eles estão pensando no quentinho que deve estar lá dentro? Dentro do quarto tem um homem maltrapilho, vestindo jeans e com cara de bêbado. Seus xingamentos sussurrados são os primeiros sons que escuto desde que cheguei no estacionamento. Está de pé, de frente pra uma tela de TV. Está ficando nervoso com o que vê, começa a gritar com a TV se balançando nas pernas bêbadas. Não vejo mais ninguém no quarto e não consigo ver o que o está deixando tão enfezado, fico assustado com seu rosto inebriado e derrotado. Agora ele tá acendendo um cigarro. Eu não fumo, acho, e então acho engraçado ter pensado nisso. Ele está fumando. Seu quarto se transforma em uma sala de controle com dúzias de monitores de TV pendurados, parecendo os olhos múltiplos de uma abelha. Por favor, por favor, prefiro não ter olhos a ver isso. Eu me obrigo a não ver. Meu peito dói muito, posso sentir o cheiro da fumaça do cigarro dele, começo a chorar mas meus olhos estão secos. Não, não, estou sacudindo minha cabeça e chorando.

— Ei você, está tudo OK, amigo?

Abro meus olhos, me sento. Estou na minha cama de novo e vejo um homem batendo a cinza do cigarro no cinzeiro ao lado da cama. Quem é ele? O que está fazendo fumando aqui? Me deixo cair de costas de novo e fecho bem meus olhos.

— Abra os olhos, Abdul.

Abdul? Quem está me chamando? Todos aqueles lugares, tudo isso foi um sonho? Vou acordar e estar em casa? Ou morto? Ou continuo nesse lugar, nesse quarto, cercado pelas estúpidas paredes brancas, nessas estúpidas roupas brancas? Se estou nesse quarto e não é um sonho, como saio daqui? O que foi que fiz pra vir parar aqui? Ele está perto. Não escuto sua respiração, mas posso sentir a presença e o *cheiro* dele e de cigarros, café, e hospital. Está bebendo café? Onde está o homem nojento do quarto de motel? Talvez eu ainda esteja sonhando? Não, estou bem desperto com meus olhos fechados. Não quero abrir meus olhos. Ele está se movimentando. Chegando mais perto?

— E então, vai abrir os olhos ou não?
— Por que deveria?
— Porque quando duas pessoas conversam, elas normalmente olham uma pra outra.
— Não estou conversando com você.
— Está sim.
— Não estou não.
— Abdul, não seja ridículo, você está falando comigo neste instante.
— Você sabe o que eu quero dizer — respondo.
— Não sei não.
— Sabe sim, mentiroso — insisto. Ele pensa que é esperto.
— Será que dá pra você abrir os olhos, Abdul?

Essa merda já tá ficando cansativa. Não sei bem o que fazer; eu queria que ele fosse embora, mas ele não vai. Isso está bem claro. A luz que passa através da pele das minhas pálpebras cerradas é laranja avermelhada. Quero música. Não quero saber disso. Pra quê? Aberto, fechado, que diferença faz? Que merda. Quero sair daqui. Eu quero mesmo sair dessa cama, desse *lugar*, onde quer que seja. Se eu abrir meus olhos, o que vai ser? Lâmpadas fluorescentes chamativas, lençóis e paredes brancas. Porra, seus olhos estão abertos? Começo a suar. Quero limpar as gotas irritantes de suor que sinto escorrer das laterais do meu rosto. Quero dormir. Não fiz nada pra ninguém. Tenho o direito de dormir, se quiser. No que posso pensar pra voltar a dormir? Na aula de balé nós utilizamos a respiração profunda pra relaxar: INSPIRAR-2-3-4-5-6-7-8, EXPIRAR-2-3-4-5-6-7-8, 2-2-3-4-5-6-7-8, 3-2-3-4-5-6-7-8, Tira seu traseiro daqui 4-2-3-4-5-6-7-8, 5-2-3-4-5-6-7-8...

Escuto a cadeira se movendo, é, está se afastando. É, será que ele tá indo pra porta? Continuo respirando, está funcionando: 1-2-3-4-volte-5-6-7-8-pro lugar de onde veio. Os passos estão desaparecendo. Ele se foi. Abro meus olhos e me levanto com os cotovelos.

— Fala sério — diz o homem, parado do lado de fora da entrada vestido com calças e paletó marrom e um turbante branco na cabeça. — Você achou que ia ser fácil assim se livrar de mim?

Despenco de volta na cama, afastando minha cabeça da sua voz. Me acho tolo e cretino. Por que ele não dá o fora daqui? Fecho bem meus olhos, vejo uma praia, um bando de gaivotas voando acima das ondas que se quebram para a areia cau cau cau...

— Vamos, Abdul, isso é muito cansativo. Vou voltar pro quarto e sentar na cadeira. E quero que você abra seus olhos.

Suspiro, você venceu, me fodi, me dê um pouco mais dessas porcarias que me deixam fodido e sem pensar direito, sem falar, sem pensar, sem lembrar, sem levantar: não ligo mais. Traz sua camisa de força, seu viado escroto; esse é seu mundo, não é? Tudo que eu quero é sair daqui; faça o que você quiser, só me deixa sair daqui. Me diz quanta porcaria tenho que engolir, continue me trazendo essa merda por todo tempo que for. Odeio você e vou assassinar sua mulher, seus filhos, vou pegar seus filhos pelos pés e socar a cabeça deles. Abro meus olhos.

— Vou entrar no quarto de novo, Abdul, e me sentar na cadeira perto da sua cama. Não vou tocar em você, a não ser que você queira me cumprimentar, talvez você queira, talvez não.

Ele fala e anda ao mesmo tempo. E está falando como se tivesse tentando acalmar um negão maluco e imprevisível. Senta na cadeira perto da cama.

— Meu nome é Dr. Sanjeev. Pode me chamar de Dr. See, se o nome for difícil de pronunciar. Como está se sentindo hoje?

Vai se foder, é assim que estou me sentindo hoje. Não aperto a mão estendida. De onde ele vem? Da Índia? Qual é a do turbante? Não usa roupas de médico. Seu paletó tem remendos de couro nos cotovelos. Isso é pretensioso. Ele não tá montado em nenhuma porra de cavalo. Lembro de ter perguntado à Sra. Washington por que esses caras precisavam de remendos de couro nos seus casacos. Tem a pele escura, não tão escuro quanto eu, mas é escuro, cabelo liso, um cara bonitão.

— Se importa se eu fumar?

— Faz mal pra você.

— Quer dizer então que você pode falar.

Eu mesmo estou surpreso. Estava começando a me esquecer do som da minha voz. Eles dizem as merdas em voz alta e eu respondo na minha cabeça. Mas tudo meu está tão fodidamente *dentro* de mim que tá começando a desaparecer.

— Eu já estive aqui várias vezes conversando com você, mas essa é a primeira vez que somos formalmente apresentados. Você lembra das outras vezes?

— O que você quer? — Vamos ao que interessa, cara.

Ele fuma Marlboro. E traz seu próprio cinzeiro portátil. Estava no seu bolso?

— Posso fumar um?

Ele me olha duro, dá um trago e apaga o cigarro.

— Por enquanto, não.

Acabei de dizer a primeira coisa que me veio à cabeça. Estou me sentindo exatamente o oposto do que estava sentindo, sonolento e devagar, ou pelo menos quero me sentir diferente, quero velocidade, ou talvez só minha própria adrenalina de volta. Pode ser que tenham me dado alguma coisa pra me aprumar, mas ainda não o suficiente!

— O que é que eu quero? Bom, quero conversar com você, conhecer você melhor e ver se posso ajudar.

Ele já me conhece se esteve por aqui me conferindo coisa e tal. Ele sabia meu nome, provavelmente sabe minha idade e com certeza sabe há quanto tempo estou aqui, que porra tem de errado comigo e porque me colocaram aqui, que merda foi que aconteceu. Devia deixar que ele saiba o tanto que eu não sei, do ontem, do quê, de nada! É como uma camada grossa de poeira num quadro, se você limpa um pouco o que consegue ver é só aquele pedaço em particular. De ontem, não me lembro nem do que conseguia ver. Mas hoje só penso no St. Ailanthus: do rosto da Sra. Washington, dos irmãos, do meu dormitório, limpo e vazio, das camas bem arrumadas: o Bobby Jackson na cama número um, o Richard Stein na número dois, o Angel Hernandez na número três, o Omar Washington na número quatro, na número cinco era o Malik Edwards, e na número seis eu. E em seguida o Alvin, o Louie Hernandez, o Billy Song, o Etheridge, o Jaime e no final o Amir. Nos sábados tinha bacon e ovos, ameixas e aveia com açúcar mascavo nas segundas. Estou em Nova York? Eu sei que estou nos Estados Unidos por causa do Watkins e seu rádio, eu *acho*. O Amir adorava aveia com açúcar mascavo e manteiga. Nas aulas de arte o Amir era o melhor, cabeça abaixada sobre o papel de maquetes, tesouras se movimentando, as mãos brilhando. Tinha me esquecido dele, aqueles caras eram meus companheiros. O Amir tinha escrito AMIR, O ARTISTA na capa do caderno dele.

Ele puxa outro cigarro, fica rodando nos dedos mas não acende.

— E você, Abdul, o que quer?

Quero saber minha idade, há quanto tempo estou aqui. Ah, foda-se. Me preparo, estou na quarta posição, faço plié e pirouette!

Um dois três quatro cinco seis sete — a plateia perde a respiração, ainda estou girando, não posso parar. Estou tremendo; tenho fome de um jeito esquisito, está na minha cabeça, como se meu estômago estivesse morto ou coisa assim. Fecho meus olhos e me escondo debaixo das cobertas.

— Ei, ei, está indo pra onde, cara?

Adivinha. E então me dou conta de que quero uma coisa.

— Música.

— Hã? Você quer o rádio?

O bom doutor. Estou tremendo tanto que meus dentes estão batendo.

— Era agradável, não é, o rádio do Smith. Tem um bocado de rádios por aqui. Vou ver o que posso fazer.

Não digo mais nada. Não estou sendo malvado; estou realmente tremendo muito, me curvando em posição fetal. Não consigo controlar. Só quero me enrolar numa bola, tenho que me enrolar numa bola pra parar com isso. Pressiono meu punho cerrado na minha testa. Sinto os cortes grosseiros cruzando meus pulsos e abro meus olhos para olhar.

— Abdul? Você se lembra disso?

Olho bem. O pulso esquerdo está pior que o direito.

— Você chegou aqui muito mal. Esteve sob observação e em isolamento. Eu quero mudar você pra outra parte do complexo, uma enfermaria com outros caras, e ver o acontece daí pra frente. O que você acha?

O que eu acho? Não quero ficar em porra de enfermaria nenhuma. Não quero estar aqui e ponto! Tá maluco? É isso que eu penso. Quero dar o fora daqui. Minha raiva faz meu corpo parar de tremer.

— Sanjeev? Que tipo de nome é esse?

— Na verdade esse é meu nome próprio, mas uso como sobrenome neste país.

## O GAROTO

Estou tentando não ficar tagarela, mas as palavras continuam a sair de minha boca.

— Por quê?

— Bom, virou um sobrenome quando vim pra cá. Por exemplo, se seu nome é John ou Ibrahim, as pessoas ficam chamando você de Sr. John ou Sr. Ibrahim. Que diferença faz? Na aldeia de onde eu vim as pessoas não tinham sobrenome. Eu era Sanjeev até minha família...

Ah, lá vai ele, não quero saber da porra da sua família, seu maldito qualquer tipo de criolo fodido que seja.

— Você mencionou música. Que tipo de música você gosta?

Estou tão sonolento agora. E esse cara simplesmente não entende. Que tipo de música eu gosto? Ei, DJ, que tal um pouco de Coltrane, "Love Supreme" ou...

— Charlie Parker.

É dele que eu realmente gosto, e da Erykah Badu, será que ele saca ela?

Alguma coisa está vindo agora, um rio de sono. Estou em outra sala branca, água correndo, quem tá batendo na porta gritando? Estou realmente nervoso, muito nervoso pra sonhar, mas estou sonhando agora. Não consigo ver como vou sair dessa. Pego a faca de festa de plástico e começo a cortar e a furar, e a chorar muito, e mais forte. Sou eu gritando. Sento na cama; o suor arde meus olhos, coloco meus braços em volta dos joelhos, abraçando até o peito. Olho o rosto escuro do médico. Estou com raiva. Meu coração está fechado, mas minha boca se abre sozinha.

— Eu me lembro.

— Do que você se lembra?

De nada, bundão, de porra nenhuma, mano. Me deito de volta me alongando na cama e depois viro de lado, massageando a pontada nos ombros que está virando dor. É uma lembrança da última vez que confiei em alguém. Eles correndo pra mim, rostos brancos vazios, vestes longas como facas negras, vozes chegando até mim, luz atravessando as janelas brilhantes como Cristo! Estou me levantando em direção a eles; sempre me lembro disso — não estou fugindo, mas indo pra eles. Eu era deles, não era? Uma criança que tinha encontrado o caminho de casa. Eles na verdade não me mandaram pra floresta pra me perder. Que nem João e Maria. Mas eles me agarraram, torceram meu braço e me prenderam no chão. Pensei que meu braço ia saltar do ombro e sair do corpo, meu ombro parecia boiar no meio de napalm, queimando. Não tinha quebrado quando eles me sodomizaram, beliscando meu umbigo com um cortador de unhas, me alienando dos outros garotos e de mim mesmo. Vamos tomar conta de você, o St. Ailanthus sempre vai ser seu lar. Toda a merda que me fizeram e eu nunca contei pra ninguém. Meu coração tá no meu ombro, um machucado que nunca vai sarar totalmente, está quebrando, está apenas quebrando.

— Abdul, você ia dizer alguma coisa? — Dr. Sanjeev.

Não, não ia. Vai embora, penso, e tento me forçar a dormir. A última coisa que escuto é a cadeira se arrastar pra trás e os passos desaparecerem.

QUANDO ACORDO, NÃO consigo mexer os braços, estão presos. Estou deitado de costas, olhando para os desagradáveis e longos tubos de luz presos no teto. Nunca apagam essas luzes. Eu perdi alguma coisa ou eles apenas me amarram quando têm vontade?

— Abdul?

Por que prestar atenção à sua voz se no final vou ser amarrado e injetado?

— Eu só quero dançar.

— Bem, humm, bem, nenhuma lei impede você de dançar aqui se você quiser. Eu certamente não me importo.

Sinto suas mãos quentes na minha pele e escuto o velcro abrindo. Mas agora que posso me movimentar, não quero. Quanto do que me lembro é de ontem ou do passado distante? Qual é a última memória que tenho fora desse lugar? Não acho que é uma memória de verdade, mas sim um fato: estava andando, como eu sempre fazia, e era jovem e forte. Não sei se é como as coisas realmente eram e tal, mas em algum momento elas *devem* ter sido assim: eu andando, forte e jovem, tendo o que queria, tendo o que outras pessoas queriam. É, mas quando, onde, ou mesmo *quem*? Ainda sou eu? Não consigo saber. Viro pro lado, puxo meus joelhos pra posição fetal, quero voltar a dormir. Estou quase lá, na verdade; o que quer que tenham me dado me colocou em marcha lentíssima. Não quero me movimentar. Fecho meus olhos e vejo o rosto do Roman, mas é um rosto jovem, mais jovem do que quando o conheci. Está falando uma coisa que não consigo escutar. Muitas vezes nos meus sonhos não consigo escutar o que os outros falam.

— Não consigo escutar o que ele está falando.

— Se você *pudesse* escutar, o que ele estaria falando?

Ele foi embora, ótimo. Agora estou falando ou dormindo? Falando, dormindo, sonhando coisas diferentes?

— Um dia nós todos estávamos de bobeira...

— Quem é "nós todos"?

— Eu, a Amy, o Scott, o Snake e a My Lai, e nós estávamos de bobeira, zoando, quando o Jaime entrou.

— Onde isso aconteceu?

— No Starbucks da Astor Place. E o Jaime, bem, agora ele não é nada, mas por uns tempos ele estava tentando ser bailarino. Ele na verdade não dava pra coisa, e depois era muito pequeno, isso pode ser qualidade numa mina mas é ruim num homem. E então a gente estava lá, conversando, rindo, tomando nossos lattes e ele simplesmente se convida e senta conosco. OK, tá certo que essa é a coisa errada pra se fazer, mas se você quer fazer, pelo menos senta sua bunda e fica com a matraca fechada. Mas não, ele começa a falar sobre as merdas do St. Ailanthus. Eu fico apenas olhando quando ele começa com a conversa de "se lembra quando". O Scott costumava fazer, talvez ainda faça, as aulas da Imena no Harlem; foi assim que o Jaime ficou sabendo do Herd, não por mim. Ele queria ser parte do Herd, mas isso não ia rolar.

"— Se lembra daquela época no St. Ailanthus quando o irmão Samuel virou sua bunda, te surrou e você se mijou todo enquanto ele te prendia no chão? Não? E daquela vez quando o irmão John, o irmão Samuel e o irmão Tom te deram uma surra?"

"Eu tipo ignoro ele completamente, levanto as sobrancelhas como pra dizer, esse cara é louco ou o quê?

"— Bom, cara — ele continua — *do que* você se lembra?

"My Lai está me sacando, arqueia as sobrancelhas e olha direto nos olhos do pobre do Jaime e diz:

"— Por que você não cala a boca, seu puto, e dá o fora daqui?

"— Sim, *o que quer* que isso seja, aqui não é o lugar — o Scott.

"— Você não lembra de tentar me estuprar quando eu era um garotinho?

"— Garotinho! Seu escroto, você é mais velho que eu!

"Isso deixa todo mundo pensando, tipo, quem é esse babaca cuzão?

"A Amy, que estava meio que paralisada, diz:

"— Bom, isso é... alguma coisa. Qual é sua idade, Jaime?

"— Vinte.

"— Abdul só tem dezenove — a My Lai ataca. — E quando foi que isso tudo aconteceu? Não que eu realmente queira saber ou me importe. Mas cara, o que eu quero dizer é que você sempre foi mais velho que ele.

"— Você não vai se safar dessa — o Jaime.

"— Você tá maluco — ironizo —, totalmente acabado, cara. Se alguma coisa aconteceu foi você sacaneando a gente, os garotos mais jovens.

# O GAROTO

"— Cara, seu café está frio e sua conversa já cansou, talvez seja melhor você ir pra casa e descansar, sabe? — a My Lai. E depois ela repete: — Sabe?

"Ele não saca que ela vai acabar com ele.

"— É tipo assim, cara, você não é mais bem-vindo aqui.

"Ele se levanta com ela olhando pra ele de cima pra baixo, e eu não volto a ver ele por muito tempo."

Estou cansado de falar. Puxo a pele do meu pulso com minha boca e mordo com força, o mais forte que consigo. O sangue enche minha boca e pinga cor de cereja nos lençóis brancos.

— Ah, não, Abdul! Ah, não! — ele reclama.

Ah, sim, eu penso. Quem você pensa que é? Chega aqui com essa bunda preta e essa porra de turbante branco e começa a me encher a cabeça de merda. Eu não sou doido, você não sabe quem eu sou? Quem nós somos, a My Lai disse que nossa dança era da morte — mais poderosa que a da vida. Sinto falta dela — ouço vozes no corredor, correndo com seus sapatos brancos acolchoados. São os babacas de cabelo pixaim vindo pra me amarrar e injetar. Watkins e sua gangue! OK, podem vir, seus putos. Ele avança pelo quarto. Ah, eu pulo da cama e bato direto na mandíbula dele com meu pulso pingando sangue. Nocauteio o crioulo babaca. Rá rá!, ele se levanta, gritando. Todo mundo tá gritando. O médico e a gangue do marshmallow estão segurando o Watkins, que levantou gritando.

— Seu negro cuzão! Vou te matar! — o Watkins.

— Watkins, fica longe, ele não é perigoso! — o Dr. See.

— Como não é perigoso? Acabou de me bater! — ele se solta, mas conseguem segurar ele de novo.

— Ele está sangrando...

— Foda-se, ou eu acabo com ele ou vai desejar que eu tivesse acabado.

Eu queria estar morto.

— Dá o fora, Watkins!
Meu sangue tá espalhado por todo lugar, nos pequenos idiotas negros de roupa branca, nos lençóis, nas paredes brancas.
— Sai daqui agora!
— Como assim, sai daqui? Eu tenho o direito de me defender, seu árabe de merda.
— Estou mandando, sai daqui! E se esses caras não tirarem você daqui vou chamar a segurança. E se eu tiver que chegar até esse ponto, *isso* não vai ser bom pra você!
— Tá maluco? Eu estava fazendo meu trabalho. Não tenho que apanhar de ninguém! *Ninguém* vai me bater sem que eu me defenda, seu puto!
— Você está se defendendo agora. O rapaz não está fazendo nada, ele se acalmou. Você está querendo retaliar, e não tem esse direito. Presta atenção, se você não sair daqui eu vou pedir sua cabeça!
— E eu vou pedir o seu rabo!
— Por favor! — O Dr. See bate as mãos como um sultão e diz pra gangue: — *Tirem* ele daqui.
Eles vão arrastando ele pra fora, ainda babando de ódio. Deito de novo na cama e puxo o lençol ensanguentado pra cima da minha cabeça, mesmo que seja muito tarde pra fingir que nada aconteceu.
— Por que fez isso? — ele grita.
— E vou continuar fazendo.
— Por quê?
— Ele ia me bater...
— E por que você se mordeu?
— Esse corpo é meu! — berro.
— Ah, bacana, isso faz muito sentido!
— É por isso que estou aqui? Porque faço muito sentido?
Escuto os passos de sapatos macios vindo apressados pelo corredor, um exército deles, dez vinte trinta rostos como máscaras negras

da morte. O Dr. See dá ordens, um lencinho com álcool, a picada da agulha e então o *mergulho*. Fica escuro em mim e logo depois, fora de mim, e eu vou.

PLIÉ AJEITAR RELEVÉ, tendu na segunda, plié, alongar, acho o maior barato abrir as pernas em plié, pressionando meus músculos, agônico antagônico, afastando minhas coxas ao mesmo tempo em que dobro os joelhos. Mas eles não querem se abrir, os músculos, os tendões, os ligamentos querem permanecer fechados, confortáveis, não doer. Mas eu pressiono e forço.

O Roman diz:

— Dobra, abre mais. Põe seu coração. Põe seu coração em tudo que fizer. Você será bailarino bom quando seu plié for forte. Conheci alguns bailarinos que não têm pliés fortes, mas não são muitos. Seu corpo é bom; trabalhe pra botar algo nele, pra ter um significado. Cada movimento seu deve significar alguma coisa. As pessoas devem olhar pra você e ler sua história, como num livro. Você sabia disso? Tudo que nós bailarinos temos é nosso corpo, não dá pra esconder ou mentir. Senão ninguém vai querer olhar você. Você estar se escondendo. Abdul. Me mostra seu coração. Esquece os fouettés, me diz o que você vai ser, o cisne do terceiro ato onde ela faz trinta e dois fouettés? O cisne negro?

Não tenho a menor ideia do que ele tá falando, nunca tinha visto o *Lago dos cisnes*, mas fiquei com aquilo na cabeça, "o cisne negro". É o que eu era, não era mais o negro patinho feio! A My Lai odiava ele porque ele gostava de mim. Ela odiava a maneira dele dar aulas, o sotaque, debochava do jeito dele andar. Algumas vezes ela era cruel de verdade. Antes de me apaixonar por ela eu me apaixonei pelo seu corpo, seu cheiro, sua essência. No começo era apenas o jeito dela se *movimentar*, depois foram os tufos grossos do cabelo da sua xoxota, sua buceta com gosto de salmoura, os quadris e os peitinhos — tão duros que era como chupar um pirulito. Eu adorava aquilo, e antes nunca tinha tido vontade de fazer isso, chupar os peitos de uma garota. Ela começava a tremer e a levantar o corpo.

— Enfia o dedo em mim, enfia o dedo... não, faz assim, isso, pra dentro e pra fora, me fodendo, não para de chupar meu peito, idiota! Tem que fazer as duas coisas ao mesmo tempo. É muito bom. — Ela arfava, gozando com os meus dedos. Eu sentia por ela o que achava que o Roman sentia por mim, desejo e terror, mas eu não tinha o que ele teve. Ele tinha o controle. A My Lai tinha a grana. Eu amava ela, amo. Mas não sei se ela me ama. Ela só disse que sim uma vez, e isso foi quando... bom, deixa pra lá. Não quero pensar nisso. Trago pra minha mente a imagem dela deitada na minha cama as coxas abertas como um bebê, pedindo às minhas coxas que se abrissem na aula pra além do ponto onde meu corpo acha que não pode mais. Finjo que o corpo dela é meu e estendo minhas pernas; minhas pernas acreditam na imagem da minha cabeça mais do que acreditam nos seus ligamentos apertados e tendões quase tão duros como aço. Quando estamos trepando, ela goza arfando e com espasmos; me sinto como um vulcão, rocha do lado de fora e líquido em fogo por dentro. Ela tem gosto de água, lágrimas, mijo, e às vezes de curry, não é como o Roman falava: "Bucetas fedidas!" Ele odeia garotas, como é que sabe se as xoxotas fedem? Gosto do seu gosto — eu digo a ela enquanto prendo seu clitóris com meus lábios até fazer ela gritar. Não me sinto sozinho quando estou trepando. Não tenho medo de morrer quando estou trepando. Tombé, pas de bourré, tendu, quarta posição, plié, GIRA GIRA GIRA!

Pela manhã, aulas de balé intermediário avançado, à tarde, aulas de jazz contemporâneo, e à noite os ensaios. Por algum tempo é como ter pais: não tenho que me preocupar com dinheiro pra pagar aulas e roupas, dançando com bolsas de estudos e vivendo das sobras dos pais do Scott e da My Lai. Restituição, foi assim que a My Lai chamou. Aproveitador? De onde vem tanto dinheiro assim? Um poço sem fundo, não acaba nunca, como é que eles podem dar tanto pros filhos, enquanto eu, o Amir, o Jaime, o Etheridge e o resto de nós merdinhas ficamos enfileirados na frente dos nossos colchões plastificados pra proteger do mijo, vestidos de pijamas com listras de cadeia, como se fosse a Sibéria ou outro lugar tão fodido quanto lá? Porra, se a gente estivesse na Sibéria talvez fosse melhor, talvez a gente tivesse a chance de ser adotado. Quem é que vai saber, e que porra de diferença faz isso tudo agora?

Fomos até a DKNY eu e a My Lai. É claro que eu já tinha visto cartões de crédito antes — o que se deve fazer, entregar pro balconista que passa na maquininha e então você assina. Mas nunca tinha prestado muita atenção, porque não era a minha praia, eu não tinha cartão de crédito. (Ei, ei, sou da turma do dinheiro vivo!) Então estou lá, de bobeira com a My Lai, esperando ela fazer suas compras pra gente poder ir comer sushi e trepar. Aí ela mexe na bolsa e tira um cartão Amex ouro com meu nome nele, falando em dez mil.

— Vai em frente, seu puto, faz umas comprinhas.

Minha boca fica aberta, é como eles dizem, eu não computo o que ela diz. Ela está dando isso pra mim? É uma experiência totalmente nova. O Roman tinha grana, mas eu tinha que pedir todas as vezes e então a maior parte do tempo eu preferia passar sem do que pedir, e com certeza eu não iria fazer compras com ele, sem chance.

A humilhação que senti na loja de donuts da rua 125 está de volta agora. Estava crente que ia me dar a forra com uma dúzia de donuts, mas o pervertido não tinha me dado dez dólares, e sim um nota amarrotada de um dólar, um sentimento quente sobe no meu peito quando a balconista pega os donuts de volta. Raiva, humilhação. Me senti tão estúpido, um cuzão.

O mesmo sentimento com o irmão John.

— Deixa! — grita o irmão John.

Deixar os *livros*? Que hipócrita descarado, será que ele podia se ouvir dizendo pra mim como os livros são nossos amigos e como sua vida mudou, como ele seria apenas mais um da multidão lá fora se não fosse pelos livros? "Os livros me tiraram da casa adotiva superlotada na rua 155." Dos irmãos adotivos, quatro morreram e dois estavam na prisão mas ele conseguiu escapar. Sempre detestei essa história. Detestava por causa das partes que faltavam nela, ele fodeu os *irmãos* ou foi fodido por eles, e é por isso que ele fodia a mim, a nós? Ou era como um tipo de *irmã* que a gente carregava lá dentro?

Ele fica chorando em cima de você, lambendo sua bunda, falando sem parar com sua voz de negão. Eu achava que era especial. Porra, se algum dia eu matar alguém teria que ser... *Será* que eu matei alguém? Vai ver que é por isso que estou aqui! Será que naquele dia eu matei o irmão John? Foi pra isso que fui até lá, para salvar minha própria vida matando aquele viado safado. Mas talvez alguma outra coisa tenha acontecido. Algumas vezes penso em me olhar no espelho e vejo ele lá, acho que me transformaram, *me* transformaram neles. Vou perguntar pro Dr. See quando ele voltar. Meus pensamentos estão a mil, as lembranças vêm de um buraco profundo cheio de cores e sons, mas não estão conectadas umas às outras. Dr. See vai saber. Quero falar, mas minha boca está que nem algodão. Tento movimentar minha língua. Nada feito. O que me deram me colocou do lado oposto da fala, somos boxeadores em cantos separados. Há quanto tempo não cago? Sento no vaso e enfio o dedo no cu e fico tateando em volta das pedras duras de merda, tirando uma a uma do meu rabo até que peido e finalmente sai algum cocô sem ser duro feito pedra. Não sonho muito, mas agora mesmo cochilei e estava sonhando, ou pelo menos foi o que achei. Não posso contar pra você porque não sei se você está mesmo aqui ou no sonho.

O que aconteceu?

## O GAROTO

Eu estava nas redondezas da antiga vizinhança, possivelmente andando pela St. Nicholas Terrace, aquela ruazinha atrás da faculdade que vai costeando a pequena rocha acima do St. Nicholas Park até chegar na grama verde, as rochas de granito gigantes brilhando no sol, os parquinhos e a rua larga e escura logo abaixo. Você nunca sabe realmente onde está em um sonho, e eu estava sonhando, eu acho. Mas era um daqueles dias em que estava totalmente sem grana e não queria pedir nem pra My Lai nem pro Scott pra me adiantarem até chegar o próximo pagamento do Starbucks; eles não ligavam, mas eu sim. Não quero depender desses putos pra tudo. E aí ele passou por mim dirigindo bem devagar, se arrastando, e depois virou e voltou, um cara branco mais velho, podia ser um professor da faculdade ou um profissional liberal. Estava dirigindo um BMW preto, carro fodão, você sabe, o tipo de carro que um dia quero ter. Abaixa a janela e sinto o frio do ar-condicionado de onde estou parado na calçada.

— Quer uma carona?

Olho sobre os ombros.

— Podemos ir a qualquer lugar. Não tem que ser por aqui.

— Onde?

— Para o Bronx pela Henry Hudson?

Dou mais uma olhada, eu podia estar apenas indicando o caminho prum branco perdido. A porta se abre. Entro. É um cara de porte médio, quarenta e cinco, cinquenta, sessenta, que diferença faz? São todos parecidos, estão ficando carecas, com barrigas e usam óculos.

— Qual é seu nome?— pergunta.

Olho pra ele. Provavelmente veio dos subúrbios; se não for um professor, é um corretor ou um dentista ou por aí.

— Qual é o *seu* nome?

— Ah. — Quase que ele engasga. — Martin, Martin Wilson. Sou professor.

Está dirigindo mais rápido agora. Bom. Não quero que ninguém me veja com esse babaca branco e velho. Não que atualmente eu conheça muita gente por esses lados.

— Você não me disse seu nome.
— Martin, meu nome também é Martin — digo.
— Você está brincando comigo.
— Por que ia fazer isso?
— Eu tenho uns vídeos legais. Você gosta de vídeos?
— Gosto — digo.
— Filmes?
— Sim, claro — respondo pra ele.
— Vai gostar desses filmes, e podemos brincar enquanto assistimos. — Sua risada está bem nervosa.
— Sim, claro. — Espero que esse cara não ache que vou ficar por aqui o dia inteiro, assistindo filmes pornô com um tiozão.

Esqueço a rua, a área exata, o nome da ponte que cruzamos. Mas sei que atravessamos uma ponte pra chegar ao motel sem graça e térreo. Pode ter sido qualquer lugar.

— Já volto. Vou pagar pelo quarto e depois a gente tira o equipamento da mala e vamos nos divertir. Você é atleta?

Ele olha pra mim como se eu fosse um saco de doces.

Volta e então tira todo o equipamento da mala — tripé, câmera, filmadora, videocassetes. Tem até um daqueles biombos portáteis prateados e luzes.

— Eu achei que você podia querer tirar algumas fotos, você tira de mim e eu de você, só de brincadeira. O que você acha?

Não respondo. Ele ainda não falou em grana — quero pelo menos duas grandes — e ele *não vai* tirar fotos de mim fazendo coisa nenhuma. Faz um sinal pra eu pegar a chave saindo do bolso gordo de sua camisa. Faço ele colocar tudo no chão e abrir a porta ele mesmo. O quarto não é nenhuma surpresa. Cama: colchão e boxe encostados numa cabeceira permanentemente presa na parede. Dois travesseiros finos em cima de uma colcha horrível com desenhos geométricos e um VCR em cima da cômoda. E ao lado do VCR um balde de gelo e dois copos protegidos por papel. Começa a montar o equipamento e põe um cassete no VCR. Dois garotos negros aparecem na tela, doze, quatorze, no máximo dezesseis anos, estão de quatro, trepando estilo cachorrinho. E é o que parecem, cachorros pretos magrelos. É isso que deve me dar tesão? O quadro abre e mostra o cara ou alguém parecido com ele — um branquelo meio forte e com certa idade — sentado numa cadeira, sem camisa e com as calças arriadas, batendo uma punheta. Eu quase nunca vou ao Bronx e fico imaginando o que acontece em Boogie Town além dessa merda, das casas incendiadas, dos tiroteios por causa de drogas ou de agressões como a do Amadou Diallo? Ele foi escolhido pra servir de exemplo só por acreditar no dólar, no sonho de ter um telefone celular, e esse cara fica rodando por aí com uma indústria caseira de pornografia infantil no carro como se não tivesse a menor importância.

— Vou ajeitar a câmera, OK?

— Vamos só fazer o que viemos fazer. Não tô com vontade de tirar fotos agora.

— Você acha que eu dirigi até aqui e aluguei o quarto só pra foder? Isso a gente podia ter feito no banco de trás.

Cara, ele é tipo mau!

— OK, me dá duzentos. — Foda-se, quem é que vai ver essa merda? Pra quantas pessoas ele vai poder mostrar essas merdas sem ir pra cadeia?

— Eu não tenho duzentos.

— Você quer tirar fotos?

— Olha, eu...

— Não, olha você. De quanto dinheiro estamos falando?

— Eu tenho vinte dólares.

— Vinte dólares?

Ele puxa a carteira, tira uma nota de vinte e joga pra mim.

— Tive que pagar o quarto em espécie. Não ando com muito dinheiro vivo.

Fico parado olhando pra ele, sua voz vai desaparecendo. Está assustado. Pego a carteira da sua mão. Eu bem que queria enfiar um espeto nele, colocar na água fervendo, como um tomate, e tirar a pele dele vivo. Tem um fogo na minha cabeça. Ele me trouxe até aqui por uma merreca de vinte dólares? Abro a carteira e vejo uma protuberância debaixo do cartão Visa e puxo um maço de notas.

— Cem, duzentos, trezentos, quatrocentos! Agora sim, podemos conversar — digo com voz triunfante.

— Ah, por favor, tenho que pegar a bicicleta do meu filho na loja.

— Usa um desses. — Aponto a fileira de cartões de plástico.

— É o aniversário dele. O cara que está customizando a bicicleta pra ele só aceita dinheiro.

Ponho as quatro notas no bolso, chego perto dele e bato o mais forte que posso. O tapa derruba ele de costas na cama, mas fica de pé de novo, como um boneco. Bato no rosto dele com meu punho, forte, com todo meu peso por trás. Acerto ele mais vezes e então tiro ele de cima da cama e jogo no chão. Ele está gemendo, o rosto coberto de sangue. Dou um chute no estômago. Queria estar de botas. Olho em volta do quarto tentando achar alguma coisa para bater na cabeça dele, embora uma vozinha dentro de mim esteja falando que já chega, já foi o suficiente. Pego a câmera e jogo na cabeça dele. Ele treme todo quando a câmera bate na sua cabeça e cai no chão. Olho pras minhas mãos — bater nesse cuzão sacana machucou as juntas dos meus dedos. Minha mão direita tá coberta de sangue. Não sei se é meu ou dele. Tem sangue no meu sapato direito. Vou lavar minhas mãos no banheiro, mesmo com a água fria ainda tô sangrando. Pego uma toalha. Como pude fazer isso? Limpo o sangue do sapato. O que devo fazer com a toalha? Levar comigo, tem o sangue dele, deixar pra trás, tem o meu sangue. Começo a enfiá-la no meu bolso e então vejo a piscina de sangue que está se formando em volta da cabeça dele. Ele está gemendo? Acho que não, deve ser minha própria voz. Vou deixar a toalha no meio do sangue dele? Não, leva com você. Leva com você e dá o fora daqui.

Onde estou? Bem pra cima do Van Cortland Park. Desacelero. Trem trem trem. Tenho que achar um trem que me leve lá pro meu bairro. Vou andando devagar, passeando. Passei o trinco pelo lado de dentro da porta, desci as persianas com cuidado e depois fechei as cortinas sobre as persianas. Ou ele acorda ou vão acabar achando ele e sua pornografia infantil. OK! Em primeiro lugar, achar a estação Van Cortland Park. Depois da rua 225, Marble Hill, e atravessamos a ponte. Dou uma parada entre os carros do trem pra jogar fora a toalha ensanguentada. Girando na direção da água ela parece um pássaro branco machucado.

Passo pro trem A na estação 168 nos Heights. Olho meus pés. Não limpei todo o sangue do meu sapato. Vou picar esses desgraçados em pedacinhos e jogar no aterro de lixo, é, tudo que estou vestindo. Vinte dólares! Eu devia ter cortado fora o pau dele!

É o "Humm" profundo do Dr. See que ao mesmo tempo me faz perceber que estive falando e me faz parar de falar. Ele está sentado perto da cama.

— Conta pra mim, você *sonha* desse jeito com frequência?

— Não sei.

— Abdul, você pode me contar sobre o sonho que trouxe você pra cá?

— Eu não me lembro da maioria dos sonhos — digo pra ele, e é verdade. Não que eu deva a verdade pra ele.

— Se você pudesse lembrar, do que lembraria?

Ele está fodendo comigo. Entendi essa merda, ele tá dentro de mim, ele é a minha mente. Vou morrer. Estão experimentando

todas essas drogas em mim e nunca vão me deixar ir embora. Vão me matar ou. Ou *alguma coisa*. Que merda está acontecendo aqui? Já que eu não consigo me lembrar, porque ele não se lembra? Porra!
— Se eu não consigo me lembrar, porque você não se lembra?
— Como é?
— Você não sabe do que eu lembro? — pergunto.
— Como é que eu poderia saber? Isso seria saber quem você é. Quem é você se não o que você pode lembrar?
— Mas você sabe por que estou aqui — respondo.
— Mesmo se eu soubesse tudo sobre você, eu ainda não saberia do que você consegue se lembrar. Nem mesmo o seu DNA poderia me dizer o que você lembra ou não.
— Quero dormir.
— E eu estou atrapalhando, sentado aqui?
— As luzes.
— São mesmo um problema. Quer alguma coisa pra te ajudar a dormir?
— Não, quero, deixa eu pensar — resmungo, navegando na luz mais clara como espuma poluída rio abaixo. Estico minha mão de espuma para alcançar coisas: meu nome... esteve comigo por um instante, mas já se foi. Não consigo segurar nada com minhas mãos de espuma. As coisas estão passando por mim mais uma vez, minha idade, onde estou, será que um dia eu já soube? É claro que eu sabia, tinha que saber, mas escapou das minhas mãos como o sabonete no chuveiro. Há quanto tempo *estou* aqui? Se eu soubesse disso eu poderia deduzir minha idade, talvez. Se eu sou normal, o que estou fazendo aqui? Sinto a morte tentando se encostar em mim. E tem o cara do outro lado do corredor, o Watkins está conversando com outro crioulo. "Um dos velcros não estava preso e então ele tirou o outro e ficou livre! E se enforcou no lado da cama." "Fecha a porta", diz um deles. "Não vou fechar porra nenhuma", o Watkins espicaça.

Vejo do outro lado do corredor. Posso sentir o cheiro de mijo e merda. Não é que nem nos filmes, não tem maca ou cama sendo empurrada. Watkins e o outro cara colocam o corpo num pedaço grande de plástico preto e depois o enrolam várias vezes até ficar como uma pamonha enrolada na palha de milho e então chutam o corpo até uma lona e vão puxando PÁ PUM pra fora do quarto. Não vão foder com suas costas pra carregar o negão.

    E é só. Não tem mais nada. Fim. Isso me assusta. Sinto a escuridão por baixo de toda a luz e o ar se transforma em tijolos impossíveis de respirar. O Dr. See está sentado lá. Por que não desliga as luzes e vai embora, para que eu possa dormir? Vejo o tubo no meu braço e imagino quem e quando colocou ele ali, a próxima coisa que vejo são cavalos. Estou com eles num campo verde, o ar é suave, mas o céu está fechado. Sinto o cheiro do oceano, mesmo sem poder vê-lo. Sigo o cheiro até o topo da colina, que vira um abismo e lá embaixo a onda está batendo nas rochas. Uma mulher alta cavalgando um belo cavalo prateado está vindo pra mim. O cavalo para de repente mas depois volta a galopar em minha direção. Ao invés de me afastar, me aproximo. Os longos cabelos prateados da crina do cavalo acariciam meu rosto, deixando o cheiro da brisa do mar nas minhas narinas.

    Eu sei que o cavalo vai voltar pra me buscar, sem a mulher.

    — Por quê?

Estou falando?

    — Vai ser como... Não sei, como morrer, o cavalo prateado é a morte, não acha, Dr. See?

    — Na verdade, não é o que acho, não. Mas como *você* acha que a morte vai ser?

    — Acho que vai ser cinza e fria. Tô cansado de falar sobre isso.

    — Nem pense — ele diz. — Toda vez que eu tiro você da névoa você quer voltar correndo.

— Você pensa que controla tudo. — É um manipulador, odeio ele e a mim mesmo por soar como a porra de um garotinho falando com seu papai.

— Você está se iludindo se acha que o que está fazendo é assumir o controle, não é nem mesmo resistir. Você não é uma criança que vai conseguir o que deseja com um ataque de nervos. Você é um adulto girando a chave que vai deixar você trancado.

É a verdade me socando no rosto! Fui atingido por um raio ou então encontrei Deus. Me sento duro de medo e com um pouco de esperança.

— Precisamos conversar.

— Sobre o quê? — pergunto

— Sobre seu estado mental. Presta atenção, rapaz, não estou nem chateado nem cansado de você, embora talvez devesse ou pudesse estar. Não sei qual dos dois. O que eu sei é que meu tempo está chegando ao fim e, de certo modo, o seu tempo também está chegando ao final, a não ser que eu tenha alguma coisa pra dizer no meu relatório na sexta-feira.

— Sexta-feira?

— Sexta-feira é meu último dia.

Último dia? Último dia? *Dia?* Nem sei que ano é e ele tá falando de dia. Não digo nada. Os músculos do meu peito se contraem.

— Sim, estou indo trabalhar na Big Pharma. Vou fazer a mesma coisa que faço aqui...

— Hã?

— Conduzir experimentos clínicos...

— Drogas?

— *Diretor*, diretor médico. Eu nunca ia conseguir isso aqui.

Aqui. Ele está indo embora? Ele não pode ir embora sem dizer meu nome, o tempo que estou aqui, por que estou aqui e quantos anos eu tenho. Minha mãe, minha dança? Ele fica tagarelando como se essa não fosse minha vida, como se fosse uma lista de compras de supermercado.

— Você não pode ir embora sem me dizer quem eu sou. Eu mereço saber por que me trouxeram pra cá. Você não pode prender alguém sem razão nenhuma e depois dizer "sexta-feira é meu último dia e..."

— Bom, vamos deixar uma coisa bem clara: tem uma razão pra você estar preso. E, basicamente, quando uma pessoa chega à posição em que você está, a gente pode fazer tudo que achar necessário.

— O homem do outro lado do corredor?

— Ninguém fez nada com ele. Ele mesmo fez. Mas você tem razão em perguntar por que poderia ter acontecido com você.

— Isso aqui não é um hospital? Vocês não devem ajudar as pessoas?

— Você quer ajuda, Abdul?

Mas que porra, estou conversando com o diabo? O que está acontecendo? Bizarro, bizarro. Me afundo de novo na cama.

— Vamos lá, senta de novo, dá um sinal de vida, Abdul. Não temos muito prazo, a não ser que você queira ficar aqui por muito tempo.

— Não quero ficar aqui.

— Na sexta-feira vou entregar minha avaliação das nossas sessões juntos.

— Que sessões?

— Vou escrever sobre todas as vezes em que você cobriu a cabeça com os lençóis e me deu as costas, fingindo que estava dormindo ou então se mordeu e cuspiu sangue nas paredes...

— Eles limparam, todo o...

— Está certo, eles são... *nós* somos, acho que você poderia falar assim, competentes para ocultar as coisas. Mas como eu ia dizendo antes de ser interrompido, me pagam para fazer essas sessões, sou um psicofarmacologista.

— Eu não podia falar com toda aquela droga no meu sistema. Por que...
— Fala agora. Fala agora, Abdul. Fala.
— Não sei o que dizer.
— Para de choramingar, Abdul. O que está se passando pela sua cabeça? É sempre um bom jeito de começar.
— Quantos anos eu tenho? Qual é meu nome? Há quanto tempo estou aqui? Onde estou? *Que* lugar é esse? Quem sou eu?
— Sabe, isso é interessante, mas para ser honesto com você, tem certas coisas que eu preciso escutar. Uma é se você quer sair daqui. Não posso escrever uma recomendação pra você sair daqui se você vai continuar dizendo pras pessoas que não sabe seu nome. Qual é seu nome? Vamos começar por aí. Qual é seu nome? Eu fiz uma pergunta, Abdul. Você não está entendendo?
— Não estou bem certo. — Qual é a desse cara?
— Qual é seu nome?
— Abdul Jamal Louis Jones.
— OK, mas não é exatamente o que eu tenho escrito aqui.
— Está certo — digo relembrando.— Também não é exatamente o que eu "tenho escrito".
— Então, qual é exatamente seu nome?
— Abdul Jones, ponto. Deixei o resto de lado.
— Por quê?
— Não sei, parecia peso morto. Tudo que preciso é de Abdul e de Jones.

Não confio nesse cara de jeito nenhum. Eu achava que ele era diferente do Watkins e dos outros crioulos. Está certo, ele é diferente, mas é a mesma coisa. Ou então talvez não seja a mesma coisa, talvez seja meu amigo.

— O nome que tenho aqui é Abdul-Azi Ali. Qual é a sua idade?
— Não sei.

## O GAROTO

— Por que você não sabe?
— Bom, eu não sei há quanto tempo estou aqui, quantos anos, etc.
— Quantos anos você tinha quando veio pra cá? — Está me encarando.
— Não sei. Não me lembro de vir pra cá.
— Do que você se *lembra*, Abdul?
— Não me lembro. Só que um dia acordei, estava aqui amarrado e estavam me injetando coisas.
— Você sabe que não está delirando. Pode ser que você esteja deprimido ou talvez com estresse pós-traumático. E isso não seria nada estranho, considerando o que você passou.
Como se ele não fosse parte do que tenho passado.
— Abdul, não quero que isso se transforme numa guerra de vontades...
— O que eu vou perder?
— Se está aqui, já perdeu. Como disse antes, estou indo embora no final da semana. E você pode acabar ficando aqui por muito muito tempo, servindo de cobaia para os testes de novos remédios, preso, amarrado. Já vi isso acontecer. Ou então nós... *eles*, eu quero dizer, estragam tanto as pessoas que não podem deixar que elas saiam e então deixam o velcro frouxo pra que possam dar um jeito sozinhas. Vou perguntar outra vez: Quantos anos você tem?
— Já falei que não sei.
— Qual é a última idade que se lembra de ter tido?
— Humm, acho que dezenove, vinte, talvez dezoito anos.
— E o que leva você a pensar que não tem mais dezenove ou dezoito anos?
— Bom, essa era a idade que eu tinha quando cheguei aqui, mas envelheci nos anos que fiquei aqui.
— Anos?
— É.

— Há quanto tempo você acha que está aqui?
— Porra, eu não sei, *você* é quem sabe. Por que você não me diz?
— Vou dizer, Abdul. Você está aqui há exatos vinte e um dias.
— Vinte e um dias? Então você quer dizer que eu... — Do que ele está falando? Não é possível...
— É isso mesmo. Tivemos que internar você...
— Por quê?
— Acho que é melhor ou mais proveitoso perguntar *como*. Você estava incapacitado. Marcaram você como sendo uma ameaça a si mesmo e a outros, e se você fosse Abdul-Azi Ali, como a gente pensava que era, podia mesmo ser uma ameaça para *muitos* outros.
— E então me arrastaram pra cá e me prenderam num quarto. *Quem*? Quem foi que disse que podiam fazer isso? O que foi que eu *fiz*? Eu não tenho direitos? Por que estou aqui?
— Boa pergunta, Abdul. E é uma que vou ter que passar pra você porque eu não sei a resposta.
— Tenho que ter feito alguma coisa. Não posso ter sido trancafiado por nada.
— Nunca ouviu falar de gente que foi presa sem fazer nada?
— Sim, com certeza, gentinha, bandidos e estupradores, coisa e tal, ou... ou se fosse na China ou lugar parecido. Estamos nos Estados Unidos da América.
— Por onde você tem andado, rapaz?
Estou pasmo. Ele é o Watkins de paletó com remendos de couro e cachimbo. Ele precisa de um cachimbo e de uma lareira. Isso é loucura.
— Por onde tem andado, rapaz? Por onde tem andado?
— Não sei.
— Você tem que descobrir, de verdade.
— E se eu não conseguir?

— Você pode ficar aqui por um longo tempo, sim, o governo pode declarar que você é isso ou aquilo, insano, desabrigado, incapaz. Vão achar um jeito e você vai acabar como bucha...

— Bucha de canhão, os soldados que vão na frente na batalha.

— Não estou fazendo um teste de vocabulário, Abdul. Você consegue entender o que estou falando? Que tal uma vida onde *todos os dias* aparece o Watkins, nosso sádico de salário mínimo? Eu acho que não deve ser muito legal. Então acorda, cara, fiz uma pergunta a você.

— Honestamente, depois disso tudo, eu esqueci qual era a pergunta.

— Você ia me dizer por que veio pra cá. Do que você se lembra?

*J.J., a primeira vez que vi o demônio era um abismo, uma queda livre na escuridão. E, J.J., foi aí que entendi o Hopkins! Foi aí que entendi que a grande luz sagrada e ofuscante era igual à escuridão do demônio, igual, exatamente igual.*

— Abdul? *Abdul?* O que está acontecendo aqui?

> *"Acordo e sinto o peso da escuridão, não do dia.*
> *As horas, Ah as horas que passamos*
> *Essa noite! Que paisagens você viu, coração; que caminhos percorreu!*
> *E mais ainda, quanto mais tarde vier a luz do dia.*
> *Falo com testemunho. Mas onde eu disse*
> *Horas quero dizer anos, quero dizer uma vida."*

— Quem ensinou Shakespeare pra você?

— Não é Shakespeare — respondo.

— Quem é?

— É Gerard Manley Hopkins, um padre jesuíta. Ele estudou uma série de fenômenos naturais, flores, árvores, formações rochosas. Meu professor de ciências da terra, irmão John, fez a gente ler e decorar os seus poemas. Esse é um dos que decorei. Quando você perguntou: "Do que você se lembra?", foi o que me veio à memória.

— Parece que você acertou em cheio aqui.

— Não totalmente. Por que passei pelo tratamento de choque?

— Boa pergunta, e vamos chegar até lá. Mas lembre-se que nosso foco é tirar você daqui. Se você ficar com raiva agora isso não vai acontecer. Então eu preciso avaliar seu estado mental atual...

— Por quê?

— Bom, pensa no meu lado, você está me fazendo um favor. Imagina se eu autorizo sua saída e você vai e mata alguém.

Porra, ele está falando sério. Ele não é *o* demônio, ele é *um* demônio. Talvez eu possa falar com ele.

— E o que é isso sobre os jesuítas?

— Na verdade não é nada. Estava pensando no que veio depois, quando eu tinha dezessete — digo.

— O que aconteceu?

— Bom, não foi grande coisa, só bati nesse cara.

— Em quem?

— No Roman, um cara que conheço. Foi engraçado. Logo que bati ele começou a guinchar, mas depois ficou dizendo que eu tinha quebrado o queixo dele. Como é que eu podia ter quebrado o queixo e ele continuar falando?

— Por que você bateu nele?

— Ele estava tentando me impedir de ir embora. Eu tinha voltado pra buscar alguns livros e ele não queria me deixar sair.

— Você estava indo embora de onde?

— Da casa dele, eu morava com ele desde que tinha treze anos.

— Ele era um amigo, um namorado, um parente?

— Que parente ia agir assim?

— Não é tão raro assim.

— Que parente normal, foi o que eu quis dizer.

— Continuando, por que ele estava tão chateado? Por que você achou que tinha que bater nele?

— Ele é tão falso, sei lá, mas acredito que ele estava apaixonado por mim. — E quando falo descubro que não estou mentindo. Na verdade eu não sabia merda nenhuma sobre ele.

— E você estava apaixonado por ele?

— Não. Eu tinha treze anos e precisava de um lugar pra ficar. Ele me acolheu, me ensinou a dançar, tomou conta de mim. Apaixonado? Eu nem mesmo *gostava* dele, mas...

— Mas o quê?

— Eu tinha uma certa admiração por ele.

— Como assim?

— Da sua capacidade técnica, o cara era um virtuose. Ele disse que ia me ensinar tudo que sabia, e ensinou mas...

— Você está escutando o que está por trás dessa história, não está, Abdul? "Mas..." Mas o quê?

— Mas eu não era gay. Mas era gostoso ele chupar meu pau. Eu me sentia preso numa gaiola forrada de dinheiro. Não podia sair, nem mesmo com a porta aberta. E isso me fazia sentir ainda mais tolhido, porque era como se eu estivesse escolhendo ficar. Eu não sabia o que fazer. Me sentia poluído, é, poluído. Não achava que podia arrumar uma namorada e ser normal, porque eu *não era* normal.

— Ele forçou você?

— Não, mas eu sabia o que tinha que fazer pra conseguir o que queria. Eu achava que não tinha escolha. É claro que tinha: podia ficar nas ruas, ir para um abrigo onde eu provavelmente ia ser fodido *de verdade*.

— Como assim?

— O Roman, tudo que ele queria era me chupar. Ele nunca nem tentou me foder, não era parte do seu show. Mas... mas eu odiava a sensação, como agora. Como o que estou sentindo agora, que não tenho direitos ou escolha... todo o poder está com você. Eu tenho algum direito?

— Você tinha?

— Não, quero saber se agora *eu tenho*.
— O que você quer dizer com isso?
— Eu tenho que ficar aqui nessa função, falando com você?
— Não, você não tem que fazer nada que não queira. Mas aconselho que o faça. Pensa nessa etapa como um passo para recuperar o que você chama de "seus direitos". Mas termina de falar sobre esse cara. Parece que ele tinha o papel de um pai e professor, mesmo quando estava explorando você sexualmente.
— Ele não via desse jeito, como uma exploração. Ele me via como seu "garoto", como se fosse seu marido ou coisa parecida.
— É compreensível que você sinta raiva por ter sido usado. Por ter que pagar pelo que a maior parte dos garotos ganha de graça...
— Exatamente! E mais tarde eu ainda descubro que esse viado está me fodendo e que tem AIDS!
— Quando foi que você descobriu?
— No dia que fui embora.
— E atualmente, você tem alguém, um namorado ou namorada?
— Eu tenho uma garota. Ou tinha.
— Tinha? O que aconteceu?
— Me diz você, você é quem sabe por que estou aqui.
— Ela é sua primeira namorada?
— Nunca tive outra garota antes. Eu costumava ver fotos e fazer coisas.
— Fazer coisas?
— Tipo bater punheta.
— Que tipo de fotos?
Que pervertido de merda, por que continuo falando?
— Britney, Lil' Kim, era Britney na maior parte das vezes mas...
— Mas?
— Quando eu finalmente consegui chegar perto de alguém do tipo da Britney não consegui fazer nada. — Tenho vergonha até hoje.

— A gente chama isso de ansiedade de performance.

— Eu achava que era porque os irmãos do St. Ailanthus tinham me estragado. Como aconteceu com minha avó no Mississippi. Deram um tranco nela e ela nunca mais foi feliz. O Roman dizia que eu tinha mais pra uma xoxota do que a maioria das garotas que eu queria azarar.

— Você gostava de se relacionar sexualmente com homens?

— Se me pagassem. Mas isso tudo foi antes da My Lai.

— My Lai?

— É, a minha namorada. — Fico surpreso com o orgulho na minha voz. O que é que eu tenho pra me orgulhar?

— Você tomava a iniciativa para fazer sexo com homens?

— Não, isso é... quero dizer, eu não tinha que tomar nenhuma iniciativa, eles vinham até mim. Mas...

— Mas?

— Eu fiz com garotos.

— Qual era a idade deles?

Lembro do Richie Jackson.

— Humm, seis, sete. — Na verdade, ele tinha cinco.

— E qual era a sua idade?

— Treze.

— Garotinhas?

— Não tinha nenhuma por perto.

— Alguma vez você pensou em por que fazia isso?

— Me sentia bem.

— Melhor do que com o Roman e...

— Eu estava no controle e me divertindo com os garotinhos.

— Divertindo? E eles?

— Eles também estavam se divertindo. Eles adoravam!

— Você tem certeza?

Ele está me dando nos nervos.

— Tenho sim, eles adoravam fazer sexo e me adoravam. Eles me amavam. Eu era como um... um *pai*.

— E essa garota com quem você está agora, ela é uma "puta do tipo Britney"?

— A My Lai, de jeito nenhum! Ela é uma... uma mulher. Ela é real. Foi a primeira pessoa com quem fui verdadeiro. Ela não é uma *fotografia*. Ela peida. Nós trepamos juntos. Sou o homem dela. — É isso aí, lembro a mim mesmo, sou um homem.

— Você já bateu nela?

— Nunca nem pensei nisso.

— Você estava me falando daquele cara.

— Que cara? — pergunto.

— O cara do motel.

— Já te contei.

— Conta um pouco mais, Abdul.

— Quero voltar a dormir. — De repente me dá um sono.

— Abdul, já falei que não temos tempo pra isso. Acorda, Abdul.

— No sonho ela me pede pra matá-lo.

— *Quem* pede pra você matar *quem*? — Ele se inclina um pouco mais, interessado, muito interessado.

— No sonho a My Lai queria que eu matasse o pai dela. E eu todo o tempo pensando que ela, quem sabe, talvez me amasse de verdade, mas ela queria que eu fizesse aquela merda. Não é diferente de ninguém.

Dou as costas pro Dr. See. Que se foda. Eu posso e *vou* voltar a dormir.

— Você tem sempre esses sonhos?

— Não. Quer dizer, de vez em quando.

— Abdul, você pode me contar sobre o sonho que trouxe você pra cá?

— Não lembro mais dos meus sonhos — respondo. — Já falei isso pra você!

— E eu já perguntei pra você antes, se você pudesse lembrar, do que se lembraria?

Está me fodendo de novo. Sinto que tenho apenas alguns segundos com minha mente sendo minha antes que eles a tome de volta. *Ele* se lembra.

— Você sabe do que eu me lembro — insisto.

— Como assim?

— Você não sabe do que eu me lembro?

— Já falei pra você, Abdul, não estou dentro da sua cabeça.

Está mentindo!

Não posso mais fazer a separação entre sonhar e estar acordado aqui. Achei que tinha voltado a dormir e cá está ele de novo, falando comigo e eu estou respondendo, o que é realmente impressionante.

— Eu queria acreditar que ela me amava e que eu era o homem dela, o chefão, o rei, por aí. E tudo que ela queria era me usar, como todo mundo. E também como se eu fosso doido ou uma merda dessas pra simplesmente ir até Connecticut e matar os pais dela, duas pessoas que eu nunca nem vi e que, basicamente, sustentam a ela, a *nós,* porque de vez em quando ela me joga uns trocados quando estou precisado... que vou simplesmente lá matar os dois, por *nada.*

— O pai dela a estuprava e isso é "nada"? — pergunta o Dr. See.

— Você sabe o que eu quero dizer.

— Pode ser que sim, pode ser que não. Eu entendo porque você vê com amargura o pedido dela, mas não sei se isso quer dizer que ela não ame você.

— Você acha?

— Foi uma coisa errada. Foi um ato de maldade, acredito que tem momentos em que essa é a palavra certa. Mas ela realmente achava que você era o "chefão", como você disse. Ela queria ele morto. Você a ama e ela ama você. Você é o rei e então deve matar o dragão. Seria a coisa errada a fazer, que teria destruído a vida dela *e* a sua vida, e também a do pai, ela obviamente não estava bem para... para *entender* isso tudo.

— Ela é muito inteligente.

— Não disse que não é. Só que às vezes o entendimento e a inteligência não são a mesma coisa. As emoções dela obscureceram seu entendimento. Milhões de pessoas sobrevivem aos abusos e vão viver suas vidas, mas ela ficou perdida com os sentimentos de ódio e vingança.

— Esqueci de uma coisa.

— Que coisa? — ele pergunta com seu tom de voz doentiamente calmo.

— Eu contei a ela sobre os irmãos. Sobre o irmão que abusava de mim, o irmão Samuel e, um pouco menos, o irmão John. Eu disse pra ela que fui confrontar o irmão Samuel no quarto dele, onde eu tinha sido estuprado quando era um garoto. E que o matara. E então que escapei pela janela e fugi.

— E isso aconteceu?

— Não, o que aconteceu de verdade foi que fui até lá pra confrontá-los e o irmão John tinha ido embora. E o irmão Samuel tinha sido transferido para o Novo México, onde se enforcou.

— Então, não é totalmente fora de propósito que a My Lai tenha pensado que você poderia ir até Connecticut e matar os pais dela.

— Mesmo assim dói.

— Você já perdooou alguém?

— Não.

— Você já pensou em contar a ela a verdade?

— Sobre... o quê? Que eu não tinha vontade de matar e pronto?

— Ou que você tinha muita vontade de "matar e pronto".

OS QUADROS SÃO sonhos ou então estou sonhando quadros: a My Lai flutando em uma malha cor da pele transparente; e eu, nu, avançando

## O GAROTO

pelo chão, um tigre a possuindo por trás, como animal, enterrando meus dentes no seu pescoço, abrindo ela toda, *eu* me abrindo todo. Quando terminamos estamos exaustos. Livres. Vejo o Richie Jackson e o Jaime, são sonhos, é ruim. O Jaime é ruim. Comecei a odiá-lo. Ele queria me beijar e eu queria que ele ficasse pequeno pra sempre, uma criança, comigo sendo o... o rei-pai, como o irmão John. E não que ele ficasse gritando *"papi!"*, que nem uma putinha. Eca!

Estou no trem D, saindo do túnel. Arrá! Não importa quantas vezes você já tenha visto, a surpresa do céu escuro e das luzes da cidade dançando na água debaixo da ponte sempre me energiza para a outra surpresa: a visão de mim mesmo — passo passo jeté! Estamos atravessando o palco, um a um, passo passo salto. Sou forte, como Roman dizia, sou bom nos saltos, mas nunca antes tinha tido a abertura capaz de fazer minhas pernas abrirem perfeitas no ar. Mas virei minha cabeça pra olhar no espelho e vi que estava fazendo um split perfeito! O que eu achava que ia acontecer daí uns quatro ou cinco anos chegou de surpresa, enquanto eu estava me alongando, e trabalhando e ensaiando. Eu parecia as pessoas que costumava invejar. Fiquei chocado com minha própria beleza, do mesmo jeito que agora, saindo do túnel na ponte e vendo as luzes brilhando e se movimentando na água. Sim, Roman, eu quero ser o cisne negro. Então o que é que estou fazendo aqui entupido de drogas, constipado e fingindo estar dormindo, ou será que eu realmente estava dormindo?

Agora estou dormindo, comendo bagels no St. Ailanthus. Às quintas nós temos bagels, quantos você quiser, integral, com jalapeño, com semente de papoula, com tudo, salgado, com uvas e canela, de centeio (eca!), e requeijão cremoso com cebolinha verde, ou salmão (meu favorito), legumes (eca!), ou nozes e tâmaras. Suco de laranja. E cereal com leite pros garotos que não gostam de bagels, eu como dos dois, os bagels e o cereal. Agora estou noutro vagão do metrô, a Dias de Escravidão tá sentada perto de mim. Estou com fome. Ela sabe que estou com fome e tenta me dar um pouco do seu presunto frito com canjica, mas o que a princípio parecia ser geleia é sangue, pulsando no centro quente e branco da canjica até cobrir o prato, que deixo cair com um PLAF!

Desço na Dekalb e vou direto pro McDonald's: batatas fritas, batatas fritas, batatas fritas, quatro tortas de maçã e um cheeseburguer quádruplo que como lá mesmo. Viro pro lado e lá está Dias de Escravidão de novo! Ela diz algo, mas é como quando os mexicanos ou russos estão perdidos e chegam até você na rua, bocas abertas numa linguagem que cerca você mas não penetra em sua cabeça. As palavras ficam voando em volta como se fossem flechas vermelhas de cupido. Quando eu estava na escolinha, fiz junto com minha mãe um cartão de Dia dos Namorados pra todos na minha sala, mesmo pros garotos de quem eu não gostava. Cada cartão tinha um grande pirulito vermelho colado nele. Todo muito no primeiro ano adorou. A Dias de Escravidão agora tá com sua identidade jovem, Toosie, usando o vestido laranja e cantando blues antigos: quando eu acordo é o *"Good Morning Heartache"*.

Acordo com fome.

— Estou com fome — digo. Repito mais alto: — Estou com fome.

— ESTÁ BEM, ESTÁ BEM — o Dr. See. — Daqui a pouco alguém vai trazer a comida. Até lá não saia desse quarto, OK? OK?

— E se eu tiver que ir ao banheiro?

— Sai, vira à direita que o banheiro é a primeira porta.

O banheiro é um vaso e uma pia. Porra, digo pra mim mesmo. Consigo fazer palavras com minha boca agora, *falar*. Por algum tempo parecia que eu era um lutador no ringue e do lado oposto estava minha língua, inchada e paralisada da cintura pra baixo. Faz tempo que eu não cago? A última coisa que comi foram dois sanduíches de mortadela com queijo, dois dias atrás. Se comi outra coisa, não me lembro. Me sento no vaso, enfio o dedo no cu e começo a tirar pequenas bolas de merda uma por uma até que consigo fazer um cocô que não é pedra. Ainda estou lavando minhas mãos quando escuto o barulho do carrinho que provavelmente traz minha comida.

Volto pra cama, levo a bandeja pro meu colo e imediatamente ataco o monte quente e fofo de ovos mexidos, as fatias de bacon e a torrada integral amanteigada. Quando termino, uma mulher vestida de branco e com sapatos de marshmallow chega com uma garrafa e uma xícara.

— Café?

Aceno que sim com a cabeça e agradeço enquanto ela está me servindo e de novo quando ela enche minha xícara. O cheiro de café fresco é como boa música. Me leva pra longe. Quando reparo no resíduo esbranquiçado no fundo da xícara já estou flutuando sob as luzes fluorescentes, me sentindo muito bem pra ficar com raiva. Mas penso, *por quê*? No sonho tem um assaltante correndo pela rua escura, os edifícios vão ficando mais altos e cinzentos e as ruas cada vez mais sujas até que chego ao fim do túnel, num verde iluminado pelo sol. Todo mundo do Herd está aqui. A My Lai não para de pular e gritar, que nem Rumpelstiltskin:

— Quero ele morto! Quero ele morto!

Já acabei com ele, incendiei a casa e ela continua gritando: "Quero ele morto!" Todo mundo está olhando pra mim, não pra ela. Scott se aproxima com seu hálito azul e nariz afilado pela cirurgia. "Ei, cara, você acabou de jogar tudo no lixo." Sei que é verdade. Olho minhas mãos transgressoras. Verrugas e vermes estão saindo delas. Arrepio pensando na minha vida, no que o amor fez comigo. Quero enforcar a My Lai, mas minhas mãos não obedecem. Todo mundo se afasta de mim, inclusive a My Lai.

— Fiz isso por você — grito, com raiva.— Fiz isso por *você*!

A puta não quer nem saber! Prostituta chinesa! *"Puta* asiática!" Ela está rindo de mim. Minhas mãos são uma massa inútil de vermes e verrugas. Quero arrancar a garganta dela a dentadas, isso vai calar a boca dela. Avanço pra ela, éé. Se não posso estrangular ou bater nela, vou arrancar sua garganta fora. AHH!!!!!!!!! Estou com tanta raiva. Toda aquela encenação, fingindo me amar e só queria me ter como escravo.

De repente estamos na grama deles, é um parque bonito, grama verde, céu azul com brancas nuvem fofas. Tudo isso só pra uma família? As estátuas brancas na grama me lembram das figuras mortuárias dos cemitérios. É assim que as pessoas das revistas vivem, penso. Vejo pessoas, um monte de gente, é um tipo de festa. Parecem estar se movimentando, talvez estejam deixando essa festa e indo pra outra festa ou pra casa. Começo a andar pelo verde, mas as pessoas se afastam mais rápido do que eu avanço. Quando chego do outro lado, só tem o Scott, o Snake, a Amy e um bando de fãs do Herd parados lá. O Snake tirou toda a roupa e está entrando no lago à nossa frente.

— Você está tornando isso difícil pra todos nós — o Scott fala.

— Eu? — grito. — E ele? — Aponto pro Snake e seus cabelos que se transformaram em ondas grossas e vermelhas e estão fervendo como se fossem explodir em chamas.

— É a mesma coisa — o Scott, seco que nem pão velho.

Quando encontro o pai da My Lai, o cara olha direto através de mim. É um sacana grande e gordo, é mais alto que eu, então tem bem mais que um metro e oitenta e dois. Cheira a cocô de cachorro. A barriga dele cai pra fora do cinto e tem olheiras que parecem balões cheios de água. É isso que ela quer que eu mate? Ele já está morto.

— Sabe, tenho que dizer a favor dela...

— *Poison Oasis*.

— Poison Oasis?

## O GAROTO

— É, é um dos meus quadros favoritos de Basquiat. É um homem e do lado do cara tem uma serpente verde se enroscando pra cima. A serpente tem dentes brancos e afiados, o homem tem um quadrado de tinta do lado do pênis, pra ressaltar. Ele é esquelético, um bocado de tinta marrom. Do outro lado dele tem uma carcaça de vaca morrendo ou morta e moscas, moscas tão grandes quanto pássaros voando em volta da vaca — O que foi que me fez pensar no quadro? Bom, a mansão dos pais da My Lai em Connecticut e este lugar aqui.

— Você é muito articulado.

— E por que não seria?

— O que esse pintor representa pra você?

— Ele é genial. Ele encontrou o seu caminho. Quero achar o meu. Ele viveu intensamente a vida...

— Ele já morreu?

— Morreu.

— Quando foi que ele morreu?

— Não sei direito, faz um tempinho.

— Quantos anos ele tinha quando morreu?

— Vinte e sete.

— Vinte e sete? E você diz que isso é "viver intensamente a vida"?

— É, se você for um cara negro. Viver muito não é nosso forte.

— Acho que nunca conheci um jovem tão cínico quanto você.

— É por isso que estou aqui?

— Me fala sobre o quadro. Quando você o viu pela primeira vez?

— Não me lembro, mas tinha um pôster dele na parede lá de casa.

— E onde é sua casa?

— Não sei mais. Tem uma árvore com uma linha grande atravessando por ela. O cara está traçado com uma tinta branca como... como...

— Como?

— Como se fosse o giz que passam em volta de um cadáver na calçada. Minha mãe me puxou pela mão, me afastando e dizendo que isso nunca aconteceria nos bairros bons. Nunca deixariam um corpo esticado na rua por tanto tempo num bairro bom. Não tem cabimento deixar um corpo, ela resmunga resmunga, fica resmungando. Mas eu era um garotinho e não entendia direito até que vi a mosca zumbindo na boca aberta dele. *Isso* é estar morto. Eu sabia que a mosca era uma tortura e que ele iria espantá-la, se pudesse. Mas não podia. Esse foi meu primeiro encontro com a morte.

— Sim?

— O homem...

— O homem da rua?

— Não, do quadro. As mãos dele estão cruzadas sobre o peito, como as da minha mãe.

— E o que mais?

— Ele... tem um pedaço azul em cima da vaca, mas ele está no vermelho.

— Sangue?

— É.

— Em que você está pensando agora?

— De verdade?

— É, Abdul, de verdade.

— Nesse exato minuto eu estava pensando se você é gay.

— Por quê?

— Não sei, mas sempre que um cara é... é legal comigo, ou tem simpatia por mim, sabe como é, nunca é... sei lá, *puro*. No minuto seguinte já quer trepar no meu pau.

— E o seu pai?

— Nunca tive pai. Acho que foi isso que me perturbou no caso da My Lai. Ela tinha tudo... sei lá, seu próprio cafofo... muito legal, cartões de crédito, sabia *dirigir*. Eles davam tudo pra ela! E daí que ele tinha enfiado o dedo na buceta dela. Nem Scott teve o treinamento que ela teve. Ela estudou, *morou* em um conservatório de balé, respirando dança dia e noite por um ano. Por um *ano*. E...

— E?

— E eu não tive porra nenhuma. Você sabe o que quero dizer, todo mundo acaba fodido de um jeito ou de outro. Pelo menos pagaram pra ela.

— Essa é a sua filosofia?

— Essa é a realidade! — insisto.

— Essa é a realidade e ponto final?

— E ponto final! — berro de volta.

— Tudo bem, tudo bem, não queria deixar você com raiva, mas você está sabendo que é OK ficar com raiva. Mas se a vida é assim etc. e tal, e todo mundo acaba fodido, por que você fica tão chateado, se é apenas o jeito que as coisas são?

— Porque continuam me fodendo! Quando é que vai ser minha vez?

— Mas você ganhou alguma coisa com isso como, por exemplo, com o Raymond.

— Você quer dizer Roman.

— É. Ele usava você sexualmente, mas assim como o pai da sua namorada ele sustentava...

Interrompo ele.

— É, sustentava e *pagava*.

— Como assim?

— Bom, ele me pagava e pagava de outro jeito também.

— O que você quer dizer com isso, Abdul?

— Eu gozava e então, sabe como às vezes depois de gozar a gente tem vontade de mijar? Bem, ele estava lá engolindo minha porra e ia tentando afastar a cabeça mas eu segurava ele lá e começava a mijar na boca dele e depois em cima dele todo. Eu fazia merdas desse tipo o tempo todo pra mostrar...

— Mostrar?

— Que ele não tinha o controle total da situação. E também porque eu odiava ele e não podia deixar que soubesse.

— Então você sabia como a My Lai se sentia.

— Mas não conseguia entender porque ela não podia apenas continuar jogando o jogo.

— E por que você não ficou por lá, jogando com o Roman?

— Por um tempo fiquei, mas ele queria cada vez mais. E além do mais, eu sou um homem e não tinha que aceitar aquela merda toda! — grito.

— Você disse que ele queria mais e mais... mais sexo?

— Não, ele queria tipo que a gente estivesse apaixonado, esse tipo de coisa.

— E você não podia se apaixonar por outro homem, é isso?

— Bom, vamos apenas dizer que eu não *estava* apaixonado. E não poderia estar! Não poderia me apaixonar por aquele viado velho de peruca! Ele podia ser meu avô! Estava tudo bem porque eu era um crioulo...

— O que tem uma coisa a ver com a outra?

— O que tem uma coisa a ver com a outra? — Imito seu sotaque. — Quando foi a última vez que você viu um crioulo andando pela rua com um branco menor de idade? Hein? A My Lai dizia que o Woody Allen nunca teria escapado da confusão se a enteada fosse branca e ele fosse o asiático.

— Não tenho a menor ideia do que você está falando.

— Você nunca escutou a história do casamento do Woody Allen com a enteada?

— Ah, me lembro vagamente.

— Por onde você tem andado? — espicaço.

— Bem, obviamente em algum lugar aonde os tabloides não chegam.

— A My Lai era obcecada com esse assunto, adoção e adotados. Ela nunca viu nada parecido com o lugar de onde eu vim, criancinhas de cinco ou seis anos paradas na frente de camas de aço com pijamas listrados, como se estivessem numa prisão. Criancinhas que sabem que vão ser tuteladas por algum órgão de caridade até ficarem grandes e que, provavelmente, vão ter que pagar com seus rabinhos a cada passo do caminho! Tirar a sorte grande é achar um lar adotivo onde alguém recebe um cheque por eles até que completem dezoito anos e então vão envelhecer nas ruas, desabrigados!

— Então não há esperanças, não tem escapatória, só...

— Vai se foder, estou de saco cheio das suas perguntas estúpidas, e do que está tentando fazer. Você fica repetindo a mesma merda o tempo todo. Estou cansado de falar! QUERO SAIR DAQUI!

— Abdul, estou querendo saber mais sobre o cara no Bronx, no motel.

— E daí que você quer saber mais, eu já falei sobre isso. E, além do mais, tudo isso aconteceu há muito tempo.

— Não acho que tenha acontecido há tanto tempo assim.

— E como é que você poderia saber disso?

— Aconteceu depois que você deixou o Roman e antes de vir pra cá. Eu posso imaginar que pareça um tempo enorme para um cara jovem, mas um par de anos não é realmente muito tempo. Essa foi a primeira vez que você fez algo parecido?

— Tipo o quê?

— Tipo atacar alguém?

— Está esquecendo do que ele fez comigo.

— Não estou não. Estou fazendo uma pergunta. Já bateu em outros homens que abordaram ou tentaram abordar você?

— Já.

— Quantas vezes?

— Não me lembro. — Estou começando a odiar esse crioulo árabe, ou seja lá o que ele for.

— Por quê?

— Por quê? Por que é que esses pervertidos saem do esgoto e vão tentar foder garotinhos por dez dólares ou um hambúrguer? Foi o que um cara me ofereceu uma vez: "Que tal um Whooper?"

— O que é um Whooper?

— Um tipo de hambúrguer do Burger King. Sabe, é como se a gente fosse tão nada que só nos restasse foder esses putos em troca de um hambúrguer ou do trocado que tenham nos bolsos.

— Quando foi que você começou a bater nesses caras? Você se lembra?

— Normalmente só bato nos usuras.

— Nos *usuras*?

— É, se eles pagam direitinho e não se comportam como babacas eu deixava que me chupassem ou então trepava com eles.

— Já foi abordado por uma mulher?

— Algumas vezes.

— Eu já perguntei antes, o que é que faz você resolver atacar?

— Em primeiro lugar, não gosto dessa palavra. Mas não fui em quem resolveu, *eles* é que resolveram, tipo quando eles começam a puxar as notas de dez dólares e dizer coisas como "Por que você não dança pra mim?", ou alguma outra parada esquisita, é como se eles estivessem pegando um bilhete.

— Que tipo de parada esquisita?

— Prefiro não falar sobre isso.

— Já atacou alguma mulher?

— Não.

— E sabe por quê?

## O GAROTO

— Eram só umas donas bêbadas, fingindo pra elas mesmas que tudo que estavam fazendo era me oferecer uma carona. E depois elas davam todo o dinheiro que tinham na bolsa... uma delas tentou me dar o casaco de vison pra vender. Eu nem ia saber o que fazer com uma porra daquelas. Elas não eram como os caras, tentando faturar algo em troca de nada.

— Por quanto tempo você batia nesses caras?

— E cá estamos nós de volta no mesmo assunto. — Estou tão cansado de discutir essa merda.

— É isso aí, por quanto tempo você batia nesses caras, Abdul?

— Dependia.

— Do quê?

— Deles pararem de se mexer. Eu batia até que parassem de mexer.

— E depois disso?

— Nada.

— Por que não? Muita gente faz.

— Não sou como "muita gente". Pra mim era tipo missão cumprida, pegava a grana que me deviam e a gorjeta. Não estava a fim de matar ninguém.

— O que estava tentando fazer?

— Aleijar, sabe como, parar alguns desses perpetradores.

— Alguma vez você pensou que podia ter matado um desses caras?

— Não, eu nunca matei ninguém.

— Como é que sabe?

— Eu sei.

NO SONHO ELA não se mexe.

— Sai daqui! — ela grita pra mim.— Tira seu traseiro fodido daqui.

A lata de fluido de acendedor de carvão perto dela pode explodir. O fogo está aumentando. Nunca vi um incêndio antes. Ele tem uma ideia, uma alma, uma missão candente de acabar com tudo. Agarro ela. A resistência dela me choca. Está parada, olhando pro fogo, seduzida. Dou um puxão e começo a correr pela grama com ela nos braços. Um BUM vindo de trás me joga no chão e escuto as chamas rugindo como leões. Caí em cima dela.

Foi assim que nos encontraram, deitados na grama, eu em cima dela, a casa uma parede de chamas amarelas por trás da gente.

— Abdul, acorda e presta atenção no que eu digo — o Dr. See.

— Hã?

— Não tem tempo pra "hã" não. Está na hora de ir embora.

— O quê? — Eu sei que isso é apenas um sonho, só em sonhos a mesma coisa exatamente fica se repetindo sem parar.

— Odeio você. — Essa é a primeira coisa que me vem à cabeça. Não sei por que disse.

— Esquece que você me odeia. Aliás, esquece tudo. Está na hora de ir embora.

— E se eu não quiser ir?

— Eu diria que você ainda está perdido no sonho ou então que eu realmente errei na sua avaliação e que você é um rapaz muito, muito doente. Mas eu não errei na sua avaliação e você *não* quer não ir embora. Você quer ter algum controle sobre sua vida pra acreditar que não está totalmente maluco. Isso é um inferno pra você. Eu gostaria de ter mais tempo pra conversar, mas não temos. Vamos lá, vamos embora.

— O que aconteceu aqui? Por que eu estava aqui? — estou gritando com ele.

— Você tem que esquecer o que aconteceu aqui, esquece *aqui* e ponto final. Esquece ou então vai acabar ficando maluco.

— Não quero esquecer. Gente como você fodendo com a cabeça das pessoas é o que faz com que fiquem doidos! — Estou gritando

pra sua calma, pra sua voz de "tem alguma coisa errada com você".
— Os irmãos fizeram isso comigo. Odeio você. Vou te pegar! — digo num rugido.
— Abdul, suas fantasias de vingança são os pregos no caixão. No seu caixão.
— Por que estou aqui? Quero saber o que aconteceu! E não apenas dizer até logo, vamos sair daqui, esquece as porradas, que eletrocutamos você, que enfiamos uma mangueira em você, e as agulhas todas...
— Abdul, nós *queríamos* você aqui. É desse jeito que as pessoas vêm pra essa instituição. Se você quiser permanecer aqui, embora eu não esteja de acordo, sempre se pode dar um jeito. Eu vou fechar a porta e fumar um cigarro. Abdul, você não é nem doido, nem dissociado, nem delirante. Então vê se resolve o que quer fazer. Você tem andado em círculos como uma galinha choca desequilibrada e geneticamente modificada, com medo de sentar em cima do ovo. Já que você "não quer esquecer", você tem um minuto pra lembrar. O que eu devo contar pra você? Não, você é quem tem que me contar. Me contar o que foi que aconteceu pra ser tirado da sua vida e arrastado até aqui.
— Já falei que não sei! Você sabe, você é quem sabe. Um dia eu acordei e estava aqui, no meio dessa gente doida!

Médico? Que tipo de médico é esse babaca? Acende o fósforo. Vejo a chama tocar a ponta do cigarro e brilhar vermelha quando ele suga a fumaça.
— Não me lembro — suspiro
— Tente.
— Me lembro que tinha um garoto depois da nossa festa. Lembro como ele estava vestido. Não dava pra dizer se era um menino ou uma menina. Ele queria umas uvas que não conseguia alcançar. E depois quis ir ao banheiro. Me ofereci para levá-lo. "Vamos lá", eu disse.

— E então?

— E então nada. Era primo da Amy e ela o chamou. Eu falei: "Estou levando ele pro banheiro." E então nós três fomos até o toalete, eu conversando com ela enquanto o garoto estava no vaso. Mas...

— Mas?

— Não sei, ficou esquisito. Toda uma outra cena, como se fosse um castigo, estava passando rápido em minha cabeça, em nanossegundos, eu e o garoto. Ele é uma garota, ele é um garoto, ele é uma garota. Ele é Amy, rosa e branco com cabelo amarelo, mas criança, e eu estou lá com ele, ela. Estou lambendo as gotas de urina do seu pequeno pênis, sou o irmão John e eu, e em seguida é uma xoxota e meu pau fica duro e eu empurro ela contra a parede, sinto o cheiro de sangue, e isso me excita ainda mais e começo a meter meu pau nela, com força. E o primeiro cenário — eu conversando com a Amy — desaparece com *esse* outro cenário na minha cabeça. E daí eu estou de um lado da porta e ela está do outro, chutando. Escuto o barulho de um cartão de crédito destrancando a fechadura e a porta escancara. Ela e o Scott estão olhando pra mim, os olhos claros deles queimando de ódio.

— Eu sabia! Eu sabia! — ela grita. O Scott levanta o garotinho nos braços (eu achava que ele tinha desaparecido há muito tempo).

— Você acabou de jogar sua vida na privada! — o Scott diz.

Então é como se o sonho fosse apenas um breve lapso de consciência, como levar uma cotovelada na cabeça na quadra de basquete. Eu só sacudi a cabeça e continuei jogando. Nem havia nada para reprimir ou esquecer como acontece algumas vezes ao acordar, porque... não sei. O que aconteceu foi que tive uma dor de cabeça terrível, uma dor de cabeça *excruciante*, como as pessoas descrevem uma enxaqueca, mas eu não saberia dizer se era enxaqueca já que nunca tive uma antes. Pergunto a Amy se ela tem aspirina em algum lugar. Ela diz claro, e vai buscar. Minha cabeça dói miseravelmente e estava piorando, um barulho gigantesco dentro do meu cérebro que só eu podia escutar. Talvez eu estivesse tendo um derrame. Apesar disso eu sorri, porque podia ver as manchetes na minha cabeça junto com as explosões barulhentas que quebravam meu cérebro ao mesmo tempo em que me dirigia pra mesa com a comida. Peguei uma faca de plástico — prateada, a mesma cor dos pratos e dos guardanapos — e cortei um pedaço do estúpido bolo Morte por Chocolate Flutuando em Framboesas e engoli com um copo de champanhe. Levei o vidro de aspirinas que a Amy trouxe e a faca prateada pro banheiro, onde me dei conta que nada tinha realmente acontecido, mas que agora ia acontecer. Nunca nem tinha sonhado em cortar os pulsos, mas agora eu cortei, e foi quase perfeito."

— E depois?

— Não sei de mais nada depois disso — respondo. E é verdade.

— Depois disso — ele diz — a polícia, que tinha colocado um alerta para um jovem de trinta anos, Abdul-Azi Ali...

— Esse não é meu nome!

— Você não sabia seu nome...

— Mas isso não justifica o que vocês fizeram!

— Pode não justificar, mas é parte da explicação. O motivo óbvio é que fizemos porque podíamos. Você não pode se esquecer disso.

— Vocês me encheram com todo tipo de drogas, me torturaram...

— Não consigo mais falar. Pulo da cama, fico em pé no colchão e pulo pra cima, batendo nas luzes do teto com o topo da minha cabeça. Minha cabeça estraçalha as lâmpadas fluorescentes que espalham vidro e algo branco por todo o quarto.

Ele pega o telefone o mais rápido que pode e logo que fala os pés de marshmallow avançam pro quarto.

— Pra Enfermaria Dois?

— Não, carreguem pra ele não se cortar e levem pra fora!

— Pra Enfermaria Dois?

— *Não*, lá pra baixo. Tirem os pedaços de vidro do corpo dele, encontrem suas roupas ou algo que sirva, deixem ele arrumado e esperem por mim. — Toma meu rosto em suas mãos e puxa pra bem perto do seu. — Abdul, em quinze minutos a porta vai se abrir e quando abrir você *vai embora*. Escutou? *Escutou?*

— Escutei — respondo.

## AGRADECIMENTOS

Ninguém escreve sozinho. No processo de criação e nascimento desse romance muitas pessoas e instituições me auxiliaram, e devo agradecer-lhes. O apoio financeiro da United States Artists Prudential Fellowship foi providencial quando eu mais necessitava. Estou profundamente agradecida pelo tempo passado nas residências em Yaddo, no Headlands Center for the Arts, no Künstlerhaus Schloss Wiepersdorf, na Mabel Dodge Luhan House e no The Writer's Room, onde partes desse livro foram escritas. Vários amigos e colegas leram partes ou o todo desse manuscrito em suas várias encarnações ao longo dos anos. Neste aspecto, quero agradecer especialmente a Amy Scholder e a Tracy Sherrod. Quero também estender meus agradecimentos a Brighde Mullins, a Elizabeth Bernstein, a Eve Ensler, a Fran Gordon, a Michelle Weinstein, a Robin Friedman e a Jaye Austin Williams, que leram e fizeram comentários valiosos sobre meu romance. Sylvia Hafner foi fonte de informações importantes sobre os jovens dos bairros pobres da cidade a que eu não teria acesso de outro modo. DoVeanna Fulton, Neal Lester e Elizabeth McNeil coordenaram um estudo acadêmico sobre meu trabalho que me encorajou a tirar a poeira do meu "garoto" e a ir em frente, nem que fosse para mostrar-lhes a etapa seguinte do meu desenvolvimento artístico. Lee Daniels simplesmente mudou minha vida ao transformar *Preciosa* em filme. Os professores Marie Ponsot, Pat Schneider e Natalie Goldberg me guiaram e deram o exemplo do que é escrever como instrumento para produzir esperança, quando eu achava que nunca mais ia terminar este livro. Os encontros com minhas amigas e companheiras de ofício Constance Norgren e Lena Sze me mantiveram lendo e escrevendo literatura, mesmo sem publicar meu trabalho. Os amigos como Patricia Bell-Scott, Brighde Mullins, Beladee Griffiths, Nicole Sealy, Linda Susan Jackson, Pamela Booker e Leotis Clyburn me lembravam que mais que uma escritora eu era uma amiga valiosa, confidente e companheira, mesmo se nunca mais publicasse outro livro (o que por um bom tempo bem pareceu que ia acontecer!). Minha família, em especial James, Beverly e Rachel, fez-me sentir incondicionalmente amada.

Quero agradecer à minha agente, Melanie Jackson, por me levar a descobrir um destemor que eu não sabia ter. Sem ela esse salto não teria sido possível.

Gostaria ainda de agradecer a Benjamin Platt, assistente de minha editora na The Penguin Press, pelo tempo e esforço depositados comigo nesse livro. E também ressaltar com gratidão a importância de Maureen Sugden, simplesmente a melhor editora de texto que existe, e ponto.

E, finalmente, quero expressar meu reconhecimento e gratidão a Ann Godoff, minha editora na The Penguin Press, por sua intuição precisa e pela coragem de aceitar e publicar *O garoto*.

Este livro foi composto na tipologia Palatino LT
Std, em corpo 11/16, e impresso em
papel off-set 75g/m² no Sistema Cameron da
Divisão Gráfica da Distribuidora Record.